ween, ~~The steel da~~
eyond a tent, you step out to sea too many
tars. The moon goes down, the breeze has risen
u urinate uplooking at the uncross-like bl
of Southern Cross
rofundity of initial urination and thus each morning in the
ublicity of constellations reflect upon the
isten to the night move highly past you
en walk to where Pap sits before the fire,
ipe comforted, his vultures perched, loving the
ime before daylight and the windless burning o
ead branches he says, "How are you, governor"
"No worse than you."

The sky is very high there are branches
one between, ~~The steel dark~~ from under which
eyond a tent, you step out to sea too many
tars. The moon goes down, the breeze has risen
u urinate uplooking at the uncross-like
of Southern Cross
rofundity of initial and thus

Ernest M. Hemingway.

ERNEST HEMINGWAY

海明威文集

海明威书信集（1917—1961）㊤

Ernest Hemingway Selected Letters 1917-1961

〔美〕海明威 著 潘小松 译

上海译文出版社

此书献给出版人、编辑、朋友

小查理 · 斯克里布纳

“告诉查理，对于他以及他考量事物的方式，我不胜满意与骄傲。”

——欧内斯特 · 海明威，1959

序

欧内斯特·海明威一次谢朋友馈赠拿破仑手下的将军之一马波男爵回忆录："我从未见过那本马波译本，书棒极了。那年月人们的信写得多好，看我们的信写得多糟。"他一生都在谦恭地给朋友们道歉，说自己的信写得"无聊而且愚蠢"。然而，除了很个别的例子，他说的与事实不符。因为，他那卷帙浩繁的书信随处可见风言风语、掌故轶事。有的煞有介事，有的道听途说，庄谐并存；有的是吹牛大话，有的是自我攻击；有抱怨，有忏悔；有给别人的指导，有自我反思；有无边而不乏智慧的捏造，有对朋友和敌人进行的人物素描；有惹人注目的中伤、回忆与预测，也有口无遮拦的文学、政治与社会言论；有某日某时所做所想的什么，并且连当时的气候信息都有。总之，还有千百个话题，那充满了他活跃丰富的头脑的话题。

除非场合要求语言细致精准，他的信从不摆出正式的架势，连装都不装。他清楚这一点，心不由衷地哀叹过，其实又满不在乎。"很多时候，写作最好的人往往写信最糟。"1929 年他说，"这几乎是定律。"1957 年他又道："此信潦草，满是错字；写得匆忙；是信，不想当散文来写。"尽管老这么说，他自己一定知道日后读者自己会发现，从他的书桌台子抑或打字机书写板上流出的每一封信几乎都给人留下印象：这是那个时代最具影响力的人物之一的东西，毫无疑问。

成年后终其一生，海明威习惯写信，甚至有写信强迫症。对他来讲，通信是生活必需品。如果算上水火之灾殃及的书信，或者蠹鱼乃至热带虫子咬噬掉的书信，更或者有意无意不声不响扔掉的信（自己或别人干的且不论），再或者箱子里保险柜里堆着的以及被人扣着不见天日的信，在 1961 年他死之前的 50 年里，他大约写了六七千封信，还不包括有时长信之后发的洪水般多的电报之类。

假如他没写那么多信，严肃的小说作品也许还要多产些。海明威自己常这么想："任何时候我能写一封好信，那就是我没在工作的征兆。"他曾经如是说。写信"是摆脱工作的令人陶醉的方式。同时又感觉你干了点什么"。他热爱写信，愿意"浪费"笔墨时间，无论身在何处，朋友在哪儿，皆令妙笔湍流或者涓涓细流。"只有习惯写了才难停下。即便是写信的方式我也愿意跟你谈，尽管话蠢得可悲，并且自说自话。"1951 年他对查尔斯·斯克里布纳如是说，时正当他书信之花盛开的岁月，约从 1949 年始，延续至 1952 年。类似的时期还包括：比如 1924 到 1928 年，他迅速成名的时候，名誉的阶梯有时他爬得快得有点不留情面。再比如 1939 到 1941 年，他写《丧钟为谁而鸣》时期以及之后。

即便是写小说顺利的时候，他似乎也需要通过写信来松弛一下创作的注意力。在信里，他笔头松懈，鬼才在乎，长得没谱，措辞重复；而正经写作时却一次超不过 500 个单词，约束自己给最佳的词汇以最佳的秩序。所以，一天"严肃"界限的写作开始之前，一大早他通过写信来热身，让脑子动起来。手头的故事或章节在下午或晚上放到一边之后，他用写信来"冷却"头脑，很像运动员在赛后于跑道上再慢跑一下。

表皮下是他特有的工作与游戏之间的区分。游戏属于调剂：在最紧张的工作间歇提供放松，如此严肃的写作才有可能完成。写信是他的一种游戏形式。正因为是游戏，他的信才浑然天成；假如内容和组织都有花费心思之苦，就缺少直截了当了。而写小说则是最艰难的那种工作。为了流芳百世，编故事的人得设计安排。尽管海明威不吝惜时间写信，书信于他还是副产品，是游戏产品，属于一时的创作冲动。书信不是旨在长远的写作。福特·马多克斯·福特一次跟他说，一个人"写信要总想着身后"。海明威 1950 年说，这话"给我的印象如此之坏，以致我烧了房里所有的信，包括马多克斯的信。你把只有 0.5 卡的豆壳攒着等身后？这破玩意儿？那就留着吧。它们可不是为身后写的，豆壳也不是为身后当燃料的，只为此日此时；身后的事情会自己照料自己”。

海明威说自己单词拼写比菲茨杰拉德强点。这牛皮吹得虽然不为过，但他一生却总在犯明显的拼写错误，比如 apoligize（道歉），responsability（责任），optomistic（乐观），its-self（其自身），volumne（卷）以及 manoever（演习）等。这最后一个单词对一个热爱军事语言的人来说总成问题。前面有了否定式，接着不用 or 却用 nor，这是海明威个人文风的特殊商标。对语法学家轻蔑，他在加 ing 或者 able 的时候往往保留原单词的 e，比如 loveing 或 comeing，再或如不朽的书名短语《流动的盛宴》（*A Moveable Feast*）。他从不在乎 who 和 whom 的区分，也不介意 lying 和 laying 有什么不同。“我对中学英语最后的记忆是，”他一次写道，“有回大争论，到底该写 already 还是 all ready。怎么会有这种争议？”海明威书写的时候常字迹潦草匆忙，难以辨认。每当此时，他总是忽略缩略语所有格撇号“’”。他很少在 t 上加横，或者在 i 上点那一点。他相信 Murphy 之类恰当名词的简单复数就代表 Murphy's 了。海明威写地名少有可信者，虽然他所知比所写强些；一般的借口是写错了因为字典隔着好几间屋子呢。“我的信拼写和结构不佳，是因为粗率，而不是因为无知。”1952 年海明威如是说。他的法语、意大利语和西班牙语能听，加上大抵不查字书，他常在这些外语标记上犯语法硬伤错误，又喜欢在信里用外国字当佐料。海明威的态度是，这些纠错小事能雇人做。也有人怀疑兴许不受约束的语言恰可达既定规矩的彼岸，反倒是有自己的生命力。海明威显然会同意阿特穆思·沃德的观点：“我们好好的干吗在乎语法？”

海明威有时竭尽全力避免人指责他在语言方面装腔作势；那习惯弄得人管这语言叫“海明威切口”。莉莲·罗斯在《纽约客》人物报道的文章里专访我们这位来这座伟大的城市度假的伟大作家，就用了几个例子。跑堂的带他进旅馆房间，他说：“接缝看上去还行。”参观了纽约大都会博物馆之后，他喃喃自语：“对像我这样的乡下孩子来说好玩。”午饭大嚼，说了句：“吃好，消化好。”这语言倾向开始似乎是为了避免不礼貌地重复单数第一人称代词，接下来干脆连其他人称代词也剔除了，连带一定的动词和普通的 an 和 the 之类的冠词。这可能跟他喜欢电报语言有关。他在报社干的那些日子就开始喜欢电报语言了。然而，演讲和写信的时候他似乎也这副腔调，因为他觉得这样讲话踏实简洁，有阳刚气。“与周围的人不同的是，”他一次写信给福克纳道，“从小……我总过乡下人的生活。”在谈及人类进入现代后逐渐堕落时他反复用一个短语，据他说这短语是从实有其人的一个印第安老人那里捡来的：“从前好，现如今臭屎一堆。”

海明威一封接着一封地写信跟他远方的亲友谈他所谓的“丑闻”，以令他们觉得开心好玩。已故伊丽莎白·德鲁写及十八世纪书信体文字宣泄时，称之为“谣言文学”(Literature of Gossip)。海明威的许多书信段落很可戴上这顶帽子。“把丑闻告诉我，总十分安全。”他写信对约翰·多斯·帕索斯说，“一个耳朵听，再从我嘴里出。”这种惠特曼式的唠叨常出现于哥们之间的闲聊，又极可能被复制，只要他手里有支铅笔或者钢笔；他们如果没东西听，他就写信再说一遍。谣言闲话从他记忆中流出，如西班牙酒从放倒的羊皮酒囊里流出一般。“我跟你讲个有趣的故事。”他常这么写道，故事经常是——有时有趣，或者吵吵闹闹，或者恶意中伤，或者话语不堪，但很少枯燥。“我写信是因为喜欢得别人回信。”1950 年他曾如是说。他如魔鬼咂摸滋味般地期盼回信里有“丑闻”。“跟我说说，”他总乞求，“我寂寞得很……此地无聊……有什么新闻？”他期盼的信和成百封不期而至的信雪片般来到他书桌上。假如他喜欢，就回信，从不放弃传谣或收谣的快乐。

海明威天性喜欢编故事，也有编故事的倾向，职业也是编故事的；所以他信里再陈的故事并不都可靠。他相信并且常说作家都是说谎的人，显然乐于在谈话和书信里实践自己的言辞。在作家自己的真假王国的地图上，疆界不是飘着的旗子划的。许多收信人和听他独白的听众被他煞有介事的神情所说服，相信所陈故事皆属实，结果届时发现大抵是虚构的东西。一辈子都在叙述，海明威总把报告文学和虚构小说混为一谈。在书信写作的热头上，他根本不想放弃这习惯。

末了，有充分证据证明他用写信的方式来进行职业理疗，大概等同于坐在心理医生的沙发上治病，以此缓解当天故事情节给头脑带来的压力。“我可以此刻把它写出来，也可以那样挥之去。”1926年他对宝琳·费佛如是说。25年后，他跟妻子玛丽说：“此信如空袭警报的哀鸣，在你的小钢琴上弹奏一下，让周围住的人害怕……我刚才是说今天有点情绪低落，对你倾吐以挥之去。”他的四任妻子不是仅有的听众，不过无疑的是她们听得最多。远在儿时，他写信给比尔·史密斯，用的是两人常模仿的奇怪的方言土语：“Havta carp along wit cheerful facial all diurnal and seek relief in a screed.”翻译过来是：“你一整天得满脸欢笑活着，然后通过写信来松弛一下。”

类似的陈述表明作者有忏悔心理。尽管如此，它们还不属于解罪请求——“保佑我，神父，因为我有罪”——它们只是对理解的要求，渴望合理的要求，甚至是想在别人的眼里心里看见羡慕的那种愿望。讲出内心的困扰能帮助他解脱红与黑式的愤怒，撇掉头脑里沸腾的残渣余孽，以满足同志式的交流需求，让信任的人理解自己并明白自己的生活大体是怎么回事。“我寂寞得可以。”他有一次说，“想写信给识文断字的人、知我所知而且似乎有头脑的人。”无疑，往往是他在自己跟自己解释，假定有个同情而默默的听者。在所有的通信中，一个声音反复出现：那便是热切希望别人照他本来的样子看待他，明白原本事情真相是怎么个情况，而不是广为传说的怎样怎样。

海明威 9 岁的时候写的三封“信”留到了今天。一封是在新奥尔良度假时写给父亲的，另两封是从南塔基岛写给母亲和姐姐的。这几封信粗略提供了艺术家少年时代的自画像。

亲爱的爸爸：上周五我们学校的水族馆水都混混的。我看了我从［德斯普兰斯］河里带到学校的蛤蜊。它夹住了我们一条大大的日本扇尾金鱼的尾巴。周六妈妈和我越过河那儿的要塞。它很高。我在河里抓了六个蛤蜊，有的小麦六英尺高了。你的爱子，欧内斯特 · M.海明威。①

亲爱的玛赛（琳）：在野外的时候我们屋赢了库恩兹屋。阿尔 · 伯山姆把钱德勒斯两颗牙齿打掉了，打架时。你亲爱温柔的胡德小姐让史密斯先生抱着他，用野兽皮带抽他。可爱的欧内斯特。

亲爱的妈妈和玛斯：我考过上六年级了，玛斯也是。爸爸和我得了些野玫瑰和野草莓。厄苏拉也考过了。周日学校野餐是明天。《圣尼古拉斯》［杂志］来了，没有玛斯写的那篇谈鸟的东西。艾米丽 · 哈丁寄你个铜碗当生日礼物。我们去了森林公园，来到大峡谷，它就像个巨大的滑坡雪橇。桑尼和特德害怕极了。可爱的欧内斯特。又及：爸给我 5 块银币奖励考试及格。

这些小信札直指他未来的某些偏好：热爱自然，对剧烈的体能运动感兴趣，乐于竞争，对个人的无畏感到自豪。尽管如此，它们并不代表少年时期的无度。再过些许年，我们自认所最了解的海明威才从雏菊童年期走出，出现于比他处在青春期的边缘时更崎岖更

① 此信拼写错误多多。如 fish（鱼，单复同形）写成 fishes，tail（尾巴）写成 tale。——译注

广袤的世界。我们因此首先选 1917 年的那封信：18 岁的结实小伙，中学刚毕业，在北密歇根湖畔的土地上收获土豆和牧草；活快干完了，歇下来回忆在左近霍顿湾刚抓的四条大鳟鱼。44 年后我们与他告别时——一个世界级的人物，病体老迈，充满幻觉，过度紧张，站在自杀的边缘——想想远在天边田园风光里的那个高个子年轻人，真是让人动心；那是基督教中产阶级家庭一个被人关爱的子嗣，勤劳，有责任心，渴望父母的赞扬。到 1961 年，他变了，但还不彻底。海明威生命最后几个星期里写的两封信反映出他仍然欣赏美利坚风光，仍然乐道美国的两条大河：密西西比河和黄石河；在那里，鲈鱼仍旧在跳，鳟鱼仍旧在游；60 年生命转瞬已逝，鱼们仍在跳，照旧游。

1917 年初秋，海明威行将开始第一次离开家庭圈子远游六个月，初出茅庐，去《堪萨斯城市之星》当记者。1918 年 5 月，他向相反的方向旅行，此行的结果影响更深远。这次火车带他到了纽约。在纽约，他激动不已地探索这个大都会；穿着崭新的军装行至第五大道，随后高高兴兴登上部队的运兵船只去意大利北部开救护车。不到两个月，他成了皮亚韦河前线首批美国伤病员中的一员，米兰新建的红十字医院最早一批伤员中的一位。

他从米兰给家里写的信，反映了对自己战场表现的骄傲，在战火中勇敢行为的自豪，以及恢复期间如何克制；同时反映了他乐于对战事有所贡献，那场战争本该是打来结束一切战争的。1919 年 1 月，回到橡树园的小伙子改变了许多。参与作战、伤势严重、与红十字会护士恋爱、在异国结识新战友诸事都开阔了海明威的眼界，使他长大成人。两年前汗流浃背给《堪萨斯城市之星》写报道，这回有强烈愿望写另一种东西。他现在学会了喝酒抽烟；对有女人为伴的兴趣也显然增强，虽然不到他日后吹牛吹的那个程度。

内心的野性呼唤仍然强烈，于是夏秋最好的日子都是在北密歇根湖畔溪流度过的，不愿忙着去找工作屈身就饭碗，先抓条肥鳟鱼吃了再说。《军人之家》里的科瑞布斯和《大双心河》里的尼克·

亚当斯的经历是海明威战后初期生活的最佳小说叙述。不过，两篇小说的背景以及其他作品的背景都生动地反映在他同一时期的书信里了。我们可以从这些信里追溯他文字的变化。这些信加起来是他写的最长的“书”，是他最接近自传的书写方式。

除了家人，那些年他的写信对象有：一起在密歇根度夏的忠实少年伙伴比尔·史密斯、比尔·荷恩、豪厄尔·詹金斯，还有一起在意大利开救护车的拉里·巴涅特，佩托斯基他那15岁的“路可嬷嬷”格瑞斯·昆兰，伊萨贝尔·西蒙斯，稍后有橡树园邻居戈多尔芬以及未来的妻子圣路易斯的伊丽莎白·哈德莱·理查森。

随着场景变化，通信人的名字也变了。不久，海明威写信的对象包括一些当时最著名的文学人物：欧文·韦斯特、埃兹拉·庞德、舍伍德·安德森、葛特鲁德·斯坦因、詹姆斯·乔伊斯、多斯·帕索斯、菲茨杰拉德、阿奇巴尔德·麦克莱什。不久，他与如下出版人进行了接触：罗伯特·迈克阿尔蒙、厄内斯特·沃尔什、哈罗德·洛布，以及霍瑞斯·利弗莱特；海明威并不真喜欢他们。他的写信对象还有：帮他起步的爱德华·奥布莱恩，别人模仿不了的编辑麦克斯威尔·帕金斯，最后是老少两代查尔斯·斯克里布纳；这些人他都相处不错，有口碑。20年代和30年代期间他给沃尔多·皮尔斯、亨利（迈克）·斯特拉特写了大量的信，这两位是他美国画家圈里的主要密友。他也写信给《布鲁克林每日鹰报》巴黎办事处的盖伊·希科克，互相开玩笑对骂。与他先期和后期通信的记者还有：《纽约客》的詹尼特·弗兰纳和莉莲·罗斯，《纽约时报》的J.唐纳德·亚当斯、哈维·布莱特和查尔斯·普尔。他与《老爷》杂志六年的交情引发了与阿诺德·金里奇的友谊；这段友谊贯穿了西班牙内战时期。在成功地使埃兹拉·庞德获自由的过程中，海明威与罗伯特·弗罗斯特和T.S.艾略特发展了点头致意的友谊。他写信的主要文学评论家对象有埃德蒙·威尔逊和马尔科姆·考莱，还有苏联的伊万·卡什金。海明威晚年还同80多岁的艺术史家贝尔纳德·贝壬松建立了愉快的通信关系。一些最有见地的关于菲茨杰拉德的文字是寄给菲氏传记的作者阿瑟·米泽纳的。他最喜欢的雇佣兵是E.E.多尔曼-史密斯，稍后叫欧格万，一战回来后的终生朋友。查尔斯·T.朗汉，他心目中二战及战后的主要军队英雄形象，也是他最喜欢的人。在生命最后的十年里，海明威常写信给阿德莲娜和吉安弗朗哥·伊万奇奇姐弟，他们是他所谓家族“威尼斯分支”的核心人物。海明威承认威廉·福克纳是他在美国小说领域的主要对手。他对福克纳的评估时冷时热，一般是通过第三方来提及后者的。尽管如此，海明威和福克纳互致对方的信至少各有一封保留下来了。

观察这“乡下小子”逐渐脱离少年时的乡土气、开始以不名一文拜见者的身份与名人打交道是件很能帮助了解海明威的事情，也很有趣。接着是社会、文学层面的平等交往，最终在他命定的领域作为大师与别人交往。20 世纪 20 年代海明威的书信生动地反映了他为获得承认而进行的奋斗。正如许多划时代的作家一样——福克纳是另一个例子——他得为读者创造一种品位，同时自己的作品也被这种品位评判、接纳；海明威并没有即刻突破。直到 1925 年秋，战后他来到巴黎四年以后，《在我们这个时代》这个第一本引起人注意的短篇小说才为海明威树立起不太起眼的读者群。《太阳照常升起》的出版给他打上无可怀疑值得较量一番的作家烙印，那还是一年之后的事情了。

同年，即 1926 年，海明威私人年历里特别难过的一年。他说自己“不是圣徒，也不是圣徒的材料”。较早的书信有些已经反映了他非圣徒的一面，今后几年的岁月里还要暴露一些。在背后咬人一口的技术在他一开始就不是新手；然而，他早年晚年都被很多人背后咬过。回头以加倍的兴致反咬一口是他的特点。海明威脾气坏是出了名的，无论何种对他不利的批评都惹他发脾气。海明威非关文学的不满有时凝结成排斥，从前他爱过的人成了排斥的对象。他母亲因为寄给他关于《太阳照常升起》的侮辱性评论，被指为对他不忠。他姐姐因为责怪他离开第一个妻子也同样被指不忠。受到一样指责的还有他最小的妹妹，因为她违背他的意愿嫁人了。有人夸他的作品总令他高兴；贬损的评判则点燃他的怒火。海明威经常威胁要痛打跟他作对的人；虽然很少真的那么做，但还是显露他从小欺负人的苗头。他修改了吉卜林《假如》里的一句子，吹牛说他可以“与小人同行而不失寻常本色”。在他，这寻常本色往往成为朝牺牲品不幸的头上涂抹的醋和苦胆；他对罗伯特·迈克阿尔蒙、麦克斯·伊斯特曼、埃德蒙·威尔逊、葛特鲁德·斯坦因和温德姆·刘易斯的批评即如此。海明威对詹姆斯·琼斯的过度攻击简直让人难以置信，这可是斯克里布纳公司一起出版东西的同行作家啊。他认为琼斯没有尽到战士的责任，即此一端就招来他的攻击。海明威通过谩骂来广泛清洗郁结的情绪，谩骂的强度至少不次于江纳森·斯威夫特的口吻。被他贴过“笨蛋”标签的人多种多样，其中包括富兰克林·D.罗斯福、蒙哥马利元帅、勒克勒克将军、安德烈·马尔罗、斯佩尔曼大主教以及参议员约瑟夫·麦卡锡；不太有名的还有几十个人。

《丧钟为谁而鸣》有一段文字虽然有力却不乏毒素。海明威坚持保留，他自我辩护的理由是删除它就像“把低音提琴或者双簧管”从交响乐队里剔除，“因为单独演奏时这两样乐器都很难听”。难听的咩咩声音从未消失于他的书信。很遗憾，他有时还用 frog（法国佬）、wop（意大利佬）、jig（黑鬼）和 kike（犹太佬）之类的字眼。尽管我们得提醒自己——像弗罗斯特、庞德和艾略特（姑且点几个）一样——海明威出生的时代里，这些表述词语在美国社会大多数层面很遗憾地属于常用词。海明威的反犹态度不过是表皮的。他的反犹只停留在口头习惯，而不像庞德那样成为恒久的主题。在《太阳照常升起》里，哈罗德·洛布成了当街示众的罗伯特·科恩，有人指责海明威让此人成为示众的对象，海明威反驳说，法律并不因为一个行为不端的粗俗男子碰巧出于犹太血统就禁止描画他。《丧钟》里上述那段文字显露出的海明威对巴黎大基诺剧院的口味引出几个段子，也许这些段子都不足信，但都说他在二战期间定有害人行径。没有必要过度详述类似不得体的例子。这些不得体是跟一个复合人格结构里的其他毛病并存的；在正常情况下这一人格结构够高够强壮。假如他的信里时不时冒出近乎自大狂式的傲慢吹牛，那很有可能不过是口头角力，以掩饰常常袭来的自我怀疑，即便是对自己的作品深信不疑的时候也复如此。他的疑心病像延长的呻吟伴随了他一生；这疑心病可以用他自己反复承认的说法来解释，即便解释不掉：疾病是文学产量的大敌。

海明威的缺点是实情，不可否认，事实上连他自己也不否认。他的有些品质也许平衡了他的缺点，这些品质使人扭转了对他的看法，有利于他。海明威必须被提到的美德有：终生坚持利用并开发自己的天分，作为艺术家的他内心正直，坚定地维护所从事艺术的尊严，不懈追求优秀，于己于他人的作品皆如此。海明威与安德森、庞德、斯坦因、福特、菲茨杰拉德、威尔逊、麦克莱什和福克纳的文学关系都惊人地显示他对表露竞争精神的兴趣，对俗套的痛恨，对草率从艺的厌恶，对避免重复的自豪，以及对勤勉、独立、诚实的高度重视。

作为一个人，他热爱坚毅、勇敢、有荣誉感、彻头彻尾诚实的品质；在自己的行事里也尽量遵行这样的操守，包括金钱方面。海明威的慷慨表现在许多领域：对老弱病残他即时表现出同情，对丧失亲人的人和被压迫的人也如此。海明威尊重形式的美、表演的精湛和耐力的持久。无论在哪儿发现这些，他都表示尊重，比如在如下人群：猎手、射击手、渔翁、向导、追踪者、剥兽皮的人、骑手和赛马的马匹、拳击手和回力球冠军、军事谋略家和史学家、棒球投手、接手和内场手。父亲的概念在他天平上也很重。他“热爱”自己的父亲“很长时间”，并把这种父爱传给了自己的三个儿子。他把自己极其复杂的人生经历中获得的经验知识和实用智慧与儿子们分享。海明威不太喜欢湿漉漉哇哇乱叫的婴孩儿；孩子长大成熟到能够对话，他的感情才增加。他给孩子们的信充满指引的光芒，属于最佳慈父传统中物。

海明威是很喜欢群居的人，他的交友能力也是身上明显的品质。海明威书信反映出他渴望聚集最近的男性朋友一起打猎、钓鱼、喝酒或者用来聊天。从他19岁到59岁，形式鲜有异样。“来啊伙计，”他撺掇豪厄尔·詹金斯和杰克·潘特考斯特，目标是去密歇根范德比尔特附近的潘恩巴伦斯钓鱼。他提供装备和枪支，他们则必须带足够的格洛格酒和香烟，此外还有足够的弹药，好在荒野中拿任何经眼的鹿啊熊啊之类练枪法。“来啊伙计，”他写信给比尔·史密斯、多斯·帕索斯、唐·斯蒂瓦特和哈罗德·洛布，一边计划着去一年一度的庞朴罗纳狂欢节呆上一周。“快来快来，”他从基韦斯特反复呼唤迈克·斯特拉特、沃尔多·皮尔斯、阿奇·麦克莱什和麦克斯·帕金斯，希望他们一起来挑战最近的湾流。分享是要紧的，这分享双倍三倍地增添他男子汉技能或耐力成就的快乐。“出来出来，”他从怀俄明州的诺德奎斯特牧场写信。盛情难却，先后应招的有查尔斯·汤普森、多斯·帕索斯、汤姆·谢夫林、比尔·荷恩及另一些人。人来了，他显然异常开心；人不来，他极度失望。“你了解他的，”海明威在米兰的红十字护士艾格尼丝·冯·库洛斯基写道：“男人们都喜欢他。你知道我说的话的意思。”她的意思是说，海明威的社交天性需要心灵相通、用意良好的伙伴陪着；有他们在他就能放松、吹牛、显摆、八卦并听人家八卦，讲荒诞不经的故事，开粗野的玩笑，射击，钓鱼，喝酒——往往是赛着来的——跟身量、力量和冒险精神相当的人分享所有、所知。

他跟所有朋友在一起的时候，都以扮演老师的角色而自豪，以有经验的知道内情的人的面目为荣：即便不是全部，我也知道很多，并且渴望传授给你们相应的答案，比如怎样才能在轮盘赌、赛马或者扑克牌游戏里获胜；从巴黎到蒙特鲁斯该怎样走，从芝加哥到霍顿湾该怎样走，从纽约到内罗毕该怎样走；比如怎样制作血红玛丽鸡尾酒；怎样击败对手；怎样跟海关官员智斗。“时刻准备着”也许是他的座右铭。海明威总是备有他所谓的“情报”，也就是最新最可靠的信息，诸如什么钩子虫子适合钓硬头鳟或虹鳟鱼，什么饵料适合枪鱼，什么枪适合危险的游戏，什么维生素适于健康。除了什么什么、如何如何，还有谁谁、什么时候、在哪里之类的世俗知识，索问即答。

海明威留给人的另一个表象：他是个勤奋的统计员，永远在记录重量尺寸、维度距离。他详细记录每天写的字数，并制作表格；他有日志证明自己是个多厉害的钓鱼手——每个战利品的长度和重量，钓它所需的时间。海明威住处的卫生间里到处是他体重的日常记录，晚年还有血压升降的记录。他对银行里自己的账一清二楚到分；自己写的书的销售数字也了然于胸；这些书挣了多少版税，个人所得税交了什么样可怕的数字他都知道。

我们在书信里检视海明威某些性格特质；然而，与书信本身活的细胞组织相比，任何类似的巡阅都显得苍白无力。他情绪好的时候很讨人喜欢；气候潮闷的时候他会牢骚抱怨满腔爆发；他时而温柔敦厚，时而粗鲁无礼；时而节制，时而失控；时而谦虚，时而虚荣。海明威是个狼吞虎咽读书的人，常整本整本地吃书到深夜；在文学评判方面，他总是直截了当，有时则异常机敏。尽管如此，海明威也常常对别人作品的好处视而不见——比如亨利·詹姆斯、伊迪丝·沃顿、E.M.福斯特或者维吉尼亚·伍尔芙——这些作家都不入他的法眼，属于表现不佳者。在 1928 年写的一首“诗”里，海明威说“寻找秩序/会发现在经验的接受里/有某种纪律”。这里发出的是实用经验主义者的声音。先是某种态度，逐渐巩固成行为的准则；他选择按照准则生活。在经验的不断锤炼下，其他东西逐渐跟着改变。海明威的宗教观从 1918 年欢快的新教徒改到 1927 至 1937 年名义上的天主教徒，观此转变很引人入胜；二战后他又变成感伤的人道主义者。海明威的爱国主义年轻时表现为生机勃勃的理想主义，“大萧条”岁月则发展为犬儒主义。服役期在欧洲战区作为观察者和参与者时他就形成了对生养他的国家的热爱，这种爱在他晚年又强烈地复苏。假如说随着年龄的增加，海明威的婚姻道德观越来越世俗的话，他对家庭理想和伦理观念却保留了些许尊重，这些是他的出身成长环境培养灌输的。他曾经说，国内外政治给他的感觉是从痰盂里取水喝。在权力的座椅上粗暴地胡乱管理这个世界的所谓政治家们属于他眼中的主要恶棍。作家们则应该像吉卜赛人——“边缘人”——他如是称呼他们——偏居一隅，填充边际，对世人接受的观点表示不屑，讥讽华盛顿、巴黎、柏林、罗马沙龙里发出的政令布告，或者任何种类其他政府的交椅上发出的同类东西；这些统治机关是被统治者生命和财富的不速之客。海明威对抽象的概念或者形而上学的论述深恶痛绝，他拒绝知识分子的辞藻和哲学家的姿态；他的有些理念的阐述和美学声称甚至能让人吃惊，只有一个人在奋力掌握文字媒介期间才会学来那些东西。

人们可以随意疑心这部书信选集只收保留读者对写信人好印象的篇什，或者能让读者更喜欢写信人的篇什。我们这里不作类似的企图。为了反映大批书信的整体面貌而篇幅又不至于超过一册，许多信当然不得不排除。收入此卷的信选择标准是信的内容要有趣并且有价值。几乎每封入选的信至少能为反映海明威职业生涯的某些方面提供新的启示之光：从早年在《堪萨斯城市之星》和《多伦多星报》当记者到晚年写《流动的盛宴》时期。这些书信也相当详尽（也是读者期盼的）地揭示了海明威与家庭、几位妻子、儿子、朋友、敌人、作家同行以及世间各式各样人物的关系。书信还描述了他在四大洲二十多个国家的游历，近距离让读者看见了他命定环境里生活和思想的轨迹。

这些信的作者主要写严肃的作品。他深知自己的声誉和影响最终必须依靠长短篇小说。这些信虽然形式上远不那么正式，却像他的小说一样自身包含作者的实质——当然不完美，像人类其他成员一样有缺陷有瑕疵；然而又生动活泼，令人难忘。

“他是，”海明威的朋友阿奇巴尔德·麦克莱什写道，“我所认识的人里最具人文和精神力量的生命。在一间屋子里让人感到像欧内斯特那样存在的人在我眼里似乎只有富兰克林·罗斯福，当然丘吉尔也不例外。”这种存在在他的小说里也大抵是看得见的——甚至有声有形。海明威的书信里也能找到这种特质：生活报道随意轻松写来，悲欢得失一样不少。他热衷写信，至死方休。“请宽恕我又长又蠢的信。”他一次对贝尔纳德·贝壬松道，“我写信而不写小说，是因为写信给我带来奢侈的快乐，我希望它们也给你奢侈的快乐。”在贝壬松和其他许多收信人看来，这些信的确给了他们奢侈的快乐，并且不止于此。既然他已经故去二十年，就该让这些信有更多的读者；海明威的书总是拥有着广大的读者群的。

卡洛斯·贝克

致安森·T.海明威

1917年8月6日，密歇根州瓦龙湖

亲爱的爷爷：

一直想写信谢您寄我生日礼物和报纸。可是，我们每天投入12个小时割草、在农场上干活。[1]期盼下雨，地里什么都干了。如果再不下雨，我们就得失掉土豆。吉奥叔叔和家人、格[瑞斯]姑姑和泰[勒]叔叔明天来这儿过一天。干草都收完了，可以轻松一点了。爸爸的福特车汽缸弄干净了，现在好开了，他不会考虑卖它了。

前日夜里我抓了三条虹鳟鱼，一条6磅，一条5磅半，一条3磅半。还在霍顿湾抓了条两磅的溪鳟。此地抓溪鳟，最大也就这样了。

我当然喜欢您寄报纸给我。此地除了迟到两天的日报，什么也没得读。

我也许在这里过完10月，给[吉姆·]迪尔沃斯干活。今秋不打算去伊利诺伊大学。回家后要么去[加利福尼亚]莱塞斯特舅舅那儿，要么去《芝加哥论坛报》试着找份工作。到明年该有着落了，那时可以上学去。

爱您和奶奶

欧内斯特

(此信藏肯尼迪图书馆)

[1] 从温德米尔海明威家的小农舍越过瓦龙湖就是龙菲尔德农场。

致C.E.海明威大夫

1917年9月19日，密歇根州霍顿湾

亲爱的爸爸：

我昨晚从瓦龙湖来到这里［J.S.迪尔沃斯太太的潘恩赫斯特农舍］取邮件，再拿些衣服。现在看来，还有60蒲式耳可卖的土豆；不过这60蒲式耳可是上好货。你看，上好的净货有，疙里疙瘩的小玩意儿也不少。

我建议把好的都运回家，既然卫斯理［·迪尔沃斯］每蒲式耳只付85美分。沃伦［·萨姆那］关节扭伤了，都是我自己一人挖的。

我指望到星期六晚上干完，把它们都运到霍顿湾。这里的地干得像粉，恐怕晚种的豆子永远也熟不了了。早种的豆子就要长出来了。卫斯理建议把这些土豆运到O.P.［橡树园］去。我把它们挖出来，然后把好的挑出来放进柳条箱，再装进袋子里。傍晚沃伦来了约一小时。我们把土豆放到石船上，再运到谷仓。

今天"密苏里"号［湖里的蒸汽船］给你装去了我在明信片上提到的一桶苹果。我想，你也可以享用一袋土豆。这袋土豆是上好的那一批。

请马上指示。假如你要，我下星期三就给你运过去。船运。

我计划10月的头一个星期某时离开此地。曾经想雇伯拉克家捡拾土豆，但他们要5美分一蒲式耳，我于是让他们别干。

你的

欧尼

又：为什么不偶尔寄份《论坛报》给我？

EMH

(此信藏肯尼迪图书馆)

致家人

1917年11月19日，密苏里州堪萨斯

亲爱的爸妈：

这是我起头写的第三封信了。先头给别人的信都放一边了，这封是 6:20 干活后起手写的，所以尽量写完它。上两周忙得很，净干些琐碎的事情。上星期二我们都被叫出去训练演习了一整天。昨天我去泰叔家吃晚饭；早上他家新房紧邻着了大火，一个大谷仓烧着了；我去的时候消防队正赶到；帮忙劈开门，把消防水龙头送上房顶；总的来讲一天过得还可以。也许我要在海恩斯小姐家再呆上两周；到今天为止我已经呆了一个月了；两周后就能走人。[1]很高兴贝利一家上星期天又露面了。我收到他精彩的信，还有艾尔·沃克的信。艾尔问候你们。他在奥里维特。除非有什么人来，否则没有煤烧。不久学院就得关门。《星》报就没有短煤的危险。多谢给我邮票，寄信方便多了。上周我处理了一件谋杀案报道，一群笨蛋警察。也有一两回基督教女青年会基金之类的劳什子，我于是混为一谈。家里怎么样？出事故当然不好，不过能砸烂艾特伍德-罗果夫斯基车业土匪无论如何总是件好事。我已坐了几回救护车了。这里流行天花，我想明天可能还要接种疫苗。阿拉贝［尔］姨妈在腌制许多食品，在“食品”圈里很高调。新来一个叫约翰逊的好玩至极，动作速度如谷地小山民一般，我们一定是激发了他稀有的品行。有一个花花公子很敬仰品克尼，他是卡车队队长。往北走之前我会先去俄克拉荷马。现在得说再见了，想吃点晚饭的话只好打住。曲奇饼好吃极了。我爱你们。

欧尼

又及：收到你们的信了。多谢寄来包裹。也许它明天能到。

（此信藏肯尼迪图书馆海明威特藏部）

[1] 海明威 10 月 15 日坐火车到堪萨斯，10 月 18 日起为《星》报社工作。他新近参加了密苏里国民自卫队。11 月 15 日海明威致家人信中说：“我计划在此工作到春天，参军前再过一个好夏天。在任何情况下都不能再置身事外了；届时还不参与就很难。”（肯尼迪图书馆藏海明威书信）

致格瑞斯·豪尔·海明威

1918 年 1 月 16 日，堪萨斯市

亲爱的妈妈：

我今天才收到你的信。我开始奇怪怎么听不到家人的音讯。火车被困了，样子狼狈得很。此地零下 20 度，虽然没多少雪。在堪萨斯，大多数乡野下了两三英尺。西来东来的火车都无法通过。我们肯定要被切断一阵子。这里短煤的现象还是很严重。春天快来了，我们该谋划一下了。妈妈，擦干你的那些眼泪开心起来，你得找些更值得你担心的东西而不是那个。别为我不是个好基督徒而烦忧哭泣。我一如既往是个教徒，每天夜里祈祷，还是坚定地信仰上帝。所以，开心起来！我是欢快的基督徒，因此不该让你烦恼。

我礼拜日不去教堂的原因是因为我总不得不工作到凌晨 1 点出《周日星报》，时不时还工作到 3 点 4 点。无论怎样，礼拜日上午睁眼已是 12:30 午间。所以，你看，不是我不想去教堂。你知道我不极力赞扬宗教，可也算尽量诚心地当个基督徒了。礼拜天是我一周里可以睡足的唯一日子。再有，阿拉贝尔姨妈的教堂讲究穿着风格，牧师也不可爱，我感觉不是地儿。

妈妈，你写卡尔［·埃德加］和比尔［·史密斯］[1]的话我读了非常生气。我立刻要回信说说我的所有想法。然而，我还是等到冷静下来。你从未见过卡尔，了解比尔也仅表面，却如此不公正。卡尔是个“王子”，待人最真诚，是我所知真正的基督徒；他对我的影响大过我认识的所有人。他不像皮斯利那样嘴上总挂着宗教，但内心却是个真诚的教徒，一个绅士。

我从没问过比尔去哪家教堂，因为那无关紧要。我俩都信上帝和耶稣基督，希望有来生；教条并不重要。

请别再不公正地批评我最好的朋友。高兴起来吧，因为你看见了我并不像你说的那样游移不定。

爱你的

欧尼

别读此信给别人听，回到开心的状态！

(此信藏肯尼迪图书馆)

[1] 小威廉・史密斯，海明威少年时期在密歇根度夏时的密友，1895 年 8 月 20 日生于圣路易斯，1972 年 1 月卒于弗吉尼亚州阿灵顿。他与海明威 1916 年在密歇根州霍顿湾结识。比尔和他妹妹凯瑟琳・福斯特・史密斯(凯特或凯蒂，日后约翰・多斯・帕索斯夫人)跟他们的姨妈约瑟夫・查尔斯夫人一起在潘恩湖一个小农舍度夏，日后此地重名夏勒瓦。卡尔・埃德加，海明威给他外号奥德加，是北密歇根度夏时期的另一个朋友。此时他在堪萨斯居住并工作，爱上了凯特。他在海明威短篇小说《度夏的人们》里出现，就叫奥德加，见《尼克・亚当斯故事集》(纽约，1972 年)第 217—228 页。

致格瑞斯・豪尔・海明威

1918 年 3 月 2 日，堪萨斯市

亲爱的妈咪：

包裹今晚到了。我们刚才在新闻发布室把它打开，那蛋糕当然好极了。大约四个人在此，打开盒子吃蛋糕。是桃子味儿的，我打算把剩下的带回家和卡尔一起把它吃完。同事们都同意海明斯坦妈妈一定是个大厨。大家一起大声给你唱赞辞。这块蛋糕今晚可解了饥了，令报人唏嘘不已。这里没什么太忙的，除了和医院斗。[1] 事情奇妙得很。昨天我正式被院方主事的阻止进入该机构。“老板”和政客们一定是在搅和。我们完整地拍下了他们的猫腻。老板说别管阻止不阻止的，仍然派我去无论如何找罪证。所以，各种动静都有。我每天同执行主编开五次会，开得晕头转向。我们肯定是打草惊蛇了。他们之所以不让我进门，是因为我有足够证据让他们都挨近刑罚。无论怎样，他们一定恨死海明斯坦，不惜手段要给他安个罪名。

然而，我们光明正大与他们斗。

很高兴孩子们都更好了。问候爹，我下次给他写信。很高兴“老象牙塔”［玛赛琳］过得这么开心。

祝你们好运

欧尼

问候大家

欧尼

（此信藏肯尼迪图书馆）

[1]“我们正大斗医院和卫生委员会……委员会政客们自今年年头以来贪污了27 000美元……我报道医院和医院贪污情况的调查。”（海明威1918年2月23日致母亲信）（藏肯尼迪图书馆）

致父母

1918年4月19日，堪萨斯市[1]

亲人们：

我当然高兴得知你们的音讯，不管是爹的还是妈的。我这里一切都好。此地下大雨，下了一整天了。我把麦基诺呢子大衣穿上了，还把领子翻起来，让它下吧。这周忙征兵的事，写军队的故事，海军，海军陆战队，不列颠加拿大应征的士兵，还有新近的坦克兵。我随信寄给你们几个坦克兵的故事，有些写得很不错。我有望在2号见到你们，一有准信我就通知你们。[2]家里一切还好吧？

晚安

欧尼

（此信藏马里兰大学）

[1] 海明威此时结束了在《堪萨斯城市之星》为期6个月的工作。
[2] 他新近向驻意大利美国红十字会（ARC）救护队提出申请。

致家人

1918 年 5 月 14 日，纽约

亲人们：

我们被安置在华盛顿广场一个很不错的旅馆［厄尔饭店］。格林威治村的中心，离第五大道和拱门只有半个街区，就在广场。哈佛大学一伙今天早上就离开了；据最新消息我们下周二开拔。同时，我们在纽约的吃住都有人支付。我们每人发了一个军官箱子、正规美军军官服，衣服上有美军军官军衔识别记号，我的名字和单位都刻在箱子上；此外还发了军官大衣，一件雨衣，一顶夸张的野战部队帽子，一顶军装帽，四套厚内衣裤，软牛皮驾驶手套，一副科尔多瓦皮革制飞行员用的护腿，两双军官鞋，一件织毛衣，六双厚羊毛袜子，两件咔叽布衬衫，一件羊毛衬衫，还有许多东西我记不住了。每人发的装备价值 200 美元还要多。我们的军服是正规美军军官服，看上去像一百万美元的东西。列兵和军士见了我们得敬礼。等护照一来我们就能穿军装了，现在只名义上拿到了。芝加哥地区的护照都没下来。一旦我穿上军装就去拍照。现在所有东西都装进箱子了。

我昨天见到特德［·布鲁姆拜克］了，现在我们在一间屋子里住。我们单位有一帮花花公子，会过得很开心的。特德很高兴爸爸见了他，很遗憾没有见到家里别的人。

我们的时间属于自己，不用跟别人报告。今天早上我试了一下军装，下午特德、豪·詹金斯、哈弗·奥斯特霍尔姆、杰瑞·弗拉赫提和我一起驱车去炮台公园和水族馆。我们四处游荡，爬上 796 英尺 62 层楼高的伍尔沃思塔楼的顶层。从房顶上能看见迷彩的船只进出港口，远望“东河”至“地狱之门”；在霍布肯，“祖国”号现用于运输，在船坞里停着。她上次远航法国来回用了 14 天。河滨大道我走遍了，还从北边的哈莱姆河看纽约；去了格兰特的墓地，去了南边的“柿油女史”［自由女神］像。从伍尔沃思塔楼看纽约真是好极了。一旦我穿上军官服，我就和“夫人”订婚，已然调查了有没可能在街角的小教堂里办婚礼。我一直规划着当上军官后结婚，你们知道的。是新规定让我们成为军官的。我们相当于伪装的一等军士。之所以说我们像飞行员是因为没有命令我们的人。作战部规定去海外服役航行出发前三到四天要穿制服。于是就有了等待护照签证之事。写信给我寄到旅馆。

爱你们多多

欧尼

(此信藏肯尼迪图书馆)

致戴尔·威尔逊

1918年5月19［18］日，纽约

亲爱的威尔斯：

哈哈！哈！哈！哈！哈！以书信的形式给你诉状的不是别人，而是海明斯坦家最伟大的那个人。伍德罗，我的孩子，逗号，你好吗？感谢你寄来老“自由债券”。用史密斯的话说，你春风满面，这再好不过了。那了不起的希柯斯——他那乌龟壳的姿态和可怜的没屁帘样儿——他怎么样？他还归属于伟大的芝加哥人、“风城”最高贵后代又没有恶意的家伙吗——引语——告诉他我休战。不过，也得帮我这个忙。布鲁姆斯坦家［布鲁姆拜克家］的故事和我的悲惨结局来的时候，别让他这个有名的“缺裤子”读抄稿，因为我担心他连死人的名字都会删。虽然命运悲惨，你却没有死，这会让你爱开玩笑的癖性指向那一点。

下面说说赤裸裸不掩盖的事实吧。托德·奥米斯顿那白种新闻奴隶还每两个月从威廉·摩尔海德那里领津贴吗——就是那个名叫“破落威尔”的？满面春风的史密斯避开了了不起的戈斯的暖掌，对他说戈斯，他史密斯是多么愿意为他戈斯办的报纸工作？佩格·

沃翰还花钱找屁屁吗？利奥小可爱还一天到晚觉得有屁屁在找他吗？伟大的弗莱斯勒还跟踪诡计多端的歌德弗瑞的影子（这影子也许映在希伯来猪跟前）寻找新闻智慧的明珠吗？没有了塔斯马尼亚的斯诺贝拉特这个丛林人兼自食其果的射箭手，塔嫩博姆过得怎样？啊？我问你呢？[1]

喔，他们发给我们军服了。我们现在是荣誉一等军士。伟大的海明斯坦大步走在百老汇。前夜还礼367次。自那以后他成天坐公交车。右胳膊舒服多了。今天我们游行到第五大道，从82街走到8街，接受老伍德罗和夫人的检阅。还有一帮大虫（“巨虫”的俚语）。伍德罗一点都不像照片上的他。我们都是委任的军官，在一个中队里而没有指挥官。由于体型威猛、面貌完美，海姆斯泰司作为不二人选当了你们的最高剪裁官，你们自当恭听他的粗声。我的职责大抵是正确指引你们第一排或首排。今天作为你们正确的向导，我独自大步走在这古老的大街上，感觉孤独得要死。不过，在眼睛右方，我清楚地看见了伍德罗。[2]

下面的话别告诉人，孩子，不过我们却是忙里偷乐。我的护照今天到了，星期一就能拿到法国和意大利签证。下面的话也不能告诉人。我外出去会了梅[3]几次，明天晚上还去那儿吃饭。我也花光了每一分钱。玛什小姐真的说她爱我。我跟她提议（将来结婚去）街角的小教堂，她却认为自己不想当战争寡妇。于是我掷下爸给我的150美元买了个戒指，无论如何我是订婚了。也破产了。死翘翘了。我本另有100块，可我用它买了一双科尔多瓦皮靴、一些干果、几瓶饮料，全花光了。不管怎么说，我的姑娘爱我，会等我回来。比尔，我他妈的怎么样？也许我能获忠于上帝委任状。天啊，她真是个好极了的姑娘，威尔斯！在我眼里真是好得不得了。假如你想说，可以告诉庞克·沃勒斯我订婚了。不过，看在上帝的分儿上，别在伙计们那里传，也别公开。

呃，再见了老伙计。替我问候哈普，也记得向皮特、老板、哈瑞·科尔和约翰·柯林斯问好，还有庞克、比尔和哈瑞·G.、斯文森和史密斯。

祝你好运

海明斯坦

(此信藏普林斯顿大学图书馆)

[1] 海明威之提及《堪萨斯城市之星》的同事时显示出他莫名其妙地喜欢给人起外号。

[2] 75 000 人参与的"红十字会"动员游行 5 月 18 日受到伍德罗·威尔逊总统的检阅。

[3] 梅·玛什(1895—1968)在 D.W. 格里菲斯的《一个国家的诞生》里扮演角色,海明威因此熟悉她。1966 年,她说她但愿认识海明威。

致家人

约 1918 年 5 月 27 日，海上，某咸咸之地

亲爱的爸妈：

我们就要到登岸的地方了。正进入众所周知的潜水艇区。我会把信寄出，这样你们就心定了，无论如何收到一封信。很开心的想法对不？这是世界上最烂的一个澡盆，跟你们说也许泄露军事机密。但是，这里绝对烂。现在你们想想世上最烂的船是什么样，你们就知道我上的是什么了。[1]我们在好天气里过了两天，温暖安静，小风也刮得舒服！像平时在瓦龙湖[2]度过的日子。接着一场风暴清洗了餐厅，并且清洗得很有规律。我吃饭都得报告，刚得到批准，就看见隔壁邻居把手捂住嘴，突然向门冲去。这示意的动作力量太强大，我也冲向护栏。两天来定时有风暴，船一会儿跃起，一会儿翻滚，一会儿倒立，一会儿转着大圈晃悠。而我只气喘了四次。是什么的记录吧？你们都好吗？包括"大象牙塔"和众所周知的德西？[3]特德、我、豪厄尔·詹金斯都在一处，共度好时光。[4]风暴过去了，过去的两日天气不错。

和我们在一处的还有两名波兰军士。贾林斯基伯爵和霍洛琴纳

诺维茨伯爵，虽然拼写不是这样的。[5]他们是花花公子。跟他们在一起我们才知道波兰裔美国人和波兰人有大区别。他们邀请我们去巴黎看看，我们一起开大派对。大约再有四天我们就能在海外某地登陆了。我会在港口把这封信发了，从那儿发出的就只有这一封信，所以别着急。我们在古老的小纽约过得很愉快，算是确实去过纽约了。在那儿红十字会把我们照顾得很好，什么也不缺。这里的基督教女青年会跟家里那儿的一个样，你们知道我在说什么；在船上总能看见她们，还有几个黑人女青年会员。“哥伦布骑士”会也有几个代表在船上，他们则文雅多了。特德、詹克斯和我前天第二次接种疫苗，现在胳膊胀疼快过去了。就剩一次疫苗没打了。要么在法国打，要么在意大利打。每打一次我都恶心得像条狗。对我来说，它们是三重伤寒，比在学校时接种的难受多了。刚才我们看见一艘美国大巡洋舰朝家航行，我们用阳光反射信号器给她发了信号，给她打了几个信号旗。自打大西洋出海以来她是我们碰到的第一艘船。夜间彩虹映照的泛着磷光的波浪真是美丽极了。尾波也有磷光；波峰厉害的时候能像篝火的火炬那样冲天。我们看见了几只鼠海豚和数条飞鱼。一帮起得早的家伙声称看见了鲸，可我们就是以怀疑的眼光看待他们。

船上的伙食很好，可我们一天只有两餐，十点一餐，下午五点一餐。想吃的话早上有咖啡和硬面包，但不值得起那么早。据最新消息，离开巴黎后我们就直奔各总部，接着直奔各前线，取代驻扎到期的那帮人。我们的六个月从开始驾车的那天算起，可能要过冬季了。给我的信寄到意大利米兰美国领事馆收转交美国红十字会意大利救护车队。

热爱你们

欧尼

(此信藏莉丽图书馆)

[1]“芝加哥”号5月21日驶往波尔多。

[2]密歇根州佩托斯基附近海明威家度夏农舍所在地。

[3] 海明威的妹妹玛赛琳和弟弟莱塞斯特。

[4] 6月，西奥多·布鲁姆拜克、詹金斯和海明威将往意大利斯奇奥驾驶美国红十字会救护车。

[5] 詹金斯和这两个波兰军官出现于海明威1925年6月动手写的小说片段《与青春同在》，见《尼克·亚当斯故事集》（纽约，1972）第137—142页，题目则被专横地重起：《登陆前夜》。此信及下面海明威1918年给家人的所有信件经莉丽图书馆和海明威的妹妹桑尼（欧内斯特·J.米勒夫人）同意在此发表。

致露丝·莫里森 [?] [1]

约1918年6月22日，[2]意大利皮亚韦河佛萨尔塔

亲爱的露丝：

你们那老村一切都还好吧？所有的东西现在似乎都离我有百万英里远。想想去年这个时候我们还刚完成毕业之事。去年读该死的傻乎乎的预言时假如有人对我说，从那日起一年后我会坐在距皮亚韦河20码远的一个精致战壕里面对蹲坑，我会说："你还是再呷一口吧。"我这里离奥地利前线只有40码，空中时有小东西呼啸而过，有大家伙唏嗑嘣吧，不时有机关枪噼里啪啦。写来句子有点复杂，但这一切显示我是个多么不高明的预言家。

你知道吗，在意大利军队里我的军衔是soto Tenente或者叫二等军士。我离开美国红十字救护队有一阵子了，暂时在这里执行一个小任务。别告诉家人；他们把我美化成开着福特穿越格伦斯森林呢。

我们驻扎在离奥地利前线1英里半的一所不错的房子里。这不错的房子有四间屋子，两间在楼下，两间在楼上。有一天，炮弹炸穿了房顶，现在只有三间了。两间在楼下，一间在楼上。我恰在另一间。因此得出教训：睡觉要在楼上。我们身后是意式大枪的声音，一整夜咆哮。我的职责是管收容所。也即给前线的伤员和士兵发巧克力和香烟。每天下午和上午，我装满一个帆布背包，戴上钢盔和防毒面具，摔摔打打地走进战壕。日子过得还可以，就是见不

到美国人，天啊我都快妈的忘了英语了。假如凯南或老罗福特贝利听见我一天到晚说意大利语，他们会从坟墓里翻转过来的。天啊孤独，多希望见个真信上帝的美国姑娘。我情愿放弃缴获的奥地利军官用自动手枪、德国钢盔、一切缴获的垃圾以及获作战勋章的机会，哪怕就换一场舞。

相信笔者，假如你想做点什么，就往信封上的地址写信，会有人转交给我的。露丝，假如你认识我在橡树园认识的无论谁有可能被诱惑来写信给我的，跟他们吹胡子瞪眼叫他们写信给我，说我保证立马回信。我还没收到美国来信呢，6 月 4 日就在这里[3]了。

今天下午我爬到房顶，拍了几张幸福的皮亚韦河和奥地利战壕照片。如果有好看的，我就寄给你几张。吃饭的时间到了，我饿极了。

那么（你知道我一到说再见就紧张，所以还是快溜吧，让你单独与信相处。）

欧尼

（此信藏马里兰大学）

[1] 基于内证推测身份：海明威在橡树园中学 1917 级有四个同学叫露丝（布伦姆伯格小姐、格拉斯小姐、莫里森小姐和斯旺森小姐）。女子来复枪俱乐部成员莫里森小姐似乎最有可能是此信收件人。海明威在“年级预言书”《高年级文档》第 57—62 页上提到她和露丝·斯旺森。

[2] 基于内证的日期推测：1917 年 6 月 14 日橡树园中学开学典礼。海明威服役记录，他自填表格说“1918 年 6 月 15 日—7 月 8 日参加皮亚韦河保卫战主战役”。

[3] “这里”指意大利，海明威去皮亚韦河做司务长前在斯奇奥开救护车。

致家人

1918 年 7 月 21 日，米兰

亲爱的爸妈：

我想布鲁米已经给你们写信讲了我受伤的事情。[1]所以，我就没别的再说了。我希望电报没让你们太着急，贝茨上尉觉得还是由我先告诉你们为好，省得报纸先说。你们知道，我是意大利战场第一个受伤的美国人，我想报纸会就此说点什么。

这里的医院真是桃子一样甜美。18个美国护士照顾4个病人。一切都好，我很舒服；米兰最好的外科大夫之一在照料我的伤口。X光显示还有两个弹片在我体内，一颗子弹在我膝盖里。大夫很明智，经会诊，拟等我右膝的伤愈合利落了再做手术。子弹届时被肉包住，他可以动刀利索，直进膝盖下边。让伤处先完全愈合可以避免感染和膝盖僵死。爸你不觉得这样做很明智吗？同时他也会从我右脚取掉一颗子弹。大夫也许一个礼拜后动手术，那时伤口愈合干净了，不会有感染。在伤病员收容站我就打了两针抗破伤风的针剂。其他子弹和弹片都被取出来了，左腿上的伤口愈合得很好。我的手指都清理完了，绷带也去掉了。由于没有损着骨头，我的伤不会留下后遗症，即便是我的膝盖上的伤。左右两膝盖里的子弹都没有让我膝盖骨骨折。左膝盖一个弹片有玩具车轱辘那么大，不过已经取出；此膝目前活动自如，伤口也近愈合。右膝子弹从左侧进了膝盖骨下边，丝毫没有伤着骨头。你们收到此信时，大夫已然做完手术，伤口届时就愈合了。8月下旬我希望能在山里接着开车。我有几张皮亚韦河漂亮的照片，还有其他有趣的照片。也有很多奇妙的纪念品。我亲历了大战役，缴获有奥地利式卡宾枪和子弹，有德国和奥地利奖章，有军官用自动手枪，有德国钢盔，约有一打刺刀，有照明弹手枪，还有刀具和你们能想到的所有东西。纪念品数量的唯一限制是我拿不了这许多。死了的和被俘的奥地利人太多，战地黑压压一片全是他们。这是一场大胜仗，它向世人显示了意大利人多骁勇善战。

回家过圣诞节时我会告诉你们一切的。这里现在天气很热。我能定期收到你们的信。问候大家，爱你们所有的人。

欧尼

（此信藏莉丽图书馆）

[1] 此信写于海明威 19 岁生日，里面提到特德·布鲁姆拜克对海明威受伤之事的叙述。信于 1918 年 7 月 14 日寄往海明威家。（莉丽图书馆）

致家人

1918 年 8 月 18 日，米兰

亲爱的家人：

包括爷爷奶奶和格瑞斯姑姑。谢谢你们给我 40 里拉！非常感谢。天啊，亲人们，关于我的中弹当然有不少谈论！《橡树叶》和他们的对手今天来了。我开始想，亲人们，也许你们并不欣赏我从前习惯于在家人的怀抱里生活。死去并读着自己的讣告，这是次等好事。

你们知道，人们都说这场战争不好玩。是没有什么好玩的。我不会说战场是地狱，因为自谢尔曼将军那时起，战争被说过了头了。不过，在我迎接地狱的时候，过头话已然说了八遍。只是碰巧这过头话赶不上我体验的战争阶段。比如，在一场袭击中，一发炮弹直接打中了站在战壕里的人群。除非直接打中，炮弹并不那样可怕。爆炸的弹片飞来时你得抓机会躲避。然而，假如炮弹直接打中了你的战友，那他们的血肉就飞溅你一身了。飞溅是字面描述。我在前线壕沟的六天里，离奥地利人只有 50 码，人家都以为我的生命有神魔保护。人家说有神魔保护意义不大，关键是真有神魔保护！我希望我有神魔保护。那敲打声是我关节击打木床架的声音。

在纸张的两边写太难，所以我跳过去。

现在可以举起手说我被高性能炸药、弹片和燃烧弹炸了。向我们射击的有迫击炮、狙击手和机关枪；另外转移阵地视线的一架飞机也在扫射机关枪。我从未被手榴弹扔着，但差点被枪榴弹打着。也许稍后会得颗手榴弹。撤退时一阵混乱中仅被迫击炮和机关枪子弹打着，按爱尔兰人的说法，已属走运。你们看呢亲人们？

迫击炮留下的那227处伤当时并不疼，我只感觉脚上穿了装满水的橡皮靴子，并且是热水。我的膝盖也表现怪怪的。那机关枪子弹像个冰雪球重拍了我一下，然而，它让我出血了。我起身把受伤的躯体弄进掩体。在掩体里我就倒了。和我在一起的那个意大利人血流了我整个外衣。我的裤子就像有人在里面新做了果冻，然后钻眼让浆出来。上尉是我好哥们，是他的掩体里发出的声音："可怜海明他就要R.I.P.了。"也就是说我要安息了。因为外衣全是血，他们以为我的胸被打穿了。我让他们脱掉我的外衣和衬衫，一件内衣也没穿，老躯干安然无恙。接着他们说我也许能活。那话无论如何让我开心。我用意大利语对他说，我想看看腿，尽管我害怕看它们。于是我们一起脱掉我的裤子；老腿肢还在那儿，不过天啊一片狼藉。我的两个膝盖都被射穿了，右脚的鞋子穿了两处大洞；他们不知道我是怎么拖着这沉铅走了150码的。还有两百多处肉伤呢。"啊，"我说，"我的上尉，这不算什么。在美国大家都能办到！深思熟虑地不让敌人预想他们抓到了我们的山羊！"

山羊的话需要某种大师的语言能力，但我扛过去了。接着睡了几分钟。醒来后，他们把我放担架上走了三公里来到一个收容站。抬担架的人走走放放，反复多次，因为路的"肠子"被炸出来了。每当大家伙来的时候，唏—唬—咣—他们就把我放下，弄平。我的伤此时就像227个小魔鬼在我赤身裸体上钉钉子。袭击期间收容站清空了，于是我在一个马圈里躺了两个小时，圈棚顶都被打飞了。我在这里等救护车。救护车来后，我命令车去接先受伤的士兵。他们装了伤病员来，接着把我抬进去。轰炸仍很激烈，我们的炮在身后也不停地射击，250和350像火车一样呼啸而往奥地利方。随后听见阵地后面的爆炸声。接着是奥地利方的大轰炸，爆炸声巨。不过我们的炸弹比他们多，比他们大。接着阵地枪声隆隆，就在棚子后咚—咚—咚—咚，75或149赶马似的驱往奥地利人的阵地。信号弹始终往天空跑，机关枪像铆钉机，哒—哒—哒—哒。

在一辆意大利救护车里走了一两公里，他们把我放在收容站。

我和许多战友置身于军医中。军医给我打了一针吗啡和一针防破伤风的药；把我腿上的毛都刮了；从我腿上取出约 28 个弹片，大小有［见弹片图］，还有［见图］。他们给我包扎好，都跟我握了一下手；还想亲我，但都让我糊弄走了。接着在战地医院呆了 5 天，然后被转移到这里的基地医院。

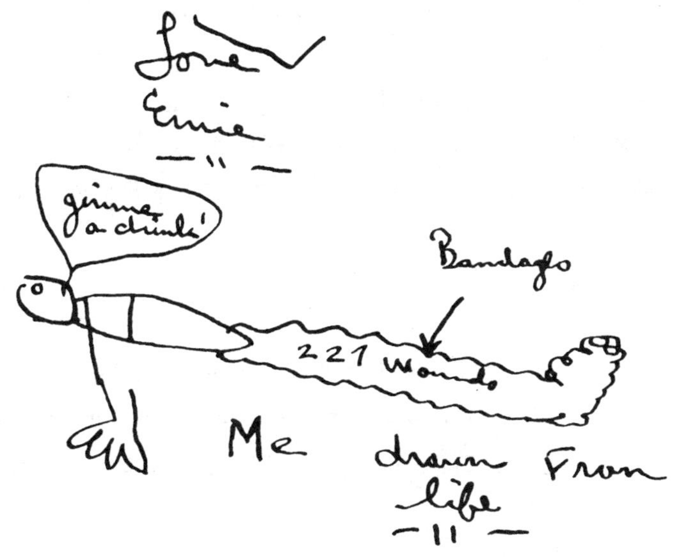

我给你们发了那电报免得你们着急。我在医院一个月零 12 天了，再过一个月有望出院。那意大利外科大夫给我右膝关节和右脚做的手术非常好。缝了 28 针，跟我保证今后走路一如既往。伤口都愈合了，没有感染。他给我右腿加了石膏夹板，关节不会有问题。最后一次手术毕，我得到一些他从我身上取出的漂亮的纪念物。

现在要没有点痛感我就不会真的舒服。一周后大夫会给我去掉石膏，10 天后即能许我用拐杖走路。

我又得学习走路了。

你们问阿特·纽伯恩。他一开始在我们小队，但后来转到第二小队去了。布鲁米现在我们小队。假如我告诉你们小时候我学打扑克了，别哭泣。阿特·纽伯恩有些幻觉，自认为是个扑克能手。我就不细讲他那可悲的故事了，不过我让他相信自己不是个打牌的好手。我手里什么也没有就不再补新牌了。他开局下的注我加了倍，吓得他不下一次押的50里拉赌注了。他手里拿着3个A，还不敢叫牌。爸，你把这话跟懂牌的人说说去。阿特像是给橡树园的人写信说他会照顾我。爸，现在男人对男人，你说那算照顾我吗？不，不是那么回子事。所以，你们看见了，战争不好玩，但在战争里发生着许多好玩的事情。不过，阿特赢了意大利钉马掌的头奖。

这是我有生以来写的最长的信了，还只说了最少的话。问候关心我的所有人，正如玛·佩廷吉尔说的："留下我们看着家的炊烟！"

晚安，爱你们大家。

欧尼

又及：今天收到赫尔姆勒斯的信称呼我列兵欧尼斯特·海——。我是S.Ten或者Soto Tenenente海明威。那是我在意大利军队的军衔，意思是二等军士。我不久有望成为Tenenente或者一等军士。

(此信藏莉丽图书馆)

致C.E.海明威大夫

1918年9月11日，米兰

亲爱的爸爸：

8月6日和11日来信今天都收到了。我很高兴你收到特德的那封信，我知道他收到你的信也会高兴的。他一听见我受伤就从前线赶来。他是在米兰基地这里写信给你的。那时我还没照腿部X光，也没做手术；所以我不知道他怎么跟你们说的，当时身体虚得要命。不过，我希望大家都没事。几天前我收到他从前线寄来的信，他们过得不错。妈妈写信给我说你和她要去北边。我知道你们假期过得很好。假如钓鱼了，就写信给我讲讲钓鱼的情形。我恨这战争就因为它妨碍我钓鱼。去年此时我正在［霍顿］湾抓虹鳟鱼呢。

我今天卧床，也许再有三个星期才能离开医院。我的腿恢复得很好，最终绝对会没有问题。左腿已经好了，右腿还有点僵硬，不过按摩、太阳浴和消极运动正使膝盖松弛。我的外科大夫萨马雷利上尉（意大利最好的外科大夫之一）总问我是否觉得你会完全满意手术。他说自己的工作必须接受芝加哥伟大的大夫海明威的检验，他要做到完美。手术的确完美。我左脚底有个约 8 英寸长的疤，上面则有个干净的小刺孔。那是铜壳子弹在你身上“穿孔”时留下的。我的膝盖也医治得漂亮。爸，我永远也穿不了苏格兰短裙了。左腿、大腿、侧部就像一匹老马被 50 个主人打了标记。

我现在每天可以上街走一小会儿，用一根手杖或者拐杖。不过，右脚还不能穿鞋。啊，还有！我已被任命为一等军士，现在袖子上各戴两条金杠。因为一点也没有想到，所以有点吃惊。现在你写信可以称呼我一等军士或者 Tenente，因为我在美国红十字会和意大利军队都有这个军衔。我猜我是我军最年轻的一等军士。我感觉勋章和武装带上的肩章把我打扮得漂漂亮亮的。我也听说意大利给我发的银质奖章正在路上，出院时也许就能马上得到。还有，从前线传回消息，我受伤前就有人提议给我作战十字勋章，我猜是因为我在战壕里的整体傻表现。所以，也许我一次能得两个勋章点缀，不坏。

又及：假如不是过分要求，我希望你们给我订《星期六晚邮报》，让他们寄到我这儿的地址。无论我在哪儿，他们都会转交的。在前线，人很需要美国读物。

谢谢

欧尼

我太高兴霍普［查尔斯 · 霍普金斯］[1] 和比尔 · 史密斯迹近，你们可以善待他们了。他们是我两个最好的哥们，尤其是比尔。常叫他出来，因为我知道你们会喜欢他的。他为我做过许多事。我出院后也许会回救护车队一阵子，因为这帮人要我去看他们，他们要办大派对。

我有天收到小队每个人写的一封长信。我愿回到救护车队，但开车还不行，还得六个月左右。我也许在山里指挥某个第一线阵地。无论怎样，不必担心，因为结果证明我不会死。我将永远去最能发挥作用的地方，你们知道，我们来这里就是为了这个。好，再谈，老童子军。

你的爱子

欧尼

（此信藏莉丽图书馆）

[1] 海明威在《堪萨斯城市之星》工作时，霍普金斯是午后版编辑。

致家人

1918 年 10 月 18 日，米兰[1]

亲爱的：

你们 9 月 24 日的信以及照片我今天都收到了。家里的人啊，我想得你们的音讯啊。照片也好得很。我想全意大利的人都知道我有一个小弟弟。老爸，你知道我们有多喜欢这些照片，多寄一些吧。你们和孩子们的照片以及照相的地方，那海湾是最能让我们喜笑颜开的东西。大家都喜欢看别人的照片。

老爹，你提起回家。战争结束前我不能回家。假如在合众国我能一年挣一万五我就回去。可是挣不着啊。这里能挣到。我们红十字会的所有人都得到命令：别报名回家。傻瓜才回家呢，因为红十字会这样的组织有必要呆在这里。为了继续运作，他们还要去美国招人。你们知道吗，我们不合格参军的才得来这里。现在回美国就是犯罪。由于视力不好，我离开美国前就不合格参军了。现在腿脚又受伤了，世界上任何国家都不会让我参军。不过，我可以在这里服役。我只要能跛行，而战争让我跛下去，我就呆在这里。救护车可不是懒人干的活。过去两周里我们死了一个伤了一个。你在战火里开食堂，就跟在战壕里的人际遇相同了。所以啊，呆在这里我的良心过得去。

我当然想回家探望你们大家。不过，得等战争结束。不会太久的。你们什么也不用担心。有结论证明我不会被报销的。伤口也不要紧。我才不在乎再受伤呢。因为，我知道受伤是什么样子。你们知道吗：遭罪不过如此了。受伤也让人感觉满足，因为你是为正义事业挨打的。在这场战争里没有英雄。我们都献身了，可得中的没有几个。即便得中，也算不得特别。他们只是有幸得中而已。我很自豪很高兴自己得中，不过没有什么特别的。想想成千献身的小伙子们吧；英雄们都战死了。真正的英雄是父亲母亲们。死是一件很容易办的事情。我面对过死亡，我真的知道什么是死亡。假如我该死一回，那容易得很。我所做过的事情里，去死是最容易的一件。可家人还认识不到这一点。儿子有一天死去，家人最伤心难过。世上为国捐躯的儿子的母亲是最值得自豪的人，也是最幸福的人。人在幻灭之前的青春幸福期间死去有多好啊。在炙热的光里消殒，强似身体损耗殆尽，老去，让幻灭摧毁。

所以啊，亲爱的老爸老妈，别为我担心！受伤之事并不坏：我知道并体验了。假如我死去，我觉得幸运。

你们一年前送走闯世界的儿子有这般疯狂吗？这里是伟大的旧世界 。我一直过得很开心。我们这群怪人都喜欢回到这旧世界。我以为跟你们说了我的感受了。不过，一周后，我会给你们写一封长信，让你们开心的乖信。所以，别为这封信情绪低落。我爱你们大家。

欧尼

（此信藏莉丽图书馆）

[1] 此信刊 1918 年 11 月 16 日《橡树园人》（伊利诺伊州橡树园）第 6—7 页。

致小威廉·B.史密斯

1918年12月13日，米兰

亲爱的滚花刀：

你以你的男子汉勇气坚持古老的空中作业；[1]艾维斯，我同你握手。不过，别做傻事！真的，鸟儿，你能小心的，所以当心点。

林人1月4日[2]即登佳船“鸠瑟普·威尔第”号航往合众国，也许下月下旬临幸芝加哥先生之城。你届时在哪儿？啊，惩罚飞机的人儿！啊，德国佬潜在的歼击手，你他妈届时在哪儿？叫你长官娘家姓白鬼佬？得安排重逢之事了。

不过你留神听好了，我不能拖延到夏天，很快就会再为果子面包而战斗。厮打皆为果酱，扭斗皆为蛋壳筒。甚至可以说为了蛋糕而战。一个月没有210了。什么也没有，除了光荣退伍，从国王那里一年领250里拉。乐观地翻译，250里拉相当于40美元。50铁［……］是不太够生活的。

不管它了。听着，我交了一个什么样的姑娘：最近我酒量见长——一天要喝18杯马蒂尼。4天前我离开医院，开小差跳上卡车跑200英里到前线会战友去了。他们是驻扎在帕多瓦郊外的英国皇家要塞炮兵“官儿军”。炮们都歇着呢。他们让我度过了愉快的时光。我们用了参谋部的车；我还骑了上校的战马打猎。我的腿啊全身啊。

比尔，接着说。我们坐着参谋部的车来到特雷维索。那位［艾格尼丝·冯·库洛斯基］[3]小姐在那儿的野战医院。她听说我酗酒了。她教训我了？没有。

她说：“孩子，我们一起来喝。假如你打算喝酒，我也想喝。你喝多少我喝多少。”她弄了些该死的威士忌，把酒生斟出来一些。以前除了葡萄酒她可是什么也没喝过啊，而我也知道她对酗酒的态度。威廉，这一举动很快就让我长大了。比尔，这是位了不起的姑娘，感谢上帝，我腿受伤了因此得遇她。该死的，我真的看不出她在野蛮的海明斯坦身上见到什么鬼。不过，根据某种非常幸运的误断，她爱我，比尔。所以我打算直击美国，开始为“公司”工作。艾格说我们可以一起穷着过开心日子。我独自过了几年穷日子，多少算是幸福；我想这日子总过得。

所以，我要做的便是直击两人生活所需最低工资，储蓄足够去北边过六个月左右日子的钱；然后拜访你去，索取最好哥们的效劳。啊哥们，我只有大约50年好活了，我不想浪费它们任何一段；我不在那“孩子”的身边的每一分钟都算是浪费。

尽量别把手指放在扳机上，因为你自己某时也在别人的瞄准对象里。

很快就能见到你了。

你

(此信藏普林斯顿大学图书馆)

[1] 1918年6月从密苏里大学毕业后，比尔·史密斯(1895—1972)到海军陆战队航空支队地面训练分队服役，地点在马萨诸塞州坎布里奇的麻省理工学院。直到11月“停战”之后退役。

[2] 1919年1月4—25日，海明威从热那亚返回纽约的旅途。

[3] 艾格尼丝是美国红十字会护士。海明威在米兰美国红十字会医院爱上了她。1918—1919年秋冬，她志愿去翡冷翠和特雷维索工作。她生平事迹完整的叙述，请看迈克尔·S.雷诺兹的《海明威的第一场战争》(普林斯顿大学出版社，1976)第181—219页。海明威在“一篇很短的故事”里把她写成“艾格”和“露茨”；在《永别了，武器》里(部分)把她写成凯特琳·巴克莱。

此信及接下来致史密斯的所有信件都系普林斯顿大学图书馆提供。

致詹姆斯·甘布尔[1]

1919年3月3日，伊利诺伊州橡树园

亲爱的老头领：

天啊你知道我本会给你写信的。我日记一个月多的内容里你打开看看会发现“写信给吉姆·甘布尔”的潦草字样。每一天的每一分钟我都踢我自己，抱怨为什么不同你一起在陶尔米纳。一想起这个我就贼想念意大利。无论什么时候我觉得自己跟你一起在那儿，头儿，真的我就写不了信。一想到月光下古老的陶尔米纳，想到你和我，时或在月光里，总令人心醉，漫步在辉煌而古老的所在，海上的月道，艾特纳火山的火尽情燃烧，黑影重重，月光一道切下别墅后的台阶。啊吉姆，一想到这些我无限思念那儿。我来到我的房间，走到伪装成书盒的酒跟前，高高地凝重地斟了一注，加了常规量的水，放在打字机边上（磨坊俗称打字机，也叫受虐的键盘之类）。接着我凝视了一会儿，想着我们在"牛奶和鸡蛋"做的晚餐之后坐在火跟前的情形；头儿，我为你干杯，为你干杯。[2]

只要忍得住，看在上帝的分儿上别来这个国家。这话是知情人说的。我很爱国，愿为这个伟大而辉煌的国家去死。但我痛恨在这里生活。

我的腿令我灰心丧气。家人还好。又见到他们真是好极了。我走出火车的时候他们都没认出我来。回家的路不乏风暴，但令人愉快。在直布罗陀呆了愉快的三天。我从一位英国军官那儿借了套便服，去了趟西班牙。纽约正是忙碌的季节，也呆了几天。见到比尔·荷恩，[3]他常想起你。这里人试图把我弄成个英雄，但你知我知真正的英雄都死了。假如我自己真的是拼命三郎，我也早就死了。我知道是这么回事，并希望命运不挑头颅的尺寸。我们这个村子的每一个男性青年要么在海军后备部队，要么在学生军队训练营，要么在陆军军需兵营里。除了阿尔·温斯洛和我外都在这几处。几个老伙计在海军陆战队战死了。

我在这里荣光呢，可阿尔下周就回来了。他弄倒了几个德国鬼子，留了一条胳膊在德国战地收容所。所以我已然宣布在他回来的时候退出公众视野。

吉姆，我写了一些贼好的东西。对我来讲这是好事。我正发起反对你们《费城日报·星期六晚邮报》的运动。上周一我寄给他们

第一个短篇，当然还没有收到回音。明天发给他们另一篇。我打算寄给他们许多篇，而且都是好东西。不，大头还没好呢，那个他们得花钱买，并且是为了保卫自己所得。真的，头儿，我很想意大利。我写她的时候，有的东西只有写情书的时候才会出现。是情书，不是肉麻的恭维信。奇德姐妹之中的一位刚端来一盘大龙虾沙拉三明治，我推想这是给我补脑的。可是我的脑子需要的是啤酒。在斯奇奥你去火车站附近的比拉利亚小馆尝过那儿的啤酒吗？我们兴许此时在马迪埃拉呢。啊，该死的。

詹克斯没离城，我们经常聚会。他和阿特·纽伯恩都问你好。那姑娘[4]还在皮亚韦河彼岸一个天啊叫什么托雷迪莫斯塔的鬼地方，离圣多纳直线距离有二十公里远。她在那儿办巡回护士野战医院，还有幼儿园，时不时地还当当镇长。虽然没提，但我想她给你寄徽章了。你收到了吗，还有变了花样的美国钱币？我真难过没有亲自参加，可我当时四处狂奔呢。等场景到了“威尔第”号起航，我也只好把东西交给她了。一切还好吗？假如你有机会去威尼斯，我希望你去找她。她叫艾格尼丝·冯·库洛斯基，暗号就用海明斯坦。有一天我收到哈里·纳普的信，他在找事情做，说买卖很不稳定。他的胳膊还好。寒冷的天气要我腿的命，关节火辣辣地疼。虽然都弄干净了，但爸说仲夏之前无论如何别干体力活。

带着很大的决心回家即刻开始挣饭的战斗，预料中的财务状况低迷。爹对我说：“从未有过的好。一切都了不得。你为什么不跟我开口要钱。假如你愿意，搬来住吧！”那可是最后一棵救命稻草。一切我都估计错了。那位本以为死了的失踪了的“亲爱的叔叔”活着回来了，现在英国，让我烦了一个星期，该死的。

今天爸爸在谈论送我去海湾呆一阵子的事，虽然新奥尔良的赛事明天就要结束了。我正用打字机努力工作呢，会在这儿徜徉一阵子的。也许三月中下旬去那儿。

那姑娘不知道自己什么时候回来。我在攒钱，你能想象吗？我想象不了。银行里已经有 172 美元又 50 块“自由公债券”。那都是远离小酒杯省下的，也有海外朋友送的。也许她不喜欢戒了酒的我，那时我并没有认真戒酒。

假如你还在陶尔米纳，替我问候巴特莱特夫人和大家，替我向勃朗特公爵致敬。除了你，他是我在西西里唯一的真哥们。伍兹和奇森也许是好同事，但我感觉跟他们交友费劲。我这里有什么可以寄给你的吗？你有烟吗？当然你有马奇多尼亚烟。我希望自己也有。带点回来！不不不，真的，吉姆你需要什么吗？

真的希望同你在一起。

海米，

你看见了，我字打得很烂。这是第四等级的特权之一。

［画一杯啤酒］

信封上的地址是你回芝加哥后的家。

电话：橡树园 181

他的标记

—' '—

（此信藏诺克斯学院）

[1] 1918 年甘布尔上尉到前线视察炊事班。海明威 1918 年 7 月 8 日受伤时在皮亚韦佛萨尔塔当司务长。

[2] 停战之后甘布尔复员回到西西里陶尔米纳。12 月 11 日邀请海明威与他相聚，Munge uova（“牛奶和鸡蛋”）也许是甘布尔的炊事员的外号。

[3] 小 W.D.荷恩，一如此信中提到的豪厄尔·詹金斯、小哈里·H.纳普和阿瑟·C.纽伯恩等，他们都是 1918 年美国红十字会的老兵。

[4] 艾格尼丝·冯·库洛斯基，见 1918 年 12 月 13 日信注[3]。

致劳伦斯·T.巴涅特[1]

1919 年 4 月 30 日，橡树园

亲爱的劳瑞：

巴尼来驻扎吗？一切都还好？村里一切都安静，友朋消息无多。比尔·荷恩有一天从纽黑文写信给我了。我常见詹克斯，时不时见到［弗里德里克·］斯皮格尔。有一天乔克·米勒给我写了信，你也许记得那了不起的苏格兰威士忌酒徒。皮斯来过此地，一身优雅的紫色亚麻布衣服。菲德尔也来过。肖下士[2]去科罗那多了，现在该是回来了，不久我们会一起钓鱼去。我回家后即去府上拜访你家人，还有杰瑞家。他们告诉我，你们都在学校。就此我得跟你理论理论。你还记得给那个跳舞的K.梅耶许多关于海明斯坦的信息吗？那个长得不错性子却很不怎么样又特自以为是的货？无论怎样这个凯特就住在街对过，她跟园子里长着橡树的村里人吹风传递说了某句关于我的话。说我实际结婚了并与无数的女人纠缠不清。这话在橡树园的好姑娘们中引起轰动，我曾对这些姑娘发誓一直对她们是真诚的。你看见了，才离橡树园两年多，她们就相信别人议论我的任何话了。因此，你欠我的，并且我还要请你帮个忙。首先让我告诉你巴尼，跟野性子的女人打赌也好，跟温和女子发誓也好，此时都过眼云烟了。我现在是个自由人了！这包括迄今为止的所有女子，包括艾格［艾格尼丝·冯·库洛斯基］。我的天啊，哥们，你不会以为我要结婚并安顿下来吧，是吗？同时，我也刚从此地医院出来。又动了个手术，一切都很好。三两周后我去密歇根北部，去钓两三个月的鱼。

现在的情况是：我的家人（上帝永远保佑他们）嚷嚷着要我去上大学。他们要我安顿下来一阵子，强烈建议我去的地方是威斯康星。我对那儿一无所知，除了记得那儿没有值得我交往的从橡树园去的男性，鲍勃·麦克马斯特除外，也许鲁克·琼斯也除外。鲍勃·麦克今年还不在那儿。不过，我知道有些非常有趣的女子去了那儿。明年还有更多的人去。因此，我不知你可否写信给我报告所有的消息。有什么样的一帮人在那儿，你对那地方的任何意见。坦率地说，我真他妈不知去哪儿。但愿我能去斯奇奥，而不是这些地方。无论怎样巴尼，写信给我，好吗？我在纽约跟比尔·荷恩逗留了一阵。他特地让我问你好。

再见孩子

斯坦

原谅我打字烂，铅笔字也烂，我仍卧病在床呢。

又及：雅克·哈里斯在得克萨斯沃斯要塞，写信告诉我说正跟老婆闹离婚呢！！！

（此信藏肯尼迪图书馆）

[1] 美国红十字会老兵，第四小队队员。
[2] 也许是卡尔顿·肖，另一位第四小队的美国红十字会救护车队老兵。

致豪厄尔·G.詹金斯[1]

1919年6月16日，密歇根州博伊恩市

亲爱的寒热：

你好孩子。

对不住我此前没有写信，不过你知道是怎么回事。无论怎样音讯来了。首先，我希望疟疾没有烦你。肖下士和我在托雷多俱乐部参加了一个大派对。我们俩在俱乐部外的草地上躺了一会儿。你的老哥们海明创了俱乐部纪录。15杯马蒂尼，3杯香槟高杯酒，香槟不计其数，随后我昏倒了。

场合好极了。托雷多的夜显得干燥。下士收到斯温尼的电报说他和你一起去了个派对。真希望我也在那儿。下士问候你。七月下旬他也许会来这里。你和他会在这儿相聚。

我们在这儿钓鱼愉快极了。随信附上战果。那辆别克跑得不错。抓了六条虹鳟鱼，平均重量约3磅。照片里那条有4磅。天啊，詹克斯，它们能战斗。它们是湖里的阿蒂提［Arditi，意大利突袭部队］。“禁酒令”恐怕得让我们暂缓一阵子，你觉得呢？假如你觉得没事，我就寄点钱给你，帮我贮藏一些。

昨天收到艾格［艾格尼丝·冯·库洛斯基］从罗马寄来的很伤心的一封信。她跟她的少校分手了。心态扭曲极了，说我这下可感觉报了仇了，原来她那么对我。妈的，可怜孩子。我很为她难过，可也帮不了什么忙。我曾经爱她，她却欺骗了我。我也不怪罪她。我开始麻木自己，把她从记忆中抹去，借酒浇愁，烧去她和其他女人的记忆。现在一切都过去了。

她现在身无分文，我希望能为她做点什么。“然而，身后的一切对我紧闭——早就如此遥不可及，连从银行到曼德利的班车都没了。”

门罗附近，密歇根和瓦巴什之间一个十字街头有一家俄国香烟店，他们卖伊万诺夫牌香烟，还有我记不得名字的一些俄国烟。10支一盒，棕色纸包；方盒，大小跟“抛锚牌” [Pall Mall] 差不多。看上去很苗条，是我抽过的最佳烟草。30美分一盒。随信寄上一美元，有时间给我寄上三盒。假如不知道那店在哪儿，就去打听一下。他们一个窗口卖水果之类的东西，另一个窗口卖俄国香烟和别的进口香烟。也许是亚当街。我记不得了。它对过朝密歇根大道方向是一家衬衫店。你去那儿时给我弄几盒，谢谢。它们是最好的药。

比尔问候你并跟你说别忘了来这儿。我们将共度美好旧时光！肯莱·史密斯[2]的地址是橡树园大道北，离我家向东两个街区，向北两个街区。他家的号码在“奥利维尔·玛布尔·盖尔”下的电话本儿里。他们要你来。我忘了给肯莱你的地址！

给我写信，孩子

你的老哥们儿

海米

（此信藏普林斯顿大学图书馆）

[1] 詹金斯（1894—1971），昵称詹克斯、小寒热、“找茬儿”、“专找茬儿”，伊利诺伊州伊万斯敦人。1918年同海明威一起在意大利开救护车。1980年4月9日纽约索斯比·帕克·博涅特拍卖会上，七封海明威致他的信卖出。另有四封为得克萨斯大学所有。此编所用信为詹金斯1962年提供给编者的。

[2] 耶列米亚·肯莱·史密斯（1887—1969）是凯瑟琳（凯特）·史密斯和小威廉·B.（比尔）史密斯的哥哥。

致豪厄尔·詹金斯

1919 年 7 月 26 日，博伊恩市

亲爱的詹金斯和巴尼：

啊，巴尼能来真是太好了。我刚收到你的信，拿给比尔 [·史密斯] 看了。今天下午我们打算从夏勒瓦发一封电报。我们会一起共度一段好时光的。

比尔和我有一套完整的野营装备够 4 人用的。帐篷毯子、炊具、营地炉子等都有。我们要去的地方是“秃松林”，宿营地在黑河。[1]这里荒无人烟，是你能想象到的最佳钓虹鳟鱼的地方。一切都很明亮——不用刷子；鳟鱼也很乖。上次我们来的时候，比尔两度抓到虹鳟鱼并同时弄上来两条。这里也能抓苍蝇和蚂蚱，还有角鱼蛉幼虫。[2]我们想钓什么都行，也可以漫步营地，兴许还能一窥鹿和熊呢。上次宿营地我们吓跑了一头熊。

我们有够 4 人在湖区钓鱼的完整装备，不过在溪流里钓虹鳟鱼的装备我们只有 3 套，兜网倒是有 4 具。

巴尼该去 V.L.和 A. [冯·朗格克和安托瓦奈] 买一个 10 英尺飞杆和飞线，如此装备就齐了。

我有 22 口径自动手枪一支，22 口径来复枪一支，32 口径自动枪一支。还有一支 0.2 毫米的射枪。你们俩鸟最好带些 22 口径子弹。

你们要买这种：22 口径“勒斯摩克”、“长来复”。别买无烟弹。最好买 1 000 左右，那儿很便宜。我们会有许多打猎活动。再去买一盒 100 只装 4 号卡里索弹簧钢钩，价钱约 14 美分 100 个。最好买两盒。

如果你们有旧毯子或帆布，把它们带来。我们有足够的，但多多益善。也把所有的旧衣服带来。

我们去的地方在夏勒瓦外 12 英里，在松树湖的霍顿湾。迪尔沃斯太太在这儿有两间茅屋，她接待客人。詹克斯啊，你和我、巴尼就住在那儿。比尔的农场约一英里远。我们只在这儿呆两三天，

在湾区钓虹鳟鱼，然后继续前往秃松林。詹克斯，此行没有费用，我安排你同我住一间。巴尼可以住在隔壁。我们要过虹鳟鱼瘾，你看图片它们长什么样。

你们带烈酒不用伺机，我不信他们会搜小车。西密歇根收费公路是最佳路线。路况很好。你在任何蓝皮书里都能查到此路的信息。从密歇根市过来，经马斯克冈、鲁丁顿、马尼斯提、特拉威尔斯市来到湖岸，然后就是夏勒瓦。不到三天就开到了。也许就用两天。这里所有的公路都好。秃松林的路也可以。因为根本就没有车开过路。不用公路只要有指南针你就能穿越秃松林。刷刷的无拘无束。

啊，我们会度过好时光的。秃松林周围的乡野是我到过的最好地方，你知道比尔、你、巴尼和我会有瞬间美好时光的。布莱克湖边有很佳的宿营地，我们会打到一些山鹑。我保证你和巴尼会抓到想要的虹鳟鱼。寒热，你当然能烧虹鳟鱼吃。我知道比尔会喜欢巴尼的，我当然也高兴见到他。你知道比尔是什么样的人。带个照相机，也可以带别的你想带的劳什子。我们要拍一些动作佳片。

告诉巴尼我们要他来，我保证你和他会在这儿度过好时光。等我想到你需要什么时再写信给你。你出发时给我发个电报。到夏勒瓦后也可以打电话给我，让霍顿湾的杰斯·迪尔沃斯太太接转，我们会来接你。夏勒瓦任何人都会告诉你怎么去霍顿湾。是条直路，很容易找的。一路都像通衢大道。

天，詹克斯，能让你和巴尼来这儿见面真是好事。

昨天收到［肖］下士的信。他因为母亲的健康问题得去缅因州兰芝莱湖，所以也许不能来这里。他让我问候你们。

把我最好的祝愿带给巴尼和你自己，快快来这里。我们会为你们准备好一切。速发封信给我。

海米

又及：比尔说去穆尔塔苏必托，多带些烈酒来。给我们在秃松林拍照，篝火的河边，帐篷、满月、肚子里的美食，吞云吐雾，痛饮满瓶，对酒当歌。

海米

我不会跟斯皮格尔说的。[3]

(此信藏普林斯顿大学图书馆)

[1] 密歇根州范德比尔特附近佩托斯基东边。
[2] 具角鱼蛉幼虫。
[3] 弗里德里克・W. 斯皮格尔,美国红十字会第四分队老兵。

致豪厄尔・詹金斯

约 1919 年 9 月 15 日，密歇根州佩托斯基

亲爱的希特尔：

乔克、阿尔・沃克和我刚从西尼[1]回来。福克斯河真是无价之宝。大福克斯约是布莱克的 4 或 5 倍，有 40 英尺跨度的湖泊若干。小福克斯约有布莱克大，狐狸多得不得了。乔克抓到一只重 2 磅，长 15 英寸半。我抓住一只飞跑的狐狸也有 15 英寸！还有一只 14 英寸。我们抓了约 200 只，一周就抓没了。我们离照片上苏必利尔湖岩石有 15 英里。天，那是了不起的乡野。我看见几只鹿，40 码远的一只我射了三枪，用的是 22 口径机关枪。然而，这并没有阻止它前进。

昨天比尔、凯特、乔克和我还有“夫人”[2]去了布莱克。天下大雨，所以我们只抓了 23 只。乔克 8 只——我 9 只，比尔 4 只——凯特 2 只。它们不因为下雨就相互撕咬。不过有几只真是出色，身长约 11 英寸半。我们以前来过布莱克，猎量 40。比尔抓过一只弄坏了他的导鱼网。比尔声称足有三四磅。现在到季节尾了，马扎［蚂蚱］很容易到手。虹鳟鱼也进湾了，我期望能有一些超级果酱色的。你可以从迪尔斯坦[3]家门口看见它们在跳跃。

约酥老爷天［老天爷］，寒热，我在小狐河一个旧水坝下丢了

条我见过的最大虹鳟鱼。水坝上是些旧木料，外有一个马笼子。我都把鱼一半弄出水了，可是鱼竿断了！鱼咬了 4 只蚂蚱诱饵。这条鱼是我抓过的最大的虹鳟鱼。事后我在不同的四个日子里试着再抓它，但它只咬了一次钩，重得像一吨砖头。那儿没有［字迹不清］，蝇黑［黑蝇］也少。波克明年打算弄辆福特来，你们会去那儿的。我们叫上下士［肖］、比尔·荷恩、亚利、“鸟儿”、乔克和马比[4]，凑成快活的一伙。布莱克湖和福克斯河通吃。

希特尔，你和马比每人该 5 块钱。假如你们愿意，就把它寄给我。我不提它。我自己名下也就 5 块了，不知如何才能从乡下回去呢。

照片他妈的不错吧？

你的朋友

海明骷髅斯坦

［又及：第一页上角］比尔问候你。乔克回来了，有信让伊利诺伊州艾尔姆赫斯特小 J.L.潘特考斯特转。给他打电话。

（此信藏普林斯顿大学图书馆）

[1] 西尼在密歇根州北半岛。福克斯河流经此地。这个地方被海明威写进《大双心河》。见谢立丹·贝克《密歇根校友季刊》（1959 年）第 45 期第 142—149 页。现实里的大双心河在北边更远处。此信描述福克斯河之行，海明威以此入他的小说。

[2] 乔克即约翰·潘特考斯特，也叫波克和“印度液体奶油”。比尔（“鸟儿”）和凯特·史密斯当时在夏勒瓦湖霍顿湾附近度夏。“夫人”是他们的姨妈，圣路易斯的约瑟夫·威廉·查尔斯夫人。

[3] 霍顿湾的迪尔沃斯餐厅俯瞰夏勒瓦湖，海明威把他自己选的外号海明斯坦类用在这个名字上。

[4] 海明威给拉里·巴涅特起的外号先是巴尼，后来是马比。

致豪厄尔·詹金斯

1919 年 12 月 20 日，佩托斯基

亲爱的寒热：

我打赌你一定在咒骂“鸟儿”［比尔·史密斯］和我两个家

伙，怪我们不写信。他在每一封信里都问我要你的地址。前些日子我还给过他呢。所以我想现在你该有他的音讯了。他们怎么样？我收到波克的信，他对布莱克湖和小狐河称赞不绝，满嘴收杆、使诈、去饵、窥探之类，从他的信里听不到什么新闻。我赶紧谈正事以免也滔滔不绝类似话题。我1月2日或3日回家，在家约呆五天。然后去多伦多。[1]回来后我再说详情。关键是我要去罪恶（有时候是酒恶）之城。无论怎样在那儿要呆五天，我们要聚一下。我们去“威尼斯”［咖啡馆］喝干邑，去看演出。假如你没有安排跟别人去，我就跟你去看时事讽刺剧。你说怎么样？你现在何不去买2号到8号期间的票，我们去看。先在“威尼斯”来一瓶勋地酒，喝两三杯或三四杯干邑白兰地进入恰当的欣赏状态再说。怎么样？去买票好吗？我到后再跟你算钱。我想寄钱可手头空了，不过回家后可以敲“银行”的水龙头。多伦多之事有点像秘鲁甜甜圈那样不靠谱。假如你想联系波克，可以打电话给伊利诺伊州潘特考斯特的约翰·L。电话本里有他。或者直接让电话中心转长途。波克就是小约翰·L。我得住笔了。看看你能弄到票否。老公鸡圣诞快乐。

再见

斯坦

(此信藏普林斯顿大学图书馆)

[1] 海明威去多伦多的计划是去受雇当小拉尔夫·康纳波尔的跟班，此人是F.W.伍尔沃思公司加拿大分公司老总的儿子。

致格瑞斯·昆兰[1]

1920年1月1日，橡树园

亲爱的路克嬷嬷：

自昨天早晨起就在这儿了，就像过了一百万年一样。啊，在你们村［佩托斯基，密歇根州］里的时候一天转瞬即逝——在这里度日如年。啊，路克，我想念你。今晚你会去艾尔可舞厅跳舞吗？我已经玩得很开心了，但我希望自己没有离开忒波斯基。

一个小时前一帮人来过。10:30［晚上］左右拉我去俱乐部跳舞，但我求饶过我，我要写信。晚上上床两条腿都不成样了，都是前些晚上跳舞跳的。两条腿的腿肚子痉挛麻痹了近整夜。三点以后才睡着。天啊，路克，伊琳不是悄悄进来的，她是大步流星来的。于是我一天不曾去舞蹈［跳舞］。仍然健在的祖父［安森·海明威］（不是已故的那位［欧内斯特·豪］）昨天拉我去跟拉里·劳德［苏格兰演员］吃午饭。拉里样子不错。他对恺撒［·威廉］的不过度很是挖苦，以“正义”的名义要求之。我们聊的就是诸如此类的话题。

我用的是“西美尔”，可这笔极烂，作家也不愿在这种纸上写东西。

乳脂软糖好极了，还得恰当地用老掉牙的词来夸。可也没法跟你的信比，那叫福音。

啊，我很高兴你是我的路克嬷嬷。

我跟全家说你是个多么可爱的人儿，说你如何会骑马、跳舞、游泳；说你做事总比别人好出许多，说你是个好童子军，说你如何漂亮，说你如何有智慧，啊，什么都告诉他们了。今天下午同伊萨贝尔·西蒙斯[2]喝茶我也滔滔不绝说起你。中西部的所有人都会知道斯坦·海明威在北方有个嬷嬷妹妹叫路克，美得了不得。

昨天下午与塔比·威廉斯相聚，他还是老样子的鸟儿。红·潘特考斯特和“寒热”给我打了电话，周六我们在“威尼斯”咖啡馆吃午饭。

周六晚上北边各地的红十字会老兵要聚餐，有15人呢。詹克斯安排的，他计划今天“发报”给我，说要来，实际打了电话问我啥时候在。这将是个场面。估计烈酒［字迹不清］横行，不会太错估。15个老战友！爸爸有6只绿头鸭，他给了我，好安排周日晚上的野味晚餐。周一我去帕格利亚其听踢踏·路佛，周二得去［佩托斯基］的伊莲·格尔德斯坦那儿，周三，同“寒热”一起去看时事讽刺剧。所以，看上去没有多少时间去上S.S.［周日学校］的课。

假如这封信太长，你就跳着看，随便漏看哪儿，你知道的。我想念你，感觉写信像是跟你说话，所以请你原谅我喋喋不休，叙述啰嗦人在干些什么。春天再见面你觉得不是件美事吗？近来没什么动静。不过有几个姑娘有点生气，因为我跟她们说她们的舞跳得不如你们几个。（替我问候你父母。）

也许我不去多伦多，也不去堪萨斯市。肯莱·史密斯应“火石轮胎”的人请求为他们物色一个搞宣传的人，为“卡车运输”运动做些什么。他请我来做这事。也许太晚了。他们三四天前就提出请求了。50 美元一周，开销另算，去的地方包括克利夫兰、托雷多、布法罗、底特律等。假如位置还空着，我就拿下它。

啊，我得停笔了。

晚安，路克亲爱的嬷嬷。

来自你兄弟的爱。

斯坦

别犹豫不决，我替你拿主意。

[斟满啤酒的斯坦漫画]

（此信藏耶鲁大学图书馆）

[1] 格瑞斯·昆兰，1906 年 9 月 30 日出生于佩托斯基，是海明威交往的一个黑肤色漂亮女孩儿，同时认识的还有伊莲·格尔德斯坦和马约莉·邦普姐妹。1919 年秋海明威是在那个村子里度过的。格瑞斯后来嫁给了 1916 级耶鲁生小约瑟夫·E.奥提斯，在印第安纳州南本德度过余生（此信息得自唐纳德·F.盖勒普）。

[2] 海明威在橡树园的邻居。见他 1922、1923、1925 和 1926 年致她的信。

致多萝西·康纳波尔[1]

1920 年 2 月 16 日，多伦多

亲爱的多萝西：

拉尔夫今天收到你母亲的信，其中一部分内容他“零售”给我了。据拉尔夫说，你带着 5 美元去了赌场，带着 17 美元回来了，因此对赌博大感兴趣。

我于是停下手头的巨著《欧洲议会的夜生活，又名我眼中的战争》，把少年虚度光阴的成果提供给你随便利用。

短讯。轮盘赌几乎一成不变地老实。它也无需不老实，因为无论怎样总能赢。你所选单个数字成功的概率是 38 比 1，假如你赢了，赌资回报的概率是 36 比 1。所以以平均法则来看，长久来讲你终究要输光的。

短讯。收付赌账的人控制或停下不老实的赌盘的方法有许多。不过，棕榈滩的轮盘系直不笼统者，用这些方法不起作用。

有一两招玩轮盘赌包你有机会挣钱，包你满意地获得玩得好的知识。天啊，谈轮盘赌都让我感觉饥饿！

凭直觉不好。凭直觉做事也许能撞运一次，但不走运的次数更多。

科学地玩的一个好方法是观察一阵子轮盘是如何转的，以及什么数字会赢。然而，真正要看的是什么号码不赢。接着是取一个不露面很久的数字，比如 00，放个赌注在上面；假如你输了，就再放两个；假如又输了，就再放四个，以此类推直到那个数字出现。假如你坚持，你就赢了——不过的确要有胆子。真正玩轮盘赌的人走低的时候想要翻本就这么干。你知道三十八转总该有一次光顾。当轮盘走了二三十次没有数字显示，开始挺它就是不错的计划了。长时间来看，摆平一切的无他，就是平均的法则，法则避免轮盘再走五十次都不显示那个数字。有时候那数字会显示，可给你的机会却说它不会显示。

台子拥挤的时候、你挤不进去坐不下来的时候那样玩最好。当你坐下来的时候，最好这样玩：

[海明威画了一个带数字的轮盘赌盘子，
写下了在哪儿下赌资的建议]

轮盘也许转得高，也许中，也许低。也就是说，数字会在板子上三组中的一组里更经常地翻转。第一个十二，第二个十二，或者第三个十二。你得选似乎最经常出现的那组（无论哪组），按我画线的那样玩。如此，你用四个赌注就玩十二个数字。投注赔率大约是三次下注里有一次得手，也就是说2比1对你不利。不过，假如你两个赌注都赢了，覆盖四个数字，回报率就是9比1；假如你两个赌注都兑现，覆盖两个数字，回报率是18比1。所以，假如你走运，长远来讲总能赢，能挣很多钱；至少在输光前能在那系统上玩很长时间。

也许你早就知道这些了。我的话就好比埃德温[2]解释说英国人得道因此球也得道之类。不过，或者碰巧你不知道呢，我于是狂言一通。我的话至少敢称不是纸上谈兵，而是在亚热普赌场的硝烟里磨练出来的。

葛德文·格里高利和拉·贝尔治昨天晚上来过，呆到11点以后。我们一起打台球，弹管风琴，胡诌八扯。我跟伊拉尼闹了隔离区犹太人讲的法语那样的笑话。拼写准确与否很令人怀疑。迪宁克夫人，迪西克夫人，还是德里克夫人，我要是能拼写对人家的名字就好了。她昨天打电话来要你的地址。迪什么克先生、德什么伊先生还是德什么克先生，她的丈夫，病得很重。她和我想去听音乐会，如果有音乐会的话。她准备给你母亲写信。

数字三上有英镑的符号。那个话是说希望用英镑，以前没有人用英镑于此。

你妈妈回多伦多后还会坚持自行车运动吗？

我们看一下，你不写信对吗？我也不写。这封信只是为了谈论赌博的罪恶。也许你无论如何对轮盘赌不感兴趣。不过，它是世上最好的游戏，比掷色子更有优势。色子戏里赢的是朋友的钱，结果并无多少乐趣。轮盘赌你只从轮子里弄钱，没有伦理问题，你大可以占上风时不停手。在色子戏里或者扑克戏里就不行。输者说何时收手。而在轮盘赌里，你大得手时才说——停。

假如你按我的路子去玩儿，我想知道结果。为艺术而艺术，你知道，无论怎样拼写这几个词儿。发报给我，收电报的人付款的那种，或者别的方式。

替我问候康纳波尔夫人。

假如运气是雨滴，希望你是密西西比河。

欧内斯特 · 海明威

(此信藏普林斯顿大学图书馆)

[1] 多萝西(1893—1975),小拉尔夫・康纳波尔的妹妹,当时正跟着父母在佛罗里达棕榈滩度假。关于海明威在多伦多逗留的详情,请参阅卡洛斯・贝克《海明威传》(纽约,1969)第 66—70 页及 1952 年 10 月 9 日海明威致查尔斯・A.芬顿信。

[2] 佩托斯基的埃德温(“荷兰人”)・帕尔托普于海明威逗留多伦多期间在那儿有份工作。

致哈利耶特・格里德莱・康纳波尔夫人

1920 年 6 月 1 日，橡树园

亲爱的康纳波尔夫人：

我得道歉未能早点写信跟你说我在你家有多开心，谢谢谢谢。[1]

你对我真好，我想让你知道，认识你们全家对我多有意义，还有我在你家度过的珍贵时光。

比尔 · 史密斯来这里晚了——昨天才到。车上满是泥，得在车库里放两天。星期四才能给它清泥。

布鲁米 [布鲁姆拜克] 常来，我们一起呆的时候很愉快。他准备好秋天出发，要离开旧金山。他说普通出海的人一个月能弄到 70 个牡蛎苗，几乎没有钱也能到横滨，即便离开旧金山时已身无分文。此行需要更多一些钱，所以我打算试试申请当个司炉工。他说我只需有到弗里斯克的钱就行。

布鲁米拿到护照了，我也快拿到去中国、日本和印度的签证了。

我在安阿波驻了脚，见到雅克·潘特考斯特；他和布鲁米6月15日或20日会一起来北边。

能把这帮人又弄到一起真好。家人也都好，6月7日准备往北走。我的姐姐玛赛琳和我最要好，所以我根本没别人相为伍。

我很想念多伦多，想念你和康纳波尔先生，想念多萝西和拉尔夫，经常想到你们。

能在佩托斯基见到你们就好了。我期待你们能来瓦龙湖。

我跟家人讲了多次你们是我认识的最好的一家子，我期待着让他们与你们见面，他们会同意我的看法的。

现在家里的房子一团糟。简妮——我们最后一根女仆救命稻草，无法忍受这样做，于是没人干活了。

在瓦龙湖则没有关系。

希望你和多萝西旅途愉快。问候康纳波尔先生和拉尔夫。

我知道这封信写长了。

你的诚挚的

欧内斯特·海明威

（此信藏普林斯顿大学图书馆）

[1] 康纳波尔夫妇在多伦多林德赫斯特街153号有个大房子，海明威1920年1月8日到5月9日在那儿住着。

致格瑞斯·昆兰

1920年8月8日，密歇根州博伊恩市

最亲爱的G：

我们外出去了布莱克湖，昨天回到［霍顿］湾，你的信正等着我。我收你的信的愿望超过收别人的信的愿望。当然收信在我是件乐事，所以——

天啊，G，你可真能野游，11、15英里地走！［上帝啊］说真的那可真是野游。你一定觉得这时光前所未有。

你我一定属于那种不想家的人。我从未思乡，你的家乡则更遥不可及了。

我们此行非常愉快。布鲁米［布鲁姆拜克］和雅克［·潘特考斯特］还有“寒热”［詹金斯］以及一个新认识的家伙叫迪克·斯梅尔。

布鲁姆弹曼陀林弹得好极了。夜晚饭后在黄昏里他傍着篝火弹曼陀林。

睡前我们都蜷拢在火周围，月亮常显得美妙。这帮人让我大声读邓桑尼爵爷的奇境故事。[1]他可真是了不起。

比尔［史密斯］和查尔斯博士还有夫人［查尔斯夫人］一天也出来了。我们约抓了50条虹鳟鱼，他们带鱼回家的样子可是美妙而狼狈。

布鲁米和迪克在小溪里跋涉。布鲁米跋涉得累了，浑身湿透，营地高高在上，离他有两英里呢。布鲁姆的胡子是金色的，卷曲的。迪克说：“天啊，鲍，你真像耶稣基督！”

“啊，”鲍回说：“假如我是耶稣，就不会跋涉了。我会在水上行走，走回营地！”

这掌故不错，对吗？我们租了一辆小车和一节拖车，用一个星期。乔克和我痛钓了一阵子鱼。

昨天回到家，都去了瓦［夏勒瓦］，玩库克牌戏。我名下只有六个种子钱，心想要么给家里的银行写信多要些，要么去水泥厂干活。接着轮盘赌到凌晨2点，即今早，赢了59。在阿尔戈西拉斯[2]学的方法玩红与黑，有劲——可一起玩的人想回家，弄得我只好罢手。海明斯坦运气。59个种子钱得在水泥厂干几天呢。

一个帐篷里8个姑娘一定够多。天，把两个男人放一个帐篷里就嫌多了。他们能让你整洁，啊？

上周首轮月色我们不是说一等一吗？在营地大家伙卷在毯子里，营地的火烧得只剩炭了，那才叫棒。人家都睡了，你独自看着月色，悠悠思绪万千。在西西里人们说与月同眠是件奇异的事情，月光照在你的脸上。月亮敲击着夜。也许正是那令我感觉疼痛。

说说被踢出来的事情。厄苏拉和桑尼［海明威的妹妹们］同卢米思家的小孩还有另一个来访的女孩半夜起来吃饭。她们拽上鲍家的（布鲁米）和我。我们连去都不想去，本来就很无聊。我们12点出去的，在莱恩餐厅大吃了一顿，约3点才回来。

厄斯、桑尼、鲍勃·卢米思兄妹、让·雷诺兹、一个来看鲍勃的男孩还有布鲁米和我都去了。

卢米思太太想孩子了，心急火燎来到我们家，大声指责鲍家的和我天知道什么目的办这么个派对！我们拉扯在一起，真是扮演狐朋狗友的。

于是，第二天早上，布鲁米和我被踢出来，连跟他们说一声怎么回子事都不让！

母亲很得意有借口赶我出去，因为她多少有点恨我反对她一掷两三千块为她自己建新房，在［令人满意之举］应该送孩子去大学的时候。那是另外一个故事了。家事。家家有本难念的经。也许难念的经多的不是昆兰家而是斯坦家。红十字过去常把“多”(heaps) 拼写成“伙”(heeps) 。

祖父把家财赌光了。有一个叔祖靠本国汇款侨居国外，回不去英国，手里的支票从未有隔夜不兑现的。他的跟班替他背书支票取钱。啊，那都是不能跟邻居说的家丑啊。诸如此类，谨举一例而已。

如此被踢出难道不荒唐？收到他们三四封信我连拆都没拆，所以不知道他们近况如何。令人厌恶，至少一年不理他们。

鲍家的都去了沃普兰。我今年冬天也得工作。雅克今冬也干活。春天我们也许买辆车，夏天就可以［驾着］去乡野了。我自己的祖国有许多地方还没有去，所以不愿在欧洲瞎晃。

不过，沃普兰是个刻骨铭心的所在，叫人无暇他顾。我以后会去的。你看，我为一家报纸工作、写作得了那许多乐子，我爱这个国家。

接下来呢——一切都在上帝的膝盖怀抱里。明年冬天我去纽约就差。随后，大路朝天任我行，长浪排空观海，看漂泊的旧汽船在油光的海上孤帆远影。

随后早晨醒来发现自己在陌生的港口。清新的气味扑鼻，人家的语言你听不懂。船上是搬运货物的窸窣声。

高脚玻璃杯和苏打水瓶子，闻所未闻的稀有故事，远方的老伙计。甲板上炎热的夜，只穿宽松睡衣。

在寒冷的夜里外面狂风呼啸，巨浪拍击着舷窗的厚玻璃。你在飞驶的船的甲板上，叫喊着才让人听见你的话。随后是脸颊贴在悬崖的草上，远眺大海。啊，有多少可看的东西啊，G。

无论怎样我敢打赌没有人像我这样给你写如此愚蠢的信。

我们在瓦三四天，打网球。比尔和医生——布鲁米和我，杰克和“寒热”。我们难得双打啊。今早还抓了条 4 磅的虹鳟鱼。

你在营地打网球吗？最近我们经常游泳。

给老亲爱的信得住手了。你觉得一切如何？

请写信给我。我也欠别人一封长信。

爱（我所得只有爱）

斯坦

替我问候“无用之人”和伊娃琳娜。布鲁米问候你。

（此信藏耶鲁大学图书馆）

[1] 邓桑尼(Lord Dunsany, 1878—1957)著《奇异书》(*The Book of Wonder*, 1915)。

[2] 海明威也许是在回家的船“鸠瑟普·威尔第”号 1919 年 1 月短暂停泊在西班牙的阿尔戈西拉斯期间学会轮盘赌的。

致豪厄尔·詹金斯

1920 年 9 月 16 日，博伊恩市

亲爱的“寒热”先生——爱抱怨的人：

很对不住老豆，我此前没有写信给你——好在那些哥们把他们离开前的情况都告诉你了。

他们走后我们抓了许多虹鳟斯坦［虹鳟鱼］。每天差不多抓两三条。我们还弄了艘高级帆船，每天远帆得不亦乐乎。昨天凯特［·史密斯］、奥德加［卡尔·埃德加］和我航至夏勒瓦。虽然在双帆之下，在风暴里还是艰难，不得不在艾恩顿停靠。电闪雷鸣风雨交加白浪滔天，上帝知道怎么回事。

鸭子季节今天始，我们希望对羽毛族开杀戒。我期望在此呆到十月中，然后跟夫人、鸟儿和结巴［比尔和凯特·史密斯］一起开车闪人。有家不能回，[1]我不知在芝［加哥］能去哪儿盘桓。也许让维加诺在威尼斯［咖啡馆］给我两条毯子。几天后就在芝加哥了。随后去多伦多或者堪萨斯市。堪市［《堪萨斯城市之星》报］来信请我报个数！我在多伦多［《多伦多星报》］一个月能挣 50 块的四倍，所以我打算对他们说此统计数字。我隐约感觉他们会通过的。如此，我夏天就有足够的钱了。他们给鲍家的 175 美元一个月，给我总是比鲍家的多一些。希望能在那儿多挣些，因为我写特别通讯每月还挣 100 或 150 呢。所以我觉得堪市是个地儿，因为在那儿我的薪水会好，再说，给的跟多伦多差不多。

你怎么想？

关于杰克和卡普，别让你的热情与你自己一起跑了。[2]

记住，米斯克是个圈套。他一直病着，在拳击场上算完了。这都拜邓普西所赐。他们是非常好的朋友。杰克这么说的。你得给米斯克机会先尝试。当然期待米斯克反杰克是件荒唐的事情。

现在杰克正打算反另一匹优秀的老战马，此人是冈波特·史密斯，他也绝对完了。冈波特虽然是个该死的滥交者，但他是个绝好的战士。不过，现在他绝对完了。有一天晚上，有人（某个二流之辈）在大瀑布城把他打昏了。杰克很快也会去收拾他，接着也会打昏比尔·布瑞南，此人始终是个孬种。

你要让“寒热”记住的是那个吉奥［·卡彭提尔］也容易上这些圈套。

吉奥跟乔·让涅特干了二十个回合。他跟比利·帕普克和弗兰克·克劳斯交过手；把威尔士打昏过两次，也把贝克特打昏过，比邓普西摆平任何一个都来得快。他可不是绣花灯笼裤和昙花一现的人。别因为邓普西打遍天下无敌手就认为他可以把卡普先生打个落花流水。

假如你能找个人下十倍的赌注之类，说邓普西会短时间里把他弄走，我立马跟他赌。因为，只要吉奥对战柏特林·莱温斯基的号令一响，价码不攻自破。

邓普西和"寒热"尚未真正交手呢。吉奥腰带下交手的人可多。邓普西也许如他们所说很棒——但他从未证明除了痛殴时手快如闪电，他还能个什么。他能对一如他迅疾的人做什么？况且那人能躲闪他并出手还击。鹿死谁手还待观察。

想想这些事吧。邓普西也许得手。然而，另有可能他得不了手。这是杰克第一次交战，他们上场之前谁也没法决定结果。

我当然乐见"万人迷"弗朗西斯·威美特。让哈佛刺猬们见鬼去吧。

你在干些什么？波克在干些什么？他打算回学校吗？你见到迪克［·斯梅尔］了吗？

酒的问题怎样了？

爱抱怨的人，给我一封长信，告诉我你对我的邓普西—卡普看法如何想。

我们最近摘了许多苹果，还平整了九英亩甜红花草种。啊，是的，我还让船楔子撕破了肠子，内出血呢。大夫柳叶刀开了我的肚脐，取出很多脓。今天感觉好多了。他们认为我疯疯癫癫的，尽管就那么一阵子。

有一天我们弄到了拳击手套，打了一会儿拳。我跟"老实人"比尔［比尔·史密斯］交了四回手，没有一次击败他。啊不，只有三轮交手。反正把威尔的脸打肿了，变形了。威尔手快且出手狠，但不太会拳击。不过跟他打有意思，因为我左钩右钩地击打他的头，他却屡败屡战。另有一天我们打了三场网球，他在球场上令我难堪，远过我用拳击手套给他的难堪。

好吧，正式通报就这些了，我尽量打住。

写信给我，问你家人和迪克好。

伊默尔/斯坦

(此信藏普林斯顿大学图书馆)

[1] 因为莱恩餐馆的那一幕，海明威的母亲不准他呆在温德米尔农舍。见卡洛斯·贝克《海明威传》(纽约，1969)第71—73页。

[2] 1921年7月3日，在一年的宣传攻势后，杰克·邓普西在第四轮中打败了乔吉斯·卡彭提尔。

致格瑞斯·昆兰

1920年9月30日，博伊恩市

最亲爱的G：

你母亲早上告诉我今天是你的生日。我立马进城给你去找合适的礼物。然而，兜里只有5毛9分钱，办事太难。

考虑买59张一分的邮票当礼物——或者订一个月的《晚报》，或者在莱恩赫莰买特价的橡胶套鞋。然而，所有念头都被打消了。因为，你可以借邮票用，报纸也已经有了，也许不穿橡胶套鞋。

于是，凯特［·史密斯］和我还有医生［查尔斯大夫］去了马丁酒馆，每人要了一杯所谓的酒。我要求大家为一位非常令人尊敬的女士、我的老朋友干杯，今天是她生日。我们喝了。凯特问女士芳龄几何，我说快30了——慢慢地但肯定要奔30的。我们于是又为那话的分量干杯。为你过生日的钱于是花光了。

老豆，下次我试试等到你庆祝完生日再破产。

今天早上在你家厨房我们聊天，德吉来了。谈话中德吉告诉我活该我去年秋天赌“袜子队”赌输掉了。[1]想想这一组比赛还诚实。他并不责备袜子队出卖自己等等。我愤怒已极，但愿没表现出来。我心中燃起揍他的强烈欲望，不过欲望被征服了，因为我想：“少安毋躁，揍一个亲爱的朋友，这老讨厌的还能剩下什么呢？”

接着凯特和我去了天主教堂。点燃蜡烛后我默默祈祷，为想要的得不到的东西许愿。出来时情绪好极。主很快奖赏我了，一个带点浪漫色彩的历险。

此历险很小但所料不及，有片刻刺激；我很高兴自己点了蜡烛。你得见到丽丝才能知详情。

当我们在雨中驱车返家时，我沉思默想，15 岁多好，你多好。雨越下越大。凯特要睡觉，我写了一首诗：15 岁的你。回到家后，我记起你比我懂事多了。雨停了，凯特醒了。我想你会觉得那诗很傻，于是我没有寄给你。

啊，我很抱歉今夏没能好好陪着你，脾气也坏。很难过你不像以前那么喜欢我了。我喜欢你超过喜欢别人，听说你在背后说我坏话，我很伤心。

你生日不该说这些。希望你生日快乐。假如觉得自己还没那么老态龙钟，就写封信给我。

晚安

爱你的老亲爱

斯坦

又及：为你点一支蜡烛。不知会有什么结果。已告诉他们给你想要的一切。

（此信藏耶鲁大学图书馆）

[1] 指所谓黑袜队丑闻。8 个芝加哥白袜队员被指在 1919 年“世界系列赛”里与辛辛那提红队比赛时“奉送”一局。

格瑞斯·豪尔·海明威

1920 年 12 月 22 日，芝加哥

最亲爱的母亲：

真没意识到圣诞节如此近，实际就要到了。

你如果不在我们都会想你的。比尔·荷恩去东部了，不过肯莱

和杜迪尔斯［Y.K.史密斯夫人］打算出来吃饭。

我在这本叫《合作社共同体》[1]的杂志工作。在合作社运动里，它扮演的是口琴的角色而不是管乐的角色。假如人们关于这场运动的言论几乎都属实的话，那它可真就是一场运动了。这本杂志的发行量有65 000份。这个月当期有80页阅读的东西，约有20页广告。大部分阅读内容是我自己写的。我也写编者按和别的什么。将来什么都会试着写一次。

收到你的信真好。很高兴莱塞斯特［·豪尔］舅舅觉得他会喜欢我的。我也试着对他产生好感。希望你能去泡泡浴滚水池里游泳——听起来像从前在南塔基［1910年］游泳的样子。我和海草以及马蹄蟹共游，而你在咸水浴池里畅游。

爸爸让我在外时星期天读读你的信，所以我很知道你的所为［近况］。好像没什么对你来说是新闻的东西告诉你。我带桑恩［·玛德莱娜］去足球场舞会，她跳得很好，光彩照人。厄拉［厄苏拉］跟约翰尼在一起，一身杏白色夜礼服宫廷弄臣般划过夜空。她因为身材匀称，穿夜礼服好看极了。

圣诞节后周一杜德尔就要去纽约跟劳伦斯学习。我届时也会住在纽约。东小街63号。是个特别舒服的公寓房，七间屋子。无价之宝德拉给我们做饭。单身区里我们共有五人。

求你指示，洗耳恭听。至少你教我好，不是吗？无论怎样请垂示。很忙，很好，也很累。第一条有趣，但第二第三条则越发不那么强烈要求。哈什［·哈德莱·理查森］[2]从圣路易斯来过周末。星期六晚上来，星期一晚离去。我们呆在一起好极了。她极想让我去圣路易斯吃除夕大餐并参加大学俱乐部聚会——可我还不知能否如人愿。像是脐橙般落地生根了。

我薪水不错，可还是忙着应付圣诞节年关，付清各种账单。亟须买衣服，要么小了，要么穿过头了。

给小孩子几张小面额的纸钞过圣诞节——没时间去买东西。拿纸钞给富裕的在加利福尼亚享福的母亲当礼物不合适——所以我给你和莱西另准备了东西放在这儿，假如你决定再呆一阵子，我就邮递出去。[3]替我问候小小，转达我最深的爱。希望他和莱塞斯特舅舅圣诞快乐。但愿能亲见莱塞斯特舅舅。

昨天收到Z派分子古达孔斯特大夫的信，也许你记得事实上他是个外科大夫？他在新墨西哥州的圣塔菲，被任命为一家疗养度假农场的经理，待遇很不错。他要电汇给我一张票让我去那儿，说是那里有可以点火烧的马匹，男人不用刮胡子，还有其他许多吸引人的物事。他急切想让我去——我不该在船烂的时候老鼠般弃船而去——船烂的味道才刚可闻。等船完全烂掉，我也许往那儿赶。换句话说，我对［合作社］运动对世界还没有充满信心。

圣诞快乐，老妈——不会跟你说新年好，因为新年意味着又往坟墓趔趄近了一步，那儿没什么好快乐的。

希望你时光过得无价般珍贵。

爱你的

欧尼

(此信藏肯尼迪图书馆)

[1] 见海明威1921年4月28日致比尔·史密斯(小威廉·史密斯)信注[4]。

[2] 伊丽莎白·哈德莱·理查森(1891—1979)出生于圣路易斯。她1903年失去父亲，后者系自杀；1920年失去母亲，后者长期卧病。毕业于玛丽学院(1910年)。她在布莱恩·毛尔那儿呆了一学年。凯特·史密斯在玛丽学院时就认识她并邀请她到芝加哥。海明威在Y.K.史密斯的公寓里初次见到她，地点是北州大街1230号，时间是1920年11月初。

[3] 海明威的母亲由最小的孩子莱塞斯特(快6岁了)陪伴正探望加州的娘家兄弟莱塞斯特·豪尔。

致格瑞斯·豪尔·海明威

1921年1月10日，芝加哥

亲爱的妈妈：

我最近很忙，否则早就给你写信了。我搬家了，像是我告诉过你，或者打算跟你说来着。

现在东小街63号。我想，自新年以来都未出门去那所房子——现在是1月10日，我很快就得出门了。

昨天我有意出门来着，但艾萨柯·唐·莱文，《每日新闻》驻俄罗斯记者，中午来公寓吃饭，接着下午又去听本诺·莫塞维奇在交响乐大厅弹奏。我想莫塞维奇是当下最好的钢琴家了。他比莱维茨基或约瑟夫·霍夫曼不知好到哪里去了。我想他超过了拉赫玛尼诺夫或加布里洛维奇——无论怎样他在头四名。

他弹奏的曲子比我上次听的要好。肖邦的B小调协奏曲、德彪西作低沉的天主教堂里的《大教堂颂》之类，随后是两首李斯特曲子伴之以《钟声》，一些现代曲子名字我记不得了。我是根据记忆复述的，否则会更准确些。

接着莱文带肯莱［史密斯］和我去看勒诺尔·乌尔里克在帕沃尔斯演的戏。记得我们看她演《玫瑰老虎》吗？这回的新戏是《子女》，跟《玫瑰老虎》一样好的轻喜剧。不知是否结构也同样好。不过勒诺尔是个好演员，戏里充满引人注目的东西，如多姿多彩的赌徒芬查和“海螃蟹”——海螃蟹很可怕——我害怕——你也许也会害怕。

在“霍腾托特”看了《威利·柯利尔》和《好运连连》，还有几出别的戏。乌尔里克的戏又看了两次。

莱文是个优秀的家伙，给了我们一些关于斡罗斯的冷消息，他回来才四天，明天去纽约。

我周薪加了10块纸币。10块就是10块。如此每周六就有50块纸币入账。当然这纸币不多，但还算几张纸币。

霍尼·比尔［比尔·荷恩］仍在“近东”，准确地说是在纽约东部。我相信孩子们都安然无恙。他们看上去很幸福，举止乖巧，身体健康。

今天采访了玛丽·巴特尔姆，她可是地道的“老牌”人物，一个优秀的女人，我为她倾倒，写了个妙极的故事。[1]出来后会寄给你一份。

我寄没寄给你一本烂杂志？

莱塞斯特小鬼好吗？

替我问候莱塞斯特舅舅。也道声爱你，剩下的爱都是你的。我的爱还有剩余，因为爱莱塞斯特舅舅就像爱小说里的抽象人物。

经常有你的音讯总是叫人高兴。

有机会我总是在户外——这里天气真不错——也就是说我们自己那儿一路天气都糟糕。

早晚我们总能得之，它还没来呢。

爱你，原谅破打字机——是新的，僵硬如冻胡子。

欧尼

（此信藏肯尼迪图书馆）

[1] 玛丽・M.巴特尔姆（1866—1954）出生于芝加哥，是位著名的挽救女青少年犯罪者的人士。她以“玛丽手提箱”著称，因为她给每个被告失足女青年一个装满衣物的箱子。从 1923 年到 1933 年担任芝加哥青少年法庭的法官，她是伊利诺伊州法院的第一名女法官。青年海明威的一个显著性格特点是崇拜某些比他年长的女人：玛丽・巴特尔姆、哈利耶特・康纳波尔、米尔德瑞德・阿尔德里奇和葛特鲁德・斯坦因等，还有其他一些。

致詹姆斯・甘布尔

约 1921 年 2 月 24 日，芝加哥[1]

情愿跟你去罗马也不去天堂句号［还没结婚句号：这些字划掉了］。悲痛无语句号。写东西卖句号［未婚：这俩字也划掉了］但富不起来句号所有作家先都穷然后富句号。我也不例外句号我们难道不会一起共度好时光句号主啊我多羡慕你

海米

东小街 63 号

伊利诺伊芝加哥

Y.K.史密斯收转

(此信藏肯尼迪图书馆)

[1] 电报打字稿,有海明威手写指示修改之处。参阅海明威 1919 年 3 月 3 日致詹姆斯·甘布尔的信。甘布尔地址当时是费城南 16 街 356 号。

致 C.E.海明威大夫

1921 年 4 月 15 日,芝加哥

亲爱的爸爸:

很高兴收到你两张明信片——你此刻一定过得很愉快。这里也是事情来去匆匆。我工作很卖劲,有机会晋升,估计薪水也会多些——不能详谈因为总有个管事的进来盯着你看你写什么。我们在环城路上有个新办公室——地址是伊利诺伊州芝加哥市北威尔斯街 128 号威尔斯大楼 205 房间,寄这儿我能收到。我有可能被任命为报纸的执行主编。这是私下偷偷告诉你的,别外传。

同时我还跟多伦多［星报］讨价还价呢,随时有可能把手头的工作一推去那儿。我 350 左右买的意大利里拉现在涨到 500 了——可以卖个好价钱——可我买里拉是因为需要——不是为了赌博。想 11 月去意大利假如里拉足够。昨天晚上曼福瑞迪来。他看上去不错,让我问你好。

有一天晚上我让厄苏拉出来吃饭。不久打算回［橡树园］家。可现在忙得像条狗。下星期一去威斯康星采访。

他们今天绞死了卡迪内拉和考斯玛诺以及另一个意大利裔杀手。本该绞死的还有洛佩兹,暂缓执行。我猜卡迪内拉是条好汉,不改口。今天早上经过县监狱,外面有很多人等看热闹。[1]

去钓鱼了吗?

问候祖母祖父和格瑞斯姑姑还有卡罗尔,希望他们都好。[2]

给我好好休息好好钓鱼好好游泳——我当然愿意跟你们在一

起——吃很多很多的虾——但愿能得一假期——总好像你一星期都忙得像条狗，好容易星期天了，得睡点觉，接着又是繁重的工作——秋天我打算教训一下这工作机器，去沃普兰呆一阵子。

两星期了太阳没在这儿露脸。我给你写充满阴霾的信，如此你就会欣赏你正拥有的美好时光了。我讨厌那些写信给离家的人说在家更好玩的人。这里一点都不好玩——没指望。

我收笔于欢快的憧憬

爱你的儿子

欧尼

（此信藏肯尼迪图书馆）

[1] 山姆·卡迪内拉和另两个人 1921 年 4 月 15 日在芝加哥被处绞刑。14 日《纽约时报》报道说卡迪内拉反对行刑者为节省时间在光天化日下动手。参阅海明威《在我们这个时代》第 15 章。

[2] 海明威大夫和夫人及 10 岁的女儿卡罗尔同安森和阿德莱德·海明威以及他们长大了的女儿格瑞斯在佛罗里达西岸的桑尼贝尔岛度假。

致小威廉·史密斯

1921 年 4 月 28 日，芝加哥

天啊，鸟儿，你看上去很糟啊。本编辑是绝不会数一篇失修的文章的字母的。你该能从这家泽尔尼克公司赚上一笔，就当夏天的副业吧。无论怎样你可以给“尼克”好好报一下密歇根的情况。本·布朗[1]给我们的拳击台装上横档了吗？

本编辑很惊诧你的境况——我的信该无拘束地往下流淌。我真不知道你老这么抱怨——虽然我在村子里时你看上去就不好。也没听说你跟本编辑有什么不快啊。所以，一阵子过后，不写信了，理由是假如一个人不愿与另一个人有什么瓜葛，他就不该模仿奥德加［卡尔·埃德加］以书信来追求巴特斯坦［·凯特·史密斯］。然而，假如你处于低潮，你显然是的，那就不受此限制了。[2]

我们［下］星期六搬到芝加哥100 E去。

杜迪尔斯［Y.K.史密斯夫人］5月28日回来。严恩［Y.K.史密斯］发胖了——172磅——在此重量与174磅之间摇摆。声称自打没有拘束以来，感觉从未有过的好。

费蒂斯［艾迪斯·佛莱］在此地，跟她父母住在弗吉尼亚旅馆。斯塔特［凯特·史密斯］就我所知一星期或者十天没见她了。上周斯塔特几乎每晚都跟严恩和我在一处——我们办了个令人陶醉的派对。她、严恩、本编辑和一个叫科瑞布斯［·弗瑞恩德］[3]的优雅之士上周六晚参加了一系列日耳曼家庭度假村的晚会，这些私人场所无与伦比。我怀疑在德国也没这么好的。默塞尔红酒4毛钱一大杯，普通战前啤酒4毛钱一品脱。5毛钱就可以买一份好晚餐。这里一句英文都不用。你们来的话我们让他们说英语。星期天斯塔特和爷们严恩、荷恩和罗斯去了橡树园，他们的父母都呆在密歇根。我提到的地方都有令人陶醉的日耳曼轻歌曼舞。Wurtz n'sepp's，Komicker seppels以及另两处美妙的场所都不错。

本编辑自己也并非日子都粉红绚烂地过。上两周头疼欲裂，几乎疼得要死。昨天在办公室眼睛疼得要发疯，不得不回家睡觉。由于头疼不得不放下拳击手套——忙得团团转，同时给洛佩尔[4]定期供稿。过去两周里写的东西比前18个月都多。运动也没能让精神振奋起来——感觉完全颠三倒四。假如有地方去游泳就会好些。目前从办公室回家，吃饭，和几个人一起打两三圈盘式桥牌。接着上床睡一小会儿觉，又醒来，随后是彻底睡不着。于是开始工作，干到早上犯困。吃了安眠药可不像管用的样子。真想跟你们一样去北方。怀疑今夏能否去——耶稣啊，有时夜里想起鲟鱼和鲈鱼，几乎学布谷鸟儿叫——不知奥德加对此的态度如何。也许不得不放弃这些去追求我想要的更多的东西——即便有了一切也不妨碍我喜欢这些。万事就是如此。一个人一生热爱两三条小溪，爱此胜过世上别的东西。——有一天爱上一个姑娘，该死的溪流不再提供他在乎的一切。只是令人难过的是乡村始终抓着我的心——今年春天尤其让我牵挂——你了解我的情况的——白天不怎么想，夜来则要我的命——而我又不能去。

记得去年夏天，那天我们往大学堂去在钱德勒酒馆下的那一弯小溪吗？那是一个人能碰上的最次小溪了。那天我与山姆·尼奇在溪流的另一处垂钓，在延伸处抓了那些大鱼，就是你我宰鱼的地方。那天胡普金斯［查尔斯·霍普金斯］和奥德加也在那溪流里抓了一大堆。记得我把钓竿都弄折了，就在你抓那大家伙的时候；还记得如何用网对付它的吗？耶稣啊，我敢打赌那儿有鲑鱼，有令人难以置信的鲑鱼。我又开始想这些了——又毁了一个白天。

这信成了抱怨信了——爱抱怨的人［豪厄尔·詹金斯］现在正挣着大钱——基于一项严格的委托——比他以前挣的都多并能坚持下去。他说要去北方呆一个月。下流的迪克一切都好——今天中午与他一起午饭。还不知道吉［·潘特考斯特］的计划。特奥多［·布鲁姆拜克］近况如何？特奥多写信了——只是明信片——没什么消息。

假如一个人的生活乱七八糟的主要原因之一是晚上太累，没有任何运动，那就是毁一个人的主要因素了。一个人到自己成了个被毁的东西才会认识到这一点。你似乎忙泽尔尼克的事也烦得很。烦就对了。

呃，恁——不久会发你一封佳信——这样写的信一两封就能让人从马上跌下来进棺材。

伊默

威美治

(此信藏普林斯顿大学图书馆)

[1] 佩托斯基的汽配业主。比尔曾为圣路易斯“永固匹斯敦轮胎公司”工作。

[2] 此处戏言是海明威—史密斯通信里经常出现的东西。普通单词加词缀-age，食品成了 eatage，书信成了 screedage，死亡成了 mortage 等等。海明威的外号“威美治”由如下演化而来：Weminghay = Wemage = Wemedge。

[3] 科瑞布斯·弗瑞恩德是海明威在芝加哥时的哥们，1924 年在巴黎又常

相过从。

[4] 理查德·H.洛佩尔是《合作社共同体》的出版人；弗兰克·帕克·斯多克布里奇是他的副手。公司当时刚从芝加哥奥格登大街 1554 号搬到北威尔斯大街 128 号威尔斯大楼。

致玛赛琳·海明威[1]

1921 年 5 月 20 日，芝加哥

最最亲爱的象牙雕刻：

希望你肚皮感觉好了。天啊，当我听说你挨刀了真是难过。没有什么比知道亲爱的老朋友或亲属挨刀更烦人的事情了。

跟爹谈话得知你手术做得不错。

哥们都想给你写信，我也很快就会去看你挨刀后的情形。

今晚，“爱抱怨的人”也就是“寒热”先生兼“爱抱怨的人”［豪厄尔·詹金斯］和严恩·［Y.K.］史密斯和本信作者拟坐最佳观众席观看“牲畜围场”队的弗朗奇·夏佛和“太平洋海岸”队的基涅·华生进行 130 磅级别最佳席位第十轮魔鬼摔压。该是场好戏，我期待着前往观看。

我觉得阿尔［沃克］在我这儿过得不错。希望如此——你告诉我他没有钱，所以玩的时候都是我付账——吃喝等等。阿尔听说你挨刀也一定会大吃一惊的。

道格拉斯知道你动手术了吗？他该很有所表示的。想想你只允许他亲吻你，该从他那儿享受点什么待遇。你的挨刀也许让他气急败坏，兴许把医院放进洋葱里窒息浸泡，就像把牛排浸泡在洋葱里一样。

所有的人听说你挨刀了都很伤心。

昨晚伊西·西蒙斯［伊萨贝尔·西蒙斯］和我弄了个令人陶醉的派对，去了四个本城最好的地方。想到你挨刀就伤心，尽力做到了强作欢颜。我们过得很愉快。伊西是个无价之宝。多么辉煌的夜晚。我们走出华尔兹舞厅，走入室外的空气中，天暖似热带，房顶上巨月当空。空气里是温暖的柔和，像小时候的情形。记得那时我们和拉考克斯一家还有夏洛特·布鲁斯一起滑板、一起玩跑羊快跑的游戏。

我和霍尼［比尔·荷恩］下周五晚拟去圣路易斯在哈什之家呆三天。该会过得不错。新“家”是个奇观——比原来的大多了——有电梯，我的前窗能俯瞰旧房屋的奇特尖顶、在拉什大街上的房子；也能看见大山般的瑞格莱大厦；满街绿草如茵，树木成长——好看极了。鲍比［·罗斯］不久就去纽约定居——你知道吗？霍尼工作很卖力。

我们有了一首优雅的歌子——我写的关于这些哥们的歌子——

鲍比在拉萨尔大街闲逛
“爱抱怨的人”花钱买恶之花
霍尼为一毛五分钱写广告
上帝啊钱可不老少！

天啊我很难过你挨刀。不过一个人不得不挨刀的话就从容赴刀去挨刀。今天下午巨困——你知道的，天热——今天早上之前就没进过卧房。天啊——真是度过好时光——跟伊［萨贝尔］出去比我在本城认识的任何人都好玩。扬塔在格罗滕凯勒见到我们一圈一圈跳华尔兹。周围全是德国人，好闻的啤酒味、烟味；用啤酒杯欢快地敲打桌子，要求再来点音乐，再来点气氛。

对不住打字很烂，也许错字千出——那是因为我打字用触摸系统——最近才学的，快是快了，但多有不准。凯特［·史密斯］问候你，说你最不该挨刀。我也不愿见你挨刀——你还让他们动刀取走了什么？我情愿一次手术都弄完。礼拜天我想能出来看你。

最爱你，亲爱的且且［姐姐］。希望你舒坦。

永远的

欧尼

(此信藏肯尼迪图书馆)

[1] 写给在橡树园医院里住着的玛赛琳“(一位摘除附件的病人)”。

致格瑞斯·昆兰

1921 年 7 月 21 日，芝加哥

亲爱的老 G：

你一定想我真是个十恶五毒的混蛋，因为我没回你和普吉斯［·马约莉·邦普］那珍贵的音讯——不过我猜给你俩的信已然解释了原因。本想给你俩一起写信——可写不好——要写的东西在我脑子里总分离；再说也有各自要对你俩说的话。

正因为你说我不写信给你，我才随信附上 2 月的一天情绪低落时写给你的信——如此你就不会觉得我把你丢在脑后了。

你像是想了解哈德莱的事——好吧，她的昵称叫哈什——是个棒极了的网球手，我所知最好的钢琴手，是极优雅的那种材料。[1] 尽管简报预言我们秋天在圣路易斯举行盛大婚礼，我们还是打算愚人一回，在［霍顿］湾那小小机灵教堂结婚，然后四处瞎转三周，再回芝加哥——在肯莱·史密斯那儿住——大概呆到 11 月，然后去意大利一年或者两年。我从佩托斯基回来就一直在存钱并买进意大利通货。最近从老 K 那儿弄了笔钱，所以这方面情况不错。我们打算去那不勒斯呆到春暖。我想会住在卡普里岛，随后也许进卡普拉科塔的阿布鲁其——那儿有不错的鲑鱼溪——桑格罗河——还有网球场。那儿的海拔是 1 200 米——是人所知最好的地方。我从我最好的哥们尼克·涅洛尼那儿打听了价格等等，他刚来此地，我们是战友。他跟我在一起呢，给了我许多信息。秋天他就回去了，会为我们安排一切的。

不错吧？结婚的日子还没定，但会在 9 月初——头一个星期某天——你当然会出席。我不能请很多人，因为婚礼在北边举行，以免诸如此类的事情——不过你会来，不是吗？请帖以及诸如此类的东西会顺事成章地到达。

G，你别以为今冬我不写信就是把我喜欢的北边的众人都推翻了。今年冬天有点像往年一样稀冷——病了几回——常日夜加班挣钱——一直侧身写东西，忙得要死也累得要死，整个冬天弄得我除了哈什［·哈德莱］我谁的信也没给写一行。

现在的工作不错[2]——也许把它扔下去意大利是不明智之举——不过攒足了在那儿花两年的钱——有那时间写作我才能有机会出头。

［佩托斯基］的伊莲·格尔德斯坦来这儿了，我们一起打网球很开心。我还要去看她，却突然接到命令去东部采访［邓普西-卡彭提尔］拳击赛，不得不急忙离开——匆匆打点行李，连招呼都没机会跟她打一声。在此赛中输掉700多——也没能让脑子安定下来——3-1赌注下得不错——第二轮卡普差点中，他拿给我看的。我们运气不好——假如刚出手时没错就好了——事后诸葛亮有什么用？你别跟人说我们输钱的事——你知道——一有机会人都想说三道四。

我亲爱的老豆我要收尾了——得写“没用的东西”去了——9月见——伊莲说你越发漂亮了——但愿没变——别的姑娘说你美，那一定是美的。

给我写信好吗？记得问候你父母。我非常喜欢你全家——你知道我有多喜欢你——

永远的

斯坦

又及：也许你父母能带你和普吉来，还有谁？瑞德和丽丝？我不想请格瑞厄姆太太——你知道为什么的——因为我不要她来。不过别让普吉看见这话。

伊默

斯坦

给我报信——啊？

（此信藏耶鲁大学图书馆）

[1] 参见海明威 1920 年 12 月 22 日致母亲函注[2]。
[2]《合作社联盟》助理编辑。

致格瑞斯·昆兰

1921 年 8 月 7 日，印第安纳州戈申

最亲爱的 G：

当然有各种事情缠身没有给你写信。不过——终究是托词。

这地方可真好，不是吗？我老板派我去东部，开着他的车穿芝加哥而东，我目前剩最后一段路了。上帝啊希望明天中午前能到达。什——真不想亵渎神灵——作祈祷状。普吉在营地吗？她为什么不回我的信？

我亲爱的，真高兴你依然美丽。我可是比你老多了。（感谢上帝）你对佩托斯基那人不满意。你还是我最好的妹妹。别跟旁人说这个，要么是血要么不是；我知道你不愿当［基督徒］科学家。

我开了一天车累了。腿火烧火燎的，烧得尽出错。所以我该去澡盆里泡一阵子，看是否能把错字淹没了。

真希望你在这里跟我聊天，我寂寞得要死。假如你真的想要那张照片，就连结婚通知书和哈什［·哈德莱］的相片都留下吧。让我知道，假如你想要的话。都在家里呢。

附上哈德莱穿婚纱的照片一张。婚礼前散发很不合适，我想。不过，你是我妹妹，不是吗？天啊 G，我很高兴婚礼上就能见你了。最亲爱的老妹。不过你在营地一定很愉快。

我知道你对我结婚结得早是什么感觉。我也曾感觉早，但哈什和我意识到相互拥有生活才如这美妙旅馆般有趣（见信纸抬头的照片）。那样就得去挣钱。我从前也不想结婚，尽管有许多机会。

晚安，最亲爱的老妹——我非常爱你。

你永远的哥哥，

斯坦

（此信藏耶鲁大学图书馆）

致格瑞斯·昆兰

1921年8月19日，芝加哥

最亲爱的G：

真不幸，营地对你来讲已经提不起劲了。也许现在你感觉好些了。一般来讲一件事做第二遍就不那么有趣了，不是吗？我们应该什么事都只做一次，接着去干新鲜的事情——只是想想，新事物也许让我们筋疲力尽。

我当然认识名叫肖尔尼的人。两个小子，一个叫戈登，一个叫赫伯特。赫伯特比我大点，戈登和我是［橡树园中学］同班同学。他是个不错的家伙。我跟他们的妹妹也就说过话。

不会吧，他们真的说我在巴黎结过婚了？上帝啊，告诉我一切。是我抛弃了她还是什么？你会觉得我是个重婚犯？告诉我细节，我极有兴趣。

8月27日我就打算离开此地，第二天早上就到北边，也许直奔鲟鱼去了，钓鱼的季节还就剩三天了。9月1日他们就不对外人开放了。这么长时间没有钓鱼，我都快馋疯了。然后回家，呆到3号，隆重地结婚。该是个高级的婚礼，会有好哥们出席。人不太多，但都是我们喜欢的人。假期结束前我会去佩托斯基看你。

随信附上照片。比你认识我的时候样子文明多了，是吗？已然文明了12个月了，几乎被毁掉。

一会儿得去采访美国粮食生产者联合公司总裁。是午饭时抽空给你写信的。平时一起午饭的家伙生病了，于是跟你聊天。你不会介意吧？哈什在“上半岛”呢，享受着家庭天伦之乐。我们在［霍顿］湾时才能见面。桑尼在明尼苏达，玛斯［海明威的姐妹玛德莱娜和玛赛琳］在缅因。海明斯坦夫妇在瓦龙湖。此地我认识的人都走了，一个魂都不在。跟博伊恩瀑布一样寂寞。可还是得再呆俩星期。真是件好事。

昨晚梦见你，很好玩的梦。现在都忘光了。像是离你而去的那种，不过是好梦。我真希望记住梦里的内容。几个月来头一回梦里有你，你闯进了我的头脑。好玩居然昨晚做梦，今天早上第一件事就是收到你的信。也许造物主的手大步走进我屋子了。

啊，对了。司铎、牧师、神父或主教之类你知道多少？？在你广泛的朋友里，你能推荐个能干的司铎履行仪式吗？哈什说她不特别在乎牧师的出身，但最好别是穿赛璐珞领子、嚼烟草的。我们本以为夏天在哈勃泊因特能够请到圣路易斯的特特尔大主教，但届时他也许就不在那儿了。记住选牧师的时候得挑能阅读并有庄严感的。我们付神职人员费用付的就是庄严。我们不要福音派，因为他们往往大喊大叫“赞美主”，随后在仪式的节骨眼上在地板上打滚。最好是长老会的，要么就是圣公会的，对我来讲都一样。当地神职人员怎么样？给我个简介，好吗？给我选个牧师。

好了，我得去吃点什么了，然后开始跟这个“粮食生产者”打交道。三天后去新闻发布会。为了弥补随后假期人不工作的嘛咕，我现在忙得像条狗。尽管如此，指标已超额完成。当然都不是舒心的活。我在为他们写一本10万字的书，每次发表5 000字，连载。死样的很。你都认不出我了，一个搁浅的人，告诉你，一个搁浅的人。思想起来就多思，思不起来就别多思，别刻意去多思，尤其别去思眼跟前的上帝之子。

给我写信G，我孤独得要命。

爱你很多

斯坦

（此信藏耶鲁大学图书馆）

致Y.K.史密斯

1921年10月1日，芝加哥

亲爱的Y.K.：

我跟母亲通电话时得知，她给你寄了一份请帖出席今晚在橡树园的招待会。[1]

当然，你和杜迪尔斯没机会去。万一你误解了邀请，我则花两分钟时间亲自拒绝你参加。

不是我不愿见你，正如杜迪尔斯经常大声念叨的杰作说你是个“英俊的小伙”。不过我感觉，姑且引用你妻子被人普遍崇拜的话“有点小瑕疵啊”。

在你和妻子外出时我会去帕罗斯园三角小屋里取剩下的衣物和我那些也许被翻旧了的书信。[2]

有点小瑕疵啊

有点小瑕疵啊

你在圣诞树上自己吊死吧。

永远的，

[欧内斯特·海明威]

（此信藏普林斯顿大学图书馆）

[1] 时值海明威的父母25周年结婚纪念日。

[2] Y.K.史密斯（1887—1969）回复（10月2日）：“欧内斯特：你的衣服和东西已经归拢一处，在艾尔蒂斯储物间。从女看门人那里可以得到钥匙。清单如下：一个盒子，两包衣服，两顶帽子，一个斗篷，一个旅行包。也有哈德莱一些东西，我会自行转交给她。你也容易明白你写的信已然使你不可能在任何情况下任何时候在我家出现。”（此信藏普林斯顿大学图书馆）9月3日霍顿湾婚礼之后，海明威和哈德莱在瓦龙湖度蜜月，住家里的温德米尔小舍，随后搬到芝加哥北迪尔伯恩大街1239号，放弃了原先与Y.K.史密斯合住的想法，因为海明威和史密斯吵了架。

致家人

1921 年 12 月 8 日，纽约

亲爱的爸爸妈妈和孩子们：

我们离开之前在旅店写这封信。[1]一切都很美好。旅途愉快，枣子和苹果都很好吃。妈妈的支票、南博恩的信和马萨温的信［桑尼和玛赛琳的信］都很让我们开心。

与鲍比·罗斯一起吃了晚饭，见了另外几个朋友，有我的朋友，也有哈什［·哈德莱］的朋友。我已经托运行李了，也看到船了。

瓦尔特·约翰逊［表兄弟］会送我们上船。我会把信交给船员邮寄。

一切都很美好，我们以优雅的方式出行。祝你们圣诞节愉快。

我建议你们远离牲畜饲养场，直到疫情处理完毕。也别让孩子们去。他们得找个新地方玩耍。

鲍比·罗斯问候你们。

欧尼和哈什

爱你们大家

（此信藏肯尼迪图书馆）

[1] 海明威和新娘此时正准备远航法国。在那儿，他将为《多伦多星报》写报道。

致家人

1921 年 12 月 20 日，海上

亲爱的家人：

我们旅途很愉快。在西班牙的威戈稍作停留，坐摩托艇上岸。马马虎虎过了一天。随后是常见的飓风。天气自行平衡，很好。西班牙太热，我只穿一件棉毛衫。港口有许多种金枪鱼——有些能跳 6—8 英尺，它们跳出水面去追沙丁鱼。

哈什在船上因为弹钢琴很受欢迎。一天晚上我们弄了个秀。餐厅弄出三张长桌，摆弄出一个拳击场，我和亨利·卡迪打了三个回合。他是中等体重的人，来自盐湖城，准备去巴黎打拳。哈什在我那一角，拳击间隙用毛巾帮我擦拭。

在西班牙沿岸菲尼斯特尔角我们看见一头鲸。威戈港几乎被陆地锁住，战争期间是德国潜水艇的极好藏身处。在威戈我用法语（地中海国际语言）跟人说话，为所有乘客当翻译。哈什（伯恩斯）能说法语，所以我们相处甚美。

谢谢你们来信。我们很高兴收到你们的信——这回用上爸爸的橡皮筋了——哈什在弹钢琴，我在写信；不过她的手被英吉利海峡的风吹冷了。我们的船航行通过比斯凯湾，在法国沿岸行驶一整天。经过许多颠簸的船只，我们这一条却稳如岩石。[1]

船上有许多有趣的人，但好人很少。明天中午能到哈弗尔登陆，明晚会到巴黎。我会从哈弗尔寄出此信［邮戳显示 12 月 25 日］。哈什和我问候大家并问候老祖一家。

爱你们——

欧尼和哈什

哈什在跟三个爱上她的阿根廷人说话，还跟一个法国老男人说话。

（此信藏肯尼迪图书馆）

[1] 此船系法国线路“S.S.列奥波迪娜”号。

致小威廉·B.史密斯

约 1921 年 12 月 20 日，海上

博伊：

西班牙威戈。那是为男人准备的地方。港口周长跟小小的特拉佛斯湾差不多，被棕色的大山锁绕着。花 5 块钱一个男子就能买条拉丁帆船。“大饭店”一天一块钱。海湾金枪鱼云集。

它们的动作一［如］彩虹斯坦［虹鳟鱼］——钓饵用沙丁鱼——以同样的方式追它们。我一次在空中同时见到 3 条，其中一条轻轻松松 8 英尺长。今年他们抓到的最大一条重达 850 磅。

威戈有四个瓦［密歇根州的夏勒瓦］大，海湾有三四个地方可以航船去。上帝啊，这地方真不错。

我们打算回到那里。山里的鲑鳟鱼溪。湾里的金枪鱼。可以游泳的绿色水域。维诺酒 2 个比塞塔 1 夸脱；三年陈干邑酒有蓝色标识，4 比塞塔 1 升。

这就是生活

伊默

威美治

为什么不写信让“美国运通法国巴黎”收转？

哈什拿一毛巾在我那一角，跟扬 · 卡迪打了三个回合——盐湖城 158 磅选手——刚成长的重量级——准备去巴黎打拳的意大利裔。在那儿有 3 场，在米兰有 1 场。

我们整个旅途中每天都训练。他们在餐厅里弄三张桌子，在柱子间摆一拳击台。在统舱我们为了给一个法国女人募捐还来了三场。她带着一个孩子，身上只有 10 法郎维持到法国目的地。她“美国远征军”的丈夫抛弃了她。

乘客们都说拳击好看。

得让哈什告诉你船的情况。假如我来写，你肯定以为我胡编。

威美治

（此信藏普林斯顿大学图书馆）

致舍伍德和田纳西 · 安德森[1]

约 1921 年 12 月 23 日，巴黎

亲爱的舍伍德、田纳西：

我们到了。并且就坐在正重新粉饰的圆形建筑对面的圆顶咖啡馆，靠着一个炭炉子取暖呢。外面冷得很，炉子让人觉得温暖。我们喝着混合朗姆酒，热辣辣的，流进体内像圣灵一样。

寒冷的夜晚在巴黎的街道，我们从波拿巴路往回走，令人想起狼在城市里偷偷摸摸行走的情形。想起诗人维永，想起蒙佛松的小巷深深。多美妙的城市。

“骨头”［哈德莱］出去逛去了，我在挣每天的吃食，在这写字的机器上。一两天我们就能安顿下来了。随后我会寄出绍荐信，就像发出一批船只。目前还没有发出信，因为我们还在街上日夜行走，胳膊拉着胳膊，不时窥探一下庭院，在商店橱窗驻足。我担心点心店早晚要打垮“骨头”，她趋之若鹜。一定是在压抑欲望，我猜。

今早我们收到路易斯·盖伦蒂尔的便条，明天会去拜访他。[2]舍伍德的便条我们进旅馆时收到了。真谢谢你寄便条。我们正低落，看见这个又情绪高涨起来了。

雅各布旅馆[3]干净便宜。波拿巴路街角的普列奥克勒克斯餐厅和雅各布路的餐厅是我们常用餐的地方。我们俩能在那儿吃到高质量的晚饭。有酒，饭菜任选，12 法郎。早餐我们四处转，一般平均是 2.5 法郎一顿。我想东西比你们在这儿时还便宜。

我们是经西班牙过来的，除了一天风暴，没耽误什么。你该看看西班牙海岸。棕色的大山像疲倦的恐龙坍入大海。海鸥在船后跟着，稳稳地抓着空气，就像木偶线上下操纵的马戏团鸟儿一样。灯塔就像恐龙肩膀上戳的一支蜡烛。西班牙海岸很长，是棕色的，看上去很古老。

接着来到穿越诺曼底的火车上。村庄肥料堆上冒着烟，漫长的田野和树林，落叶满地，树枝都修剪光的树干。一卷乡野风光，边上高耸着塔。黑暗的车站和隧道。三等车厢满是当兵的小子。终于你自己的车厢里每个人都睡了，相互倚靠着。火车晃晃悠悠丁丁咣咣。这是别处没有的死一般的寂静，只有在火车厢里能见到，在长途旅行的结尾。

无论怎样我们很高兴我们来了。我们希望你能过一个好圣诞节并祝新年快乐。我们希望今晚大家一起都出去晚餐。

欧内斯特

(此信藏纽贝瑞图书馆)

[1] 海明威 1921 年春在芝加哥 Y.K.史密斯的公寓里与舍伍德·安德森(1876—1941)和他的妻子田纳西相见。参阅卡洛斯·贝克《海明威传》(纽约,1969)第 78—79 页。

[2] 安德森写了绍荐信给路易斯·盖伦蒂尔、西尔维亚·毕奇、葛特鲁德·斯坦因和埃兹拉·庞德。芝加哥的盖伦蒂尔(1895—1977)时任国际商会巴黎秘书(1921—1928)。

[3] 雅各布路 44 号雅各布和丹格勒特尔旅馆。

此信与下面致安德森诸信经纽贝瑞图书馆允许使用。

致豪厄尔·詹金斯

1921 年 12 月 26 日，巴黎

亲爱的唠叨抱怨：

圣诞节快乐并非常感谢送我围巾。“骨头”和我住在河左岸的这家小旅馆，就在艺术区后面，安然无恙。

我们的房间看上去像个卖酒的店——朗姆酒、意大利气泡葡萄酒、味美思酒塞满了一架子。我自己酿了一种朗姆混合酒，一定合你的意。

生活在这里很便宜。旅馆房间 12 法郎，纸币 12.61 法郎。两个人的一顿饭，男人足量，约 12—14 法郎——约每人 50 美分。葡萄酒 60 美分。好葡萄酒。朗姆酒 14 法郎一瓶。法兰西万岁。

别的没什么可写了。巴黎阴冷潮湿，可还很拥挤，欢快美丽。所有的咖啡馆前都有炭炉子，大家都安然无恙。

“骨头”和我准备买一辆摩托车，有旁座的那种。夏天到处去转转，去雅拉。

给我写一封男人看的信。问候吉和“下流的迪克”。

桑普歇

斯汀

(此信藏普林斯顿大学图书馆)

致豪厄尔·詹金斯

1922年1月8日，巴黎

亲爱的唠叨抱怨：

哈什［·哈德莱］和我正搬家到勒蒙大主教路74号的一个公寓。所以你写信可以请大主教收转。我想你该收到我上一封信了。我们过得很不错。我工作也很卖劲。写了一个长篇的主干，以及几篇文章。

有一天去了“佛罗里达”。经常在“玛德莱娜”附近一家餐厅吃饭。我把［1918年］我们在那儿时震掉的石头给哈什看。[1]他们不再理会它了。

我现在能［少有?］喝圣詹姆斯朗姆酒了。这可是真正的7年陈酿朗姆酒，滑得像小猫的脸颊。

这个公寓是个高级场所，明天我们就搬进去——不过不打算马上收拾，回来再说。我们打算去瑞士蒙特鲁斯附近的香拜呆几个星期，做点冬季运动。那是日内瓦上游的山里，有点像迪尔斯坦家的那种地方[2]——但主顾要好一些。有那些爷们在一起直如天堂。天啊，你不见好酒无限、滑雪不已吗？大雪橇大滑板。我真希望你、吉、博伊和“下流”也来这儿。

得收尾了。写信给爷们。围巾每天都戴着。我弄了套正装——量身做的——爱尔兰手工家制——700法郎。我买法郎时汇率在14，纸币，所以这个价格买衣服不坏。库克公司是一家著名的伦敦公司，你当然知道。这是此地［商店］能得最佳者了。

唠叨抱怨，给我写信。我想死你了，没有男人陪伴的寂寞。这边是男人生活的地方。爱你的，斯汀。

哈什也问候你。写信到大主教那条路 77 [74] 号地址。就在潘提翁和理工学校后面，拉丁区最好一块地儿。问候迪克，告诉他我会写信给他。问办公室里的人好。

(此信藏普林斯顿大学图书馆)

[1] 1918 年德国轰炸期间“玛德莱娜”餐厅中楣的石头被震掉了。
[2] 密歇根州霍顿湾迪尔沃斯家的产业。

致舍伍德·安德森

1922 年 3 月 9 日，巴黎

亲爱的舍伍德：

你就像是很得耶稣垂青的人。这里发生了许多事情。葛特鲁德·斯坦因和我就像兄弟，我们经常见她。[1]读了你给她的新书写的序，很喜欢。葛特鲁德因此文走红。哈什说告诉你，引她的话如下：她和刘易之间了结得很好。引话完毕。我的私家侦探密切注视着这对人。

乔伊斯的书真他妈的不错。[2]书也许会及时到你那儿。同时报告：他和家人正挨饿。不过你能每天晚上在米肖餐厅发现这帮凯尔特人。比尼 [哈德莱] 和我一周左右才去得起一次。

葛特鲁德·斯坦因说乔伊斯让她想起旧金山一个老太太。这老太太的儿子在克朗戴克金矿发了大财。她于是拧着手四处说：“啊，我可怜的乔伊！我可怜的乔伊！他弄了恁多钱！”该死的爱尔兰人，他们得呻吟些别的什么，但你从不会听说一个爱尔兰人挨饿。

庞德取了我六首诗，写了封信把它们寄给了塞耶尔。就是斯哥菲尔德，[3]你也许听说过他。庞德认为我是个醉人的诗人。他也为

《小评论》[4]取走一个短篇。

我一直在教庞德打拳，但不怎么成功。他习惯把脸冲前面，德性像龙虾或者淡水螯虾。他很愿意学但容易气急败坏。今天下午再去教一节，但也不会有太多的活，因为为了发汗我得空打一阵子。虽如此，庞德却不少出汗；我得为他说话。另外，他在不熟悉的领域冒着有失尊严和名声的危险这么干也够有运动精神的了。庞德真是个好人，说起他来人的舌头又苦又甜。他为 4 月号的《戴尔》[5]杂志写了一篇很不错的《尤利西斯》评论。

我不知道他与塞耶尔有多近，所以不知道塞耶尔会不会用那几首诗——不过我真希望他愿用。“骨头”［哈德莱］现在叫比尼。我们相互称对方比尼。我是男比尼，她是女比尼。我们常说——男比尼保护女比尼——可女比尼要生小比尼。

我们见了勒维里耶，喜欢他——他为当地一本法国杂志写了篇评论《蛋》[6]的文章。假如他没给你寄，我给你寄一份。

你的书[7]看上去很诱惑人啊。去新奥尔良的费用有了，是不？我真希望自己也能这么工作。这该死的报纸玩意儿逐渐在毁我——不过我很快就同它一刀两断，再干大约三个月就行。

你见了本尼·列奥纳德也就算见了他们所有人了。希望你审视他后他还能睡个好觉。我见了这位皮特·赫尔曼了。他一个眼盲了。你知道，有时另一只眼也出血出汗。他们把他浑身打遍了——不过你照亮他那晚他一定看得很清。他是个不错的意大利小子，会走红的。

这信写长了，该死。再给我们写封信，好吗？我们收到你的信一天都觉得充实。

是的，格里芬·巴瑞仍在维也纳。他们说跟埃德纳·圣文森特[8]等在一起住。“圆顶”［咖啡屋］挤满了各色小东西，女的，“她”走进歧途了。像“里尔夫人”一样，“她”堆积起牺牲品。

好了，再见。田纳西[9]和你要多少爱，我们给多少。

欧内斯特

最近写了些不错的韵诗。我们爱葛特鲁德·斯坦因。

（此信藏纽贝瑞图书馆）

[1] 海明威刚见过斯坦因小姐（1874—1946）。
[2] 西尔维亚·毕奇刚出版的《尤利西斯》。
[3]《戴尔》的两个编者之一。
[4] 海明威给《小评论》投稿是（1923年9月）第9卷开始的。
[5] 海明威和埃兹拉·庞德（1885—1972）1922年才见面。庞德对《尤利西斯》异乎寻常的评论刊于《戴尔》第72卷（1922年6月）第623—629页。
[6]《蛋之凯旋》（1921）得了《戴尔》头奖。
[7] 也许是《诸多婚姻》（1923）。
[8] 米莱小姐（1892—1950）1921—1923年游欧。
[9] 指舍伍德·安德森太太。1924年他们离婚。

致豪厄尔·詹金斯

1922年3月20日，巴黎

珍爱的唠叨抱怨：

你的信把我从一床痛苦里拉到磨［打字机］前，我像野东西一样拉起磨来。耶稣啊，我这两天病得不轻，还是喉咙老毛病，最后还是肿了。你给我一堆消息，听到你的音讯真是好啊，爱抱怨的人。

让我看看，不知有什么可告诉你的。啊，对了，我有一次坐在玛德莲大道掐死了［谋害］一棵苦艾草。人们对它另有称呼，可它真的是苦艾草。我看见菲德尔[1]走过，就用几个丑陋的字眼钉这公爵。他和他的犹太新娘比肩双双，公爵一口假牙度蜜月。那晚来我舍［宿舍］吃晚饭。他俩去意大利和奥地利等地度蜜月，我们见面的次日航船往合众国而去。吃完后哈什和我带他俩去一两个深巷，干掉几瓶香槟和别的什么酒。由于有了新贵身价，菲德尔不愿喝得太凶。我则结婚已久，我行我素。

哈什问候你。我们俩给你寄一张相片［海明威穿着新花呢外套］。唠叨抱怨啊，奥吉尔威裁不出那件外套的样子。这可是真的家织的，羊毛里能闻到真正的炭烟味道。

该死的打字机色带要磨损完了。我忙得要死。《［多伦多］星报》答应给我一个星期75块钱，只要我肯从这儿返乡后便前往——我想把信的抄件给你，可惜该死的太长。我撞上此运并继续看情况。除非爷们的后代要上大学了，否则干吗回去。除非为了见你们哥几个。你们哥几个干吗不来这里？前天在普奥附近一条溪流里抓了一条6磅的鲑鱼。那些用蝇诱饵的家伙成绩一直不坏。3月开头正是鱼季的开始。

附上［比尔·］史密斯回我的信。这是我此前给他五封信后他回的；这是我收到的第一封回信。[2]读完后你寄还给我，我要留此存照。我当然极想告诉他，让他带着全家挤向某头大象的屁股，走得越远越好——可是我还是喜欢他，所以我没回信。这封信见鬼吧？就冲我和史密斯向来的关系？当然“夫人”[3]——让她的灵魂下地狱——这两年来一直使坏让他跟我对立。我并不知道他会这么听人宣传鼓捣！基督啊！你觉得我真他妈的变得那么坏吗？我们难道没有共度好时光？你、［鲍比·］罗斯和我，没有过好时光？我就那么被人讨厌？啊见鬼——被爷们捅刀可真不是滋味——尤其是你还爱着他的时候。把信给吉［杰克·潘特考斯特］看看。他要那样的话就让他见鬼去吧。我给他写了五封信，你知道就平常老写的那种信——我本以为他是太忙没时间回信呢。

我想看凯谢尔[4]的照片——他是个令人陶醉的斗士，可是对付那该死的黑鬼身量太小。自打来此我还没看拳击呢，没有人一起去——不过好的拳击赛倒是一直很多。我得找些爱好拳击的人，弄张季票之类。

顺便一提——你见到巴特斯坦［·凯特·史密斯，比尔的妹妹］了吗？自打分裂以后再也没有她的消息了——她当时并没有远我——我放她那儿约800美元价值的意大利汇票，说是一有地址后寄给我。她拟存放储蓄柜里，一旦有我们信就寄给我们。我已经写了五封信，没有回音；现在很需要那笔钱。也许她从未收到我的信。同时汇票的期限也满了——有几张都一年多了。真是一团糟。我也需要那钱去热那亚开［经济方面的］会。得先垫付费用，然后人家才付我钱。你帮我找找她好吗？要么是在芝加哥海滨旅店，要么在北威尔斯大街 128 号“合作”［合作社联盟］。看看她是否收到我的信。请她务必把钱寄给我。我为这些钱着急得要死。请挂号寄保险的；寄到勒蒙大主教路 74 号或者斯克瑞布路 11 号美国运通公司。等你收到这封信也许汇票来了。可我没有任何音信，写信写了两个月了。你最好帮我看一下。求你行吗？非常感谢，卡普。你要是想，就把比尔的信给她看。我可害怕再给她写信，害怕她不愿理我——我给比尔写了五封信。我喜欢斯塔特［凯特］比喜欢比尔多一些，但一定长度的时间后，一个男人也有所顾虑收敛，不愿在红尘里强作多情。科瑞布斯也许知道去哪儿找凯特——我肯定他知道。告诉她我一如既往。

我们过得很愉快。我定期跟埃兹拉·庞德打拳。他重击很棒。虽然如此，他落拳时我总能躲避。他要是再厉害点，我就把他打倒在地。他是个不错的玩的对手，戴着拳击手套猛打一通——有一天我会不小心，他会打得我屁滚尿流。他体重 180 磅。

我的东西陆续到了——我会为你留心在这儿找工作的。你会讲法语吗？替我问候鲍［特德·布鲁姆拜克］——我会给他写信的。由于每天用打字机时间天啊可怕得长，信倒写得不多了。前天我生病了。我们四人出去野餐，在往米尔德瑞德·阿尔德里奇家的泥灰岩山上——她写过那泥灰岩山，在《山顶上》——你知道——一个优雅的老太太。[5] 我们看见 1914 年普鲁士长枪骑兵们呆的树林了，也看见英国人炸飞的桥了，完完整整地看见了。这是个美丽的山谷，树木都盛开着花。战斗打响时阿尔德里奇正在那儿，她跟我们讲了全过程。真希望你也在。出来前午餐，我消灭了一瓶葡萄酒。我们弄了辆福特车。一路都很欢快，我还喝了一大杯三星轩尼诗，眼瞅自己开着车回巴黎。我们去的地方挨近莫城，一个可爱的地方。

啊，我该上床睡觉了——该死的嗓子再有三天才会好——俩大肿块，还有白斑点。

再见，老抱怨的人，写信给爷们。

问候约翰和下流的迪克——让他给我写信，我也会给他写信，也许我在他之前写呢。听我忠告，远离女人和不良酒精。哈什问候迪克。

自始至终的，

斯汀

（此信藏得克萨斯大学图书馆）

[1] 瓦尔特·J.菲德尔，意大利“美国红十字会”后期队员，属第四分队。

[2] 1922年2月19日比尔·史密斯写信给海明威说：由于海明威跟Y.K.史密斯吵架，他们自己的关系“发生了急剧的很不令人满意的变化”，说“1922年版的海明威跟较早版的海明威很不一样……我只希望时间会显示反方向的同等级变化”。

[3] 查尔斯夫人，比尔的姨妈。

[4] 斯蒂夫·凯谢尔，近乎海明威小说《世上的光》里的人物。

[5]《泥灰岩山顶》(1915)，阿尔德里奇(1853—1928)著。

致C.E.海明威大夫

1922年5月2日，巴黎

亲爱的爸爸：

我很高兴收到你上一封信说你要去北边钓鱼。希望你现在就在那儿了。

春天虽然姗姗来迟，但已确然来这儿了。从温暖的热那亚回到这里变化的确大，在热那亚我根本就不需要穿外套。[1]

因为喉咙的老毛病我卧床已经四天了。现在逐渐恢复它的正道了，我期待明天能出门。五一节在这儿很安静，尽管有“同志们”向两三个警察开枪。[2]我在热那亚工作很努力，写了一些好东西。见了L.［罗伊德］乔治、奇谢林、利特维诺夫等许多人。［多伦多]《星报》付我一周 75 美元外加杂费。不久可能为他们去俄罗斯。[3] 正等信呢。一有详细我就告诉你。

天下雨了，霉天。巴黎郊外的乡野和皮卡迪那里真是漂亮。田地里满是黑色白色的大喜鹊，在田垄里行走着像乌鸦。也有很多云雀。还有很多我叫不出名字的寻常鸟儿。我们的家[4] 附近有动物园，我们常去那儿辨认鸟的种类。有一天看见一只红交喙鸟。

这里的森林很野，没有林下灌丛，覆盖着山头山脊。哈什和我徒步 40 英里穿越森林，香蒂意森林、夏塔拉森林和孔皮捏森林。森林里有鹿和野猪，狐狸和兔子。我吃了两回野猪肉，很好吃。他们烧野猪的佐料里有胡萝卜、洋葱和蘑菇，外有焦黄的面包粉。也有野雉和山齿鹑。秋天我打算好好打打猎。

科瑞布斯［·弗瑞恩德］来法国南部打野猪了。他们脚步当然很快，身后跟着猎狗，一副坏样子。

讲讲哈什和我徒步野外的事：我们去了艾斯河，穿过森林，攀过山头到埃斯尼映入眼帘的地方。人们在努力工作重建城镇，在增添许多丑陋的新房，丑陋的法式建筑。

我在床上用科罗纳打字机写信，不舒服，时不时地停下。刘易斯太太问候你，对你评价很高。我们也见到你的老病人文斯罗一家。哈什跟马约莉·文斯罗出去玩，我在热那亚的时候她还去门［文］家喝茶。埃兰在巴西有了个外交新职位。

老爸我爱你。希望你旅途愉快。在离开芝加哥之前我把两卷《世界的幻象》[5] 寄给了［詹姆斯·］迪尔沃斯太太，会跟踪邮递过程。假如她收不到或者还未收到，我会给科罗克五美元，再给她寄两卷。不过我肯定她收到了。我给科瑞布斯留了邮资和迪尔沃斯的地址。

原谅拼写很烂，打字错误。

欧尼

(此信藏肯尼迪图书馆)

[1] 4 月在热那亚召开的经济学国际会议。
[2] 参阅卡洛斯·贝克著《海明威传》(纽约，1969) 第 91 页“1922 年，巴黎”

里海明威关于“五一”的一句话素描。

[3] 海明威从未去俄罗斯，但六个星期后他还在盼望。见1922年7月16日海明威致哈利耶特·门罗的信。

[4] 从他的住处沿于休路走一个街区。

[5]《世界的幻象》，雅各布·瓦泽曼著，路德维克·刘易森译，两卷（纽约，1920）。

致C.E.海明威大夫

1922年5月24日，瑞士蒙特鲁斯附近香毕

亲爱的爸爸：

估计你收到我从巴黎给你写的信了。你没在《星报》上看见我的文章是因为你只有《星报周刊》。我的16篇文章都登在日报上了，从4月24到5月8日。我现在打算把一些文字给周刊。这些文字被搁置是因为热那亚的任务是日报的任务；执行编辑伯恩先生没把它们给周刊。

自我从热那亚回来，我一直卧病在床，什么也没写出来。

这里真的很好。我的老战友多尔曼-史密斯少校[1]假期跟我们一起过了；我们去钓鲑鳟鱼，去爬山；下周打算步行去圣伯纳关，然后进意大利，随后乘火车回巴黎。我已回复失去的体重，感觉身体又好了。喉咙还烦我，以大夫所能给我做的来看，恐怕今后它要烦我一生。

今天我们爬了马恩角，非常陡峭，非常危险，有7 000英尺高。在雪地里下行真是好玩，只管坐下让自己下滑。低谷地里满是水仙。有一天我们攀登当杜亚曼山，在雪线下恰见两只大貂。它们约有大个臭鼬那么大，但身子还要长，还要瘦。我在罗恩谷的罗恩运河溪里抓了几条鲑鳟鱼。都是蝇饵钓的。两千年来鲑鳟鱼都被人钓，所以它们戒备心很重。我还没被钓鲑鳟鱼事击垮，去了四次。山溪仍然满是融化了的雪，浑浊得很，无法垂钓。越过罗恩谷，走十二英里有一条非常好的溪流叫斯多卡尔帕，就是流入日内瓦湖的

那条，很令我喜欢垂钓。有三文鱼，但还是太浑浊。

《星报》为我去俄罗斯准备的证件今天来了，还有一张大额支票465美元，费用加三周薪水，每周75美元。[2]这是很受人欢迎的事情。

夏令营似乎很让人激动。都有谁去啊？希望你能走开去钓钓鱼。

哈德莱身体非常好，红得棕得像个印第安人。她从未气色这样好。这里是我们度过冬天的地方，不错，人群也熟悉。这里的山峰我们都爬过，准备再爬一次最佳的山峰。

希望你一切都好。问候妈妈和孩子们。替哈什和我送上各种祝福。

爱你的儿子，

欧尼

(此信藏肯尼迪图书馆)

[1] 见卡洛斯·贝克《海明威传》(纽约，1969)第91—92页。海明威1918年初识英军爱尔兰军官艾瑞克·爱德华·多尔曼-史密斯(1895—1969)。

[2] 见海明威1922年5月2日致他父亲的信注[3]。

致葛特鲁德·斯坦因和艾丽丝·B.托克拉斯

1922年6月11日，米兰

亲爱的斯坦因小姐和托克拉斯小姐：

我们在这里约有一周了，赌赛马赌得很成功。我黎明即起，研究资料。在海明威夫人三杯鸡尾酒下肚、一支抹不去的铅笔在手、全神贯注的情形下，我脑子开窍了，挑获胜的马简直像剥花生壳一样容易。在她酒精洞察力的帮助下，在我一个与马同居一槽的老朋友的帮助下，21场里我们挑中了17个获胜者。

我们从瑞士越过大圣贝尔纳峰步行来到这里，两天里同“中国佬”领队［多尔曼-史密斯］走了57公里，像《汤姆叔叔的小屋》

里的西蒙·勒格利那样严酷地监督我们。在爱奥斯塔，海明威夫人的脚肿了，所以我们没有一路走到米兰。这是一场伟大的艰苦跋涉，因为关隘没有开放，今年还没有人从瑞士那边攀山过来。领队和H夫人共同努力外加每两百码一杯干邑才使我完成最后两三公里的雪地行走。[1]

从这里上特连蒂诺的雷克阿挪和斯奇奥，再到皮亚韦河和威尼斯，随后回到巴黎。想在18日左右到家。今天雨下得很大，这意味着路况很糟糕。我不觉得H夫人的酒精天才能在泥泞的路上发挥作用。我知道一旦走路沉重，我根本赶不上他们。不过看他们撩起衣服在泥中奔走的样子还是很好玩的。

我们在瑞士过得很愉快。和“中国佬”一起爬了几座山；他自己单独爬了一座；耶稣升天节那天过一条深湍急流时差点没淹死。我们在贝恩德斯阿利雅茨碰头，每人喝了11瓶啤酒。H夫人在草地上睡着了。结果是在夜的凉风里步行回家，两脚不像长在身上，像是与自己不相干，速度却快得可以。

希望不久见到你俩。

你的朋友，

欧内斯特·M.海明威

(此信藏耶鲁大学图书馆)

[1] 参阅卡洛斯·贝克《海明威传》(纽约，1969)第92—94页。

致哈利耶特·门罗[1]

1922年7月16日，巴黎

亲爱的门罗小姐：

我很高兴自己的诗就要出现在《诗歌》上了。很可惜以前没有写。[2]

随信再附上一些，你也许能用。

向亨利·B.富勒[3]致敬。假如你见到舍伍德·安德森，也向他致敬。

诚挚的，

欧内斯特·海明威

又及：我在此地见到一个小伙子，叫厄内斯特·沃尔什；他说你是他的朋友。他一直在生病，病得厉害；不过现在好多了。

自　传

出生地：伊利诺伊州橡树园

常住地地址：巴黎第五区勒蒙大主教路74号

职业：目前是《多伦多星报》驻俄罗斯通讯员[4]（护照迟到三周了。不过，麦克斯·伊斯特曼的护照昨天来了，所以不久我的也能来。利特维诺夫在热那亚向我保证没有问题）。

曾在《表里不一》[5]发表诗作等。

欧内斯特·海明威

（此信藏芝加哥大学图书馆）

[1] 门罗小姐（1860—1936）1912年创办《诗歌》，主编至1936年。

[2] 六首诗以“流浪”为题发表于1923年1月第21期《诗歌》第193—195页上。

[3] 富勒（1857—1929），芝加哥小说家、诗人。著有《居悬崖者》（1893），《天光下》（1901）等作品。

[4] 海明威从未去成俄罗斯。

[5] 一首四行诗，“最终”发表于《表里不一》（*Double Dealer*）第3期（1922年6月）第337页上。

此信及1922年11月16日信经芝加哥大学图书馆同意在此使用。

致家人

1922年8月25日，德国特里伯格

亲爱的家人：

哈什和我还有“巩固出版社”的比尔·博德和他的妻子［萨

里］这些天穿越“黑森林”，过得很愉快。[1]由于马克持续贬值，我们的钱比两周前开始的时候多了。假如呆得足够久，无疑可以分文不花就能活。经济学真是奇妙的东西。

非常感谢爸妈的生日祝福和可爱的礼物手帕。我很喜欢它们。

我们在这里钓了几回鲑鳟鱼。哈什第一次钓鱼就抓了三条大家伙。我们有一天抓了十条，另一天六条。我用蝇饵在伊尔茨河抓了五条。我用的仍是原来的“麦金提斯”牌，它们似乎很符合国际口味。

夏令营怎么样？你们都度过了什么样的夏日？我们很久没有你们的音讯了。我随信寄上些德国钱给老爸。希望你们一切都好。我把大堆工作清理完后就好好给你们写一封信。我们打算去山里徒步旅行两三天，穿越森林，然后再回到打字机前挣饭吃。

我爱大家。迟到的生日祝福给6月［15日］的妈妈、7月［19日］的卡罗尔和9月［4日］的爸爸。更别提就要在感恩节过生日［11月24日］的“修女骨头”［玛德莱娜］了。这让我想起上次我们在意大利米斯特列一家餐厅吃的很不错的嫩火鸡，只有两毛钱一份。就可惜没有蓝莓酱。

永远的

欧尼

62马克能买6杯啤酒、10份报纸、5磅苹果、剧场里的一个座位。我下次给你寄一些好看的钱。有些钱非常漂亮。给你攒了很长一段时间，后来不得不用掉。

欧尼

哈什也问候你们。我们打算去法兰克福，然后坐船走莱茵河到科隆。“中国佬”［多尔曼-史密斯］他们团就在科隆。

（此信藏肯尼迪图书馆）

[1] 参阅卡洛斯·贝克《海明威传》（纽约，1969）第95—96页。

致哈利耶特·门罗

1922年11月16日，巴黎

亲爱的门罗小姐：

我不知道你打算什么时候用我的诗作，因为此地埃兹拉·庞德在给三山出版社编我的集子，很快就要出了。我想用在你手里的那几首诗，假如你允许我再版这些诗。[1]

巴黎现在似乎很安静。圣路易斯的戴夫·奥尼尔，我相信你认识他，现与家人在巴黎；可能在此地呆上一两年。[2]他说得不很肯定，但一般都意味着两年。

［厄内斯特·］沃尔什先生上次有音讯时在德国。我刚从康斯坦丁堡回来，所以不知道沃尔什最近的情况。有一天晚上我看见帕德莱·考伦，但没有跟他提那事。

葛特鲁德·斯坦因在普罗旺斯的圣热米，说圣诞节后才回巴黎。昨天收到邮件包裹，是她寄来的卡萨巴大甜瓜，几乎有南瓜大。她在写一本新书。

我不知道刘易斯·加兰蒂耶在芝加哥时你是否见过他。他正与伊利诺伊州伊万斯敦的一个姑娘进行着一场难受的恋爱。那姑娘来巴黎是为了进修文化。她刚离城，我们都觉轻松了。

雪佛［福特·马多克斯·福特］明天来此地呆一个月。他一直住在英格兰自己的农庄里。乔伊斯在尼斯生病了。他的眼睛真是要他的命。弗兰克·哈里斯正试图找西尔维亚·毕奇（她出版了《尤利西斯》），想让她出版他自己的传记。虽然我告诉她这书将成为一本最好的虚构作品，但毕奇不愿出。

T.S.艾略特的新季刊《标准》似乎给了《戴尔》灵感，他们上一期编得很好。不过，那是美国闲话，不是巴黎琐屑。

他们说《石像鬼》[3]就要停刊了。我不认识那帮人，所以不知道情况。

喝辣朗姆混合酒和下跳棋的季节来了。像是个不错的冬天。咖啡馆白天人更多了，满是旅馆房间里没有暖气来取暖的人。

这封信像《佩托斯基度假晚报》的个人专栏。也许闲扯令你生厌了。

你的诚挚的，

欧内斯特 · M.海明威

(此信藏芝加哥大学)

[1]《在我们这个时代》(巴黎，1924)里没有诗作。

[2] 见下一封信注[5]。

[3] Gargoyle，阿瑟 · 莫斯 1921 年 8 月至 1922 年 10 月期间编的一本小杂志。

致哈德莱 · 海明威

1922 年 11 月 28 日，瑞士洛桑

最亲爱的维奇——亲爱的小可怜维奇 · 扑：

我很难过你病得这么惨朽。我也犯着同样的病，从胸腔里咳出绿里带黑点的玩意儿。咳嗽得厉害，痛苦得很。神气十足的上司用百万条手绢，而我只用四条。对我辈小整洁来说当然很糟。我很高兴莱提霞照顾你，但感觉应该我来干。天啊，我但愿跟你一处，小可怜扑。

似乎好多天来头一次写信。我每天两点以后才吃饭，而且总吃剩饭。我来回往还只有三个地方，山上山下约三公里距离。一处一处的你总担心漏掉点什么。人们都说法语，俄国人不见影儿。我只是个小小蜡玩偶。梅森[1]在钱方面对我太抠，我连出租车都打不起，不得不坐公交车，或步行。他们期望我报道至午夜，夜夜如此，从早上九点开始。

礼拜天我解脱了，坐（免费的）摩托车旅游到夏多道（管它怎么拼写呢），然后从那儿到艾格尔，经戴厄布列瑞慈和古老的登特去蒙特鲁斯。然后我下车，坐缆索上山。在冈维希[2]吃的晚饭。他

们听说马布和詹尼特[3]23 号要来，中国佬［多尔曼-史密斯］16 号来，伊西[4]2 号来。他们都给我的扑留了房间，而且都带着爱意说扑好话。天很黑，没有雪，除了洛谢杜拉耶和登特外。空中却有雪。礼拜天夜里下雪了，连洛桑都满是雪。现在则是雪泥铺路了。泥泞得很，但群山却光滑可爱。冈维希认为奥尼尔[5]一家该去勒撒旺兹的大饭店，因为那里的饭好，人也多，有音乐。纳西瑟斯饭粗，肃穆得像葬礼，什么也没有。我们会每天去勒撒旺兹，他们会在那里与我们会合。无疑那会是场好戏。跟芭芭拉和戴夫［·奥尼尔］建议一下。无论怎样我觉得此议可行。

我真厌恶了这活——这么辛苦。别人都有两个伙伴或者一个助手；他们指望我一个人报道一切——所有的活只拿一份梅森抠门小薪水。这几乎办不到，因为同时发生许多事情并且不在一个地方；所有的事都是这样的。

你赶快来吧。即便你说身体不好无法出门我也想让你来，你知道为何。求你了，维奇，你知道我要你，不想拖延。我写此信时，本该采访那些俄国人的。可每次我动手写信都有类似的情况出现，所以让他们见鬼去吧。除非梅森给我很多钱，否则我这星期就找个时间辞职。假如他给我钱，你病好不好都来我这里。你知道你是可以飞来的。你想到过飞来吗？为什么不飞呢？飞来就不存在瓦洛布之类的问题了。查一下航班。你也可以取道贝尔。他们说那样走很容易。

这儿有个福斯特上校，我想是从圣路易斯来的。老头白胡子，说认识你父亲还有你家那儿的人，J.汉·刘易斯的朋友。

海军上将布瑞思托一家来了。他们去见了我妈。大家都问候你。斯特芬斯[6]给你写了封信。最亲爱的维奇我爱你——你写的信最好看。无论怎样，我们两人都感冒了，本月没浪费多少时间；也许你还病得挺重。我为你惋惜没有看到哑剧，那是多么舒服多么好玩的时光啊。我们要睡在一起吗？假如我这周辞职，你在第戎见我好吗？提前一两天告诉我。我得给你电报，让你给我寄登记了的护照。岑［亲］爱的小羽毛蓖麻油咪咪，外带呕吐物，我觉得真可怜，我要哭了。

我是你的小蜡玩偶。

偶爸爱偶妈

［沿左手空白处］亲爱的甜心妈咪！

［页末倒着写］你给斯坦们写信了吗？

你给福特·马多克斯·福特夫妇写信了吗？

瓦航［纳］路 50 号

（此信藏肯尼迪图书馆）

[1] "赫斯特国际新闻处"的弗兰克·梅森。

[2] 蒙特鲁斯附近香毕的一家膳宿公寓。1922 年 1 月海明威和哈德莱在那儿度假。

[3] 圣路易斯的帕西瓦尔·费兰夫人和女儿。

[4] 海明威橡树园邻居伊萨贝尔·西蒙斯。

[5] 圣路易斯的退休木料商兼业余诗人戴维·奥尼尔。奥尼尔的儿子乔治出现于海明威的短篇小说《越野滑雪》。

[6] 林肯·斯特芬斯（1866—1936），美国新闻界揭发丑事运动的前领导人。

致伊萨贝尔·西蒙斯[1]

约 1922 年 12 月 1 日，洛桑

［第一页遗失］

没来呢。我每天都在盼望她寻找她［哈德莱］。假如她来不了，我就给"国际新闻处"打电报，让他们另派人；我就接着回巴黎。可怜的孩子，她一直感觉很不舒服，在巴黎生病可不好玩。

从伦敦到蒙特鲁斯有两趟火车可以乘。你的票买到蒙特鲁斯就可以，我们去那儿接你。那儿的铁路就微不足道了，都不卖出境的票。我说的两趟车都是 11 点离开伦敦。一趟是辛普顿快车，只有卧铺，很贵；另一趟有一二三等车厢，从巴黎到蒙特鲁斯有卧铺。假如你要卧铺就事先预定。车晚上 7 点 25 分到巴黎的里昂车站，

按大陆24小时计就是19点25分。8点35分离站前往瑞士。你可以把箱子直接登记托运到蒙特鲁斯，假如你要带箱子的话。在瑞士边境不一定检查。在蒙特鲁斯站会查一下。我们认识那儿的人，他们会让你过的。辛普顿东方快车早上6点57分到达蒙特鲁斯，另一趟车8点57分到。辛普顿东方快车的唯一好处是在瓦洛布瑞士边境你不用拿出护照和手袋，他们在车上就都做了。两种方式的检查都绝对是例行公事。他们就问问你有没有金币、巧克力和香烟。你说“什么也没有”，他们会说声“谢谢小姐”。就完事了。

不过，这是你第一次越国境，又是一大早，最容易的还是乘辛普顿东方快车。我不知道钱要多出多少，不会太多。不过另一趟也很不错。假如买不到铺位也没事，我们经常坐一晚，没那么糟糕。无论怎样祝你好运。

在里昂车站吃得也很好。餐厅在楼上。

希望我们能跟你们一路走下来。三四个人这样一起旅行很好玩，因为你可以占一个包厢，坐着聊天，在第戎下车买三明治，一路看乡野的月光；法国人关窗快我们就开窗快。一个人躺倒睡觉，其他人则在别人想进包厢时说：“嘘——有病人！”一脸严肃的样子。无论怎样，这条线旅行轻松得很。在过去的一年里我已经走了十二趟。

我想哈德莱已写信给你说穿什么衣服。姑娘大都穿马裤滑雪，上面罩件毛衣戴顶苏格兰圆帽。假如你没有登山鞋，蒙特鲁斯能买到非常好的。带绳子的滑雪手套那儿也很便宜。你知道那种衣服，我想哈德莱也带了，就是晚上跳舞什么的夜礼服。在阿尔卑斯农舍，我们赴宴不穿礼服。穿便装吃饭本身就是乐趣的一半。哈德莱穿马裤、护腿或高尔夫长袜，一般是后者；一件白色法兰绒衬衣、一件毛衣或骑马时惯穿的配腰带的夹克。衣服不用穿正式的，只是人们都着马裤而不是女式扎口短裤。短腿裤滑雪太松，在雪里太给风阻力。

我们会过得很愉快的。我想再没有什么更好的消息了：你要来欧洲，来瑞士。世界真是一个好玩的地方。1月7日是沃德州科尔德桑鲁普滑雪道大型跳跃舞比赛的日子——你到时会是跳跃舞队的有聪明才智的队员。桑鲁普弄好的时候是非常好的滑雪道。

中国佬［多尔曼-史密斯］16号来。无论怎样你会喜欢他的。我知道你也会爱香毕和勒撒旺兹的。我估摸这是世上最好的地方了。我们有很多东西可读；假如你有任何美国出的新东西，就把它带来。中国佬大步流星的时候一天能读一本书。我在乡下总是读斡罗斯的东西和乔·康拉德的作品——因为它们太长。

呃，这信该寄了。我不知道你为何在亚热普，怎么去的。不过这不要紧，要紧的是你来这儿了。那才是亮点。

这次［和平］会议很枯燥，也秘密，人们相互围着转——土耳其人今天就像北美洲的林鸳鸯，你要找他们，他们躲在洞里；你一走，他们就从洞里冒出来了。好了——再见——

一如既往

欧尼

（此信藏普林斯顿大学图书馆）

［1］伊萨贝尔·西蒙斯（1901—1964）是海明威家在橡树园的紧邻。她毕业于橡树园高中（1920），上过芝加哥大学（1920—1922），有时约会海明威（1920—1921）。1922—1923年期间她和几个朋友游欧洲，与海明威和哈德莱在蒙特鲁斯附近的香毕一起呆了两星期（1923年1月1—14日）；另一次是4月在柯尔蒂纳达姆佩佐。

此信及下列致西蒙斯（1925年嫁给了F.R.B.戈多尔芬）的信经普林斯顿大学图书馆允许刊出。

致埃兹拉·庞德

1923年1月23日，蒙特鲁斯附近香毕

亲爱的埃兹拉：

我们有意向加入你们。那里的生活怎么样？你付多少钱？旅馆怎么样？我能不能像莱茵河上的诺思柯利夫[1]那样在你的法西斯战友里隐姓埋名？他们会给哈德莱蓖麻油吗？你知道，墨索里尼在洛桑告诉我说我不能再在意大利生活了。你到底怎么样？夫人好吗？

你们打算呆多久？回答这些看来很重要的问题。

我想你听说我损失少作的事情了？我上周去巴黎看还剩下些什么，发现哈德莱已经归置了，包括复写纸副本等。我的完整作品只剩下三稿铅笔写的一首拙劣的诗，涂涂改改的；约翰·麦克卢尔［《两面派》的编辑］和我的通信和一些新闻稿复写本。

你自然会说“好好”之类。但别对我这么说。我情绪还没到那儿呢。三年啊，写那该死的东西。有些人喜欢我想象的1922年的巴黎。[2]

现在写新东西。我们有6—8个月的嚼过。我把理发师都辞了，为的是即便身处圣安东尼十字架下也不干报纸的活了。小卵泡们工作速度够快的，我差不多被所有场合赶出来了，除了像你那样的局外人团体。上次斗胆露面是在“盎格鲁·美国人”［巴黎的出版俱乐部］，几个星期前的事了。

里拉像是在往下跌。显然道格拉斯[3]比墨索里尼伟大。凯尔特-意大利裔戴夫·奥尼尔刚花18法郎买了两只左脚靴（工厂弄错了）——售货员对他说几个星期后才看得出不同来。戴夫为此欢呼。靴子当然很痛苦。

哈德莱问候你和多萝西·庞德——我也问候——写信给我——

伊默（在“莱茵理想国”人们常这么说）

海姆

（此信藏印第安纳大学莉丽图书馆）

［1］A.C.W.哈姆斯沃思，诺思柯利夫小伯爵（1865—1922）。

［2］哈德莱前往洛桑时取道里昂火车站，海明威的手稿在此被偷。在一封未注明日期的信里，庞德称此损失为“上帝之举”并敦促海明威从记忆中重新捕捉内容；他称之为“最佳评论家”。另参阅《流动的盛宴》（纽约，1964）第73—74页《巴黎1922年》盗余素描。参阅卡洛斯·贝克《海明威传》（纽约，1969）第90—91页。

［3］在《流动的盛宴》第111页海明威提到“道格拉斯少校——一位经济学家；他的想法庞德很是热心听取。”克里夫·休·道格拉斯少校（1879—1952）是《经济上的民主》的作者，“社会信用”组织的创办人。见休·肯纳《庞德时代》（加利福尼亚大学伯克利分校，1971）第301—317页写道格拉斯那章。

此信及下列致庞德的信（贯穿1924年）经印第安纳大学莉丽图书馆允许刊出。

致埃兹拉·庞德

1923年1月29日，蒙特鲁斯附近香毕

卡利诺：

左脚戴夫［奥尼尔］现在每天上两次法语课。他问门房这女人是不是好法语老师。门房说："是的是的。不过她不太懂法语。她是个德国人。"

然而戴夫喜欢她。他也在创作些新诗。他的系统做法是用几个单词写他不明白的事物。任何不明白的东西都行。越不明白越"魔幻"，诗也就越好。他充分再现了你诗作的韵味。我想你在他眼里就是一种韵味，一种"魔幻"的韵味。这似乎冲我说诗里的字词就算是陈词滥调、拜伦式的短语、麦休·阿诺德的语词都不重要，重要的是"魔幻"。他还说画杯杯而不画丘比特娃娃的罗斯·奥尼尔诗写得比叶芝好得多。我说他的意思是奥尼尔家族的血让她比叶芝更能画丘比特娃娃。这话并不为大多数人接受。

你说要多呆两周是什么意思？是的我懂两周是什么意思——两个星期。升降机——电梯。公交车——街车。伦敦的一先令是这里的两毛五硬币。为甚要呆残忍的两周？我们原计划2月最后一周到那儿［拉帕洛］。按此计划，你则早已离去。我本想你整个冬天都在那儿。

说说卡拉布利亚。我很想去卡拉布利亚。从那儿去西西里很容易。可是，你会同南希［·库纳德］去卡拉布利亚吗？看样子倒是想去的。放下这不合时宜的美味。我明白你很看重拉帕洛，可你会去别的什么地儿而我们又不反对？还是你跑累了？常有的春天的筋疲力尽？我也想收敛一下不那么大步迈进，可同时又不愿意想得［亨利（迈克）·］斯特拉特可怜前往拉帕洛。斯特拉特不错，我喜欢斯特拉特。

假如你们都想去什么地方我们又不加干涉，那么我们就呆在此地到2月底或者2月中。随后去你们呆的地儿。我们原想呆在意大利到5月。随后穿越阿布鲁其向北移什么的，大迂回以绕开罗马和其他文化中心，翻山越岭走侧路，最后的目标是威尼斯。哈德莱除了和家人一起还没看过威尼斯呢。上次在米斯特列我们都没有钱跨越高架桥。

要是你离开而多萝西呆在拉帕洛一阵子，我们可以在那儿泊车，打场网球，兴许稍后在哪儿同你碰头。

高纬度让我实际上变得没有性意识。我不是说根除了男性至上的意识，而是指肾上腺素的活动受制约了。我想同伯尔曼讨论此事。这个现象可以为一篇论文贡献点滴。论文的主题是海拔2 000米以上妓女渐少与恩加丹谷之奇特例外；恩加丹谷每年冬天妓女集中，系圣莫瑞兹山纬度海拔2 001米所致。我敢说辅之以温度密度图表，就能得出结论。

写信报告消息给我。我们渴望见到你们。我们2月14日后才能动身。怎么协调日期行程?

爱你和多萝西——

海姆

谢谢你对一个青年人全集遭窃时所给予的忠告。掷地有声。我再次谢谢你。我重复一遍。感谢你。我会听从你的忠告的。

（此信藏莉丽图书馆）

致葛特鲁德·斯坦因

约1923年2月18日，意大利拉帕洛

亲爱的斯坦因小姐：

随信附上给《论坛报》写的评论。你可以随意删节或者干脆不用。假如你不喜欢这篇东西，我可以另写一个。这是我能持的最开放的态度了。

我们来这里三天后庞德走了。七天潮闷后，今天放晴了。我们打算月底去柯尔蒂纳再滑滑雪。哈德莱养得不错。这里有个不错的家伙名叫［亨利·］迈克·斯特拉特。我本计划跟他打拳的，可他扭伤了脚踝。这里的海水弱而无趣，看上去水里的盐分也不多。潮起潮落一英寸上下。浪破的时候像是有人拿一桶灰往驳船一侧倾倒。这地方不怎么样。

我一直努力工作，完成了两样东西。你关于工作所说的话，我想了许多，开始那样照着做了。假如你还想到了什么，我希望你写信告诉我。我努力从事创作，全心于兹。脑子似乎更好使了。

巴黎怎样？我们 4 月左右回去。迈克在替哈德莱画一幅好肖像。我写书写得愉快。

你把评论给约翰逊博士看看怎么样？

我们两人都爱你。

欧内斯特·海明威

评论发表后寄我一份好吗？

（此信藏耶鲁大学图书馆）

致埃兹拉·庞德

1923 年 3 月 10 日，米兰

亲爱的埃兹拉：

你寄的神秘的明信片收到了，已存放以备日后参考。我在米兰生病卧床了。咽峡炎。我们在奥尔比特罗呆了一小阵子，真是疯狂爱它。那晚欲阻拦我们的是一位叫德拉·洛萨的考古学家。迈克阿尔蒙来过，呆了很长时间。[1]我读了几乎他出的所有的新东西。约16—18 个短篇、一部小说。他在拉帕洛呆着的时候写了七篇或是九篇新作。假如我是赛马情报贩子，我会对朋友那贝壳一样的耳朵小声说："去给迈克阿尔蒙下一小注，你照得长彩不误。"此事得详议。

我们打网球打得痛快。我病好的话可以跟迈克［斯特拉特］打拳。他的脚踝好了。他给哈德莱画了绝棒的肖像。他们去翡冷翠了。哈德莱养好了，网球打得倍儿棒。周围几个男人都被她打败了。我还挽回一点面子，发明了一种斜线擦边球。信不信由你。我们把你的拍子放在“光辉”厅了，由“娇娇”替你们保管。我想这就算打得不错了，假如我说错了就纠正我。

你现在要么是喜欢上罗马了要么是厌烦罗马了。

迈克阿尔蒙跟我们谈了每个人的情况。这是最令人赏心悦目的事情。

我6月份也许去拉布拉多淘金。

随信附上我的论女诗人的小诗，带注解的。[2]

露西·斯托普斯[3]或者她的名字我弄错了，宣布与非常令人愉快的法国画家勒·桑订婚。不算宣布，是口头告诉人们。我们出席了那一凯旋的午餐会。

“娇娇”处有你一本《小评论》，包装纸很破。我偷看了一下，没什么好读的。你知道，太不丰满。我转寄给你，还是放在这儿？里面什么也没有。胖摄影师斯泰拉先生的作品。那也不能吸引我的眼球。

保持联络。地址： 意大利柯尔蒂纳达姆佩佐市邮局留存

别把“女诗人”给我弄丢了。

伊默

海姆

（此信藏莉丽图书馆）

[1] 这显然（虽非必然）是海明威第一次与罗伯特·迈克阿尔蒙（1896—1956）相遇。日后于1923年他成为海明威的第一个出版人。

[2] 海明威的诗作《女诗人并注解》发表于《纵览》第4期（1924年11月）第317页。庞德1923年3月致海明威的信里说他不懂里面的注解。

[3] 露西·霍尔特和勒·桑1924年结婚。见海明威1924年5月2日致爱德华·J.奥布莱恩的信。

致 C.E.海明威大夫

1923 年 3 月 26 日，巴黎

亲爱的爸爸：

《星报》发电报要我写 12 篇报道法国人和德国人的文章。我取道巴黎前往德国。今天寄出第一篇，两周后能刊出。是《每日星报》。[1]

德国之行结束后我打算去钓鲑鳟鱼，在蒂罗尔与哈德莱汇合。那是在白云石山里的柯尔蒂纳达姆佩佐。

我希望你今年春天钓鱼也钓得痛快。我很感激你的信，真对不住我自己写得不多。一个人写作为生，信就很难写了。我在火车上 38 小时了，累得要死。过去的一年里我在铁路上走了近 10 000 英里。意大利去了 3 次；巴黎—瑞士来往 6 次，康斯坦丁堡—德国—勃艮第—旺代。旅行是旅够了。

爷爷好吧？原谅我用这破纸。问候妈妈和孩子们。爱你。

你的爱子

欧尼

（此信藏肯尼迪图书馆）

[1] 海明威系列文章的第一篇《法国还会有国王吗？》，1923 年 4 月 13 日刊登于《多伦多每日星报》。接着是另外十篇，4 月、5 月各五篇。见卡洛斯・贝克《海明威：作为艺术家的作家》第四版（普林斯顿，1972）第 426 页。威廉・怀特编目。

致爱德华・J.奥布莱恩[1]

1923 年 5 月 21 日，巴黎

亲爱的奥布莱恩先生：

旺斯先生办公室的来信附件刚浮出水面。旺斯先生似乎有点以为我在给他下套：是我写信说你让我把小说寄给他，说你会写信跟他谈此事。我觉得是墨索里尼的邮政服务出了问题。[2]

似乎有什么东西在咒我。先是丢东西，[3]然后是让你谈这小说的信走了歧路。我两个月没得“画报”回音，以为他们当然买下稿子了。

旺斯先生的信让我情绪低落。因信分量沉而喝醉了酒，现在仍觉得低落。有人告诉他小说写得不错，他当然以为人家买了稿子。我想此注一定下得很无望。[4]

勒桑在此地。他向我问起你。他打算跟那个霍尔特姑娘去美国结婚。他似乎很快乐。

[亨利·]斯特拉特画得越来越好了。有一天我把他画的一些东西给葛特鲁德·斯坦因看。她以为他大有前途。斯特拉特夫人在发你名字音的时候嗓音低沉厚重。一切都未变。

我记得四五年前给卡尔·哈里曼编的“红书”寄过一个短篇，是讲一个意大利枪手的故事的。他们给我回了封长信说是故事缺少心灵的触动，信好像是个叫肯尼科特的人或者名字类似的什么人写的。说假如我把枪手写成年迈母亲的唯一支柱，让他结果痛改前非，那就动听了。所以我猜把我的老人故事寄给他们不太好。自那以后这是我第一次把小说往外寄。

当然，此事很荒唐。小说退回来后有那样的信跟着让我害怕。让我语噎，无从写什么了。似乎毁灭了出版的任何理由。我仍然认为该杂志的读者比编者更有理智和品位。

我还是想发表想得要命。

假如你有高见，觉得该怎么办？

海明威夫人同此问候。希望你写得愉快顺利。希望你工作顺利。我们经常想到你。

诚挚的，

欧内斯特·M.海明威

(此信藏马里兰大学图书馆)

[1] 波士顿的爱德华·J.H.奥布莱恩(1890—1941)1915—1940年编了二十六卷《最佳短篇小说》。

[2] 奥布莱恩当时住在距意大利拉帕洛北两公里远的蒙塔列格罗村。
[3] 海明威指的是 1922 年 12 月哈德莱手提箱在里昂火车站被窃手稿丢失的事。
[4] 海明威哀叹的是《我老爹》被《画报评论》的阿瑟 · T.旺斯退稿的事。

致葛特鲁德 · 斯坦因

1923 年 6 月 20 日，巴黎

亲爱的斯坦因小姐：

哈德莱和我明天（周四）晚饭后会来你处。假如你忙或者外出，我们就悄然离去。上周我们两家都有七大姑八大姨漂洋过海，他们说到就到。我非常渴望与你聊 toros y toreros［公牛和斗牛］的事情。我们也许 7 月 6 日往庞朴罗纳呆四天。我觉得不会伤着哈德莱的。[1]我期望在加拿大买一头小牛练习舞动斗篷。就我而言太晚了，但也许能从孩子入手做点什么。

你永远的朋友，
欧内斯特 · 海明威

（此信藏普林斯顿大学图书馆）

[1] 哈德莱怀孕第五个月了。

致伊萨贝尔 · 西蒙斯

1923 年 6 月 24 日，巴黎

最亲爱的伊斯：

礼拜天下午我可以在［橡树园］门厅给你拍照：周围排上七卷哲学书，你则稍加探究下“自我”或“情结的升华”或随便什么；一长串摩托车载着追求者集聚在肯尼尔沃斯大街上。天啊——想象一下你住得离拉德克里夫奶奶只隔三个门——不，天啊，就在隔壁。而我们就在另一边。这里的夏天刚开始。周六晚上我们去看了五场拳击有奖比赛——“小不点”［哈德莱］、埃兹拉·庞德、《小评论》的J［简］H［希普］、迈克·斯特拉特、迈克［迈克阿尔蒙］和我都去看了。令人陶醉的拳击赛。昨天起天气转热。8月1日左右我们打算坐船去加拿大。

你怎么样？拉维尼娅前两天来了，让我们明晚去吃饭。她是个好孩子。呻吟来呻吟去。不是呻吟，而是谈来谈去讲想要个情人等等。似乎那能解决所有问题。问题不在有没有情人，而在有没有情事。必须是双向的爱，否则戏就不好看了。她迷人得要死。她有七卷易卜生随身全带着，是你那该死的一个英国朋友送的。

“小不点”身体很好。我们打算去西班牙的庞朴罗纳赶斗牛盛会。真希望你也跟着去。你不觉得斗牛应该有决然的事前影响吗？庞朴罗纳在群山边上一个叫纳瓦尔德的野性十足的地方，那里的山延伸至巴斯克乡下。也许你看不清我写的东西，但是记住，你自己写的也很糟。

你过得怎么样？你在干什么？想什么？在跟谁谈恋爱？等等等等。给我们写信。我们走之前还能收到一封。哈德莱把你的夹克送到列维太太那儿了。基督啊，我不想离开巴黎去多伦多那“教堂之城”。不过，生活里的一切还算有趣。我们10月起为1924年租了个公寓——一间大公寓——有放大钢琴的房间，有我的工作室——床上有电灯可以读书——有花园可供玩偶和后代戏耍。房租也便宜，我们冬天空着离去也支付得起。没有雪和山的地方我从不打算去。

记得我们在可怕的暴风雪里去普雷阿德山顶的第一天吗？[1]

明天在奥特意有越野赛。上周日外出，兜里装了250响当当的法郎。

“羽毛猫”和我同此问候——

永远的

欧尼

替我向你们全家致敬。向汉密尔顿夫妇致敬。向所有其他朋友致敬。

你去纽约干吗，上舞台？演出什么？快口剧？

法国巴黎勒蒙大主教路 74 号

谢谢去探望我们家人。

“小不点”让我告诉你列维太太收到她寄的钱了；她和热纳塔[2]都此问候。

[1] 1923 年 1 月去瑞士滑雪。

[2] 热纳塔・波尔加提，哈德莱的钢琴家朋友；1923 年 3 月底或 4 月初伊萨贝尔在柯尔蒂纳达姆佩佐与她相见。

致威廉・D.荷恩[1]

1923 年 7 月 17—18 日，巴黎

亲爱的老比尔：

你真好。我手里还保存着的去年此时你给我的一封信还一直没回呢，就收到你写的这么封美妙的信。我给你写了七页纸讲我们斯奇奥之行以及翻过多勒米特前往特伦托之行。我们回程在加尔达逗留，湖上坐船去塞尔弥翁，接着徒步去维罗纳。[2]——记得我们从米兰开赴前线那天在加尔达脚下的那个小火车站看见塞尔维亚斯洛伐克人的情形。6 月一个炎热的日子。记得我们开赴分队，不知会是个什么样子，除了知道有一个游泳的地方。我们都开着菲亚特，记得吗？约翰逊大夫和另一些家伙在维森撒接我们。贝茨上尉真是臭狗屎以及七七八八的事情；记得“工厂”外桥下水流的样子，记得道路那头垒球场的样子。

我把这些都写下来了，也写了重访的过程——看在基督的分上，霍尼，别再回去——在任何情况下都别回去——因为这一切都消失了。意大利不复存在了。我把信撕掉了，因为太悲哀，因为在

我这里产生了悲哀的情绪，所以没有理由让你再悲哀。

霍尼，我们得向前进，不能老回到旧的事物里去或者想让旧东西蹦出来，或者寻找记忆中事物的样子。我们记忆中的事物是手中拥有的东西，它们很好很曼妙。我们得向前走去拥有别的东西，因为旧的事物除了在我们心中别无寄身之所。我讲的这些是不是像优质老肥料播撒机里的各种屎？我并不想进行道德说教。

无论怎样，哈德莱和我还有“中国佬”多尔曼-史密斯徒步攀越了圣伯纳关。史密斯在科隆德皇陛下的第五火枪队服役，此行是来休假的。他是我在米兰的战友，“停战协定”之后的战友。第一天我们从瑞士那边起爬了38公里，第二天爬了44公里，到达奥斯塔——在海拔2 000米处的山顶修道院里歇宿。然后从奥斯塔下山前往米兰——米兰我和哈德莱去了维森撒，然后坐公车去斯奇奥——从斯奇奥攀山越岭——多勒米特邮（?）现在是意大利人开的旅游饭店——到大家所谓美丽的小镇。假如奥地利不扔炸弹炸斯奇奥，意大利人也不会轰炸？然后前往特伦托，坐车穿越阿达美罗到里瓦，下行经拉格迪加尔达到塞尔弥翁——美丽的景区一直延伸到湖里。从德增加诺能看见湖景。记得我们看见捷克人的那个小站吗？那便是德增加诺。随后去维罗纳，接着坐火车去米斯特列，然后就是顺皮亚韦河而行——在蒙纳斯特尔看见养蚕的人家。我看见一个带角的东西穿着睡衣躺在担架上听蚕宝宝咀嚼[3]——记得菲利斯·布昂吉奥诺吗？佛萨尔塔——一个崭新的丑陋的新城，除了树上的疤痕在愈合长出了新皮，一点也没有让人想起战争。老战壕的迹象一点也没有。所有毁坏的房子都重建了，并被战争期间在西西里或那不勒斯避难的人们占用。我找到了我受伤的地方，那是一个绿色的光滑小山坡，一直延伸到河岸——让我想起葛提斯堡战役的当代画面。皮亚韦河很干净，也很蓝。没有雨。原来矮墙的地方马匹拖着一条巨大的水泥船。[4]

啊，——无论怎样我们回到了巴黎——我在米兰见了墨索里尼，对他进行了长时间的采访。我写了三篇文章预测法西斯占据政府的席位。[5]我们飞到斯特拉斯堡，徒步穿行黑森林，钓鲑鳟鱼，钓到许多。我们一路住在小客栈，相互恩爱[6]我们走莱茵河从法兰克福到科隆拜访了“中国佬”，随后回到巴黎——见到斯奇几乎杀了卡彭提尔。我收到《星报》的电报让我去康斯坦丁堡。我去了，跟大撤退的希腊军队为伍——在康斯坦丁呆了三个星期——不错的三个星期。就像天明了，你们都会开车前往博斯普鲁斯去看日出，肃然奇怪是否真的会有战争再把整个世界点着——还差不多真是。随后回家。在车里、在马背上、用两只脚穿越色雷斯地区；随后穿越保加利亚和塞尔维亚，最终直击的里雅斯特；吃了顿好饭；很高兴又用意大利语说话；上火车直奔巴黎。哈德莱同行。[7]她比以前更漂亮了。我们相互很恩爱，走哪儿都在一起。在奥特意看赛马，大家围坐在大炭炉前；11 月的明亮蓝天，坚硬的草皮，美丽的田野，我们在看台顶上观看每一场赛事，也看别的东西——随后我不得不去洛桑参加会议——在那儿呆到圣诞节——我们上山到一个瑞士老农舍，棕色的；滑雪了，坐了连排大雪橇；晚上喝热的混合饮料；白天很冷，天气清朗，有很多雪。随后我们去拉帕洛打网球——和庞德及迈克 · 斯特拉特——普林斯顿的家伙[8]——然后上多勒米茨——柯尔蒂纳达姆佩佐，滑雪到 4 月。这时我收到电报让我去鲁尔和德国其他地方。我去了；六周后回到柯尔蒂纳；带上哈德莱，我们回到巴黎。[9]

你现在恐怕烦了我的叙述。不过，我想给你点消息，打破人家把我们看成古典神话的状态。/

第二天——

亲爱的带角的东西——

那么，你是又恋爱了。啊，那是唯一值得做的事情。不管恋爱结果怎样，过程还是值得的。天啊，霍尼，我希望你结果如意。假如有什么人够格的话，那就是你。我但愿能和你最要好的姑娘各呆半小时；等我把真相告诉她们，你就得奋力摆脱她们追你了。

顺便一提：我一路都在给你寄明信片，都寄到 45E.Division 了。你一张都没有收到？

皮纳·鲍恩来我们住的公寓了，沸腾得像一只猫头鹰——还是旧时救护分队的样子，你知道的——含含糊糊，动不动就红眼，看自己如何放脚。我坚留他吃午饭，他说愿意；我们每人喝了一杯，真高兴又相互见面了。哈德莱出门给他添午饭的食材，这时皮纳突然放下杯子，很肃穆地跟我握了握手，即刻走下楼去。“可是皮纳，”我说：“你要在这儿吃午饭的！”他红着眼看了看我，表情肃穆，在楼梯上前后挥挥手说：“不了，海米。”他道：“那对你老婆不公平！”

这时，哈德莱手里拿着菜篮子，里面放着买的东西，还有颗怪模怪样的生菜头，走上楼。皮纳双手抓着她说：“海明威太太，我得走了。假如我呆着不走，对你不公平。”

啊，我们坚持留他，可他还是要走。我们跟着他来到街上，可他还是这么过分客气，直说：“这对她不公平，海米。我不能这么做。以我的情况不能这么做。”

抗议了一两个街区后，最终我把他送上出租车，说去他母亲或者姐妹或者别的什么人那里。我们招待了菲德尔公爵和他非常迷人过度受教育的年轻犹太夫人吃晚饭。饭后一起出去跳舞。我曾经在与一帮报界的人一起喝黑啤酒时看见公爵在皇家路上走过。

没见西米，也没见他的麦乳精新娘。

天热的时候西班牙是个很好的地方。两个月前去那里研究斗牛。住在马德里市萨尔桑杰若尼诺的一个斗牛士膳宿公寓。接着跟一队斗牛士游遍了整个西班牙——塞维尔、隆达、格兰纳达、托雷多、阿兰爵斯，领略了这些。[10]回来，接上哈德莱去庞朴罗纳——纳瓦尔的首府。刚回来：自离开军队以来这周是我过的最好的一周——庞朴罗纳盛大的狂欢节——5 天的斗牛表演，日夜跳舞——妙极了的音乐——鼓、芦笛、横笛——韦拉斯克茨笔下喝酒的人（?）

的脸、戈雅、格瑞柯画笔下人物的脸，都是穿蓝色衬衫手里拿着红手帕的男人，载歌载舞，转啊，抬啊，浮啊。整个集会就我俩是外国人。每天早上，下午准备斗牛用的牛从城里远在那一头的畜栏里放出来，追逐着经过小城的主街到斗牛场，跑在前面的是庞朴罗纳的所有的小牛犊！绵延一英里的奔跑——小岔道都安了大木门隔开，人群所有的人都跟牛群疯跑想抓住它们。[11]

天啊，他们在那城里斗牛。西班牙斗牛士里有8位最佳选手，其中5位被牛顶伤！公牛们一天放倒一位。

真正好的斗牛让人着魔，比尔。并不是人们说的那样残忍。这是伟大的悲剧——我所见最美的情景，斗牛者要有胆量和技巧，比别的事情更需要胆量。我们坐在最佳席位的就像观看战争进行，什么也伤不着你。我看了20场。哈什在庞朴罗纳看了5场，很疯魔。

啊，我看看，这封信显然绳子快用完了。

8月17日我们坐库纳公司的安达米亚号船去蒙特利尔，27日到达——随后去多伦多。还是往日做的一周6天的工作。你知道的，在多伦多，85%的居民礼拜天去新教教堂。这是官方的数字。我不知道另15%的人干什么。也许是去天主教堂。

我们10月左右会有一个孩子诞生。我们希望他是个男孩，你做他的教父。[12]他头几个月是在滑雪板上度过的。他观看了柏特林滑雪战一次，卡彭提尔赛两次，5场斗牛；因此假如胎教有任何作用，他的胎教已然完成。我们俩都疯盼这个小家伙。哈德莱身体一点也没不舒服，甚至一直都没恶心呕吐。她感觉从未这么好，样子很精神。比尔，大夫说一切都很完美，绝对让人羡慕。

天啊，我们过得真好玩，比尔。似乎我们并不想摆脱这一切。不过，只有我们俩的时候，花得如何精光无所谓——因为《星报》总给我派活，能带来很多钱——可我往开销账户打款到支票钱进账户得等一个月——我们每天花10法郎，随后五六百块来了又富得冒油。不过，我想应该有个稳定的工作了，在孩子一岁期间，各种开销等等——无论怎样要有稳定工作。不久等他或她长大，能跟家人一起分担工作。

我这个月有一本书要出版（秋天发行，不过8月份我会设法弄一本样书寄给你），现正读着清样。秋天还有一本要出版。[13]我会把两本都寄给你的。出版《尤利西斯》的那帮人在做这第一本，三山出版社在做第二本。我想部分篇什你会喜欢的。我花了许多心血在这些作品上。

哈什同此问候你。天啊，我希望你过得比信上透露的要好——我想你也过得不错。银行业或者无疑如地狱，可别的行业也见鬼［以下不清晰，部分清晰者原信上重影，像是："霍尼，你看，我被浪漫故事打断了，而不是被业务打断了。"］唯一麻烦的是，浪漫故事里没有生计问题。一个人无论得干什么活，只要有像你这样和鲍比［罗斯?］这样的好伙伴，这个世界还是值得活着的。

霍尼，接着写——给我写信，我拿着它上开往蒙特利尔的船。有你的信我肯定感觉比什么都振作，一想到加拿大我就情绪低落。

问候你还有——爱唠叨抱怨的［詹金斯］，假如看见杰克［·潘特考斯特］，也替我问候一声。

奥因

（此信藏普林斯顿大学图书馆）

［1］小威廉·D.荷恩生于1892年，1913年普林斯顿大学毕业。1918年加入美国红十字救护队驻意大利斯奇奥。海明威1920—1921年跟他住同一间屋子。此信里提到的别的老兵还有：赫伯特·S.约翰逊、罗伯特·W.贝茨上尉、理查德·T.（皮纳德）鲍姆和小扎尔曼·G.（西米）西蒙斯。

［2］海明威回忆的是1922年6月与哈德莱同去的一趟旅行，以及1918年6月美国红十字在斯奇奥的那个机构。

［3］此事海明威写进了小说《我躺下》，小说收入《首辑49篇》（纽约，1938）第461页。

［4］1922年6月与哈德莱同访佛萨尔塔迪皮亚韦。

［5］海明威的两篇论意大利法西斯主义的文章发表于1922年6月24日《多伦多每日星报》，第三篇发表于1923年1月27日。

［6］1922年8月。

［7］海明威1922年9月25日至10月21日的近东之行。

［8］埃兹拉·庞德和普林斯顿1919级生亨利（迈克）·斯特拉特［参阅海明威1926年7月24日致亨利·斯特拉特信］1923年1月正带着他们的

夫人在拉帕洛漫游。

[9] 这里海明威的时间成了万花筒了。他被召去鲁尔采访的时候是 3 月下旬，他人在巴黎；4 月中回到柯尔蒂纳写《禁捕季节》。

[10] 海明威第一次去西班牙是跟威廉·博尔德和罗伯特·迈克阿尔蒙一起的。见卡洛斯·贝克《海明威传》(纽约，1969) 第 109—111 页。

[11] 见《太阳照常升起》第 15 章。

[12] 事实上当了教父的是多尔曼-史密斯，教母是葛特鲁德·斯坦因。

[13] 指《三个短篇和十首诗》和《在我们这个时代》。后者 1924 年 3 月才问世。

致罗伯特·迈克阿尔蒙

1923 年 8 月 5 日，巴黎

亲爱的迈克：

校样今天早上到了。你的信日期是周五。

空白页是印厂的错。一校的时候没有空白页。达朗蒂耶 [第戎的印刷商] 咋就不把一校连同二校一起寄来呢？我好作比较啊。

这个校样看着很好，很干净。我通读了两遍，哈德莱读了一遍。

随信附上我建议用的封面。比尔 [·博德] 建议加上短篇和诗作的题目。他说这些标题很好，能给封面增色，同时也激励买书的人。我喜欢这封面的样子。

也许你不喜欢。

出版人是你，你说了算。

假如你不喜欢标题，就把它们划掉改用下面字样：

THREE STORIES
& TEN POEMS

空间留大点，跟随信寄你的封面大体一致就行，书名放在下面，用小号字。怎么样？我认为封面的字体该瘦长一些，但字体要一样黑。现有这个字太扁。用“&”要比“AND”有力得多，也平衡得多，也一如随信附上的封面容许适当的空白。毕竟书的标题是《三个短篇和十首诗》。

至于额外的空白页。假如一面算一页的话，封面之后几乎所有的书紧接着都有四到八页空白页。有空白页比没有要好。最后一个短篇的后面空白处也越多越好。我们终会发现加了空白页的成书要比省纸缩减到 48 页、连扉页都抹掉要卖得好。假如一本书薄得要死，没有人愿意买。

我检查了一下住处的书的空白页，发现多斯·帕索斯的《三个士兵》里有八页空白，封面后紧跟着的，鬼影都没一个。

发现麦克斯·比尔鲍恩《七个男人》里有四页空白，不过很明显书的主人撕掉两页当垫罐头的纸了。

发现廉价版古斯·福楼拜的《包法利夫人》里有四页空白……

这些书的结尾处和封底前似乎都只有一个整页两面空白。

好了，似乎这就是处理此问题的方法了。你什么时候回来？他们届时该能弄好了。今天是 5 号。校对还需要半小时。他们该能开拍封面了。

你怎么样？我听说你也在干活。我也在干活。

假如你挂号经第戎邮寄，邮件会走得快一些并且不会遗失。

现在得停笔给你发信了。希望你游泳游得痛快。这里热死人了。17 号我们从瑟堡坐船［去加拿大］。从本周四开始算要一周［八天］左右。［迈克·］斯特拉特去合众国了。他们商量来商量去有一年了；他奶奶快死了。

收到信后给我回信，告诉我你怎么决定封面的事情，好吗？因为今天是礼拜天，所以没法寄挂号。科瑞布斯·［弗瑞恩德］把钱输光了。又带了些去布列塔尼了。现正琢磨去拜访史密斯［地名不清 Touravil?］。[1]

再见，

海姆

又及：我刚拿了封面和校样去葛特鲁德·斯坦因家。她说她认为封面加所有标题无论如何要有力得多并且美观。她提供了各种方案，还是没法推翻标有“1号”字样的字头那张。她说要为那些标题找一副好的字版——要美观且深色，不要像那张那样字扁。

海姆

（此信藏耶鲁大学图书馆）

[1] 海明威的哥们，来自芝加哥的科瑞布斯·弗瑞恩德1922年来到法国。史密斯是谁不确定，也许是夏德·帕沃斯·史密斯。

致埃兹拉·庞德

约1923年8月5日，巴黎

亲爱的埃兹拉：

我会写绞刑的。已用全然不同的笔法重写玛艾拉之死，并且修理了别的角色。[1]新写之死甚好。戈巴尔的事我不知道。

他们该第一章第二章地被一一送上断头台。一起读的时候，它们又各章相连。似乎滑稽，但还各章相连。开头和结尾有公牛上场，中间重现一次。战争出场得明澈而高尚正如史实，缅甸人等出场。结尾的时候模糊，收场时一个伙计回家赢得掌声。逃难的人离开特瑞斯，希腊牧师被枪杀的缘故。通篇故事结尾时希腊国王和王后在御苑（刚写完），这就显示国王安然无恙。最后一句话是——正如所有希腊人，他真正想要的是前往美国。——我的哥们肖迪［沃纳尔］是放电影的，跟我在特瑞斯呆过，他刚给我提供希腊国王的材料。信心大增。

年轻的匈牙利人的故事里激进分子开始很高尚，后来则堕落了。美利坚出场时一群警察正朝抢劫烟店的匪徒开枪。写作形式还可以。

国王结果还令人陶醉。啊！那个国王。

我将开始写绞刑了。这时我想到她该是会骑马的。试试吧。明天上午去你那儿。

伊默

海姆

（此信藏莉丽图书馆）

[1] 海明威想证明《在我们这个时代》里为巴黎所写的 18 篇微型作品显示了粗略的形式感。很明显他就内容和布局征求了庞德的意见。

致埃兹拉·庞德

约 1923 年 9 月 6 日，多伦多

亲爱的埃兹拉：

事情不会更糟了。你无法想象。我也不打算描述。不过，看在基督的分上，假如还有人拽出关于美利坚的更多东西，汤姆·米克斯居家寻美历险之类，就拿来同我写的一起参照一下。

哈德莱身体很好。我们到了合适的地方准备接生孩子，因为这是城里才有的专门技术。他们别的事情都不做。吉米·福瑞斯[1]的一件乐事是去猎鹿。在过去三年里，每逢猎鹿的季节他就有个代后［后代］出生。他不会再去猎鹿了。猎鹿曾经是他唯一的乐趣。我能听见你说话："不过我亲爱的海姆，那个旧喷射器还好吧？"可是我亲爱的埃兹拉，我不知道啊。他们就那样。

十天航行之后，我们登陆了。一路都在刮大风。这条河真美。假如我由着性子在魁北克下船，住到把钱花完为止，就好得多。我周一去上班，那位王子周二到达。白马王子，帝国的使臣，金头发的家伙。

假如我是斯特拉特，我都要哭。我获悉的意思就是这个。有那该死可怕的东西我都睡不着。我五天没有喝酒了。一个男人因此理解［舍伍德·］安德森。我要是在这儿呆到次年，我能把此地的路都压陷了。那是男人唯一可干的事情。感谢上帝，我们得到了多萝西的照片。昨晚一夜没睡阅读《尤利西斯》以使自己开心。写得不

错的一本书，你得找时间读读。

刚跟安大略省的首席司法官拉尼阁下谈过。他比巴托还巴托。他对欧洲的情形表示惊异。他描绘了法国人挨饿的情形、德国人胜利后的贪婪、残忍的西班牙人屠宰无辜的公牛、意大利人屠杀科尔夫的美国孤儿（我相信他们干过这样的事），可怜的人……

葛瑞格·克拉克讲故事很动听。奥尔基，是的可怜的家伙，他的（军）团得令开往印度了。可怜的家伙。是的是的可怜的奥尔基。你当然知道可怜的奥尔基的弱点。是，是，可怜的家伙，可怜的奥尔基。他们打算出来。是的，下星期坐船。可怜的奥尔基。是的，那儿当然没有女人。没有，没有女人。可怜的奥尔基。是的，也许跟上次一样。是的可怜的奥尔基的弱点。是的你知道那儿没有女人，于是可怜的奥尔基开始抽自己了。是的，接着是不断抽打自己，越发抽打自己直至失去记忆。

当他失去记忆的时候他就忘了抽打自己；现在他没事。

好吧，记得给我写信。你也许能拯救一个人的生命。有库玛埃的消息吗？他也许在地震中死了？可怜的家伙。希望那棵冰植物还立在那儿。是的是的，可怜的库玛埃。

好吧，再见，朋友，写信给我。问候多萝西。

海姆

（此信藏莉丽图书馆）

[1] 福瑞斯是《多伦多星报》的漫画主笔，海明威同他初次见面是在1920年。

致葛特鲁德·斯坦因与艾丽丝·B.托克拉斯

1923年10月11日，多伦多

亲爱的朋友们：

我想象的报社办公室打字机前的自由时间并不存在。一直没有任何自由时间，也没有别的什么时间。小格力托昨天凌晨两点诞生了。没有麻烦。只是用了三个小时。大夫还用了笑气。哈德莱说整个妇产行业都被高估了。孩子重七磅又五盎司。我想生得容易跟这有关系。此信开头最好谈谈这新生儿。我被告知他长得很好看，不过亲眼一见发现他极像西班牙国王。已经在吃奶了。摊上了个好大夫，是本城的专业人士。哈德莱感觉很好，让我问候你俩。

一直很忙。差点到哈得孙湾及其周边。上周去了纽约会见L［罗伊德·］乔治。跟他一起坐专列穿越纽约和加拿大。孩子出生的时候我在前往多伦多的火车上。早产了两星期。L.乔治专爱跟人吵架、脾气极坏、品行邪恶，在公开场合却不露面目。他留长头发可不是没理由的。每天晚上他取消第二天的约定，早上醒来感觉精力充沛又咒骂秘书取消约会。我听到的还是他处于最佳状态的事情。他想为［女儿］梅甘安排个好婚姻，希望在大西洋此岸重新开始人生。他在美国动静很大，可读英国报纸的加拿大人显然也在膨胀，他们把他在这儿的招待会弄得很无趣。我很高兴离开了他。

想到哈德莱得独自看完演出我就感觉恐怖，这里的一切都像场噩梦。我在任何地方工作都是一天12到19小时，晚上累得睡不着觉。回来真是失算之举。然而，我们有了墙上空间可以放梅森，一间崭新的公寓房，在沟壑里，城镇就此而止，再深入就是阳光明媚的乡野，绵延美好的乡野。一座小山你可在下雪的时候滑雪，或者说我可以滑雪，从办公室回来之后。真的对哈德莱和新生儿有利，健康快乐。把回巴黎的钱又积攒起来了。我们用薪水过日子能结余七八百块钱。

在纽约收到《小评论》和你给舍伍德［·安德森］的瓦伦丁节礼。好宝贝啊，忍不住写写那十足的好货和十足的舍伍德。

你们俩好吗？在哪儿呢？与我的记忆相反，这里的烹调不错。加个鸡仔或小鸡仔饭还是不错的。我也找到一些不错的中国馆子。我们俩都想念巴黎。我第一次明白由于太多的事情排在前面要做又做不完，人是可能自杀的心都有的。发现这个道理只获得令人怀疑的价值。在纽约由于忙，我四天里没法知道舍伍德在哪儿，也不知别人在哪儿。试过电话之类。纽约百老汇和华尔街一带下区还是很漂亮的，除了闪电和花花样的人，它光芒不息。我在那儿就没见过人咧嘴笑笑。有个人拿着黄色红色的粉笔在股票交易所前的街上画画，一边大喊"他派独子来干这个。他派独子去死在树上。他派独子去树上吊死"。一大群人围上来倾听。你知道那都是做生意干活的人。职员、送信的小伙。"这小子艰难。"一个送信的小伙绝对严肃地对另一个孩子说道。很壮观，有些建筑的确壮观。新建筑。没有一座建筑的名字是我们闻所未闻的。形状好玩。从现在起算三百年后，全欧洲的人会来坐着橡皮脖子的马车旅游。会像埃及一样空旷死寂。这会是库克最有名的旅行。

说什么也不来这里居住。我要去医院，所以得收尾了。哈德莱和我爱你们。

海明威

(此信藏耶鲁大学图书馆)

致埃兹拉·庞德

1923 年 10 月 13 日，多伦多

亲爱的埃兹拉：

是，转交并记下内容。给比尔［·博德］发电报时要求他把消息转给你。一切都安然无恙。实际上没有麻烦。孩子很像西班牙国王，不过缘此至今没反复考虑离婚程序。

谁是桑德福特？他看上去还近乎真。然而我觉得你见任何新男性朋友时我都该在场。

这里的事情越发糟了。我一天一场表演。今天算演过了。接着明天明天还要过。正如 1918。然而，一个人不能将没几年的余生中的一年就这样度过。我在干一份叫"啊加拿大"的工作，让大家了

解［不列颠哥伦比亚］温德勒的情况。这无疑是关于印第安人领地里“七领地之首”、不中用的蠢蛋的。在每一个邮局也就是邮政局都有一行标语：“经常写信你就能使家庭抱团。”还有政府计划项目：从 20 岁起每周付两毛五到 60 岁，之后每年就能领 139 块钱年金。我记的数字是确切的。

礼拜天我想给医院里的哈德莱带一盒薄荷巧克力，只能从私货贩子那儿买，因为礼拜天糖果烟酒杂货店不能卖糖果。

虽然他们几乎都不开心，但总的说还满意。

在纽约去见 L.G.［罗伊德 · 乔治］，跟他坐专列在此地旅行。在车上与记者和有头有脸的煤炭大亨在新闻发布车厢谈劣质软煤的情况时，孩子出生。凌晨两点。在多伦多外十英里处听到消息，进来想杀了城市版编辑［哈里］辛德马什。结果当然是妥协，告诉他永远也不原谅他。并且说从现在起我完成的工作里都含有极度的不屑和对他的仇恨以及对他那帮手淫相的助手的仇恨。假如编辑们的圈套露馅了我还要揍人。结果是在办公室的处境极不稳固。尽量坚持吧。接着是试着跟莱提霞借足够的钱让我俩都度过槛儿。持续从早上六点工作到凌晨两点。自打摆在明处后就更晚了。出了四趟长差，回来发现东西堆成山，要赶上就得整夜整夜加班。胃里由于神经疲惫都吃不下东西。失眠。我是他们骗回来做小新闻特写稿的，外加整理电文部。

高兴雪佛［福特 · 马多克斯 · 福特］拿到杂志［《跨大西洋评论》］。这是什么杂志？新杂志？我会弄些齐整的《啊加拿大》给他。感觉自己怨恨气很重、极度的令人绝望的累，做什么都毫无意义。不过，会看手相的人说，有病的牡蛎产的珍珠是最美丽的。

看在上帝的分上不要断了给我写信。是啊，书信是生活的保鲜剂。

我给比尔［· 博德］发了电报开始向报纸印刷式的边框[1]开火。

那得看怎么做。预想方案的确不错。假如做不好很快就馊得可以。最终是比尔来决定。基督的鼻子啊，他本因这个出版社而该有点激动。我对他说把想法都讲出来，他是个能把想法和盘说出来的人。

问候多萝西。还有哈德莱的家人也替我问候。她很好，状态绝佳。她仍然喜欢我超过喜欢孩子。这小子的恶与生俱来，第一天吃奶发出的声响就像猪栏里发出的吃奶声。三天大的时候他咬得哈德莱都受不了。然而，当母亲的声称，总的来说感受是快乐的。经通盘研究，我坚信母性的快感主要是未嫁给言情艺术出色的学生的人体会出来的。这话并不是想自己打自己嘴巴，只是出于观察，谨供你思考。

看在基督的分上，写信给我。给我寄一本《笑》。这里当它淫秽杂志，所以买不到。总有一天某人会在这里生活，从而能体味我从这个城市往合众国发《尤利西斯》时的感觉（一本未失）。[2]

写信给我。

你的

海姆

我们公寓一层住着个前禁卫军军官，跟我一样无望。厅对过住着个动作迅捷的寡妇。极心满意足，渴望借给人东西。窗户外的景色很美。我住医院的时候就喜欢开窗。现在苍蝇都进来了。猫抓苍蝇抓得不亦乐乎。从味道闻出她已经把拉屎的地方由浴盆后挪了，正在试新自由的样本。稍后晚上我会根据气味找出屎堆，会借助一份《多伦多星报》小心地把它擦掉。

(此信藏莉丽图书馆)

[1] 博德计划用报纸头条蒙太奇作《在我们这个时代》的封面。
[2] 海明威偷运了几本《尤利西斯》入加拿大。

致西尔维亚·毕奇

1923 年 11 月 6 日，多伦多

亲爱的西尔维亚：

我五次给你写信开了个头，而总没能写完。要么是手里有活，要么是有事，要么是该死的什么。刚从打字机上撕下给拉里·盖恩斯[1]的信。好像也无法写信给他。

啊，“羽毛猫”很好。孩子也很好。孩子身体结实，长得像他母亲。也像西班牙国王。在丢维尔他也许极吸引人的眼球。我们打算马上把他带到法国，让他相信自己是在法国出生的，如此他就得去服兵役，省得我们在关键昂贵的时段里得养着他。也许到那时，庞嘉热先生还在台上，兵役期会是四年或五年，我们就根本不用养他。

我们也许1月份能见到你。

在这里生活是不可能的。我挣的跟在巴黎时一样多。这里的公寓一年要18 000法郎，住在里面还什么都不能干。写点自己的东西是不可能的。报纸一天到晚要东西。要的东西比以前长，我都无法写东西了。报社的人也都是狗屎。

你能给我们找一间公寓吗？

感谢上帝我们就要回巴黎了。

假如孩子是女儿，我们会给她取名西尔维亚；是男孩我们却不能叫他莎士比亚。约翰·哈德莱·尼卡诺是他的名字。[2]斗牛士尼卡诺·维拉尔塔。

阿德里安［·莫尼埃尔］好吗？我们俩都问候她。我们有了首新歌唱给她。

虽然这不是个能写歌的地方。这人道的社会每年要7 853只羽毛猫的命。这人道社会一年到头就是要动物的命。女人们则鼓动这人道社会猎杀敲她们房顶的啄木鸟。

加拿大人从心底里就都是这自由开放大空间表层下的气囊［闲扯淡的人］。这里没有小白脸，因为老女人没有钱。否则的话到处都是。这是个令人恐怖的国家。

奥布莱恩已经把《我老爹》列入1923年“最佳最糟小说”。他还要求把书题献给我。别提这事，否则他可能改主意。他想知道我的短篇是否够结集成“伯尼·利弗莱特丛书”之一本。我还想上你的书架呢。假如你能好心忍受，我还想把莎士比亚书店的名放在三山出版社出的书上呢。

你再见过拉里吗？他常在瓦格拉姆体育厅打拳。没有“奥托”我就迷路。这里没有体育报纸。星期天杂货店卖糖果也是犯法的，你得偷着弄糖吃。

我们还一如既往相互喜欢，孩子是个好东西。我们是加拿大唯有的好人。

感谢上帝我们回去时你会在巴黎。告诉阿德里安我们会加入她的书室，可以读别的，不光是“他一掌打在敌人的下巴上”。

一提加拿大我们就想掴一掌。我想给全加拿大一个下勾拳。

再给我们写封信。我们爱你和阿德里安。

伊默

海明威夫妇

这封信几近它信的命运。刚在办公室发现它。我能写信但却不能寄信。没有时间干任何事。你知道吗？我连寄《三个短篇和十首诗》给评论家的时间都没有。需要一个文学经理人。今天在皮姆里克第二场赛事里给一匹马下注，结果它跑最后。没别的新闻。我俩都思念巴黎和你们。我想那书总会出的。博伊德［威廉·博德］日子不好过。你先看看他要印的东西吧。难怪他气馁。

这是我有生以来写给人的最长的一封信了。

送上海明威的爱。

替我转达最真诚的祝愿给［罗伯特·］迈克阿尔蒙。我就会给他写信。哈德莱也问候他。

（此信藏普林斯顿大学图书馆）

[1] 拉里·盖恩斯，多伦多黑人拳击手。

[2] 海明威的长子日后被昵称邦姆比。

此信及下列致毕奇小姐（1887—1961，巴黎莎士比亚书店的主人）的信，经普林斯顿大学图书馆俯允在此发表。

致 C.E.海明威大夫

1923 年 11 月 7 日，多伦多

亲爱的爸爸：

我以为哈德莱已经写信给你感谢你寄来支票了呢。

我必须为我们的疏忽道歉。这支票太及时了，你真慷慨。雪中送炭，我们非常感谢你。这笔钱用在医院开销上了，我相信累计总共有 150 块钱呢。

礼拜天我写信给你和妈妈了。现在你无疑收到信了。

关于我写的何种东西，我去科博尔特和萨德布瑞转了一圈，离哈得孙湾有一半路程，报道了一些不同的东西。采访过各色人等：阿彭毅公爵、威廉·李斯特爵士、班廷博士等。处理的是银行业的报道。与罗伊德·乔治一起去旅行，处理各种外地报道，为“周刊”写东西。有两篇关于斗牛的文章很有意思；我想法给你寄两份样报。都是头版整版篇幅，带图片的。

上周五大家都去猎鹿了，而我却没去。孩子动不动就叫，好讨嫌。我想今后两三年他会把头都叫掉的。好像他唯一的娱乐就是叫唤；没人像他这样从中得到如此快乐。

从现在起到圣诞节，我一总为《每周星报》写东西。

替我问候普拉特先生。迈克·丹尼尔[1]的祝贺我不需要，我也不要他给的别的什么。我对他没有什么好感。盼我不好的有很多人，我没理由和颜悦色对之，因为他们现在伤不着我。范尼·比格斯和迪克森小姐是我真正的朋友，都被此人讯问过。有一天我会就此人写一篇很好的报道。像他这样的人大多数我都忘了，他们在我心里根本不再存在。

过去三天这里一直下雨。加拿大的破天气。我希望天晴起来冷起来。

啊，我必须找辆出租车回家吃晚饭了。感谢上帝我们很快就离开这地方了。美利坚合众国的经济也跟加拿大一样糟糕吗？这里银行倒闭，买卖左右下滑。一个到处破产的国家最叫人沮丧。

很高兴乔治舅舅打猎打得痛快。我在北方看见许多鸭子。除了去年夏天有一天去马尔恩猎乌鸦，在河里用22口径自动步枪打了几条大狗鱼，到现在还没打一枪呢。[2]啊对了，在瑟瑞斯我一天［1922年10月］打了二十二只鹌鹑。开阔的乡野长满了三齿蒿，似乎很容易袭击目标。我用的是借来的双管十二标准枪。不过，我经常去钓鲑鳟鱼。明年夏天6月份我们去西班牙，我会在欧洲钓鲑鳟鱼钓个痛快。都是免费的，只需办个许可证。河里鲑鳟鱼满是。那是个了不起的国家，西班牙，我想是欧洲最好的国家。在欧洲无论你到哪儿几乎都比这里要让人愉快。

这封信写得太阴郁了，要怪就怪天气吧。

我希望你们都好，一切都好。我们回到这里是错误之举。对待错误我们唯有支付代价并尽快摆脱它们。

来自你儿子的最最爱，

欧尼

（此信藏肯尼迪图书馆）

［1］M.R.迈克·丹尼尔，以“鬼鬼祟祟”著称，是橡树园中学校长。另几个提到名字的人是海明威的英文老师：弗兰克·J.普拉特、范尼·比格斯和玛格丽特·迪克森。见查尔斯·A.芬顿著《海明威的学徒期》（纽约，1954）第6页。

［2］见海明威1922年3月20日致豪厄尔·詹金斯信。

致葛特鲁德·斯坦因和艾丽丝·B.托克拉斯

1923年11月9日，多伦多

亲爱的朋友们：

［比尔·］博德的事我们真是抱歉。我不明白他怎么没从鲍廷那儿或者别的什么地方得你们的地址。我本想另发个电报，可经济上很不逢时。不是因为费尔堡，费尔堡已经尽其所能了。我给它的

只是一个机会而已。总有一天我要学会不在我认为有机会赢的那些马上下注，而在我认为能赢的马上下注。得到总比不得或者期盼多来得好。

哈德莱很好。马特也好。她早晚 6 点 10 点 2 点 6 点 10 点 2 点 6 点 10 点 2 点 6 点 10 点喂他。她的奶水真多。小子体重增加了。我们弄了本《加拿大母亲手册》，里面满是这样的句子：“爸爸会做这事的。不是吗，爸爸？”这本书讲的尽是加拿大母亲比别的国家的母亲好。书是免费得的。早上 6 点我把哈德莱叫起床，说：“爸爸强把加拿大妈妈弄起床，不是吗，爸爸？”

我们仍然相处得不错。哈德莱真是块好料。我们有个 89 岁的好老太太帮着做家务。她人很好，就是累了，也许是因为太老了。所以，周二她就要离去。接下来就要试试年轻一点的帮手了。

我跟你说过我们的房租一年要 18 000 法郎吗？啤酒 17 法郎一瓶。即便是人家请我，我也尽量不喝。我从未有过 18 000 法郎；就是有的话我也想去对我有好处的地方。我们也许 1 月份回去。

我想我以前跟你说过：假如没见着戴夫 · 奥尼尔，不算有什么损失。戴夫是这样的人：你第一天见他的时候他对你可是再好不过了。

报纸上充满希特勒和鲁登道夫必败之类，读着觉得滑稽。迄今为止此论为时过早。

似乎从来没有过第三页。我不会写信。不再写了。非常感谢你写的评论。比尔 · 博德给我寄了今天的《论坛报》。对我而言评论很掷地有声。我喜欢。

令我心烦的是我这么智慧的人怎么会来这里。

马特状态很好。他能笑了，还很能笑。我很喜欢他。你会喜欢他的长相的。

我们打算在先贤祠后面原来住的地方左近安顿下来，即便是需要时间等待。1 月 19 日我们乘库纳航线“我的安东尼娅”号从纽约前往瑟堡。

我打算丢掉新闻饭碗了，我想。去年冬天你毁了我这个新闻记者。自那以后就没好。像头公牛，或者像新手，坚持力有，就是走路费劲，要很长时间。

他们开始攻击你和舍伍德［·安德森］了，那帮年轻的评论圈里的家伙以及他们的读者。我从报纸之类的东西里能感觉到。啊，你会赢回读者的，等到一个美国家庭的历史［《美国人的诞生》］出版。

我现在有新的神了，年轻的潘丘·维拉。然而太晚了，否则可以给孩子取这个名字。假如真要脱离点原来的意思，这两个单词就得本身有点西班牙韵味。

要是再不去寄，这封信恐怕永远也走不了了。迈克阿尔蒙从安特卫普来信说他三星期来一直在工作，没见熟人，不打算去又打算去挪威、瑞典、芬兰、彼得格勒、莫斯科等地。假如不太麻烦的话就去。也许就很麻烦。

看此信的开头，是我们的错，不是博德的错。

原谅我用铅笔写信，还写这没趣的信，还耽搁了这么久。我在纽约会尽量去见舍伍德的，会把消息告诉你的。庞德成了伟大的作曲家了。你见到雪佛［福特·马多克斯·福特］办的新杂志［《跨大西洋评论》］了吗？今天收到庞德的信邀请我回家指导办刊方针之类。我觉得邀请信有点夸张了。贝尔蒙特明年还要斗牛，第一次出场会在塞维尔，在复活节期间。他保留自己选择公牛饲养场的权利。《地理与戏剧》里的斗牛士是高纳，你不喜欢的家伙。他在墨西哥。不喜欢他的还有别人。

我们得攒钱去庞朴罗纳。今冬去瑞士有点晚了，倒省钱了。这里有家中国佬餐馆，但菜单密得让人眼晕。我们吃得很好。

我 1 月 1 日就辞职不干了。有几个好故事可以写——尽量不冗长吧。

爱你们俩并祝圣诞快乐。

你的朋友

欧内斯特·海明威

（此信藏耶鲁大学图书馆）

致埃德蒙·威尔逊

1923 年 11 月 11 日，多伦多[1]

亲爱的威尔逊先生：

在伯顿·拉斯科的《社会与文学笔记》里我读到你请他注意我发表在《小评论》里的某篇东西。

我把《三个短篇和十首诗》寄给你。就我所知，至今在美国还没有人评论这书。葛特鲁德·斯坦因告诉我她写了篇评论，可是我不知道她拿去发表了没有。

你不了解加拿大的情况。

我想寄几本书请人评论，但不知道是否该题献。在法国是必需的，在美国怎么样不知道。籍籍无名，书也不咄咄逼人；它们也许被拉斯科先生之流评论。加兰蒂耶三个月前就寄书给他了，还没有时间评呢（他一个半小时就能把书读完）。

联系的出版公司是迈克阿尔蒙。这公司出版过威廉·卡洛斯·威廉斯、米娜·罗伊、马斯登·哈特雷和迈克阿尔蒙的作品。

我希望你喜欢这本书。假如你感兴趣，可否给我提供四五个人的名单，我好寄书请他们评论？你要是能提供就太好了。现在这个地址到 1 月份有效，我们接着就去巴黎了。

有没有时间做此事我都感谢你。

你的诚挚的

欧内斯特·海明威

（此信藏耶鲁大学图书馆）

[1] 此信及 11 月 25 日信发表于威尔逊著《光的岸》（纽约，1952）第 115—118 页。海明威第一次与威尔逊（1895—1972）见面是 1924 年 1 月在纽约。海明威准备出集子的时候请威尔逊编辑他的书信，威尔逊深感荣幸。见 1951 年 9 月 10 日海明威致威尔逊的信。

致爱德华·J.奥布莱恩

约1923年11月20日，多伦多

亲爱的奥布莱恩：

你的信效应不能再大了。即便是有人告诉我有一百万块钱到了我手里、我得了维多利亚十字勋章、我答应再跨海游一次就能得毛里塔尼亚号船上的王室豪华舱年票并且可续可带家属、我被法兰西学士院选中取代阿纳托尔·法朗士的位置。好吧，你可以把书题献给我。为了表示我多感激，我庄重向你和上帝发誓从今往后写小说时不考虑任何读者只想着你和上帝——有时连你都不想，连上帝都不想。[1]

我们在加拿大，[2]有一个孩子。这个国家一时的繁荣破灭了，大抵往地狱走呢。唯一能居住的地方，假如你结婚了，也无法居住。我到了阿比提比，也在周近走了走。银行倒闭的很多，别的行业倒闭的也很多，报纸经济窘迫，一时的繁荣反正是破灭了。我们也破灭了，新年1月会有点钱，会马上去巴黎。

我手头没有书了，但会叫人从巴黎寄一本给你。也许题献上写博尔托菲诺。[3]（不，我会让他们寄一本到这里来，再寄给你。）《在我们这个时代》（三山出版社）再有一个月左右就出来了。我会让他们寄给你一本的。我想你会喜欢它的。

你过度劳累生病了我很难过。很高兴你结婚了。结婚意味着什么不足为外人道。不过有两个幸福地结了婚的家伙我知道他们本来是极开心并且心满意足的单身汉。那么说你从头开始了。向罗梅儿·威尔逊表示祝贺。哈德莱同此祝贺，祝你们好运。

需要多少短篇才能列为“伯尼·利弗莱特丛书”的一种？

感觉低落沮丧。工作以便夜里累得不去想，更别说写东西了。早上在出租车里一则故事浮现于头脑。得咳出来，因为故事来得轻而易举很完美很明晰很恰当。你知道假如听之任之，它就会戛然而止并随风飘去，你就再也写不出来了。我的写作如憋屎，得在便秘前把它拉出来。我每天工作 14—18 小时以使报道继续，直到来年 1 月。基督啊，回到巴黎我们会开心的。

啊再见，祝你好运。你让我感到自豪和幸福。我深感荣幸，因为很少有人能做到这一点。这话听起来滑稽但你知道我在说什么。

你一如既往的

欧内斯特 · 海明威

(此信藏马里兰大学图书馆)

[1] 奥布莱恩当时请海明威允许他把即将出版的《1923 年短篇小说》题献给海明威。1923 年 11 月 6 日、11 月 25 日、12 月 12 日海明威致西尔维亚・毕奇、埃德蒙・威尔逊、詹姆斯・甘布尔的信里都提及此事。

[2] 海明威在多伦多的地址是：巴瑟斯特街 1599 号。

[3] 拉帕洛南部的一个意大利小村子。

致埃德蒙・威尔逊

1923 年 11 月 25 日，多伦多

亲爱的威尔逊先生：

非常感谢你来信。你真是太好了。

样书的尺寸有点蠢。迈克阿尔蒙想出一系列小书，里面包括米娜 · 罗伊、W.C.威廉斯等人的作品。他也想将我列入。我于是把短篇和诗作给了他。我愿意出版书。一旦书出版，你就有后脊梁了。

我很高兴你喜欢里面部分作品。就我目前所能想到的，你的评论意见是全美国我唯一尊重的意见。玛丽 · 科伦有时也说得是那么回事。拉斯科对艾略特的评价有智力的成分。也许有好的评论家我不知道。

不，我不觉得《我老爹》是从安德森演化而来。这个故事是讲一个男孩和他父亲以及赛马的。舍伍德写过小男孩和赛马的故事，但很不同。是男孩和赛马的故事演化而来。安德森演化男孩和赛马的故事，我不觉得它们有什么相像。我知道自己的灵感不自他那

儿来。

我跟他相熟，但好多年没有见面了。他的著作似乎见鬼，也许是因为纽约的人跟他说他的作品好的时候太多了。批评的功用。我个人很喜欢他。他写过好的短篇。

《戴尔》上的“简介”是否最好先放一放，等《在我们这个时代》下月出来？我会寄一本给你。你会从中了解我想表达什么。两本书一起就构成一篇评论了。

我真高兴你喜欢《小评论》上登过的《在我们这个时代》里的劳什子。我抓住不撒手的东西就在那儿。

没有书在手解释也没用。

你主动说要先于出版社帮我弄一本样书，真是太慷慨了。我不认识他们中的任何人。

爱德华·奥布莱恩有一天写信给我，要求我正式允许他把《我老爹》收入他的《1923年最佳短篇小说》，问我是否同意他将此书题献给我。这书还没出呢，此事保密。他出的书有好有坏。他问我的短篇是否够列入“伯尼·利弗莱特丛书”单出一本。我不知道他的话是否意味着能让他们出版。假如你不介意，到时我写信咨询你。

E.E.卡明斯的《巨大的房间》是我读过的去年出版的最好的一本书。有人跟我说这作品很失败。那么看看［薇拉·凯瑟的］《我们中的一个》吧。得奖，大卖，人们真把它当回事了。你经历过战争，不是吗？字里行间最后的一幕不妙吗？你知道从哪儿来的吗？《一个国家的诞生》的战争场景。我一段一段地辨认，都被凯瑟化了。可怜的女人，她得从某处找战争经历。

《小评论》里的东西是个玩笑。我回洛桑时在车里打尖时写的。那天在葛特鲁德家吃了顿美妙的午餐，在那儿聊了一个下午，读了她的很多新作，接着在餐车里独自喝了一大瓶博尼红酒。早上面对又开启的有线电广播，我尝试分析会议内容。[1]

她的方法用于分析任何东西都无可估价，或者用于记录一个人或地点的什么。她有个奇妙的头脑。我想就她的旧作什么时候写篇评论。她是从门肯和玛丽·科伦跌倒碰破鼻子的地方崛起的作家。

原谅我的信太长。再次感谢你的来信和好建议。我们过纽约时我会常去看你的。

你的诚挚的，

欧内斯特·海明威

（此信藏耶鲁大学图书馆）

[1] 海明威的诗作《他们都想要和平——什么是和平？》发表于《小评论》第9期（1923年春季号）第20—21页。这首诗对洛桑和平会议的国际代表多有讽刺。

致詹姆斯·甘布尔

1923年12月12日，多伦多

亲爱的吉姆：

真高兴收到你的信。过去两年我经常想你是不是就在欧洲哪个角落。从现在起请保持联络，这样命运安排我们相遇时就能见面了。我希望一个月左右的时间内能见你，假如你入纽约。

原谅这破打字机和抄写纸。假如不用这机器写信给你，我不知什么时候再有机会。我发现迟复信件真要命。我渴望给你立刻写信。

说说我们的情况，或者说综述一下我们的情形。哈德莱·理查森和我1921年9月结婚了；去欧洲度的蜜月。你会很喜欢她的。我肯定。不打算描述，你听我的没错。去年她只是在乡下呆着，打网球，弹拉威尔、勃拉姆斯、斯柯里亚宾的曲子，弹得都不错。她很不错，吉姆。我该知道的，因为我们结婚两年多了。我实际没什么朋友，我想象你有，因为你的婚姻很幸福。这话真是模棱两可，模糊不清。

无论怎样我们去了巴黎，接着去了瑞士过冬。在那儿我发现了滑雪，打算以之为终生功课。春天为一家报业辛迪加报道热那亚会议，写电报发送的文章。随后又回到瑞士。很爬了一阵子山。接着步行过圣伯纳关进入意大利，取道奥斯塔。此行可爱。当年在米兰指挥步兵的英国年轻军官多尔曼-史密斯是我的好哥们。我从陶尔米纳出现后，他跟我们一起徒步旅行。我们在米兰度过一段好时光。感觉日常生活枯燥的哈德莱耽于回忆这些，把鬼都召来了。那时每天晚上不是在柯瓦就是在画廊的康帕里餐厅吃晚饭；我们常去桑西洛看赛马，跑道新，顺便一提，看台也棒。

随后“中国佬”得回科隆驻地了。哈德莱和我去了维森撒，乘公车往斯奇奥，租车翻山越岭到罗维尔托和特连托，回走托纳尔关到拉格迪加尔达之首里瓦。在加尔达湖边的瑟弥翁尼，我们找到埃兹拉·庞德和他的夫人。在那儿呆了几天，游泳，晒太阳。

你还记得瑟弥翁尼吧？就是直指加尔达湖的那一个大“点”。去维森撒和柯在火车上就能看见的。

我们背着包从瑟弥翁尼徒步进入德增扎诺。火车在此地以往常停留一分钟。接着在维罗纳下车过夜。然后去米斯特列；租车往皮亚韦河。都成过眼云烟了。不过在皮亚韦低沼泽的雾霭中再看一眼远方的威尼斯还是很好玩的。

要不浓缩（加拼写错误）的话这封信就会写上四十页了。无论怎样我们夏天徒步穿越黑森林；秋天又去了康斯坦丁堡、阿纳托利亚、斯密尔娜、色雷斯等地。是作为《多伦多星报》和“国际新闻社”的战地记者去的。一路过得不错，很好玩；又及时回到瑞士进行冬季运动三个月。接着我们在拉帕洛打网球；我则为《星报》去了趟莱茵兰、德国和鲁尔地区；春天在巴黎好极了。去年夏天鲍勃·迈克阿尔蒙和我跟一群斗牛士游遍西班牙，去了马德里、塞维尔、隆达、马拉加、格兰纳达，最后到了北部。[1]

西班牙是最佳国度。这里的一切都未经娇生惯养，令人难以置信的强悍、奇妙。

我们终于在9月份回到这里了。10月10日约翰·哈德莱·尼卡尔诞生。他结实英俊，我们1月19日从纽约乘“安东尼娅”号出发返回巴黎，会带上他。就我所知，他是最年幼的乘库纳航线的乘客之一了。

我们但愿能在纽约见到你。难道这不很完美吗？接着会在巴黎找一间不带家具的大公寓，将那边弄成永久的大本营。我打算停了报纸的差事专事写作。我在巴黎出了两本书。爱德华·奥布莱恩把他的《1923年最佳短篇小说》题献给了我，为的是所谓年度最佳小说。他要把我的东西列入“伯尼·利弗莱特丛书”，不久在纽约出一本书。

这封信太拽词了。可是听到你的消息我太激动了，就不知不觉写了这么多。

你的画怎么样了？你打算干什么？我们在纽约能见到你吗？你什么时候再来欧洲？我们打算在卢森堡公园周围找个大地方，你来总有地方呆。我在巴黎认识一帮人：庞德、乔伊斯、葛特鲁德·斯坦因和许多画家。我发现总的来讲，画家比作家为人要好。

我们在米兰时多好玩啊，记得我在陶尔米纳去拜访你吗？像是很久以前的事了。自那以后我就没见过你。从皮亚韦到米兰你把一路坏事都摆平了。我什么也没做，除了享受你给我安排的舒适。

我不知道德特和埃斯特[2]怎么样了？我收到他们的婚礼通知和圣诞节的卡；随后杳无音信了。接着我在想你在干吗，老想。那个冬天我本愿越洋跟你呆在一起的，可我在攒钱跟哈德莱结婚；结果就没去成。顺便一说哈德莱在费城有些亲戚。罗森加尔腾夫妇。[3]你在奥地利去了哪儿？我们什么时候能见面？

写信给我。我知道自己的信是无聊的流水账。不过在加拿大，没有多少灵感。

永远的你的

海米

这信真是龙飞凤舞——我担心要是重读一遍就不想寄了——所以我不重读了，只说声再见，把它粘进信封——

(此信藏诺克斯学院)

[1] 海明威说的“事实”不精确。他没有在瑞士做冬季运动三个月，也没有在莱茵兰和鲁尔两个月。他第一次西班牙之旅是在 1923 年 5 月，是跟迈克阿尔蒙和博德一起去的。

[2] 1918 年美国红十字会驻米兰代表米德·德特威勒上尉和他的妻子。

[3] 已故哈德莱父亲的姐姐玛丽·罗森加尔腾姑姑曾住在费城里顿豪斯广场。

此信及另几封致甘布尔的信经诺克斯学院西穆尔图书馆档案室同意在此刊用。

致约翰·R.伯尼

约 1923 年 12 月 26 日，多伦多

伯尼先生：

我来《星报》就职之前所有的事都是跟你打交道的。自我就职所有的事都是跟［哈里·］辛德玛什先生[1]打交道的。

昨天辛德玛什跟我谈话的过程表明他既不公正也不聪明，也不诚实。我为与辛德玛什相处已经尽了最大努力。我做我的差事并且一直忙于差事。

不过完成的工作什么也不算，也无结果；并且唯一的衡量标准是看大人物一阵脾气之后是否施舍（并且动怒的理由是想象出来的几个瞬间）；假如于此还要问是辛德玛什的事还是我的事，我当然要走。我在处理一篇大报道，要求快并且准确还有别的；无端却成了《星报》这种素质的报纸一个助理执行主编受伤的虚荣心表现的牺牲品，我很惊怕。因为，犯了错的是他自己。

这里面有不正常的东西。出于某种原因辛德玛什先生说我觉得我比他更了解他分配给我的任务。我没有给他理由这么想，因此不能被控他的低下意识情结给他的想法，是我的原因。

几天前当辛德玛什先生想硬跟我吵一架时，我就给你写了份备忘录。不过事情的进展很让我吃惊，我都不敢相信。我把备忘录弃置一边，心想辛德玛什先生一定工作压力很大。我根本就不想爬到他的头上。

我当然有整个事情的证据供你调用。我不能再在辛德玛什手下为《星报》继续工作了。

[未落款，也许没有发出]

（此信藏普林斯顿大学图书馆）

[1] 哈里·辛德玛什，《多伦多每日星报》城市版编辑。伯尼是执行主编。

致约翰·R.伯尼

约1923年12月27日，多伦多

伯尼先生：

我很遗憾从《星报》地方版编辑部给你呈辞职信。此辞呈1924年1月1日起生效，假如没有什么不便的话。

请相信此简短的备忘录不含不恭敬的内容。

欧内斯特

（此信藏普林斯顿大学图书馆）

致埃兹拉·庞德

1924年2月10日，巴黎

亲爱的普罗米修斯：

我们在巴黎圣母院路113号找了间公寓。房子在锯木厂上方，每三个月三个月三个月一结。

我去70号乙了。进去时门房认出我是你好兄弟。可因为没有钥匙，入门不遂。我于是给［福特·马多克斯·］福特的报告打折扣，他报告说你期待我们来住到你回窝。

没有你而住在你家的街道不好玩，所以找个时间回来吧。今天雨夹雪。真愿去拉帕洛看你，但无法再面对更多的旅行。

我们在海上过了十天。[1]

在跨大西洋旅途中你似乎对音乐很看重。可惜我们没赶上音乐会。假如你还想高乐一回，我会介绍阿纳斯塔西年轻的斗士给观众，在合适的时候让他们相互把对方扔出去。

加利福尼亚的《金色的鲸》仍然在等着你呢。

这封信写得很烂，我在搬家开箱包啊——还没弄完呢。

亨利［斯特拉特］正卖力为《诗章》工作呢。[2]

哈德莱一直在生病。睡不着，体内翻江倒海。

（我也并在床上）

我打算试试给《跨大西洋》等写点东西。

目前美国反［舍伍德·］安德森，“《扫帚》帮小子”[3]等，动静很大。你得回来。

我很高兴你不用动手术剖腹了。我一路在船上想可怜的老埃兹拉在那该死的美国医院［在尼利］被那些无知的兽医开膛剖肚，就像因为一个囊肿他们几乎把我的亚当禁果取走。

我很高兴你没让人开刀。我会找一本医书研究一下如何把你的阑尾去掉，假如它变糟的话。

请代我和哈德莱问候多萝西。

这个城市没了你们就不好。

伊默

海姆

我大概有七个短篇要写。不知道何时何地能写。当你能在雨雪中分辨不同人的脸的时候，这个城市似乎充满了大量的屎。然而我吃牡蛎却吃得很开心，喝乡村红酒也喝得开心。

《戴尔》把 2 000 块纸币给了维坎·布鲁克斯或者一个叫范怀

克·斯蒂德的家伙。[4] [吉尔伯特·] 塞尔兹的括约肌无疑失去了它迷人的紧凑，他离开了《戴尔》。一位上了年纪的处女 [玛丽安·莫尔] 取代了他的位置。蒙特葛扎指出，无疑一路货。[5]

写信给我。《金色的鲸》在《纽约先驱报》上插了则广告希望见佛教徒，无论年龄性别。就佛教徒。完毕。

(此信藏莉丽图书馆)

[1] 乘“安东尼娅”号那次旅行是在 1924 年 1 月 19—29 日。

[2] 亨利·斯特里特当时正为《十五篇诗章草稿》(1925 年)准备美术字头和花边。

[3] 显然指《扫帚》的编辑及他们的助手哈罗德·洛布、阿尔弗雷德·克雷姆博格、迈休·约瑟夫森、马尔科姆·考莱等人。该刊物存在的时间是 1921 年 11 月—1924 年 1 月。

[4]《戴尔》的 2 000 块奖金给了范怀克·布鲁克斯。

[5] 海明威长时间对吉尔伯特·塞尔兹(1893—1970)持偏见，自他认为塞尔兹退了他投给《戴尔》的一个短篇始。这篇东西据说是巴黎版《在我们这个时代》的第十篇“非常短的故事”。据塞尔兹说，即便是真退了稿，那也是斯哥菲尔德·塞耶尔干的。(见塞尔兹 1962 年 3 月 20 日至 23 日致卡洛斯·贝克的信。)另见海明威 1929 年 12 月 30 日致塞尔兹的信。

致葛特鲁德·斯坦因

1924 年 2 月 17 日，巴黎

亲爱的斯坦因小姐：

福特称他很中意那篇东西，打算拜访你。[1]我告诉他你花了四年半时间写这东西，旧稿有六卷呢。

他打算 4 月号发表第一篇连载，打算出 3 月的第一部分。他不知你是否能接受 30 法郎一页（他的杂志的一页）的条件。我说我想我能说服你接受。(可以表示不屑，但不要太不屑。）我明确表示这是他杂志扒到的一大勺，能得到是因为我弄稿的天才。你同意发表的话，他会觉得你得了大价钱。我没给他留下印象急于发表，但也没打退堂鼓。毕竟这是奎恩[2]的钱；这篇东西值他们手里的

35 000 法郎。

对他姿态高阔一点、潇洒一点。我跟他说，这六卷他们愿发表多少就发表多少，连载的话会一期比一期好。

你知道，这对他们来讲真的是扤了一大勺。同一期他们也发表乔伊斯的东西。谁知道呢，也许评论杂志一炮走红呢。虽如此，他们永远也不会付你 9 000 个 30 法郎的。

你的朋友

海明威

（此信藏耶鲁大学图书馆）

[1] 海明威曾帮助安排《美国的诞生》部分连载于福特·马多克斯·福特编的《跨大西洋评论》。

[2] 约翰·奎恩（1870—1924），律师、艺术品收藏家、艺术品赞助人。福特编的杂志是他资助的。1924 年 7 月 28 日奎恩在纽约去世。

此信及下列至斯坦因小姐诸信经耶鲁大学贝涅克图书馆同意在此使用。

致埃兹拉·庞德

1924 年 3 月 17 日，巴黎

亲爱的杜斯：

你毫无疑问同意我说自己是个婊子养的，因为此前没写信给你。我们在试验跟婴儿共同生活。哈德莱卧病很久了，我也病了几天，孩子一天到晚叫唤。试着写东西可就写不出来。在东一家西一家咖啡馆写了几个短篇。你说的关于“马槽阅览室”的话是对的。我们需要更多的空间，但支付能力不济。我们想过在你不住的时候能在你的公寓里呆着。又担心小海姆长到行动无深浅的年龄日子就更难了。刚要用这些字眼放弃我们最迫切需要的东西，就得到你的信让我们住，你真他妈太好了。这正是我们一直期盼的东西，松手放弃它似乎是罪过。不过我知道孩子一旦能走路，他就会把生活弄个天翻地覆。明年此时就会如此，或者更早一些。

哈德莱已经控制了局面，一切顺利。我的写作也不坏。福特 4 月在《跨大西洋评论》上发我一个短篇。另几个他无法发表。

邦廷[1]据说在热那亚的监狱里。我会写信给你说的任何在意大利的人，假如管用的话。

一周来天气不错。奥尼尔夫妇昨晚回来了。尚未见他们，也不想见他们。

亨利［·斯特拉特］去美国了。圣父宽恕他们因为他们不知道自己在干什么。

他给你的书弄的缩写、题花和尾花真是该死的漂亮。

“中国佬”［多尔曼-史密斯］在这儿呆了一个星期。礼拜天我们在他帮助下给孩子施洗了。[2]我没有别的什么好担心他的了。

迈克阿尔蒙在土伦。他已经完成了八或者十部小说。他谢我传递你的口信。哈德莱睡眠不好，或者说她自称睡眠不好。同一效应。

福特夫妇仍然在透过昏暗的玻璃窗户寻找公寓。小吉奥吉奥［乔伊斯］拒绝所有的给［詹姆斯］乔伊斯找到的公寓，因为他，吉奥吉奥，喜欢旅馆生活。

他在圣路可教堂唱诗班唱歌。

我随时准备承担我们阿斯奎斯式的鹊巢鸠占方针给你带来的任何额外租金、费用。

［J.P.］摩根搞坏了短期债券。一美元 20.15。

我跟我们的女佣［玛丽·罗尔巴赫］说美国银行家摩根先生给了法国一亿美元支持法郎。她似乎并不太吃惊，只是说了句“这摩根先生太大方了”。

［乔治·］安特海尔[3]据说打算跟芭芭拉和乔治·奥尼尔[4]夫妇去突尼斯。这报告每周一出一份，所以你不必注意。

乔伊斯有东西发表在四月号的《跨大西洋》。他的手稿开始只有 7 页（印刷字），可校样出来后添加的东西密密麻麻显微镜下才能看的手迹终有约 9 页之多。

比尔［·博德］正出着我的书［《在我们这个时代》］。3周前已承诺装订——自那以后出版日期老变。装订厂老变日期，我等着等着都没有本杰明·富兰克林当年进费城时那种激动了。他当时腋下一边夹着一卷，兴高采烈。去他妈的文学。

我在写一些很棒的短篇。我真希望你在这儿，跟我说真的很棒。那样我也就信了。否则又能怎样。你是唯一懂得什么是该死的好作品的人。福特能解释作品，就是能叫人这样修改，那样修改；但在私人生活里他他妈的耽于做英国乡绅，你从他那儿什么主意也得不到。

他从未以文学的方式从他当过兵的奇迹里醒过来，我不管你怎么拼写奇迹二字。打倒绅士。他们在文学里自己投身地狱。

莫泊桑、巴尔扎克、《巴马修道院》的家伙［司汤达］，他们都打过仗，不是吗？人家只是从战争里吸取了教训，并不在社会里继续鼓吹。

我打算否认自己参过战，免得自己也跟福特一样。

天啊，我真希望你在这儿。还有多萝西。

哈德莱同此问候。

内尔沃萨［内沃索］山主帅邓南遮。[5]啊，他够分儿。可惜来得晚了点。也许对他来讲从中弄点名堂太晚了点。

没见到你“中国佬”很惋惜。

伊默

海姆

摈弃意大利和所有意大利作品后我有些乡愁。我敢打赌那里现在很令人陶醉。

（此信藏莉丽图书馆）

［1］巴希尔·邦廷是位诗人，曾为福特的《跨大西洋评论》工作。见尼古拉斯·胡思特《海明威和名不见经传的杂志》（马萨诸塞州巴尔出版社，1968）第70、72页。另见邦廷《诗选》（纽约，1978）。

［2］邦姆比3月10日在圣路可圣公会教堂受洗，多尔曼-史密斯是他的教父，葛特鲁德·斯坦因是他的教母。

[3] 乔治·安特海尔(1900—1959)特别值得一提：他是《机械芭蕾舞》的作曲。庞德的《安特海尔与和声论》由三山出版社出版(巴黎，1924)。另见安特海尔自传《音乐的坏小子》(纽约，1945)。

[4] 大卫·奥尼尔的妻子和儿子。

[5] 加布里埃尔·邓南遮(1863—1938)。海明威1920年在多伦多康纳波尔家逗留期间读过他的《生命的火焰》(1900)。另见尼古拉斯·格罗吉阿尼斯编《88首诗》第19首(纽约，1979)第28页。据普林斯顿大学图书馆地图室主任劳伦斯·斯佩尔曼说，内沃索山是扎格热布西南约75英里南斯拉夫西北第纳尔阿尔卑斯山脉之斯涅兹尼克山峰从前的意大利名。邓南遮1917—1918年在那儿经历过战事。

致埃兹拉·庞德

约1924年5月2日，巴黎

亲爱的埃兹拉：

你的信我收到了。

谢谢推荐。

很高兴你能对当代的灾难产生兴趣。灾难有的是。

E.E.卡明斯同斯哥菲尔德·布加林·塞耶尔的第一任妻子［爱莲娜］结了婚。[1]《戴尔》奖给了范怀克·布鲁克斯原因兴许在此。艾比·林克·斯蒂芬斯带着足让人反对的22岁大的布鲁姆斯伯瑞·尤万去了意大利。她对待他就像高更对待梵高。

发现滑稽戏的乔治·华盛顿·塞尔德斯这个人很好玩。他正娶妻，取道此地前往亚热普。我们祝愿这段姻缘圆满。

福特最近在英国。福特夫人亦即斯泰拉同一个晚上向哈德莱两次透漏秘密，说她“我抓福特抓得太晚，没法调教他了”。我不知道这是否意味着破门而入逮他还是别的什么。在外吃饭她不用人怂恿就开始讲50小时被拘在床生了朱莉。我打算借机插话讲我在堪萨斯住埃德·梅耶尔家时便秘的故事。通便机都叫人运来了，9天没有蠕动，经5小时奋力出来一泡屎。对这些荷马史诗里的体能运用乐而不疲，那我们就乐此不疲吧。

萨里［·博德］在莱特［拉耶］的圣日耳曼尼恢复健康。

我去了普罗旺斯，觉得那地方不适合作家。不过，我真希望自己是个画家。耶稣·基督啊多么美的柏树。意大利人偶一为之，这里却到处种柏树。我朝拜了梵高笔下的阿尔勒妓院和另几处圣地。250法郎六日游，包括火车票钱以及在尼姆斯考瑞达的一场表演，在如今这摩登时代算是不错的。尼姆斯、阿尔勒、阿维格农、勒鲍、圣热米，然后回家。

嘉兰蒂尔在《美国水星》上发表了一篇大文章。

“双面人”约翰·麦克卢尔写文章证明什么才叫诗歌，从你的作品里引了一些好句子。

嘉兰蒂尔在芝加哥论坛报的礼拜天杂志上写文章证明阿比·林肯、威廉·迪恩·豪厄尔斯、汉姆林·嘉兰、舍伍德·安德森和你的衣钵正传给我呢。这篇文章有些篇幅。在不知道他准备写这篇劳什子的情况下，同一礼拜我也为福特写了篇豆腐块证明嘉兰蒂尔是个犹太小子并且是个傻瓜。

每隔几天F［福特］太太就以最佳澳大利亚姿态来我们这儿。在用高嗓门抱怨自己碰到的麻烦（所有的麻烦）的同时，对着我们的小孩儿咳嗽打喷嚏。被袭的孩子已经恢复健康了，身体不错。我们的女佣［玛丽·罗尔巴赫］正学着侍弄他，我们去西班牙的话，她可以照顾他。6月28日离开，7月16日返回。

我觉得我的写作比以前好了。完成了10个短篇。

哈德莱和我日子过得很愉快。亚伯拉罕的儿子以撒的儿子约书亚的儿子大卫·奥尼尔的儿子在巴黎，逢人便作大许诺。

玛格丽特·安德森和爱登勃朗峰的乔吉特在巴黎。

俄罗斯舞票来得太晚，赶不上看了。我刚从尼姆斯回来。

W. C. 威廉斯在《跨大西洋评论》里把迈克阿尔蒙与W.H.哈德孙相比。

我已把表面近况说了，更多的记不得了。我从尼姆斯给你写了封信，你收到了吗?

我怀疑福特在《跨大西洋评论》上用各种假名赞扬自己的作品。

希望你的肚子没事。

福特应得鼓励，不过耶稣基督啊。这就像一个寻找发财机会的人在现时把吉姆·杰弗瑞们挖出来当可能胜任的重量级赛手。

福特该杀。事实上，福特夫人该上十字架。

我喜欢福特，但不是喜欢他这个人，而是喜欢他的文字。

你看福特干什么都以妥协的方式。换句话说福特采用发表的任何稿件在"世纪哈泼斯"等处也会被采用发表，除了法语写的［特里斯坦］扎拉之类的狗屎玩意儿。真他妈见鬼。该死的他又没有广告商可得罪或者订杂志的人退订，干吗不直射月亮。

别这样学我说话。我给他写了封有趣的纽约—巴黎书信，以提前一小时通知他的方式写的。他修修改改，删删削削，直弄到不知所云。见鬼。

我很知道《圣尼古拉斯杂志》不愿发表我仅有的一些短篇，福特也不会发表。那么我们他妈的该何去何从呢？

我问他我那部分是否印出来了，如印了我就可以去看墨索里尼·考克斯·麦考迈克夫人了。他说该死的我不会让人贷我们的钱（似乎大卫·奥尼尔这婊子养的打算聚集大商人辛迪加来办这杂志）。他会见鬼的。别把这些话跟福特说，否则免不了口角，徒劳无益。我们现在友好相处，我打算尽量为他直截了当做点事情。我不想争吵。

问候多萝西。你们什么时候回来？

伊默

海姆

（此信藏莉丽图书馆）

［1］关于卡明斯之妻爱莲娜，见理查德·肯尼迪《镜里梦：E.E.卡明斯传》（纽约，1980）第189页。

致爱德华·J.奥布莱恩

1924年5月2日，巴黎

亲爱的奥布莱恩：

我给你寄了《在我们这个时代》、又一本《三个短篇和十首诗》还有四月号的《跨大西洋评论》（里面有我一个短篇）。我是寄到《1923年最佳短篇小说》里所示伦敦地址的。你收到了吗？

比尔·博德现在给了我拉帕洛这个地址。

我完成了十个短篇，觉得该有个文学经纪人之类吆喝吆喝才好。另正好赶上"哈泼斯作品赛"。无论怎样，我该让这些东西动起来。

另外，我也快没钱了。因为，除了福特的《跨大西洋》付了我150法郎稿费外，我从未收到任何钱款。假如能得点钱于我不无小补。

《在我们这个时代》[1]卖得很快。利润当然先去填比尔［·博德］出的其他书的亏空。

我想做的事是在纽约出一本大书。找一个好出版商，把所有的都编进一本书，收入《在我们这个时代》和别的短篇，《我老爹》和另15或20个短篇。一本书能收多少？

同时，假如能卖几篇小说也能贴补些家用，因为我放弃报纸工作了。

无论怎样，随信寄上两篇我觉得能卖的东西。有一篇（《史密斯先生和史密斯太太》）我肯定卖不出去。[2]寄给你看看，当个纪念品，如果愿意寄还我也行。

请你把另两篇直接寄给兴许愿要的经纪人什么的不过分吧？哈泼斯短篇小说竞赛的情况如何？我该不该发几枚给他们？

你记得有一次在蒙塔列格罗[3]的酒吧里说的话吗？我说有必要找一些人崇拜，他们的体能表现像海豹猎人一样让你有崇拜的感觉，找一些离银行［乔奇思银行］远一点的人。[4]啊，我在斗牛的人群里找到这样的人了。耶稣基督啊，是的。

我在那里又找到了真正有趣的东西。好像这兴趣也能持久。我希望有一天能跟你一起去享受这乐趣。我对他们了解很多了。

啊，这信写得长了。斯特拉特去纽约了。勒桑娶了露西·霍尔特。我们经常见到他们。

我希望你和奥布莱恩太太来巴黎，来了要看我们喔。

你的永远的

欧内斯特·海明威

(此信藏马里兰大学图书馆)

[1] 巴黎的《在我们这个时代》刚由威廉·博德出版。

[2]《小评论》第 10 期(1924—1925 秋冬号)发表了这个短篇，题目用的是《艾略特先生和艾略特太太》。

[3] 拉帕洛北边的一个村子，1923 年 2 月海明威和奥布莱恩在那儿见的面。

[4] 奥布莱恩是波士顿人。见 1923 年 5 月 21 日海明威致奥布莱恩信注[1]。

致斯坦因小姐

约 1924 年 5 月 15 日，巴黎

亲爱的斯坦因小姐：

也许你已经见到斯特恩并且知道坏消息了。我见了他。他告诉我利弗莱特给他电报说拒绝出版此书。[1]

我真是对不住你。让人满怀希望却无以实现真不好意思。我也感觉糟透了。不过还有别的出版商，你别抱任何希望，我则继续见缝插针。早晚会推出的。邮寄电报东西都让人见鬼。美国人不能那样花钱。假如利弗莱特在这里，他会填出支票，让他们再考虑一下的。他们不会有经济损失。不赔钱再容易不过了。

我对此事感觉恶心。不过你别感觉不好，因为你毕竟写完了它。那才是要紧的。让此书得以出版是艾丽丝·托克拉斯、我、哈

德莱和约翰·哈德莱·尼卡诺尔及其他人的事情。早晚会以你希望的方式出版的。这不是“基督教科学”。

爱你的

海明威

(此信藏耶鲁大学图书馆)

[1] 哈罗德·斯特恩当时是霍瑞斯·利弗莱特在巴黎的经纪人。《美国人的诞生》节选本是哈科特·布瑞斯 1934 年出版的。此段理不清心绪的故事唐纳德·G.盖洛普有定本研究《〈美国人的诞生〉之诞生》,见《新尾注》(纽约,1950);尤其见第 70—74 页。

致埃兹拉·庞德

1924 年 7 月 19 日,西班牙布尔盖特

亲爱的埃兹拉:

比利牛斯山西班牙这边海拔 900 米处是个看我经济状况败坏文学生涯倒霉的好地方。妈的。我五个上午都在斗牛场——三次被牛顶伤——四次用红布逗牛动作漂亮,一次用木杆很自然。最后一个上午胸和其他地方受到挫伤和擦伤。两次醉酒;见到比尔[·博德]醉酒两次。抓着牛角约六分钟终于把它的鼻子摁到沙地,阿尔加般诺因此给我份工作让我当长矛手。见到唐[纳德·奥格登]·斯蒂瓦特两次被顶伤。最后一天看见一个人被牛顶死。见到“中国佬”[多尔曼-史密斯]、迈克[阿尔蒙]、小乔治·奥尼尔和多斯·帕索斯开始越比利牛斯山西班牙这侧前往安多拉——400 公里,手里只拿着路图,其实根本没有路,没有指南针,钱也只有一丁点(其中大部分还是我的)。天知道他们会怎样。我们现在没有足够的比塞塔支付旅馆费用,不知道如何才能离开这里。你现在也许已见过比尔了。他是在最后一场最佳斗牛表演前离开的。萨丽不喜欢斗牛表演。我觉得他们度过了一段愉快的时光。

我从庞朴罗纳给福特写了两封信,没有收到回信。我觉得他是

在跟我闹别扭，虽然基督知道我尽力帮他办刊物，并且是按他喜欢的方式；除了没有印J.J.亚当斯之流的诗作。好吧我有上当受骗的感觉。[1]我努力了又努力，还是不能继续已完成三分之二的东西，还是无法在他说由我来办这份杂志后把它办得顺利。经济上手足无措，文学上又被自己的朋友耍了，我转而对斗牛场产生了极大的非智无识的乐趣。在这里即刻的胜利得到人们的欢呼鼓掌奖励，畅饮开怀，在街上被人指认，普遍受尊敬；还有别的回报，那都是文学家们要等到89岁才能得到的。

斗牛场是唯一文武结合能获成功的地方。在别的艺术领域，一个人越肉越狗屎，亦即乔伊斯样，他在艺术领域的成功就越大。乔伊斯和玛艾拉之间的艺术真没有可比性——玛艾拉远在一英里外——那么你看看这两个家伙。一个养了吉奥吉奥这样的孩子，另一个去送死或者去养公牛。而有点体面本能的人如你，看他们是怎么对待的？我真愿自己16岁而又能文能武。

伯顿·拉斯科说《在我们这个时代》显出某些人的影响，你当是谁？——说是拉德纳和舍伍德·安德森！

啊，原来如此。音乐会怎样？我为你向圣费尔明祈祷。不是你需要祈祷，是我发现做弥撒时没什么可做的，于是总为孩子祈祷，为哈德莱祈祷，为我自己祈祷，为你的音乐会祈祷。

我打算不得已而放弃写作，因为我们没有钱了。《跨大西洋》剥夺了我今秋出书的机会，明年春天会有某个婊子养的抄袭我的作品，然后说我是又一个模仿他写作的人。现在我们没钱了，我只好放弃写作；我永远也出不了书了。我他妈的高兴极了。这些该死的混蛋。

本月27日再见。

问候多萝西。

海姆

你当然听说斯蒂芬斯娶了个19岁的犹太妞知识分子。“革命”书里的最后一章。

（此信藏莉丽图书馆）

[1] 往西班牙前不久,福特不在美国时,海明威编辑了7月号、8月号的《跨大西洋评论》。见卡洛斯・贝克《海明威传》(纽约,1969)第128页。

致葛特鲁德・斯坦因和艾丽丝・B.托克拉斯

1924年8月9日,巴黎

亲爱的朋友们:

消息是《跨大西洋》还在进行中。此地有个朋友[1]我让他保证每月给福特200美元,连给六个月。第一张支票已经开出,剩下的每月1号给,六个月后视情况再定。或者从福特那儿买断,让他当主编,或者继续每月200美元,再给六个月。

那样做对福特来说当然不好。他自此整夜不睡写着充气划艇之类。他成百成百地打出租车去跟娜塔莉・巴尔尼[2]化500法郎的缘,干这种事去了。一旦这善举实施,福特坚持另要下25 000法郎;善举之款增加,他声称10月前一分钱不要,届时科瑞布斯[朋友]这家伙能保证给他15 000法郎就行!这种推理法我实在无法苟同。

我找科瑞布斯赞助杂志纯粹是为了让你这个参加过世界大战的老兵编辑自印的好杂志不至于办得乱七八糟。福特却以为他在出售给科瑞布斯一个优秀的商业提案,以为科瑞布斯终究是个商人,是一切艺术家的敌人,而他——福特——是存活的唯一样本,有义务代表一个死去的种类把他——科瑞布斯这个天然的敌人——碾成粉末埋到地下。从现在起到10月他一定会跟科瑞布斯就此基本问题吵架。科瑞布斯准备好了笔和支票本应战。我希望邦姆比别长大成为自大狂。无论怎样,下一期杂志够呛。

你们走的那天福特告诉我下期有问题,无论如何他不会把手稿寄给印刷商。我于是决定把你的手稿抓在手里不放。他威胁说要弄一个季刊,真是夸夸其谈;又以[约翰]奎恩的死为借口决定不办了。

简·希普尝试用《尺度》这本艾略特少校［T.S.艾略特］和罗泽米尔女士办的杂志来修补《跨大西洋评论》。[3]我不想摆脱福特后又还给他，把事情弄得一团浆糊，万一他真出一本季刊而《尺度》的事又没成呢。简有可能办这事，但少校可不是你的崇拜者；假如他不愿意，我不相信罗泽米尔能让他印这杂志。我也不相信简的撺掇能有力到让罗泽米尔就此力争。

无论怎样，现在能定期持续出，终究比受艾略特季刊的香气笼罩强，他的杂志又重又不切口。

这里的一切静悄悄。我们的电影《庞朴罗纳人》，雷说是他看过的最好的电影。真是不错。我等不及要让你们看看。我们想要的都有了。现在我每晚看一场斗牛。

“中国佬”［多尔曼-史密斯］和上校去了安多拉，14 天里走了 460 公里。他们满载雪绒花和虱子回到这里。

我写作顺利。邦姆比又长牙了，准确地说约有 30 颗。没有一颗露出来呢。哈德莱很好，很开心，同此问候你们。

永远的

欧内斯特·海明威

科瑞布斯和他的钱的故事听着不错：从字面上讲，他娶了成百万块钱。还了我 1920 年［在芝加哥］借给他的 15 美元——我觉得这是福特感兴趣的。福特声称寄支票给琼·格瑞斯了。我就讲到这里。

最后一小时。

［林肯·］斯蒂芬斯跟他的“昔日女友”在巴黎。他的妻子带着孩子在德国。他把旧人弄来见新人。这正如动物园里的猴房。假如这个是个男的他就想要个女的。他的朋友都是聚在他周围的盟友。我可不。

［第四页右空白处：］谢谢你的 100 法郎。

（此信藏耶鲁大学图书馆）

[1] 科瑞布斯·弗兰德，海明威芝加哥时期的旧友，娶了一位女继承人；她投钱暂时维系了《跨大西洋评论》使其免于破产。见尼古拉斯·胡思特

《海明威和名不见经传的杂志》(马萨诸塞州巴尔出版社,1968)第92—93页。

[2] 巴尔尼小姐是富有的艺术品赞助人,是《跨大西洋》的股东之一。

[3] 简·希普是《小评论》的编者之一;T.S.艾略特,海明威老拼错他的名字,1922年10月起办《尺度》杂志。

致葛特鲁德·斯坦因和艾丽丝·B.托克拉斯

1924年8月15日,巴黎

亲爱的朋友们:

几天前我往家里给你们写了信,也许你们现在已收到。今天很安静。因为是圣母升天节,锯木厂今天不开工。[1]

《跨大西洋》能人董事们今天开会选举科瑞布斯[·弗瑞恩德]为主席。他就要上任并支付所有账单。他每天早上在福特家吃饭,诸事顺利。真高兴它能在最小担忧中出版,因为一想到没能正常出版那本书[《美国人的诞生》]就不好受。

你们的信写得很好。高第[2]一切都好,上面的牙有一颗长出来了,我感觉边上另一颗也就要出来了。他在精神上硬如一柱金刚砂,自得其乐,不受外力影响,招他也没用。他会是条硬汉;越早被推向世界,世界就越有机会用他。我对他未来最大的希望是别因为需要5毛钱把爹妈杀了。

迈克阿尔蒙去了英国跟岳父母[约翰·埃勒曼爵士和富夫人]住。我知道他在教妻子[布莱赫]喝酒。希腊传统不是这样的,对吗?

我在这儿有个表亲,想在你跟前亮亮相。比尔·博德寄了一本他写的关于葡萄酒的书给你,你收到了吗?这本书卖得很快。

我写完了两个较长的短篇小说,一篇不太好。另写完了一个长篇,去西班牙之前就开笔了[《大双心河》]。我想象塞尚那样描绘乡野;有许多时间,于是略有暇创作。[3]这个小说有100页长,诸事无扰,乡野令人陶醉,我于是凑成全书,通读一过,觉得部分还算按该有的样子写出，写鱼的那段尤其令人陶醉。可写作也是否太艰难了点？我见你之前写作是件容易的事情。天啊，现在当然感觉不好，还很不好，但属于一种异样的不好。

[加斯东 ·] 多米埃 [法国总统]，你知道，他是个斗牛迷——有人想为巴黎准备一场设备齐全的斗牛比赛。到时很难收拾局面，不过有爱丽舍宫支撑的“皇帝”在，不打紧。9 月第一个星期天他们就要弄一场斗牛表演，加斯东将在总统间 [包房] 观看。贝尔蒙特、 [伊格纳修 ·] 桑切斯 · 米加斯和奇楚艾罗外加米乌拉的公牛将上场。多么如梦似烟！我觉得他们无法把设备齐全的斗牛比赛弄这儿来。从前经常谈论，现在弄来个爱丽舍大亨，此人常去尼姆看“文明斗牛”！你听说爱丽舍宫丢了 10 把金勺了吗？价值8 500法郎，在为美国海军上将们举行的招待会后丢的。真的，我看见简报了。“扶轮国际”的成员们想把简报内容给清理了。

哈德莱、高第和我都问候你们。别太久不来信。

欧内斯特 · 海明威

(此信藏耶鲁大学图书馆)

[1] 海明威在巴黎圣母院路 113 号的房东皮埃尔 · 肖塔德的锯木厂和堆放木材的院子。海明威夫妇的单元房在楼上。

[2] 邦姆比 1924 年 3 月 10 日被命以教名，教母是葛特鲁德 · 斯坦因，她开始称他为高第，取教子 godson 前半个单词。

[3] “塞尚”那个短篇《大双心河》发表于《本季》第一期(1925 年 5 月)第 110—128 页。另一篇也许是《缺少激情》，此为斗牛故事，给海明威带来许多麻烦。他本想收入《没有女人的男人》(1927)，最后决定不收。

致爱德华 · J.奥布莱恩

1924 年 9 月 12 日，巴黎

亲爱的奥布莱恩：

你好吗？你家人好吗？拉帕洛怎么样？我们仍在巴黎，刻苦地工作。小孩已近一岁，体格像路易丝 · 费尔珀。我们今年冬天也许去拉帕洛。

我写了14个短篇，有一本书准备出版，书名叫《在我们这个时代》。其中有一章我寄给你了，每个短篇里都插入了这一章。那是我原打算写这些东西的起因，各章的题头。所有的短篇都属于某个整体；头5篇故事发生在密歇根，由《在密歇根州北部》开头，那你是知道的；各篇里来个“砰”！《在我们这个时代》该是本好书，我想。我努力往好里写，所以你读结尾的时候是悄没声的，但绝对瓷实，是真家伙，只是很紧，贯穿每篇的是《在我们这个时代》各章的韵律。

有些故事我以为你会很喜欢的。我真愿指出给你看。书中最后一篇叫《大双心河》，约12 000个单词。滑雪的故事和《我老爹》讲完后这个故事开始往前追溯，结束于本书开头的密歇根场景。这篇比我以前写的东西都要好。我想做的是描述乡野。因此，你读后不记得文字是些什么，但乡野却实实在在印在你脑子里了。写起来很难，因为你写的时候一直要胸怀乡野，视线里要有乡野，不只是对乡野怀着浪漫的感觉。真是好玩，真令人陶醉。

福特在美国期间，我替他编了7月、8月号《跨大西洋评论》。此前还替他读手稿，让他出版葛特鲁德·斯坦因的《美国人的诞生》。你读这个了吗？我觉得这东西写得好极了，不过读它你真的要费劲并且集中精神，就像读校样。我还当了年轻的［纳坦·］阿什和［柯农·］杰威特以及伊万·彼得的教练。他们这三个孩子很有天分——阿什天分最高——杰威特最弱。教人去按自己的方式做事，随后又让人去模仿别人的动作，这真叫人觉得丧气。

阿什和彼得还没什么，杰威特则太稚嫩。

你拼命去写个东西，写得汗水成醋。随后某人读了它。你写得笨拙不堪的地方是你无从另谋篇处，人家却巧妙地抄袭了。

迈克阿尔蒙写作一直在进步。他写了首优美的长诗，写了篇很叫人看好的散文，都收在《村子》里了。

我一直忙于写作，未能张罗出版事宜——只有一个短篇发表在《跨大西洋》4月号上；下个月还有一篇发表，我会寄个清样给你。[1]

多斯·帕索斯和唐·斯蒂瓦特还有我等一帮人去了西班牙。我在庞朴罗纳一场业余斗牛赛中被抵伤。有5天都在斗牛场。学了很多关于斗牛的东西。这是一个男子汉该知道的东西。唐·斯蒂瓦特人很不错。我们一行继续前进，越过比利牛斯山脉西班牙这侧到安多拉——14天走了469公里。

斯特拉特和家人在纽约，住莱克星顿大街1号——玛吉·斯特拉特喜欢这里。迈克工作很努力。

庞德和妻子［多萝西］11月将来拉帕洛。

哈德莱很好，在此向您致敬。

你看见9月3日纽约《国家》上评论1923年之书的文字了吗？看他们是如何说《我老爹》的。这是我看见的第一篇评论，感觉好极。[2]

我知道你很忙，但还是请你写信给我。我出这本书的事你怎么看？有何建议？有300页呢。

你收到我寄的东西了吗？我也忘了寄的是什么了。

此致敬礼

你的朋友，

欧内斯特·海明威

（此信藏马里兰大学图书馆）

[1] 也许指刊于第10期（1924—1925秋冬号）《小评论》第9—12页上的《艾略特夫妇》。

[2]《国家》第119页（1924年9月3日），约翰·斯摩腾克写道："海明威的《我老爹》（本卷题献的对象）无疑是本集最佳小说……一篇伦勃朗研究，富于色彩而又有节制，背景充满阴影，轮廓却异常鲜明。"

致葛特鲁德·斯坦因与艾丽丝·B.托克拉斯

1924年9月14日，巴黎

亲爱的朋友们：

哈德莱会写信给你们讲苹果的事情。昨夜苹果来了，真棒。这是我在美国或在别的地方吃到的最好的苹果。我们吃晚饭与简·希普谈论你们的时候，苹果到了。包装很漂亮。

我跟［福特·马多克斯·］福特和科瑞布斯［·弗瑞恩德］都说了给你支票的事情。除了承诺，一无所获。假如五天内没有收到，就写信给福特，口气要坚决，语调要显得吃惊。在他们堆账如山、海挣大钱前一定要拿到支票，让这样的抠门鬼掏钱很重要。

福特当然不会接受科瑞布斯具体开的一个数目，除非科瑞布斯承担所有债务，答应卖方提出的要求，他是不会接受任何东西的。所谓要求也就是有利可图，用假数字来填自己的欲壑。还自己戏称这是有利可图的要求。

现在科瑞布斯发现福特没有提到的各种债务，还有别的各种不时冒出来的事情。福特可以从这些东西里弄他更多的钱。他各种操控的绳索都有了，而根本就没有绳索可控制这些。通过科瑞布斯太太用尽了各种新英格兰式的抠，还是没用。他有机会找来一个艺术赞助人，而这个女人她坚持的是买卖。

三个多星期前，他俩都答应给你寄 7 月、8 月的支票；就在昨天，啊是前天，我获知还没有寄。科瑞布斯说他们只给“需要钱”的撰稿人支付支票。我痛骂了他一顿，跟他说即便如此，你也跟我一样需要钱。他昨天答应寄支票给你。不过，你得盯紧一点，因为这显然是美国人的老一套：债多了不愁，理所当然让你爱咋收咋收。

这本杂志被救的唯一原因是发表了你的东西。再说钱还有的是，他们也得过这一关。假如他们想停止出版，我就给他们难堪，狠敲他们竹杠，让他们把表演搞砸。所以，口气坚决点。

我想把娶了芭芭拉·惠特尼的年轻的巴斯［巴奇·M.］亨利拉进来，准备好万一科瑞布斯有变，我们可以扔开福特和他们全部人马，把杂志办成个真玩意儿。巴斯还不知情呢，所以别说出去此事。

多斯·帕索斯走了。没有音信。天气终于好了。我烦死了福特和他自大狂式的盲目策略，把评论杂志的不搞砸的机会都毁了。要我就不会。

你们都什么时候回来啊？这里天气现在真的不错。自我们从西班牙回来还是头次遇上好天气。

啊，是的，我为10月号校了清样。又回到正常的行距了，双行距，看上去很好。我仔细对照手稿校的，希望没事。

他们校的9月号排版错误很糟，福特太马虎了。

你现在持有股份真好。根据法国法律，你可以把他们送进监狱，有五十种法子呢。对“政变”而言，有股份是件好事。

这里有个有钱的美国人，带着现金要买［安德烈·］马桑的东西。嘉乐里·西蒙斯在附近，我不知道马桑的地址。他要我替他挑一些，会寄钱给我。他是这么说的。

高第［邦姆比］很好，有六颗牙了。因为钱花完了，我们没去琼·格瑞斯消费。

你们登记“国防日”活动了吗？我们也没有登记。

我现在吃着苹果，感觉好多了。

高第、哈德莱和我都问候你们。

假如这里的鱼跟苹果一样大，一开春我就去钓鱼。

永远是你的

海明威

（此信藏耶鲁大学图书馆）

致葛特鲁德·斯坦因与艾丽丝·B.托克拉斯

1924年10月10日，巴黎

亲爱的朋友们：

啊，我们当然愿意让你们再回来。是的，我们期望高第[1]很快就能接受报纸采访谈论他如何像他父亲那样诚实。那不很好吗？这话像不像是我写了马尔科斯 · O.里留斯？我要是抗议说我没有讲过那样的话，除非喝醉酒时发一般议论会不屑地表示这种看法；恐怕人家也不会接受呢。

《美国人的诞生》下一组来了，我今天就校对着呢。我会去一趟办公室，因为他们没有把原稿一同寄给我。

顺便一问，你老实告诉我，到底收没收到福特的一封信，上面写着私人保密字样，结果是不透露给我；里面说我原跟他说《美国人的诞生》是个短篇小说；他之所以继续发表是因为六个月后我又告诉他这不是个短篇，而是长篇，事实上是多部长篇？[2]他在这封信里还撒了一系列谎，都是不愿让我看见的；核心目的就是要你把小说的第一部定个统一价格，因为连载的稿费比一般稿费低，比如连载半年之久的短篇之类。

我不知道他是否把这信寄给你了——假如寄了，你可以告诉他回去后会跟他详谈的。

我一直在为发表这东西而奋战，因为弗瑞恩德夫人想出了个聪明点子，要放下得支付报酬的所有稿件以削减杂志的开销。她是个稀有人才，好吧。等你见到她就知道怎么应付她了。科瑞布斯的新想法是让年轻的作者免费投稿，并在光天化日下去追逐广告以示对杂志的忠诚。福特把一切都毁了，当然除了他自己。他把杂志卖给了弗兰德夫妇，而不是从他们那儿弄钱、按原计划那样让他们当局外人。现在两位感觉科瑞布斯得表现一下精神了，得在财政上把杂志弄转。科瑞布斯的经营之道和财政能力加上科瑞布斯 · 弗兰德太太的直觉本能及训练的结果是，唯一的办法弄转杂志就是停止所有开销。所以我相信这杂志 1 月 1 日左右[3]就得见鬼去。正因为此，我才要你及时索稿费，让《美国人的诞生》在评论杂志还活着的时候定期刊出。

你以为杂志死了，再不会出另一期了，以为福特 8 月份就在退订（福特忘了这个，科瑞布斯则一无所知）；其实是在苟延到年底呢。你回来后我们可以从不同角度谈论这事情。福特绝对是个扯谎的骗子，始终有不诚实的英国绅士的动机。

明天是高第的［第一个］生日。[4]我去街上给他买了个狗熊。简·希普和她的两个孩子星期六乘船去了合众国。迈克阿尔蒙在这里。H.D.［希尔达·杜利托尔］和迈克的妻子［布莱赫］来过，他们想见你们来着。埃兹拉礼拜天将去意大利，永久居住在那儿了。他一度患上神经崩溃，不得已在美国医院呆了两天，就在他打点行李最起劲的时候。城里冒出了些不错的小作家。多斯·帕索斯去美国了。唐·斯蒂瓦特在纽约已经拿到我的书［《在我们这个时代》］，或者此时该拿到了。我们自5月以来就没有收入，又处于通常的财务焦虑中。作为资本主义的赞成者，我为奥内斯特·卡尔的竞选祈祷；打倒激进分子！我们有一张马尼拉铁路债券，库利治店是菲律宾支持者的唯一平台。

好了，最好就此搁笔。这里天气不错。我干活也很卖劲。哈德莱和高第同此问候。

你永远的，

海明威

（此信藏耶鲁大学图书馆）

[1] 见1924年8月15日信注[2]。

[2] 海明威如此准确地描述了1924年9月18日福特致葛特鲁德·斯坦因信里的内容，他显然是读了那信的，也许是在《跨大西洋评论》的办公室里读的。见理查·M.路德维格编《福特·马多克斯·福特书信集》（普林斯顿大学出版社，1965）第162—163页。

[3]《跨大西洋》杂志的转让一如海明威所料，时间也预测得准确。

[4] 海明威的信很清楚地说日期是1924年10月10日。这的确是邦姆比第一个生日。此信的日期于是可能为10月9日。

致埃德蒙·威尔逊

1924年10月18日，巴黎

亲爱的威尔逊：

谢谢你在10月号《戴尔》上写的评论。[1]我很喜欢这篇东西。你说得很对，大写字母缺失——的确显得很傻，对我有影响——不过这是博德植入的。他在印制《在我们这个时代》，觉得这么干很好玩。我想他愿怎样就怎样，如果这让他开心，他就自己当他的傻瓜去。只要他不糊弄文本就行。

你喜欢这个作品，我可真是高兴。

无论怎样我问候你。你找到卓别林给你演芭蕾的角色了吗？

我们的生活很安静，工作也很努力；除了去了趟西班牙，庞朴罗纳，过了一段愉快的日子，别的没什么。我学了许多关于斗牛的东西和斗牛场里的内幕。我们有过许多小冒险行为。

我大部分时间在拼命工作，想着让东西写得更好。完成了一部14个短篇的集子和《在我们这个时代》每一篇故事的引子章——那是每一篇的写作旨归——细节审视间歇给个整体画面。就像用眼看个什么，比如经过的一条海岸线；接着用15X的双筒镜看。或者也许是先看一眼，然后进去，在里面生活——再出来复看一眼。

大约三周前我把这书寄给了耶鲁俱乐部的唐·斯蒂瓦特。他在此地时主动提出试试替我把这本书卖掉。我想你会喜欢它的，此书作为一个整体还是很不错的。自《在我们这个时代》以来，我在一些短篇小说里跨越了人物和场景。当你能跨越人物和场景的时候，你的感觉会很好。现在似乎感觉自己高高凌驾于故事之上。

你觉得今年冬天会来这儿吗？我们也许整个冬天都在巴黎。没有足够的钱外出。孩子很好，很结实。哈德莱在忙着弹钢琴。

她向您和威尔逊太太致敬。

希望你一切都好，也希望你冬天过得愉快。渴望听见你教诲，非常感谢你写的评论。文章写得很酷，头脑清晰，体面，没有私人色彩，具有同情心。基督啊，我多么痛恨私人色彩的可怕评论。你记得我从多伦多写信要人写评论和宣传吗？随后是得了些评论，但令我恶心。

我觉得没有什么比无智慧成分的赞赏更令人泄气了。不是真的泄气，而是让你内心感觉有东西袭来。某个聪明的家伙说《在我们这个时代》[巴黎版]是一系列简略的速写，显示了作者的大才分，但明显有林·拉德纳的影响。不错！这种东西很好。不烦人。可有些冗长又感伤的混蛋可不。你是唯一的我可以一读的写评论的人；所评论的书是我读了的并且有所了解的东西。他们若笔谈我不了解的东西，我读谁还不是一样。智慧是如此稀有；拥有智慧的人往往生不逢时，于是语带苦涩或者宣传意味；于是话没什么用。

向你和夫人致以最良好的祝愿。

很诚挚的，

欧内斯特·海明威

这《什么使荣耀珍贵》真的是出好戏吗？[2]我的意思不是说一出好戏——这里反映还不错。

(此信藏耶鲁大学图书馆)

[1] 威尔逊评论《三个短篇和十首诗》及《在我们这个时代》的文字发表于《戴尔》第 77 期(1924 年 10 月)第 340—344 页。

[2]《什么使荣耀珍贵》是麦克斯威尔·安德森和劳伦斯·斯塔林思写的一部战争剧(1924)。

致豪厄尔·詹金斯

1924 年 11 月 9 日，巴黎

亲爱的老唠叨抱怨：

昨天我去看“白袜巨人队”球赛[1]碰上《论坛报》的唐·斯基恩，他刚从芝加哥回来，带来消息说你还在那地盘上活得很好。

爱抱怨的人啊你到底过得怎样，你个老龟儿子？

我收到你关于燕拉和他的爱巢的剪报了，不记得回没回信。字里行间你能看见唐·赖特扮演了多么好的角色，不是吗？天——呐，燕得到的一如既往是拐杖带泥的那一端，并且没有额外补偿。可怜那波兰女律师拿枪对准杜迪尔斯时连射击都不能。[2]

看啊，老抱怨。这里一出戏等你明年夏天来。现在就开始存钱，你来几乎花不了什么钱，在巴黎跟我们凑合过吧。我们有富余的一间房，可以一起嚼过。这是一个可逗留的地方。假如你碰见迪克·鲍姆，他会告诉你我们有多乐。我们有一个舒适的居所，一个让人心醉的厨子，就是没有爱巢。哈德莱和我今天谈起此事，我们决定你和“长角的东西”是我们愿意见的两个家伙，是可以一起玩得最开心的人。[3]

“长角的家伙”怎么样了？我希望他社会方面经济方面都成功。他配。每个人都该得到想要的东西。

我们想要的是你来这里。我们每年春天都很陶醉——见随信寄上的东西——每到7月份我家女佣［玛丽·罗尔巴赫］都带他去乡下学法语，在法语的源头学。

我们还打算去西班牙。1 000法郎租辆福特，内含保险费，从这里驱车。你得驾车。

钓鱼也很过瘾。就像第一次在黑湖钓鱼那样。比利牛斯山西班牙这侧的龙斯瓦真是最狂野的乡村。伊拉提河。今年夏天我们就去了那儿。你把车搁在布尔杰特，步行15英里进来。这道上都能晕倒骡子。多少场西班牙王室战争就发生在那里。[4]今年夏天我们可是屠戮了大鲑鳟鱼。哈德莱一个小时不到就抓了六条，从一个洞里，它们正在瀑布上跳着呢。水冰冷，森林都是处女地，从未见过斧子。巨大的榉树林高高在上。还有松树。我们在伊拉提河的源头野营露宿一周，然后回到布尔杰特上车，开过关隘到庞朴罗纳过狂欢节，看斗牛。连续六天六场斗牛。每天早上还有场业余斗牛。著名的斗牛士豪厄尔·格里菲斯·詹金斯和欧内斯特·德·拉·曼查·海明威代表芝加哥斯托克场将参赛。

这真他妈是你能看见的最狂野最好玩的时刻。全城的人点燃灯火一周。每天早上街上公牛狂奔，人们彻夜跳舞、放焰火。今年7月份我们几个实际上成了小城的客人。假如唐纳德·奥格登·斯蒂瓦特[5]到芝加哥，抓住他，给他接风洗尘，让他跟你细讲讲。他和多斯·帕索斯去年在那儿。唐是个不错的家伙。我给他写信了，让他找你去，不过他也许已经去过你那儿了。

我对上帝发誓，老唠叨，世上就没有什么事像它这么好玩。斗牛是世界上最美的东西。

庞朴罗纳是个迷人的城市，大约 30 000 人，地处纳瓦尔山中一个高原地。你能见到的最美乡野不过如此了。就在唯一能钓鲑鳟鱼的地方的边缘，这里没被机动车和铁路毁掉。你明白，在西班牙，主路就是通衢大道了——很少有——只有几处要道与大城市相连接，开车很舒服——不过小路是不存在的，除了骡子走的道，什么也没有。这里的人能容世上任何人。他们都是好人，像吉姆 · 迪尔沃斯；其野性一如雅克 · 哈里斯。

每人 250 美元就能从巴黎到西班牙再到巴黎一个来回。我正在凑我的那份呢。

去年夏天哈德莱和我两人一个月才花了 300 美元。我给你的是约莫估计的数，包括在西班牙境内旅行的可能遇上的额外花销。

看在基督的分上来吧。老唠叨，人生只活一次。这次玩一如既往在黑湖上钓鲟鱼一样最最美好，当年一起去的老朋友们都星散了。我们 7 月 1 日离开巴黎。你可以 8 月跟我们一起在巴黎过。我们可以去趟意大利重游旧地。

西班牙是唯一没有被打成碎片的国家。现在意大利可待你如狗屎。战后法西斯、糟糕的食品、歇斯底里患者。西班牙是真的旧时之属，你能过得很愉快，还花不了什么钱。

来啊老唠叨。多斯［· 帕索斯］和唐 · 斯蒂瓦特也许也会去。他俩都是不错的家伙。你知道的。旧时之属。唐就像混乱之前的比尔［· 史密斯］。同一类人，行为方式略不同。两人都喝酒。

想想啊，凹壁瓶装黑格威士忌才两块一毛五一夸脱，帝制夸脱啊。

吉［杰克 · 潘特考斯特］过得怎样？比尔有什么消息？巴特斯坦［凯特 · 史密斯］怎么样？Y.K.怎么样？

替我问候“下流的迪克”。他是少有的好人。

我上次去芝加哥，吉一家觉得来来往往很滑稽。自那以后我拿定主意往日的好时光去也，你心痛也无济于事。我们都从中抽身了。剥死马的皮有什么用。只有你没变得滑稽，也从未对人乱七八糟。有老唠叨在，无论何时我们都快乐。所以来啊。机不可失，我们都只活在世上一世，所以让我们一起快活吧。开始在银行存钱吧。

我拼命工作，屁股都快掉了。我想你会喜欢这部作品的。春天纽约会推出我一本书；另一本也完成一半了。第一本书有 350 页长。写了些醉人的钓鱼故事。

老唠叨，给我写信。哈德莱问候你。我们在一起总是很愉快啊。她是旅途最佳伙伴。最近她在恢复钢琴练习、干家务。孩子也成长顺利。她总是准备出去玩儿，在那家咖啡馆吃牡蛎，晚饭前喝一瓶普宜干白葡萄酒。我们家有好威士忌，有多得让人陶醉的书籍，有敞亮的壁炉，很舒服；可以躺，也可以阅读，想出去透气也容易。你会喜欢住在这儿的。你得来。

写信，老唠叨。我真但愿你此刻就在这儿。眼下是秋天，灰色雾蒙的日子，感觉不错，就是冷，是踢足球的天气。我念想的唯有这个。不过，哥们，我们有些个叫人着迷的拳击卡，我一星期去一次。记者入场卡［票］。

假如你攒够了钱，现在能来，我们就去瑞士滑雪，穿双刀溜冰鞋溜冰。昔日我们有一次穿双刀溜冰鞋溜冰，住在瑞士农舍，开销比住迪尔斯坦［迪尔沃斯家］少一点。饭菜醉人的好，羽毛床，大陶瓷炉；夜晚外面冷得星星都裂口子。白天滑雪晒太阳能把人晒得像印第安人。穿衬衫滑雪。有时连衬衫都不穿。在山路上穿双刀溜冰鞋溜冰。六英里长的路。晚上喝威士忌，吃大餐，打几圈桥牌。

比在楼群里住着强多了。人可以在这里生活。

啊，我得住笔了。我把信寄到纽加特老地址。

永远的你的，

斯汀

(此信藏普林斯顿大学图书馆)

[1] 约翰·J.麦克格劳(1873—1934),纽约巨人队队长。他带领球队连续十届得锦旗(1904—1924),三次"世界系列"赛中获胜。1924 年 10 月和 11 月率领"巨人队"和"芝加哥白袜队"前往英国和法国参加一系列表演赛。

[2] 旺达·爱莲娜·斯多帕闯入据说是她情人的 Y.K.史密斯的家(在帕罗斯公园),朝卧病在床的史密斯夫人(杜迪尔斯)开了三枪,杀了看门人亨利·曼宁,随后逃到底特律,次日自杀。(《纽约时报》1924 年 4 月 25—28 日)

[3] 迪克·鲍姆,外号品纳德;威廉·道奇·荷恩;他们都是 1918 年起在美国红十字会救护车队的老兵。

[4] 唐·卡洛斯(称自己拥有西班牙王位)的支持者发动的西班牙王室战争,从 1833 年到 1876 年间歇发生。

[5] 斯蒂瓦特(1894—1980)生于俄亥俄州哥伦布市,耶鲁毕业生,幽默作家,模仿诗文作者,后来给好莱坞写电影剧本。

致罗伯特·迈克阿尔蒙

约 1924 年 11 月 15 日,巴黎

亲爱的迈克:

随信附上 200 法郎。周一我再给你另寄 100。我们现在过得去。非常感谢。

读南森和斯特芬森事迹读得很过瘾。南森对他人而言就是某种精选了。我在报上读过斯特芬森,不过那只是节选。[1] 写得真不错。我想读他的《我在爱斯基摩人中的生活》了。

凌晨了。邦姆比一夜未睡,哈德莱和我轮流看着他。有斯特芬森读我倒不在乎白夜。我想邦姆比是又在长臼齿了。

我认定那篇钓鱼长故事里的精神对话是狗屎,把它全删了。最后 9 页。我写得正欢的时候故事被打断了,再也回不去写完它了。等我意识到写得有多糟糕时简直要休克死;休克得我又回到河里,按该有的方式将它完成。就写钓鱼 [在《大双心河》里] 。

写了个 45 页长的短篇，我想你会喜欢的［《没有被斗败的人》］。

这里没有什么事。

我本想 300 法郎一起寄的，可银行今天关门了。昨天还别的债时涂桑和我发现钱取得不够。

［纳坦·］阿舍［·阿什］担心自己得了梅毒。到处跟人说自己彻头彻尾不道德。假如检验结果是梅毒，他打算回美国抢银行，弄够钱了此残生。我跟他说假如你这么彻头彻尾不道德，就把借我的书还给我。瓦色曼氏检验表明，他只得了虱寄生虫病。

［11 月号］《跨大西洋》里［拉尔夫·契佛·］邓宁的诗作好像不那么扎实。有一句“把百合放入我的手，把我漂向大海”之类是我读过的最该死的诗句了。它们跟邓宁一样糟糕。

唐·斯蒂瓦特还没给我关于我的书的任何消息呢。[2]我得把《大双心河》的修改稿给他寄去。假如出版商就看中我要删的东西，是不是很滑稽？我有预感，他们会大肆取笑。[3]

有埃兹拉的消息吗？

厄内斯特·沃尔什在此地。他去博隆纳郊外的医院探望了卡恩瓦利，说他就要死了。我本想给你弄点消息，看他离死有多近；然而，自己离死很近的沃尔什、开始面对死亡的沃尔什，似乎对此话题并不感兴趣。

既然要死了，沃尔什现在为人很好。我不知道这对我们其他人有无同样影响。我觉得影响不大。比如我也能想象埃兹拉的样子。

“啤酒餐馆”还好吧？你那边天气怎么样？我们没有皮卡比亚太太的消息。

假如一切顺利，我们计划 1 月上旬去瑞士。

哈德莱问候你。也许不久能见到你。你有约翰·赫尔曼[4]的地址吗？

你永远的，

海姆

(此信藏耶鲁大学图书馆)

[1] 海明威这里指的是北极探险家弗瑞德乔夫·南森和威尔雅尔木·斯特芬森。

[2] 短篇小说集《在我们这个时代》1924 年 9 月 28 日被寄往斯蒂瓦特，乔治·H.多兰公司在考虑出版，结果还是退稿了。见海明威 1925 年 1 月 20 日致葛特鲁德·斯坦因和艾丽丝·B.托克拉斯信。

[3] 大约在 1924 年 8 月中，海明威就已经完成《大双心河》，包括 9 页结局。见 1924 年 8 月 15 日海明威致葛特鲁德·斯坦因的信。

[4] 约翰·赫尔曼(1901—1959) 以长篇小说《真相》(1927)、《大短差》和《夏天结束了》(都是 1932 年出版的)闻名。

致罗伯特·迈克阿尔蒙

1924 年 11 月 20 日，巴黎

亲爱的鲍勃：

真抱歉没给你寄约翰·赫曼［赫尔曼］的地址，这里没人有他的地址。他离开时没给人留地址，说是要给［伊万·］薛普曼[1]寄的，但没有音讯。我在等他的地址。

你的［英美］作家选集我觉得很不错。[2]我手头只有两个新短篇，一个我恐怕无法发表同时也太长；另一个真是好得要命，是我写的最佳短篇，约有 10 000 字。[3]我现在还写着呢，一旦有好的短一点的东西，就寄给你。你可以用那个长的，可你说字数限在5 000左右。请告诉我进程，也告诉我时限。我自然想尽快给你，我让你有进展。假如新的作品（我正在写的）不那么好——你可以从我美国那本书选发 1 200 字的短篇。[4]

还没有［《在我们这个时代》的］消息呢。这里也没有什么新闻。［纳坦·］阿什和薛普曼打了一架；两人撕扯了半个小时却没人受伤。估计是谁也没吃太大亏。薛普曼的女朋友离他而去；他也随后回了比利时。她离开他是因为他借阿什钱装新牙。出于犹太佬的感激之情，阿什袭击了他。好了，就到这里。

这里冷得要死。所有的泉水都冻上了。我也冻僵了。寄上100法郎。“盎格鲁·美国人”［记者俱乐部］的年度晚餐盛况空前。今早七点起的床。比尔［·博德］日子过得很好。哈德莱问候你。很高兴你诸事顺利。自上次那个短篇［《没有被斗败的人》］以来我正经历一段写不出有价值的东西的时间。哈德莱问候你。

永远的你的，

海姆

问候“啤酒餐馆”。

（此信藏耶鲁大学图书馆）

［1］伊万·比德尔·薛普曼（1904—1957）是海明威巴黎时期的老朋友。他们相遇于1925年10月。当时薛普曼（新罕布什尔州普兰菲尔德土生土长）为《美国养马人》当驻欧记者。海明威把《没有女人的男人》（1927）题献给了他，并在《战争中的人》（纽约，1942）的前言（第28—29页）里讨论了他参加西班牙忠于共和政府反佛朗哥叛乱队伍之事。他还出现于《流动的盛宴》（纽约，1964）第131—140页。1933年，薛普曼在基韦斯特当邦姆比的教练。第二次世界大战期间，他是第16装甲师第16团军士长。他著有诗集《玛泽帕》和赛马小说《大家的自由》。

［2］《当代作家作品选集》，迈克阿尔蒙编辑。

［3］也许《缺少激情》从未发表；《没有被斗败的人》1925年夏发表于（德文）《纵览》，随后发表于《本季》第1卷（1925年秋冬）。

［4］见海明威1924年12月10日致迈克阿尔蒙信。

致小威廉·史密斯

1924年12月6日，巴黎

亲爱的博伊德：

你满可以用俗话所说的手臂击倒我。自我们在黑湖交手以来我一直感觉不那么好。我有预感这封信会写得很长，虽然头脑有点眩晕，不利于写信。

你谴责我那封信时我当然知道你的感觉。在Y.K.那里，我得罪人的洋相出得更大。不过，惹怒我的是杜迪尔斯。一个没有怒气的男人是不会有高尚惊人的举动的。都见鬼去吧。我真愿你在这儿跟我聊聊。不过可以随时随心给我写信啊。上帝我真愿你来这儿。为什么不能来呢，你？花不了多少纸币的。

耶稣啊，自打中国人发明火药以来这世界就狂野了；人们想做的只是跟你一起喝酒。我们没消闲娱乐已然两个夏天了，只沾了个边儿。今夏“中国佬” [多尔曼-史密斯] 和多斯·帕索斯和乔治·奥尼尔（戴夫·奥尼尔的孩子，从圣路易斯来）开始攀越比利牛斯山脉西班牙一侧。我跟他们走了一段，在伊拉提进了一个小镇，午饭不那么松快。一个西班牙人主动邀我去看一个洞里活了三年的鲑鳟鱼，那可是伊拉提最大的一条。它栖息的地方水面下 10 英寸就是女人洗衣服的地方。这家伙足有 16 磅。我什么家伙都使了，最后用我的钓竿拨它看是否真的是条鲑鳟鱼；它差点把我的钓竿从我手里敲掉。在伊拉提水域里假如说能找到杜父鱼之属，那你就能抓到任何尺寸的鲑鳟鱼。中等尺寸的鲑鳟鱼有的是。哈什和我从一个洞里抓到 7 条，它们就这么一直跳跃着。

你为什么不来呢。我们 6 月去西班牙。我们可以租一辆福特，加上保险费一个月 1 000 法郎——约合 50 美金——驱车穿越法国，上罗兰关，在伊拉提钓鱼——从布尔杰特徒步——然后去庞朴罗纳赶盛大的斗牛周。多令人陶醉的行程。多健康的活动。凉爽的山上夜晚，迷人的炎热白天。没有臭虫。

你近况如何？存钱吗？在巴黎有 10 法郎就能住一晚很舒服的房间；可以跟我们一起吃饭。我们能把人喂好的。

奥德加 [卡尔·埃德加] 结婚了！工厂主 [海明威] 终于知道奥德加结婚了。从未有谁为了结婚那样努力。加跟谁喜结良缘了？怎么个过程？

博德，我知道旧时的一切有多好；因为，我写的东西几乎全是关于那乡的。我心里只有这个。一想到乡村或者想到做什么，我总是想着旧时的玩意儿：湾区，农场，雨中钓鱼；和阿姨 [查尔斯太太] 一起在农场度过的陶醉日子，初去湾区钓鲟鱼的美好时光；和男子汉们一起度过的美好时光；秋天的风暴，挖土豆，所有的事；

我们都经历了拥有了，并且不打算失去这些。只要不回去重复过一遍，这美好的记忆就不会失去。不能接着这么过，得玩些新花样，玩好的。比如这里和冬天山里的西班牙和奥地利。

知道我们又能重现往日地道美好的时光，多醉人。博伊德，世界上真正的白种男人的数量是有限的。我该说以前至多有 5 到 6 个。这数字也许有点夸张。假如他们没有以各种形式娶病秧子，也许数目要大一些。此地有一个叫刘易斯 · 嘉兰蒂尔的家伙本来好极，被世上绝对最铜臭的婊子勾走了并结了婚；他不再是个好人了。白种人这根细细的红线上伤亡这么惨重，我们得密切保持等级。有一个可怕的东西差点就嫁了多斯 · 帕索斯。多斯这家伙你会喜欢的。

假如这些话你觉得是过分的废话，记住，是因为我很久没有给你写信了。

哈什和我过得很愉快。我们去看拳击听音乐消遣，也去滑雪，看斗牛，钓鱼。她钓鱼并非出于一般女性的好奇，而是像男人一样。她对拳击跟对音乐一样懂行。她跟男人喝酒一般无退缩。结果邦姆比这男性后代结实得像费尔珀。整夜睡觉，平时欢乐得像小狼。天啊，博伊德，他的结实，他的协调能力有一天能让他有机会迈步惊人。吉［杰克 · 潘特考斯特］跟他在一起都显得弱些。他头脑也好使，跟他说一遍他就能做。哈什没变模样，总是越来越好看。她像一部劳斯莱斯那样管着家。

我们今年几乎身无分文地过日子。我写了本书，多斯 · 帕索斯约两个月前把它拿到纽约去了。我想，多兰准备出版它。我们在讨价还价。假如没谈成，伯尼和利弗莱特公司要它。不过，能不为闪米特人左右则是我尽量坚持的。两年前我为《多伦多星报》和赫斯特工作，写些怪怪的报道。没怎么多产，在那儿没有突破。我当时用约翰 · 哈德莱的名字为赫斯特报道洛桑会议——也许你在美国报纸上看见署这名的文章了。也许没看见。也用同样的名字被他们派往近东。跟《星报》有合同，不能用我自己的名字。

无论怎样，还是跟你说说吧。我从康斯坦丁堡回来后，哈什启程来洛桑和我会合并带来了我写的所有短篇——复写本等也都带来了，两年来所有的成果——150页长篇小说也在里面，总之是所有的东西。因为，会议结束后我们打算去山里过圣诞节。我本打算把一捆东西寄出去的，再接着写那个长篇。她把大包小包和手提箱放在包厢里，出门去看大箱子是否上了车；回来手稿箱子就不见了。

她两天没敢跟我说，随后的日子我就难过了。你是知道那感觉的：一个面对已然面对实业家［命运?］的人，他的手已然在弹叩锡箔。你感觉得到的机会跟拳击手哈里·威尔斯一样多。

两年的劳动只剩下一个短篇，还是《我老爹》，奥布莱恩在他的书里发表过的。他当时题献这书给我，还把名字给写错了——于我此篇无甚助益。我不再担忧自己能否成为一个成功的作家了——一门心思写作，本希望也许这东西迟早会一鸣惊人的。

最近在研磨这部作品，一直努力工作。你看过其中部分成品吗？假如没有，我寄给你。

燕［Y.K.史密斯］怎么样了？我对这孩子的唯一感觉是对不住他，我的行为太操蛋了。天啊，真好玩。去年4月25日在阿尔勒斯我孤身一人，读到马赛报纸上一则消息，说芝加哥一女地区检察官用左轮手枪杀了芝加哥一个名叫Y.K.史密斯的有钱的政论家的门房，她本想杀史密斯夫人的，后者跳了窗户等等等等。这是法语写的滑稽故事，尤其是在它成为电文报道之后。我家人也及时把《论坛报》寄给了我，里面叙有适当的道德评论。我似乎闻见［唐·］赖特的马脚——或许我错了？我本想写信给燕，告诉他我们以各种可构想的立场支持他，可我不知道他会如何听我的。

你知道我对姨妈的感情。她死的时候你在圣路易斯我真欣慰。我当时想写信，可我不知道你的地址。何况，又能说什么呢。我想，尽管她历经磨难，可还是从生活里得到许多。我都不觉得她已经死了。

你知道唐·斯蒂瓦特的事吗？他是个迷人的家伙。让哈多克夫妇出趟国。跟老拉登纳家的故事差不多。他也从未读过拉登纳家的故事；当然我也无法弄来让他读。你和他还有写家能共有一段好时光。我有预感，你和编辑能做一本好玩的书，能让我们赚点钱维持一段时间生计。写一本真正好玩的书还得受许多惩罚。唐已遭了惩罚。他的老男伴被法律践踏了，因为账上一时短缺；他可是大银行家，市里的财神爷。唐在耶鲁时就脱身了。

麦克格劳和康米在这里非常成功。一般印象是麦克格劳把球队留在欧洲，如此没有人会再把红利撒出去了。我不会去想象“舒服”［多兰］和“笨蛋”是唯有的两人希望菲尔斯队别再苦撑。我在比赛场中见过麦克，正丢钱呢。他们在这里门票挣不了多少，在英国也不行，连补界外球的亏空都不够。在这里看了两场精彩的比赛。

我们在这里打网球锻炼身体。我不像以前那么弱了——可还是当不了好网球手。哈什打得不错。我在垒达拳击场跟拳击手拳击——一是练块儿，二是练躲拳头。这里的较量真是醉人，真有快手：马斯喀特、勒多克斯、布瑞东尼尔、该死的砍柴手保利诺——他打到谁，谁就起不来了——不过他除了英国重量级谁也伤不着。我想他左右开弓时眼睛是闭着的。不过，当他击中他们时，他们都是被人用布袋抬出去的。他的肩膀跟凯旋门一样宽阔，大约 5 英尺 4 英寸，腿短得像只鹬。他们得给他定制手套。他靠吃生鱼过活。他在对手面前样子坏极了，冷酷无情地敲打他们。啊，天晚了。记得给我报信。假如有钱，就来这里。假如没有，就攒钱，6 月份来。哈什同此问候。

伊默

威明治

（此信藏普林斯顿大学图书馆）

致罗伯特·迈克阿尔蒙

1924年12月10日，巴黎

亲爱的迈克：

我一直等着有望写一个好的新的短篇；已完成的两篇一个1万字，另一个1万2千字。这是我最好的短篇小说了，所以寄给你。无论怎样，够短了。[1]

一切都好？我们打算19号去奥地利——去一个叫施罗姆的地方——从苏黎世离开主干道到因斯布鲁克，电车半小时在布鲁登茨下车。想出巴黎城，瑞士又太贵。我们打算在施罗姆住上一周，开销18美元，三个人的开销。醉人的滑雪——从克罗丝特和达沃斯越过山就到。我希望“中国佬”［多尔曼-史密斯］会来这里。

这里没多少新闻。我前天做梦梦见你死了。希望你还能收到此信。吃早饭前我很小心，没跟人说梦的事。我梦见读报纸上你的讣告，满满一整版，还有你和布莱赫［迈克阿尔蒙夫人］的相片以及苏格兰埃勒曼城堡之类。有那么个城堡吗？小心走路，别被野蛮的法西斯小子撞着。赫尔曼［约翰·赫尔曼］的地址还没收到呢。

《跨大西洋评论》不存在了。福特打算办一本新评论杂志叫《向法兰西致敬》——一本人文艺术类季刊。你读到康拉德夫人给《时报》的信了吗？关于福特“写的有关我丈夫的令人恶心的书”那封。真是好信。[2]

卧病了一阵子，不过现在好了。极渴望离开此地去奥地利。随信附上我欠你的100法郎。谢谢。之所以一提是防止信万一有差错你收不到钱。哈德莱同此问候。

信写到现地址就成。他们会收转的。

（此信藏耶鲁大学图书馆）

［1］《军人之家》收入迈克阿尔蒙编《当代作家精选集》（巴黎三山出版社，1925年6月）第77—86页。

［2］F.M.福特著《约瑟夫·康拉德：个人的一段记忆》（波士顿，1924年11月）。见戴维·道·哈维著《福特·马多克斯·福特：著作及评论目录》（普林斯

顿大学出版社，1962）第63—64页。康拉德1924年8月3日去世。

致阿奇巴尔德·麦克莱什[1]

约1924年12月11日，巴黎

亲爱的麦克莱什：

我给马桑传话请他星期二中午十二点整来这里见我，一起去你住处吃午饭。希望约定的日子你那里没问题。假如不合适请告诉我，我跟安德烈另约。非常感谢你请我。

司各特［·菲茨杰拉德］发明了海明威那个拼写法［两个m，没有g］。我不懂为什么，除非司各特·菲茨杰拉德的拼写里有两个t。他说他写了篇评论很有助于《在我们这个时代》。我没见到评论，所以我想他跟你提我的时候把名字写成那样了。无论怎样，也许Hemminway能带来很多好运。

明天起再有一个星期我们就去奥地利了。哈德莱好多了，我们期盼周六见到你。

你永远的，

欧内斯特·海明威

（此信藏国会图书馆）

[1]"我1924年夏天在丁香［花园］见到海明威。"（见麦克莱什1963年8月9日致卡洛斯·贝克信。）

此信及下列致麦克莱什诸信经国会图书馆和麦克莱什同意在此发表。

致哈罗德·洛布[1]

1924年12月29日，奥地利施鲁恩斯

亲爱的哈罗德：

我给你寄了张卡，不过是寄往蒙特岁路16号的，也许你没有收到。一周的晴朗干燥的10月天后，大山里开始下雪了。也许你到这里时，大雪就漫天了。

这里吃得很好，有优质的白葡萄酒和红葡萄酒，另有30多种啤酒。旅馆里有保龄球道，我们都打保龄球。哈特曼[2]和我打个平手，你也许能打败我们。这是个醉人的地方。美妙的小镇，人们都敬畏上帝，很会喝酒。

我已经变得你都认不出来了。坚硬如赤铁矿，速度之快至少还要加一倍。

这里的开销事实上等同没有——一天85 000克朗住老年公寓房，另付暖气费15或20个苏。你能见到的最好的乡野在这里；野外徒步很醉人。走到哪儿都能看见耶稣受难的形象，上帝先生［字迹不清］代人类受过之举不同程度的都有。还有不错的小酒馆，里面尽是岩羚羊猎人，有优质的［字迹不清］的伯增产的白葡萄酒或红葡萄酒。

假如你不来，那就不只是婊子养的下流货，而且还很无知。来此畅通得很，所有海关手续都在火车上办，你只消在巴克斯下车就行。越过铁路，换点钱，再买张票到布鲁登茨。

从弗莱希曼那儿把我的书带来，好吗？[3]再带几瓶好威士忌。“壁洞”那家卖的最合算——歌剧院大道出口达恩汀路19号。假如你装在帆布背包或者野战背包里，他们就不会令你打开。拿出瓶起子，每瓶喝一口。他们只开手提袋和箱子。车厢是战前的旧奥地利式车厢，一等式样——每节车厢每边只有三个座——很舒服，能斜躺。

基蒂［·嘉奈尔］好吗？我希望她好了许多。哈德莱问候基蒂；我也问候她。我想听她谈谈对你新爸的看法。

他怎么样？一切都好吗？你到底过得怎样？

告诉基蒂你能守身如玉因为村里只有一位漂亮姑娘，她还拿大蒜当早饭。

邦姆比身体很结实，我们为他请了个保姆。

基蒂的帽子是友谊的开端，哈德莱认下了。

好吧——再见——快来，别忘了手稿和威士忌——把你自己的东西也抄正些带来。

永远的你的

欧内斯特

(此信藏普林斯顿大学图书馆)

[1] 哈罗德·洛布(1891—1974)，纽约人，普林斯顿大学1913级生。1924年春在福特的办公室见到海明威。他编辑出版过一本小杂志《金雀花》，写过三本小说，帮过海明威《在我们这个时代》出版之事。《从前的样子》1959年问世。此信及下列致洛布诸信经普林斯顿大学图书馆同意在此发表。

[2] 伯特伦·哈特曼，美国画家，是他先撺掇海明威夫妇造访施鲁恩斯的。

[3] 莱昂·弗莱希曼，伯尼·利弗莱特公司的文学猎头。当时正读着海明威的短篇小说，看有无可能为贺拉斯·利弗莱特接受出版，此事部分是受了洛布的怂恿。

致哈罗德·洛布

1925年1月5日，施鲁恩斯

亲爱的哈罗德：

糟糕透顶。今早听说你不能来我们都感到伤心。我们过得十分愉快。我老有预感你会露面。

美国春秋两季感动你，1月、2月可让你失望到底啊。一次2月份我回到美国，沮丧得要命。不过，你可以去看表演。纽约什么时候都是个美妙的地方。无论怎样你可以去西班牙。我想你现在总看上那种生活了。此生并不取决于你看上什么，而是在你可得什么。哈德莱声称来世我们能得到看上的东西。那也可能糟糕。我们这里的确有时提前行动。

唐［斯蒂瓦特］寄了一封圣诞贺信并附一张大大的支票。当我看见支票时倒抽了一口冷气。我以为是多兰[1]寄来的，因为里面附着多兰的一封信。然而，是唐寄来的。我想是圣诞节礼物，激励我们好好工作。他可真是醉人的家伙。无论怎样，多兰的信是给唐的，说是他会想，因为作决定花去时间够多，他们对海明威的手稿产生兴趣。每个人都读了四遍等等等等。不过多兰先生感觉他们不能在一个小说集里跟我一路玩性的把戏，因为多兰先生不喜欢“在一系列震撼中再围绕着这些震撼”，诸如此类屁话。他愿意跟我在长篇小说里跟我一路玩这个把戏。他们是否该写信给我建议如此这般，接着说也许把短篇小说作为第二卷出版以顺从某某之类。说他们都一致同意我作品的力量。多伟大的书啊，只是他们不愿出版这本书。

唐说都是些生猛的东西，只是无论好坏他们都不愿出短篇小说集。于是他把书给了门肯［H.L.门肯］——那堆狗屎——门肯再推荐给［阿尔弗瑞德·］诺普夫——门肯不喜欢我的东西，而［乔治·让·］纳坦喜欢，此事终究也会以扯淡收尾。

接着说他打算把书稿送［贺拉斯·］利弗莱特。

唐说别当傻蛋在一个叫施鲁恩斯的地方饿死。

所以说，唐正操办着呢，没什么担心的。我也从未真正担心过他，因为他人好得很。不过，我希望你见他，替我们问候他，问他进展如何。他 3 月份回来。

他的地址是耶鲁俱乐部——范德比尔特大街，或者他处——谢尔顿——你知道的——莱克星顿大街之类——去见见他。他是个醉人的家伙。我也让他跟你联系。假如你想要，我可以给你个名片递给他，不过名片如狗屎。

韦德科普[2]写了我的斗牛故事——他讲西班牙的文章提到我的斗牛小说——很出色。文章说“知道不知道这是真正惊世骇俗的美国人讲的故事，极尽这种动物傲慢之能事。假如你看不明白，那你告诉我哪里兴许我还能找到这种文学”。

卖家市场的近况就是这些。他说我的所有作品不久都会问世。

我会写信给弗莱希曼[3]谈手稿的事情。我想这样最好。

哈德莱问候你——哈特曼[4]感觉伤心，因为你不来。我们都想着跟你一起度美好时光来着。

假如你想为我做点什么，你就订一份《汽车》杂志——送来这个地址，订一个季度就行，好吗？《汽车》的地址在福宝蒙马特的所有够档不够档的报刊亭里都能从那份出版物里找到。

我会把钱寄给你的。

航行前给我写封信，除非你不喜欢写信。除了三四个短篇小说，我没写什么；就这几篇也只开了个头就写不下去了。写小说要在大一点的城市。不过，写作终究是个什么玩意儿？事实上已然多得很了。来这里还没弄上件外套呢。常规9月天气。

问基蒂[5]好——希望她治疗之后有了好效果。

你的，

欧内斯特

（此信藏普林斯顿大学）

[1] 乔治·H.多兰，纽约出版商。

[2] 汉斯·冯·韦德科普，梅因法兰克福《纵览》杂志巴黎文探。《纵览》发表过四首海明威的英文诗作和德文译本《没有被斗败的人》，德文标题译作《斗牛》。见尼古拉斯·于斯特《海明威和名不见经传的杂志》（马萨诸塞州巴尔出版社，1968）。

[3] 莱昂·弗莱希曼是1925年10月出版《在我们这个时代》的伯尼·利弗莱特公司的巴黎经纪人。

[4] 伯特伦·哈特曼，美国画家，当时正与妻子戈斯塔在施鲁恩斯过冬。

[5] 基蒂·嘉奈尔，洛布的密友。

致厄内斯特·沃尔什和伊瑟尔·摩尔海德

约1925年1月12日，施鲁恩斯

亲爱的厄内斯特并亲爱的摩尔海德小姐：

为新书评欢呼！我想你们俩干这件事简直太好了，很好的一件事。我只希望工作量别太大。我们听到消息都很激动。也不该有很大工作量。因为，评论最难的工作是带着心智阅读手稿。你是为季刊写评论并且住在東埔，在那儿活动有限，所以还不那么费事。東埔是施鲁恩斯边上的一个城市。[1]

我们决定，携带香贝坦红葡萄酒最好的方式是把它装入我们的陀螺式运转的胃里。在那里香味和品质经晃动后都不会失去。不过，我们在火车上已经喝过夏布里斯了，它们真是可爱的葡萄酒。

假如我在这里能帮上你什么忙，请告诉我。我有的是时间写信，会把消息传布给大家。

你做得对，把包锡铁皮箱交给美国快运公司，这样你就不会把手稿和兑换的钱弄丢了。火车方面的人很粗心并且不负责任。

寄上《大双心河》。你已经读过了。这是我花了功夫写得最好的东西。

在威尼斯旅馆我们聊天时你已听到我对办评论杂志的想法。那时遵医嘱你不能多谈。今后你的想法能付诸实施，我则乐见其成。

我相信最重要的事情之一是得到人们在写的最好的作品，如此就不会犯《双面人》[2]的错误。这种杂志二流印刷，刊登的却是一流作家的作品。

我看你的简介上说，手稿一旦被采用即付稿酬；我觉得这绝对是得一流作品的秘密法宝。这不是与大钱广告的杂志竞争的问题，而是明确回报艺术家劳动的问题。因为，最好的作品绝不会进入纯商业运作的杂志，但艺术家会捏着作品，为它得些什么。只有对任何杂志或评论都无价值的时候，他才会放弃作品。

我看你没有理由不出版有史以来最好的评论杂志。即便只出4期——或者更少——你的成绩也比别人大。别家评论杂志挣扎在从手到口的生存线上，没有理由存在下去，也永远不会取得你的成绩。在那方面我都支持你——一路到底——我想看见你出最好的——最好的评论杂志——永远。

你感觉葛特鲁德·斯坦因怎么样？假如你要写信给她谈点什么，就写到法国巴黎第四区弗吕鲁斯路27号。你要我推荐人给你找手稿吗？或者你的手稿已足够办一期的了。

仔细校对和排版——没有什么像排版错误那样毁人欣赏好作品了。这就像音乐会上钢琴错一个音符、调错一个音弦。

好了就到这里。这个地址至少还管用两个月。寄到巴黎地址总会有人转给我们。

哈德莱问候你们俩。我们都希望厄内斯特好起来，希望你们喜欢巴斯克乡野。

总祝你们好，

你们的

欧内斯特·海明威

（此信藏弗吉尼亚大学图书馆）

[1] 得肺结核的沃尔什在法国西班牙边境的柬埔过冬，带着他的伴侣画家伊瑟尔·摩尔海德。

[2] 新奥尔良1922年5月号6月号的《双面人》发表了海明威的寓言故事《圣姿》和诗作《最终》。

致西尔维亚·毕奇

约1925年1月15日，施鲁恩斯

亲爱的西尔维亚：

你好吗？阿德里安［莫尼埃尔］好吗？巴黎好吗？

我们想念你们三个。哈德莱和邦姆比身体很好。邦姆比在这里跟一群孩子疯跑，玩捉人游戏。他开始讲蒙塔方话了。[1]

我出去旅行了几次。我们在高山里滑了几场雪，整夜的那种。得爬山才能够着雪。在阿尔勃格山哈德莱和我滑雪过弗莱克森关到勒西。邦姆比有个漂亮的保姆［马蒂尔达·布劳恩］，用克朗换算花不了多少钱。

除了《汽车》杂志没看见任何法国东西——约翰尼·邓迪的事真是美妙，不是吗？他竟然不想为《戴尔》的奖金数额而奋斗。

寄来的书我们都读了。是要我寄回去，还是寄给别人，还是稍后带回去？

文学界有什么脏事？《小评论》出来了吗？

等我们回去后，邦姆比就能帮你处理德文买卖了。迈克阿尔蒙的书《村子》[2]我收到了，好得很。假如有人要买这本书，就说著名的奥地利滑雪权威 E.M.海明威郑重推荐。

我长了奇妙的大胡子。每次靠近边境都被逮捕。它看上去就像乔·戴维森[3]和基督之间竖着的十字架。我好好梳理一下它并在春天某个时候把它带到巴黎。人家要我去奥博拉美高剧团演《汉子摩西》。

除了旅行，我也干了不少活。哈德莱在一架好钢琴前刻苦练习。

急切等待丹尼·弗拉什和马斯喀特[4]的消息。那该是值得看的东西。对马斯喀特而言弗拉什积极得够力，可他经不起罚。

我希望乔伊斯一切顺利，阿德里安好。

请给我们写信。我们很想念你们。哈德莱同此问候。她说要等你见邦姆比。他在澡盆里划船。很久以前他就把水手给吃了。

永远的你的，

海明威

(此信藏普林斯顿大学)

[1] 施鲁恩斯坐落于奥地利沃拉尔堡蒙塔方谷。
[2] 罗伯特·迈克阿尔蒙著《村子》(1924)。
[3] 乔·戴维森(1883—1952),美国雕塑家。
[4] 丹尼·弗拉什和埃杜瓦尔德·马斯喀特是轻量级拳击手。

致葛特鲁德·斯坦因和艾丽丝·B.托克拉斯

1925 年 1 月 20 日，施鲁恩斯

亲爱的朋友们：

昨天高第明显长出两颗智齿，或者说智齿长出高第。也许说智

齿有点夸张，那就叫臼齿吧。

我们都很好。高第能走路了，能一边走一边转身，能讲蒙塔方话；能姿态优雅地坐在便桶上，不再尿裤子了。弄得干干净净。有个漂亮的保姆名叫马蒂尔达。能坐雪橇出门。能吃卷心菜。喊着要啤酒。变得像中欧人。

你看见1月号《纵览》上胡安·格瑞斯著名的论点以及跟着格氏凑趣的言论了吗？我让人今天给我寄了一份。这本杂志看着叫人尊敬，但还不失活泼。打扮得很漂亮。你有［汉斯·冯·］韦德科普的消息吗？

厄内斯特·沃尔什给我来信并把计划书附给了我——说他和摩尔海德小姐决定开办一本新季刊等等。我写信让他给你写信。扮演艺术家资助人角色的沃尔什显示人们多么不能指靠一成不变处于静态的东西。

巴黎怎么样？有什么消息？唐·斯蒂瓦特寄给我多兰的信，说因为办公室里每个人都读了四遍，所以只能把书稿［《在我们这个时代》］束之高阁。只要是这样，就不能出。说虽然多兰先生愿意以一本小说震撼读者，但他不愿以一系列短篇小说来震撼公众。说假如我愿写长篇小说，他们就愿意把这本书作为续集出版。一切表明，出版业是商业，短篇小说集据信不好卖。唐接着去诺普夫试试，又去利弗莱特。他似乎很开心，三四月会来这里。

我们在阿尔勃格山里滑了三天雪，昨天才回来。我们不在家期间，邦姆比又长牙了。马蒂尔达是个很好的保姆，喜欢早上5点起床。她和邦姆比许多方面趣味相同。

关于滑雪，多西·约翰斯顿[1]虽然缺乏协调能力，但她的韧劲足以弥补之。假如倒过来，她跌得就更厉害。

一如既往我在乡下写作不灵。假如你读到什么又愿意寄给我，非常欢迎。《沃拉尔堡日报》读不到多少东西。

贝尔蒙特又在秘鲁斗牛了。据报道加洛因为债务在委内瑞拉的加拉加斯坐牢。这消息直接来自西班牙。据报道哈罗德·斯特恩在得克萨斯休斯敦，情形差不多。

我长了乔·戴维森式的美髯，瀑布般下垂。高第穿着毛衣简直就是施鲁恩斯的王。我们过得很愉快，也很省钱。哈德莱、高第和我都问候你们。

永远的你的，

海明威

（此信藏耶鲁大学图书馆）

[1] 约翰斯顿小姐自1924年12月即跟两位女友在施鲁恩斯。她是巴黎"美国图书馆"管理员的女儿。

致乔治·贺拉斯·洛里莫[1]

1925年1月21日，施鲁恩斯

先生：

我从未读到过没有虚构的斗牛故事，知道内幕的人、懂得斗牛是怎么回事的人写的那种。所以我自己尝试写了这篇，[2]揭示一下斗牛的实际情形。就像查尔斯·E.范隆恩[3]写拳击的故事。

在马德里，我住在斗牛士寄宿屋舍，跟踪西班牙所有的斗牛活动，跟斗牛士的随从一起旅行。明年夏天我还要回去。

这篇小说的确重技术，但所有的技术都没明显地加以解释，读者读起来还是清晰的。

我很希望你喜欢它。

你的诚挚的，

欧内斯特·海明威

（此信藏诺克斯学院）

[1] 洛里莫是《星期六晚邮报》的编辑。

[2]《没有被斗败的人》的德文本发表于《纵览》第五期（1925年夏，1925年7月），英文本发表于《本季》第一期（1925—1926秋冬季），法文本发表于《银帆》（1926年3月）。

[3] 查尔斯·艾美特·范隆恩(1876—1919)写长篇小说也写短篇小说。此信经诺克斯学院西穆尔图书馆同意在此发表。

致豪厄尔·詹金斯

1925 年 2 月 2 日，施鲁恩斯

亲爱的“唠叨抱怨”：

很抱歉一直没给你写信。一直到处跑，身边带着你的信呢。不过你知道一个人一旦想写东西时会是个什么样子。唐·斯基恩是个好人。我在“白袜巨人队”比赛[1]时看见他了。他谈到你。他是个有望成功的人，在这里跟报纸也玩得很好。他写体育也很有趣。

我听见你的消息后不久就收到比尔·史密斯的来信，问老肯莱的事情我能否原谅他。说我是对的，并告诉我近两年的情况。我回信对他说我接受道歉。接着他写信跟我说自己经历的种种。上帝啊，他可真是过了一段见鬼的日子。他遭受的惩罚远比汤米·吉本斯给奇德·诺福克的多。我现在明白上次选举是如何跑偏，因为我们以为他想的是拉佛勒特，然而不是；他想的是惠勒和农场主。他的土豆经验是 60 美分一桶，而在城市里土豆已然是两块钱以上一桶了；并且你也不能不考虑苹果啊。老比尔对家庭、健康、财富以及其他种种的都草率得很，令人觉得闻所未闻。我并不有意跟他对抗并且希望他好；毕竟他是个好人。

我们但凡有点钱就在政治上保守起来，因为我们要保护自己的财产。这没错。假如不这样做就是傻瓜。不过，当一个男人有比尔那样的多年的运气而未成为上勾拳拳手，也算奇迹了。

我希望毕肖普家的小子们在巴黎的时候他能来。我当然也荣幸能陪他们转转。3 月初我也许去意大利办点事情，然后回北方工作。我尽量赶回去。假如赶不及见他们，就在他们回程途中见一面。哈德莱会提前一两天让厨子做点东西，弄点像样的东西当饭；

我则保证他们不落下城里该看的东西。该有些好的拳击比赛。春天城里总有人。

“唠叨抱怨”，我们当然期盼见到你。爷爷说他在医院见到了你。很高兴你把他们弄出来。派尔斯可从没帮过人。爸爸说他正给我们寄你放大的邦姆比照片。迄今还没收到，但我们俩疯狂急切地等着看。我想他是需要时间复制一份。我们给他寄了张邦姆比的大照片当圣诞节礼物，也许锦上添花呢。

今天滑雪滑得爽，感觉累了。想喝点上等苏格兰威士忌。真愿你在这儿，我们能打开一瓶。不过得从巴黎往这儿带。欧洲中部没有好酒。不过啤酒不错——38 种——这儿到布达佩斯啤酒都不错，过了布达佩斯就不行了，再要好的就得去康斯坦丁堡了。德国佬在那儿呆得太久，他们建造了德国啤酒厂——真正的巴伐利亚牌子。我们从这里可以滑雪去巴伐利亚，一个来回不用签证。我打算去慕尼黑干点什么。

替我问候老混好人理查德。迪克的一切怎样？哈什同此问候。最近我干活很努力。体重减了 10 磅，不过体型很醉人。经历了欧洲最暖的冬天，而你们却经历着够烈的大风雪。

我打算从这里滑雪去意大利——把行李交火车托运，越白云山脉滑雪下去。得去米兰和拉帕洛见些人。天啊，墨索里尼做事不光彩，用一管直下的方式领导政府，有牢骚的人都被排掉了。你曾经写道意大利佬都鲁得很。

再给我写封长信。有你的音讯当然好。邦姆比已经长了 13 颗牙齿，跟这里的孩子玩捉人游戏。他有个美丽的奥地利保姆，学着说当地的德语。接着又回法国说法语。

啊，能见你多好啊。我们计划 7 月 1 日去西班牙。

马斯喀特目前是法国最佳轻量级拳击手。前些日子一个晚上，他两个回合击垮了丹尼·弗拉什。假如他来美国，你就下它一注。没多少钱。跟奇德·卡普兰和迈克·邓迪之流的小伙子交手在他不是件容易的事情，但这金发小混蛋就像一个砖建屠宰厂，出手像次重量级。怎么打都没事，又学会了拳击。他必打败别人无疑。

法国人也许派吕西安·维尼茨前往参加轻量级比赛。有好戏看了。他从未击垮任何人却赢过734场！！！我的上帝啊，好一个拳击手。没有人伤到过他。他已是汤米·吉本斯这个年纪了，但仍有各方面实力。他先把对手的一只眼打得睁不开，随后是另一只眼，很有章法，接着是打裂了他的鼻子，继而有章法地猛击直到最后几个回合。他就像旧时的帕奇·麦克法兰。别人打到他的只是胳膊肘。他打布列多尼尔和弗瑞西（他们在美国都打得很好）是9 000拳比1拳——假如他们想决一雌雄，他则站着不动；他们只管猛击，却除了胳膊肘和手套外，哪儿也打不着。他看上去很容易袭击，可你试试看。

他们提到的保利诺是好袭击的大火腿，是块大板斧。

啊，我得停笔了。再见“老唠叨抱怨”。哈什和我问候你。

一如既往，

斯汀

（此信藏普林斯顿大学图书馆）

[1] 纽约“巨人队”和芝加哥“白袜队”1924年10月到11月在英国和法国进行了几场垒球表演赛。

致哈罗德·洛布

1925年2月27日，施鲁恩斯

亲爱的哈罗德：

谢谢你给我信，谢谢贺拉斯·利弗莱特[1]，谢谢为我做的一切。我们在“玛德楞纳之家”——阿尔卑斯俱乐部的小屋——两封电报来了，到海拔1 987米处。一封是你发的，另一封是唐［斯蒂瓦特］发的。我一开始没意识到，接着是不敢相信；等意识到了，激动得很，睡不着觉。我们刚进行了冰川之旅——坐雪橇到3 200

米处。冰雪是如此之大，我的性器官到机智的阴茎、鸟喙、鸡巴或称工具都冻僵了或者说几乎冻僵；得用雪来揉。天啊真冷。接着用不到 12 分钟时间下滑 5 英里到冰川的外表。美妙的乡野。银装素裹。我们就这么一路来到瑞士。昨天在雪橇上走了 21 公里。接着又在山谷里步行 19 公里，从巴台嫩到施鲁恩斯。

啊，我真希望你能跟我们一起旅行。我们惊动了雷鸟，看见了许多狐狸的脚印留下的道，看见大雪兔——看见一只狐狸、两只貂。不过我想对我而言，你最好还是呆在纽约。

情况怎么样？秋天能和你的书一起出版吗？我得删除哪部分？能挣多少钱？

这钱当然有用。跟我们分租房子的人本来同意呆三个月，又找了个不带家具的公寓，才住半个月就溜之乎也。圣路易斯那个婊子养的给我往账上打了 2 500，今天收到截至 2 月 3 日的银行记账单显示那张支票被退回三次，因为对方储蓄资金不足。[2]因此，我们比破产还糟糕。

得马上回巴黎。我 1 月 10 日给［里昂·］弗莱希曼写信让他把手稿寄给我，但未收到他回音。

为洛布和斯蒂瓦特我得感谢上帝。

我把这封信寄到普林斯顿俱乐部。

对不住信只能写成这样了。上帝知道我对此书感觉良好，即便同时感觉被人踢了屎。

哈德莱问候你——

你的永远的，

欧内斯特

哈德莱收到基蒂［·嘉奈尔］醉人的信了。所有的肥料滋养了我们缺肥的生存状态。

（此信藏普林斯顿大学图书馆）

[1] 自阿尔伯特·伯尼 1918 年退休后，贺拉斯·利弗莱特（1886—1933）即掌伯尼·利弗莱特公司。1924 年他带头反对约翰·福特法官的《干净

书籍法案》。

[2] 乔治·布瑞克，哈德莱朋友海伦的丈夫，替哈德莱投资理财，做得很糟。

致厄内斯特·沃尔什

1925年3月9日，施鲁恩斯

亲爱的厄内斯特：

你3月5日的信今天早上到了。不过，先它而到的是你和摩尔海德小姐的好极了的电报。这让我们感觉甚好。《本季》的编者是两三个白人。

我想你该付［伯特朗·］哈特曼复制费每件50—60法郎。50法郎足够，60则超了，你给的话就显得你大方了。

我写完这封信后就写点关于埃兹拉的东西。我真想此刻在巴黎，可以引用他的作品。在这里写，除了欣赏之辞外，写不成什么。

从利弗莱特处得一电文，说他想在秋天出版那本书。我回电说同意。此书的题目叫《在我们这个时代》，就如那小玩意儿。[1]书里20个短篇，其中15篇各含有《在我们这个时代》里的一章。我原先写这些就是为此。都勾连起来了。我想你会喜欢的。

《大双心河》是此书最后一个短篇。假如你提到这本书，就称它为短篇集吧。

酒对我影响到这个程度：酒瓶一开，我但愿《本季》的编者、哈德莱和那些作者得以永远地损坏彼此的健康。

假如你写的东西有一句比那还糟，第二轮酒就落到你那儿了。不过我知道你没写破句子。于是第二轮还是我的。就让我开喝1911年的教皇新堡。然后再来一瓶1918年的博恩慈济院。1918年是1896年以来最好的年份。干吗那么较真呢，博恩慈济院从来不坏。

看啊——假如我们勾连得当，能有机会买到这酒。因为6月下旬去圣让皮杜波和红赛瓦尔关进西班牙的路上，我们会在巴杨停留。何不在巴杨开第一系列的第一瓶，在圣让皮杜波开第二系列的第一瓶呢？假如你感觉如此能收拾人，就那么干吧。

我得写埃兹拉[2]去了，就此打住。家人问候编辑们。

你自己也好运连连。

你的

欧内斯特

刚写完评论埃兹拉的东西，哈德莱誊抄完毕。希望你喜欢。风风火火写了一整天以便你及时收到。我用了你自己的标题。

(此信藏弗吉尼亚大学图书馆)

[1]《在我们这个时代》(巴黎，1924)由三山出版社出版。

[2]《向埃兹拉致敬》刊《本季》(1925 年 5 月)第一期第 221—225 页。本书省略了海明威致沃尔什后来的另两封续函：一封是 3 月 18 日写的，详谈海明威与圣昂纳路印刷商赫伯特・克拉克的斗争；另一封是 3 月 27 日写的，里面附有海明威寄给沃尔什的《没有被斗败的人》稿子，说他 1924 年 9 月、10 月、11 月都在写这个东西。

致 C.E.海明威大夫

1925 年 3 月 20 日，巴黎

亲爱的爸爸：

谢谢你美好的信，谢谢你寄给我《堪萨斯城市之星》的评论。我真高兴你喜欢那篇大夫的故事。[1]我把迪克・博尔顿和比利・塔毕肖的真人真名用在小说里了，因为我肯定他们不会读《跨大西洋评论》。关于密歇根乡野，我已经写了不少小说——乡野总是真实的——故事里发生的事则是虚构的。

《本季》——正要出我的一个篇幅较长的短篇，是讲钓鱼的故事的，分两部分，叫《大双心河》。[2]4 月初该出来了。我尽量给你弄一本。小说里的河是［密歇根］希尼上方的福克斯河。我想这个故事你会喜欢的。

我没给你们寄我的作品是因为你或者母亲把［巴黎的］《在我们这个时代》等书寄还给我了，像是你们不想看。

你知道我尽量在小说里展示现实生活的情感——不只是描写生活——或批评生活——而是实际活生生再现生活。所以你读我的书时会实际体验到这一点。美的东西要写，丑恶的东西也要写，否则不成。因为，假如都写美，你就不相信所写的故事了。事物不是那样存在的。只有展示两者——三维地展示（假如可能四维地展示），才能达到我想要的写作。

所以，假如你看见我的任何作品是你不喜欢的，记得那是我写作时的诚挚表现，是我在奔某个目标。假如我写的东西让你们生恨或者让妈妈生气，紧接着的故事也许就是让你们极喜欢的东西。

非常感谢你们给我寄体育杂志和书评。我虽然把他们都借给了在孤岛上呆着的爱好体育的人士，但会记得让他们还回来归档的。

今年夏天在西班牙我们有望痛快地钓钓鱼。很长时间了，像是去不了。但是，伯尼·利弗莱特给了我 200 美元预支稿费，这回又能去了。我希望这本书卖得好！我的其他作品都脱销了。不知谁偷了我的［巴黎版］《在我们这个时代》副本。我去出版社想另弄一本，发现几个月前就卖得一册不剩。

美国和德国都在同一时间商谈出我的书。许多东西已经在那里发表了。[3]

圣诞节前哈德莱挂号寄给你们的约翰［·邦姆比］的照片你们有没有收到？

我很高兴母亲在画画。我很有兴趣看看画作。假如她拍了画作的照片，我希望她寄给我一些副本。

希望你们冬安。这里是常规的 4 月天。

爱你们并祝你们好运。

欧尼

（此信藏肯尼迪图书馆）

[1]《医生夫妇》刊《跨大西洋评论》第二期(1924年12月)第497—501页。
[2]《本季》第1期(1925年5月)第110—128页。
[3] 刊《纵览》。见《海明威：作为艺术家的作家》(第4版)“著作目录检索”，普林斯顿大学出版社1972年版。

致贺拉斯·利弗莱特[1]

1925年3月31日，巴黎

亲爱的利弗莱特先生：

随函附上签了字的合同并一个新作短篇以取代你删掉的那篇审查通不过的。

既然合同只提及删除之处，那我们当然明白，未经我同意不能更改作品保留的字句。这条既保护我，也保护你；因为此作紧凑、用心，一字之改就能让整个故事变调。我肯定你和T.R.史密斯先生［利弗莱特编辑］明白这一点。

本书没有一处不是有机整体的组成部分，每一处都有明确位置。假如什么时候我的文字显得重复，那自有理由。

至于淫秽内容，你和史密斯先生当知道什么是不可发表的淫秽文字，什么是可以的。你们比我更了解。我知道老话婊子养的无需删了。这可真是福音。

至于书本身好卖与否，我无论怎样看不出它是赔本的买卖。我想，假如不带激情地看待它，我看赌一把的机会还是有的。

真正的好书而又不卖座的，经典的例子有E.E.卡明斯的《庞然大屋》。不过，卡明斯的作品风格是没有读过多少“现代”作品的人无法懂的。为了卖，则卖家的运气难佳。我的书雅人看了赞赏，普通读者能看懂。我的作品没有什么读过高中的人看不懂的。

所以我说有1/3的机会。我在雷诺从不赌杰弗瑞斯输赢，也不赌卡彭提尔，更不因别的什么感情用事下注。

假如不是因淫秽文字（假如有的话）而有可能有必要删节，那么就会破坏有机的整体，使之支离破碎。如此，没人会赞扬这部作品，也没人要读它。我之所以提到这点，是因为此地有报道说某些东西要被删除，因为它们似乎与故事不相干。也许这话不是空穴来风。

这篇新东西会给书大大增色的，是我写得最好的东西，会让书更有机连贯。

你删的是第二个短篇——《在密歇根州北部》。接着的三个短篇各往前挪一步。这个新的——《拳击家》——取代目前的——《三天大风》。

我不需要跟你说伯尼·利弗莱特出我的书我有多高兴。我希望自己成为公司的财产。这要看我们双方的努力。

请尽快把清样给我。

致敬！

诚挚的，

欧内斯特·海明威

附件：签字协议

新编索引显示新作位置

短篇题目

《拳击家》

~~《了不起的小战斗机器》~~

（此信路易斯·亨利·科恩专藏）

[1] 海明威致利弗莱特书信保存下来的这是第一封；其他信件的发出日期为 1925 年 5 月 11 日、15 日、22 日；6 月 21 日和 12 月 7 日以及 1926 年 1 月 19 日。其中除了一封外，余者都由路易斯·亨利·科恩收藏，弗吉尼亚大学并誊录抄件。此处省略的是 1925 年 3 月 2 日和 3 月 5 日海明威致莱昂·弗莱希曼的信。3 月 2 日海明威报告收到 2 月 22 日及 23 日洛布和斯蒂瓦特的电报，电文说《在我们这个时代》被采用了；3 月 5 日他又报告说当日上午收到利弗莱特电报，主动要出他的书，还预支 200 美元稿费。同一天海明威回电表示接受。致弗莱希曼的信复印件出现于《在他们那个时代：1920—1940》（密歇根州布鲁姆菲尔德西尔斯出版社，1977）第 38 页。

致麦克斯威尔·帕金斯[1]

1925 年 4 月 15 日，巴黎

亲爱的帕金斯先生：

从奥地利回来即收到你 2 月 26 日的信并随信附的前一封信的副本。不幸的是，我从未收到你前一封信。你信到来之前十天，我收到伯尼·利弗莱特的电报，主动提出秋天出一本我的短篇小说集。他们让我电复，我同意了。

我当时很激动地等着收你的信，可又不知能做些什么，直到看到伯尼·利弗莱特的合同。根据合同条款，他们有权选择我今后三本书里的一本，并同意收到稿子后 60 天内出版第二本，否则选择权当即失效；假如他们不出第二本，则连第二本的选择权一并放弃。

事情就是这样。我无法跟你说收到你的信我有多高兴。你一定知道我多愿把今年秋天即出的那本书的稿子寄给斯克里布纳公司。为了让人知道你家，上《名人手册》似乎近乎值。

我要你知道我有多感谢你来信。假如哪天准备好寄给你稿子让你考虑，我当然会做的。

我希望有一天能写出多提的《沙漠阿拉伯》那样的关于斗牛的书，一本带有美妙插图的大书。[2]不过，一个人要想夏天去西班牙晒太阳并写出经典作品，得省一个冬天的钱。我总听人说，悠着点。我不怎么在意写长篇。我喜欢写短篇小说并且我喜欢在那本斗牛书上下功夫。因此，无论如何，对出版商而言，我的前景并不好。长篇小说在我看来很做作，形式也太人为。如今有些短篇都近 8 000 到12 000 字长了；也许我能写那般长也未可知。

［巴黎版］《在我们这个时代》脱销了。我自己也想买一本留着，可我听说现在很值钱。兴许你难买这本书就是因为此。我很高兴你喜欢它。再次谢谢你跟我约书稿。

非常诚挚的，

欧内斯特·海明威

(此信藏普林斯顿大学图书馆)

[1] 这是海明威致麦克斯威尔·帕金斯(1884—1947)的第一封信。此人自1926年起成为查尔斯·斯克里布纳公司海明威作品的编辑。见司各特·伯格《麦克斯·帕金斯:天才作家们的编辑》(纽约,1978)。

[2] 此早期想法日后成为《死在午后》(纽约,1932)。

致约翰·多斯·帕索斯[1]

1925年4月22日,巴黎

亲爱的多斯:

曾收到过唐[·斯蒂瓦特]一封来信,他把你的地址给了我。我把这封信弄丢了,所以没法写信。耶稣啊,我真希望你在这里,我们喝个一醉方休,就像我现在这样。最近经常醉酒。我不知道是你一直想要这书[《在我们这个时代》],居然还真越洋弄到了。你是个好人,多斯。我真希望你在这里。基督知道我欣赏你而舍伍德[安德森]却在妨碍我们。我4月1日前后把签了字的合同寄回利弗莱特公司了,他们说给我寄200美元,还没收到呢。也没有收到他们的回信。

一位叫乔治·考夫曼夫人的在这里,她说他们要删掉《印第安人营地》那篇,删掉《在我们这个时代》章节。耶稣啊我听到后感觉像挨了枪子儿。当然不能删,因为我的作品很紧凑很瓷实,每一环都相扣;一删就像往屎坑里打枪。

没什么让人不安的东西,一样也没有。

他们让我拿掉《在密歇根州北部》那篇,因为小说里的姑娘太粗俗。我给他们寄了篇醉人的新故事,主人公是尼克,一个一文不名的拳击手。还有一个莽汉故事叫《拳击家》——随《在密歇根州北部》后的三个短篇各往前挪一位置。这篇就是第5篇了。全书这样安排——第一章《印第安人营地》;第二章《医生夫妇》;第三章《了却一段情》;第四章《三天大风》;第五章《拳击家》;第六章

《一篇很短的故事》；第七章《军人之家》……

《拳击家》真是醉人的故事，比《在密歇根州北部》好，尽管我总是喜欢《在密歇根州北部》，虽然某些人不喜欢。假如它的名字叫《艾奥瓦的路》，又假如某场景改成大家伙儿一块烤玉米，[L.H.] 门肯会出版它的。

啊，我每天早上 7 点像个婊子养的那样开始干活，否则良心不安。晚上痛喝酒。我写了篇 12 000 字的斗牛故事，把一切都弄成狂欢了。另有一篇也写得顺利。假如酒喝得好又良心足够不安，无疑能写完。

现在正值夏日好天气。我早早干活，这样整个白天就能外出了。

《纵览》把那篇斗牛的故事翻译成了德文发表，毕加索为故事场景配了插图。[2]这本杂志也正准备出版我的黄诗一组，帕欣插图。你有什么黄色诗作愿让我署名吗？耶稣啊，我真希望你在这儿写几首美好的色情诗，因为目前这是我唯一的收入来源。哈德莱也在展示才华。我想这本诗作应署名 C.U.夫人和 A.M.海明威先生。两首诗得 650 法郎。两首四行一首的诗每首得 80 法郎。干吗要参加全国诗歌比赛。

《纵览》杂志给我订单，让我每个月给他们点东西。他们目前挣着大钱。我从弗莱希特海姆那儿得到委托，让我写一本关于斗牛的书——弗莱希特海姆是个迷人的西班牙犹太人，25 岁，是个斗牛迷——他认识董贝塔、维森特 · 帕斯托等人——他们要出一系列书。[3]插图是毕加索、格瑞斯等人在做。另外还有摄影当插图。他们已经做了拳击和关于马的书。

所以，这些都有小助。为容克们感谢上帝。正考虑为兴登堡作全国巡回演说。假如他们复辟了君主制，我很有机会当桂冠诗人。要知道艾略特在英国写作就是为了这个。布里吉斯先生和艾略特先生我要你们见见多斯 · 帕索斯先生及海明威先生。斯蒂瓦特先生，先生们。很高兴见到你，斯蒂瓦特先生。我们桂冠诗人得保持团结。唐写作了他喝酒了你死了。谁不得已把那廉价的讲师放到他的位置上。他声称自己是酒徒。记得他在庞朴罗纳是怎么吐得一地吗？狗屎。

真希望你在这里一起喝酒。有一个姑娘名叫哈德莱，她显示了不得了的酒量；她要见你。

你来吗？书怎么样了？天啊，我希望唐能用电影和《疯子傻瓜》[4]挣钱。他对《怜悯》和《冷嘲》似乎很有怨言。这《怜悯》和《冷嘲》是怎么回事？从未听说。

写到这里吧。哈德莱问候你。

你的

海明威

别让他们删。告诉利弗莱特别当该死的傻瓜。

(此信藏弗吉尼亚大学图书馆)

[1] 海明威和多斯·帕索斯(1896—1970)1918年在意大利初次见面，1922年在巴黎再续友谊。

[2]《斗牛》发表于《纵览》第5期(1925年夏和1925年7月)。

[3] 关于始于1920年的柏林杂志《纵览》的创办人阿尔弗瑞德·弗莱希特海姆，见尼古拉斯·于斯特《海明威和名不见经传的杂志》(马萨诸塞州巴尔出版社，1968)。

[4] 关于唐纳德·奥格登·斯蒂瓦特《疯子傻瓜》(1925)，见《太阳照常升起》第12章《怜悯》《冷嘲》段落。

此信及下列致多斯·帕索斯的信经伊丽莎白·多斯·帕索斯和弗吉尼亚大学图书馆手稿部多斯·帕索斯专藏允许在此发表。

致贺拉斯·利弗莱特

1925年5月11日，巴黎

亲爱的利弗莱特：

3月31日我寄你一封挂号信，并附上签了字的你寄给我的合同和一个短篇新作，取代你要从我的书《在我们这个时代》里删掉的那篇以通过审查。你同意收到合同后给我寄预支版税200美元支票。

我迄今未收到你确认收到我的信的音讯，也没收到支票，尽管你 4 月 14 日前一定收到了我的信。5 月 2 日纽约来的邮件我都收到了。

在你寄来的合同里没有提外文版权的事。莱昂 · 弗莱希曼先生（你在此地的代表）和近期跟你签约的哈罗德 · 洛布先生明确跟我说没有必要提外文版权，因为那都属于我。

我希望你书面确认这一点，表明我的书外文翻译版权全然是我的财产；我有权随机跟人协商处置它们。我想你不会反对此。假如你寄我副本，我会在一份上签字并寄回给你备案。

致敬！

非常诚挚的，

海明威

（此信路易斯 · 亨利 · 科恩专藏）

致贺拉斯 · 利弗莱特

1925 年 5 月 15 日，巴黎

亲爱的利弗莱特先生：

非常感谢你 5 月 1 日的来信，谢谢你寄来的支票。因为没有你的音讯我有点着急，于是几天前写了张便条，你无疑收到了。

之所以一开始就提及狗娘养的是因为在哈罗德 · 洛布的书［《小玩意儿》］里看见了它。自那以后我见过司各特 · 菲茨杰拉德上一本书［《了不起的盖茨比》］。想来就这么样了，人们并不在意这字眼印在书上。

我很高兴你喜欢那个新短篇［《拳击家》］，渴望看见清样。现在谈修改还早，等我看见那些地方你们让我改吧。只要你们不压缩，我并不想压掉什么。

我极崇拜你的建设能力，对你的添砖加瓦能力也极有信心。每隔一阵子说些不言自明的事不用说显然是好的。舍伍德·安德森写信告诉我说他现在投奔了你，我很高兴听到这个消息。他倒也配你给他出书。

下个月后半段我们打算去西班牙。我很想走之前把一校清样弄定。那儿政府部门的集邮者总想偷你的信。我记得有一次在那儿发现邮局把杂志撕开，裁了许多画片下来，贴在发报机上方的墙上。

你什么时候跟我们一起去那儿吧。［罗伯特·］本奇莱和唐·斯蒂瓦特等一帮人今年要去呢。等我有了钱我带你豪游西班牙，这样就可以少交点个人所得税了。

再次感谢你的信和支票。

永远的你的，

欧内斯特·海明威

（此信藏普林斯顿大学图书馆）

致贺拉斯·利弗莱特

1925年5月22日，巴黎

亲爱的利弗莱特先生：

我今天把清样寄回给你，邮件上已注明明天跟“毛里塔尼亚”号海上走，连同这封信。用不了几天你就能收到了。

这次给短篇小说排的版真漂亮，我很喜欢它们的模样，要校之页也不多。我已写信给［曼纽尔·］康姆罗夫先生关于各章斜体字字头太黑的问题。这些字完全误起了强调作用，样子也蠢；每次上方用字框也并非本意。

你会看出我修改了《艾略特夫妇》的那篇，完全删除了淫秽意象。因为整个故事不断重复如下字眼：“他们想尽办法要生一个孩子”，我于是就那只船和巴黎加了点东西以接上旧韵，保持小说的有趣成分。为了使故事成为一个整体，重复之字眼是不得已的。

真是耻辱啊，得修改作品。不过，你说了，只因为一个短篇里的几处有趣的话就压缩全书第一卷有点愚蠢。既然你删了，我就又润色了一下。你能否征求各路意见保证它不再被压缩？一个短篇被删了活力部分后再被压缩就更糟了。

简·希普原封不动发表了它，并没有惹麻烦。任何没有读过原作的人倒可能觉得滑稽了，而不是感觉危险。不过记住，我同意你删的部分，并把这些文字弄得更温和了；由你裁定。对我而言此作没有什么大不了的，我愿为你修改它。

编辑全书的人很有智慧，大部分句读的修改我表示同意。我不同意之处则改回原样了。我对句读的态度是，能常规则常规。假如槌球的槌子和台球杆被允许放到果岭来玩儿，那高尔夫球比赛要逊色多了。某个工具你如果有资格用来自我完善，那你得向人展示你比别人高明得多。不过，别让这话给过了一遍句读校样的人灵感从而再采取行动，因为现在没问题了。看上去卷面很好了。

重读一过，觉得比记忆中那本书要好。不是自我膨胀，因为每隔一段时间再读，我就奇怪自己怎么写得出如此醉人的故事。

急切地等着读清样，请尽快。

致敬，

非常诚挚的，

欧内斯特·海明威

(此信路易斯·亨利·科恩专藏)

致舍伍德·安德森

1925 年 5 月 23 日，巴黎

亲爱的舍伍德：

真抱歉这么久没给你写信。我当然感谢你把我的书安排给利弗莱特出版。多斯·帕索斯来信说我收到葛特鲁德·斯坦因转来的你的信之前你就安排了。

是的，也许关于《许许多多的婚姻》[1]我的想法错了。等我有工夫再细读一遍。读连载真是件苦事。无论怎样，一切评论都是狗屎。除了你自己，没有人懂得作品的什么。上帝知道拿钱对事物表示态度的人是什么东西，职业评论家让我恶心。他们是追随文学阵营的太监。他们连妓女都不愿当，美德得很，都不会生育。出发点都那么美好高尚。但是，他们都是阵营的追随者。

上次见面以来，我拼命写作，同时过得也很愉快。等你和伊丽莎白[2]来，我们一起去西班牙看斗牛。我从公牛和斗牛的人群里得了些灵感，可还不知是什么。不管怎样，在下一本书我会展现全部所知，或者很大一部分所知。我真愿有足够的钱让我养牛。不过，我永远也不会有钱。连夏天去那里跟他们厮混都得拼命挣钱才得行。

我真的很高兴你去找利弗莱特。我不善写信，所以无法表达我有多感激你让人把我的东西发表了。这意味着许多东西。你得先发表，这才能给你支撑。就其他方面，这也意味着很多东西。

哈德莱很好。我们一如既往相爱相知。现在有了个孩子，他开始说话了，也能跟我一起走着去咖啡馆了。

葛特鲁德·斯坦因的书《美国人的诞生》真是好极了。你在《跨大西洋》里看见部分登出来的文字了吗？迈克阿尔蒙正准备出版它呢。[3]

一如既往问候你。我们都想见伊丽莎白。

你的

欧内斯特·海明威

（此信藏纽贝瑞图书馆）

[1] 安德森1923年的小说。

[2] 伊丽莎白·普拉尔，安德森第三任妻子，1924年娶的。

[3] 见唐纳德·G.盖勒普《〈美国人的诞生〉的诞生》，刊《新版权页》（纽约，1950）第54—74页。

致麦克斯威尔·帕金斯

1925 年 6 月 9 日，巴黎

亲爱的帕金斯先生：

我无法表达有多感谢你给我寄［巴黎版］《在我们这个时代》样书。人偶有的非常快乐的事情之一就是拿到样书；无论何时想起来都有好感觉。非常感谢你。

现在我又得了一本，随函把它寄给你。司各特·菲茨杰拉德住在此地，我们经常见到他。我们一起快乐地旅行，开着他的车从里昂穿越黄金海岸。[1] 我读了他的《了不起的盖茨比》［1925 年］，认为这是绝对一流的书。希望它顺利。

再次感谢你寄来小书。向你致敬！

你的诚挚的，

欧内斯特·海明威

(普林斯顿大学图书馆)

[1] 见《流动的盛宴》(纽约，1964)第 154—176 页。

致贺拉斯·利弗莱特

1925 年 6 月 21 日，巴黎

亲爱的利弗莱特先生：

就文集问题，我同意你的看法。首先我已拒绝授权两个短篇并且已经告诉［伊万·］彼得，他是替福特处理这件事的人。他得整个地跟你谈。

一个短篇对我的书不会构成伤害，也许还有助益。尤其是这个短篇才 5 页长。彼得拿着你的信来找过我，说是他会给你写信要《医生夫妇》的授权。

你觉得给的钱好你就授权吧。我不想得罪福特，因为他很有可能给我发一篇价值25美元的评论——实际上已经发了。你可以把我的稿费免了。

我们下周去西班牙。唐·斯蒂瓦特现在此地。我们一起去那儿见本奇莱。我是个芝加哥来的乡下小子，不懂如何从作家身上捞点什么。迄今为止，我只懂得如何从出版人那里捞点什么。下一步我要捞点钱，以便扮演捞作家的角色。接着可以拍点照片——海明威——被贺拉斯·利弗莱特捞之前和捞之后——然后把它们放进相框连同类似展品，我该能从作家那里捞取资本，快得如同我能让他们捂紧钱包。

我自然不介意任何文集收我的作品。我只希望它们按我写的样子发表，并付报酬。从《跨大西洋评论》选文章结集相当于给他们两次稿子，于我一点乐子都没有，尤其是自称"戴尔出版社"的来复制。我现在不愿与福特为伍。他够不喜欢我的了，只有强打精神他才会喜欢我的作品。我不想让他停止强打精神。

忠实于你的

欧内斯特·海明威

(此信路易斯·亨利·科恩专藏)

致哈罗德·洛布

1925年6月21日，巴黎

亲爱的哈罗德：

我那个婊子养的编辑[1]两度给我打了X。他明天来——也就是说6月22日星期一来——所以我们得到周三早上或周四晚上才能出门。

我会给你打电报的。帕特和达夫[2]也会来。帕特去苏格兰是为了钓鱼竿，达夫去英格兰是为了钱。就我所知达夫没带仙话里的小人儿跟她一起旅行，你不妨安排一群当地的仙话小人儿到火车站接她，带一束雏菊花环，如此，"方位"过渡就不那么突然了。

我在这里跟唐·斯蒂瓦特一起过得很愉快，感觉就像百万富翁。

唐要去庞朴罗纳，鲍勃·本奇莱也去。庞朴罗纳之行一定不错。每天，钓鱼活动被砍掉我感觉很不好——不过，无论如何我们就要有一个星期的美好日子了。哈德莱和我的日子安排得都紧凑，我们过得很不错。我从奥地利回来后感觉不那样好了。再见。哈德莱问候你。

你的，

欧内斯特

我们会明白你的意图的。

我们会写个便条给波琳［·费佛］，告之你有邮件来。我们还能为你做点别的吗?

去见科瑞布斯·弗瑞恩德，说我们要去钓鱼。

我的斗牛小说第一个连载15页刊这个月的《纵览》。

你的，

E.

鲍勃·迈克阿尔蒙写信讲他跟基蒂［·嘉奈尔］在伦敦去剧场看戏。我已经写信并汇款订了庞朴罗纳的票。保罗·费舍尔也许会来。我们的节目很醉人的。我想没别的消息了。我过得很愉快，感觉喜欢写作了。基督啊，我但愿这残酷的编辑别来。这一周旺季我给他们找房子可难了。

(此信藏普林斯顿大学图书馆)

［1］可能是伯尼·利弗莱特的莱昂·弗莱希曼。

［2］达夫·特维斯登和帕特·葛斯瑞。他们日后成为《太阳照常升起》里的布瑞特·阿什利和迈克·坎贝尔。达夫乳名玛丽·达夫·斯特林·拜伦，1893年生于约克郡，1938年去世。罗杰·威廉·特维斯登爵士，第十代男爵，生于1894年，1934年去世。

致厄内斯特·沃尔什

1925年6月25日，巴黎

亲爱的厄内斯特：

乔伊斯昨晚遍发信问人《本季》的情况，并问他该把稿子寄给谁。这份稿子10天内能完成。你给他写封信好吗？就说你在等他的稿子等等。

你的信可以请莎士比亚书店收转，假如你没有他的地址。我通过西尔维亚［·毕奇］捎口信让他寄稿子到圣昂纳路338号。

永远的你的，

欧内斯特

我们在打点行李。猫咪［羽毛妞］担心我们一去不回，早早就在院子里等着了。

（此信藏弗吉尼亚大学图书馆）

致F.司各特·菲茨杰拉德[1]

1925年7月1日，西班牙布尔盖特

亲爱的司各特：

明天我们去庞朴罗纳。在这里钓鱼呢。你好吗？泽尔达好吗？

我最近感觉比以往任何时候都好——自我离开巴黎之后除了葡萄酒，别的什么酒也没喝。上帝啊，这儿乡野真美好。不过，你不喜欢乡野。好吧，免去对乡野的描述。我不知道你对天堂怎么看——一个美丽的真空，富裕的一夫一妻人群，能耐都大得很，都是名门望族的成员，一醉到死。地狱大概是丑陋的真空，满是穷人，群婚群居，没有酒或者都有慢性胃病，他们称之为“秘密的忧伤”。

对我来讲，天堂就是一个大斗牛场，我拥有两个前排座位；场外有一条鲑鳟鱼小溪，别人不许在里面垂钓；城里有两座可爱的房子：一座住我老婆和孩子，一夫一妻制，好好地珍爱他们；另一座安置九个美丽的情妇在九层楼的每一层；一座房子里点缀有《戴尔》的专藏本，印在软餐巾纸上，每层厕所里储放；另一座房子我们用《美利坚墨丘利》和《新共和》。另外，庞朴罗纳有个不错的教堂之类，我可以去，一路从这座房子忏悔到那座房子。我可以和儿子骑马到我养斗牛的牧场，名字是哈先达·哈德莱。沿路我向住在两旁的所有的私生子投掷硬币。我在哈先达牧场写作，并派我儿子去给情妇们上贞洁带，因为有人骑马来报信说看见臭名昭著的一夫一妻主张者菲茨杰拉德一路骑来，朝着晃荡喝酒的人群聚首的小城而去。

明天一早我们终究是要进城的。写信给我到西班牙庞朴罗纳昆塔那旅馆。

你或者不喜欢写信？我喜欢写信，因为写信让我感觉不在工作而又没有无所事事，很醉人。

再见。我们俩问候泽尔达。

你的，

欧内斯特

（此信藏普林斯顿大学图书馆）

[1] 菲茨杰拉德（1896—1940）1925 年 5 月在巴黎丁哥酒吧初遇海明威。见《流动的盛宴》（纽约，1964）第 149 页及其后。

此信及下列致菲茨杰拉德诸信经普林斯顿大学俯允在此刊用。

致哈罗德·洛布

1925 年 7 月 12 日，西班牙

亲爱的哈罗德：

昨晚我太小气太不像话。我不想让你在狂欢节的末了带着那让人恶心的粗鲁脏话离开。[1]我希望自己能抹掉一切恶德性，但又觉得抹不掉。这纸信是想让你知道我对自己的行为彻底感到羞耻，对我说过的恶心不公正而又莫名其妙的话感到羞耻。

再见并祝好运。希望能不久再见，并相处和好。

你的，

欧内斯特

（此信藏普利斯顿大学图书馆）

[1] 这是海明威在庞朴罗纳跟洛布吵架后第二天早上写的便条。见洛布《本来如此》（纽约，1959）第295—297页；卡洛斯·贝克《海明威传》（纽约，1969）第150—151页；《太阳照常升起》（纽约，1926）第17章。

致葛特鲁德·斯坦因和艾丽丝·B.托克拉斯

1925年7月15日，马德里

亲爱的朋友们：

我们过得很愉快。天气不太热。见了老相识贝尔蒙特。他也过得不坏。他让人把一头公牛献给了我们；哈德莱得了一只牛耳，把它包在手绢里；谢天谢地，那手绢是唐·斯蒂瓦特的。我告诉她该把牛耳扔掉或者切成片随信寄给圣路易斯的朋友们。她就是舍不得丢，牛耳安然无恙。

马德里现在很不错。膳宿公寓不错，房间也不错，每天10个比塞塔。人们重新侍弄了草坪——也许是鲍勃·迈克阿尔蒙提意见了；现在草坪很好。哈德莱在草坪上，等我写完信我也去。昨晚我们夜游；今天下午又是一场大型斗牛，赛手是弗瑞-维拉埃塔、利特里和尼诺·德·拉·帕尔玛。后两人是新起之秀。尼诺跟贝尔蒙特手牵手显出贝氏很廉价。他做的动作都是贝尔蒙特也做的，但比贝做得好——还逗他——拿腔拿调、节拍笨拙之类。随后他独自走出来，任何花样都不摆弄——文雅、谦虚，手里拿着帽子，缓慢而顺滑——还有精致的短标枪；开始5个自然动作，用的是斗牛红布——最后几个漂亮完整的动作相连接，接着完美地把牛杀了。

他来自隆达，西班牙人人对他着魔——当然除了那些不能容忍他的人。然而，就这样，他在马德里首次亮相的时候，他们还是整夜排队等着看。我们见了他4次，在瓦伦西亚还要见他4次。他把帽子给哈德莱拿着之类的动作很灵验，哈德莱不担心邦姆比了。玛丽［·罗尔巴赫］写道，他的精神面貌很好，跟所有的孩子都能玩好，总是很健谈。

校样怎么样？你们最近钓鱼了吗？

我们发现去年找到的满是鲑鳟鱼的最佳小溪被伐木及顺流运输木头之举毁了——所有的池塘都给清干了——鲑鳟鱼也都死了。21号我们去瓦伦西亚，在那儿一直呆到8月2日，最后一站。我们坐三等舱旅行，不很贵，也很好玩。有一个孩子从庞朴罗纳来，他父亲是塔法拉附近的葡萄酒酿酒商，把大桶大桶的样品拿到马德里去卖。当然，大家互相让酒喝；他灵感一动，一桶一桶打开；三个包厢，包括两名牧师和四名国民卫队队员喝得吃紧，不幸包括我自己。我要么是把票丢了，要么就是给人了。临近马德里，我越来越着急；越近越急。然而，国民卫队的人把我们带进去，根本不要票。这是我有生以来参加过的最佳聚会。只有西班牙人才会这样。哈德莱和牧师讲拉丁语。很好听。

我们都问候你们

永远的你的

海明威

（此信藏耶鲁大学）

致C.E.海明威大夫

1925年8月20日，巴黎

亲爱的爸爸：

谢谢寄给我《国际书评》、《森林与溪流》，谢谢你给我写这么好的信。昨天刚从西班牙回来。此次旅行好极。几乎每天都游泳。这些天日夜工作，写长篇［《太阳照常升起》］写了60 000字。还有15 000字要写。给你写完信后就又要开始写这东西。

伯尼·利弗莱特把我的书［《在我们这个时代》］的护封寄来

了，看上去很好。

今年夏天我们钓鱼运气不佳。去年夏天钓到那么多鱼的美妙小溪被伐木给毁了。鱼死了；池塘也被毁了；堤坝断了。让我感到不舒服。

看了24场斗牛，几度进斗牛场。

过海峡［麦吉诺海峡］一定很好玩。摩托车越野快得很。

明年夏天我们也想来。哈德莱和我想去苏必利尔湖北岸的一条小鲑鳟鱼溪流野营露宿。我们可以带着装备从温德米尔去往苏城，然后在那一带活动。我在想是不是去斯蒂尔河。

我的两条腿都在经常烦我。我想到40岁前后能不能健康走路都是事，假如不好好护理的话。

很高兴母亲在画画，她喜欢就好。我没见过她的作品。莱塞斯特学会打鱼了真好。我不知道生活里还有什么比这个更有趣。我今年很怀念钓鱼。

很不好意思，我不常写信。太忙，忙着两个活儿；并且一直在西班牙周围转。我曾给你写信起了个头，在庞朴罗纳给妈写信也起了个头，可是一直没写完。我们去了瓦伦西亚、马德里、撒拉戈莎和圣塞巴斯蒂安。就写到这里。祝你们好运，问候所有乡亲。永远祝福你们。

你的，

欧尼

问候厄拉［厄苏拉］。告诉她我会写信给她的。我们行将被迫离开这里［圣母院路113号］，如果地址有变化我会通知你们的。

（此信藏肯尼迪图书馆）

致厄内斯特·沃尔什

约1925年9月15日，巴黎

亲爱的厄内斯特：

我们在战争期间常停在米兰来克莫河边的贝拉吉奥度周末。可是，我不记得那些酒吧的名字了。拉戈马吉奥街上的斯特勒撒酒吧总是我较喜欢去的地方。此外还有拉戈迪加尔达街上的赛米奥尼。我想你也知道这两家。拉戈马吉奥街的帕兰扎也不错。斯特勒撒是个可爱的地方，至少从前是的。别再给意大利打保票。

柯尔蒂纳达姆佩佐坐落于世上最醉人的乡野。这里的人好，广场也好。我们曾经在那里度过一个冬末，在贝勒维旅馆。东家是留吉梅纳德。这是我所知最可爱的乡下。我们今年冬天打算去那儿滑雪，假如一切都顺利的话。

我写完了一个长篇——得花整个冬天重看一遍并把它打出来。盖普看样子是个不怎么样的地方。我想继续徒步旅行，让我的头脑恢复正常。我身心疲惫；写完这本书后又开始酗酒。能喝海量威士忌而不醉，因为我的脑子太累。还每天在塞纳河里游泳。比缅因州海岸要冷。无法继续徒步旅行了，因为我的右脚韧带裂了。希望它不久康复。不喜欢在城里浪费秋色。哈德莱不能去，因为邦姆比刚回来。这个小城没有男人是我愿意带着上街走走的，又不愿带任何女孩子，因为我讨厌感情纠葛、私生子和赡养费。因此，可能会自己去。可是，我内心是如此的孤独，极希望有人跟我一起走走。兴许走过关口去奥斯塔，看看整个意大利的状况。也愿去威尼斯小小地猎艳；去康帕利餐厅吃顿好饭；在维森撒找个我知道的最好的旅馆睡上一觉；然后散步去斯奇奥和热克阿洛，在巴萨诺过一夜，再去戈拉帕、蒙蒂佩尔迪卡和阿撒罗尼爬山——没有战争的话多醉人。不过，在意大利你得有个姑娘相陪。啊见鬼去吧这一切。我把意大利埋葬了；一有机会她就变得恶心，为什么又将她挖掘出来说道。

给我写信报告消息并告诉我你的地址。替我们问候摩尔海德小姐。

永远的你的，

欧内斯特

请用“保证信托”的地址，因为这里的人老偷信件。

（此信藏弗吉尼亚大学图书馆）

致伊瑟尔·摩尔海德和厄内斯特·沃尔什

1925年11月30日，巴黎

亲爱的摩尔海德小姐和厄内斯特：

我遵嘱寄回校样。只改动了4处措辞和61处排版错误如had里少了h，much里少了h，you里少了u以及漏字等等。

所以，别把我看成乔伊斯那样，每次清样寄来就重写整个故事。

重读［《没有被斗败的人》］一遍，有许多地方我想改动，但还是只字未改，除了那头神气十足的公牛的碑文上的数字。手稿上的数字写错了。

我收到了厄内斯特上封信，未及回信；因为哈德莱卧病在床一个礼拜，同时我又忙得要死。[1]我会写一封长信的。我们打算12月15日去奥地利。到时写信请寄如下地址：奥地利福拉尔贝格州施伦斯市鸽子酒店。

《本季》能出来我自然激动。它该是个大数目。

问候你俩，

欧内斯特

（此信藏弗吉尼亚大学图书馆）

［1］海明威当时一直在写《春潮》（纽约，1926），此作讽刺舍伍德·安德森。他在送唐·卡洛斯·古菲的样书上写道（没有日期）：他是一个周五开始写它的，次周四完成，正赶上感恩节。那么，此作写作时间该是11月20—26日共七天。海明威1926年6月29日致伊西多尔·施耐德的信（本书未收）说此作用了六天时间而不是十天。见麦休·J.布鲁克里和小C.E.弗瑞泽-克拉克编《拍卖行里的海明威物件》（密歇根州布鲁姆菲尔德西尔斯出版社，1973）第41页，第116页。

致伊萨贝尔·西蒙斯·戈多尔芬

1925年12月3日，巴黎

最亲爱的伊丝：

收到你如此醉人的信。你有权要我们俩的脑袋。哈德莱和我在西班牙的时候钱花得精光，在你婚礼那天都没能发封电报给你和弗朗西斯。[1]自那以后我们常谈送个什么礼物，哈德莱的计划如此醉人，以致你什么礼物也没得到。真不好意思。不过，我对上帝保证我们会弥补上的。

你和弗瑞斯科都喜欢这本书，我真太高兴了。剪报室给我寄来五十来篇评论，我猜书行销得不错。看见《新共和》11 月 25 日［保罗］·罗森菲尔德写的评论，很说好话，等等等等，但还是足以令你恶心，竟然要读这样的劳什子。

老是没恰当地记住你是个结了婚的女人，不知该如何确切地称呼你已婚的人儿。很高兴你嫁了个好人。谈起妻妾的话题，尤其不好说，既然你现在是结了婚的女人。你问到了，那么我就回答：你的位置仍然敞开着，给你留着呢，今后还将留着；我看看谁会来僭越。一周后我们去奥地利。那里的地址：奥地利福拉尔贝格州施伦斯市鸽子酒店。看在上帝的分上，写信给我。在施鲁恩斯收到一封信抵别的地方的四封信；收到你的一封信，抵他人的八封信。

我写完了一本好玩的书。[2]后天重打的稿子来了之后就海运寄往纽约。天啊伊丝，我多希望你跟我们一起去奥地利。醉人的滑雪。美丽的小城，也就柯尔蒂纳那么大。多斯·帕索斯也去。在多斯和唐·斯蒂瓦特以及另几个家伙之间，哈德莱似乎更有可能有后宫，所以我希望你能来，帮我维护一点旧宫纪律。

哈米的地址是哪儿?

书写完后就没有收到家人的音信。终于有了本好玩的书。希望你也觉得好玩。并且是个反复修改了多次的长篇小说。我想让它成为一本很好的书。

春天我们去西班牙，5 月、6 月、7 月都在那儿过。8 月份回来过犹太人所谓“年半”。打算在密歇根过整个冬天。你得来，在这儿保留一个位置。我想不久能挣点钱了，骨子里感觉到的。出版商们纷纷来找我提意向。

想来家人正祈祷呢，琢磨就我刚出的书该对我说些什么。就好玩的那本，他们也有很多事情要祈祷呢。觉得他们不读的话会轻松些。你的家人写信跟你怎么说我的书？橡树园的反应真醉人。

邦姆比声音嘶哑，身体像袖珍版的费尔堡。哈德莱现在好了。前儿得了流感，在床上躺了一周。她现在忙着打点行李收拾东西，否则会给你写信。我们在西班牙期间，邦姆比在布瑞塔尼跟玛丽［·罗尔巴赫］，把英语都丢了；总是满口法语。我们出去散步，他会说“爸爸！找辆汽车”。他的嗓音低沉；管他的保姆叫母鸡玛丽。他现在说话用五个单词造句。发现所有的床下面都有狮子；于是追逐，用一个旧螺丝刀歼灭之。杀一个就说一声：“爸爸，小狮子在这儿！”他的 lint 发音时一如 lie 或者 lye。狮狮是他唯一的英文单词了。

天，我真高兴你喜欢这书。我知道弗瑞斯科是只佳鸟。问候他；我们三人都问候你们。

爱你的，

欧尼

(此信藏普林斯顿大学图书馆)

[1] 伊萨贝尔 1925 年 7 月 25 日嫁给了教授经典著作的 R.B.戈多尔芬，此人外号弗瑞斯科。

[2]《春潮》由斯克里布纳出版(纽约，1926)。

致贺拉斯·利弗莱特

1925 年 12 月 7 日，巴黎

亲爱的利弗莱特先生：

我随此信寄上我的新书《春潮》的手稿，明天就能上“毛里塔尼亚”号上路了。司各特·菲茨杰拉德读了手稿，很是激动，说是要写信给你谈谈这本书；我不知道他写了没有。

这本书不是我迄今称之为《太阳照常升起》的那本长篇小说；那本我还在重写，会写一整个冬天。

如你所知，英语小说的黄金时代菲尔丁写了他的讽刺小说应对理查逊的小说。《约瑟夫 · 安德鲁斯》是这样被塑造来戏仿理查逊的《帕梅拉》的。现在，这两本书都成了经典。很久以来我都听到各路批评家哀叹美国缺少讽刺作家。也许你读了这本书之后就会觉得他们没有什么可哀叹的了。

路易斯 · 布鲁姆菲尔德也读过这手稿，说他认为这是他读过的最好玩的书之一，是完美的美国讽刺作品。

在实际层面，我觉得这本书当滑稽书长短正合适。你不想要太长篇幅。你可以把它弄成整篇幅的一本书，就像多兰处理唐 · 斯蒂瓦特的作品。比 [斯蒂瓦特] 著《戏仿史纲》(1921) 长五千字。页面安排恰到好处，留有批注空白，页尾有空间；全书分章节，每章排字头；作者的注用不同字体；字行安排得当能给你足够的篇幅出版一本大小合适的书。布鲁姆菲尔德说他认为足够长了。我希望你能找拉尔夫 · 巴顿来做插图。

你会看见，虽然这是个讽刺作品，但它的故事很动人；人物一直在行动，从未跑偏成为纯幻想和精神意义上的劳什子。干货满纸。幽默不是拉德纳式的幽默；也不是斯蒂瓦特或者本奇莱的幽默。此书自立在那儿呢。

假如你接受这本书，你就得宣传。《在我们这个时代》我没怎么成功，广告不足，封面简介太拥挤；假如每条介绍单独使用，皆成有价值的广告词；可是它们被放在一起了，把读者弄得自我防护意识很强。我知道你认为短篇小说不好卖，只是为了将来合作才出我的书的。不过，这本书会好卖的，得认真布置安排。书该在春天出来。

我能想到的你不愿出版此书的唯一理由是担心得罪舍伍德。我不认为自己有东西的人会被讽刺伤着。无论怎样，在公众眼里，把我和舍伍德区分开来对你有利。你可以把我俩放在同一屋檐下；接待完一个再侍弄另一个。

假如你接受这本书，我要求预支500美元稿费。这是表示愿为此书推广的最低保证。我该要1 000美元的；因为你拿到的书稿假如有拉尔夫·巴顿做插图、又如你那样知道怎样推广，可以卖20 000册。我情愿等版税，不愿让你觉得我想抢劫你。好玩的书是不容易得的。这本书有利的是可以先卖给读过《黑笑》[1925]的人；一旦开了头，就无法阻止它了。本书不仰仗安德森而自有魅力；不过开头还是需要那元素的。它也会引起足够的喧闹。读过安德森的人会强烈感觉到它——或者这样或者那样。我今后三个月的地址如下：

奥地利福拉尔贝格州施伦斯市鸽子酒店。

你能即刻告诉我对《春潮》所做的决定吗？万一你不愿出版它，我还有几家可以考虑呢。尽管如此，我还是希望你能出版它，因为这是本很好的书；你可以让我俩都挣到许多钱。

致敬！

永远的你的，

欧内斯特·海明威

（此信路易斯·亨利·科恩专藏）

致格瑞斯·豪尔·海明威

1925年12月14日，奥地利施鲁恩斯

亲爱的母亲：

祝贺你画画获得成功！谢谢你寄给我《新共和》的评论。[1]也谢谢你寄给我《大西洋月刊》上登的关于[舍伍德·]安德森著作的评论。[2]阿奇·麦克莱什是个非常聪明的人。他说出了我自己对《黑笑》的看法。所不同的是：我认为此书除了两三篇正经东西，别的都是做作的假货；阿奇客气，没有明说。能写出类似最后那句子的人不该写作。

我们给你寄了圣诞礼盒，是给全家人的。哈德莱 12 月 10 日邮寄的，走的是头等件。一个包裹寄往橡树园，一个包裹寄往底特律玛斯 [玛赛琳] 。希望圣诞节你们能收到。如果能收到你寄的书我会很高兴的。我这个地址可以用到 3 月份。3 月下半月我们去里维埃拉见一些朋友 [杰拉尔德和萨拉 · 墨菲] [3]，跟他们一起扬帆。然后从那儿去西班牙。9 月回美国。

我有一架新相机，会把邦姆比的一些照片都寄给你。他现在跟着保姆 [马蒂尔达 · 布劳恩] 滑雪呢。我们 12 月 1 日到达这里的，2 英尺厚的雪，零下 14 度，当然是摄氏度。我在拼命工作。上月在巴黎累倒了。又有一本书 [《春潮》] 脱稿交给了出版社。我拼命写作，没有时间运动，总是弄垮身体。咳嗽很厉害，体重下降等等。这里的山会治好这一切的。

这里的乡野很可爱。松树，村里绿白相间的房屋。我们认识小镇上的所有人。我每周参加扑克牌戏并且是滑雪俱乐部的成员。我们是小镇上唯有的外国人。这是学外语的好方式并且不受干扰。

波琳 · 费佛[4] 打算来这里过圣诞节。多斯 · 帕索斯为《哈珀斯》杂志得去摩洛哥，2 月才能来。我们打算去慕尼黑，飞越阿尔卑斯，在山地最高处——在希尔维瑞塔降落——然后滑雪下山。这是今年才有的新花样；我们是第一批实践者。每人花费大约 75 马克。我们有 5 人要去。要坐的飞机是一架著名的德国战机。昨天哈德莱还滑雪来着。我还太虚弱，没去。今天感觉好多了。

我们都问候你和爸爸，问候孩子们。

永远的你的，

欧尼

《新共和》的评论多啰嗦。我仍然喜欢读这啰嗦。

(此信藏肯尼迪图书馆)

[1] 保罗 · 罗森菲尔德论《在我们这个时代》刊《新共和》第 45 期(1925 年 11 月 25 日)。罗森菲尔德把海明威的短篇小说同立体主义绘画作比较,发现它们都受安德森和斯坦因的影响。

[2] 麦克莱什为《大西洋书架》评论《黑笑》刊 1925 年 12 月号。

[3] 杰拉尔德(1888—1964)和萨拉·墨菲(1883—1975)有三个子女：昂娜丽雅(1917年生)、保斯(1919—1935)和帕特里克(1920—1937)。虽然没有指名道姓,老墨菲夫妇出现于《流动的盛宴》(纽约,1964)其中的一个章节,在第207—210页。参见卡尔文·汤姆金斯《好好活着就是最好的报复》(纽约,1971)相关人物记。

[4] 波琳1927年5月嫁给海明威。她于1895年7月22日出生在艾奥瓦州帕克斯堡。时正为巴黎版《时尚》杂志工作。1951年10月1日她在加利福尼亚突然去世。

致西尔维亚·毕奇

约1925年12月14日，施鲁恩斯

亲爱的西尔维亚：

我们都抱歉周五没能去你那道别。我因为该死的喉咙和发烧卧病。喉咙的问题现在减轻了。旅行过得很愉快。邦姆比整夜说话。他不能肯定我们已知道正坐着火车旅行呢，整夜叫喊：“爸爸！火车！”“妈妈！火车！”

这里很冷，也很舒服。镇子里的雪已经有2英尺厚了。哈德莱昨天滑雪了。明天我们都去滑雪。

[下面是哈德莱写的]

(此信藏普林斯顿大学图书馆)

致F.司各特·菲茨杰拉德

1925年12月15日，施鲁恩斯

亲爱的司各特：

我希望你和泽尔达身体又都好了。波琳［·费佛］把书带来了吗？我给了她鲁登多夫、布瑞格·扬和法拉尔的《聚焦》。[1]我自己也患该死的嗓子疼；尤其是给他们（墨菲夫妇）大声朗读《春潮》全文之后。一整天没能说话，于是有此莽举。耶稣基督啊，有时我真想长大。我都疼了一周了，想一两天后总会好的。

我们旅行很愉快。小镇里没有别的外国人。我卧床养病、和当地人打台球、滑了两次雪但浑身无力，结果腿软，结果胆怯。哈德莱和邦姆比身体很好。从前打台球我总是让哈德莱 200 的，现在她同我势均力敌。

两天来一直下雪。雪有 2 英尺半厚。天冷，空气好而有些憋闷。又见山景美好。

读了屠格涅夫的《父与子》和托马斯·曼的《布登勃鲁克一家》第一卷。《父与子》远不是他最好的作品。里面有些醉人的东西，但不会再像它被写出来的时候那样激动人心。对一本书来讲，这评论就够可以的了。

你对墨菲夫妇的评价是对的。他们是了不起的人。好人又这样的好。

《布登勃鲁克》真他妈是本好书。假如他是个大作家，该有多醉人。你想啊，一本 1902 年出版的书直到去年才有英文本；你对这样的人群就更尊敬不起来：这人群被《大街》、《巴比特》之类的书搅动，你的男友门肯［L.H.门肯］闹腾的，就因为这些书偶然写了被滥用的美国场景。

你读过［纳特·汉桑的］《土地的成长》吗？那么，看在基督的分上，读读托姆·博伊[2]吧。

我想你该从写了能教你点东西的作品的所有人那里学习写作。然而，这些混蛋所做的一切却是学习某些具体的观念；具体的观念只在发明时才重要。就像我此刻突然发现了引力的规则那样。

想让我写一篇论题材的重要性的小论文？啊，你酸溜溜感觉自己没赶上战争，其原因是战争的题材是最好的题材。它最大限度集合材料，加速动作，能带出各种东西，这些东西通常得等一辈子才有。让《三个士兵》成为醉人的书的是战争。让《夜街》成为糟糕的书的是波士顿。[3]两本书其实写得都好。我能听见你说我讲得不对。也许我讲的是不对。你也许发现爱情也是个好题材。其他题材主要围绕钱转，富有啊，贫穷啊等等。还有贪婪。先生们，小子老师累了。无趣的题材我该说是阳痿。谋杀是好题材；所以下次写书时弄个醉人的谋杀情节，然后高枕无忧。

看在基督的分上别因为没赶上战争就沮丧；因为，作为整场表演，我并未从战争里看见什么或者得到什么有价值的东西；没有让我自己感动（这是廉价的浪漫观点），因为我那时年轻。多斯很走运，他两次参战，在两次战争之间成长。他的第一本书很糟糕。

你可别糟糕到不回此信。因为，在这里书信抵百万金。

问候泽尔达

永远的你的，

欧内斯特

你原计划让哈罗德·斯特恩两周内变好怎么样了？——这些年都过去了。

（此信藏普林斯顿大学图书馆）

[1] 约翰·法拉尔编《文学聚焦》（1924）。1925年他在乔治·H.多兰出版公司当编辑。1929年他与人合创法拉尔和莱茵哈特公司。

[2] 托马斯·博伊（1898—1935）写了《穿过麦子》（1923）等小说。

[3]《三个士兵》（1921）和《夜街》（1923）是约翰·多斯·帕索斯写的小说。

致阿奇巴尔德·麦克莱什

1925年12月20日，施鲁恩斯

亲爱的阿奇：

真抱歉在家里没能见到你。哈德莱很高兴那只耳环失而复得，对红玉髓首饰激动不已。重的那只尤其珍贵，因为挂在左耳将纠正她头部右倾，真不幸她老右倾。

真希望你和阿达来这里。2英尺半厚的雪。沙一般干，锯末一般轻。美妙的滑雪。我们也经常跟当地人打台球。我们一家是小镇上唯一的外国人。哈德莱连赢四局当地打法凯利台球；输的人有旅馆老板、我、滑雪学校的校长和五金工具店老板。我从前在台球桌上总是让她200点的——打400点一局。现在她能跟我打个平手。我成了当地打台球的人的香饽饽了。

我母亲把《大西洋月刊》上你评论《黑笑》的文章寄给了我。《月刊》说得没错，这是篇很好的评论。我母亲总是把舍伍德露面的所有东西寄给我：他何时离婚，或者别的任何东西；因为她读到别人说我也差不多是这么个人，只是稍逊色点。并且，她自然想让我知道大师的交游近况。你写了篇很棒的评论，有智慧，又不靠感叹号唤起人的热情；也不提石英工艺品馆，或者省略几个动词之类立刻让劳伦斯·斯道林思意识到一部杰作诞生了。多斯［·帕索斯］对斯道林思的看法是不错的。世人似乎觉得斯道林思是个伟大的批评家，因为他在战争中失去了一条腿。多斯的理论是：你在战争中失去的越多，你就越发是个糟糕的批评家。这听上去并不好玩。也许我没把意思弄对。

今天是星期天，所以没有邮件。顺便一说：假如你写信，看在基督的分上，写信寄到我们这儿来。我们过得很愉快，不过在施鲁恩斯，书信是让人激动的物事。我在床上躺了两三天，克服该死的嗓子疼。今天好多了。

舞厅里在盛大排练孩子们的圣诞节表演。楼上传来的唯一噪声是乐章结束的提醒声。

星期四我们去了布鲁登茨城，听了马姆中尉讲斯卡杰拉克战役。在那场战役里，他和几个德国人让［海军上将］耶里克和毕提气得发疯并且击沉了“勇士”号、“不屈不挠”号、“玛丽女王”号、“沃斯派特”号等等等等。动的图片大抵是假兮兮的，但动的图表却很棒。马姆中尉本人倒有东西可看：剃成大光头的人，眼睛上方的额头和骨结构突出，瓷实地突出于眼睛上方。鱼眼。无唇。奥地利的孩子们坐卧不宁。他们并不比我们听懂更多的内容。中尉几次不得不冲他们叫喊，轰他们出去。他精心准备了战役演讲，但就是得不到掌声；也没法引起听众的兴趣，最终自己的演讲也成为机械性的了。

司各特这么热衷最近那场战争，为什么不去看电影？有那么几个拍得好极的电影总在几个地方放映。英国拍的泽布勒赫电影、德国拍的潜水艇电影、英国拍的第二部伊普尔斯电影，还有三个很好的法国片，正经分三步描绘意大利场景——山脉、平原和皮亚韦河；还有天空和海洋。假如他不嫌麻烦去找电影，那就能看见同代人都无法比拟之多的战争素材。泽布勒赫那部电影就在他住的瓦格拉姆大街街角处放映。

这封信枯燥无味。你读完《［春］潮》了吗？怎么样？

我在这里一直读书呢。在我看来，屠格涅夫是有史以来最伟大的作家。他并没有写出世上最伟大的书，但却是最伟大的作家。当然，这只是对我而言。你读过他的短篇小说《响轮》吗？在《猎人笔记》的第二卷里。《战争与和平》是我所知最好的书。假如让屠格涅夫来写，想象一下那会成怎样一本书啊。契诃夫写了大约 6 个好故事；但他是不内行的作家。托尔斯泰是个预言家。莫泊桑是个职业作家；巴尔扎克也是个职业作家。屠格涅夫是个艺术家。我觉得成功是个可怕的事情：假如你在一本书上挣到了钱或者以某种方式挣到了钱，那每个秋天或者春天或者别的什么时辰，你得拿出一部现成的书稿；如此你就是个职业作家了。看上去书还是好书，也许没人知道有什么不同。所以，你在有机会出版前该提前准备好六年的书稿；因为，也许读者喜欢的是你的第一本书。

废话说多了。我怀念的是在巴黎时我们之间的谈话。巴黎对话、卢森堡公园、那里的酒和那里的报纸。想象一下芝加哥吧，只有两份晨报；在巴黎至少能读九份，可以一直读到中午，接着读下午的报纸，一直读到晚饭时分。假如你对马术运动感兴趣，白天又没有时间通读《奥特伊—隆尚马场报》、《骑手》，那么晨报《未来》和晚报《巴黎体育》就可以满足你了。我以前的读法太密集，可怕。

刚读完《布登勃鲁克一家》，托马斯·曼写的，其中1/2写得很好。柯林斯写的《月亮宝石》读起来更是一种享受。还有一本柯林斯的好作品要读：《以西结的女儿》。另有9卷本特罗洛普，2卷马利亚特上尉的作品。马利亚特上尉、屠格涅夫和已故［亨利·］菲尔丁法官是我最喜欢的作家。施鲁恩斯是个读书的地方。去年断了文学书和犯罪小说；读了21卷纳特·古尔德。他至少写赛马比舍伍德·安德森强得多。

我们旅行很愉快。哈德莱和邦姆比很好。哈德莱问候阿达。

给我写信。我不会再这么乱写一气了。告诉我一切下流故事。我们在这里怀念丑闻。所听丑闻唯有斯坦恩先生在格拉帕被人用枪射中睾丸，分别两次把球摘除；一个是当即摘的，另一个是去年经多道手术摘的。同时他属已婚，但没有子女。今年更发胖了。不过他的声音没有变。还是一如既往深沉。你对此有什么看法？

永远的你的，

欧内斯特·海明威

(此信路易斯·亨利·科恩专藏)

致F.司各特·菲茨杰拉德

约1925年12月24日，施鲁恩斯

亲爱的司各特：

我寄了400美元到你的门房那儿。你可以自留，也可以给哈罗德·斯特恩。[1]你的信可真醉人。我真高兴某人拼写比我还糟糕。

我当然认识汉克·威尔士。他在戈尔德菲尔兹当过酒吧招待，不知怎的成了报业人士。1918年任何报人都能在任何地方工作时，他来到这里。在一次摩托车事故里把什么都砸烂了。他的法语是自学的，能阅读、写作并讲话。他是个很好的报人。我初认识他时恨他，现在喜欢他超过别的报人，除了比尔·博德和盖伊·希考克。和平会议期间，汉克常发美丽惊人的故事。一天，豪斯上校对他说："威尔士，你是从哪儿弄来的事实？"汉克刚交了南斯拉夫油田之于日本之类的消息稿或者别的什么稿。"豪斯上校，"汉克道，"《芝加哥论坛报》要的不是事实，它要的是新闻。"

你为什么问汉克？他的举止可不让人愉快并且外表动作都可怕。我想我这么喜欢他的原因是因为他喜欢我。别跟他讲是我告诉你的他当过酒吧招待。他也经营拳击运动。

你对《在我们这个时代》里的短篇排名次很有意思。在没重读的情况下我的喜好似乎如下：一等货（《大双心河》、《印第安人营地》、《禁捕季节》的开头和结尾、《军人之家》）。见鬼，我无法给它们分组。你为什么不选《我老爹》？那是个好故事。虽然没达到预先设定的目标，但在我眼里它始终是个好故事。它跟那篇斗牛故事和"五万元"故事一样属于另一类东西。是我写得得心应手的作品。

《雨中的猫》写的不是哈德莱。我知道你和泽尔达总认为它是哈德莱故事。我写这个的时候，我们在拉帕洛，但哈德莱已怀有四个月的身孕，邦姆比在肚子里呢。旅馆老板是柯尔蒂纳达姆佩佐的那位老板；那男子和女子是哈佛的一个小伙和他的妻子，我在热那亚与他们结识。哈德莱生平从未发表讲话说要生一个孩子，因为她的大夫跟她说过各种情形——我无济于事。

哈德莱只在《禁捕季节》里出现过，那倒是一字不拉原样照搬故事。无论什么样的争吵让你心烦，这时你的耳朵格外灵敏，我是说我的耳朵；从一无所获的钓鱼之行回来后，我立马在打字机前一口气写了那个故事。说那导游醉酒是个悲剧，我说的是心里话，因为我跟旅馆老板告发了他——就是《雨中的猫》里出现的那个老板——他炒了那人的鱿鱼。在镇子上这是他最后一份工作了，于是喝得大醉，沮丧得很，在马棚里上吊自杀。当时我正在写《在我们这个时代》诸章，想写个没有暴力的悲剧故事。所以我没把上吊加进去。也许这样看似愚蠢。我并不认为这个故事需要上吊的内容。

我很为哈罗德·斯特恩难过，但别人也无法子，只有给他钱，对他好一点。不会有什么可得。没有解决办法。再次表示我喜欢他。也许跟汉克的情形一样：因为他喜欢我。

你也无能为力，除了给他钱。你已经给了他钱，自然不能继续给，把这当成义务了。他全然生活在他的想象里了。这可怜的老混蛋。我总是为人悲悯，尤其是为说谎的人、酒鬼、想过正常日子的妓女之流。从不为有钱人伤悲。毕竟，乞讨不是件好玩的事。一个往死里喝的体面人不该老筹款喝酒。我始终认为哈罗德有副很好的头脑；同时也认为他自己毁了脑子，或者说喝酒使他脑子涂了层浆糊。你对他已尽了自己所能；别再多给他钱。不过，看在基督的分上，别让他以为我绝对不相信他。因为，他已无可救药，故而悲哀；假如我伤了他的感情，我就睡不着觉了。基督知道我一旦睡不着觉，就会想起许多自己做过的破事，而稍加粉饰的东西则一点都没有。

往耳朵里捅的（这里引的是《拳击家》里的情节）是树桩。

迈克阿尔蒙是个婊子养的，他脑子像往里长的脚指甲。我为那位辩护完了。我仍然为他悲伤，不过是微不足道的悲伤。我为了你骂了他之后，他两夜在外跟人说我是多么可恶的野猪；说他如何为我做了一切，如何为我铺路之类（亦即把一版的糟糕小书都卖了并且把《在我们这个时代》15 法郎、40 法郎一本地卖了，而我却一个苏都没得。他出过的书这是唯一卖掉的一种）。他说我所做的一切就是在感情上剥削人。

我为这个修剪小脏脚指甲的辩护了3年，把大家都反了；因为我知道他跟英国人的那场婚姻安排很不愉快。不过，现在都结束了。我打算写信给艾略特夫妇[2]谈谈他。也许给他的情感上剥削人的说法提供点依据。

今天早上似乎情绪很不好。哈德莱在她的屋子里有架醉人的钢琴，正练着呢。昨天打牌了，7瓶啤酒，喝太多了。赢了158 000克朗，约合2.35美元。

沃拉尔堡反正是没有仙女。

会给你完整地汇报陀思妥耶夫斯基心得的。

我觉得麦克莱什夫妇和墨菲夫妇都很好。菲茨杰拉德夫妇也很好。

上帝，我希望泽尔达在毕昂[3]能好起来。病痛是件讨厌的事情。她生病真是太糟糕了。我认为她在南方会好些。你俩要是在里维埃拉会比在巴黎情形好得多。去年秋天你们来时身体多好；巴黎对你们有害。我们会在那儿跟你们见面。

上帝，我真愿自己没喝那么多啤酒。准备花80 000克朗给邦姆比买匹摇马。你家的礼物跟马一起送就太好了。我替邦姆比谢谢司各提。

昨天前天刮了一场奇努克风，接着是雨，继而又晴又冷，雪毁了。

我打算给你买2本带插图的德国战争书籍。醉人的插图书籍正开始问世呢：一本是讲意大利山区前沿阵地战的，另一本是讲乌尔登堡炮兵史的。我把书寄到法兰克福。我看见讲山区的那一本了，很醉人。你收到后，假如觉得图画比德文文本佳，那我就再寄些。有一本是讲狂飙突击队的。那画山的图真是美极了。

我们去了布鲁登茨并听了马姆中尉讲斯卡杰拉克战役，还看了电影。你要是在会喜欢的。哈德莱讨厌中尉，她觉得惊悚。他是个可怕的人。

《芝加哥邮报》上《在我们这个时代》的评论说所有东西显然

不是虚构，而是我们芝加哥新秀作家生平片断的描述。上帝啊，我经历的是什么生活啊。

正在读马利亚特上尉写的《单纯的彼得》。小时候读过，这才再读。了不起的书。他写了 4 本了不起的书：《弗兰克 · 麦尔德威》或称《海军军官》；《候补少尉稍息》；《单纯的彼得》和《斯纳列尤》或称《狗迷》。他晚年写了许多童书，人们把这些书弄混了。你该读读《单纯的彼得》。

假如你想读战争类的书，就读头 3 本吧。

波琳 · 费佛明天来，在这里过圣诞节和新年。

知道你会高兴读到《纽约先驱论坛报》上说 2 人在索恩河畔沙隆冻死。你自己也差点在那儿冻死。我们及时撤离真是好事啊。顺便一提，你的车哪去了？

哈德莱、邦姆比与我问候泽尔达、司各提和你，祝你们圣诞快乐！

要不是因为啤酒，这封信会写得很好。

故事的原结尾是鼓掌（指《小小说》里的情节）而不是淋病；可我不知道鼓掌用一个爪子还是两个，于是改成淋病。我是见了鬼了。试试接受吧（这是我发明的俚俗语）。希望你圣诞快乐。

永远的你的，

约基 · 利弗莱特

即便是 400 美元的代价，也给我写封信。会把你提升至 435 美元的，但别喝醉了庆祝。

［左边际：］你知道奥地利是什么意思吗？意思是东方王国。是不是很迷人？把这告诉泽尔达。

（此信藏普林斯顿大学图书馆）

[1] 哈罗德 · 埃德蒙 · 斯特恩（1891—1943），《戴尔》杂志前副主编；《美国的自由主义》（1919）、《美国和青年知识分子》（1921）等书的作者；《美国文明》（1922）的编者。在《太阳照常升起》里，他是以哈维 · 斯通的名字出现的。

[2] 一开始叫《史密斯夫妇》。这篇小说攻击了查德 · 帕沃斯 · 史密斯先生

和夫人，刊于《小评论》第 10 期（1924—1925 秋冬季号）第 9—12 页。见海明威 1927 年 1 月 21 日致史密斯信。

[3] Salies-de-Béarn。法国地名，在比利牛斯山区，离贝昂尼不远。1926 年 1 月泽尔达在那儿养病。

致 F.司各特·菲茨杰拉德

1925 年 12 月 31 日—1926 年 1 月 1 日，施鲁恩斯

亲爱的司各特：

刚收到利弗莱特的电报——《春潮》退稿。正耐心等待《太阳照常升起》全稿——

我曾经在手稿的附信里请他们发电报告诉我决定用否。我一直就知道他们不能出版也不会出版这本书。因为，出版这本书会让目前他们的头号畅销书作家安德森显得拙劣。他的书已第 10 次印刷。我写作此书的时候没有想到这一点。

我还是不喜欢换出版社之类的事情。此书至迟春末该出来的。那样就最好了。稍后也不坏，但春天最理想。

我跟利弗莱特的合同——只是一封信[1]——说考虑到我的第一本是他们出资印的，那我头三本著作他们就有优先出版的选择权。假如收到手稿后 60 天内他们没有利用优先权，即视同放弃；假如他们没有利用第二本书的优先权，亦即视同放弃第三本书的权利。所以，我没有约束了，无论贺拉斯信中有什么话要说。

你知道的，我答应过麦克斯威尔·帕金斯，一旦从利弗莱特那里解放，一有机会，无论什么样的稿子都优先给他。

事情就是这样了。

同时，布拉德利（威廉·阿斯彭威尔）也找过我，他替诺普夫拉稿子。

又同时，我收到路易斯·布鲁姆菲尔德的信如下：

亲爱的欧内斯特——关于《春潮》我今天收到阿尔弗瑞德·哈尔考特的信，他即刻答复了我的便条/跟你谈完话后我自作主张了/关于你转换出版门庭的机会。他急切想看安德森的那篇东西，对你的东西也很熟悉——无论是杂志上的，还是《在我们这个时代》上的。就此他写道——“海明威是个本色人，他讲的是本色的东西。我该说，兄弟，不错；我们该与此年轻人相得益彰，那是相当有益的。我想看看他写的安德森的那篇。即便我们双方都挣不了多少钱，也算有机会好玩了一把。海明威的第一本小说也许震撼全国。[”]

假如你需要预支版税，他也准备好了，只要你脱离利弗莱特后愿去哈尔考特。

我收到这迅速而有趣的回信后很高兴；当然，尽管这是预料之中的事情。

此事就是这样了。

在任何时候我都不打算欺骗你和麦克斯·帕金斯，帕是我给了承诺的。

明天上午我会发电报给利弗莱特，让他把手稿寄纽约耶鲁俱乐部（我今晚能想到的也就是这地址了）转交唐·斯蒂瓦特，同时用电文综述一下他在信里可能提到的意向。

下面我该怎么做由你决定。我可以发电报给唐让他把手稿寄到麦克斯·帕金斯那里。你可以写信给麦克斯，告诉他利弗莱特是因何退稿的，你自己的意见如何。说自己正在写《太阳照常升起》，好得不得了；两三个月后秋末就能写完；假如他们愿意，晚一点也行。

你看，这就让我在哈尔考特跟前为难了：我先把稿子寄给了斯克里布纳；假如斯克里布纳退稿就糟了，因为哈尔考特实际上等于什么也未见未看就接受了我。我正为拖延一点时间和一次机会而拒绝一件有把握的事情；但是，我并不后悔，因为通过他的书信我对帕金斯的印象很好，也因为你跟我说过他。此外，我信任斯克里布纳，愿与你为伍。

然而，你是此戏的重要角色。我不忍请你写哪怕是一封信，因为我知道你忙着远行忙着一切。

然而，有这样的情况。

我不知道到底该怎么给布鲁姆菲尔德写信。也许你能给我点建议。无论怎样，别跟布鲁姆菲尔德说我跟你讲的东西，他一直够哥们；也别跟巴黎圈的人说。等我信吧。

我早上会发电报给利弗莱特（让他把手稿寄到耶鲁俱乐部给唐）。我一旦有了你的信，就打电报给唐让他把手稿寄麦克斯威尔·帕金斯。请把斯克里布纳的地址写给我。

今天是星期四。你星期六（也许）能收到这封信。即将离港的邮船分别是“罗斯福总统”号（星期二），“陛下”号和“巴黎”号（星期三）。在信封上注明跟后两艘船走，会走得最快。

一天旅途劳顿，累得要死。奇奴克风刮了10天，雪都融化了。我今年恐怕又要把预支版税都花在电报上了。啊，对了，这让我想起我要预支500美元版税。我的《短篇小说集》预支版税是200美元。

从弗莱希曼等处听到的烦人的报告后，我觉得脱离利弗莱特感觉很好。利弗莱特在上次剧场冒险里大概赔了50 000美元；卖了一半的产业；把“现代丛书”等也卖了。他们本该让拉尔夫·巴顿或者［约翰·］海尔德或者［米盖尔·］科瓦鲁比亚斯来给《春潮》插图的。这本书比唐的第一部戏仿作品《史纲》［1921］还要多5 000字呢。

好吧再聊。我这个粗人仰仗你的好性子很多。再说吧。问候泽尔达，也问候你。哈德莱同此问候。

欧内斯特

新年一早又及

昨晚着急，无法入眠。你觉得我该去趟纽约吗？这样我就会在场，就能解决问题而不用什么事都等六个星期。也能即时就《春潮》的删削争执一番。假如利弗莱特如他电报所示要傍着我，我也能解决这问题。假如我转换出版商，我也好去取出《在我们这个时代》的纸型等等。与此同时，我至少要再等两周取我的新护照。旧的12月20日就过期了。12月8日或9日就申请了新的——得等5周才来呢。

好吧再聊。邦姆比激动地等着拿新鸭舌帽和马鞭呢。我今天走海关去取。

永远祝你好的

欧内斯特

（此信藏普林斯顿大学）

[1] 这份合同上的日期为1925年3月17日。复制件见《在他们那个时代：1920—1940》（密歇根州布鲁姆菲尔德西尔斯出版社，1977）第42页右图。（原件由路易斯·亨利·科恩专藏）

致厄内斯特·沃尔什

1926年1月2日，施鲁恩斯

亲爱的厄内斯特：

我不写“亲爱的厄内斯特并亲爱的摩尔海德小姐”，是因为你要我写实话，别的一概不写。我一开始大量地写实话的时候，就不免亵渎，更别说出言淫秽了。我出身于下中产阶级；假如让我对一位女士说马屎之类，我会感觉不舒服。

今天早上收到《本季》。真是漂亮！外观好，拿着阅读也舒服，用纸也对，装订也好，封面富丽，附录分开印——本该如此——机械操作好得出奇。至于内容，这是我13岁以来读的第一本让人激动的杂志，从前是等着每期垒球杂志出来。对上帝发誓这是实话。我并不因为自己的作品印成铅字或者出版物里有写我的文字就激动不已，说这话不是在撒谎；这你是了解的。

杂志里刊登的诗作是我在评论杂志里看到的最佳一组诗作。我希望你能有上代爱尔兰诗人伊西多尔·施耐德的作品，还有已故艾略特先生；你可以称之为《诗集》，让它成个集子。也许收一篇［威廉·卡洛斯］比尔·威廉斯的诗作，一篇H.D.的；假如她还能写信够着他们的话。弄上两行玛丽安·莫尔的诗，能够显示她档次的。请她作两行自己的诗作。

还没有读博伊尔呢；柯尼斯特的散文、伊瑟尔·摩尔海德的散文也还没读。以后再汇报吧。

乔伊斯很醉人。我通常是要知道全了才有意见的，但乔伊斯是一见就让我喜欢。喜欢他笔下的橘汁儿，喜欢他的利菲河水或者随便什么。

迈克阿尔蒙很不幸我一年前才读。虽然他让马克·吐温和狄更斯等人心灰意冷，可我还是没能再读他的作品。另一方面，我记得读过的他的作品的内容。这就是你要我说的实话。

真不真，红还是黑都不重要。我希望他喜欢美国的生活。

《蓝胡子最后一个老婆》让我不愉快地想起自己小时候认识的意大利知识分子。不过，假如我见到林纳提，我会告诉他这是写得很美的惊奇故事；翻译中失去了很多，我肯定。我们的意大利佬很能相互撒谎。

琼娜的［琼娜·巴恩斯的］小说很优秀。比佩尔木特姑娘的故事强多了。她为什么不把故事里的拉迪盖特写成个作家？我想，当你写现实中人物的故事时（最好不要写真人真事），你该除了电话号码地址外都照实写。写真人真事唯有如此才正当。迈克阿尔蒙总这么做；然后让人物的形象模糊，让别人认不出来；他也让读者认不出来这些模糊人物，这就不是艺术家所为了。琼娜的小说仍然是篇好东西。

我把自己的小说读了两遍（《没有被斗败的人》）。我读校样的时候还不喜欢它。我写它的时候认为这是个伟大的故事。别以为我对自己的东西感到犹豫或者怀疑。也别以为它比我同代著名的作家们写的要好得多。见鬼！我不是在跟同代人竞争，而是在跟钟表竞争——钟表在不停地滴答——假如能想出办法让自己的钟表停止滴答，而让别人的钟表接着不停滴答该多好。这两样东西让我选择，我情愿选择写出莫雷·卡拉汉的小说那样的作品。虽然对他而言，斗牛篇是好得多的作品。基督啊，我真想往好了写。一想到事与愿违我就难受：一方面以为自己写得很好，同时显然又在走下坡路。卡拉汉的短篇小说跟《都柏林人》一样好。

还没有读比尔·威廉斯呢。

觉得你不用废话就可以让哈利耶特·门罗见鬼去。毕竟，哈利耶特·门罗昏庸敏感又干枯得可以，这老婊子办着一本早没人看的死杂志。她从没写过一行诗歌，也没有写诗的能力。世界博览会开幕时，她要是能写一首《哥伦比亚颂》就好了。她很喜欢把自己看成一个拘谨美丽的白种女诗人——见鬼。见鬼？我这辈子只见过她一次，那是在巴黎。要不是有点喝多了，我会对不住她，连东西都无法下咽。

至于叶芝，他和埃兹拉以及那位“无名”是我最喜欢的诗人。假如说叶芝的诗歌还不醉人，那别人就更没好诗了，也不再会有好诗了。自然，我觉得你引用的他的那句诗不好；但那相当于一球评判瓦尔特·约翰逊。我从来读不了叶芝的神秘诗行，也读不了他的剧本和短剧作，这些都读不了。我认为他的《记忆》——在《戴尔》上刊登的——很了不起。

当一个人说自己是世上最伟大的诗歌评判者的时候，那纯属马粪。我们谈论此类东西时应该鼓足勇气。因为，我们都可能有那样的倾向；并且局外人不知道我们在拿闹哄哄的廉价货真要他们相信这是好东西。你兴许是世上最好的诗歌裁判。然而，假如你——看在基督的分上别说出来。作为一个美国人，他该比这愚蠢的德性明白些。

遵循这一原则，我得对你写的《在我们这个时代》的评论有节制些。不过基督啊，我认为这是篇醉人的评论。我只希望自己能按你说的我的写作方式来写东西。你一定能成为极好的散体文作家。哈德莱想知道你是从哪儿了解我和犹太女子的情况的？很久以来，这一直是家里头疼的问题。你谈论［伊曼纽尔·］卡恩瓦利的话很有意思。那篇关于迈克阿尔蒙的《高贵的气质》的书评开头则太不关痛痒。想想那书里的三个短篇：《村子》是迈克得拿出来亮相的资本；还有《急凑的一群》里的两个短篇；假如有人不戴有色眼镜评论他的话，这几篇是不会遗漏的。迈克的麻烦是他过于被误判、过于受诽谤，与太多的人为敌，一般还是喝醉酒和呕吐时树的敌人。并且，他从未得不戴有色眼镜的评论。喜欢他的东西的人知道评论家对他太不怎么样了：要么过分赞扬，反之则更糟。左右是对他不利。

当你说迈克比马克·吐温好，这话只在一个方面正确：马克·吐温曾经写过大量的平庸作品。吐温写过并且只写了一本非常好的东西——《哈克·费恩》。假如你愿意，现在就读一下《哈克贝利·费恩》；对上帝发誓说真的，读一下吧，我三个月前重读了一遍；马克·吐温写的旁的东西都别读，就读一下《哈克贝利·费恩》。豪厄尔斯还是别的什么人想续写最后几章。小说的结尾是黑鬼吉姆被抓，哈克发现自己成孤家寡人了，他的黑鬼不见了。完毕。[1]你要是读了《哈克贝利·费恩》，扪心诚实自问一下，会相信迈克阿尔蒙写过任何（就算把他的作品集中起来）可以等同相提的东西吗？放在一间屋子也罢，放在同一房子里也罢，放在同一城市也罢，放在同一大陆也罢，放在同一本杂志也罢。假如他的东西可以跟《哈克贝利·费恩》比，我就不再写了。因为假如这样的情况可能发生，写也没有用处了。我说这话是认真的。我不介意你高论大话帮朋友；然而，我们私下里谈，我想知道你对此的立场。因为，我对《哈克贝利·费恩》感觉强烈。这并不意味着我不觉得迈克是个很有价值的写作者。假如他不富有，那是值得各种资助的。

你那份不宜公开的出版物和文件单子真是了不得。有一天你开始阻止诽谤起诉，我会把你的邮件都移交的。给克拉克的信收到当天就转交了。希望能派上用场。

我觉得在阿尔丁顿的信的脚注处写的评论品位低下，因为他写的关于埃兹拉的醉人的信一点都不具派性特征，起的是正面作用。他已尽力了，已尽不列颠评论家所能。我崇拜他写的信。

［乔治·］安特黑尔增刊是个醉人的主意。这是你能为艺术家做的最好的事情。你只能为艺术家做两件事：一是给他钱，二是展示他的作品。这是仅有的两个客观需要。音乐复制得很美。

邦姆比很自豪自己的照片登在杂志上，说："这是小吉恩和爸爸在雪里。"他还没学会用 avec 一词。

我能这么写个两三天。就是不知道如何夸《本季》。这是本很好的评论杂志。很好的评论杂志。

虽然我是天主教徒，但从不崇拜烈士或圣徒。迈克成为烈士大抵是自己的错。世俗的压力强大抵也是原因，但他自己的错不亚于此。你现在又要把迈克弄成个圣徒。假如你认为我说的不对就纠正：教会的好处之一是在我们能成圣徒之前他们就划定了时间界限。对一个真正的圣徒来讲，这没有什么区别。至少区别不比普通人大。假如他确实表现出勇敢，则无论有花环与否都是圣徒。［西奥多·］罗斯福们和［伍德罗·］威尔逊们则进不了圣徒之列。当然，在另一方面，圣徒之列能让圣女贞德之流进入。这样的人生活一团糟，可是死后却催生出奇妙的宣传组织。这么做仍然是好的规矩。在我看来，在批评领域，要给人不具偏见的明确意见，显示主人公受罚，比让他们成为圣徒来得重要。

最后，我觉得好的作品或者说好的诗作与我们这个时代根本就不相干——也改变不了我们什么。

下面是我对诗的一孔之见——

啊西风，你何时吹

让下面的小雨能下？

基督啊，我的爱拥在我臂膀
我则又上了我的床！

这是 16 世纪某诗。

还有一首 17 世纪安迪 · 马维尔写给他腼腆的情妇的诗作。

此外还有鬼知道什么时候的一个无名诗人的诗：

独自徘徊
闻两渡鸦私语，
一个对另一个说：
“今儿哪聚哪吃？”

“——远方有沟壑
才壮烈的骑士卧期间
他卧之处没有人住
只有他的鹰、猎狗和他的美娘。

猎狗行猎去了，
鹰抓野鸡去了，
美娘跟人去了，
所以我们可以美餐。”[2]

见鬼，你可能跟我一样熟记其余。在我看来，这不是济慈、雪莱伟大不伟大的问题。我们自那以后变化了，需要另一种伟大。我就是读不下去斯温朋、济慈或雪莱。小时候就试过，让他们的刻意虚假弄得不舒服。不过，真正的诗歌，地道的诗歌一直是有韵的，不押韵的各国所有时代里都少见——这是另一句大论。我并不了解所有国家。我所能说的只是一直都有好诗；有点运气就能读点好诗。好诗不会太多。我觉得你正朝好诗人的方向行进呢。我觉得伊瑟尔·摩尔海德画的卡恩瓦利很好。我现在知道卡恩瓦利长什么样了。

写得太长了。你们的工作十分出色——你俩都不错。哈德莱问候你们，说你的诗作让她着魔。

祝好运

永远的你的

欧内斯特

[纸背写着] 又病了。卧床 5 天。嗓子肿得张不开。老毛病。明天起床。心脏见鬼。想又得去纽约做嗓子手术。真讨厌。你病了，但你从不像病人般写作。假如我在病床上，我就会像约伯在葬礼上一般。

欧内斯特

(此信藏弗吉尼亚大学图书馆)

[1] 见《非洲的青山》(纽约，1935)第 22 页里一段类似的文字。
[2] "两只渡鸦"是海明威最喜欢的中世纪歌谣。他几次想用"才壮烈的骑士"作题目，但从未用上。

致贺拉斯·利弗莱特

1926 年 1 月 19 日，施鲁恩斯

亲爱的利弗莱特先生：

12 月 30 日《春潮》退稿信收到。大约两周前我给你发电报，请你把《春潮》稿子交给耶鲁俱乐部的唐纳德·奥格登·斯蒂瓦特。我希望你已办此事。

《春潮》是我第二本完整的著作，我投给了你，你没有选择出版它；因此，按我跟你签订的合同，第三本书的选择权你也就失去了。这一点很清楚。合同上写得很清楚：假如你收到手稿后六十天内未选择出版第二本书，你的选择权即失去。合同进一步说：假如

你失去了第二本书的选择权，那第三本的选择权也就失去了。这一点没有疑问。

合同上没有写作品投稿的顺序；第二本书是否短篇小说集，幽默故事集，还是小说。合同上写的是我今后三本书里的一本必须是长篇小说。合同上只字未提长篇小说必须是第二部投稿。另一方面，合同写得很清楚：假如你退我第二部稿子，以后的稿子你也就丧失了选择权。

我遵守信用投给你《春潮》。我认为这是一本好书；司各特·菲茨杰拉德、路易斯·布鲁姆菲尔德和多斯·帕索斯（他们的阅读趣味各不相同）对此书也表现出热情。你拒绝出版它，说你们办公室里的人都说不好。我可以理解，因为我记得除了考夫曼夫人，你们办公室的人都反对出版《在我们这个时代》。一阵讨论之后，你们正式宣布拒绝出版它。你们办公室里的人曾经对哈罗德·洛布的一本小说很热情；尽管预期成功，结果证明也不被叫好。不过，因为是你们办公室拒绝了我的书，尽管你在《在我们这个时代》的问题上扭转了决策，我将来的书稿你就别指望有选择权了，根据合同你丧失了选择权。

我因此认为我可以随意把《春潮》和我将来的书稿交给开出最佳条件的出版人。

你知道我希望能写作一段时间。我也知道出版人从业不是为了健身；我还知道我得持续回报出版人并最终让他们赚大钱。你当然不会指望我授权给伯尼·利弗莱特退我的稿子；他们似乎就是坐在椅子上退着我的稿子等待畅销书出现好数钱。而这一切不是200美元能办的。

我的护照过期一周了。等新护照一来，我就乘船往纽约。我期待在那儿同你会面。同时，也许能得你对此信的回复。来信请寄法国巴黎意大利路“纽约保证信托公司”收转。

你真诚的，

欧内斯特·海明威

（此信路易斯·亨利·科恩专藏）

致厄内斯特·沃尔什

1926年2月1日，巴黎

亲爱的厄内斯特：

收到你的大信，也收到你的小信。第一封信我随身带着阅读。第二封信今天收到的，让我担心。我希望你没有什么事。我希望你所说的只是一时爱尔兰阴郁情绪所致。

我并不想让自己的调子不欢。只是想说我多喜欢伊瑟尔·摩尔海德的作品。

我还重新发现《没有被斗败的人》是篇伟大的小说；我很自豪自己写了它。我正要寄你一个长篇幅的故事，我自己很喜欢这个作品；一到施鲁恩斯打字出来就寄。3号周三乘“毛里塔尼亚”号（二等舱）。一周后即达纽约。

别为我和迈克阿尔蒙担心。我很喜欢迈克阿尔蒙。此外，我也不会袭击任何人。我一生中拳击运动外只打过两个人。那还是因为他们要袭击我。我不同人吵架。

别让我们任何人死于疾病。我思考这个越久，就越觉得任何形式的死都能弄得让人心醉。我真正期盼的事情之一就是去死——但希望至少85岁时去死。生命很醉人。让我们像英国人那样只烦粪便吧。我明白你说［理查德·］阿尔丁顿的话了。也明白一切了。

再见并祝好运。问候伊瑟尔·摩尔海德。想顺访格拉斯，但得去纽约了，然后回来。尤其想回来。我想念哈德莱和邦姆比，非常想念。不跟他们在一起时，我总是酗酒。

你的，

欧内斯特

（此信藏弗吉尼亚大学图书馆）

致伊萨贝尔·西蒙斯·戈多尔芬

1926年2月10日，纽约

我亲爱的伊丝：

我来纽约了，要呆一个星期。昨晚坐“毛里塔尼亚”号抵达的。哈德莱和邦姆比在奥地利滑雪。哈德莱问候你。我急切想见你和弗瑞斯科［·戈多尔芬］。你收到此信后能否来“布瑞沃尔特”见我？假如我不在就留下你的电话号，我一回来就给你打电话。昨晚有点紧，午夜时分打算拜访你们，但明智仁慈的朋友们劝阻了我。

爱你，

欧尼

（此信藏普林斯顿大学图书馆）

致伊萨贝尔·西蒙斯·戈多尔芬

1926年2月25日，海上

我亲爱的伊丝：

真不好意思，我实在没抽出空来。我请你吃早饭，你没能来或者不愿来。好吧。接着是很多人来了。11点我不得不去厄内斯特·博伊德家。接着是他和我喝了三杯鸡尾酒。接着是跟杰克·考勒斯和罗比·罗斯吃午饭，我还迟到了。接着喝苦艾酒。跟罗比去看节目。往奥尼尔家去取东西，还得还东西并道别。往旅途认识的酒商杰克·考勒斯那儿去取酒。7点在梅尔莉酒家约会晚餐。到那时还没捆行李呢。抵达梅尔莉，发现大家都不对劲，包括我自己。马克·康纳利要我们去看演出，然而我却说得捆行李。大约九点终于离开去捆行李。同时迷上一个姑娘名叫艾莲诺尔·威利。[1]双方都一见钟情。前往布瑞沃尔特饭店。从48街坐的车，夜里阵阵寒风中忘掉艾莲诺尔。发现你的信。罗斯和我打包的时候，我 9:30 到10:00给你打电话三次。接着去剧场，讲好了在那儿会康纳利或者是康尼利的，发现大家都出来了。所以，我没看《智齿》；不过所有人都说好得很。又情陷艾莲诺尔·威利。在往霍布肯的路上经停许多酒商家。此时离开船还有二十分钟。在霍布肯渡船（不是童话船）上我头脑清醒了。决意：威利跟我有什么关系？最终船离开，送客的人群里的某人把多萝西·帕克斯苏格兰威士忌都偷走了。此行醉人。天气也好。我们都很愉快。这是我写的第一封信，或者说写的第一样东西。今天是星期四，我们星期天晚上抵达瑟堡。算算我星期六喝了一夸脱半的威士忌，还不包括香槟和鸡尾酒。还有苦艾酒。我真希望你们也在；不为别的，就为喝酒也行。

无论怎样，此行很醉人，见到你很醉人醉人。我们秋天再见。我仍然爱你，尽管你已结婚，有障碍。我觉得弗朗西斯是个好人，你嫁人嫁得不错。另一方面，我只希望邦姆比也会像弗朗西斯一样娶媳妇。祝你们一切都好。给我们写信。3 月底前请寄奥地利沃拉尔堡施鲁恩斯陶比饭店。往后寄巴黎意大利路 1 到 3 号“纽约保证信托公司”。

爱你，

欧尼

又及：一直未能写信或发电报给家人。所以就说我到纽约是谣传。只好骗人了。

我落下一支非常好的沃特曼自来水金笔在我房间里了，大号金笔。我在布瑞沃尔特的房间号是 344。不知你是否能去帮我取来，在布瑞沃尔特上锁之前通过哈米寄给我。我也许还落下了别的什么，还没有勇气检查呢。此笔笔帽四周有一圈金环，螺旋式样的，是自动灌墨的，笔尖很尖很硬；墨管比普通的大一倍。我知道自己落下了；不过万一他们说没有捡到你可能很不舒服。

祝好并谢谢。

欧尼

（此信藏普林斯顿大学图书馆）

[1] 艾莲诺尔·霍伊特·威利（1885—1928），以痴迷诗人雪莱著称。

致路易斯和玛丽·布鲁姆菲尔德[1]

约1926年3月8日，施鲁恩斯

亲爱的路易斯和玛丽：

讲讲纽约发生的事情——假如我真的去了纽约并且没有发生什么异常的话。终将醒来发现一切还得经历一番——事情是我刚弄明白利弗莱特先生或者贺拉斯——因为我们现在是贺拉斯和欧内斯特了——我跟贺拉斯喝了几杯，告诉他我很抱歉，一夜没睡好，因为担心斯克里布纳先生和哈尔考特先生而无法入睡。我努力骗自己说我不用给斯克里布纳《春潮》的首阅权；可我如果不先给他们看，我就是个骗子；因为去年3月我答应麦克斯威尔·帕金斯一有空就给他们写稿。所以，没有法子。麦克斯读了稿子，认为很好，一点也没有如司各特电报所言可审查之处。我同意让他们出版《春潮》和《太阳照常升起》；条件是预付1 500美元版税，15%的抽成；此外的权利不分成，除非是第二系列的权利。他起草了非常迷人的合同，非常慷慨。

我该是做了笔很好的生意并想看看哈尔考特·布瑞思会怎样反应。不过，我想这是我能洽谈的最好的预支条件了，除非他们愿支持我很长一段时间，无论书好卖与否。他们实际上这么做了并且甚至不问我要《太阳照常升起》稿子看。我跟帕金斯说我愿接受此条件并去跟哈尔考特说了情况。我认为他（阿尔弗瑞德·哈尔考特）是再好不过的人了。我觉得你去找他们办事再好不过了。我告诉他你出价多少把我弄到哈尔考特·布瑞思。不过，虽然我脑子能决定选哈尔考特，但对斯克里布纳还是有义务的；就算不是义务也是答应了人家的，假如这有区别的话——假如我做了什么让内心感到不安的话，写作也就没趣了。

无论怎样，哈尔考特先生说我随时可以找他们，他似乎说的是真心话。他还说，他崇拜［格兰威·］维斯克特的作品。我告诉他维斯克特的作品基本上不灵：我想自己不该说这话。我刚说完就后悔了。不过，我知道他的散文多么做作。我当时感觉拒绝哈尔克特之举诚实得异常：我的脑子告诉我这么做的。我想到闭嘴之前，却说出了对维斯克特的看法。

我两次拜访伊萨贝尔·佩特森，但没能见到她。不过，一天晚上在咖啡屋见到了约翰·法拉尔。我不知道他是否总是看上去像个女人——一个穿羊皮衣的女人——现在他外表是这样的。他很令人愉快，我们总是想聚一聚，但总没能聚一块儿。不过，能见到他可真好。

厄内斯特·博伊德人很棒。我以前见过玛德莱娜·博伊德，她也很棒。玛德莱娜·博伊德说她没能寄给你辈故事，因为新闻的大来源贝尔纳丁·索尔德在巴黎。我告诉她我见到此人了并且喜欢她。

见了许多人。鲍勃·本奇莱跟我一起回来了。他赶不上船票；人家就给他一纸合同，说哪儿有位置就让他上。可哪儿也没有，只好睡在女仆的房间里。第四天出来，他说好玩；不过就在这时他感觉自己长了虱子；第六天出来，他还真长了虱子。扬德尔兴许告了他。无论怎样他治愈了。多提·帕克也来了。她要去南方过一阵子。

这封信太烂。哈德莱说这里整个 2 月份都是春天。昨天天气还很美丽；今天早上开始下雪。你们俩都好吗？过得怎样？本月底或者 4 月初我们会在巴黎。我跟哈德莱说了你们的公寓——她很想看看。她不相信有我说的那样好，但寻思两家分担还是值得去巴黎的。杰拉尔德·墨菲夫妇请我们 4 月去安特贝斯，但我们 8 月才能前往。如此 4 月份 5 月份我们就能经常见面了——巴黎这两个月是最好的时候，正好是美洲赤鹿拥入之前。

哈德莱问候你俩。关于我跟斯克里布纳的业务安排别跟任何人说，好吗？我想给你所有的消息，但不愿消息传播。

你和［福特·马多克斯·］福特似乎是纽约最受崇拜的小说家。《曼哈顿中转站》［多斯·帕索斯著］已出第四次印刷本。欧文·戴维斯改编的《盖茨比》［剧本］很接近原本——很叫座。我得买票才得进场。有几次愿花钱退场，但总的来说还是个好剧本。知道电影拒绝了这个作品，说是有不道德的成分。唐·斯蒂瓦特还在好莱坞。船上大家人手至少三本［安妮塔·鲁斯著］《男人喜欢金发女郎》。这是我读过的最枯燥无味的书。1918 年，这本书风靡全国，像流感一样。也许它会风靡世界。啊，这世界也许要被扫一扫。也许吧。

纽约所有的人都在谈论什么时候来巴黎。所以我猜大家都不太穷。

写信给我们。祝你俩好。

情深意长的，

欧内斯特·海明威

邦姆比现在说话都是德语。

他很好，很结实。

（此信藏普林斯顿大学公共图书馆）

[1] 布鲁姆菲尔德（1896—1956）此时为人所知是因为他是如下书的作者：《绿湾树》（1924）、《占有物》（1925）、《初秋》（1926）。海明威 1925 年在巴黎与他相遇。见 1927 年 3 月 31 日海明威致 F.司各特·菲茨杰拉德信里对布鲁姆菲尔德的充满讥讽的评论。

致麦克斯威尔·帕金斯

1926 年 3 月 10 日，施鲁恩斯

亲爱的帕金斯先生：

我听说克里尔斯没接受《五万元》篇的时候很遗憾，但不吃

惊。就是《邮报》和《自由》退稿我也不吃惊。这篇作品的机理太硬，没有理由让他们接受并非自己绝对想要的东西；他们常要的是作品名字对他们而言意味着点什么的东西。

正因为此，对我而言这东西在《斯克里布纳》［杂志］上发表意味着很多，从各方面讲都是。

目前，我能答应你《太阳照常升起》在秋天可以出版。我只有五章要过一下；然后再看一遍就寄出稿子。我想你将在5月某日收到稿件。这样就能给我余地看校样。如此我能看得更明了些。无论怎样秋天是肯定的，你可以提前。

鲍勃·本奇莱和我在“罗斯福”号上旅行很愉快。天气很好，过得也很愉快。自那以来我就一直在工作。司各特和泽尔达在巴黎。我们一起吃了顿午饭和晚餐，在他们往尼斯之前。他们看上去不错，泽尔达的病治愈得很成功。

我急切想看《春潮》的清样并把清样退还给你。多斯·帕索斯今晚或者明天抵达这里。我们计划去慕尼黑，然后从那里飞往此地和西尔维瑞塔的因斯布鲁克之间某个地方。杰拉尔德·墨菲夫妇和多斯都不会滑雪；而这却是让他们进山的最简便方法：他们时间短，滑雪当然是好方式。所需要的就是好天气。

《太阳照常升起》搞定我会很高兴的。如此就能想点别的，再写些短篇小说。

从现在起请用我的永久地址：法国巴黎意大利路“纽约保证信托公司”收转。因为，一寄回《春潮》的校样，我们就去巴黎、安特贝斯和西班牙了。

致敬！

诚挚的，

欧内斯特·海明威

（此信藏普林斯顿大学图书馆）

致麦克斯威尔·帕金斯

1926年4月1日，巴黎

亲爱的帕金斯先生：

我还没有收到校样，但有望今天或者明天收到。我尽量在4月3日让“阿奎塔尼亚”号捎走它。书衣很吸引人。

关于毛德·亚当斯就那么处理。我们把毛德·亚当斯改成勒诺尔·乌尔里奇或者安·佩宁顿，如此更有趣些；这样不提亚当斯小姐的名字[1]也能开同样的玩笑。

多斯·帕索斯跟我们一起去了奥地利；我们滑雪一周，过得很愉快。我重写完了《太阳照常升起》，想到更大一点的城市安顿，而不是呆在施鲁恩斯，于是来到巴黎。分租我们房子的人复活节就走，所以我们明天就搬入，或者再过一天。

《太阳照常升起》将被交给打字员重打，一两个星期内我会寄给你的。我的打字稿约330页，那是满页的。重读一过感觉令人激动。

我们5月15日要去西班牙呆4个月。从现在起我的永久地址是法国巴黎意大利路“纽约保证信托公司”收转。他们很可靠并投递精确。

我很遗憾没有人要《五万元》这个短篇。我授权你跟［保罗·］雷诺兹进行任何安排。我又想写短篇小说了——会先写些极短的故事。

我想先支600美元稿费，你能否寄到“保证信托公司”那个地址让他们收转？

随信寄上两三张照片，也许发行推广用得上。也寄一张我儿子的照片给你自己看。6月下旬和7月前三周我将与斗牛之事相缠，但并不想《太阳照常升起》成为遗作。

非常诚挚的你的，

欧内斯特·海明威

《五万元》的事情麻烦你了，谢谢。

（此信藏普林斯顿大学图书馆）

[1] 见《春潮》（纽约，1926）第 5 章第 32 页。

致 F.司各特·菲茨杰拉德

约 1926 年 4 月 20 日，巴黎

亲爱的司各特：

收到柯尔蒂斯·布朗的信说江纳森·凯普想出版《在我们这个时代》，会预付 25 英镑（10%的版税，每册 3 元），并且不列颠的版权不包括加拿大。利弗莱特不愿把纸型卖给他们——他们打算自己排版。

柯尔蒂斯将成为我的欧洲大陆和英国代理人，说他们正同一家德国出版社讨价还价，后者想出 I.O.T. [《在我们这个时代》]。

我一周左右前退回了《春潮》的校样给斯克里布纳。它看上去很好。

《太阳照常升起》写完了，打字员打毕退给了我，打字费共 1 085 法郎。我想我将寄出稿子。我已把稿子删改到约 90 000 字。题献也许如下：

此有指导意义之轶事集
给我的儿子
约翰·哈德莱·尼卡诺尔

我很希望你喜欢这本书。8 月份你就能看见它了。我想它兴许很有趣。稍后——你又不喜欢它了。

“中国佬” [E.E.多尔曼-史密斯] 在这里，他要呆两周。他和我打算 7 月底取道安多拉从萨拉戈萨徒步翻越比利牛斯山脉。

我患了一场重感冒。最近社会活动频繁，很烦这个。你了解唐要娶的这个女孩［比亚特丽丝·艾梅斯］的任何情况吗？我们5月12日去西班牙。哈德莱近来弹钢琴弹得很好。你的书写到哪儿啦？写信给我。卢梭在银行与我碰面的时候问起你。他请我们吃午饭。我们去了。六天里有五天去看自行车赛。跟“中国佬”［此处有一词辨认不清］去真好，还有许多将军之类；去看桑德赫斯特的戏剧《圣西尔》。你的信刚到手。［厄内斯特·］沃尔什的诗作或者说裤裆里来的那玩意儿或者随便你叫它什么又让我呕吐了，弄到信封上了。不过，不像狗闻自己的呕吐物，我把信封撕掉了——一如我把原作撕掉；一如我把自己的小说撕下保存后把《本季》扔掉了。

阿奇·麦克莱什在波斯，没在此地，因此没见到他。见了布鲁姆菲尔德一次。很高兴你感觉苦，因为我明白那会刺激你的文学产品。

高兴听到你比［布斯·］塔尔金顿有远见；很遗憾你还是不如海明威看得远。法国女人能看多远？

我很高兴，假如你意识到文学批评是马粪而又没有马粪悦人的味道，又不能当肥料。还没看见《书人》。[1]不过，我还是要谢你帮忙。还没见《新小说》，除了《男人更喜欢金发女郎》，这似乎是拉德纳二流作品，很枯燥。帕金斯寄来［约翰·W.］托马森的书，似乎很稚嫩。我本以为要好得多呢。百年十字军，没有那么多手交手战斗。还没见到舍伍德·安德森的《笔记本》。[2]我想应该看看，为了得许多新思想。

我相信《五万元》此时正在某个经纪人手中。我满可以用那本可得的250，把小说删削了给《斯克里布纳》［杂志］。我彻底厌恶写作，可又没别的在乎的东西，所以会继续写作。

保罗·内尔森会是个很好的故事让你去写，假如你知道怎么回事的话。

我很高兴你得到了《盖茨比》的电影改编权。有这笔钱，有

"大使饭店"里的盖茨比本人在，你该能写一部很好的长篇，又值法郎在30左右的兑换率。也许某天你能得诺贝尔奖。明白吗那奖还没给过美国人呢。正把你推荐给沃尔什先生，要他把《本季》的2 000块钱给你；刚召唤我的律师，把你列为我的继承人。

所以，别担心钱的事。

"中国佬"说假如你喜欢，他就把贝拉蒙特森林[3]也留给你。波琳·费佛说她可以把她《时尚》杂志的工作岗位给你。我已经写信给斯克里布纳，让他们把我所有的版税支票都寄给你。

你跟杰［拉尔德］·墨菲讲不讲斗牛声明都没有用，除非声明得很仔细。斗牛声明不关胆量的事，而是别的。压力之下的面子问题。[4]胆量不能为任何人挣钱，除了小提琴弦制造商。

你的朋友林［·拉德纳］受阻是因为他缺少智慧、缺少美学鉴赏力，他太压抑，太苦。无论有多少天赋，任何作家有其中一样的负担就已经很可怕了。他当然比大多数美国作家的智慧要多出100倍。

邦姆比咳嗽得很厉害。哈德莱穷咳嗽了6周了。我想他们俩是相互交替传染。

我们5月12日去西班牙。假如届时邦姆比没好，我照走，哈德莱就晚点来。我们9月底去美国。8月份在安特贝斯。我在那儿将得《太阳照常升起》样书一册。我们希望你就此给点建议或者别的什么。还没有人读过这本书呢，哪怕是一部分。假如你着急，我就跟你说，这不是一系列的轶事——也不像［多斯·帕索斯的］《曼哈顿中转站》，也不像［安德森的］《黑笑》。我努力追随《了不起的盖茨比》的轮廓和精神，但没学像，因为从没去过长岛。主人公跟盖茨比类似，是苏必利尔湖的一个三文鱼渔民。（苏必利尔湖没有三文鱼）。情节发生在罗得岛新港。女主人公是一个名叫苏菲·艾莲·洛布的女孩儿。她杀了自己的母亲。苏菲在辛辛监狱死囚室内生双胞胎的场景，她在那儿等着被处电刑呢，罪名是杀父杀妹，还有未出生的孩子我是从德莱塞那儿得的；别的一切实际上不是我自己的，就是你的。我知道你会喜欢读它的。《太阳照常升起》来自苏菲的声明，当她被绑在电椅上的时候，当电流加大的时候。

啊，何不写作?

向你全家致敬

赫伯特·J.美斯奇特

(此信藏普林斯顿大学图书馆)

[1] 菲茨杰拉德在《怎样挥霍材料》[《书人》1926 年 5 月号(总第 63 期)第 262—265 页]别开生面赞扬海明威。

[2] 舍伍德·安德森的《笔记本、随笔和速写》(1926)。

[3] 多尔曼-史密斯在爱尔兰卡湾郡库特希尔的祖宅。

[4] 此名句的出处,后流通于多萝西·帕克的海明威记——《艺术家的回报》,见《纽约客》第 5 期(1929 年 11 月 30 日)第 28—31 页。

致麦克斯威尔·帕金斯

1926 年 4 月 24 日，巴黎

亲爱的帕金斯先生：

我今天给你寄去《太阳照常升起》。也许让你先拿到书稿要好得多；这样你就能接着去处理稿子，我也可以再校一遍。读手稿的人会抓到许多小讹误，在送去印刷之前——错拼的单词、标点符号之类。我希望清样和手稿一起退我。

前面的三个引文我希望排出版让我看。最后一个可以删掉。

江纳森·凯普正出着《在我们这个时代》。他们自己排版印刷。几个月前柯尔蒂斯写信告诉我利弗莱特拒绝把纸型卖给他们。我今天收到合同了。他们得到了大英帝国版权，不包括加拿大。付我 10%版税。25 英镑预支。

柯尔蒂斯先是拒绝《春潮》和《太阳照常升起》。继而表示假如有一天愿出版，到出版的时候再安排预支和合同条款。在我看来，他们在排版《在我们这个时代》，《春潮》似乎在英国无用处；可失去那部长篇的机会对他们就不公了。我相信你说过的：我拥有不列颠以及外国版权。我不觉得江纳森·凯普是英国最好的出版社，但他们也不是最差的。

几天前我收到司各特的一封长信说他开始写他的那本书了，不见外人不喝酒，拼命工作。他说他得了15 000美元的某电影改编权。这笔钱和其他东西可以帮他们度到圣诞节。我对他的艰难财政状况很动容，告诉他假如担心钱的事情，我会写信给你，把我所有版税直接寄给他到朱安雷宾帕基塔别墅。

我在写几个短篇小说。《银帆》发表了我的一个15 000字的故事，几个月前被翻译过去的。各路法国人很激动，对此发表了溢美之词。他们于是来要这些东西。我的法国市场不错（以法郎计）。我被人认为该是梅里美再生，可我从未读过他，但却总认为此人的作品不佳。当一个受欢迎的法国作家如梅里美先生和我自己（而不是当一个进口的伟大美国名字），其好处我想是：伟大的名字得付翻译费用；假如供求规律还管用，这似乎在商业上对我不利。

我很抱歉对托马森上尉的书感到失望。他的书里刺刀太多了。假如你在写一本不太浪漫的书，又拿它当最大的资本之一，那你对刺刀的处理那般浪漫就毁了。刺刀是浪漫的好东西，但它附属于来复枪这个事实本身就限它于装点了：之用在实际操作的任何人手里杀伤力也不大，因为手里拿刺刀的人可能还有手雷武装——我很不同情拿刺刀的人。那本书大抵写得不错，闪光点也经常露出。让人失望的是那点新闻手法。你讲了那么多真实，你就没有资格再写不真的东西了，因为这毁了作品的阅读趣味。阿瑟·盖伊·安培［《在山顶》的作者］的一点影子都很有害。这本书让你意识到［托马斯·博伊德的］《穿过麦子》是多好的一本书。我听说有一本新书写战争的很不错，名字叫《朝火焰去》［赫维·艾伦著］。你读过吗？我读了《战争与和平》之决定，没有任何必要再写战争书了，我现在仍然坚持这一看法。

此信乏味且冗长。不过，假如它跟《太阳照常升起》（未见货色就瞎买的那头猪）一起到你那儿，你也许会忙着读那头猪；信里说什么不会那样重要——本来就不重要。

你的非常真诚的，
欧内斯特·海明威

（此信藏普林斯顿大学图书馆）

致 F.司各特·菲茨杰拉德

1926 年 5 月 4 日，巴黎

亲爱的司各特：

你不再写作了？你过得怎么样？

我写完了一个短篇——很短——明天就寄给《斯克里布纳》。从周四起我们去西班牙过一周。麦克斯威尔写信来说《春潮》最迟 5 月 21 日就出来了。我 10 天或者 12 天前寄给了他们《太阳照常升起》等。三周以来此地每天都在下雨。我感觉低落极了。有一段时间没见布鲁姆菲尔德、伊迪丝·沃顿、伯克文奇同志［康拉德·伯克维奇］或者小文学殖民地的任何其他人了。也许马德里会出现一个文学殖民地。

多提·帕克、塞尔兹夫妇［吉尔伯特先生和吉尔伯特太太］和赛沃德·柯林斯——你记得朝林肯开枪的那个人——都去西班牙了并且当然都恨西班牙。

墨菲夫妇昨抵达。结婚的不是多斯；是唐。假如我说多斯，那是墨水滑溜了。我会把那墨泼出去的。啊耶稣，这里天气如此糟糕，我感觉情绪低落，都不愿写作。我真希望你能跟墨菲夫妇一起来——我连个说话的人都没有，没有人一起胡说一通，都几个月了。在西班牙我当然没法聊天——来了 3 个月了。只能听人说话，看报纸。

写信给我。我都没收着什么信。你感觉好吗？你真的在写小说吗？你在抨击我写的死囚室场景，是吗？你是因为酒精中毒变成瞎子了？移除胰脏了？为了拯救法郎，我给掉了 200 000 法郎。哈罗德 · 斯特恩也给掉了同样数目。

我想几分钟后出去，醉得很异常。

问候你家人，

你的，

欧内斯特

（基督啊，这是什么名字！）

(此信藏普林斯顿大学图书馆)

致 F.司各特 · 菲茨杰拉德

约 1926 年 5 月 20 日，马德里

亲爱的司各特：

听到你的消息真是高兴。很高兴注意到你在“戒酒”。对不起我的信很势利——我本意并非如此。你说你很不看重评论文章除非它们有说好话的实际目的。我同意这话。为人效劳就是为此。今天你会见到哈德莱。我可真想自己也见到你。马德里不错，天气寒冷干燥，高空极目；很多的尘土吹向你的鼻子——或者说吹进我的鼻子。“柯瑞达”斗牛大会被兽医们取消了，因为参会的牛不合格，太小太病恹恹。他们否决牛的时候我正在外面，真是一群小动物，哈罗德 · 斯特恩喝醉的时候一把小刀就能把它们宰了。福特不是说我是英语世界的伟大作家吗？明天塞维尔一位得了花柳病的小伙子来——当地的孩子（吉尔伯特 · 塞尔兹很崇拜他，假如这对你意味着什么的话），地球上最下流的斗牛士之一——名字叫福尔图纳——我还不如——去朱安雷宾见你来得轻松些呢。我没能赶上 13 号的大型斗牛会——当然——今天的取消了——明天的是一群小

人，星期一也许是场好斗牛赛。

[L.H.] 门肯很高贵，好吧。我真希望你来信回答。赫谢尔·布瑞克尔在巴黎。他读了《春潮》，很为它着迷；假如那意味点什么的话。无论怎样他本人也是个好人。塞尔兹当然——关于塞尔兹我没什么可说的。我与 [塞尔兹] 相遇是在诺尔·墨菲的家，同时受邀请的还有许多二等舱里见到的别的人；两封邮件、两封电报和一个电话把我们邀到一起。自打 [1926 年 2 月] 搭“毛里塔尼亚”号越洋以来我就没见过这么多二等舱旅客。

我不愿去寻找我的西班牙朋友，因为那样的话我就得说西班牙语（假如我能说西班牙语），就得走动；而我情愿工作。你对那些关于斗牛场笼统表述的看法是对的。类似表述都是废话。你对保罗·纳尔逊的看法则是错的——还错得离谱。我当时指的是你不知道的一个特别令人激动且富于戏剧色彩的故事。不是丑闻。也不是如你所说：简单的没受教育的年轻作家被光滑的爱尔兰善变的蜥蜴把毛衣拽到遮住双眼。那个故事不势利。我们到底为何要使劲写作？

我高兴得不得了听见你还在写书。真是好啊。这话不是开玩笑。我高兴听到麦克斯·帕金斯读了《太阳照常升起》有什么看法。这本书显然不是一册有指导意义的轶事集，而是一个很悲伤的故事——根本不是给孩子读的——唯一的指导是人们该如何去地狱（我能听见你说一点都不可怕）——我把它题献给邦姆比是因为我认为这么题让我愉快——假如你说得对，我不会把轶事部分加进去——你读到书后就会明白我为什么题献给他，当然还有另一个原因。我有复写本，你可以在朱安雷杉[1]读，假如清样届时还不来的话。

那两个酒瓶人喝的是波尔图葡萄酒。最好是三个 [酒瓶人]，可我明白酒瓶很小。你读过《大不列颠百科全书》写美国草坪网球的条目吗？《大不列颠百科全书》的三文鱼比苏必利尔湖的三文鱼还要多。再说也没有什么区别，因为——看看莎士比亚和捷克斯洛伐克海岸等等吧。《新法兰西评论》7 月或者 8 月打算发表《五万元》，法文题目是 *Cinquante Grosse Billetes*。

此地无消息。写信给我，我向上帝发誓下次写一封好信。我知道这很糟，但我感到孤独得要死。

问候泽尔达。哈德莱问候你们全家。

为“干净书法案”[2]永远当你的同事

欧内斯特 · M.屎

(此信藏普林斯顿大学图书馆)

[1] 也许是个玩笑。Sapins＝榉树。

[2] 所谓“干净书法案”是 1926 年冬纽约州立法会上 W.L.拉夫博士提交的；1926 年 3 月 19 日在专门委员会的会上被否决。

致舍伍德 · 安德森

1926 年 5 月 21 日，马德里

亲爱的舍伍德：

去年秋天多斯 · 帕索斯和哈德莱还有我一天中午一起吃了顿午饭。我才把《黑笑》借给多斯。他读了；我们谈论了此书。午饭后我回家开始写《春潮》，直写了七天。

你说我对《诸多婚姻》的看法是错的；我对你讲了我怎么想《讲故事的人的故事》。我对《黑笑》的看法都在《春潮》这本书里了。本意并不是想做我在广告里看见作家们说的那些事。副标题说明我头脑里的伟大人种是白种。这是个玩笑，并不故意想恶；但这又绝对诚实。

你明白，我感觉假如说我们得劲往一处使；又假如你这样能写伟大作品的人却去写在我（一个从未写过伟大作品的人，但无论怎样属于同行匠人）看来很烂的作品，那我就该对你说出来。因为，假如我们得劲往一处使；又假如有人走下坡路，还从此不断走下坡路，并且除了同代人的撺掇外别无忠告——那我们就什么也产生不了，除了“伟大的美国作家”亦即学徒期津贴声称的那种伟大。

我想这封信很势利很糟糕，就像一本很势利很糟糕的书一样。这不是我想让此信变成这个样子的——也不是我想让那本书变成那个样子的。虽然我不太在意那书，因为那书不是个人的东西；越强硬就越好。

当然，看上去似乎我像本·海克特和另一些昙花一现的家伙一样与聪明的犹太人站到一起了。看上去似乎因为你对我一直很好，在《在我们这个时代》上帮了我很大忙；所以我才感觉有不可遏制的必要以一个作家的真诚感激来撞你的脸。不过，我想让你知道的是，当然又像在吹嘘——见鬼我也说不出口。

事情类似这样：1.因为你是我的朋友，我不想伤害你。2.因为你是我的朋友，这与写作没有关系。3.因为你是我的朋友，我对你伤害就更多。4.私人感情以外，任何好东西不会被讽刺伤着。

当然，假如有伤害的话，那只会是让你感觉很坏。因为没有人喜欢被人骂——但你不会介意被骂，挨骂只是很烦人，并不让你五内俱焚；假如你知道那人并不知道大家在说什么的话。所以，那可能是事情显现的方式。无论怎样我想你会觉得这本书有趣——这才是本书的宗旨。

这里很冷，在下雨。我正写些短篇，等待哈德莱下周来。你现在住在哪里？我们秋天到美国去，住在阿肯色州的皮戈特。[1]很不错的乡野。自打去年秋天以来我就没有见过葛特鲁德·斯坦因。她的《美国的诞生》是我读过的最伟大的书之一。我们整个冬天都在奥地利；我去纽约呆了一周。我一直很努力工作，尽量写得好一些。有时候写得好，有时候写得不好。

请让我知道你是否生气了。我常用的地址：

法国巴黎

意大利路

纽约保证信托公司收转

他们总是转给我的。我们整个夏天打算在西班牙过。

祝你永远顺利；哈德莱和我问候你妻子。

永远的你的，

欧内斯特·海明威

（此信藏纽贝瑞图书馆）

[1] 波琳·费佛在阿肯色东北部的家。

致 C.E.海明威大夫

1926 年 5 月 23 日，马德里

亲爱的爸爸：

我很高兴得知你的云雾山之行很精彩。也高兴听到别的消息。我们计划 9 月底或者 10 月初来美国，将在阿肯色州的皮戈特过冬。目前这只是计划，一切都还没定呢。

你在佛罗里达期间我飞了一趟纽约，呆了不到七天——只办了点业务——我想出纽约来着，可是不得不赶回“罗斯福总统”号。我知道假如我们尝试联络，会把事情弄复杂了；不联系吧又让大家都感觉不好；所以我没让任何人知道我来纽约了。

我的出版人现转为斯克里布纳出版社了，跟他们签了很好的合同。他们正出我的讽刺作品《春潮》——本月——我相信书已经出来了。还有一本长篇小说《太阳照常升起》——今秋出版。我正写些短篇小说，会发表在斯克里布纳的杂志上。

我来马德里的时候，哈德莱和邦姆比及他的保姆去里维埃拉的安特贝斯了。今天她本该和我在这里会合的。[1]可是，邦姆比咳嗽得厉害，她离不开他；所以，我几天后将和她在里维埃拉会合。等邦姆比好了之后——我们去西班牙住到 8 月——我们在安特贝斯同朋友们在一起呆着。

我在这里一直写短篇小说。我真高兴你和妈妈旅行那么愉快、大家都好。我们一登陆就去芝加哥；假如你们想让我们回去，我们就在橡树园跟你们呆三四天。哈德莱也要去圣路易斯见她家的人。不过，我不想太沉迷娱乐之类，所以她跟邦姆比去，我则呆在橡树园；在往皮戈特之前我抽一天去接她并见亲戚。在皮戈特，我能远离人群，他们也不来烦我，我就能工作了。我会写另一部长篇小说。有些人写小说可能是社交资本，而我则乐于像一头脚酸的熊一样独自游荡。

波琳·费佛跟我们一起去了奥地利；今夏跟我们一起去西班牙；她在美国的时候就住在皮戈特；她在那里给我们弄了个家。我听说你们不高兴我想在温德米尔过冬，所以决定就此不烦你们了。

今早去做弥撒了；今天下午准去看斗牛。真希望你也来看。

向你和妈妈还有弟妹们表示至爱的问候，还有格瑞斯姨妈和外公。

欧尼

谢谢寄给我这么多漂亮的运动杂志。

(此信藏肯尼迪图书馆)

[1] 也许海明威 5 月 22 日周六听哈德莱说她来不了了。见海明威 1926 年 5 月 21 日致舍伍德·安德森信,说是她“下周”准来马德里。

致麦克斯威尔·帕金斯

1926 年 6 月 5 日，法国朱安雷宾

亲爱的帕金斯先生：

我很高兴收到你的信，也很高兴听说你喜欢《太阳照常升起》。司各特也说喜欢这部作品。我们因为咳嗽得厉害在这里暂时隔离。我去了马德里一趟；我妻子和孩子还有保姆本来指望一周内和我会合。结果自己一到这里也咳嗽得厉害；所以在马德里呆了三个星期后我来到此地。我们将在这里再呆上三个星期，然后再接着

西班牙之行。

至于地址：巴黎意大利路“纽约保证信托公司”收转是最佳永久地址。我会电报跟他们保持联系，告诉他们我在西班牙的地址；他们的转递服务很好。

7 月 6 日和 7 月 13 日之间——包括前后两天——我在西班牙庞朴罗纳（纳瓦尔省）的昆塔那旅馆。假如你要发电报给我，就往那儿发。

最好别往那儿寄信。

这是我唯一确定的地址，但我会跟保证信托公司保持联系并告诉他们精确的信息。他们会转发给我所有电报并毫不耽搁地转交给我所有邮件。

我想清样上我将开始看手稿上的第十六页。头十六页上没有什么看不出结果的东西，或者在书的其余部分又解释一遍或重述一遍的东西——或者存在没必要陈述的东西。我想那么写下去从一开始就快得多。司各特同意我的看法。他建议我删掉各种东西——在开头诸章——我自己也从一开始就不喜欢那些——我想最好把那些删除；他表示同意。他也许会给你写信谈他对此的看法——对整个作品的看法。他跟我说他读了后很激动。

至于亨利 · 詹姆斯那事——我手头没有手稿的第二部分——在司各特那里呢——所以我不记得是怎么措辞来着。但相信提到的是某一偶发事情：一般认为是亨利 · 詹姆斯年轻时发生的。在我眼里，亨利 · 詹姆斯是像拜伦、济慈或者别的伟大作家一样的历史人物；关于他们的生活，个人的文学的生活，都有书记载了。我不相信提到此事即意味着讥讽。即便是讥讽，讥讽者也不是作家，因为作家没有在此书里出现。亨利 · 詹姆斯已经死了，也没留下后代被人伤害，也没有妻子；所以，我感觉从此以后他就算永远死掉了。我真愿此刻手稿在我眼前，好看看究竟是怎么说的。假如亨利 · 詹姆斯从未发生过那种事，那样说就是诽谤，无论他死了多久。假如他有那事，我看不出对他有何影响——他死了呀。我记得戈登和巴恩斯曾幽默地谈论巴恩斯的残疾问题；在他们眼里，亨利·詹姆斯不是该被侮辱的人或者该被保护不受侮辱的人，而只是一个历史榜样。我记得有架飞机和一辆自行车——但那跟詹姆斯没有关系，只是代表没有结果而已。司各特说他没有看出有什么跑色。[1]

清样到来之前，我不想思考此书；因为我在尝试写些短篇小说。清样来后，我想尽量以新的超脱的视角看待它。

直到今天我还没有短篇《阿尔卑斯山牧歌》的音讯呢——5 月第一周前后我就寄给你了。你收到了吗？假如你没有收到我就另寄一份拷贝给你。在马德里我写了三个短篇，1 400 字到 3 000 字不等。我还没叫人打出来寄出去呢，因为我在等《阿尔卑斯山牧歌》的消息。[2]

《春潮》怎么样了？有样书寄给我吗？

你能挂号寄给我 200 美元支票吗？就寄到保证信托公司的地址。很愉快接到你的信并得悉你喜欢这本书。

永远诚挚的你的，

欧内斯特·海明威

(此信藏普林斯顿大学图书馆)

[1] 詹姆斯在《太阳照常升起》第 12 章里叫亨利。

[2]《斯克里布纳杂志》没有接受《阿尔卑斯山牧歌》；这个作品首次出现于范怀克·布鲁克斯编《美国车队》(纽约，1927)。在马德里一天内写的短篇小说是《杀手》、《十个印第安人》和《今天是星期五》。不过，海明威去西班牙前就开始写它们了。

致舍伍德·安德森

1926 年 7 月 1 日，西班牙庞朴罗纳 [?]

亲爱的舍伍德·安德森：

你的信写得不错（这就不是老师对学生的口气了）。假如我写的那些信是势利眼信的话，那我坐在打字机前时一定是处于很傻的状态。不过，无论怎样，假如我曾经那样写过信，今后不再那样写了。我甚至都不想努力摆脱那封信——不过会捏住它的鼻子，去掉“假如”，放进一个“由于”。不过，无论怎样，你说此书会对你（知名度）产生好处的话是对的。我肯定因为它涉及许多人，会对我造成伤害。那又能怎样，见鬼去吧。因为我写它的六天写得很愉快，觉得很好玩；还因此赚了 500 美元稿费（此前的写作计得 200 美元，还没有短篇在美国售出呢）。你是中量级的冠军，因此下巴不会脆弱，我的下巴也不脆弱——不过，现在是无论得没得 500 美元，我都感觉很好。

不过，我要反一下你引的那位克利夫兰高贵的记者的说法，要向你指出我并没有撕掉或者烧掉这书的手稿以“保护”你；我从马德里写的信的意思无非是说，“安德森先生，我读过你的书，崇拜你很久了；我现在企图袭击你的下巴；理由如上。在我的葬礼上你会听见人大声朗读我的道歉文字副本”。

我很高兴见［拉尔夫·］彻尔奇。8 月我们回巴黎，会呆到 9 月中海路回国。能去特罗特达尔［弗吉尼亚］当然好，我们也许还真去。我想我们可能在得克萨斯或新奥尔良登陆，然后直接从那儿去皮戈特［阿肯色］。我们没有钱，得省从纽约走的火车票钱，坐较便宜的船前往。冬末假如你没去巴黎，我想过去见你。能再次见你，我会很高兴的。我们愿去特罗特达尔。那里的乡野似乎很可爱。

无论怎样，再见。祝你好运。假如你不去巴黎，我在圣诞节前会见到你的。我去见你的时候，一定不迎面而上、忘掉躲拳——像上封信那样。哈德莱问候你和夫人。

永远祝福你，

欧内斯特·海明威

（此信藏纽贝瑞图书馆）

致麦克斯威尔·帕金斯

1926 年 7 月 24 日，西班牙瓦伦西亚

亲爱的帕金斯先生：

谢谢你寄给我《小儿子历险记》［E.J.特瑞劳尼著］。我还没有收到呢，但很期盼读到它。

我想我们俩对一些单词的用法意见是一致的。我用词都得先考虑是否有可替代的字眼。不过，清样我会仔细读一过的。我想到了一处：迈克喝醉酒的时候想侮辱斗牛士，他老说——老对他说牛没有屎。那一处可以改成——我想也不损失审美价值——牛没有角。不过，布瑞特用“婊子”一词的事情——我从不用此词点缀什么，除非绝对需要。我想所用几处必须保留。整个问题似乎是一个作者不该使用与词汇自身价值或者含蓄的意思严重剥离的单词——比如“屎”之立于页面，除非整个文本完全是拉伯雷式的文本，都以夸张的手法表达，过分而不真实地强调。即便是很古老很经典的英语单词表述放屁，你也不能用。虽然我能想到一处也许可以用，是在足够悲剧氛围的情形下；可能完全被接受。战争事件里的一处对话，在行军的部队里进行的，还在炮火之下。

我想字词——我能删就删——用在《太阳照常升起》等作品里的，因为故事的悲剧色彩而合理合法。不过，当然，我有日子没见这样用了，打成字的则全然不见。

我不给杂志再寄短篇，是因为司各特打保票说杂志会买任何可以出版的东西；我的希望高燃。试了一个长的一个短的——我想大概故事不很娱人——两个都不能发表；我于是打退堂鼓，因为我还指望它成为某种收入呢。我想自己真傻没有多抄几份稿子，把它们寄出去。我 8 月 10 日回到巴黎后会抄几份的。迄今校样没有到。

我计划在巴黎把《太阳照常升起》等仔细再看一过。你想让我哪天退还你稿子？

至于秋天回去的事情——财务状况如此之糟——身体又弱，很容易受严重咳嗽影响；又需要在里维埃拉养病；一事又一事——遥望无期，虽然我希望回去，也很指望回去。我在欧洲从几方面讲都够长了。

《春潮》怎么样了？

“保证信托”总是我的永久地址。

我希望你的夏天一直过得很愉快。西班牙风沙大，且炎热，不过在欧洲，还是比别的地方好得多，就剩这地儿了。

永远的你的，

欧内斯特·海明威

（此信藏普林斯顿大学图书馆）

致亨利·斯特拉特[1]

约1926年7月24日，瓦伦西亚

亲爱的迈克：

照片很好，谢谢你寄给我们照片看。对你母亲的去世我们非常难过。哈德莱也难过。她问候你们，并向你俩表示慰问。有事关乎死，还是好人往往赴死。虽然活得够长就会死，我还对死一无所知呢。

在纽约你对我很好；别以为我不记得。我们秋天不走纽约回国。假如回的话会走得克萨斯加尔弗斯东。这里的一切从各方面讲都见鬼去了，不过明天开始有八场斗牛。加洛、贝尔蒙特、桑切斯·梅雅思、尼诺·德拉帕尔马，还有维拉尔塔、缪拉斯、维拉马耳塔斯、康查·Y.谢拉斯、姆鲁贝斯、佩雷斯·塔贝尔诺斯、瓜达莱斯茨和帕布洛·罗梅罗斯。哈德莱和我都在这儿呢。庞朴罗纳很了不得。邦姆比咳嗽得厉害，我们吓得要死，赶紧把他和哈德莱最后还有我从马德里弄到里维埃拉隔离，住在菲茨杰拉德从前的别墅：在朱安雷宾（阿尔卑斯沿海）。

没别的什么新闻可发。我很高兴你喜欢《春潮》一书。斯克里布纳今秋出的那本小说一出来我就发射给你。我们在巴黎的住处已经得通知要我们搬，8 月 8 日前我们得前去清理东西。记得替哈德莱问候冯·施莱格尔夫妇。我们也问候你、玛吉和孩子们。

写信给我，让巴黎“保证信托公司”收转。我希望你能为你父亲做点什么——虽然一个人失去所爱的人并且是生活与共的人一定是件很无望的事情。我们都该做点什么，安慰人是让人欣慰的事情之一。再见，迈克。写信给我。

你的永远的，

海姆

(此信藏普林斯顿大学图书馆)

[1] 亨利·(迈克)·斯特拉特，美国画家(1896 年生于肯塔基路易斯维尔)，普林斯顿 1919 级生。1922 年在巴黎庞德寓所初见海明威；此后经常在巴黎、拉帕洛相见，日后在基韦斯特也经常见面。1979 年，他编撰了“色彩自传”《岩石、裸体和花卉》，里面收有三幅海明威画像。

致麦克斯威尔·帕金斯

1926 年 8 月 21 日，巴黎[1]

亲爱的帕金斯先生：

我们从西班牙回来途中在安特贝斯角收到清样，那是十天前的事了。我脑子里记着你划出的要点，非常仔细地校阅一过。

第一——我从科恩开始。我觉得此书删除这第一部分就损失了；可如果把贝洛柯那段删除而又加进这部分就不知所云——如果没有贝洛柯的名字整个就不知所云。

第二——罗杰·普瑞司各特现在是罗杰·普伦提斯。我相信记忆中是跟一个叫罗杰·普伦提斯的同学，不过他至少不是格兰威［·韦斯克特］。

第三——赫尔格斯海默现在换成了别的。

第四——亨利·詹姆斯要么叫亨利，要么随便叫什么——你觉得哪个好就用哪个。

第五——我不相信“挖苦”章里和那首怜悯歌里的空白能招人反对——知道用什么词的任何人都能加词进去。万一冒犯人，可以加个单词“pretty”。

第六——公牛们现在没有阑尾了。

我尽量减少亵渎语言。不过，我写书的时候减去了如此多的亵渎语言，恐怕没有多少能再出口了。也许我们不得不把这本书看作是亵渎之书；希望下一本书不那么亵渎，也许还更圣洁一点。

今天的邮件里有一封邀请：西尔斯·罗巴克广播电台 WLS 欲广播《春潮》，伴随以简短的谈话，还有“听听一个著名的受人崇拜的作家的声音让普通人真正激动、永远留下记忆”的宣传单（你觉得这会是谁啊？）。另有一信来自《密苏里历史学会》，求一本《春潮》跟所有密苏里作家作品收藏大全保存在一起。突然如此似乎非常奇怪。

随此信附上短篇小说一个——《杀手》——著名的受人崇拜的作家亲自打字，用的是 6 岁大的科罗纳打字机。所以，假如你们杂志不要，就把它寄给西尔斯·罗巴克广播电台，请约翰·M.斯达尔收转。也许他愿意让许多普通人听到这篇小说。

我在昨天的邮件里还发现我欠亨利·罗美克公司 16 美元剪报费；这个公司地址在纽约西 19 大街 220 号。我手头没有美元。罗美克先生我相信是他自己允许用原名罗美克的，给我寄剪报真不错。不知你能否给他寄 16 美元，把账记在我很快就能得的稿酬账上。假如这事你做了，就对原名罗美克先生说这钱是我付他的，说他还可以接着往原地址寄剪报。

我上星期见到泽尔达时，她气色很好很可爱。司各特拼命工作。唐·斯蒂瓦特来了，带着一个很乖很漂亮的新媳妇。我希望你们这个夏天过得不错。我们在西班牙很愉快。我现在也拼命工作——计划本周末把校样寄回去，并将寄出另一个短篇。

祝好，

欧内斯特·海明威

(此信藏普林斯顿大学图书馆)

[1] 本信的回复地址为杰拉尔德·墨菲寓所：弗洛迪瓦路60号。同哈德莱闹掰后他独自住在那里。见海明威1926年9月7日致F.司各特·菲茨杰拉德信。

致麦克斯威尔·帕金斯

1926年8月26日，巴黎

亲爱的帕金斯先生：

我明天就把校样交“毛里塔尼亚”号寄走，你一个星期后能收到。

你没有寄题献页或者扉页的引语。我忘了写的是什么了。诸引语里我想保留葛特鲁德·斯坦因的话，我记得是“你们都是迷惘的一代”。也许还有——就按手稿上写的吧。还有《传道书》里的一句引语。题献页是：

此书献给哈德莱及

约翰·哈德莱·尼卡诺尔

寄出校样前我也许改动了几处，又删掉了一些；至此你能看到这些了。我相信此书现在的开头（直接就写科恩，省掉热身文字）的确更好。毕竟，假如我写书不想额外啰嗦，那就坚持不啰嗦。既然终于脱稿，也就没别的机会让书变得更好。我现在对《太阳照常升起》很觉开心。希望你也感觉如此。

司各特今天来信说他正拼命工作，把前门都关了，窗帘都拉上。他有望12月10日从热那亚坐船到纽约。

假如“挖苦”那节和怜悯小调还烦人，你可以采取几个方法——把破折号缩小，接着省几个句号。或者干脆把它们关起来。没有破折号；也没有句号。你想怎么做就怎么做。只要文字没有变化、不加进别的东西，我不在乎它们怎么着了。

我想别的都没事了。我们去掉了贝洛柯、换了赫尔格斯海默的名字、把亨利·詹姆斯改成了亨利、把罗杰·普瑞斯科特改成了罗杰·普伦提斯，让公牛们的再生育功能变成不宜。

我现在要住笔了，没有别的话悬着了。你预期《太阳照常升起》什么时候出来？《春潮》怎么样了？寄我 200 美元支票好吗？弄完《太阳照常升起》真好。这样就能做点别的，不会有此书的事情干扰破坏别的产品。我想忘掉它一长段时间。把真人放进书是个大错误；我希望不再犯这样的错误。

致敬，

你的真诚的，

欧内斯特·海明威

(此信藏普林斯顿大学图书馆)

致麦克斯威尔·帕金斯

1926 年 9 月 7 日，巴黎

亲爱的帕金斯先生：

《太阳照常升起》清样两周前跟“毛里塔尼亚”号寄出，所以我没回你关于寄校毕清样的电报。现在你无疑收到了它们并接着下一步工作了。

今天我收到你从乡下发出的 8 月 23 日的信。

事实上我并没有泄气，尽管我从瓦伦西亚给你写信时可能一度泄气了。我觉得艺术追求上我没有问题。写作比得报酬更令人激动。假如我能继续写作，我们俩终究是能挣到钱的。我现在正努力将此前写的短篇小说都卖掉、给掉或者以某种方式清理掉，为更多的创作扫清道路。

奥布莱恩今天写信请求出版《没有被斗败的人》。这篇小说不知你读过没有。他打算收进年选1926年卷。我想这样大家都知道了。也许对《太阳照常升起》有帮助，因为这篇小说跟斗牛有关。两个作品都不提让人难堪的阑尾之事。

你的永远的，
欧内斯特·海明威

（此信藏普林斯顿大学图书馆）

致F.司各特·菲茨杰拉德

约1926年9月7日，巴黎

亲爱的老菲茨：

真高兴又听到大师的消息。菲茨，书写得怎样了？高兴听书的情况。老伙计，往下说。我开始写作的时候也有同样的体验。有一天我遇见《小茅屋》里的乔治·贺拉斯·洛里莫；自那以后，事情就顺利了。

你过得到底怎样？到这儿以后我决定给掉所有短篇、把要卖的东西都清理了。这样就能强迫我再写新东西了。所以，我把《今天是星期五》给了某个小册子组织，他们写信要我一篇随笔，跟考克陶的画一起发表。我把《阿尔卑斯山牧歌》寄给了《新大众》，这是我见过的最令人恐惧的最恶心的机构——他们也要我投稿——看看我自己怎么找托辞吧。《杀手》寄出了——我刚给斯克里布纳完成的。我刚收到麦克斯·帕金斯电报说"《杀手》棒！布里奇斯约稿。《太阳》校样收到。帕金斯"。[1]

所以说，连欧内斯特这样的愤世嫉俗小子有时也有愉快的惊喜。除非现在等着听布里奇斯突然死亡的消息、帕金斯炒了他的鱿鱼、斯克里布纳的杂志停刊了。否则，东西会发表的。

自那以后到昨天，我写完了一个新短篇，又开始另一个。多亏［保罗］·雷诺兹的信，多亏你对审查问题的优雅态度。整个法国为你们骄傲。警察和别的官僚层面都想废除优雅的审查条款，所以他们举出的朱安雷宾方面煽动元素，别去听。

《了不起的盖茨比》的作者至少拥有跟德瑞弗斯一样多的支持者。别让他们把你投入监狱。就是不让。真正的法兰西在支持你。

哈德莱和我仍然分居。[2]我10月份打算骑自行车去马赛，在马赛住一星期左右，在那儿写作。等你写完书，我骑车去看你。我们的生活都见鬼了，本以为美好生活指望的是这一件事。无需说哈德莱很了不起，所有的事怎么讲完全都是我的错。那是实话，不是客气。自去年圣诞节以来就见鬼了，许多不眠之夜，倒看清了周遭，得以研究司空见惯的领地，甚至喜欢上了它，也许乐于带人逛逛呢。我们创造了地狱，当然该喜欢它。

我删削了《太阳照常升起》，从科恩开头写——把第一部分都删了。还有几处小删削。重写了多处，更紧凑了几处。删削了的稿子清样读着感觉不错。基督知道我想写得更加好一点，但它自己就这么挪动了，很瓷实，很动听。我真希望你喜欢它。我想你会喜欢的。

正推进一部新长篇呢，进展顺利。我给它起名叫《世界的场》。你会喜欢这题目的。

问候泽尔达。告诉她我们来告别时没见到你们是多么遗憾。我自那以来没有喝酒，没进酒吧，“澳犬”没去，“穹顶”没去，“优选”也没去。没见任何人。也不打算见任何人。正尝试一个作家非常的写作实验。这也许结果还是一场虚荣追求。开始了半永久的自行车之旅，只要天气好，一旦我桌上的活干完，我就坚持骑。随后是许多要完成的东西，所有想写的短篇，也许在马赛着手。看看吧。

世界充满了事物，我肯定我们都会像国王一样幸福。国王有多幸福？

史蒂文森。

你的永远的，

欧内斯特

沃尔什，《士兵》那首瘾君子纵狗咬牛的诗歌的作者攻击我到了这个程度：《本季》下一期几个栏目会登出指控海明威把自己卖给既得利益者了。我给他寄了张明信片，说《本季》这一期出来后，他的诗令我恶心。现在似乎是我从一个无瑕的“文学”骑士变成了拿《斯克里布纳》大额报酬的惟命是从的作家。我看见了这东西的副本，是发表前他广为传布的复写本。先生们，我的暴脾气要来了。

[此信信尾倒写着：] 想写信的时候给我写信。我孤独得很。

(此信藏普林斯顿大学图书馆)

[1]《今天是星期五》发表于 As Stable Pamphlets(新泽西州恩格尔伍德，1926)。这篇作品被《新大众》拒绝了。《阿尔卑斯山牧歌》发表于范怀克·布鲁克斯编《美国旅行队》(纽约，1927)第 46—51 页。《杀手》是海明威发表在《斯克里布纳杂志》第 81 期(1927 年 3 月)第 227—233 页上的第一个短篇小说。

[2] 8 月从里维埃拉回来后海明威和哈德莱即分居。此事在《一个人的加纳利舞》里被处理成小说，见《斯克里布纳杂志》第 81 期(1927 年 4 月)第 357—360 页。

致舍伍德·安德森

约 1926 年 9 月 7 日，巴黎

亲爱的舍伍德：

谢谢你写如此醉人的信给我。特罗特达尔似乎很不错。我嫉妒你在那里看见的秋天。一定很美丽。每年秋天我都想念美国的秋天，想得我都憔悴了。皮戈特在我眼里现在是地狱，还有别的很多事情呢。有两件事我曾经迫切地要去做，皮戈特的事是其中的一件。

看见《新大众》了——吉恩·约拉斯给我看的，里面有一首他的诗作——这本杂志似乎是内部刊物。我把第一部长篇的清样寄给斯克里布纳了——题目叫《太阳照常升起》。我真的希望你喜欢它。这部小说无论怎样写得不聪明；老天让我偏离了本来想写的那种。我希望学会怎样写。但是，唯一的方法似乎是：写去吧；终究会超过平均水平的。

你可以给马添足够的负担，让它没有机会获胜。在美国（美国人呢总是在美国，无论他们称呼住的地方叫巴黎还是巴拿米），我们都加重负担让马累死——更别说让它在重负下奔跑了。我住在这边的臭虫屋子里大概八个月了，失眠的老毛病常犯。这东西你可带到任何国家，我真庆幸自己结实。也许终究会好的。

我仍然感觉很不好，那时曾以权威的口气或者不通的方式给你写了那信。不过我想，年轻人总是得肯定自己；演出很惊心动魄，得保证每场都赢；在你 25 岁的时候除非你知道一切；等你有时间谢幕的时候，你已经 35 岁，根本没有机会知道任何东西了。也许，我们都得知道点什么。

这信写得乱七八糟。不过我真希望自己在特罗特达尔。无论怎样，11 月你来时我们在这儿。能再见到你真是好啊。

一如既往，

海明威

（此信藏纽贝瑞图书馆）

致麦克斯威尔·帕金斯

1926 年 9 月 28 日，巴黎

亲爱的帕金斯先生：

《杀手》的消息让人高兴。我肯定会寄给你更多的短篇。你跟我谈的关于《太阳照常升起》扉页的安排看上去很好。我相信你安排得会好看的。

罗杰的名字不用改成罗伯特·普伦提斯了，除非你已经改了，改了也没关系。我确认了一下跟我一起上学的孩子的姓名，发现普伦提斯是他的名，不是姓。

你预计《太阳照常升起》什么时候出来？我收到柯尔蒂斯·布朗的信，说他们正在寄凯普版《在我们这个时代》样书，已经写信给斯克里布纳要《太阳照常升起》的清样给凯普看。在我看来，他该拿清样。

曼纽尔·孔罗夫，编辑马可·波罗书的那位，有时也写很优秀的短篇小说。他读了《五万元》。我告诉他此篇何以未再版后，他主动提出试试并替我删削了 1 500 字。他把这个短篇带到乡下去了。等稿子回来，也许很适合杂志登。我等出短篇小说集的时候可以把原稿放进去。不过，假如我不喜欢修改稿，就不寄了。我想布里奇斯也许愿看看孔罗夫的短篇小说。他的有些东部题材的小说很好并且很短。

我会给布里奇斯写信，现在匆匆草此，要去赶“陛下”号船。

你的永远的，

欧内斯特·海明威

(此信藏普林斯顿大学图书馆)

致波琳·费佛

1926 年 11 月 12 日[1]，巴黎

最亲爱的费费：

自你 10 月 26 日情绪低落时写的信以来，除了那封电报，我没有听到你的任何音讯——通讯中断了。我写上一封信的时候（下周中某个时候你会收到此信），并不知道你的状况如此糟糕，甚至也不知道你开始这么感觉不好，这么焦虑。所以，我写的信似乎有点

太不理解人了，很没心没肺。假如我收到你心情不好的信，我可以写信安慰你——可是信是在电报之后到的，我的上封信已经寄出了。

我感觉也绝对完蛋了垮了，费费。我现在也满可以写出来，那样也许就能摆脱了。你母亲肯定感觉不好，女儿要嫁一个离了婚的人，要破坏一个家庭，要惹一身麻烦——沉默的不准许肯定最可怕，你一点法子也没有。我肯定我们关系的这一部分会发展得很糟。你母亲自然不会有别样感觉。金[2]把她写的信给我看了。你母亲 11 月 1 日的信说你回来的时候气色还不错，也很幸福；可上星期整周——也就是我没有你音讯的那周——你神经崩溃了，形容很憔悴。说你在皮戈特很孤独，成天自己沉思默想；说你想的自然都是不快的事情。因此，你似乎正经历地狱的全部；你并不坚强，又被压垮了，所以可能毁了你。我们两败俱伤，又有什么好处？于是我想了一整天一整夜——焦虑像个绷带缠绕着我头顶的内层——脑子里没有别的。我所能想到的是你（我所有的一切、我所最爱、我放弃一切追求的对象、我背叛一切所追求的人儿、我灭掉一切所追求的人儿）正被毁灭，你的神经和你的精神日夜受着煎熬；而我又没有解决的办法，因为你不让我做什么。

我知道当我的信到你那儿的时候，你就得想法决定。我知道你会接受难过的一面，你认为正确的一面；我崇拜你的勇气——不过我根本不知道假如一起商量会不会是这个样子。我日思夜想只是感觉此事要命，我们都受着折磨。

你看，你回皮戈特之后，你说你要告诉你母亲；并说假如她不喜欢，你就离开——或者说她不得不回心转意——因为冒天下之大不韪的是我们，我们得自食其果。你说你要休息，不去焦虑，把身体养好，棒棒的，就是不去焦虑——那么，结果怎么样了？

现在我可以回顾一下孤独地等待你的日子了——不过知道一切都没事，只是等待——那些日子似乎令人难以置信地幸福。你现在把自己和自己的心都交给你母亲当人质了，整个事情似乎绝对无望。你过去三天不写信就总要去发电报——可我没有收到电报——你上封信是26号写的。金妮昨天收到你母亲的信，那是11月1日写的。我什么也没收到。所以，我不知道你是否放弃了我——甚至那时——你收到新近的信之前——就试图放弃我。费费，我在这儿度日如年，无聊可怕，我觉得自己都想尖叫。夜里尤其可怕得令人难以置信。

我们如此幸福过，拥有过整个世界，而这一切却成为代表原罪的影像。你不愿收我的信，也不愿接受我；想到这些我就一直害怕。我仿佛听见你说："我不能再这样下去了。我不愿意。我不能做。我不能再这样做了。"

这就是我想的东西。因为，假如其他海誓山盟都破了，这一个如何可以依靠？

我整天都想着要跟你说些什么，要告诉你些什么。我开始剪贴报纸；心想，这还不简单，什么事都没发生过，也没有什么困难是我们自己找的又解决不了的——只是我绝对与此事有关。

我知道你另外准备了三个月。因为，你认为这是哈德莱所要的时间——也因为你的处境如此，牺牲似乎是必要的——当然，哈德莱所要的是拖延离婚时间——不惜一切拖延离婚——她并没有想把我俩都打烂——她不会承认，但她知道我们是同一人——有时她承认这一点——给她时间拖延，这实际上是世上唯有的东西了。可她要的是让我们把她送上离婚的轨道；同时把我俩都打烂。

真是妙想啊。

所以，无论现在情况多糟，我不能发电报说"快"，因为电报会自动关掉，因为你做了选择——显然最好还是让机会给打烂——或者打——而不是相互见面又拖延离婚——所以我不能做任何拖延离婚的事情。我不肯定自己不会作打的准备，费费。

当然，我只是不愿。只有当你看见我琢磨难道这就是我经历的一切所得吗、这就是结果吗的时候，我才会去打烂这东西。

因为，任何人都可能被打。我们显然是选择了被打——我们自己的自由选择——事由可悲，考虑周密，完全首肯。

我知道这封信很糟很廉价很自怜，纠缠无聊……就算是吧。啊基督啊，我感觉糟糕极了。真糟糕，费费。

那么，假如哈德莱不愿离婚或者接受朋友的建议再次拖延，我们将何去何从啊。

我只要有你，别的都能忍受，也能经受——可现在我没有得到你，而你又故意闪了。我知道你头脑很乱很不舒服，费费，我无法忍受这个。

去年秋天，我很平静地说而不是虚张声势地说（在我们一起度好时光的时候）假如到圣诞节这事还没有理清，我就自杀——因为，那意味着此事就是理不清了——费费，我知道现在是你要吹，我可不能忍受——显然，我能做的就是把原罪从你的生命里剔除并避免哈德莱不得已离婚——赞扬哈德莱——通过自杀来实现这一切。后来我答应在你回来之前不做这事并且在任何情况下不考虑自杀。可是，现在一切又都失控了。你说话不算数了，我该考虑自杀或可解脱。只是没有什么能让你解脱。不过，我不是圣徒，生来也不像圣徒。趁着世界上还有点什么的时候我情愿去死也不愿苟活，让生活的每一部分都夷平毁灭，在我死之前弄得一片空白。[3]

不过，我不愿，我不愿想这个。也许你会回来；也许你会留点什么；也许我们会有胆子：在外科手术的中间不作自我牺牲。也许我们能挺过来。也许，也许，也许，也许。

我所要的一切就是你，费费。啊亲爱的上帝，我多想要你。我真不好意思写这信，我讨厌这信。可我得把毒解了，我为这毒焦急烦恼。没有音讯，进港的所有邮船没有你的信。却在昨天看见你母亲的信，信里的你在受良心的惩罚。我死后完全愿意下地狱，而不是现在。不过不是死活都下地狱，虽然现在似乎是死活都要下地狱。可是不会。请原谅我的这封信，费费。一切都很可鄙。我因为离你遥远才会这样的。只有 84 天了。从今天起到下周五，我当然该收到一信。金发电报问你的情况了——每天晚上并每天早上醒来我都为你祈祷几小时。我祈祷你好好睡觉，紧抱你，让你别着急。啊，费费，我爱你爱你如此爱你——我是你喝了就见鬼的烈酒。

欧内斯特

（此信藏肯尼迪图书馆）

[1] 虽然原信清晰地写着 10 月 12 日，但内证表明错了：应该是 11 月 12 日。

[2] 波琳的姐姐维吉尼亚。

[3] 见海明威 1926 年 10 月初致伊西多尔·施耐德的信："这世界是如此残忍，能对我们下手做如此多的事情，能以如此多的方式伤害我们，当它用事故和疾病……时，像是在欺骗。你对地狱所能做的就是经受它，假如你能经受的话。你得经受。至少我想我总要经受。"海明威还说他"反对自杀，对自杀存有偏见"，"一个人不去自杀的真正理由是因为你总知道生活在经历了地狱之后是如何美好"。

致麦克斯威尔·帕金斯

1926 年 11 月 16 日，巴黎

亲爱的帕金斯：

谢谢你寄来评论和广告。布鲁姆希尔德画的肖像很像我想象的杰克·巴恩斯的形象。肖像的样子很像一个作家，这作家因失去某不可替代部位或者因不可替代部位的萎缩而沮丧。只可惜这是海明威，而不可能是巴恩斯。终于成功地看上去像个作家了，真不错。广告和腰封看上去都很优秀。

我真愿能如你建议加些东西写布瑞特。这对第一次读这部作品的人来说无疑有价值。关于布瑞特，也有好材料可用。另一方面，任何前言或序言在我看来都破坏书的整体统一。虽然不显，但整本书是有某种韵律的；假如被破坏了，韵律就找不到了。第一部分是个整体，包括贝洛柯章——我可以删（已经删过一次），并且保持整体状态——但《五万元》的不幸表明删除那种东西有多难；我恐怕事后修补都不管用。

我很抱歉，因为我很想为你删改，但我觉得，我们终究会发现，现在我不妥协造成的损失，日后一定得到回报。我知道你不会让我把那放回去，除非你真的喜欢它。我知道在许多方面那会是不错的东西——但我终究觉得也许我们俩都会因此损失。你知道，假如你想要，我愿为斯克里布纳写书。多年来我都想要斯克里布纳出版我的书。也愿意我的书成为好书——越写越好——有时也许不那么好——我能写书，也许有幸学着越写越好——知道事物是怎么个样子运作，整个儿是怎么回事——不把事情弄糟。所以，假如这本书销量不好，也许某时有一本书会畅销。假如真是好书，我肯定它们会畅销的——假如我学着写得更好——但是，假如我开始着急，或者考虑卖不卖的事，那我就永远也写不好，只会卡在打字机上。虽然如此，上帝知道我目前需要钱，我还是愿这部书真的叫座，也因为你一直对我很好。

另外一件事是：布瑞特·阿什莱是真实的人物。其他真实人物詹姆斯、贝洛柯、赫尔格斯海默等如果不改动，我倒不在乎我笔下的人发生了什么——不过既然他们（其他人）受到保护，我觉得只要没有必要，也放过不改。那是书里唯一不是想象出来的——布瑞特的传。

我知道比尔·贝内特很失望地发现我从迈克尔·阿兰德［阿伦］的作品里抬出个人物。那说法很滑稽，因为我从未读过一个字的阿兰德作品。战后，我倒是与达芙·忒斯顿夫人、南希·库纳尔德、玛丽·比尔伯姆的作品为伍，这些人把阿兰德或者叫阿伦作为该推荐的亚美尼亚青年来抬举，让他试写几样东西；当他们发现他的亚美尼亚气浓得烦人的时候就放弃他了，不值得培养——不过，之前他还是有法子进入幕后的，进入了各色人等的生活。那时他的亚美尼亚气不那么重。

现在有意思的是我认识了一个姑娘，把她密切地搅进了生活，让我感觉很不好——除了我无法想象她会读点什么——看着她整个走进地狱——还在她出发时帮了一把——接着是感觉糟糕透顶。得悉自己又带着少年的热情从未读过的亚美尼亚跟屁虫（用的是伦敦人名字）的作品里抬出个人物——你想这是什么滋味——贝内特觉得没人有过头衔？是那个头衔得罪他了？还是只有写给女仆丫头看的书里的人有头衔？我没有读过阿兰德，所以不知道——现在我倒担心——因为也许我写得像阿兰德。那真是很好玩啊。

也许阿兰德愿写几章，那会卖几百万册。也许贝内特能为我们找到他。

孔罗夫结果从《五万元》里只删削了几百字。连载期间也许你能当主事者。或者，假如［威廉·莱昂·］菲尔普斯先生生病又短稿件，你就主事。你可以跟菲尔普斯先生说，假如他要压缩稿子，我就把压缩的版面买下来，不管版面值多少钱我都付相应的钱。或者我把作品所得跟他对半分。我想在拳击被废除之前发表这作品，或者在杂志被废除之前发表这作品。

我在这里发表的所有东西都被塞缪尔·罗斯窃取。他从未得我许可发表任何一字。而我在这里的作品一出来，他就盗版所有的东西，从不付我一分钱。我在《国家》和《新共和》上看见他的《两个世界》的广告了。

乔伊斯则完全被盗版弄得崩溃。罗斯未经他许可偷窃了《尤利西斯》，从未支付他一分钱；还按月连载《尤利西斯》并且删除部分内容。我今天见到乔伊斯了，他刚收到罗斯接受纽约某报纸采访的副本，说他发表《尤利西斯》是得乔伊斯首肯的，说他跟乔伊斯在钱方面安排得对乔极为有利，目前还不能透露；说乔伊斯在美国私下卖这本书挣了大钱。乔伊斯绝望得很。十三年生命的结晶被偷了；偷东西的人还不知足，还要坏人的名声。偷人一生的劳作还不知足，还要撒谎，还要篡改文本。

纽约地区检察官肯尼斯·辛普森已经答应一回纽约就把罗斯绳之以法。乔伊斯同时设法禁止罗斯继续胡为。[1]

这行当真是恐怖而令人泄气；一点都不让人稍微喜欢点犹太人。我很生气他偷用我的短篇小说——不过跟偷乔伊斯整本书比较起来，我这就微不足道了——不过似乎有声誉的出版物如《国家》之类就该拒绝接受罗斯的广告。难道国家就没有一个机构能把骗子的广告列入黑名单？今日的生活似乎格外复杂。

我下周计划和朋友驱车前往里维埃拉。他得去那儿取车，我则要见司各特。我相信他会搭 12 月 12 日的船。

我还有一张 200 美元支票没有兑现，因为法郎的价格太高——不过好像价位就停留在那儿了。我希望《太阳照常升起》卖得好，这样等我需要钱的时候就能从你那儿多得点——似乎该卖得好一点的——很有意思，人们对它的看法似乎很不相同——我总听人说书写得好。《纽约时报》的评论我得从头读到尾，这样才能知道人们是真喜欢它还是不喜欢。［康拉德·］艾肯似乎喜欢它。阿奇·麦克莱什告诉我他是个很好的评论家——我是说艾肯。也许这会鼓励别的小子喜欢这本书。好玩。写了本看似悲剧色彩浓的书，却让人以为是爵士乐般虚无缥缈的故事。假如往深了阅读，他们就读不下去了，因为会边读边哭。当今的生活真是有趣——这台打字机似乎自己跑了。

你的，

海明威

（此信藏普林斯顿大学图书馆）

［1］罗斯盗版乔伊斯的《尤利西斯》直到 1928 年 12 月 27 日。纽约州最高法院此时责成他不得以任何形式用乔伊斯的名字。见理查德·艾尔曼著《詹姆斯·乔伊斯》(纽约，1959) 第 598—599 页，第 616—617 页。

致哈德莱·海明威

1926 年 11 月 18 日，巴黎

我最亲爱的哈德莱：

我很抱歉我见到你后才收到你的信——因为我不知道你的决

定，也不知道你怎么想的——一次又一次地伤害你，说些你很明智地得出结论最好还是写信商量的话题。

我觉得你的信跟你以往所作所为一样勇敢，全然不自私并且慷慨大方。

在过去的一周里，我发现（很可怕）波琳和我无意中在给你施加压力，让你跟我离婚——这压力来自匆忙恐惧，担心我们会彼此失去对方——你疑心是再自然不过的事情，于是所作反应是不同意，这样两个人结婚的基础就不存在了。你的反应总是对的，我总是信任你的反应。我相信你的反应一如我相信你的头脑。

我想也许当波琳和我都认识到我们那样对你是多么残忍，认识到再这样残忍下去，我们无法指望找到任何幸福的基础——认识到我们可以给你时间，你需要多久都行，我俩可以分别；而不是让你同意离婚，你并不认为离婚是不可避免的，也不想离婚——我想当你感觉到我们这样做了的时候，我希望你相信那是诚心诚意的，如此也许能解除你自然的正当的反应，让两个人自由结合；这两个人似乎相互不配结合，或者别的什么不尽人意，都有可能。

现在，假如你希望跟我离婚，我就立刻去找人办理细节、咨询如何接洽律师。我不计成本会立刻着手——如你信上所要求——会写信告诉你我了解的情况。

假如你不愿现在着手，或者波琳回来前不愿着手——或者以后再说，悉听尊便。

假如这是不可避免的一步，我觉得对大家都好。一旦着手，事情也就有眉目了。亲爱的哈德莱，这不是我在给你施加影响——或者加快完成我自己的事情。只是我们俩像两个头昏眼花的拳击手般飘移不定，踉踉跄跄，还都不愿给对方猛的一拳：这一拳能结束战斗，让痊愈恢复的过程开始。

另外——我不知道你的美国计划——我不觉得你该为了回美国

而急忙办离婚手续——你到美国后并不一定如你所愿。

你能做的是：启动离婚程序——再去美国看看，是否喜欢，其间的情形怎样：启动离婚，到你必须再次出现于离婚程序会有三四个月。我想程序会是如下：司法官要求我回到你身边——假如我拒绝，数月后还会有司法官来第二次要求——这时我俩都得出面表示正式拒绝和解——十分钟或者五分钟——跟行政长官之类陈述，然后就得许可离婚。

假如你愿意去美国，我肯定你花不了多少钱就能办此事。看看那里的情形倒也不失为好方式——看看西海岸，看看纽约。你可以乘坐很舒服的收美元的航线船，船会让你从马赛起航，在加利福尼亚登陆——走运河路。然后取道纽约返回巴黎。这样你就有机会看看两地。如此可能改变想法，给你点主意。

无论怎样，不管你怎么做，我正写信给斯克里布纳表明《太阳照常升起》的所有版税都支付给你。3 000 册书卖掉之后，斯克里布纳就开始支付版税了——我们一块儿把那个数的预支花掉了——不过，从 3 000 册起版税会迅速攀升，每种书一册即可得 30 美分。麦克斯 · 帕金斯写的未来印数、他们做的广告等如果算数，那数目就可观了。

在任何情况下你可以绝对仰赖凯普公司支付的版税——我正指示经纪人这些版税也支付给你——凯普已经答应 1 月至 3 月间把书印出来——出版之日即付先行销售的版税，头 3 000 册支付 10%的版税，往下至 5 000 册，支付 15%的版税；再往后是 20%。这就一本书来讲是很慷慨的版税了；在英国，这本书可能卖得很好。

我要你别反对这种安排——我在那么多事情上伤害了你，这是唯一能做来帮助你的事情——你一定要让我这么做。

我缺钱的问题好解决：我知道我可以向司各特、阿奇［· 麦克莱什］或者墨菲夫妇借钱——他们都是有钱人——或者我可以接受波琳的钱，她舅舅格斯似乎总想给她钱。同时我也需要点钱的压力，好在离婚的开头就把财务理清了——那些书所得及各种权益都归你——写这些书的时候就是你在支持我并帮我完成了它们。假如不是跟你结婚，没有你的忠诚、自我牺牲、激励和爱，《在我们这个时代》、《春潮》或者《太阳照常升起》我是不可能写出来的——此外还有现金的资助作后盾。

我本想加进《在我们这个时代》和《春潮》的，但我相信前一本还没盈利，后一本也不见得赚钱。

我正在草拟一份遗嘱，也在写信给我的经纪人和出版人，表示万一我死了，我所有书的收入，过去的和未来的，都归邦姆比，你可以作为信托人替他保存。

我一定要让你接受《太阳照常升起》的这些版税，哈德莱。你能否当个礼物接受，别抗拒，也别怀恨。因为，这就是你的权益，应当应分的。你如果大度一点当礼物收下，我就十分高兴。

有那个作依靠——不会低于几百美元——你就能去美国而不担心钱的问题了。你不在期间，我会给邦姆比一个父亲该给的福利。我也以名誉担保波琳不见邦姆比，万一那段时间她来的话——所以你别担心这个。假如这是你所担心的事的话。

我们的对话跟你信里的步骤有点弄混了。你说三个月的分居期限已经正式结束。假如对你来说意义不同，我肯定波琳和我很愿意，我肯定，把分别的三个月度完整。假如你无所谓，我想她 1 月份兴许来，或者她想来的时候就来。请告诉我这一点你要我们如何，也告诉我你是否愿让我把你信里的事实转达给波琳。

对不起这信写得长了。肯定还有我漏掉的许多东西。我会常去看邦姆比的——我想邦姆比最幸运的是有你当他的母亲。我不想表白我对你一针见血的思维、你的头脑、你的心和你非常可爱的手有多么崇拜。我祈祷上帝补偿给你我对你的极大伤害——你是我认识的人里最好的、最真的、最可爱的。

欧内斯特

（此信藏肯尼迪图书馆）

致麦克斯威尔·帕金斯

1926年11月19日，巴黎

亲爱的帕金斯：

我不知道你们杂志是否会垂顾幽默作品。无论怎样，给你寄上一篇。[1]假如他们不要，你看是给埃德蒙·威尔逊（寄《新共和》收转）好呢——他写信跟我说他们愿付50美元买我1 200字任何作品——还是寄给［保罗·］雷诺兹好呢？他给司各特写信说还想要我的作品——还是给能给我弄点钱的人。

谢谢给我抄写评论。他们对我们倒挺看重。倒是新鲜，居然有人怀疑我对葛特鲁德·斯坦因的作品很认真地对待——我本想嘲弄那浮夸的言语（葛特鲁德对先知角色的假定）来着。没有人知道先知之后的那一代，当然也就没有权利评判。《传道书》语录——一代人过去了，另一代人又来了，可大地永远存在——太阳照常升起。以后再印此书我希望你删掉徒劳之无益，布道人说，徒劳之无益，一切都是徒劳无益——一个人在太阳底下的所有劳作能得什么利？——把这节都删掉。语录只从《传道书》的诗篇开始，用第4、5、6、7首歌。也就是从一代人走了——在河流涌来时，人们又回来了处结束引语。

这样就清楚多了。此书的要点对我来讲是大地永远存在——对大地怀有好感和崇拜，对我这代人却不怎么看重，对虚荣之事也不在乎。我一开始只是犹豫是否要删除一个更好的作家的东西——但似乎还是有必要的。我没想把这本书写成空洞或者苦涩的讽刺作品，而是想写一出真正的悲剧：主人公永存，大地也永存。

我还发现大多数人不是用文字来思维的——大家写作用文字——所以在《太阳照常升起》里，批评家漏掉了内心独白并且很不高兴——或者说很失望我删除了第一稿40 000字东西，那些东西能让他们高兴——他们是高兴了，但这本书就会像布鲁姆菲尔德的作品一样十年让人感觉虚假，从此刻算起。

《太阳照常升起》可以成为一本更好的书，也应该成为一本更好的书——可先是唐·斯蒂瓦特在维希治肝病，那时我正写第一稿——接着我琢磨最好还是写你能写的东西，努力把它写出来，而不是去弄划时代的艺术作品——你想想那些写真正伟大小说的小说家所处的是什么样的时代。

《红色英勇勋章》[里的斯蒂芬·克莱恩]这样的孩子能有杰作——但总的来讲他们所写所为是一致的，他们都知道几样东西——在他们学习并经历的那个时代里，自己就学会了如何通过写作来实践写作。

我最好在自己也像个批评家之前住笔，真成那样可就遭了。无论怎样我希望你喜欢这部有趣的书。

致敬！

欧内斯特·海明威

(此信藏普林斯顿大学图书馆)

[1] 也许是《我自己的生活》。此篇刊《纽约客》第 2 期(1927 年 2 月 12 日)第 23—24 页。

致麦克斯威尔·帕金斯

1926 年 11 月 23 日，巴黎

亲爱的帕金斯先生：

昨天“利维坦”号载有我寄给你的一个短篇——《在另一个国度》——给你们杂志写的。随函附上的是《学院幽默》来的一封信，唐·斯蒂瓦特说他们的稿费很高。你可以把这篇寄给雷诺兹，跟我一周前寄给你的那篇有趣的东西一起——除非你寄到别处了或者有别的情况。他可以寄给《学院幽默》的。

很对不起麻烦你；假如我有雷诺兹的地址就不麻烦你了——要不是想先给你们杂志投那篇趣文，也不会麻烦你。

我不知道《学院幽默》会不会买《五万元》。雷诺兹也许会寄给他们。我有预感他们会用。

我正在写另一个意大利故事。

布里奇斯先生关于《［给某人的］金丝雀》的信我收到了，还有你附上的两则广告。广告做得很漂亮。

有一天下午我带三岁的儿子去咖啡馆买冰激凌，他边吃着，另一只手还举着口琴；看了看四周说："啊，跟爸爸的生活真美丽！"

你的永远的，

欧内斯特·海明威

（此信藏普林斯顿大学图书馆）

致 F.司各特·菲茨杰拉德

约 1926 年 11 月 24 日，巴黎

亲爱的司各特：

我每周都想着在你离开之前去见你——迈克·沃德当时正弄辆车开，本可以去。可是，先是他病了——接着是车老有人占着：再接着是银行接替他的人病了，就这么到了本周三也就是今天，末了还是未动。

你怎么样？一直还好？你写作了吗？小说写得怎样了？我敢打赌一旦你安顿好了开始写作，这小说一定会是部很好的作品——你最近在朱安雷宾一定有很多时间写作。

我也写了一大堆；又卖了一个短篇给《斯克里布纳杂志》——凑成两篇——我已寄给他们另一篇，肯定他们会买——一篇很好的关于战时米兰的故事——刚写完一篇更好的，正要打字呢。手头另有两个短篇我知道卖不掉，所以没寄——但收进书里我估计没问题。

这个打字机是借来的，不好使——我自己的坏了。我看见《世

界报》上有一则《太阳照常升起》的广告，说已经二刷了。同一份报纸11月19日有黑伍德·布朗恩写的充栏评论。坊间评论还好，只是小伙子们意见不一：我是从你那儿拷贝得多，还是从迈克尔·阿伦那里拷贝得多。所以我十分感谢你们俩——特别是你，司各特。因为，我喜欢你。可我不认识阿兰德。另外，听说他是亚美尼亚人。对亚美尼亚人表示感谢似乎早了点。不过，我当然是要谢你的。我正请斯克里布纳在第八版之后每一版都加个副标题

《太阳照常升起》(像你的鸡鸡一样，假如你有鸡鸡)

——一个更了不起的盖茨比

(在与F.司各特·菲茨杰拉德{爵士乐时代的先知}的友谊中写成)

上帝，我真愿见到你。在欧洲内外你是唯一我能多夸两句（或多反对两句）的人。不过，我当然还是愿意见你。我没有足够的钱坐火车，所以一直是沾光那些不怎么启动的免费汽车的。天气坏，骑自行车是不可能了。我试了一回弄得满身泥，肩上都挂了花。无论怎样，你好吗?

第二次印刷的印数如何？书是10月22日出的：11月19日广告是这么说的。麦克斯·帕金斯11月1日写信说预订没有多少，不过再订的人却源源不断。他没有提数字。他给你写信了吗?

《学院幽默》写信给我，让我给他们写随笔、劳什子、随便什么狗屎或者长篇小说。我把信转给了麦克斯，让他再转雷诺兹。有时我写有趣的东西；我想雷诺兹也许愿意把它们给卖了：有人告诉我《学院幽默》给的价钱大。他们说1月号要登《太阳照常升起》的评论。希望普林斯顿的评论比兰普的评论强。

至于我这个著名的著名的作家的个人生活：哈德莱要跟我离婚。我已把现有的钱都交给了她，外加《太阳照常升起》已得的和未来的版税。凯普和海因曼都主动提出为我联络英国版权。你觉得雷诺兹能把它卖给电影制片人或者类似机构的人吗？假如有，我就

能分一杯羹。近日一天只吃一顿饭，假如累了就睡觉——最近干活太猛——自14岁以来还没这么穷过，跟我卖给《斯克里布纳》的小说里的人物挣钱的本事差不多，真有意思。我想大家的生活都如同进了地狱。无论怎样，身体倒很健康，近来又能用头脑了。假如纽约有人问起我的情况，什么也别跟他们说。我愿跟你说说一切，可似乎却写不出，也不善谈这些。无论怎样，有这么多人能谈别人的事情，当事人倒用不着自己来讲了。

无论怎样，我现在已经过了瞎碰瞎撞的阶段；如今只有特殊情况下我才又去碰撞，我觉得这样的情况不会出现。不会把煤气半开着，也不会用消了毒的保险刀片来割腕。无恃无恐地继续在我的生活里扮演婊子养的原角色。我在生活里唯一有幸体面一点的是钱方面的事情，所以在这方面活得精彩、活得拘谨。我已被野心俘虏，无论发生了什么，都要干出点名堂。我想到目前为止，有些作品是好的。学了很多东西。

现在该停笔发信了。

给我写信，给我讲讲一切。你在纽约听到什么了？你打算在哪儿住？泽尔达怎么样了？司各提怎么样了？邦姆比和哈德莱很好。哈德莱外出的时候，我带了邦姆比十天。一天早上我带他去咖啡馆，给他买了个冰激凌和一只新口琴。他举着口琴，吃着冰激凌说："跟爸爸在一起生活真美丽。"[1]他很喜欢我。当我问他爸爸是干什么的（希望他如剪报上说的那般说爸爸是个伟大的作家），他说爸爸什么也不干。于是我教他："邦姆比将来养活爸爸。"他此后就一直这么说。邦姆比将来会干什么呢？邦姆比会在西班牙用公牛来养活爸爸。

爱你们大家

欧内斯特

（此信藏普林斯顿大学图书馆）

[1]"我们同意邦姆比所说。"菲茨杰拉德回信说。此信的邮戳是1926年12月23日。见安德鲁·特恩巴尔编《F.司各特·菲茨杰拉德书信集》

(纽约，1963)第298—299页。他还说："我无法表达这一年半里你的友谊对我来讲多么有意义——这是我们欧洲之行的最亮点。"

致家人

1926年12月1日，巴黎

亲爱的爸爸妈妈：

谢谢你们写来的很好的信。我真高兴听见母亲画画成功。我感到今秋回不去真糟糕。跟爸爸一起打猎也未成行。不过，事情还是没结果呢。别担心邦姆比的健康。他没住小单居里，而是住在一幢舒适的、光线很好的有暖气的六楼公寓里，窗外风景很可爱，室内有一切舒适的现代生活设施。他不再拼命咳嗽了，完全好了。常去公园——卢森堡公园——玩，很结实强健。他能讲法语，德语很好，一点点英语；能说些很机智的话。在［墨菲］小屋里工作的是我：没人知道这个地址，无法打扰我。

我的长篇小说外界评论很好。我在11月19日纽约《世界报》上看到一则广告说第二次印刷就要出来了。《波士顿文摘报》给了它两个通栏。《纽约时报》、《世界报》和《论坛报》都有好评。很快英国版就要出来了。《在我们这个时代》在那儿出版，书出得也很好。我会保留《斯克里布纳》给我寄的一些评论；假如你们愿意看，我就寄给你们。12月《斯克里布纳》上我相信会有我一个短篇。要么12月，要么是1月。接着的一期也会有一篇。两篇校样都读了，但不肯定会在哪一期刊登。[1]

我有一张邦姆比的好照片，寄给你们当圣诞节礼物。你们喜欢的我的一张照片是曼·雷拍的；这张也是他拍的。邦姆比说明年要跟爸爸一起去西班牙跟公牛一起睡觉。他假装喝了清洁剂。哈德莱告诉他假如喝了清洁剂就会死，就会跟小耶稣一起上天堂。邦姆比用法语说还真是；假如小耶稣喝了清洁剂，小耶稣也会死的。我教他用英语祈祷，但他不认真学。我礼拜天带他去教堂，他说很好，因为教堂里满是狮子。他每天上午下楼六次，独自把报纸带上楼。爱你们俩；问候卡罗尔、莱塞斯特、桑尼、玛斯和厄拉，还有她们的丈夫、情人和后代。

欧尼

(此信藏肯尼迪图书馆)

[1]《杀手》1927 年 3 月发表;《在异乡》和《给某人的金丝雀》1927 年 4 月发表。

致波琳·费佛

1926 年 12 月 3 日，巴黎

最亲爱的波琳：

你通过金妮和航空邮寄来的信昨晚到了——12 月 2 日星期四——要么今晚要么明天我会将此电报发出——也许等明天的周末优惠价——也许今晚从证券交易所直接发报。金妮七点来这里。昨天本来是要跟律师在一起的，可是他把约见推迟到今天下午了。

我形容枯槁有一阵子了。本想发电报让你快来，只是我知道你有圣诞节安排和家人等。麦克莱什夫妇为我找了房子和床铺。人总要过日子。

除了晚上有点可怕阴郁，其他倒是没什么。你看，费佛，我想两个人若很相爱、各方面都相互需要，却又各奔东西，此事跟堕胎一样糟糕。又不似战争或者捕鲸之旅或者别的什么外力强加给你——无法抗拒——而是可以抵抗的事情。一场战争的日常或者长途旅行的事情就没有法子了。可是当你们所有的只是对方，却又故意分开，那就会让你感觉不好。最近我因此五内俱焚。我知道，或者无论怎样我感觉我能身心精神都忠于你，只要我还有身心和精神——现在我也知道自己还是那个人；可是我的身体是这一切的内在组成部分，却忍受孤独，那整体就动摇了，各种东西都开始跟我捣乱。平衡被打破，精神受打击。这对头脑也不利。整夜躺着，脑子里怪好玩的不知想什么；祈祷祈祷祈祷自己别发疯。我不能相信这能有好处；我相信这有很大的害处。

你也有过你的情况——而我又感觉如此糟糕——你现在是好了没事了，头脑实际了（像我俩从前那样）；我也会重回实际的，因为我天生就不是只情绪低落的老鼠。当我一直想要死的时候，我有足够的理智知道自己是个傻瓜：因为我想的去死只是让自己一段时间健忘空白直到能拥有费佛。我知道那会很好，让你知道我感觉很好，世界很美妙，我内心感觉很好，不像人们喂金丝雀用的乌贼骨头那样干巴，而是真的美好。我要给你写信说“好！”——那就意味着你读这封信如同是别人写的，知道我心里精神头脑都好。

我如此爱你费佛，我要你给我写信——只是写我俩相互的爱，不要流水账或者别的什么及时雨——因为我很久没有收到这样的信了，也很久没有收到不是等着十分钟内邮差就要走了快写的信了。我最想的不是跟你卿卿我我，也不是我俩冒天下之大不韪的感觉。我知道那很醉人，也很实际。我很欣赏航空信的机制和操作，从哪方面谈都不错。可是，当我收到电报之后你的第一封信时——第一次听到你的音讯，又要联络了——打开一看是在金妮的信里，我感觉很糟。你能不能给我写封信，写的时候当是没什么别的可说的，平常的话不会执笔——假如你那样感觉——感觉我们的相爱是件愉快的事情，往这感觉里掺进些未来幸福美满的东西。你感觉不好之前给我的所有信件都似乎在说你爱我胜过世上的一切。我每收到一信就幸福得忘乎所以。可这最近一封大信却似乎不再让人起兴——只是信誓旦旦表忠心——我担心你也许真的如你所说不得不放弃我并且正在这么做——别的一切都见鬼去吧。我想要你写一封从前那样的信，你感觉不好之前写的那种信。

[此信于此结束]

（此信藏肯尼迪图书馆）

致麦克斯威尔·帕金斯

1926年12月6日，巴黎

亲爱的帕金斯先生：

非常感谢给我寄评论并告诉我《太阳照常升起》一书的前景情况。至于电影改编权，请尽量往好了弄，亦即挣钱越多越好——我自己不看电影，也不在乎他们怎么改动。得失都是他们的事情——我不写电影脚本。虽然如此，假如他们拍庞朴罗纳，会拍得很好的。公牛奔跑的街道、人们在前面跑着，然后进斗牛场；业余手被摔，公牛冲进人群等真的每年7月7日至12日就发生在每天早上；他们能拍到一些美妙的东西。我们有一年在斗牛场用一部德国袖珍相机自己弄了个电影——那相机是可以拍全景电影的，只要装上胶片按下按钮不断拍摄——别拖拉——就能看见人冲进斗牛场、越跑越快，然后都倒下，上面的人压着下面的人，成人堆，公牛挤进来踩压人群，都拍个正着。这过程很美妙但也如此短暂，没有什么商业价值。我还有张照片是唐·斯蒂瓦特在业余斗牛比赛被摔时的抓拍；也有一张我自己的斗牛照片。我来美国时会把它们带上，找时间把它们印出来。

关于短篇小说——我现在有了十个短篇——两篇较长的，其中一篇是《没有被斗败的人》——是篇斗牛的故事，12 000到15 000字之间；另一篇是《五万元》。此外的八篇平均3 000字左右。我不知道这些是否够一本书。无论怎样，你觉得开春再出一本书是否明智？——还是等到初秋？《在我们这个时代》去年11月出版了——《春潮》是初夏出的——《太阳照常升起》是10月出的。你觉得是不是该歇歇？还是“书业就是这么干的，不是吗？”。

我会接着写那本斗牛的书。也许先写第一部分，让它赶紧给当下的场景让路。这本书会有插图——绘画和摄影——我想该有彩色复制的美工。这本书会很长，因为它不止涉及历史和课本或者为斗牛辩解之类——而是有可能的话写斗牛本身。由于没有人在英语书里读到过这种东西，我想整个从外围写起——写我如何对这件事产生兴趣；在我看到斗牛之前，这事是个什么情形——我没明白斗牛的事情之前它又是个什么情形——我自己的体验经历如何，它又是怎样影响其他人的——逐渐认识斗牛是怎么回事，从外围入手尝试构建斗牛的事情，然后一路写到里面去，分章节写一切。也许人们会感觉有兴趣，因为没有人了解这些——这事又真的很有趣——它关乎生死——一个年轻的农民或者一个擦鞋匠 23 岁之前一年有 80 000 美元的进项是够令人瞩目的。我想，一本关于一件事（除了教堂礼仪）真正写得好的书，又跟往昔有内在的联系，会有永久的价值的。不过，这样的书要写得瓷实，要真实，要有一切信息，要有趣——这书要写很久呢。假如你喜欢，可以作未来之想。[1]

我觉得还可以想一下的是短篇小说集——我认为首先是得好，不是急就之章，这很重要。因为，假如《太阳照常升起》有点成功，许多人会拿着刀子急切地盼望我滑坡——最好的应对方法就是不让自己滑坡。事情理清楚之后，头脑安静下来之后，我想另写一部长篇小说。同时，我还可以写一阵子短篇。我收到司各特的便笺，他说要去热那亚——我想你收到这封信之前或许能见他一面。

我自己的打字机坏了；这借来的又太有个性特征，我一直半身心在它身上，带着机器的恶意在写东西，没能重写我打算寄给你的另一个短篇，或者写一篇新东西。随信我会附上小金丝雀故事的清样。也许你会把它们转给布里奇斯先生并替我问候他。

你的永远的，

欧内斯特·海明威

（此信藏普林斯顿大学图书馆）

[1]《死在午后》（1932）又一次预想。海明威 1925 年首次跟帕金斯提到此预想。

致麦克斯威尔·帕金斯

1926 年 12 月 7 日，巴黎

亲爱的帕金斯先生：

今天收到你 11 月 26 日的信。我觉得这书已经做得不能再好了，也不能再漂亮了。

我想要你——寄给我四本样书——另再给我几本，因为我在这里得花 70 法郎才能买一本：我要寄给柯尔蒂斯·布朗，好让他跟海因曼商谈合作事宜。我为［塞缪尔·］罗斯设了套，让新泽西的一个印刷商印几百本我的作品《今天是星期五》——罗斯很可能盗版此作品。这篇我弄了版权，刚从华盛顿收到版权登记证明。有了这个我们就能把他装进口袋里了。

关于画像——其实没有什么差别。当时，我不喜欢让家人感觉我真的就那模样。我明白，他们因为“我写作的方式”而感到羞辱。我父亲寄来一册《文学摘要书评杂志》，上面红蓝铅笔划了如下字眼——费城宾恩出版公司，报告天普·贝雷的书越卖越好。此外还写道——“我们的感觉是大家对性小说反应强烈；甚至对高眉现实主义手法的小说也反应强烈——（往后）洁净的浪漫的或者搅人的冒险故事总会掌握更广泛的读者。”不过，画像可能还是能让他们开心。复制得也不错。

你说《绿帽子》的话说得没错。我接触阿伦是通过司各特的谈论其人其作，那是一次从里昂到巴黎开着司各特的车时的谈话。[1] 我记得跟司各特说把阿伦提起的是些什么人——甚至说起他有点恼火——唐·斯蒂瓦特也谈到他。当我听说小说的女主人公自杀了的时候，我想当然视《绿帽子》为廉价小说——因为基本的事实是阿伦认识的所有人里没有一个有胆量自杀的。所以我想，他们抗议的是我说的这种废话。布瑞特说得很精确，实际上没有人信她。也许现在他们有胆子自杀了。无论如何，这很好玩。

在我看来，生活里无论如何真的存在很光彩照人的东西——光彩照人的地方和各种光彩照人的东西；我想什么时候把它写进自己的作品。人们并不都像林·拉德纳发现的那样坏——也不完全像《太阳照常升起》里的那代人中的一部分那样情感空虚疲惫。我认识一些很不错的人，即便是直接迈向坟墓（假如一路走到底，任何类似的故事都是悲剧）也一路安排得很体面。跟爱情或者战争相比或者古老的为生命而奋斗的题材相比，阳痿是个很枯燥的题材。尽管如此，我希望《太阳照常升起》能畅销，因为题材虽枯燥，这书却写得不枯燥。也许某个时候乘着这激励接着写下去；那样我们就会有本新小说，题材不枯燥而又能保持这一本书的好质量。只是，当然，就算你没有题材——布鲁姆菲尔德有题材——也但写无妨；假如上帝对你好，它们结果也会很好。不过，谈论写作总没有写作来得那么好。

我儿子期盼着圣诞书呢，跟他妈妈很激动地说这事——“麦克斯·帕金斯给我寄来很好玩的书！”当妈妈问他是什么书的时候，他说是一本非常美丽的大书，不是爸爸写的书。

永远的你的，

欧内斯特·海明威

（此信藏普林斯顿大学图书馆）

[1] 关于菲茨杰拉德和迈克尔·阿伦，见《流动的盛宴》（纽约，1964）第174—175页。

致麦克斯威尔·帕金斯

1926年12月21日，巴黎

亲爱的帕金斯先生：

谢谢告诉我《太阳照常升起》的数字。我希望它新年之后继续保持势头，我想人们对这本书的看法也会大相径庭；这也就意味着会有许多讨论。约翰·毕肖普昨晚给我看了一封埃德蒙·威尔逊的信，信中说他认为这是我这一代人写得最好的小说，言辞充满热情——不过还有许多人不这么看。毕肖普认为威尔逊也许会把他的想法写出来。我真高兴他喜欢这本小说。

布里奇斯想把三个短篇发在一期，[1]我认为这主意很精彩——都是很短的东西——没有一篇足够长来单独占一席位置——三篇互补则能成一组东西。也许这还能让多斯、艾伦·泰特和其他小伙子高兴起来，他们担心我走下坡路。

那么，我想当然他会买《在另一个国度》——假如他想寄支票，我就有钱用了。

谢谢你送给邦姆比的圣诞书。祝你节日快乐。

欧内斯特·海明威

多斯给我寄了他的评论的复写本。我想他不喜欢这书也好，本指望这本书写得更好也罢，可他说书里的庞朴罗纳不如现实中的庞朴罗纳好，这批评可不怎么——因为我想这书对从未去过那儿的人来讲是很令人激动的东西——这书就是写给他们的。为多斯来写这个，很容易，并且能写得令人激动——因为他去过那儿。不过，为他而写的书在一脸茫然的读者眼里就没什么意思了，而我的写作正是为了这些读者。

我想你现在已经见过司各特了。请转达我的最亲切的问候。

我在圣诞节那天晚上离开巴黎——也许要离开几个月——不过你发到银行的信总能立刻被转给我。他们也会转发电报。

凯普决定出《太阳照常升起》，并预付了50英镑版税——今后的版税待遇分别是10—15—20。书在春天就出来。

我又在写短篇小说。我把《太阳照常升起》的版税全给了我妻子——英国的美国的都给了她——我希望他们能照顾考虑到这一层。我不知道版税支票什么时候能出来。有版税支票开出的话，我希望你能把《春潮》的预支算作500美元，《太阳照常升起》的预支算作1 000美元；1 000美元付出后，有新收入的时候，就把支票按部就班开。

我没有想象《春潮》挣了500美元，但你可以从我下一本书里扣除差额。

版税支票一出来，你就把它寄给哈德莱 · R.海明威，地址是巴黎意大利路“纽约保证信托公司”收转。

我想大家似乎都在吵嚷《太阳照常升起》会走红。主要的批评似乎是书里的人如此不招人待见——似乎批评得很滑稽。想想《尤利西斯》、《旧约》里的人是怎么招待见的，想想［亨利 · ］费尔丁法官作品里的人之招待见处，以及这些批评家喜欢的另一些人的情形，想想吧。滑稽。我不知这些彻头彻尾的招人喜欢的人都去哪儿，喝醉酒时都什么德性；或者对夜的生活都怎么看。啊，见鬼。书里至少有一个道德高尚的旅店店主［蒙托亚］。那是我的看法并且我将坚持。还有一个模范榜样名字叫哈里斯。

为什么不在文学作品里把犹太人写成无赖呢？他们在生活里就是无赖。犹太人在作品里就得辉煌灿烂吗？

我想下一本书我们也许能省剪贴资料的钱。

批评家，还是那个［艾伦 · ］泰特先生——习惯于自己给人贴标志——假如他们发现你不是那样的，就指责你在伪装的迷彩下航行——泰特先生发现我不像他公开宣称的那样强硬，感觉很糟。其实，我自打1918年7月8日以后就不强硬了——自那晚以后我发现所有的一切都是虚荣。

（此信藏普林斯顿大学图书馆）

[1]《在另一个国度》和《给某人的金丝雀》都刊登于《斯克里布纳》第81期（1927年4月）。《杀手》刊登于3月号。

致麦克斯威尔 · 帕金斯

1927年1月20日，瑞士格施塔德

亲爱的帕金斯先生：

随函附上雷克斯 · 拉德纳和曼纽尔 · 孔罗夫的两个便条。我今天给拉德纳先生写信，告诉他我写信请你把《五万元》[1]寄给他。如果他们退稿，请办公室的人再把它寄给《大西洋月刊》的编辑。如果那儿再退稿，我想就束之高阁吧。

《五万元》该多得点回报，好弥补邮费。

我收到《美国旅行队》主事人的信和电报。这书似乎不只是一本书，而是值得一试的美国式历险。他们去年夏天开始给我写信时，我答应保罗·罗森菲尔德，给他们写一篇长的斗牛故事，叫《缺少激情》。我一开始以为这是很好的故事，可一旦重写，又觉得一点也不好；重写也救不了它。现在我不知道该给他们寄点什么。也许《阿尔卑斯山牧歌》合适。我明天也许发电报请你把这篇小说转给克雷姆博格，地址是欧文公寓 77 号。我想寄给他们长一点的东西，但又想把《五万元》保留到下一本书里。手头又没有别的稍长的短篇。

舍伍德·安德森在巴黎。我们在一起度过两个美好的下午。他讲了《新大众》的编辑们的一件有趣的事情：他说，他们想发动一场革命。因为，他们希望在某种新的政治体制下，他们就是智囊了。他一点也不生《春潮》的气；我们在一起很愉快。他提到《斯克里布纳杂志》给他一个短篇的稿酬时，很念好，说是给了他 750 美元；就是圣诞节那期。假如那属实，我将在来年圣诞节给布里奇斯先生写个划时代的东西。有时写个不长不短的东西感觉非常好；里面要么是圣诞节精神，要么充满爱情的兴致。《新法兰西评论》要出法文版《太阳照常升起》，我支支吾吾，想让他们先出一本短篇小说集。

向你致敬。见到司各特请代我问候。

永远的你的，

欧内斯特·海明威

（此信藏普林斯顿大学图书馆）

[1]《五万元》刊《大西洋月刊》第 140 期（1927 年 7 月）。

致查德·鲍维尔斯·史密斯[1]

约 1927 年 1 月 21 日，格施塔德

我亲爱的史密斯：

我几个星期前就收到你的来信，但不愿匆忙答复。很有意思，你居然跟《在我们这个时代》里的人物对号入座。我希望你因此多买几本书，等我再去巴黎的时候，很愿意为你签名或者为你的朋友签名。

你的信虽然结构有瑕疵，但也可当有趣的例子。信是写给你肯定知道他已然外出的人的。我也注意到，你在最后是怎样带入“你就等着吧”这一腔调的。那个前提（我的缺席）是指望不上了。你的信设计得很好，可以避免开头语涉的危险。我祝贺你散文风格的改进。

你给我戴的“卑鄙的小人”的帽子真是抬举我了。我感觉你一定是卑鄙事物的权威，也不会跟你争论说我不属于那类。我记得见你的时候我对你的感觉是多么不屑。当时我就很遗憾自己的情感居然如此廉价；廉价的情感对文学生产很不利。我想我们在这一点上看法是一致的。然而，这不屑的感觉挥之不去，很令我遗憾；我听到你的情况及你在美国的冒险故事越多，不屑的感觉就越加深。我知道自己在你眼里是个卑鄙的小人，因为你跟我说过；并且我在你身旁也感觉很卑微。因为，在我眼里，我亲爱的史密斯，你是座卑鄙的高山。

能在巴黎再见你，荣幸得很。在那儿把你打翻在地几次也是件荣幸的事情，哪怕是一次也行，那就要看你爬起来的能力有多强了；尽管我事后肯定会后悔。然而，我怀疑 3 月份我回巴黎后你还会不会在那儿。假如你在，毫无疑问会带几把手枪几把剑棍或者别的武器，这样才跟你的卑鄙高山形象相称。

我亲爱的史密斯，你必须相信，这封信的结尾没有别的，只有我衷心地表示对你的不屑，对你的过去、现在和未来表示不屑——

以免你被信的开头欺骗——夸你的信的文体的那段。

崇拜你的朋友

欧内斯特·海明威

(此信藏普林斯顿大学)

[1] 查德·鲍维尔斯·史密斯(1894—1977)是海明威《艾略特夫妇》的受害者。这篇小说原名《史密斯夫妇》,先发表于《小评论》第10期(1924—1925秋冬号)。故事尖刻地讽刺了史密斯夫妇传闻中的婚姻问题。史密斯1927年1月1日写信给海明威抗议此篇小说的调子和内容。简要叙述见卡洛斯·贝克《海明威:作为艺术家的作家》(普林斯顿大学,1972)第27页。

致格瑞斯·豪尔·海明威

1927年2月5日,格施塔德

亲爱的妈妈:

非常感谢你给我寄来马歇尔·菲尔德画展的目录和你的铁匠铺画作的复制品。画看上去很可爱,我该是喜欢看看原作的。

你写《太阳照常升起》意见的那封信我没有回复,因为我忍不住要生气。气哼哼地写信是很愚蠢的;写给自己的母亲就更愚蠢了。你不喜欢这本书是很自然的事情;我很遗憾你读了让你痛苦或者厌恶的书,不管是什么书。

另一方面,我一点也不为这本书感到羞耻,除非是兴许我没有能精确地描述我写到的人物;或者是没能生动鲜活地把他们展现给读者。我知道这本书让人不快。但它也不是一点都不让人快乐;我肯定书里写的不会比橡树园最好的人家的真实内心生活更让人不快。你必须记住,在这样一本书里,人们生活里最不好的东西都得到展示,而在家里大伙都有可爱的一面;此类事情我自己观察门里的生活时就有体验。此外,你作为一个艺术家,知道作家不该被强迫来捍卫自己的题材选择,而该被评论他是如何对待题材的。我写的人当然是灯枯油尽的人、空虚的人、被击碎的人——那是我蓄意要展示他们的写作手法。我只耻于没能给我展示的人物点什么。我还有写作其他书的漫长岁月，而题材也不会总是同样的——只是我希望他们还都是人类。

假如［范尼·］布切尔小姐（不是个好评论家；假如她赞扬此书我倒感觉傻兮兮了）指导的书籍学习俱乐部的淑女们一致认为我在为最低下的目的出卖自己的伟大才气——那么这些淑女何以谈论她们一无所知的东西呢，并且说的都是很愚蠢的话。

至于哈德莱、邦姆比和我——虽然哈德莱和我不在一处住已经有一段时间了（去年9月我们就分居了；到此刻可能她已经同我离婚），但我们还是最好的朋友。她和邦姆比都很好，很健康，很开心。《太阳照常升起》的所有利润和版税经我的要求都直接付给哈德莱，美国版英国版都给她。我1月5日看到最近的广告，此书已经有了5次印刷（15 000）册，势头依然强劲。春天英国版出炉，书名用西班牙文《节日》。哈德莱春天来美国，所以你们因《太阳照常升起》盈利而得以见邦姆比。版税已经有几千美元了，我一分未取。除了就餐时的葡萄酒和啤酒，我最近一直没有喝别的东西，过的是僧侣般的生活。只要能够就尽量写作。我们对什么是构成好作品的元素看法不同——那是根本的歧见——但假如你允许范尼·布切尔之流跟你说我在为感官刺激当皮条客，那你就是真的在自欺了。我有《名利场》、《大都会》给我的来信，他们请我写小说、普通文章和连载的东西；可我一年半载内没打算发表东西（去年底卖给《斯克里布纳》几个短篇，发了一篇有趣的文章），因为我知道现在是关键时刻，安静写作对我来讲更为重要；尽量写得好一点，别盯着市场，也别管考虑作品带来的是什么，甚至别想是否能出版——从而不跌入挣钱的陷阱：挣钱之事像脱粒机当年弄残我那著名的亲戚的拇指[1]一样役使着美国作家。

我这信是寄给你俩的[2]，因为我知道你们为我担心。真抱歉让你们担心了。不过，你们不必担心——因为，虽然我的生活可能以不同方式搞砸，但我总会尽我所能为自己爱的人做点什么（我不经常给家里写信是因为我没有时间；因为我发现一旦写作就很难写信；不得不把通信限定于不得不写的信——我的真正的朋友知道我给不给他们写信都心里有他们）；我的真正的朋友也知道我从不是个酒鬼，连个酒徒都算不上（你会听说我是酒鬼酒徒——写喝酒人的生活的每一个作家身上都有这样的标签）；他们知道我想要的不过是安静和写作的机会。你们也许永远不会喜欢我写的东西——突然有一天又非常喜欢某个我写的东西了。不过，你们必须相信，我写的东西都很真诚。爸爸对我的作品很忠诚，而妈妈你根本就不忠诚于我的作品，我绝对理解那是因为你相信你有义务纠正我，不让我走在你看来是不可收拾的道路上。

所以，我们都放下吧。我相信在我有生之年，假如你们相信所见所闻，那就会有理由感觉我给你们丢脸了。另一方面假如打上一针忠诚当麻醉药，你们就能扛过我的臭名昭著并终究会发现我根本就没有丢你们的脸。

无论怎样，我爱你们。

欧尼

（此信藏肯尼迪图书馆）

[1] 海明威的叔叔惠勒比·海明威大夫在中国山西传教多年，是很有名的医生传教士；尽管他少年时代右手因事故而残。见卡洛斯·贝克《海明威传》（1969）第13页。

[2] 海明威此信的开头五段是写给母亲的；其余是写给双亲的。

致麦克斯威尔·帕金斯

1927年2月14日，格施塔德

亲爱的帕金斯先生：

谢谢你传来福音：《太阳照常升起》越攀越高。

我去此地的照相师那里拍了一张照，今晚就能拿到，会跟此信一起邮寄。

至于传记材料——我曾经应一个叫厄内斯特·沃尔什的人之要求为他的杂志写过大约150字的个人小传；一年不到他就用这150字在《新大众》上攻击我，说我广而告之地夸大了自己的战争经历（略）。[1]此人不久就幸福地死去了。虽如此，我真的情愿没有小传，让读者和评论家自己编造去吧。

至于秋天要出的短篇小说集——我一直努力工作着——集中于一个题目，想称它为

《没有女人的男人》

内容包括

《没有被斗败的人》	15 000
《五万元》	10 000
《杀手》	3 000
《今天是星期五》	2 000
《阿尔卑斯山牧歌》	1 500
《在另一个国度》	2 500
《追车比赛》	1 800
《陈腐的故事》	1 000
《简单的调查》	1 200
《在密歇根州北部》	1 600
	共40 000字

这些劳什子里面几乎软绵绵女里女气的东西经过训练、纪律、死亡或者因为别的什么都去除了。

字数是个大概，但我想还算精确。也许还会有别的短篇。（请原谅我用碎纸条。）我的脑子又清醒了，又在写我觉得很好的短篇小说。

我呆在这里，滑雪一天，写作一天，交替进行——四年来最好

的雪——直到没有雪为止。这之后的计划还没有做。

目录里列的小说篇目不一定是成书之后的篇目。我只是给你个概念，这样编者就能着手了。其中大部分篇什你都看过，所以你会知道写的是些什么。《没有被击败的人》是篇稍长一点的斗牛故事，来自奥布莱恩的故事书。你也许看过这书。《追车比赛》和《简单的调查》是我才写完的。一个是堪萨斯市的一个滑稽表演先遣队员被表演之事所囿的故事。另一个是发生在意大利的小故事。我急切想要发表《在密歇根州北部》——这是个好故事，利弗莱特把它从《在我们这个时代》里删除了。这是我不愿停留在那儿的原因。我认为它可以发表，并且可能让［艾伦·］泰特头脑宁静，就如我向来避免男人和女人直接发生关系，因为担心要面对这种关系。无论怎样我 3 月份去巴黎后会把这些篇什搞掂——《五万元》在你手里——并把他们寄给你。这样的篇幅可以吗？司各特还在好莱坞？

致敬！

欧内斯特·海明威

第五次印刷的护封很好看。我把《缺个太阳》放在 G.莫尔的《欢呼与道别》的上面了！——漂亮的第二卷上。

(此信藏普林斯顿大学图书馆)

[1] 海明威也许指的是沃尔什的唯一的一篇书评(《新大众》1926 年 10 月号第 28 页)。见海明威 1930 年 4 月 11 日致帕金斯信。

致麦克斯威尔·帕金斯

1927 年 2 月 19 日，格施塔德

亲爱的帕金斯先生：

你 2 月 4 日和 7 日的来信今天收到了。

我一个星期前给你写信列了短篇小说集的大纲和标题。《没有

女人的男人》也许令你觉得刺眼，像同性恋标题。假如是那么回事，请发电报告诉我；我尽量再想个标题。我在格施塔德对标题之类一无所知。你曾经写信跟我说你3月前就要——所以我匆忙弄了一个。

《纽约客》、《名利场》、《哈珀斯芭莎》和《赫斯特杂志》都约我写各类文章、短篇小说或者连载长篇。这一切似乎像迅疾顺滑的湍流，我看见祖宗和同代人就这么消失了。我于是决定一年里什么也不出售、不发送——除非等饭吃卖一个短篇。即便是那样，也只寄给你，你们杂志可以有优先发表的机会。我真的该有一个经纪人；哪怕没有别的理由，也该把卖小说的事从你那儿解脱出来。你知道谁愿试试这卖东西的活吗？还不会写信催我写连载的？能找到干这事的人就好了，这样寄走稿子就可以不闻不问，除非是得支票的消息。那样的话，每两个月到日子我就能清理掉箱底的作品，看一看，把好的寄给经纪人。

你给我安排这样的经纪人吧，随便怎么做都行。柯尔蒂斯·布朗等我的伦敦经纪人拿的是10%。《太阳照常升起》的电影拍摄权有消息吗？我快没钱了。

至于汉克·斯特拉特的画像木刻所附小传——我在意大利步兵短暂服役，是个很不起眼的营地跟班——我在学校也远不是个橄榄球明星——只有一个孩子。我受过伤，得过四枚意大利银质勇敢军人勋章和三枚战争十字勋章。但是，给我这些东西并不是因为我勇敢，而是因为我是个加入意大利军队的美国人。至少十字勋章里有一枚是错给的：授奖辞提到马吉奥山的一次行动——在大轰炸下运送伤兵——我没参加——当时在300公里外的医院。因此，任何读《斯克里布纳》的人看到我的战时记录和个人宣传材料的而又了解事实的人会以为我给你的信息有涂脂抹粉之嫌，会视我为骗子或者傻瓜。

比如我今天读到伯顿·拉斯科写的东西，里面说我通过当拳击教练挣钱读完大学！我从没上过大学也从未跟一个活人说过我上过大学；简直梦幻般好笑。假如斯克里布纳重复这个故事，人们会以为是我放出口风的；认识我的人会以为我疯了。

我知道我自己该给你点传记材料，但我没这么做的唯一理由是因为我恨这所有的材料；假如不涂脂抹粉，就没有什么可说的了。所以假如撇开小传，那算是帮了我的忙——假如本页第一段能当个人宣传材料，就能纠正另一说法。我不在乎外界编什么故事，但我感觉我们自己拿出来的东西应该属实。假如什么时候我断了一条腿、珠宝被偷，或者当选法兰西学院院士或者在斗牛场里死了或者酗酒死了，我都会正式通知你。从谎言陡生的路数看，我想他们也会摆弄另一则宣传材料的。不是我们放出的东西，我们就没有责任。

斯克里布纳对我一直很好，我真不愿说这小传的事情。我知道你会理解并认识这一点是很敏感的。我会寄你要的所有相片。

当然，整个事情错就错在该死的剪报系统。没有哪个活人在翻阅该死的剪报时该读这些劳什子写的关于自己的材料。我该停了它们，可是没有这么做。因为，这些东西实际上是我能收到的所有邮件——住在乡下或者一人独处，邮件就是件大事了。不过，我还是打算停了它们。所以你帮我停了它们，好吗？我想，《斯克里布纳杂志》一直在支付这个剪报费用。

希望司各特从［西］岸平安回来了。他们在那儿似乎跟唐·斯蒂瓦特相处融洽。

希望《大西洋月刊》不采纳《五万元》。别想象他们会采用。这样对保持短篇小说集子的内在成分有利。谢谢你把《阿尔卑斯山牧歌》寄给克雷姆博格。我很喜欢斯克里布纳书店里的那件东西。

敬礼！

永远的你的，

欧内斯特·海明威

（此信藏普林斯顿大学图书馆）

致 F.司各特・菲茨杰拉德

1927 年 3 月 31 日，巴黎

亲爱的司各特：

你也是我忠实的朋友。你做得更多，工作也更卖力，啊见鬼，我要伤感了：你是多好的一个人啊！我的上帝，我想见你。我本周收到罗斯福旅馆来的两封信和《名利场》约稿的电报。原则上我已经决定不给他们写文章小说，也不预订连载之类。因为我的写作不易，不能随便脱手，只能有针对性地出手；一出手就用完了，没了。不过你给我想的题目很迷人，一点也不让我感觉勉为其难。你真是个好人。昨天给他们写了个东西，早上在床上还接着写呢。明天再审核一下、修改一下就寄上。是关于斗牛的文字。我想也许有趣。

你过得怎么样？书写得怎么样？快完稿了？你自己感觉怎么样？

哈德莱和邦姆比 4 月 16 日将乘船前往纽约。邦姆比跟我一同去瑞士呆了一阵子，状态很好。按照法国法律我会经常让他去度假；我要跟他一处则看哈德莱的情形而定。她的状态也很好，很开心，也很有爱心。别跟人提这个。我告诉斯克里布纳的人把《太阳照常升起》的版税都直接寄给她。跟凯普的人也是这样讲的。英国版的这个月就出来了。我把清样过了一遍，确认他们没有像对《在我们这个时代》那样重写并篡改文本。有两个短篇你在 4 月份的《斯克里布纳》上会看到。自那以来已经写了四个短篇。麦克斯・帕金斯怕是已经告诉你《大西洋月刊》采纳了《五万元》。不知他们是否计划用特殊的易燃纸印它，沿边再打上小孔，很容易揭下来；订阅的人可以撕下来扔进火里，不跟他们积攒的《大西洋月刊》厮守在一起。

[以下内容是页末倒着写的] 他们很绅士，不提钱的事。到现在还没有听到怎么付稿费呢。《大西洋月刊》支付稿费吗？

写门肯的那篇好吧？好吧好吧好吧，自卖自夸。最后一篇是受辛克莱·刘易斯的影响。他的人物就是那样说话的。你写手头的书有本事随意地写，连人物都不追踪，也不记得里面谁是谁；如此还仍不处于跟他人竞争的危险之中。唐［·斯蒂瓦特］习惯自发写作；他老婆跟他打保票说写得越来越好。布鲁姆菲尔德下一本书是写一位牧师的。（跟毛姆或者 S.刘易斯不同）布鲁姆菲尔德也许会把他写成一个腐朽的新英格兰牧师，名字叫卡伯特卡伯特卡伯特；自然他只跟上帝对话——只跟上帝押韵。不过早晚我能看见腐朽的法国贵族进这本书；他们的名字都会是戴德列·德·香奈儿；腐朽法国贵族小说家年轻的一代里最杰出、手艺最精湛的路易斯·布鲁姆菲尔德会把他在利兹西洛斯饭店第一手研究过的人写进他的小说——无疑是以朋友为大代价的。我一天晚上去那儿吃了顿晚饭。一般的葡萄酒那儿有很多。猫在桌上跳来跳去，一会儿弄条小鱼走了，接着在地板上拉屎。布鲁姆菲尔德尽量让我感觉自在，做了一切努力，然而却把脚放到桌上。我想表示我很自在，也许该在洗手碗里撒一泡尿。我们谈论了自己写的书是多么的好，并谈了是如何写的。我自己是喝着科洛娜啤酒第四瓶写作的，往下冲的时候我的天啊我简直什么也干不了啦。

没钱已经有一两个月了。目前所幸碰巧有得借。我要把债务堆积到能够到你、泽尔达和司各提，把你们从炼狱中拯救出来，除了重感冒外再也不遭别的罪。帕特［·葛斯瑞］已经离开达夫［·特维斯登］了，目前跟罗娜·林赛（或者林斯利）住在一起。一个叫［哈罗德·］洛布的来过，打算枪杀我，于是我广为传播说我礼拜六和礼拜天从下午两点到四点会手无寸铁地坐在李普餐馆前，希望枪杀我的所有人到时都来开枪，否则看在基督的分上别再说这事。没有子弹呼啸而过。有传言说我去瑞士是为了避免自己写的书里的神经错乱的人出来冲自己开枪。

波琳很好，她从美国回来了。我爱她已经很久了，见到她当然感觉好。

没去［拉丁］区，也没见什么人——墨菲夫妇跟麦克莱什夫妇取道此地前往中欧。杰拉尔德从柏林寄来卡片，说是他的房子不能给我续用了，我的住期是到5月1日。有人租这个房子作他用。他们让我用真是仁慈，比桥下住强多了。他们对我很好。麦克莱什夫妇也好。

假如你不介意，我要说你是我最好的朋友。不只是——啊天啊——我简直不能下笔，但我很强烈地感到这是我要说的话题。

问候泽尔达，记得跟司各提说起海明威先生。

永远的你的，

欧内斯特

(此信藏普林斯顿大学图书馆)

致麦克斯威尔·帕金斯

1927年5月4日，巴黎

亲爱的帕金斯先生：

随函附上《没有女人的男人》手头现有抄件。

篇目顺序如下：

<table>
<tr><td>没有被斗败的人</td><td></td><td rowspan="4">我列此目只是意向性的，你可以随意完善。</td></tr>
<tr><td>今大是星期五
在另一个国度
给某人的金丝雀</td><td>已经交给你</td></tr>
<tr><td>追车比赛
阿尔卑斯山牧歌
简单的调查</td><td></td></tr>
<tr><td>陈腐的故事
五万元</td><td>本周寄给你</td></tr>
</table>

至迟在三周内我计划再寄给你两个短篇——《意大利1927》和《四号之后》——我正写着呢。我希望到6月中旬左右再完成三个短篇——《缺乏激情》(此篇不敢肯定能完成)——我正在重写的一个较长的斗牛故事——另有两篇。我想这样就能凑足一本书的篇幅。请你告诉我什么时候能把这些故事插进书里。我不能决定《在密歇根州北部》的进展。我想再花一点时间看看修改了的稿子。

我下月写作该很顺利，很想完成两篇好稿子。

我想故事里没什么烦人的内容，除了《追车比赛》里的一两个词儿。假如清样来后我能找些词儿替代，我会这么做的。假如别人愿意拿字眼来震世人的话，我是从不愿这样做的——尤其是字眼跟上下文没有关系的时候——不过，假如没有什么可做的，有时就只有这一件事可做了。

你对篇目的顺序有何高见不妨说，我悉听尊意。假如你觉得可以完善，我这就不算定稿。我希望你喜欢还没来得及读的那几篇。

我没有寄《杀手》、《金丝雀》，也没有寄《在另一个国度》，因为你能从《斯克里布纳杂志》上读到它们。

假如有时间，也许还有很多材料可以加进去。我想让这本书有200页的篇幅。但是，把只为了凑数的短篇寄给你是无济于事的。尽管如此，我还是需要一些不起眼的夹在其中。希望下月能有点好东西。

我打算下个星期二(10号)离开巴黎开始工作，不过“保证信托”会有我的地址，总是会把信转给我的。[1]我一写好就把东西寄给你，也许你会给我个截稿日期，让我清楚你手头的稿子成书的篇幅如何。本月内会有另两个短篇，也可能还有别的作品。这两篇会有6 000字可加在书里。

致敬

欧内斯特·海明威

我另有一个短篇叫《陈腐的故事》发表于《小评论》，[2]忘了跟你说，还没有样刊呢——（已经写信去要）。记得埃德蒙·威尔逊写信说他很喜欢这个东西。也许还能发现些别的什么。

《五万元》的副本是孔罗夫删过的。我把不拟删的部分做了标记，你记住别管那些铅笔划线，但排版不妨。

（此信藏普林斯顿大学图书馆）

[1] 海明威和波琳·费佛5月10日在巴黎结婚。
[2]《小评论》第12期（1926年春夏号）第22—23页。

致麦克斯威尔·帕金斯

1927年5月27日，法国格劳-杜-罗伊

亲爱的帕金斯先生：

随函再寄两个短篇给你做集子用。我没有收到刊登《陈腐的故事》的《小评论》样刊——我回想这是没有什么了不得的作品，但记得埃德蒙·威尔逊写信来说他喜欢这篇东西。所以，在纽约去弄一本样刊还是值得的。是去年夏天出版的那期《小评论》。

5月5日那周的《新共和》上的一些东西看见了吗？假如你认为可用，我们就把它们放在书尾。目前篇幅如何？那些东西是三篇速写，叫《意大利1927年》；故事成分比别的东西要多一些。我在校样里会另加个题目［重起个意大利文题目《祖国对你说什么？》］。我想这些文字会得读者青睐的。

那么，又多加了三篇东西。假如排好版（假如还来得及），我可以在校样里安排篇什顺序。

你的信和750美元支票我收到了。非常感谢。德克斯特人很好；目前他仍在巴黎。我下周去巴黎会去见他的。我现在工作顺利。

唐纳德·弗瑞德［弗里德］（伯尼·利弗莱特合伙人之一）来

巴黎了，为的是见我。他挖空心思想把我拉回他们公司去，说假如他当时在，绝不会允许我离开他们的。他说是特地为我来巴黎的；要我签个合同预付我 3 000 美元随便写什么长篇小说都行；短篇小说或随笔集的预付是 1 000 美元；15%的版税，副产品也不克扣。我忘了还说什么来着。他的说法是伯尼·利弗莱特在没有人愿意出的情况下出版了《在我们这个时代》；因为他当时不在我才得许离开。

我对他说我不能讨论这个事情，因为我很满意我现在的处境。说我认为斯克里布纳给《太阳照常升起》做的广告很精彩并支撑了这部作品；在畅销之前的一段时间里就在做推动工作；许多出版社碰到这种情况早丢手了。说伯尼·利弗莱特拒绝出《春潮》我才离开的；而斯克里布纳还没有读《太阳照常升起》的手稿就接受了《春潮》。至于《在我们这个时代》，我跟他说我肯定你会出的。因为，我找到了一封很久以前的信，你写的信，回到巴黎就见这信等候我拆封呢，那时我已然接受了利弗莱特电报上所开条件。

弗瑞德还提出争取从你们那儿买《春潮》和《太阳照常升起》，今后统一外观一起出版。他说斯克里布纳提出要买《在我们这个时代》，但利弗莱特没有意向卖；目前正推出新版呢。除了新版我听说过要出外，我不知道别的还有什么言外之意否。

我写信跟你讲这个是给你提供情报，这样你就不会听信别的篡改了的版本或者以为我在跟别的出版社做什么交易。几个星期前《大都会》的人来，在谈到钱的话题之前，我就跟他们说，讲什么也没有用，因为我对处境绝对满意。然而，弗瑞德下了决心，说不得已这样提，我无从避免。

卡玛尔格三角洲艾日莫尔往下一点的地方可真是好；地中海的这一段有长长的海滩和一个美丽的渔港。我下周打算回巴黎一个月，然后去西班牙，直到 750 美元花完。我很健康，工作顺利。这个夏天应当不错。[1]

休·沃尔珀尔 5 月 16 日给我写信说，他在那周的英文杂志

《国家》上发表了什么言论，夸夸其谈；假如你见到《国家》杂志，兴许能做个好广告。我希望你夏天过得愉快。希望这些个短篇还赶得上收进集子。

永远的你的，

欧内斯特·海明威

（此信藏普林斯顿大学图书馆）

[1] 海明威 1927 年 5 月 10 日同波琳·费佛结婚。结婚地点是第 16 区维克多·雨果广场 9 号圣昂纳尔迪劳教堂，而不是半英里远的德帕西新教教堂。阿达·麦克莱什记忆中是新教教堂；卡洛斯·贝克将此记忆记录在《海明威传》（纽约，1969）第 185 页。据海明威 1948 年 11 月 27 日致戴维·K.E.布鲁斯的信（本书未收），在婚礼上托马斯·H.（迈克）沃德是海明威最好的哥们。麦克莱什夫妇没有出席。

致沃尔多·皮尔斯[1]

1927 年 7 月 22 日，西班牙瓦伦西亚

我非常的骑士：

写第一页的时候我的汗水洒了满纸，不得不重写一张。你回家的路一定很艰难。虽然如此，那地方听着似乎不错。谢谢报告消息。我感觉是我把你弄进来让你破费许多，远比你想得多，又从你那儿窃取了更多。得找个时候尽量弥补一下。

天气炎热已经有三天了。真希望你也在这儿出汗。我比当地所有能榨汗的人还要能榨汗。有人打算在外面举行一场比赛，让我出汗出个彻底让人倾倒。在［哈里·］威尔斯那儿我欠你 50 比塞塔。在［杰克·］莎奇那儿我欠你钱了吗？假如一个立陶宛人能说话，就别在他身上打赌。

昨天买了三张夜场乐透票，5 个比塞塔一枚硬币，夜场单子上的东西三张票都赢了。还在晨报上赢了一把。不过这报纸印得太次，我于是等待正式的公布单。

昨天，58 头公牛被检查合格，它们将投身狂欢节斗牛场。都集中在场子里，每次放一头，如照片上所见。红褐色的那群——康恰和西耶纳是其中最好的——最后 6 头比我们年轻时见过的公牛都要大。

你到底过得怎么样？我给吉米发了电报，他把我丢在车里的眼镜寄来了。

地中海像人往里撒尿的澡盆。

波琳问候你。我也问候你和艾薇。想写信的时候就给我写封信。我们在英格尔斯旅馆要呆到 7 月 31 日——然后去马德里呆三四天——然后去拉科鲁纳，8 月 7、8、9 日都在那儿。21—24 日在比尔堡。然后就不知道了。保持联系。这信写得很乱，可天气热得要死啊。这小城土大，很不错。

你的

欧内斯特

给邦姆比画的画很可爱，我把它们寄走了；他收到会很开心的。非常感谢。

（此信藏柯尔比学院图书馆）

[1] 海明威和皮尔斯（1884—1970）在巴黎近期才相遇。皮尔斯，缅因州班戈人，一个有天分的画家，哈佛毕业生，战争期间在法国开救护车。1927 年起成为海明威最亲近的朋友之一。此信和下列致皮尔斯诸信经缅因州沃特维尔市柯尔比学院图书馆同意在此使用。

致巴克利·迈奇·亨利[1]

约 1927 年 8 月 15 日，西班牙拉科鲁纳

亲爱的巴斯：

我在拉科鲁纳等校样。听上去像是一桩谋杀案或者怀疑谁通奸，实际上是等斯克里布纳寄校样①——该来了，看在上帝的分上

① 英文 proof 意为校样，也有证据的意思。——译注

我希望它来到。我需要读一下自己写的非常的东西，以使自己相信写了什么，也为了最终能写点别的什么。也许你理解这种感觉。

我今天收到你的信，非常感谢。我觉得欧文·韦斯特很有活力——他简直就像荷马经典作品里的人物——只是我从没读过荷马——连荷马的克［特］洛伊都没有读过。他喜欢那东西我真是领情。我很理解他不喜欢《在我们这个时代》，因为那多是你我这代人的话题，我们不能指望比我们老得多的那一代人明白里面的东西；假如那里面算是有东西的话。无论怎样，我很高兴听到他给你写的信里的话。我很愿意同他见面。[2]

你给我写信，还告诉我开心的事，真是个好蛋。我去年冬天在剪报对我影响太大时就停了剪报了，而现在又没有任何消息了。我认识到自己想听读者对作品的反应以及他们什么时候喜欢我的东西。时不时听见消息很有用也很受用——然而，不断有剪报来也很有害。

这个小城是欧洲难得的地方，远在古老的大西洋海岸；街道宽阔，没有人行道，也没有排水沟。整个夏天我第一次吃到像样的饭菜。这里的乡下很像“新发现之地”，只有雨水的间歇才见晴朗，而雨是自然的，你不觉得淋着了湿了。下周去钓鱼。此地和山里的桑迪亚戈之间找个地方去钓。今年秋天算计着往美国去。别跟任何人说我有此计划。不过，我希望我们能聚一聚。你知道哪儿能钓鱼吗——怎么钓都行——还有山鹑鸡和鸭子可打——等蚊子没了的时候——还有很好吃的食物——离纽约十二或者十五小时的车程？我一点也不了解东部的任何地方，但很愿意进林子里呆一个月左右，然后再进城瞎撞一阵子，省得老耳失聪。再看几场拳击，然后回巴黎接着工作。你知道有什么地方可去，费用几何？我指的是一周搭伙的费用，假如在营地的话。我害思乡病了，想回去，但不愿见许多文学绅士。

无论怎样，给我写信——听见你的消息总是令人愉快的事情。问候芭芭拉。邦姆比现在可以写信了，说他能像爸爸那样讲英语。

他打算跟我过冬，去滑雪。我想 9 月份我会在纽约见到他的。

你的，

欧尼

(此信藏普林斯顿大学图书馆)

[1] 亨利(1902—1966)曾在哈佛和牛津受教育,1924 年在巴黎与海明威相遇。1927 年,亨利出任《大西洋月刊》财务主管。

[2] 1927 年 7 月 25 日,亨利摘抄了一段欧文·韦斯特近期来信并寄给海明威;在信里他承认自己不喜欢《在我们这个时代》,却盛赞《太阳照常升起》、《五万元》和《假如我三十岁》。韦斯特说:“这是我希望自己能做到的写作形式。”海明威 1928 年在怀俄明的谢尔镇与韦斯特初次相见。韦斯特(1860—1938),宾夕法尼亚人,以小说《弗吉尼亚人》(1902)著称。韦斯特对《永别了,武器》怀有极浓厚的兴趣。见 1929 年 6 月 24 日海明威致麦克斯威尔·帕金斯信,同时参阅 1929 年 7 月 25 日海明威致韦斯特信。另请参阅本·M.沃尔帕尔著《海明威与韦斯特》(1969 年 2 月 23 日《洛杉矶时报》“日历”第 8 页和第 11 页)。《永别了,武器》出版后,沃尔帕尔撰文指出男女主人公的名字都有亨利的影子。1929 年 12 月 2 日海明威致亨利(本书未收)信说:“上帝啊我把所有人物都安上你的名字了,是不是? 迈奇是唯一漏网的——我下次取用这名字。”

致麦克斯威尔·帕金斯

1927 年 8 月 31 日，西班牙桑迪亚戈德康伯斯泰拉

亲爱的帕金斯先生：

校样 8 月 17 日寄出了。希望你此时已经收到。

我收到你的电报，就是让我暂缓把《五万元》给奥布莱恩那本书的那封；很同意你的看法。我真不愿见奥布莱恩请求把那篇收入他的集子；他是我很好的朋友，除了你和艾勒瑞·塞奇威克，他比任何人对我的文学生涯贡献都多；在我们都信仰圣诞老人的日子里，艾勒瑞似乎就像圣诞老人。我刚收到他的便条，让我用自己对《斯克里布纳杂志》的影响替他获得许可——他还没接到你的拒绝呢，可又担心被你拒绝——我刚回信说我不能去做，因为我明白了你不同意——那是集子里唯有的两个稍长的篇什——在别处出版。

所以，坚决一点，就拒绝他人出版，别管我公开或私下的态度如何。

另一方面，我跟奥布莱恩建议，假如他想要个短篇，或请给《杀手》，或请给《在另一个国度》。我认为这两篇随便他印哪个都伤不着你出的集子。这两篇都不像《五万元》那么“重要”；但长远来看，也许属于更好的小说。

关于奥布莱恩就写这些。只是我感觉拒绝他很不好受——但更不好受的是他要求得出版许可。虽然我想，没有理由让人不提要求。奥布莱恩发表过我的一个短篇《我老爹》，此篇此前从未在杂志上发表过，违反他所有的规矩；此篇被每一家所投杂志退稿，除了《斯克里布纳杂志》和《大西洋月刊》；短篇集子出版时还题献给我。题献没帮我大忙的唯一理由是我的名字被拼错了，成了Hemenway——小说的作者署名也拼错了——没有人相信是我写的那个短篇。他为利弗莱特工作使他得以出版《在我们这个时代》，并让凯普在伦敦出版这本书的英伦版。他还从赫斯特给我弄来各种丰厚的开价，去年春天给我弄来“伦敦笔会美国贵宾”邀请函。幸亏我没出席：英吉利海峡在跟前阻碍还是别的什么有效借口，忘了。所以，我不愿拒绝奥布莱恩——但同时我又不愿从我们自己嘴里拿面包给奥布莱恩。不过，假如他要书里别的任何篇什，我愿意给他；因为他不只是上述这一切的予者，而且也是位非常好的朋友。

明天早上前往帕伦西亚。一早 6 点有一列火车离开；午夜过后五分钟即达。另一列车是下午 3:59 开，次晨 3:27 抵达。帕伦西亚再过去一点有一趟火车可乘，是往昂代的。这些是北去唯有的交通。由于面对这两列车次选择困难，我才在加利西亚呆这么久。

能告诉我《太阳照常升起》销售近况吗？海明威太太［哈德莱］将在纽约呆三四天，然后再乘 10 月 22 日“兰开斯特里亚号”出发，也许希望取些到期的版税。假如有的话——假如还有尚未支付的。

我自己的文学生活体验还没有包括得版税呢——不过我希望某天能有版税的话就不用那么多预支了。

你的，

欧内斯特·海明威

校样我寄的是头等挂号。很难让邮局的人相信世上有任何东西值得贴那么多邮票。

(此信藏普林斯顿大学图书馆)

致 C.E.海明威大夫

1927 年 9 月 14 日，法国昂代

亲爱的爸爸：

非常感谢你的来信，谢谢你把信转交给泰雷［·汉考克］叔叔。我昨天收到他的信，信写得很好。你不会知道我有多不好受，让你和妈妈感觉羞辱难过——不过我无法写信告诉你们我和哈德莱的所有麻烦，即便是该告诉你们。信越大西洋需要两周，我尽量不把经历的地狱的种种写信转嫁给任何人。我爱哈德莱，我也爱邦姆比——哈德莱和我分手了——我并没有抛弃她，我也没有跟任何人私通。哈德莱出行的时候我跟邦姆比住在一所公寓里——照看他。她外出回来后决定要跟我正式离婚。我们安排好了一切，没有丑闻，也没有什么丢脸的事情。我们的麻烦已经持续了好一段时间了。都是我的错，跟别人没有什么关系。我对哈德莱没有别的，只有崇拜和尊敬。我们闹翻后，我并没有在哪一方面失去邦姆比。离婚后，孩子跟我住在瑞士。他 11 月份还要回来，跟我在山里过冬。

你很幸运，一辈子只爱上一个女人。一年多里我爱着两个人并且对哈德莱绝对忠诚。当哈德莱决定我们最好还是离婚时，我爱的那个姑娘还在美国呢。我没有她的消息几乎近两个月。在她最近的一封信里她说我们一定不能相互思念，只能想哈德莱。你提到“爱

情海盗”，“破坏你家庭的人”等。你知道我是火暴脾气；可我也知道当你对他人一无所知的时候，容易就说让他们下地狱吧。我见过许多，也受过许多，经历够了，所以我不希望任何人下地狱。因为我不想让你们有羞辱丢脸的想法，所以才写了这些。我们很久没有相见了，而同时我们的生活又在继续。我经历了一年的悲剧生活，我知道你能理解有多难，几乎都不可能让我拿起笔写下来这些。

我们离婚后，假如哈德莱愿要我，我也会回到她身边。她说已然如此就最好这样了；分手了我们俩都得益。我始终会爱哈德莱，也始终会爱邦姆比；我也始终会照顾他们。我也始终会爱嫁给我了的宝琳·费佛。我现在是对三个人负有责任，而不是一个。请你理解这一点，你知道把这些写来说说并不那么容易。我明白你们要跟人解释，要回答别人的问题，又没有我的消息，这些有多难我知道。我是个很糟糕的通信人，几乎不可能写信谈我的私生活。不求自来——我的书成功了——所有获利我都交给了哈德莱——美国版、英国版、德国版和斯堪的纳维亚各国版的版税都给了她——因为这一切，也有很多闲话。这些闲话我不予理睬，你们也不要理睬。我回到人们关于我的传说故事，奇闻也罢，丑闻也罢——都是无稽之谈。这些故事但凡是作家都会有——球星也有——受欢迎的福音派传道士也会有，别的公众人物也会有。不过，我的愿望是努力把私生活留给自己——不对人作任何解释——个人不扮演公众人物，不曾想却不明智地让你们焦虑了。我唯有把私生活留给我自己才能保持私生活不外露——就此我欠你和妈妈一个说法。但我不能写信总谈论这个。

我知道你们不喜欢我写的这种东西。不过，这是因为我们的口味不同。不是所有的评论家都属于范尼·布切尔。我知道我的写作没有给你丢脸，反而有一天你会因此感到骄傲的。我不能马上就做到一切，但我感觉我的生活终究不会给你们丢脸。要展示这一点也需要时间。

假如你们能对我树立信心，就会开心得多，我也会开心得多。

大家要问起我来，就说欧尼对他私人的生活从来也没有说什么，连在什么地方也没有告诉，他只是在写作，拼命写作。别感觉对我的写作或者别的所作所为负有责任。我来负责：我犯错误我受罚。

假如有时想以我为骄傲，那可以——不是因为我做了什么，我还没做得太成功呢——而是因为我的工作。我的工作对我来讲比什么都重要，除了三个人的幸福。母亲对我的作品内容感到耻辱，你们真不会知道我听了后感觉如何，其实你知我知天上有上帝，没什么可感到羞耻的。

信写得越来越长了，我最好还是住笔。桑尼不来我自然感觉不好。我很孤独，盼望她来。我愿成为她的向导，带她去爽快地游玩。她能看见跟团看不见的许多东西。

我很高兴你们喜欢邦姆比。他是我的心肝宝贝。因为我自己犯了错误，所以希望在他眼里我是个更好一点的父亲，更有智慧一点的父亲，帮助他避免一些东西。不过，我怀疑一个人能教另一个人多少。无论怎么样他是个好孩子。我希望再有八年我们三人就能一起去钓鱼，你就能看见我们并不是如此的悲剧人物。莱塞斯特似乎也是个好孩子。我已把新书［《没有女人的男人》］的清样寄走。这本书有 14 个短篇，今年秋天就出来了。我们下周去巴黎。我开始写另一个长篇小说了，会很努力地工作，直到圣诞节放假。

我很爱你，也很爱妈妈。真抱歉这封信写得这么长——也许没能解释什么，但自打我学会用笔和墨水以来，你是唯一收到我六页纸信的人。我记得母亲曾说她情愿在我的坟墓里见到我，而不是什么——我忘了——也许是抽烟。假如此事还有什么益处，那么我可以告诉你们，我不抽烟了。我不抽烟已经有三年了。虽然你们可能听说我抽烟抽得像个火炉的故事。去年冬天许多次我本可以一切很知足，一切也本像我在坟墓里一样简单；可总有人不愿见我在坟墓里，我对他们欠着责任，于是继续我的行程。我提这个就没有人提在我坟墓里见我了。我愿做任何事来效劳。

我希望你让母亲也读读这封信。她去年春天给我写了封好信，我恐怕没有回信。我之所以没能把你俩当知己，是因为母亲指责我的写作品位低劣下流，我很生气。我就像个穿盔甲的螃蟹，闭嘴什么也不说。我知道假如我们不能面对面谈论我的写作（我清楚我的作品不下流），那么谈论我的私生活又有什么用呢？对局外人来说，我的私生活就更糟糕了。

不过，我希望你们俩都从这封信里读到点信息——假如不谈文学批评和个人品行，我会经常写信的。

你的可爱的，

欧尼

（此信藏肯尼迪图书馆）

致 F.司各特·菲茨杰拉德

约 1927 年 9 月 15 日，昂代

亲爱的司各特：

我收到你的支票并兑了现，却像个混蛋一样都不写信吱一声，并且是从不写信。我都兑现了。假如你研究一下你的银行账户，我就不用说什么了。不过，别以为我成了赫西特或者［麦克斯威尔·］波登海姆或者是那些文学绅士里的一个，以为写书的绅士有权当盗贼。因为，我现在正写着书呢，一旦里程碑式的题为《没有女人的男人》的作品出来，我就会还给你那一百块。让我俩都希望别晚于 10 月。

你到底过得怎么样？你觉得《没有女人的男人》这题目怎么样？我当时想不出别的题目了，菲茨，虽然我翻遍了《传道书》。帕金斯你恐怕是见过的，他当时要我为这本书起名字。我想，帕金斯是个古怪的家伙，多么古怪的念头！他居然跟我要书的题目。真是莫名其妙。于是，我在瑞士的格施塔德跑遍书店想买一本《圣经》来得个题目。可这些混账书店所卖的只是木头雕的棕色小熊。

于是我一时想给书起个名叫《小雕熊》，然后听听批评家们是怎么解读的。幸亏有一个英国国教神职人员当时在小镇子上，次日就要离开。波琳从他那里把《圣经》借走，事先答应当晚就还回去。因为，这是他被委任神职时用的《圣经》。啊，菲茨，我查遍了那本《圣经》，是本印得不错的本子，磕磕绊绊地读那部伟大的《传道书》，大声读给愿意听的所有人。不久就剩我一人。我开始诅咒这该死的《圣经》，因为里面没有我要的题目——虽然我发现了所听到过的实际很好的每一个题目的源头。然而，伙计们（主要是吉卜林）都捷足先登了，把所有好的都勾画了，所以我只好给书起名《没有女人的男人》，希望它在仙女故事和瓦萨女子故事中间会卖得好些。

假如你觉得这段写得很无趣，就回到第一段去，就是我答应还你一百块钱那段，菲茨，那段里有金子。

你的小说写得怎么样啦？写完了吗？什么时候出来？我知道你会高兴听见我的新小说叫《世界的场》。我称之为亲爱的路易斯［·布鲁姆菲尔德］的布罗米也会高兴的。你没见肉用小牛脑子的范尼·布切尔那女人称布罗米为美国的菲尔丁吗？耶稣·基督啊。我正因为此感动得又拿起了笔。因为气候、脾性、教养、经验的缺乏、教育和胆量等，美国不可能有菲尔丁，可我决意那婊子养的——啊见鬼。不过，一个想去做美国的高尔斯华绥的人却被人称为美国的菲尔丁，很有意思。

菲茨，我自己就有精彩的体验被人认为是世上最抠门的人，因为从来就没有出手大方过，也没有花过《太阳照常升起》的所得，同时在五个月里靠你的100美元和麦克斯威尔·帕金斯给我的750美元预支过活。与此同时我又拒绝了赫斯特大笔稿酬，包括退回1 000美元预支：合同里的要求是10个短篇；头5个每篇付1 000美元，后5个每篇付1 250美元——如有连载作品另付15 000美元。在没有偏向的旁观者眼里，我取赫斯特的一千似乎比菲茨杰拉德的一百更实际。我敢说是实际。唯一的麻烦是我无法，绝对无法冲着合同来写该死的东西，一样也写不出。

然而，现在我打算写一部醉人的小说——我不谈这本小说，因为谈起来比写起来容易得多。如果这么做，今后还有重蹈覆辙的危险。

《名人词典》给了我一张表格。我的生平复杂得可以，我只能回答两个问题；不知道别的，只知道什么东西是可能被用作对我不利的。

哈德莱和邦姆比很好，去太平洋坡地一趟，你也去过，所以你知道他们回来的样子是什么德性。哈德莱计划 10 月 22 日乘“兰开斯特里亚”号从纽约出发，会提前三四天到达纽约的——她的地址是“纽约保证信托公司”收转。假如你们在那儿，能见到她；我知道她会高兴得不得了，我也很感激你能见她。

波琳很好。我们打算今年秋天来美国。不过，因为我开始写作了，最好往下写，把东西写完，然后到春天再来。你到时在哪儿？司各特，请宽恕我的不懂事，收到支票都不吱一声。我收到桑迪亚戈的诺思罗普一个便条，里面夹着一张你的卡片——我收到时他都上船了。所以我把给他的信寄到了芝加哥。

问候泽尔达和司各提——写信跟我讲讲所有的情况。我想，墨菲夫妇整个夏天都在安特贝斯。自打去年秋天他离开之后，我再也没有听到唐·斯蒂瓦特的消息。也没有［鲍勃·］本奇莱的任何消息。多斯倒是经常来信。麦克莱什夫妇在美国。帕特·葛斯瑞在达芙［·忒斯登］离婚之后不愿娶她，因为她红颜已褪。他目前跟罗娜·林赛住在一起，后者使他免于牢狱之苦，因为他用了废支票；她能随时把他送进监狱。达芙在城里，她从英国把自己的孩子绑架来，又没有钱养活他——她的少量收入全用在孩子和保姆身上了；孩子在法国南部过着紧巴的贵族儿童生活。我一天晚上碰见她——她一点都不生《太阳照常升起》的气——说，唯一要提的是她从未跟血腥的斗牛士睡过觉。我一年里去那个地方唯有这一晚。自 7 月 1 日以来我就在西班牙——只是瞎跑，跑遍了加利西亚。

啊，你到底怎样。请写信给我。我愿听所有的文学事件——真愿见到你跟你聊天。

你的，

欧内斯特

（此信藏普林斯顿大学图书馆）

致阿奇巴尔德·麦克莱什

1927年10月8日，巴黎

亲爱的阿奇：

假如我再夸赞你该死的诗歌，你就会以为我是个仙女或者是个评论家了。可是，我从前以为你登在［美国］《旅行队》（顺便一提，这就像是个大车队，车队上的人被迫在封闭的屋子里拉屎）上的诗作好得很。那是首伟大可爱的诗歌。假如你要让爸爸开心，就像那样写，然后题献给我。[1]我该说，麦克，你现在可以不生不死地写生和死，假如那对你意味着什么的话。假如你已经出版的作品有所指的话，那当然意味着你做得不错。我该只希望你继续被泼冷水，不被赏识；因为经我仔细研究你是活着的所有诗人（也包括许多死了的诗人）里最拙劣的一个。现在别谈这个话题了，因为我担心你以为我喜欢你，因为你是如此优秀的诗人。麦克莱什，让你的诗见鬼去吧。

爸爸拼命工作，就像个婊子养的一样。完成了——数数但别阅读——九个章节。写得很顺利，许久搁笔之后收获成果。[2]

回来有三个星期了。从没有在10点以后上床——谁也没见——总在工作。前天波琳和我骑车去凡尔赛，回来时都没下自行车歇歇。对波琳来讲确实不易，但我是就这么练着，好让阿奇吃惊。你回来之前可得答应我不上自行车；这样我就说我也没上。我们一起出去骑车，我会说我们去皮卡迪角吧，阿奇。你会说，不，海姆，那太难了。狗屁，我会说那一点也不难。然后我们会开始。我希望走三分之一的路就把你灭了。我们今年夏天曾经往贝霍米角骑了4

公里，没下自行车不知攀登了多少米。第一次试的时候得下五次车，累得要命。现在你知道我训练得如何了，能让阿奇吃惊在哪里。吹牛能毁整个事情。吹牛只会坏事。我们开始骑车时，你当然一如既往会撬动我。没有什么公正可言。替爸爸、波琳和吉尼问候阿达、米米和肯尼。

我们当然会去滑雪。我们想去斯维兹门或者随你怎么拼写——在萨嫩摩瑟[3]另一边。再乘大雪橇一路之下——一座美丽的小城，离滑雪的地方更近，也更便宜，更像一个村子。这是 M.O.B 的终点。吃得好极了。波琳和我试过。离格施塔德也不过一个小时。赶快回来。我得开始工作了——波琳进城去了。她回来后我们打算骑车去凡尔赛吃午饭——那才是你会碰到某种竞争的东西。或者，麦克，你不在乎竞技性体育运动。好吧，我们只做校内体育运动。

Papa

(此信藏国会图书馆)

[1] 麦克莱什题献给海明威的诗作《传记片段》刊于《美国旅行队》(纽约，1927)第 374—376 页。海明威的《阿尔卑斯山牧歌》也刊于同一卷第 46—51 页。

[2] 显然指流产的吉米·布里恩这个长篇故事，写了六个月后放弃，转而更喜欢写《永别了，武器》。

[3] 瑞士中南部度假地 Zweisimmen 和 Saanenmöser。M.O.B.，蒙特鲁斯和贝尔乃斯-奥伯兰铁路。

致温德姆·刘易斯[1]

1927 年 10 月 24 日，巴黎

亲爱的刘易斯先生：

我刚收到你 6 月 30 日寄给凯普的信——他把信转寄［爱德华·］提特斯的书店了。“保证信托公司”是我唯一永久的地址。上帝知道凯普怎么会叫提特斯先生转交信给我。

无论怎样，我很抱歉没有收到这封信。我也不太有机会去伦敦。不过，假如你来巴黎，我很高兴能再见到你。我在这里会呆到圣诞节。

我很高兴你喜欢《春潮》，并且认为你在《苍白的脸》[2]里把“红与黑的热情”销毁得很优雅。那关乎另一个种族而不是我们族类（不管是什么种族）的温雅高贵之类的可怕屁话的确值得审视一下。你知道吗，[D.H.] 劳伦斯昔日曾经是 [舍伍德·] 安德森的上帝——自打他开始读劳之后，你可以在安的所有作品里追溯他的影响。当然，在他的自传《讲故事的人的故事》里，他从不提劳伦斯。在那本书里，你发现他是在察吐士酒构成的尖顶教堂里沉思默想才构思出作品的！当然，还有犹太绅士的陪伴。

至于我自己的东西——对不住，里面洒满了血。我想今后血不会那么多了。之所以有那么多血，真正的原因我认为是自己一直在追求语言的精确；开笔写作就得处理简单动作——最简单的动作——而我最经常见到的简单动作——便是或这样或那样的杀戮。虽然如此，我想今后流血的笔触会减少。

永远的你的，

欧内斯特·海明威

（此信藏康奈尔大学图书馆）

[1] 刘易斯（1884—1957），美国画家兼作家。

[2] 刘易斯的《苍白的脸》（1929）海明威显然是能见到初版本的。他收在《没有艺术的男人》（1934）里的随笔《笨牛》让海明威气得发疯，以至于把西尔维亚·毕奇书店里的一个花瓶都打碎了。海明威在《流动的盛宴》（纽约，1964）里大肆攻击报复刘易斯。

此信经康奈尔大学图书馆同意在此发表。

致麦克斯威尔·帕金斯

约 1927 年 11 月 1 日，巴黎

亲爱的帕金斯先生：

谢谢你的信和剪报。很为司各特着急。真希望我在那儿能让他

好过一点。不过，我不会跟他说你写信告诉我的。

关于连载——别考虑这个，第一稿完成了再说。尽管如此还是要谢谢你。

维吉尼亚·伍尔芙的评论[1]很让人愤怒——她属于一个叫“布卢姆斯伯里”的小团体，其中的成员都过40岁了，都把“现代”的重担挑在自己肩上，都很有前途，都是文学的救世主。他们忙活的时候，不喜欢40以下的任何人闯入这行当。上帝知道，人家并不想闯入。他们为了文学声誉而活着，并且相信保留文学声誉的最佳方法是诽谤或者批评后起之秀的诚实。

当然，他们有一点说对了：一个人在世时的文学声誉如同可以滋养的植物——植物蔫了，他们就尽量滋养自己的那部分和朋友的那部分，把蔫的甩给别人。愿上帝与他们同在。我则很愿意今天中午就把维吉尼亚·伍尔芙的衣服脱掉，允许她在歌剧院大街行走，让每个人，真理也罢，现实也罢，随她怎么叫——每次都从她身边走过。

封面吹捧故意歪曲事实，让我生气的正是这个——这个加上说我造假欺骗之类的诽谤。我很高兴在我情绪低落觉得自己再也不能写作的时候没有看到这个。

不知你是否能保存这些剪报——有一大堆呢——然后在圣诞节的时候把它们寄过来，我在瑞士可以读读——我正拼命写呢，这些该死的东西让我烦躁，让人起自觉意识——尤其是那些有意或出于无知的误解。一件事被人误解了，你就得解释；脑子里满是这个对写作不利。

你另要一张照片吗，还是多要几张？路易斯·洛佐维克根据想象画的肖像或者别的什么太该死的过分了。他是从哪儿弄来的摹本？这像唯一的优点是有点约翰·毕肖普的韵致。

另一位批评健将没能看见“小蛮横布瑞特女士，她的信仰幼稚得让人愤怒，她的道德观念让人热衷于指责”。呵，呵。

你读过“英美战后迷惘的一代在欲望的旷野里游走法兰西和西

班牙的惊人叙述”吗？——那本书你不该漏掉。

永远的你的，

欧内斯特·海明威

书还没到，但我盼着它们来。

(此信藏普林斯顿大学图书馆)

[1] 维吉尼亚·伍尔芙评论《太阳照常升起》和《没有女人的男人》一文刊登于 1927 年 10 月 9 日《纽约先驱论坛报》图书版。

致沃尔多·皮尔斯

约 1927 年 12 月 13 日，瑞士格施塔德

我非常的先生：

有信从西班牙来，不亦乐乎。为朱迪蹲监狱。在专政之下于公共场所唯一不丑陋的亲吻之举是亲独裁者的屁股。在意大利和亚平宁半岛旅行的时候记住那黑肉叶刺茎藜。艾肯在乔伊斯着地之后能踢中目标可真是好事。我们且希望康拉德把猪皮放到横杆上。你现在到底在哪儿？

我在床上躺了十天，一会儿是这儿，一会儿是那儿不对劲。上帝啊，整个欧洲都在下雪，除了瑞士这里。邦姆比把手指戳进我的一个好眼里，指甲划破了眼球——我晚上在蒙特鲁斯接他，自作自受——可真难熬。早先哈里·格瑞布把他的拇指戳进我另一只眼里，那时我还处于一生里更活跃的时期。现在眼球胶凝了，恢复得不错。这期间又战胜了痔疮和肠痛。波琳很好，已经读了亨利·詹姆斯（《尴尬的岁月》）并且是朗读——我对詹姆斯一无所知，但在我看来这书似乎狗屁不是。他似乎在害怕的情形下需要随时把客厅弄来；他不得不考虑小说里的人物剩下的时间里要干什么；男人一无例外谈起话来像仙女，思考起来也像仙女，除了几个漫画式的野蛮的“局外人”不属于此类。你无疑读过他的别的作品，比这个

好的作品；但是，他似乎在此书里很假。到底怎么样？他做作吗？他显然形成了很优雅轻松写作的路数，对客厅也了解甚多，可他还有什么？让我听听你对此的看法。

你为什么不来这里？一旦下雪此地的生活很健康，假如你能防止邦姆比把手指戳进眼睛的话。现在外面大雪把地狱都打掉了。我们想从这里搬到斯维兹门，那儿没有那么多“该死的”，啤酒也更好些。这地方每天费用12瑞士法郎，属于膳宿公寓；有城里价格最低廉却吃得最好的酒吧。不过，对一个有众多家庭的人如我来讲，那还是太贵。我想斯维兹门会便宜些；他们那儿有优质慕尼黑啤酒和很好的滑雪运动。波琳和吉尼今天下午去看房子去了。

圣诞卡很漂亮——贞洁的和淫荡的巴朗姆上校那张和给我们的那张都很漂亮。他们真他妈可爱。你愿意让我给你写几句吗？你当牛做马在你的行当里为朋友效劳真不是滋味。他们又能为你做什么。

你想要《最最认真的自由派的哀歌》副本吗？

我知道僧侣夜间自慰
也知道可爱的猫咪苟且
还知道某些姑娘咬人
可是主啊我有什么法子让万事顺理成章呢？

此诗献给奥斯瓦尔德·加里森·威拉德和《新共和》的编辑们。

假如波琳在，她会在此信上写几句，因为她想给你写信。假如你能来，波琳、吉尼和我会高兴得要死。邦姆比也会高兴得要死的。他跟城里所有孩子都打了架。自打来此就学说德语。我问他长大了后想干什么？他说给爸爸酿造威士忌。

问候艾薇。你知道帕特和惠特尼的地址吗？天还在下雪，看上去像真玩意。来吧。我留胡子三周半了。假如你在，这里就有两个大胡子了。邦姆比愿意长胡子，可是长不出来。我没有任何新闻——你有吗？问候桑德斯。

你最好的，

欧内斯特

（此信藏柯尔比学院图书馆）

致F.司各特·菲茨杰拉德

约1927年12月15日，格施塔德

亲爱的司各特：

听见鸡奸兄弟的音讯总是高兴的。你要我报告消息。好吧，我已经放弃写作的游戏，改当老鸨了。人们在净化巴黎，从前著名的老鸨都没了，缺口很大，机会很好，我正尝试填补空缺，老鸨和著名两样我都想要。我拉起了一大杆“姑娘”队伍，法语叫“les girls”。等你和太太春天来的时候，我能给你们个非常有趣的优惠价。

老布鲁米［布鲁姆菲尔德］当然是扫荡了女子俱乐部啦。他肯定会遇上我的母亲，“四个孩子的、52岁学画的母亲”，还真就遇上了。他跟她说自己肯定认出了她，虽然不能安置她，因为欧内斯特是他最好的朋友；并且表示他如何不愿认识欧内斯特的母亲。我母亲现在另有原因想哭，因为我写的东西跟布鲁米写的东西不一样。

小司各提的毒瘾你们帮着戒得好些了？我们在这里听见许多轶事，说她在L.H.门肯上次造访公寓大楼时用她自己的小针扎了他，说《美国水星》就是这么写成的。

特迪·钱德勒那小子在这儿。假如我没弄错，他曾经要了你母亲的命。比尔·布里特或者布尔·比勒特，耶鲁的大个犹太佬，写小说的同行，也在这儿。曾经跟达夫·特维斯登同居的帕特·葛斯瑞现在被罗娜·林斯利包养，目前更鲜亮更可爱了。这些人我都没见到呢，不过，我愿为你把他们都查出来。

我的儿子现在正步他爹的后尘，也在编故事。赫斯特答应给他182 000x2角5分买个连载，关于战时受伤的女同性恋的故事：要想生孩子很难，于是都开始酗酒，欧洲亚洲的满世界跑，一群无所事事的废物。我把其中许多人介绍给他，他写得很卖力；我不时帮他纠正拼写错误。波琳大声读《邮报》上登的你的小说给他听，他于是得知什么是文体风格；原来跟麦克莱什最近的诗作风格一样，只是装饰有波斯羔羊。邦姆比称之为

同庆恋，同同庆恋，同同庆庆恋恋

我在这里很少见到谁，除了前银行家迈克·沃德。有一天晚上在“道恼俱乐部”，他有神奇的历险：他袭击了一个站在酒吧那儿的人，因为这人说了我什么。迈克没听见什么话，但不喜欢那话音；就问那人是不是海明威的朋友；那人说不是，迈克就袭击了他。结果是那人根本就没有提我；可迈克却说他能看出来那人不是我的朋友。

菲茨，你也该有这么忠诚的朋友。

西班牙式的逃避没有钱，所以我放弃了“西班牙式的逃避”游戏。我的眼睛现在没事了。我们希望天快下雪。吉尼自12月1日起就在这儿，也希望天快下雪。自12月14日起我们就期盼下雪。我嗓子疼，卧床休息。我想你会同意［查尔斯·A.］林德伯格替我们扬名许多。你愿意让我替司各提或者泽尔达扬名吗？你说的关于西班牙式整羊皮做的酒囊的话不错，我发现拿着它很舒服，可拉链太没有男子气了，什么玩意儿也没这么没有男子气。我得注意点，不让自己沾上小安逸品，比如手纸、分号、鞋底子之类。我要是有一天用上这些，人们就开始叫喊老海姆毕竟也是仙女，哈哈他不是条汉子。

由于卧床时间久，我开始长大胡子了，很好看，几乎像犹太拉比。也许留到去美国，但我怀疑能否留到那时。

给我写信报告所有消息和看法。问候泽尔达和小司各提，假如你能帮她戒掉那玩意儿，来日明白我们的口信。你不该让那孩子扮演“女主人公司各特”。我从各个角度思考了一下这个问题，觉得

这样对她不利。我知道你要保留面子；我也知道当下世风。但是，没有人能让我相信这对那个年龄的孩子有什么好处。

再写信给我。现在我不欠你什么了，除了无尽的感激。假如我有 180 瓶香槟酒喝，我就能写得更自由自在些。

你的永远的，

欧内斯特

(此信藏普林斯顿大学图书馆)

致麦克斯威尔·帕金斯

1928 年 1 月 15 日，格施塔德

亲爱的帕金斯先生：

我很抱歉没有写信告诉你收到装饰得光彩照人的牛和剪报——谢谢你寄给我这些——特别是那头牛，大家都喜欢。你听说“欧·亨利奖”了吗？我没听说。他们的信太啰嗦，假如愿意实际是可以避免过程直接给奖的。

我没有给你写信，事实上也没有给你写别的东西，是因为我右眼（唯一的好眼睛）划破了；现在痊愈了。虽然如此，读书写作时眼睛还是疼。有一两个星期眼睛很瞎。

自 12 月 15 日以来这里有 3 天滑雪日——冬天完全开场了。我们唯有的两场雪之后接着是雨，雪块因此易碎，很危险，在里面滑雪也最恶心。阿奇·麦克莱什和我从桑那斯洛赫弗鲁山顶往下滑雪——一般情况下很爽的一长段——我却十次飞溅雪粉，糟糕得很，可以想象。即便是直下，雪块也会碎，雪橇尖头会跑到雪块底下，抓住雪块，把你扔出去。我戴着眼罩防护眼睛。有一次摔得狠，头埋在雪里很深，玻璃镜都被砸出来了。我的膝盖有一个是假的，不能很凶地跌倒，也从来不去碰它——但 208 磅的体重正是易碎雪块所希望得到的。不知道我为什么要写这个——除非是没东西

可写，也除非是天气可诅咒。

我的眼睛是如何被划破的真是一点都不浪漫——在蒙特鲁斯旅馆从床上把我儿子抱起，让他表演一个重要角色，他举起手，一个手指就进了我的眼睛，指甲割破了眼球，画了一个大大的半月。

这些就是所有消息了，还有就是两个月内我们将去美国——不过得到秋天才能去纽约。

希望《没有女人的男人》仍然卖得好——我想一段时间里它会是我最后一本书。眼瞎了哪怕是一小会儿都能吓着你——尤其是你的写作不只出自头脑，而需要所有感官都一起上。想想我兴许能摸着打字机写——但打字机上写的东西不太好——我要是不写上几遍就什么也写不好。可是如果看不见的话，怎么能重写？我当时想也许可以找份工作，为德克斯特当耳朵使。

新杂志似乎很给人留下印象——他们付什么价给稿子？有一天我看见一册，样子很漂亮，可瑞士人要价一美元。于是我想最好给它投稿，这样就不用花钱买杂志了。

一个叫伯顿·艾美特的绅士给我寄了500美元要买《杀手》、《五万元》等短篇的手稿。也有别的人给价。可是在很缺餐巾纸的时候，我把手稿都送出去了。别告诉人这个。因为，假如我的眼睛开始坏了，这也许是个生财的好路呢，省得今后开始生产新手稿。目前似乎卖手稿比卖故事钱多。我想司各特的手稿光凭拼写就能收进上千美元。我不知道艾美特先生是喜欢我讲究语法前的手稿呢，还是更喜欢我用上语法后的手稿。不过，我害怕跟这些买手稿的人开玩笑，因为担心他们不要了。我想我会回信告诉他们，我的手稿都在大英博物馆呢，除了《太阳照常升起》在西班牙的普拉多国家美术馆。

你的永远的，

欧内斯特·海明威

《太阳照常升起》的销售情况怎么样——不会有太多麻烦的话就告诉我。

（此信藏普林斯顿大学图书馆）

致詹姆斯·乔伊斯

1928年1月30日，格施塔德

亲爱的乔伊斯：

我很感谢你给伊万·高尔写信推荐我给莱茵出版社。他立刻写信给我；可我得等等，尽量把在德国的事情安排妥当——有一位经纪人已经安排我跟一家出版社签约，至少出版一本我写的书。我已经给高尔写信，说下个月在巴黎同他见面。我希望届时能把事情弄出个头绪。

我希望你全家人安康。麦克莱什的父亲去世了。他离开此地去了美国，2月份才回来。皮尔斯夫人在此地。我们一家明天前往巴黎。我正要滑雪去伦克和阿德尔博登；回来就启程前往巴黎。这里只冷了两个星期，天气也不干，我们滑雪还不到十天。我家小男孩，在我去蒙特鲁斯接他、夜里服侍他来这里的时候，把手指戳进我的眼睛里，指甲划破了我的眼球。有十天我尝到了一点你当初的滋味。[1]即便是大夫用可卡因给我冲洗止疼，还是疼得要死。现在没事了。

我希望你安康，一切顺利。

永远的你的

欧内斯特·海明威

(此信藏纽约州立大学)

[1] 严重的虹膜炎折磨了乔伊斯数年。

致麦克斯威尔·帕金斯

1928年2月12日，巴黎

亲爱的帕金斯先生：

你2月3日来信今天到了。我很高兴这本书卖得这么好——希望它继续稳定前进。都说人们从不买短篇小说，此情形该能消除这种说法。

我们滑雪时遇上坏天气，一天度得很艰难。我收到新护照了。回到巴黎一看，所有水管子都破裂了——一周里没有暖气——感冒了，头痛得厉害。一直努力每天早上工作，可所有的产品似乎都是从鼻子里出来的。在过去十二个月里，这疼那疼了三次，炭疽差点要了我的命——一个好眼又划破——诸如此类。这也许是因为我的生活太平静，又不喝酒又不抽烟。

我们月底取道威戈、加那利群岛、哈瓦那、基韦斯特前往佛罗里达。我不久就需要钱，不过到时再写信要吧。几天前写了个短篇热身，想回到大步流星写作的状态，这样才好重新写那本书。心想，这也许合杂志的口味，不过写得不太好。

我读了罗阿克·布莱德福德的短篇——太弱；跟《夜莺溪桥有事》相比，太稀薄——就是你提到的［安姆布罗斯·］比尔斯的那个短篇。他反比尔斯之道而行笔，把结尾弄成皆大欢喜。不过，我能看出他写此作品写得很刺激——我很高兴他得了那500美元。作为奖项，“欧·亨利奖”给的荣誉很让人怀疑。它该奖给得奖后开心的人。

很久以来，我读过的最佳短篇小说是奥布莱恩选集里收的欧文·韦斯特写的作品。那篇东西实际不是个短篇，而是长篇小说的一部分；不过，作品的部分写得真是好极了；整体也写得非常非常好，可以当我们这代人的写作课本。

眼睛似乎痊愈了，可读书时还是疼。

别的没什么消息。

司各特寄给我一个通知：［路易斯·］布鲁姆菲尔德和［格兰威·］韦斯克特两人之间要有一场争论——你听说了吗？他们争论什么啊？

你四五月份去佛罗里达吗？或者6月份去阿肯色？或者六七月份去堪萨斯市？还是我们在别的地方见个面？假如共和党全国委员

会在堪萨斯市开会，我就打算去那儿。伊万 · 薛普曼要结婚了。

永远的你的，

海明威

（此信藏普林斯顿大学图书馆）

致麦克斯威尔·帕金斯

1928 年 3 月 17 日，巴黎

亲爱的帕金斯先生：

盖伊 · 希科克今天给我看了一份来自斯克里布纳的电报，问起我的健康；我希望你们没有为我着急。我也厌烦反复叙述事件，所以不打算再提它。不过，要说一声的是：这回是抽水马桶顶部的事情——一位朋友拽了支撑水箱的栓，而不是拉出水口的链绳，结果把玻璃弄破了。我想把栓钩子挂好（凌晨两点进浴室，看见它在那儿晃动），结果整个水箱掉了下来。我们用 30 层手纸止血（很能吸收，我在紧急情况下两度用此法），并用厨房毛巾当止血带，还用了一根引火棍。因为太短，头两个止血带止不住血——（擦脸毛巾），我很着急，因为我们没有电话，没机会在凌晨两点找来大夫。两根小动脉割破了；不过第三个还支撑得不错。我们去了尼利一家美国医院。医院的人把伤口处理好了，把动脉系紧了，在下面缝了三针，在破口子上缝了六针。没有后遗症，但着实让人心烦。

也许这是最后一场事故了。今年斯克里布纳要是给我上了保险的话准能挣钱。无论怎样，这封信的目的是告诉你我终于让海伦 · 布瑞克给我拍了几张照片——她正把照片给你寄去呢。她是［哈德莱的］老朋友，把钱都输光了，开始从事摄影。我想复制的照片也许能给她带来点声誉。我认为摄影术很扯淡；自打达盖尔银版法用于拍照以来，摄影术就稳步落后。不过，我答应了她，一旦她拍的照片被采用，就署上她的名字——海伦 · 布瑞克——巴黎的海伦 ·

布瑞克。一个人得当一回老朋友，充耳不闻任何消息，却在我要他们拍照前把钱都输光了。这事跟摄影没有任何关系。我想她也许是个很好的摄影师，我想你会喜欢她的照片的。我对她说我不知道你是否给原作摄影付钱，也不知道付多少——并说假如你付钱，也是寻常价码——不过，无论怎样，你会署上她的名字的。

感谢上帝，摄影的话题终于说完了。

我让一个叫艾米莉·霍尔姆斯·柯尔曼［夫人］的把她的小说寄给你，那是写一个精神病收容所的故事的。她曾经作为病人在一个收容所呆了一阵子。我想，她也能写。我没读呢。她说要寄给伯尼·利弗莱特（他们出过她丈夫写的一本心理学方面的书）。我则想让她寄给你，万一你看了觉得好呢。

我想完成那部长篇——可是

(1) 我一直因病卧床，要么老是外出。

(2) 《在我们这个时代》里的短篇我写了5年。

(3) 《没有女人的男人》里的短篇我也写了5年。

(4) 我在6周内写了《太阳照常升起》，可扔在一边3个月没再看它一眼——接着是又用了3个月重写。在写它之前我喝酒浪费了多少时间啊，把自己的生活这样那样弄得一团糟又浪费了多少时间啊：我就是不能及时做个什么。

(5) 我一天到晚工作，却连个不规则的时间表都制定不了，也无法保证质量。我很清楚书该写出来的时候自然会写出来（你真够意思，连问都不问我，也不给我压力）；我俩要的都是好作品啊——唯有好作品我俩才要啊。你看见了：我的全部生活和头脑以及一切一阵子里都见了鬼。慢慢回到正轨（又不能让任何人知道你脱轨了，让那帮家伙知道你受伤了）。不过，我想写一部真正好的长篇小说——假如我写了22章45 000字的那部[1]到了美国以后没有进展，我就放弃它，束之高阁，接着去写另一部我已写了两周的那个；本来我以为这是个短篇，却写得没完没了，不亦乐乎。[2]

第一部本打算写个类似现代《汤姆·琼斯》的东西。（别跟人说，因为我不想让人拿去作比较，只是想说一下这是本什么类型的书。）不过，非常非常有可能我所知不足以完成这个：我获得的任何成功都是通过写我所知道的东西得到的。

我知道得很清楚，司各特为了自己的话一两年前就该把他的小说弄出来。我不想让你觉得我也在重蹈覆辙或者在给自己找理由。不过，这下一本书得是个好作品。我生活里所要做的事情就是写作。不过，最好是有了好作品再拿去出版。

按计划我两年前就该去美国了。我跟欧洲了结了。在我写发生于美国的故事之前，我需要前往美国。可是我并没有走——现在，突然间，战争故事的灵感来了许多，所有故事情节和地点都如泉涌，书写得十分顺利。

这一切都是上周才有的情况——我老婆因此说她得让我像经常写不出来那样经常流血。希望在船上也能写作。假如我发现美国有我的任何读者，我就把名字改了。

这封信够长了，足以痛苦地考验你我的友谊，你还得读完它。我也将十分感谢你寄一本《没有女人的男人》给 W.W.斯蒂格勒，费用从我账户里扣；他的地址是阿肯色州琼斯波罗镇诺布尔旅馆。只要账户里有 5 美元我就支付书钱。谢谢你主动给我钱，需要的时候我就给你发报。

我很高兴你正在出版莫雷［·卡拉汉］的作品。我一直有他的消息，只是我不是个通信的好对象。

永远的你的

欧内斯特·海明威

我下次从佛罗里达给你写信。

外国译本的情况怎样？我回来此地之后，肯定能给你弄本拉克纳的书。[3]真不知道你要这书，也不知道你没有叫人帮你干这种事情。还是你又不想要了？我认为这是本伟大的书。法语版名为《最后一条私掠船》。他的早年生活部分和“阿德勒海”那部分写得好极了。

海伦·布瑞克想在杂志上发表她的照片。(我想)越贵的杂志越好。

(此信藏普林斯顿大学图书馆)

[1] 一部写了二十章、意向性书名为《吉米·布瑞恩》(可选题目还有《才死的骑士》的小说,源于中世纪歌谣《两只渡鸦》),场景放在芝加哥和纽约。吉米和父亲(一个革命家)在往巴黎的路上;吉米的母亲住在巴黎。菲利普·扬和查尔斯·W.曼编《海明威手稿》(宾夕法尼亚“大学公园”版,1969 年 10 月)第 13 项。

[2] 这似乎是《永别了,武器》开始写作的日期,约为 1928 年 3 月 3 日。

[3] 也许指洛厄尔·托马斯的《拉克纳公爵——海之魔鬼》(1927),用菲利克斯·冯·拉克纳公爵(1881—1966)之事叙述战时的状况。

致波琳·海明威

约 1928 年 3 月 28 日,海上[1]

亲爱的费佛小姐(还是称呼你海明威夫人?):

我们往古巴去 5 天或者 10 天,与其说是旅行还不如说是爬行。未来延伸得无限长。我经常琢磨余生能做点什么,现在我知道了——我要尽力够着古巴。

真是难为我写信。你如此潇洒,又有天分。你的嗓子从不沙哑,也从不会说:“也许我的丈夫海明威先生弹得不好,你们不会感兴趣的。”

可是,你无法阻止这该死的船上下颠簸。只有母帆能做到,但也无法持久。

我一直在研读其他航线船只的设施——“大洋号”、“奥利塔”号、“奥洛雅”号等:它们都有健身房、单人床、双人床以及为多事的婴儿准备的育婴室。可我们的船几乎没有 250 美元的客舱。有 250 美元,买个宗教仪式都够了(假如他们收费那么低廉的话)。

我已经发现我们的印度朋友为什么那么鬼鬼祟祟了——他的脖子太短，想看四周时得转动肩膀。你则没有缺陷。这船是定期皇家邮船，我没有［一下字迹不清］除了这支笔抓住的东西（也许你的眼睫毛里的一根）。现在东西没了，该干什么呢。

无论怎样我爱你。假如你原谅这封破信，我哪天给你写封好的信。赶快航行吧，快到哈瓦那，快到基韦斯特；然后安顿下来，不再上“皇家男性蒸汽包”号。信尾弱，可爸爸也弱啊。

爸爸爱你

（此信藏普林斯顿大学图书馆）

[1] 在“R.M.S.奥利塔”号船上，从拉罗谢尔往西行去哈瓦那。

致麦克斯威尔·帕金斯

1928年4月21日，基韦斯特

亲爱的帕金斯先生：

我很遗憾听说司各特的情况。你能告诉我他那艘船的名字吗？我将发一封电报给他。也许最好还是发电报给我，告诉我他那条船的名字或者他所在的位置；可以发优惠价的夜信电报。此地若邮寄离纽约太远。我真希望他能完成他那部长篇小说，或者干脆扔掉，另写一本。我想他是被卡住了，自己也不再相信这作品，捣鼓了这么长时间，又害怕放弃它。于是，他就去写短篇小说了，找任何借口不再去咬那指甲，去了结它。不过我相信，在某个时候，每个人都不得不放弃某些（长篇小说），着手另起炉灶。我真希望能跟他当面谈谈。他自己相信这部小说很重要，因为《了不起的盖茨比》之后人们纷纷出来说他的好话；随后却跟着一部烂短篇小说集（我的意思是说里面有廉价的小说）。他感觉自己必须写一部伟大的长篇才不辜负批评家的厚望。所有的事情都这样（　　）因为司各特能做的事就是写长篇小说，好的坏的都会产生，终了会有好作品诞生的。不过，对他而言，［吉尔伯特·］塞尔兹之流的评论家只能是有害无益的东西。他害怕得要命，建起各种防护，像是需要通过写短篇小说来挣钱等，那都是为了避免面对完成长篇之举。在这么长的时间里他三部长篇也该写完了——万一两部糟糕而有一部跟《盖茨比》一样好呢？那就让他扔掉糟糕的就是了。他跟几内亚猪一样多产，却被评论家（读他们东西的每一位作家都给毁了）迷惑得以为自己跟鸵鸟或者大象产蛋一样那么难。

书呢？——广告出来这么久了，我还没见到《没有女人的男人》。

很高兴得知你见到沃尔多·皮尔斯了。他打电报说要来这里。我不知道他何时到，但希望是不久就来。多斯·帕索斯也在路上；我也不知他要走多久。

一切顺利。每天工作。新书已经写了10 000到15 000字［《永别了，武器》］。这书不会太长，写得很优雅。我希望秋天能写完，因为秋天是出书的体面季节；不过，考虑到重写前所需的放一放的时间，秋天出书又不可能做到。我忘了《太阳照常升起》稿子给你的时间，但我想是早春。假如我记错了，请你告诉我。假如可能，我想在此地完成这部小说，放它两三个月，再重写一过。一旦完成初稿，重写不会超过六个星期或者两个月。在重写之前，让我冷却一段时间对我来讲很重要。我想呆在这里直到写完一稿，因为我在这里写得很顺利。这里的生活如此健康，下午的垂钓使我在不工作的时候忘却忧虑。不过，想想吧，我们得在6月底找个地方把孩子生下来。该会在生孩子一个月前离开。只要我接着写下去，届时会完成许多。

这里很热，但总有一股凉风。有遮蔽的地方就不热；夜里睡觉还好。

我写完这个长篇之后——假如太迟，赶不上秋天出版——我可以写很多短篇，这样就能维持生计到明年秋天；那时长篇小说出来了，我们又有足够的短篇出个集子跟着。

这几天在抓大海鲢、魣、狗鱼、红笛鲷。这季节能抓到的大海鲢我们都抓着了。六十三磅重呢。真正的大鱼此时正来呢。飞竿钓鲟。鲨鱼也很多，鳐鱼和其他有害鱼类也多。我们在市场上卖自己抓的鱼（能吃的），所得钱要够汽油和鱼饵。自己也拿鱼当饭吃。今夜较旺（周六），虽然没那么欢快；因为，又有一家雪茄厂子倒闭。这地方真不错。从前的人口有26 000——现在约一万。车站厕所有人用铅笔写了诋毁我们这个城市的话；有人在下面写道——“假如你不喜欢这个城市就滚别来”。另有人在下面写了“大家都……”。

请让他们给我寄3本《太阳照常升起》和3本《没有女人的男人》（尽快），把书钱算我账户上。我说我是个作家，没有人相信我。他们认为我代表北方大贩私酒的商人或者沿街卖毒品的——尤其是那块伤疤像。[1]他们连司各特的名字都没有听说过。有几个小子我认识的，头一次听人朗读吉卜林的小说，大为感动。一个介绍罗伯特·瑟维斯作品的人说假如有人请他铸币，他能铸币——可是没有人请他铸币。

你的永远的

海明威

他们拆我的信，希望我没什么东西可控告他们的。

（此信藏普林斯顿大学图书馆）

[1] 额上的疤就是巴黎头顶水箱弄的；1928年3月17日海明威致帕金斯信里描述了此事。后来这疤发展成脂肪瘤，坚硬突起的一块，伴随了他余生。

致麦克斯威尔·帕金斯

1928年5月31日，阿肯色州皮戈特

亲爱的帕金斯先生：

我给你寄《太阳照常升起》手稿的时候，伯克或德布瑞特的贵族名册里没有阿什莱夫人；我校对清样时，书里写的“良种马登记册”里都没有她的名字。书出来之后的那个夏天，年轻的阿什莱娶了音乐喜剧里走出来的一个姑娘。她满可以试试起诉鲁滨逊·克鲁索。

你也许见到了沃尔多［·皮尔斯］。我们在一起度过的时间很令人愉快。我同时也每天工作，写了 200 页——一页有 200 单词——这都是在基韦斯特写的。目前在上面地址所写的地方——基督啊这地方真可怕。希望不久能北上去密歇根。因为不知道孩子什么时候出生，也许要生在堪萨斯市，或者类似的产科好的中心城市，所以延误了北上。

上一个冬天（亦即）前年冬天——我跟桑顿·瓦尔德争论为何不跟伯尼出版社合作（他受托怂恿我跟［伯尼］合作；恐怕现在他的说辞就更多了）。我认为《S.L.I［圣路易斯·瑞］的桥》是一本不错的短篇小说集——两篇杰出的作品——《埃斯特班人》，还有一篇我想是讲为修道院女院长工作的一个小女孩的。他能写得很好，小伙子人也不错［31 岁］。

我想下一本书我得要一大笔预支以保证给书做的广告要大要华丽；斯克里布纳为收回预支就必须卖掉大印数的书。格兰威·韦斯克特、桑顿·瓦尔德和朱利安·格林都在一年里就富起来了，而我在这一年里还没有当记者时挣得多——并且我是其中唯一要养两个老婆和孩子的人。得想点办法。目前的版税到期后我就要另立标准了。不过，我想要一次挣一大笔，这样我就能投资了。这个在美丽的字母里产生的牛市不会永久持续。我不想总当本可以挣大钱却没有也不会挣大钱的人。假如我今后的事故接着跟过去一年里发生的一样多，那么在一两年里他们就得给我一种福利待遇。好像是《没有女人的男人》卖得很好的时候他们把广告给断了，转而给桑顿的书［《圣路易斯·瑞的桥》］大做广告，并且是在书刚开始上市的时候。当然我对此一无所知，可是上半年过后——当《没有女人的男人》还在叫卖的时候——他们似乎对销售很满意，就断了广告。

无论怎样我在稳步写目前这本小说，似乎很顺利——最终——我希望——能朝尾声迈去。等我写完了这本，就会回到我写了60 000［字］放弃了的那本，再把它[1]写完——现在看来，那时似乎工作起来不费劲；我想，那种光景又要来了。

我觉得你把疤［从照片上］去掉布瑞克夫人不会在意的。似乎她当时也觉得棘手——那疤痢——她也曾想去除它。不过，我当时想，假如你给摄影师一英寸，他们就会去除45英寸。

永远的你的，

欧内斯特·海明威

我的地址一阵子里还会是阿肯色州皮戈特。他们会转交的。

（此信藏普林斯顿大学图书馆）

[1] 流产的长篇《吉米·布瑞恩》(《才死的骑士》)。

致唐·卡洛斯·古菲大夫[1]

约1928年6［?］月15［?］日，密苏里州堪萨斯市

亲爱的古菲大夫：

此书是比尔·博德印刷出版的。他当时买了一台旧手动印刷机，在巴黎圣路易岛排的版。本该在前一年就出来的。因为我把比尔推荐给了埃兹拉·庞德。埃兹拉建议出版一套系列丛书——“有我、老福特、比尔·威廉斯、艾略特、刘易斯（温德姆）和另一些人。”埃兹拉说：“我们将称之为审视英语散文的状态。”艾略特没有入围——刘易斯也没有，最后埃兹拉弄了五个题目——比尔说：“海姆呢？”

“海姆的书算第六本。”埃兹拉如是说。于是，他们的书都印出来之后，这本书也得以出炉，比《三个短篇和十首诗》出得晚一

些，尽管比尔得手稿远早于迈克阿尔蒙排版——

欧内斯特

(此信 1958 年 10 月 14 日由帕克-巴涅特提供)

[1] 古菲大夫接生波琳产二子，都是剖宫产术引产的。此信写在古菲的一册《在我们这个时代》上，是以作者题词的形式写的。复本出现于《拍卖场上的海明威》，M.J.布鲁克里和小 C.E.弗瑞泽・克拉克编辑(密歇根州布鲁姆菲尔德西尔斯版，1973)。

致麦克斯威尔・帕金斯

1928 年 7 月 23 日，阿肯色州皮戈特

亲爱的帕金斯先生：

我给你写过两封信，但没有寄出去。新生儿是个男孩，起名帕特里克，很黑很壮的样子。波琳可苦了——剖宫（拼写不出这个单词）产，产后可是不好过。我急得不得了。我的书写到第 468 页了——一页平均一定到 180 个单词了——本周末我打算去怀俄明。我会在那儿把书写完的。有许多东西要删；我会放一放，11 月我们回巴黎后再修改一下。无论怎样 2 月份就可以连载了。杂志会（愿）为它付多少钱？烦死这热天了，近一个月来几乎每天都超过 90 华氏度。帕特里克现在口衔奶瓶过活，波琳可以把他丢给家里人照看，9 月份也可往怀俄明呆一个月，假如一切顺利的话。

我希望你假期过得好。除了沃尔多［・皮尔斯］说在缅因州钓鱼，我没有听到其他人的消息。赌赛马赢了些钱。

好像没有旁的消息。

永远的你的，

海明威

我倒希望来的这小子是你家姑娘中的一个。

(此信藏普林斯顿大学图书馆)

致盖伊·希科克[1]

约 1928 年 7 月 27 日，密苏里州堪萨斯市

亲爱的哥白尼：

无论我什么时候想念起巴黎，报纸上总有些小栏目说里切教授如何能用他的新望远镜看见火星上的人（假如那儿有人的话）。当然，他并不认为那儿有人；不过，假如这样能让美国人民开心，他会去寻找火星人；而假如他们的确在那儿，他就会看见他们。

九磅重的帕特里克出生于堪萨斯市。他的样子很像撒尔姆公爵，我们希望他会表现出撒尔姆家的天分，好像他在不断喊叫这事容易。我恐怕不能靠写作来养活他了。医生们终于开了波琳的膛，像给骑马斗牛士的马开膛一样取出帕特里克。看朋友的内脏跟看马的内脏的感觉可不一样，马可是你不认识的一头动物。无论怎样，帕特里克出生的那天温度计攀上了 90 华氏度。自那以后三周，度数只往上，不往下走——几乎要了波琳的命（接着马的主题），她呼出的气体像内脏移除后放在一个闷热的地方散发的气味一样。不过，终于一切平安无事，没有人死。帕特里克口衔奶瓶回到皮戈特——瓶子是数个——他父亲的著作手稿写到第 482 页——明天开着福特汽车去怀俄明——先看看美国风光。会找一个能钓鱼和工作的地方，把该死的书写完。谢天谢地能他妈四处走走，付钱给各路商人。你做得对，是该跟他们要发票。我知道你跟一帮混蛋游客在一起会有多忙；在任何情况下他们都足够坏。不过，从布鲁克林来的人都是奶油精华。你可真是好人，付钱给政府。还给我送来车子和回音。信请写到皮戈特。

波琳 9 月份去怀俄明，假如一切顺利——这打字机不是我的，不知道边空换行在哪儿——我并不想强塞给你埃兹拉·庞德的奇词怪字。

波琳剖宫产之后还好——疤瘌也结紧了——气色不错，感觉也

好；就是有件事快要接近日子了——我打算在怀俄明找个舒服的地方，前院能钓鱼的那种地方，然后10月来东部，也许呆三个星期，然后再去里切威尔教授那里，我相信在那儿你能找到更多关于望远镜的情报。你的想法很对：因为你没有得报酬，所以不是里切的新闻经纪人。我希望瑞典人抓捕扎皮，以谋杀罪审判他。[2]我想他们会抓他的。这样才好，好过等他们回家，再由意大利佬的法庭把这脏猪给刷白了。写信给我们。波琳说她在医院里的时候，唯有你的信让她感觉有活下去的愿望。

我也许以前就写信跟你说过手术的情况。假如是这么回事，请恕我不重复。我近来太糊涂，连自己家的角落都认不清。

旅游愉快！

欧内斯特

(此信藏普林斯顿大学)

[1] 1922年海明威结识希科克(1888—1951)。他是《布鲁克林每日鹰报》巴黎办事处负责人，任职到1933年。

[2] F.扎皮艇长当时乘坐翁贝托·诺比尔的飞艇"意大利"号，1928年5月25日此艇在北极坠水。扎皮跟马里亚诺艇长离开事故现场寻求救援。在救援过程中罗尔德·阿芒德森(1872—1928)遇难。

致沃尔多·皮尔斯

1928年8月9日，怀俄明州比格霍恩

亲爱的珀斯：

你上几封信显得有点惧内。上帝啊，尽管如此，你还是写了一封高贵的信。我真愿自己也在缅因，而不是这里。尽管如此，这里的乡野还是很可爱的。看上去像是西班牙，比格霍恩群山。瓜达拉哈人追捕的［绕道的狐狸?］这里也有，并且更多；颜色一样，形状也一样。从堪萨斯市经340、380、320公路开车到这里用了3天。跟鼹鼠一样大的野兔一路伴随我们。来到一个朋友的牧场，这里有

15 个姑娘！妈的。写作和钓鱼的情况如下：[1]

第一天——写了四页，跟比尔·荷恩一起钓鱼，钓到 12 条。

第二天——写了四页半，跟两个姑娘一起钓鱼，钓到两条。

第三天——写了零页，独自钓鱼，钓到 30 条——这是限度。

第四天早上 6 点起床，不辞而别；进入谢立丹镇，呆在从前的旅馆，写了 9—6½—9—11 页——接着去空无一人的牧场，花花公子们都走了。昨天又写了 17½ 页——该死的近 2 250 个单词。兴许也是狗屎——我真希望波琳能来；她来之前我把书写完最好。孤独得像个混蛋。昨晚喝了太多的酒，现在就是不愿干活。在牧场这里吃得也太多。殷勤的主人啊。我真高兴你近来挣这么多钱。要想处于高鳍笛鲷的状态就得有钱。波琳写信告诉我费佛先生很高兴看到那些照片。很感谢你寄照片。皮戈特是最好的永久地址，虽然我在比格霍恩会再呆两个星期。我在这里的地址是怀俄明州谢立丹镇比格霍恩。比格霍恩共四所房屋，一家商店，一个邮局。

帕特里克现在体重 12 磅，看上去像只中国旱獭。

我们在这里安顿得太久了。波琳来后，我们将翻山越岭去柯迪；旅馆找不到的话就穿过［黄石］公园，穿过“杰克逊洞”到南端。在那儿，你交 50 美元就能合法地打一只美洲赤鹿。假如他们付我 50 美元要我用枪整一只，我会的，但一分不能少。

迄今我已经射杀了 3 只土拨鼠（岩狗），几乎跟狗獾差不多大。用的是手枪。我把水蛇的头都射掉了。30 条鲑鳟鱼里，26 条是东部溪鲑鱼，4 条是虹鳟。下午 3:30 我最后一次也就是第五次抓鱼。(7 英寸左右的留下）然后又放走许多，只留好的。

我买了一支口径 12 毫米的盖奇·温彻斯特式手枪，以后在基韦斯特就随身带着。我也想在这里见识一下龙卷风。上帝啊，这是个好地方。我们什么时候也去一下缅因。今年秋天某刻我们得回巴黎，明年春天去西班牙；也许下一个冬季来基韦斯特调皮捣蛋一下。我得再看一些公牛。上帝，这个夏天的每个礼拜天晚上 5 点我的整个生活就似乎没着没落的。我不知道人们在庞朴罗纳怎么样。

我的斗牛报纸还没来呢。瓦伦西亚是最好的——7 月 25 日开始，7 天里有 7 场斗牛。在戈劳段的地中海里游泳；坐电车出去玩；在水里避开粪便。虽如此，还是感觉好；在海滩上吃饭，或者带一罐冰冷的啤酒和一个优质的肉甜瓜回到瓦伦西亚。那才是我现在想呆的地方，而不是在这里写作。让小说见鬼去吧。我已经写了 548 页。我可以写一个 12 页的短篇小说，感觉还不错的，也许是更好一点的作品。如此，今后 3 到 4 个月一切悬而未决。华生现在胖得像牛犊。看到老凯特、苏珊的照片真好；以前从未在意，太珍贵也太崇高了，足够好。有剪报就给我寄。上帝与你同在。

你的朋友欧内斯托

(此信藏柯尔比学院图书馆)

[1] 海明威的日程包括逗留在佛莱牧场(15 个姑娘包括邦妮,未来的荷恩夫人)、谢立丹客栈和艾莲娜·唐纳利的低地牧场。

致伊萨贝尔·西蒙斯·戈多尔芬

约 1928 年 8 月 12 日，怀俄明州谢立丹

最最亲爱的伊丝：

啊你的信写得真好——我不知道什么是性格内向。假如你是，那我的孩子就都有内向的性格。帕特里克体重 12 磅，已经长到可以跟外祖父母一起生活了——波琳一周内会来这里。感谢上帝。我早就开始患上“放羊人的疯狂”了——写到第 574 页了——我希望早日写完——当然一直没完没了；不过昨天我重读一过手稿——从皮戈特寄来的，刚收到——我当时担心路上带着——你也许记得我曾丢过一次手稿——无论怎样，读了一遍，感觉很醉人——好得不得了——（事后）我竟喝了一加仑红酒、1/2 加仑啤酒，今天反胃，根本就无法工作——不过，一会儿还会去工作。我所做的一切就是工作工作——从未写信——但喜欢收到别人来信——你描述小镇的

情形笔触很老到——那些编织毯子的人啊——

得住笔了——所有的生花妙笔得进我的书里——今天没多少生花妙笔。得再次进入状态——我肯定从基韦斯特给你写过信——请再写信给我——替我向西姆致意——

永远的你的——

欧尼

(此信藏普林斯顿大学图书馆)

致盖伊·希科克

1928年8月18日，谢立丹

希科克高贵的希科克：

我在美国的杂志上看见斯蒂芬斯公布结婚的消息。等着吧，波琳和我什么时候跟你讲讲我们的内幕生活故事。

帕特里克现在体重有12又1/2磅，目前跟他外祖父在皮戈特——波琳本该下午3:20到，现在都5点了，火车还没有进站呢。我写到第600页了，还有两天就写完了——已经在此地住了一个月或一个多月了——这儿啤酒酿得不错——红酒是意大利佬酿造的——有一家法国好人家（贩私酒的），我们就坐在葡萄藤叶覆盖的门厅，直接对着“双蛆”管子喝——青春年少的人有酒喝。[1]

最近除了写作，别的什么也没有干——写的书要么好得很，要么就是陈狗屎。

问候玛丽——

地址你就一直写皮戈特那个吧——你个游手好闲的家伙，给我们写信——你除了几个从布鲁克林来的叫人快活的乡亲可招待就无所事事——接着就怨天尤人。

不要紧，我们11月就回去了。我们打算去比格霍恩山里钓鱼——然后应季去［黄石］公园，到“杰克逊洞”去打野鸭和鹅——现在旅行至少要带三杆枪——我和波琳问候你们。我希望再有15分钟她该到了。

欧内斯特

（此信藏普林斯顿大学）

[1] 海明威短篇小说《怀俄明葡萄酒》即源于此。

致沃尔多·皮尔斯

约1928年8月23日，谢立丹

我非常的沃尔多：

很长时间没有你的消息了。希望你没有卧床不起。波琳出来了；我也写完那该死的书了，第一稿完毕——终于。接着我们就去钓鱼了，每天抓鱼30条，没有一条超过15英寸，不过都是上好的鲑鳟鱼。这地方让人乐不思蜀。看上去像是西班牙，当地人也很不错。每次我出门看一眼四周，就希望你也在这儿，把它画下来。

见到老韦斯特了[1]，迷人的老家伙，写作水平也很高。出去野游，从车里用手枪射击草原犬鼠。射中并且找到8只。这就像是战时坐飞机，机上每个人都确认到齐了，底下洞里还有一群呢——唯一不像战争的就是这里你夜间是要回家的。

我们下周去一个叫“乌鸦”的印第安人保留地打野鸡，然后回皮戈特家里，再然后10月底去东部，再再然后去基韦斯特过冬，省得靠美洲格洛格酒取暖。刚决定往南走，你最好也来，我们一起屠宰血腥的怪兽，游一个冬天的泳。写信到皮戈特啊。

波琳问候你。她又像山羊一样强壮了。帕特体重18磅了，跟着他外公呢。

问候艾薇。

写信啊

你的海明威匆此。

(此信藏柯尔比学院图书馆)

[1] 见海明威致巴克利·亨利 1927 年 8 月 15 日信注解[2]。

致麦克斯威尔·帕金斯

1928 年 9 月 28 日，阿肯色州皮戈特

亲爱的帕金斯先生：

我希望枯草热疫情过去了。没什么比这更糟了，我真希望现在疫情结束了。到皮戈特后我发现有你来的两封信，一封盖伊·希科克来的信；他说："司各特·菲茨杰拉德就坐在我旁边，很白，头脑也很清醒——" 所以，你可以把这个加进你的报告，虽然此刻司各特可能已经回家。我希望他身体好——我不知道为什么希望他为了自己的健康呆在美国。他写《盖茨比》可是在欧洲。他在那儿不再喝酒，所喝之物没有毒了。我渴望见到他。

回到此地后我渴望修改稿子；可是离初稿完毕才一个月，最好还是让它躺一躺，躺到我们在佛罗里达安顿下来。我完成《太阳照常升起》是在 9 月份，12 月才开始修改。这种修改不会像每天修改前一天写的东西那样费时，那种（我在写作过程中的）修改是要过一遍前一天所写的东西。我要明确搁置一边足够久，让我找到写作过程中出现的精彩处，那些忘了转达给读者的要点。

我很感谢你答应给我 5 000 美元，没有什么比这个更让我开心了。我想积攒 15 000 美元等往纽约去买公债，为的是每个月给我们的收入增加 75 美元——假如可能就增加 100 美元，如果我能筹到 20 000 美元。银行里的钱对我一点好处都没有——它只会消失。所以我没有把 3 700 美元的版税支票兑现——假如我能整存并且投资，我们就能靠这个收入过上好日子。帕特很花钱，在美国生活要厨子保姆等。旅行也很花钱。所以，我想在耗掉我的本钱之前进行

投资。有了这 3 700 美元和另一些积攒的散碎银子，我现在有约 5 000 美元可作投资。我想再挣点足够干有益的事情。

收 5 000 美元预支对我唯一不利的因素是：我无缘无故地答应了雷 · 朗 [《大都会》]，说我会让他先看看我的下一本书，假如我决定在杂志上连载的话。我之所以承诺是想让他们别再啰嗦，当时他们以这啊那的建议跟我缠，让我着急，而我又在工作。

完全坦率地说，我极想在《斯克里布纳》上连载——我不是太在意《大都会》的连载，也不在意几千块钱的差别——两三千块钱差别吧——这数不会让我弃斯克里布纳而投奔“国际杂志公司”。我想连载一下对我有好处，因为在两次亮相之间不宜间隔太久；我今年秋天没有书出版——得等来年秋天才有书出来——因为写这本书花的时间太长——而保持发表的状态似乎是件有利的事情。

如我所言，钱是很令人高兴的。我会给雷 · 朗写信并告诉他实情，但又担心他以为我在讨价还价水涨船高，其实我最不愿看见这情形。假如你能想个两全之策让我脱身，我会很开心的。同时我感觉自己要是不收支票就太傻了。我担心的是整个写作生涯；因为老操心这些该死的琐碎，本想在长篇的间歇写些短篇都没有写成。

尽管如此，我还是知道让我焦虑的正是这个——迄今为止我没有挣到钱——也没有能看见挣钱的前景——我为挣到钱的人谋福利已经够多的了，他们也并没有死抓着这机会不放；所以我别无它想，只是觉得绝对有必要看到点前景。从另一方面看，假如我的书被认为不适合连载，我因此退还预支的钱，也是件无趣的事情。

情形就是这样——假如这封信拖泥带水，也许是因为这情形本来就拖泥带水——也许你能澄清局面。假如枯草热疫情还没过去，就别去做这事！

无论怎样，令人受到鼓舞的事是我相信也许这本书写得很好——我又动笔写了下一本书的开头 40 000 单词——从未这样感觉好，也从未这样强壮健康，身心都好——也从未这样自信，从未这样自律——自回美国以来从未生病——感谢上帝——也没有发生任何事故——再次感谢上帝。去年冬天割破的那只好眼前几天有情况；这个加上为钱着急让我的写作慢了下来——不过，今天没事了。

这信写得够长了。也许再读一遍你的来信后，我不会跟朗说话不算数，收下你寄来的支票。无论怎样你会明白的。我想我不会他报多少我都接受条件——也有可能他不愿要这本书呢。也许这本书就没有人要。我想这正是我要手头有现金的原因！无论怎样你将知道我的立场、我所能为以及我所不能为。你的良知跟我一样

{好
坏}。

无论怎样，祝你好运，感谢给我开钱。

永远的你的，

欧内斯特·海明威

（此信藏普林斯顿大学图书馆）

致F.司各特·菲茨杰拉德

约1928年10月9日，皮戈特

亲爱的菲茨杰拉尔：

不久前麦克斯威尔·E.帕金斯来的一封信让我分享了一个小秘密：你每天工作八个小时——我相信乔伊斯曾经每天工作十二个小时。曾经有人比较你们两位伟大的作家完成一部作品所需要的时间是多久。

啊，菲茨，你当然是个干活的人。我自己从来就没有能写作超过两个小时，过两个小时就完全筋疲力尽——再写的话，文字就变成废话。我曾经了解的菲茨居然每天工作八个小时。老伙计，工作八小时什么感觉？你每天能工作八个小时的秘诀是什么？我急切期盼看到你的作品。它会跟别的伟大的作家和凯尔特同胞的东西一样

吗？你是不是也进入无知觉的状态了？假如我能稍稍进入无知觉的状态，我每天就能工作十个到十二个小时，跟葛特鲁德一样完全［字迹模糊］。十八年前她就处于无知觉状态，在工作中从来无一刻知道什么是不幸福。

你个下流无耻的骗子，说自己一天工作（写作）八个小时。

给［乔治·贺拉斯·］洛里莫寄个短篇，见鬼。我让你为我俩给洛里莫寄短篇小说稿子。

我一个月前完成了该死的书的第一稿——一两个星期后会到东部去。想在这里写短篇，可是搁笔一个月失却了写作的所有动力；现在感觉身体太健康，与此同时精神却疲惫不堪。上帝啊，我为那本书呕心沥血。很想修改，但我知道还该等上一阵子。

刚从蒙大拿回来，是从怀俄明往那儿去的——过得很愉快。帕特三个月里体重增加了一倍——生下来时9磅左右。他看上去像H［字迹不清］，从不哭，总是在笑——整夜贪睡，结实得像砖头茅坑。我正考虑在《国家》或者某合适的媒体上登广告：你的孩子们得了佝偻病身体变形得不让人满意？那就去见E.海明威（附上产品照片——都是不同母亲产的）；也许他能帮助你。海明威先生知道你的问题在哪儿。他是《艾略特夫妇》的作者。他知道你抵触什么。他自己的问题就不一样了。海明威先生不得不避免生孩子。自打十四岁以来，他就难堪：一连串完美的小东西接踵而来。现在他决定把这伟大的天赋跟大家分享。把杂志里附着的优惠券都撕下来，用平信贴邮票寄出，你就能得到他写的小册子《你们都能生完美的小宝宝》。

寄出优惠券和你的照片，你就能得到海明威先生本人的亲笔回信。

别把海明威先生跟菲茨杰拉德先生弄混了。菲茨杰拉德先生不错，是个完美的孩子的父亲，我们必须承认；他讲英国腔的欢快英语（海明威先生不能保证客户这一点）。不过，菲茨杰拉德先生在我们这个行当里以“只表演一次”著称。假如你希望如此，可以接受菲茨杰罗；不过到最后你会后悔的。然而，多斯·帕索斯先生那儿我们强烈建议你不要去。为了你的利益不要选择多斯·帕索斯先生。多斯·帕索斯先生实际上“不能生育”。你们都知道那是什么意思。D.P.先生不能生孩子。可怜的D.P.先生。不错，海明威先生有时羡慕多斯·帕索斯先生；不过那恰恰又一次证明海明威先生对你们真正有价值。

最近有一场光脚运动发生。“美食”［删除］先生不许我们给［删除］先生取名字（或者姓氏）。我们不能太强烈建议你们反对这个。别强迫我们回答为什么。在这一方面，唐纳德·奥格登·斯蒂瓦特先生最近频频亮相，但经过成熟思考，我们感觉自己无法怀着良知推荐斯蒂瓦特先生。斯蒂瓦特先生也许是个“只表演一次的人”。在现代社会卫生方面没有什么比雇用只表演一次的人更浪费钱的事情了。接着是宗教问题。海明威先生在各种宗教实践中都获得了成功。即便是没有宗教，海明威先生也没有觉得渴望什么教义。在行为“标准”方面，一如在“肤色”方面，他并没有偏见。

你明白吗，我亲爱的菲茨，这些都不是私人话题。我说海明威，也许指帕金斯或者布里奇斯。我说菲茨杰拉德，也许指康普顿·麦肯齐或者斯蒂芬·圣文森特·本涅特或者诗人的妻子艾莲诺尔·威利。我说［删除］也许意思是马屎。这里连一点私人恩怨都没有或者说一点都不怀“恶意”。胸怀宽广的老好海明威在发话而已。我们今晚经《堪萨斯城市之星》以及下属报纸允许在无线电播送讲话。天啊，这可真是一场激烈的拳击运动。我希望你能看见汤姆·希尼的左眼。现在他们又开始战斗了。

10月底你去哪儿？菲茨，我们在一起厮缠一阵子怎么样？来个小小的混呕或者“没有女人参加”的派对怎么样？

写信给我，（阿肯色）皮戈特的地址。

欧内斯特

你跟墨菲夫妇成为朋友我真高兴。

［部分内容划掉的“又及”：］我情愿跟迈克·沃德这样的人

交朋友，也不愿与圣保罗或者别的有钱的高贵人之类为伍。不过，［删除］并不是圣保罗，他们也不是明尼阿波利斯。他们是芭蕾舞剧里的人物：一出非常迷人的芭蕾舞剧。孩子，什么时候把这个在《邮报》上用用。

［在划掉的部分左手边：］这个划掉了——老海姆从不口头或者文字批评自己的朋友，他们是我的朋友啊……

（此信藏普林斯顿大学图书馆）

致麦克斯威尔·帕金斯

1928 年 10 月 11 日，皮戈特

亲爱的帕金斯先生：

非常感谢寄来支票。我会紧抓着它，我们，或者说你来决定日后怎么办。我想我见到雷·朗或者他属下的某个小“雷”时，能把事情处理好的，正如你所说。我们无论怎样看看再办。我看不出他们为什么就不能看看再说。

有一个短篇写了 3/4。一旦写完就离开这里去看看芝加哥和多伦多，然后顺道去纽约。司各特怎么样？我急切地想听他的情况。

莫雷·卡拉汉在多伦多吗？我想见见他。

《黑家伙对黑家伙》[1]写得很好。我非常喜欢读。非常感谢寄这本书给我。也谢谢你寄［康拉德·］艾肯的书［《埃洛斯的服饰》，1928 年］给我。他讲的叩墙人的故事很有趣；那个老妓女的故事很悲伤。还没读别的篇什呢。

说枯草热是想象出来的人也许能证明生孩子也是想象出来的情形。我父亲得过枯草热，我对此怀着感激之情；因为父亲的经历让我们家从我小时候起就始终越搬越往北——不过我知道这有多可怕。我从沙尘天气里得的感觉是一样的。不过，沙尘是一两天就过

去的。

我不认为泽尔达对司各特有好影响（这是什么话啊）；我想，90%的麻烦是她引起的。我看见司各特做的蠢事几乎都间接或直接引发于泽尔达。我也许判断错了。不过，我常想，假如他没有娶让他浪费掉一切的人，他是否能成为我们见过的最好的作家或者有可能成为最好的作家。我还不知道谁比他更有天才或者谁比他更加浪费了自己的天才。他向上帝发誓但愿他写完本好书，而不是老在《邮报》上浪掷那些烂短篇。我不责怪洛里莫，我责怪泽尔达。老天老地，我不愿司各特想我有这样的信念。

你的永远的，

欧内斯特·海明威

三天内会离开这里。我会给你多伦多的地址。

（此信藏普林斯顿大学图书馆）

[1] 爱德华·C.L.亚当斯叙述南卡罗来纳州黑人的书，斯克里布纳出版（纽约，1928）。

致 F.司各特和泽尔达·菲茨杰拉德

约 1928 年 11 月 18 日，在“圣路易斯精神”号列车上

亲爱的司各特、泽尔达：

火车在狂吠，在尖叫，在撒泼（不过好在没有翻垄土地）。

我们玩得很开心[1]——你们俩真好——我很抱歉为赶火车说了“是不是该走了”之类的扫兴的话——我们到那儿后才知道还早着呢——当你落入警察手里的时候，我在站台上打了电话跟他们解释说你是个伟大的作家——那个警察不错——他说你告诉他说，我也是个伟大的作家；可是他从没有听说过我俩。我迅速告诉他你的一些名小说的情节——他说——下面的话一字不差——“他似乎像花花公子”——警察说话就那样——而不是像［莫雷·］卡拉汉的作

品里的警察那样说话。

无论怎样我们过得很愉快，埃勒斯雷公寓是美得要命的地方，我以前没见过这么美的——波琳问候你。

欧内斯特

等我知道基韦斯特的地址我会给你写下的——你写阿肯色州皮戈特的地址我们总能收到。

(此信藏普林斯顿大学图书馆)

[1] 海明威和波琳 11 月 17 日在帕尔默体育馆看完普林斯顿对耶鲁足球赛后在菲茨杰拉德夫妇那儿呆了一晚。

致 F.司各特·菲茨杰拉德

约 1928 年 12 月 9 日，伊利诺伊州橡树园

亲爱的司各特：

你真好，给我那钱也真他妈及时——圣诞购物后我就像个傻瓜一样只剩 35—40 美元了——圣诞购物也大抵是食品和基韦斯特一路上的小费。[1]

你可能从报纸上看见了，我父亲开枪自杀了。我到基韦斯特之后就马上给你寄还这 100 美元——或者让麦克斯威尔寄给你——

真的再次谢谢你灰常令人敬仰之举，就像我们在汽车赛里所说的。

我很喜欢我的父亲，感到很难过——也很糟——写信都费劲。不过，我要写信谢谢你。

问候泽尔达和司各提——

你的永远的，

海明威

(此信藏普林斯顿大学图书馆)

[1] 海明威和邦姆比正从纽约坐火车往佛罗里达，在新泽西州特连顿那站收

到电报报告他父亲死讯的电报。他发电报给菲茨杰拉德借钱，把邦姆比交给普尔曼式卧车里的脚夫照看，在费城登上去芝加哥的另一趟火车。

致麦克斯威尔·帕金斯

1928 年 12 月 16 日，密西西比州柯林斯

亲爱的帕金斯先生：

周二早上希望能回到基韦斯特，能接着写那本书。我父亲开枪自杀了——不知是不是在纽约的报纸上能读到。我很喜欢他，感觉很难过。用足够的时间赶到橡树园处理事务——葬礼在周六下午。一切都安排好了，只是该死的缺钱——手头的钱也都花在那上了。当然认识到我能做的不是去着急而是去干活——恰如其分地写完我的书，这样就能帮他们——把事情做完，让他们解脱。我感觉最不好的是，我父亲才是我关心其痛痒的人。

你不用写吊唁信给我——谢谢你发电报——还不马上需要钱——我收到连载的稿费后，就尽量把事情去办妥。

你自己知道就行（别告诉司各特）：家里还有我母亲和两个小孩子，男孩 12，女孩 16——有 25 000 美元保险——15 000 美元房屋抵押（房屋抵押能带来 10 000 到 15 000 美元，但卖起来很困难）。密歇根和佛罗里达等地有一文不值的土地，还都得付税。没有别的资本——都没了——我父亲连续买了 20—30 年人寿保险，在佛罗里达人家都支付给他了，他又把这钱弄光了。他有心绞痛和糖尿病，人家不再卖保险给他。他在佛罗里达把所有积蓄都弄光了，包括我祖父的房产等。因为病痛都睡不着觉——有时病痛把他折磨得头脑不清醒。

我希望这些能证明我没有在啰嗦——对不起信写得太烂。我心想你也许着急，所以要给你点消息。

你的永远的，

[签名裁掉了]

（此信藏普林斯顿大学）

致麦克斯威尔·帕金斯

1929年1月8日，基韦斯特

亲爱的帕金斯先生：

完成了20章手稿并打出来了——一定有30 000字左右——又用铅笔修改了整个稿子并且重读一过。写得很顺利，但每天工作却是6—10小时。你来的时候要是能歇一歇去野游一下就让人开心了。

你所需无非一些旧衣物和网球鞋——最好带网球运动所需之物和球拍——要是有球衫也带来——假如你没有，我们这里有的是。我准有15件——不同尺码的都有。

“湾流”这里鱼群很活跃。此时——真的——就像旧日野鸽和水牛满眼的时候。我每个礼拜天都去钓鱼。一周前我们抓到一条8英尺6英寸的姥鲛。上星期天——前天——到海上从一条船里打捞酒。从巴哈马驶出的船，触礁了——得了14瓶夏多玛尔戈红酒，还有别的。船上有价值60 000美元的酒，可大家都在打捞。我们遇上风暴受阻了。我当时真有一阵子担心自己为你而像雪莱一样蹈海。[1]

别让人搅和得你不来此地。这是你唯一能得手稿的途径了。下周之后任何时候你来都可以。我用复写纸给手稿做副本呢。还有15或者20章要写。不过，有人来陪我还是高兴的。本周我期待阿奇·麦克莱什来，可是得信说他被什么事缠住了，来不了。

你给司各特寄100美元好吗？我在北费城跟他借的。我本不想支取的，本想过了今年初再支取，好缩减我以往几年收入的数字。

买了一个9×9英尺防虫帐篷，里面有缝进去的着地床单，这样我们就能在马尔克萨斯湾野营露宿了。假如你想要，就能像沃尔多那样抓到大海鲢。想射击也有许多许多可射的——我昨天把工作推开后打了 9 只鹬——前几天打了 20 只——在那儿之前还打了 15 只。波尔多酒加上鹬肉可真是好啊。也有些战前酿的苦艾酒，喝了让人做太疯狂的梦，所以我攒着给你和沃尔多喝。

祝你新年好。

欧内斯特 · 海明威

(此信藏普林斯顿大学图书馆)

[1] 喻指诗人雪莱 1822 年 7 月淹死在斯佩奇亚湾。

致麦克斯威尔 · 帕金斯

1929 年 1 月 10 日，基韦斯特

亲爱的帕金斯先生：

你来这儿之后，回去就能讨论如何解决手球王找来的所有 15 岁小子和 60 岁胖老头的问题。不过，说真的，手球也是门技巧。也许那胖老头跟那小孩子一样是专家。就像拳击沙袋，手球没有实实在在的判定标准。

你现在随时可以来，我们一起会玩得开心的。

我姐姐［桑尼］和波琳今天都在为我的书稿打字；晚上我就能有 29 章打字稿了。共完成 413 页手稿。

我肯定你能把稿子带回去——前提是你得来。假如你不来就拿不到手稿了。

我会去找一本《新共和》看看那些十四行诗的。她［艾莲诺尔 · 威利］在我个人眼里始终像只淫荡的猫，不过我曾经希望她只把自己限定于爱雪莱，这样就能让比尔 · 本涅特喘口气。[1] 他日子不好过啊。我很高兴听到这些十四行诗写得不错。上周看报纸才知道她死了。怎么死的?

谢谢提钱的事情。书写完之前我不需要钱。

告诉我什么时候去接你。这里有的是打网球的机会。网球场设

施很好。我姐姐虽然不是打得很好，但也算个强手，你跟她无论怎样都能交手。我写信给沃尔多，建议他也来。不过，也许让他离开班戈尔还为时过早。

15 架海军飞机降落，把所有的鹬都吓跑了。不过，飞机会走的，我们会有新一拨鹬，它们的教育程度不会高到识别枪的射程。昨天又打了 14 只当晚餐。不过，现在很难得了。

我们一起钓鱼的船工以为打鹬太浪费弹药。他说能带我们去秃鼻子乌鸦筑巢的地方，可以在鸟巢那儿直接打鹭鸶！当地运动生活的理想之地。

你的永远的

欧内斯特·海明威

(此信藏普林斯顿大学图书馆)

[1] 见 1926 年 2 月 25 日海明威致伊萨贝尔·西蒙斯·戈多尔芬信。

致麦克斯威尔·帕金斯

1929 年 1 月 22 日，基韦斯特

亲爱的麦克斯：

今天把书写完了。天气很好——76 华氏度——所以叫你来啊。也许今天或明天我能收到你的来信。筋疲力尽，不能多写了——不过你越早来越好。

你的永远的，

海明威

“水手之家”也许是个住的好地方。那儿人很少。康家旅店很舒服，但在市中心；海外酒店太老旧，太原始。你不必决定住哪儿，可以都看看再说。你可以寄信，地址写我收转即可。见到你我会很开心的。问候沃勒斯·梅耶。

(此信藏普林斯顿大学图书馆)

致约翰·多斯·帕索斯

1929 年 2 月 9 日，基韦斯特

亲爱的多斯：

随函寄来的东西今天收到了。

看在上帝分上来这里吧。路还没有修好呢——还有 45 英里水路缝隙。县里的司库带着所有资金潜逃了；人们把学校都关掉了——更别说修路了。

大海鲢来了，我抓了两条——昨晚在船上丢了一条大个儿的——我们在这儿呆到 3 月中——绝对花个精光，也许都走不了了。不过，在一艘搁浅的私酒船上打捞了许多酒。

沃尔多［·皮尔斯］下周来。你也来吧。昨晚至少见到 100 条大海鲢，在一条小航道里。

波琳问候你。

来吧，我们去拖特格斯——沃尔多有点钱了。他母亲去世了。我家老头开枪自杀，可钱方面没留给我们什么——反而欠了许多！

来吧，小子——

你一定觉得我很操蛋没有写信。

海姆

［明信片倒过来写道：］眼睛还没有脱落。

(此信藏弗吉尼亚大学图书馆)

致格瑞斯·豪尔·海明威

1929 年 3 月 11 日，基韦斯特

亲爱的妈妈：

随函寄上 678.93 美元支票一张——578.93 美元付特别估价税，100 元是 4 月份的开支。特别估价税支出属于运气不好；不过，只

要我能力所及，我愿意支付。假如你把所有产业的正式地址和情况写给我——波琳的叔叔在这方面有个经销人，他对圣彼得［堡］的地产有兴趣。我们请他把这些产业都查一下写一份报告，如此就能做出售的准备了。

只要我有钱，很愿意尽力。虽如此，我知道你会尽一切可能把事情理顺。因为，我不知道我自己什么时候可能身无分文。我今年能保证每个月给你 100 元，明年也行（现在就开始把这份留下来）。我们都愿尽量把事情理顺。别担心，我总能把事情处理好——假如没有钱，我总能去借——所以不要着急；要满怀信心向前走，把事情理顺。我很高兴听见有 4 个房客，也高兴听见你要去温德米尔。记住，你是在自立，可是也有一个强有力的后盾——我整个都是你的后盾。我也要仰仗玛斯和斯特林［·桑福德］做点事情。我知道玛斯正要生孩子。不过，我们今年也生了个孩子。他们富有，又一直是我们家很好的朋友。我是靠笔生活的人，多少是社会的弃儿。

不过，主要的是别担心钱，要向前走——怀着勇气和信心。让乔治叔叔看见你把房子卖个好价钱，要不他就把抵押贷款撤销了，假如他不得不自己支付的话。他对爸爸的死要比别人的责任多，他最好干点事情弥补一下。我知道他小气得可以。就房子问题他得做该做的事情，否则我把他藏掖的——我从未写海［明威］家故事的小说，因为我从不想伤害谁；不过我所爱的人死了，这种收敛很大程度就结束了；我可能着手写海家的故事——

今天是礼拜六。我们下周二离开此地。波琳嗓子疼得厉害——桑尼和帕特没事，可邦姆比也嗓子疼。我想他们到周二都会好的。希望如此——

问候孩子们。

你的永远的，

欧尼

你一切都没有问题。记得别着急，别瞒着我什么，也别拿一般事情来烦我——我越清静越不着急就越能起作用。已经支付了桑尼的川资，我想够她一路开销的。

(此信藏普林斯顿大学图书馆)

致麦克斯威尔·帕金斯

1929 年 6 月 7 日，巴黎

亲爱的麦克斯：

我两天前收到清样。海关把它扣住了，因为“校改清样”提示字样打得太小——没有大写——在标签上海关的人没有注意到。我在海关澄清了。昨天一整天都在校改，今天也是一整天。

我很对不住你，让你在抄件原校样上纠正了那么多。

我根据你的提醒，也看了那许多指出疑问的——有些指出得很好，另有些则对不住，没有什么区别。我在标点符号上总是尽量用约定俗成的。关于字眼——我在边上注明了什么是夜壶。我原有2 000单词医院生活方面的描写，可是太喧宾夺主了。我把它们都删了，除了夜壶那一段。

其他单词的情况是一样的。

你说书上从未印刷过——有一个单词也许没有——其他的在莎士比亚作品里都能找到。

更近期的印刷品，你会在一本叫《西线无战事》［雷马克作］的书里找到这些字眼。这书是司各特给我的，在德国有几十万的发行量，在英国卖了 50 000 本；里面有狗屎狗屁之类的字眼。从不为了着色而强拉这些字眼进书，只是因为它们被省略了成千上万次而用它几回。请读一下那本书的第 15 页上的声明。

麦克斯，麻烦的是我的书出来之前有这一本《西线无战事》，还可能同时有写《格瑞莎》的那个人［阿诺德·茨威格］出的第二卷书——他也知道自己产的蛋是什么——我不愿阉割自己从而抹杀自己的蛋的价值。我查了一下《西线无战事》，想找些字眼给你看，却发现很难找到。它们并不突出。

世上总有一流的作品，然后是美国作品（优雅的作品）。不过，你不该倒着说这事。假如一个单词能印出来，而文本又需要它，那年你删掉它就是削弱文本。假如不删掉这单词书就出不来，那好吧。

读过手稿的人没有被那些字眼震惊的。这些字眼除非你画上圈圈，否则并不突出。

在一封信里为此事翻案对我没什么益处。你知道我对此事的观点。假如他们把《太阳照常升起》也删削了会怎么样？那它就是一本彻底失败的书，我也就不会再给你写书了。

你说你认为必定有一个单词得去掉的第一处，是在校样第13页；我想你就留个空白在那儿吧。然而校样第51页皮亚尼用了同一个字眼；假如那个被删掉，那就毁了——我不同意，此事发生在我头上就完了。

校样第57页，有一个单词被用了；那个单词还被用于校样第60页。假如你认为这个词会导致书稿被压，就改成C—S—R吧。你看我把常用的词汇都免了——只用一次把意思点到了就行。真正有含义的我用两次三次。接着用的都是最经典的词汇。你知道康布罗尼将军在滑铁卢战役的时候说的不是“老卫兵宁死也不投降”，而是喊着“妈的狗屎”叫他们投降。

在拉丁语系的一门语言里，纯粹闲聊时争论，一个人可以对另一个人说：“干你娘的！”

你看我用的这些字眼本身没有什么错除了这最后的——校样第57页——极致的侮辱不屑之辞。别的都普通得不得了。我敢说不出今年，这些词在美国都会出现在印刷品上。

写这个让我很不满；我希望你别觉得我在此事上目中无人。我但愿我们能谈谈，你可以告诉我你的承受限度并且说说有什么危险。我也不想惹麻烦——我只想要没有麻烦而可得的一切。我想你曾经说过，假如我接受杂志连载时某些单词用空白代替，书可以依照原样印刷出版。我看见第二个连载删除之处我不知晓，当然我的命运在他们手里。

无论怎样一直在看清样，会尽快退回你处——周初就船邮给你。

我希望你安然收到我的签字文件了。我一周前寄出的，随函附着合同呢。

你的永远的

欧内斯特·海明威

又及：校样第38页，F.H.跟医院女负责人谈话——我不知道该怎样——本来是故意用直接语言侮辱叫喊的；她的性别和身份受此语言是意料外的事情，也从未受过——这是上过前线的人和淑女的最后冲突，也是不得已的冲突。这字眼就这么不可能发表吗？假如真不可能发表，小说里的这个事件就算被抹杀了。我记得这字眼我们在《太阳照常升起》里删掉过。假如那时把它发表了，现在就知道它是否能发表了。

假如你决定那个不能发表，那b——又怎么办呢？我想那是唯一的叙事出路了。我想校样第57页的C—S—RS和C—ks—r可以解决其他页出现的类似情况，比如校样第60页。这些字母不会腐蚀没有听过这字眼的人，不会腐蚀不清楚这字眼意思的人。没有证据表明此论不确。

(此信藏普林斯顿大学图书馆)

致麦克斯威尔·帕金斯

1929年6月24日，巴黎

亲爱的麦克斯：

谢谢你来信谈文学行业协会之类。我想你说的情况是准的、对的，没有理由提交申请。寄来的杂志广告宣传也收到了，还有一包杂志连载清样。我真抱歉给你添了这么多麻烦。

我希望本周二能退回给你校样，由“荷马”号船带走。7月2日左右它们就能在纽约登陆了。

我一遍又一遍地写，结尾部分是新稿，我想要好过前稿。我们7月2日出发前往西班牙。会给你一个地址的。从7月6日到14日发电报就发到西班牙庞朴罗纳的昆塔那旅馆。会让银行一直留有我的地址的。我们8月份将在桑迪亚戈安顿下来。

欧文·韦斯特来这里了。我们见了他两次，相见甚欢。[1]他同意最后一章不改动了，也读了新写的结尾，说很喜欢。他临别的话是昨晚说的——一字也别动！他人很好很善也大方。我居然生气得那样给你写信，当然属于最后一个野蛮人。我希望你把那封信给毁掉。除了我俩没有人知道这个；也许毁掉它就能从记忆中把此事给抹掉，让我感觉不那么糟糕：居然这样愚蠢冲动。努力一遍一遍地去做，每次经历一场，希望事情有所好转；两个月来徒劳无益，加上别的事情，让我完全产生误解误判。兴许是这个原因引起的不快。不过没有什么借口可托，我希望你把那封信给毁掉。

现在得去教堂做午间弥撒。然后去奥特伊在“大型越野赛马”里捞一票。真是场好赛事。真希望你也能看一看。乔柯·维特尼的马“复活节英雄”在跑着呢。跑道没有“全国大赛”这么难，但也够刁、够过瘾的。司各特说他在艰苦工作。我几回见到莫雷·卡拉汉。我想，跟他拳击都有五回了。他虽然不拿架势，但是个优秀的拳击手。我写此书也一直很卖劲，但几乎没有什么改动。写出来，然后努力完善；再然后回到作品本来面貌。真高兴看到结尾出来。

有人发电报说6月号杂志在波士顿被查禁了。[2]韦斯特今晚在这里吃的晚饭。我告诉他这个消息，他似乎觉得这事无关宏旨。我希望这事不会让你烦心。

你的永远的

欧内斯特

原谅打字错误。

(此信藏普林斯顿大学图书馆)

[1] 见海明威 1927 年 8 月 15 日致巴克利·亨利信注解 2 及海明威 1929 年 7 月 25 日致韦斯特信。

[2]《永别了,武器》在出书之前,《斯克里布纳杂志》支付海明威 10 000 美元稿费在杂志上连载。杂志在波士顿被禁售。

致阿奇巴尔德·麦克莱什

1929 年 7 月 18 日,西班牙蒙特洛伊格[1]

亲爱的阿奇:

看在基督的分上别再把你手上的石头弄掉地上了。把它们扔向[林肯·]克尔斯坦。他说我也是狗屎,居然模仿卡拉汉!

在这儿拜会[琼·]米罗。[2]在庞朴罗纳收到你的信。真是不错的小城。我什么时候得写写这座城;要么至少在哪本书里写写它。不过,这里喝酒太凶,所以我们最后还是离开此地。

我真高兴你喜欢那本书的开头——假如读到后来觉得很烂,别失望啊,因为这是杂志方面阉割所致——小小的手术大大的后果。我想作为一本书你还是会喜欢的。假如作为一本书,稿子仍然被阉割,那是他们因为波士顿查禁的事情害怕了。[3]我们会让人把稿子装订一下,把阉割的内容给你。我拦着不让他们拿走我的所有用词,但一切恐怕都终究被救济院抢走。我们但愿“救济院”会证明自己属于你那种“自负的火鸡之家”。[4]

听到你的消息真好,你个无知的掉石头的混蛋。写信干吗不写到西班牙-桑迪亚戈德康伯斯泰拉-苏伊佐旅馆。

这该死的书我希望在 8 月号就能重新读到。我想没有什么再值得杂志社的文学绅士们删削的了。所以假如你觉得无法给我写信是因为书写得太烂,那就读读 8 月号杂志;我想那样我俩就又没事了。即便是写得烂,也来信告诉我。我现在经得起,不再为它烦扰。

问候阿达·艾达和你令人敬佩的孩子们。我们什么时候再去打鬼斑鸠？[5]我因为看校样不能跟杰拉尔德［·墨菲］一起去了。我们3月份会在美国。所有的人都挺好的。

最爱你的，

Pappy

（此信藏国会图书馆）

[1] 蒙特洛伊格是塔拉冈纳省的一个村庄。《死在午后》第20章里有对蒙特洛伊格之行的一段令人记忆深刻的文字。

[2] 海明威1926年在巴黎结识米罗，他是在那儿买了《农场》一书。

[3] 见上一封致麦克斯威尔·帕金斯信。

[4] 海明威在给麦克莱什的信封上写了“马萨诸塞州康威镇‘火鸡窝领主’”收。

[5] “不是在那儿的斑鸠——不过欧内斯特打了双倍数。”（1980年4月2日麦克莱什致卡洛斯·贝克信。）

致欧文·韦斯特

约1929年7月25日，西班牙瓦伦西亚

亲爱的O.W.：

我真高兴收到你的信。你的建议总是好的，我会尽可能一切遵嘱。你一定看见，时过境迁之后，普普通通的讲话竟然大抵是缘于无从换个方式表达。写作对我而言是件艰苦的事情——真的——你总有大才写东西。我会努力营造效果——（你把这句话引用进你的著作好吗？）另一面（普普通通的讲话）在于哪儿看着必须安排，哪儿我必须厮守。我们恢复往昔语言所能做的——语言能说就该能写，否则就是死语言——就是把它用好。假如你成为语言的匪寇怎么办？我恐怕我们无论如何还就是语言的匪寇。也许我们该当语言的匪寇；也许又不该当。不过，你自己写作时心里有合法尺度（一米等于一百厘米）——努力达到尺度标准的过程并不快乐，但你有种意识必须达到。假如一个人能在此过程中让自己体会快乐（比如O.W.），那就增添了价值。

你也看出来了，我不像哈里·汉森，我知道自己总是他妈的垫着沙发靠座连发三枪，而不是直截了当用文字或者直接陈述。不过，也许我们该直接陈述。往昔的日子真好；我们现在的生活很像往昔的日子。尤其是1914—1921——各地都大抵如往昔的日子。品位是能指导你生活的一切。除此以外，我很感谢你告诉我的种种。

假如你不介意，我要说你是比梅里美更好的作家。那两位绅士的东西我都看了，都没有指导的益处。不过，法国人更文学一些，比我辈更有技能谈论自己——我们道歉的言辞在他们那里成为不朽的辞章（兴许拼写有错）。

我途经庞朴罗纳、雅卡、薛斯卡、弗拉加、勒里达、塔拉冈纳（可爱的地方）来到这里。昨天有一场斗牛很精彩；今天的一场则糟糕得很——现在牛肚子上都罩上席子了。我在这里的热吉纳旅馆待到8月3日。然后是苏伊佐旅馆（桑迪亚戈德康伯斯泰拉），待到8月底。我希望我们能见到你。已经写信让人给你寄《春潮》。有一天它也许得大赦，好玩吧；你也会觉得好玩。我近来一直想写点短篇哪怕一篇呢，竟然一点也写不出。明年此时我们在怀俄明。波琳向你致以最好的祝愿。我永远是你的——（非常感谢告诉我情况）。

E.H.

（此信藏国会图书馆）

致麦克斯威尔·帕金斯

1929年8月28日，西班牙桑迪亚戈德康伯斯泰拉

亲爱的麦克斯：

请原谅信纸边上的美丽纹饰，那是波琳的杰作。我昨天收到你8月14日两封信。真高兴你夏天过得这么愉快。

喝波特酒当然能醉；醉后还很难受。那些著名的喝三四瓶酒的人都在野外露宿——打猎、射击，总在马上。那种方式的生活一如滑雪或钓鱼，你尽可以喝，多少量都不碍事。

我情绪又好转了——写了三个短篇——脑子里还有更多的——打算过一遍，在巴黎把它们抄出来。我们后天离开这里——去马德里——想见布鲁克林的希尼·富兰克林。他们说他很好。10 月 1 日回巴黎——也许在此之前。很高兴 [沃勒斯·] 梅耶喜欢那书。看在上帝的分上，我希望它比《太阳照常升起》好。那样比较两本书并不让我恼。

我跟你写信说过在巴黎见到莫雷·卡拉汉了吗？——几次——他在拼命工作。乍一看你不会相信，他是个很好的拳击手。我跟他交手三四回。有一天我俩约好在下午 5 点拳击——在普鲁米尔餐厅跟司各特和约翰·毕肖普一起吃的午餐——热月龙虾——各种别的食物——喝了几瓶勃艮第白葡萄酒。我当时就知道到 5 点我准睡着了——于是跟司各特去找莫雷马上就交手。我几乎看不见他——一路上又喝了几杯威士忌。司各特负责看时间。鉴于我的情况，我们决定打一分钟一个回合歇两分钟。我知道自己能打一分钟，于是打得很迅速，用尽气力——接着莫雷开始暴打我了，把我嘴唇打破，总的来讲把我的脸打得一团糟。我狼狈不堪，心想从未见过这么长回合的；但又不能问，要不莫雷就以为我认输了。司各特终于叫停了。说他抱歉得很，不好意思，请我原谅他。他把回合弄成 3 分钟 45 秒之久——极有兴趣看我是否倒地！我们又打了 5 个回合，终于把我的酒打醒了，水平发挥也正常了。至今仍能用舌头感觉下唇上的那块疤。他出手快，也很懂拳击，是个让人感到快乐的对手。他不能重击——假如能重击，就会要了我的命。我滑了一跤，倒地一次，胳膊麻木，第一轮以左肩抵挡，拉伤了腱，事后还酸呢。我们临走前未再得机会拳击。莫雷在多伦多有一年天天拳击。他体胖，看上去体型也不好，但真是个好拳击手。

让我想起这个的是你也试试如何通过运动来解酒——5 轮之后

酒就醒了——其间我第一轮打得很臭。接着我打得顺利——距离判断也准——身体状况也好，冲人舞拳霍霍（或在克制自己）；人家却打得我通身没有招架处，只有忍着的分儿。

[欧内斯特·海明威]

（此信藏普林斯顿大学图书馆）

致约翰·多斯·帕索斯

1929年9月4日，马德里

亲爱的多斯：

真高兴听见哥们结婚了。替我们问候凯特。[1]我听了真他妈高兴！

日前我从桑迪亚戈曾有一信给你。波琳出门去城里了。外面雨下得很大，也许她要淋个落汤鸡。别的没有什么消息——我们从桑迪亚戈来到奥伦斯，接着沿着葡萄牙边境——维林和一个迷人的小镇佩布罗德桑纳布里亚——（在那儿喝醉了）；随后去本纳温图——上里翁——（一个破洞）到帕伦西亚——西班牙最糟糕的路：120公里坑洼、沙尘，热得让你脑袋开花。帕伦西亚有两场醉人的斗牛赛事——其间我却因肠子爆裂而卧床——斗牛狂欢节我起来了，然后回到床上——接着取道瓦拉多利德和瓜达拉马山来到这里——真不错——

啊真高兴两位公民结婚了。请告诉我们往哪儿寄价值3万4万的礼物——

我们12月或者明年3月回美国——欧洲让人烦了。我肯定你的书第一卷[2]很好——三部曲无疑必要——看看“圣父、圣子、圣灵”吧——没有什么比这更大的了——

我真希望我们能去墨西哥有旗鱼的那一边——我们可以赌博、钓鱼为生，可以吃你带的西红柿——我愿独自靠吃洋葱去任何地方呆几个月，假如有足够的洋葱和盐——虽如此我们仍可带许多东西——后年冬天去怎么样？

斯蒂瓦特夫妇被唐毁了：拿那两万五千的合同外加见惠特尼一家。

我指望你避免那样呢——什么合同也没签。你一看见惠特尼的白眼就开枪——

毕肖普被毕肖普太太的收入给毁了。所以别让凯蒂碰钱。

永远的青春年少让菲茨夫妇沉沦了——长大吧，帕索斯——让凯特增添岁月——

老海姆被他父亲的开枪自杀毁了——别让凯特林的老头碰枪——

将要见到你们当然高兴——我希望我们能灌你一瓶苦艾酒——

啊这封信废话太多——

永远的你的——

海姆

波琳问候你们——

她也在写作

(此信藏弗吉尼亚大学图书馆)

[1] 多斯·帕索斯 1929 年 8 月在缅因州埃尔斯沃思同比尔·史密斯的妹妹凯特林·福斯特·史密斯结婚。他俩那年初在基韦斯特相遇。见汤森·鲁丁顿著《约翰·多斯·帕索斯：二十世纪奥德赛》(纽约，1980)第 270—280 页。

[2]《北纬 42 度》(1930)。

致 F.司各特·菲茨杰拉德[1]

1929 年 9 月 4 日，马德里

亲爱的司各特：

关于“神经质忿忿不平”，你只记得有人在我写东西的时候来看公寓房子我冲他们发火的事情（我付了3 000美元答应长住，视它为我们的家）。可你似乎该死的忘了我第二天来告诉你，我认为露丝·戈尔别克·瓦兰布罗萨是个好姑娘，我一直很崇拜她。我还跟你说看在上帝的分上别告诉她我诅咒了这公寓。她不知道我生气了，她要是知道那就是你对她说的。你说你自己很明白，叫我别担心，你不会跟她提这个的。

我真高兴你一切都好。我们来里维埃拉的机会很少。听说杰拉尔德和萨拉［·墨菲］要来这里，我们打算跟他们一起回去。可昨天收到杰拉尔德电报，说萨拉跟帕特里克进山了；他们的信随后就到。还没有收到信，不过我相信他们的西班牙之行取消了。要是能见到他们该多好啊。自打7月12日离开庞朴罗纳就没有跟任何人说过英语，除了跟波琳。都没听别人在说英语。假如他们不来，我们也许往北去，去看邦姆比和帕特。邦姆比写信告诉我他在布里塔尼钓鱼玩得很开心。

我无法跟你表达你的书即将完成我有多高兴。时髦的做法是贬低一切写作，唯一可做之事即去优雅地奢侈地喝个一醉方休。可是穷哥们这么做——放弃写作之类，去跟什么也干不了只能一醉方休的人竞争，这可成什么了。不提到朋辈就无法写完这哀诉——无论怎样听着不好——没有打字机就无法写那种废话！

当然，说这一切都为时过早。你也许还没写完你的书［《夜色温柔》］呢，只是把我列入报告好事的朋友名单里了——

不过我向上帝发誓我希望这是真的。就我所读，它比别的任何作品都好，除了《盖茨比》写得最好的那部分。你知道我指的是哪一部分。

一本书好的部分也许只是一个作家幸运地偷听到的某个什么，或者他整个该死的生活里倒霉的那段——要么就是同样程度精彩的那一段。

你竟能写妈的这么好的书。比别的更能阻碍你的就是［吉尔伯特·］塞尔兹发在《戴尔》上的评论。自那以后你就有自觉意识了，知道必须写一部杰作。世上只有仙人能写杰作或者有意识地去写杰作——别的任何人只能尽量写好，落入这本不杰出下一本也许杰出的窠臼。假如不是塞尔兹的评论，你两本该死的好书都写出来了。

当然，上帝知道还有别的复杂因素；可它们都是你自找的。这些复杂因素不是别人给你的，比如用那些佐料给《邮报》写东西，再比如用那些残渣写杰作之类。不过，即便是用那佐料，假如你迫不及待要写，塞尔兹不塞尔兹的，你也会写一部该死的好书。

好了，伟大的犹太先知耶利米·海明斯坦就写这些。

假如你想听新闻，那我告诉你多斯结婚了。假如你写一封好的而不是高高在上的信，别提我的神经质忿忿不平，我就写信告诉你跟他结婚的人是谁，以及别的一切消息。

重读一遍你的信，我发现它根本不势利。老海姆又错了。显然这信成了他的神经质忿忿不平的牺牲品！（这不是讽刺挖苦。）不过，假如我不把这封信寄出，就不会再寄别的信了，所以把信里的神经质忿忿不平扔掉（婊子养的假如我有那病），在工作之后不太累的时候给我写信，“保证信托”收转就行。我知道这信有多啰嗦，可让你知道一切都好总令我更开心——

你的永远温情脉脉的

欧内斯特

问候泽尔达和司各提。你打算在戛纳呆着？呆多久？写完书后大可以来此地。麦克斯［·帕金斯］很好。他不会让任何人倒下的，我从不担心他。

（此信藏普林斯顿大学图书馆）

[1] 这封信是海明威回复1929年8月23日菲茨杰拉德来信的。菲茨杰拉德9月9日回复了它。见安德鲁·特恩巴尔编《F.司各特·菲茨杰拉德书信集》（纽约，1963）第304—307页。

致 F.司各特·菲茨杰拉德

1929 年 9 月 13 日，法国昂代

亲爱的司各特：

那可怕的沮丧之情绪，什么写得好不好呀之类，就是众所周知的“艺术家的奖赏”。

我敢打赌你的小说写得非常好——你弄一帮叫喊的醉鬼，跟他们说自己没有朋友。看在基督的分上你得修正一下——否则太令人伤心了——假如你说出了欧内斯特这恶心的连载大王外没有朋友还算凑合。你并没有油尽灯枯；你知道很多东西，足够你用的了——假如你觉得没有题材可写了，就来找老海姆——我跟你说说自己所知的一切——谁跟谁睡觉，谁结婚前结婚后跟谁——你想知道什么我就告诉你什么——

夏天可真不是干活的时候——它不像秋天那样让你觉得死亡在逼近；而秋天恰是小子们落笔在纸写东西的时候。

每个人都有花落凋萎的那一天——我们不是桃子——那并不意味着你烂了——一支枪最好是经过磨损的，也花落凋萎——马鞍也是这样——上帝啊人也是这样的。你失去鲜活的成分，失去唾手可得的东西；似乎再也写不出东西了——可你技巧更多了，知道的也更多了。当你从旧汁儿里提炼闪光之物时，你收获的成果就更多了。

看看开头是什么情形吧——所有的题材和精彩都来找作家，可那作家就是不知如何把它们转达给读者——你用尽材料，精彩纷呈，与此同时你学会了怎么做；你不再年轻，写的东西却比年轻时要好——

极糟糕和无助的时候你只消坚持——写小说就一件事，就是勇往直前，把该死的东西写完。我但愿你的生计仰赖这部长篇小说或者多部长篇而不是该死的短篇；因为让你抓狂的、给你宣泄口和借口的——都是短篇小说。

啊见鬼。你比别人东西都多，你也比别人都在乎写作。看在上帝的分上接着写，写完它。在写完它之前别写其他东西。一定会是本好书——（人们不会给老婊子提价——即便是她知道850种姿势——人们照样砍她的价——你要么不老，要么不是婊子，要么是个年轻的婊子）。短篇小说不是卖淫，写它们只是判断选择不对——你本可以靠长篇小说过活并且足够了。你个该死的傻瓜。接着写你的长篇去。

我们用了一天时间从马德里开车到这里——昂代伊——普拉日——见到我们那位著名的同代人L.布鲁姆菲尔德了。正准备去巴黎呢——你有麦克斯［·帕金斯］的消息吗？《永别了，武器》出来了没有？布罗米给了我一大堆文学期刊，里面尽是德国战争题材的作品——很滑稽，我就是看不进去［雷马克］《西线无战事》之类；一旦看进去又觉得好得不得了——不像他们认为的那样伟大——但已经非常好了——L.布鲁姆菲尔德在写一本战争题材的书。很不幸我的战争书要出来了；终究没有机会写书时从他那儿受益了。在2—3年里，一个作家就能写很好的战争题材的书了。

老多斯娶了凯特·史密斯——她是波琳的同学（学院）（不是女子隐修学校）——他去年冬天在基韦斯特与她相识——是个很好的姑娘。

我们收到了杰拉尔德和萨拉的几封信。很不好他们的帕特里克病了——我想他不会有事的——

今天天气很好——水也好，适合游泳。太阳是夏末的残阳——

假如这封信很无趣很烂，那只是因为你情绪不高我很难过——我太喜欢你了。无论什么时候，你写信要是老跟人谈工作或“生活”，就不免可怕的陈词滥调——

波琳问候你、泽尔达和司各提——

你的永远的——

欧内斯特

（此信藏普林斯顿大学图书馆）

致卡罗尔·海明威[1]

约 1929 年 10 月 5 日，巴黎

亲爱的卡罗尔：

谢谢你来信。我很高兴你收到那件内衣了。是波琳寄的，不是我。我之所以问你，是因为我觉得也许有可能丢了，或者被海关没收了。你的信不像我记得的你的口气了。听着，你正努力学写作，我建议你避免桑尼[2]讲话时用的那种风格，也就是错用形容词作兴奋语以掩盖心灵的空虚。比如，我在写作里经常用“醉人”(swell) 就不对。不过我只在对话里用，不作形容词取代你该用的词。尽量写直截了当的英文，决不要用俚俗语，除非是对话；要么在不可避免的情况下用。因为，所有的俚俗语在短时间里就会变馊。比如，我只用持续了千年的誓言，就是担心沾上一时之物，然后变馊。

我知道书信写作不同于其他写作。可这封信实在不像你的口气。写作水平最高的人往往写信写得最糟糕。这几乎成了定律。我不是在批评你的书信。

一个人最不济的穷困是心灵穷困。钱也移除不了心灵穷困。心灵穷困对你外出旅行很不利，因为你走到哪儿，它跟到哪儿。一个人头脑里如果没有资本利息，讲话就不具有智慧，甚至让人听了都不舒服。聊天是人生最大的乐趣之一——因为人们只有在跟心灵疆界与自己相仿的人一起才感觉自在。

我在橡树园看见你的时候，我觉得你是个了不起的姑娘，前面的路长着呢。我向上帝祈祷，希望你别被廉价轻浮溺爱腐蚀了，那不是爱。橡树园现在是盛开着自我陶醉的花，廉价，廉价，空洞的溺爱。

只是希望是没有什么用的，当然。可是，你已经到了一个必须选择的地方，要么走这条路，要么走另外一条路。我希望你走这条路而不是另一条路。“别听他的；他在说教呢。”我能听见此话。不

过，无论怎样，祝你好运。我们圣诞节前后可能回［美国］去。也许那时能见到你。

最爱你的，

欧尼

（此信藏普林斯顿大学图书馆）

[1] 海明威最小的妹妹；1911 年 7 月 19 日生于瓦龙湖的家；1929 年在橡树园中学读高年级。

[2] 海明威的姐姐玛德莱娜，昵称桑尼。

致 F.司各特·菲茨杰拉德

约 1929 年 10 月 22 日或 29 日，巴黎

亲爱的司各特：

有一天晚上见了葛特鲁德·斯坦因；她问起你来。她说你是我们这些人里最有才的之一；想见你。不管怎样，她给我写了个便条，让我请你或你们俩周三晚上来，到她这儿——我想是 8:30 以后吧——［艾伦·］泰特或者泰特夫妇也来——一个叫伯纳德·法伊或者伯纳德·费瑞的也会在那儿。

我打算去——泰特也去——你或者你俩 8:30 前来我这儿好吗？要么——假如不来我这儿，葛特鲁德的地址是花街 27 号——不过如果你来，我们可以一起去——

顺便一提，加里波利·麦肯齐（你的老同学）写得非常好，自瑞平顿以来这是我读过的最好的战争题材的书——假如有人把它跟 G.摩尔的《欢呼与永别》相提并论，也没有什么好奇怪的——

我很愿意为你买一册——还有 4 卷呢，这是很长时间来最好的消息——

你的永远温情脉脉的——

欧内斯特

［又及：］麦克斯［·帕金斯］没有新消息来。你起诉麦考尔斯的事怎么样了？

（此信藏普林斯顿大学图书馆）

致F.司各特·菲茨杰拉德

约1929年10月24日或者31日，巴黎

亲爱的司各特：

你的便条我刚收到。我就借着昨晚的酒劲来答复了。

我对你说的话一点都不生气（你此刻一定明了了；我从前写信也没少谈我多欣赏你的作品）。我只生气你不接受葛特鲁德·斯坦因真诚的夸奖，反而试图歪曲她的夸奖之词，说是对你的轻蔑。她一直对我赞扬你，赞不绝口。你来后又开始重复她的夸赞之词；末了怕你脸红，同时不让我感觉她无礼，就说我俩的火苗也许源头不同——随后你就多想这话了——

假如你不希望有人夸奖，不接受就是了（大多数夸奖都是马屎），用不着让我重申那些话是夸奖，而不是轻蔑之词。我画个十字对上帝发誓，葛特鲁德·斯坦因昨晚或者别的什么时候从没对我说过你什么，除了顶级夸奖。那绝对是真的。你不看重或者不接受并不意味着她的话不真诚。

至于比较我俩的写作，她并没有做什么——只说你文思如泉涌，我的天分就没那么足——意思是我得加倍努力才能有成果——接着为了避免当面夸你让我难堪，她说自己的话并不是说我俩的火苗属于同一品质。假如你强迫她说，她可能直截了当告诉你：她觉得你的作品比我的质量更好。

自然我不同意此说——不比你更赞同她的说法——拿并不存在的假设的“火苗”来作比较纯属马屎——拿你我作任何比较都是扯淡——我俩一开始就完全走的不是一条线——除非偶然，根本就不

会相遇；作家们没有什么共同点，除了他们都渴望写好。所以，做什么比较，谈什么高低啊——假如你一定要高我一头，好啊；只是别让我也去感觉什么高你一头矮你一头的——严肃的作家之间不会存在这种比较——他们都在一条船上；在那条船上相互竞争——这船的目标就是死亡——要多无聊有多无聊，就像甲板上的运动——唯一的竞争就是船的始作俑者和你内心发生的一切之间的竞争。你在船上，你生气，因为你还没有写完小说呢——就这些——我明白这个道理，你大可以还气呼呼的，我不介意。

胃痛着在床上写这破玩意儿真没意思。假如你又在里面找到轻蔑贬低侮辱你的话，那我一个早上就浪费掉了（反正已经浪费掉了）。葛特鲁德本想安排兔子和乌龟赛跑；选我当乌龟而选了你当兔子。自然，谦谦君子兼古典派头如你，希望成为乌龟——好吧，就让你当乌龟——都是扯淡——

我愿葛特鲁德大骂我一顿，因为这样一个人就不会摆出对自己的看法了——下去下去——她说她很喜欢那本书——而我想听的是哪些东西她不喜欢，为什么——她认为写得不好的那一部分我倒记得很生动，而不虚假——那不新鲜——我本指望听人说整本书都是废话——更想听人这么说，因为这样就能刺激你去努力工作。

无论怎样［这信］已经写到第四页了——我会附上麦克斯的信——

很遗憾布鲁姆菲尔德开始传播那样的谣言，不过这话伤不了斯克里布纳，我已经铁定了跟斯克里布纳——我愿意写一封声明信，他要是愿意可以拿去发表——

看看这都是写什么废话啊——我从你那儿学会怎么写普通讲话——从乔伊斯那儿学会怎样写城乡生活场景——从葛特鲁德那儿学会写时髦一族——还没报告从多斯·帕索斯、庞德、荷马、迈克阿尔蒙、阿尔德斯·赫胥黎和 E.E.卡明斯那儿学了什么呢——你认为我大可不必担心别人说我缺少活力——我是不担心——在巴黎谁有活力？大家写作都没活力——都是用头脑写作——我身体健壮的时候根本就不想写作——那不想写的感觉真好！G.S.从没跟我们去施鲁恩斯或者基韦斯特或者怀俄明或者任何使你健壮的地方——假如她没有见过我壮实的时候——有什么好担心的？当人们痛骂你的时候，就带着痛骂的拳脚行进——

无论怎样，今后再不写这样的信了——我真抱歉让你着急了——你并不是让人扫兴的人。

你的永远温情脉脉的，

欧内斯特

（此信藏普林斯顿大学图书馆）

致麦克斯威尔·帕金斯

1929年10月31日，巴黎

亲爱的麦克斯：

对基督祈祷，我希望你没有陷在股票市场里。人们正清理债务，到1932年胡佛兴许能把我们带出低谷。过去几天我都卧床不起。流感。接着是肾脏出了问题。今年夏天在西班牙的时候，腹股沟的一块肌肉拉伤。裤子里的肛肠像斗牛士骑的马一样丰富。不过，现在痊愈了，虽然绷带没拆。端水喝没有手不晃动的时候。假如要我去保护你的投资，就得去基韦斯特。病得一个月没写东西，着急那书呢——是不是能接着写下去，写得顺就能处理诸事了。我们也许12月底离开这里，但还不知怎么处理这公寓呢：有3 000块钱绑在维修、下水、取暖、改装之类的费用里了。

我在《世界》上看到有某公民在讲《永别了，武器》课。上帝啊，最好能走进讲堂提几个问题，然后说："狗屁，先生，我觉得你误解了！"

今夏我受伤后，我们在最热的屋子里呆了三天，树荫底下还115华氏度呢——房子炎热的那一边，一点遮阴的都没有——只有一张小双人床，动都动不了。旅馆因为帕伦西亚的斗牛比赛而人满为患。真热啊。波琳好极了。

这封信什么都没说清——不想阅读，也无法构思写作，除了跟你在这儿讲废话。沃尔多怎么样？他不留胡子什么样？对世界人民来说，这是一大损失。

希望你们都好大家都顺当。

永远祝你好运

欧内斯特

我收到3 000美元支票（两张，10月7日的，10月14日的）。你没有告诉我是否能拿到清样原件，这样我就能有一个不带空白的抄件了。你收到此信后给我发个电报，告诉我书卖得怎样，不管截止日期是哪个周末。

你寄一本样书给欧文·韦斯特老爷，地址是宾夕法尼亚州布莱恩·毛尔镇隆豪斯；一本给查尔斯·汤普森夫妇，地址是佛罗里达州基韦斯特汤普森鱼市对面基韦斯特五金公司收转；都写上我的赠词！非常感谢。

这就用掉4本样书了——我再买3本。你让他们给我留着好吗？我将寄支票，或者从稿费里扣。

（此信藏普林斯顿大学图书馆）

致B.C.肖恩菲尔德[1]

1929年11月5日，巴黎

亲爱的肖恩菲尔德先生：

谢谢你写信来。关于《太阳照常升起》麻烦的是我曾想（现在还想）自己把它改编成剧本——有很多东西出书的时候删掉了，那些东西对剧本来讲也许很有用。我想也许我该试试，哪年歉收的时候把它改成剧本。

你跟我提这个真是善意，我很感谢——等我把这书弄得一团糟之后，可能会后悔没接受你的提议。不过，我恐怕现在不能接受。虽如此，我还是非常感谢，谢谢你提议。请代我向［康拉德·］艾肯致意。

祝好，

你的永远的，
欧内斯特·海明威

（此信藏诺克斯学院）

[1] 肖恩菲尔德先生当时是耶鲁大学戏剧学院的一名学生。

致 F.司各特·菲茨杰拉德

1929 年 12 月 12 日，巴黎

亲爱的司各特：

你的信昨晚才来——银行的人替我收着呢。

我知道你这个人是个视荣誉为生命的魂灵。我说的是真的。你记得我对你在拳击场上的计时一声不吭，直到你不顾我第四次反对还跟我说你是故意要同我吵架的。第一次我以为自己让你信服了。你又回到老话题，而我，还有波琳都以为我们再次让你信服。迈克阿尔蒙是我写介绍信推荐给帕金斯的，他居然也说谎；卡拉汉是我总想帮助的人，也跟你讲前后矛盾的故事。我是听了这些以后才生气的。

你得记住，虽然我对这一切都生气，但我并没有指责你胡乱改拳击的时间。我只问了你是否想让一轮赛事继续下去看会有什么情况。你说你是故意要同我吵架的。我对此念头很惊诧，不知道自己到底是怎么回事（从迈克阿和 C.那里听到这个，觉得自己早该听见了。假如早听见了，也就早不生气了）。

另外，即便你是故意让那一个回合持续——我知道你不是故意的——我也不会生气。我知道讲好的时间是在哪一刻。业余选手之间比赛常有这样的事情。两个小伙子真的相互狠击的时候，看时间的人多给他们 10、15 或者 30 秒——甚至一分钟，就是想看结果怎样。你看上去是如此心烦意乱，以至于我觉得你是干了又后悔了。不过，你说自己不是故意的，说话那一刻我就绝对相信你。

我说过，你是个最讲荣誉的人。我则至少在拳击方面不是。我在巴黎跟让·普瑞沃斯特打拳的时候，提议让比尔·史密斯看时间。我当时身体也不好，对比尔说一旦我处于劣势就叫停（我们本该打两个一分钟回合的）。其中一个回合打了 40 秒都不到！普瑞沃斯特只是觉得时间过得太快。当我把他逗得顺手的时候，比尔让回合持续了两分多钟。

我自己也干过这事，你就别指望我控制条件反射，对发生在自己身上的事情还是知道的。不过，当我说我即刻丢掉了那样的念头你还是可以相信我的。我回家跟波琳说你对此很有兴致，全然忘了时间。

你也记得我事后没把这当回事，反而比任何事情更高兴。我记得在双叟咖啡馆还带着快乐讲这事情，赞扬莫雷，说他把我打得落花流水好得很。我当时想，他是我的朋友。我读到他吹牛的谎话后才生气的。我生气是因为你太大意，给了他机会吹这大牛。

假如不是你说故意要跟我吵架，让我几乎发疯，我根本就不会问你这种事情。

再让我重复一遍——我一点也没怀疑你，觉得你不坦率——我绝对相信你，当时就相信你。

我知道你的荣誉感对你有多重要，荣誉感对任何人都重要。我不会伤害你的荣誉，不管是为了什么都不会的。

你看看我俩对运动的不同看法就知此事微不足道——你是以绅

士的眼光看待运动的，本该这么看。可是，你看我是怎么看运动的——

我最初打拳的时候有一次——一个叫摩提·黑尔尼克的家伙——一轮回合末了钟声响后，我放了手。我刚把手放下，他袭击了我，荡右拳猛击我腹窝。打完后我几乎病了一个星期。第二次我与他交手，轻而易举赢了他——他反正是输掉了——于是故意给我使坏——我一生从未这样痛苦过——一个肉球肿得如拳头大——拳击就是这样——看啊——所谓的友谊赛——你从不想把人打出去——却不知人如何想把你打出去——你于是培养了疑神疑鬼的习惯——在体育馆与人打拳，拳击中他把手指戳出手套——大拇指戳进我的左眼，我被这拇指弄得什么也看不见了。他一生中还弄瞎过另外 4 个人。从没蓄意这么做——只是不光彩伎俩的副产品——我提这个是开脱自已疑神疑鬼的条件反射，即便一时反射起，也不会超过一分钟。

我跟你争辩那么多次，反复跟你说我很喜欢你，可你还是说要跟我掰，说你要像男子汉一样揍我；我这才又犯了疑神疑鬼的毛病，该死的动物本能。

不过，我还是要再次跟你道歉。我绝对相信你。过去我也一直相信你。我只祈祷上帝，希望你喝醉的时候不那么糊涂。我知道这种心情不好玩；不过我知道等你书写完一切都会好的……

无论怎样祝你好运——你知道吗，昨天哈利·克洛斯比开枪自杀了。[1]他去纽约前跟我讲过这姑娘的事。麦克莱什介绍她给他的。他是个好小伙子；我今天很为他难过。我的一个最要好的朋友两周前死了。要是因为吵架再失去你这个朋友，我就该死了。一如既往祝你好运——你的温情脉脉的朋友

欧内斯特

(此信藏普林斯顿大学图书馆)

[1] 关于克洛斯比的生平和自杀，见乔弗瑞·沃尔夫著《黑太阳》(纽约，1976)。海明威和克洛斯比从未特别亲近过。

致麦克斯威尔·帕金斯

1929 年 12 月 15 日，巴黎

亲爱的麦克斯：

你 12 月 3 日的信昨天到了；另两封（11 月 30 日和 12 月 4 日）今天也到了——前天电报收到，内容是说修改合同与书籍销售情况的那封信的。书的销售当然很好啦。不着急做任何修改；假如你觉得不着急修改，就没有必要改。

我当然得道歉——我想我已经道歉了——司各特让我警觉销售停滞后我写信的那回，真抱歉。不过，从柏林回来以后本感觉不错，司各特让我警觉的话却在等着我。我当时就去看他，他给我看你写的关于书卖得不错的信，说唯一要小心的是市场在下滑。我心想你写的信里并没有什么让人警觉的东西，可他对写作的经济的一面比我了解得多；我当时以为他没把信的全部内容给我看，而只是给我看了关于我的书的这一部分；也可能有些偶发事情我不知道。他又看上去很吃惊的样子。

我真喜欢司各特，愿为他做任何事情，可他最近有点让人恼。他有一天来，小里小气地说："人真不该管你。真该让你干活，不替你担心着急。"接着对我说了些上帝诅咒的我的故事，我从未听人这么说过我。他把我的事情放在心上，愿意帮助我，可我一直在世面上谋生啊，很久了；跟人打交道也寻常得很啊，诽谤啦嫉妒啦我熟悉得很。虽如此，我不相信这种情形会像人们装假那样频繁；我还是更愿意不去理睬一些事情——假如它们不真，终究会成为过眼云烟的。不过，当事情摆到你眼前时，还是会让你气得不得了。司各特在拼命写作并且写得很好。我知道等他书写好自然就恢复正常了。

我希望你从我的版税账户里给沃尔多划 25 美元。做的时候别对沃尔多说什么。

假如你担心自己今后在文学史上的地位，我就得给你写一系列的信，告诉你我对你的真实看法——我不擅长那个，但会去做，以免除你头脑里的担心。

不过，我能看出基督教科学行当倒是件让人担心的事——虽然我觉得他们不会找《永别了，武器》的麻烦。他们没有这么聪明——只是组织得很精妙。假如他们更智慧一点，也许就不当基督教科学家了。无论怎样，我希望你在这本书上运气好——下次以及再下次，你在计划里要是给《永别了，武器》个大空间，就请用空间的 1/2，把 1/2 另半边让给那本埃迪书[1]——假如你那么做我就太高兴了。

当我气哼哼给你写信讲迈克阿尔蒙和卡拉汉的时候，这气也是个人生气。我有能力跟他们处理个人恩怨（只是希望别把事情弄彻底了进监狱去处理，任何时候我都不想）。不过，我不想让你认为我是把他们当作家来对立的。我希望他们成功，不想做任何事情伤害他们当作家——虽如此，当你有个敌人除了杀掉他什么都可能干的时候，那就危险了——杀人可太昂贵奢侈了。

［欧文·］韦斯特很棒，可老做错事。不过，仍然得提提他的丰功伟绩——他似乎是我们同代人；我的意思是比如你、我、迈克·斯特拉特、沃尔多的同代人——我们自己年龄也都不同。他写了三四个很好的短篇——《一匹当礼物的马》、《希拉毒蝎上的朝圣》，还有《尊贵的草莓》的一部分。我不知道写那些小说的他怎么会写《第四哲学》这样的东西。[2]我第一次读那个，感觉读它都害臊。我们都会写出狗屁东西，可你总有理由不发表，至少不再版。不过，我很喜欢他。假如他认为我是“个人偏见强塞给人”，也没什么害处，只要他不去影响别人就行。他本可以成为很伟大的作家；各种情况放在一起妨碍了他成为伟大的作家，这总是个悲剧。

还有 20 分钟就 12 点了——礼拜天的正午——得刮胡子，然后去做弥撒。

稍后——把胡子刮了，然后去做弥撒，再跟波琳去吃午餐，同去的还有艾伦·泰特和另两三个人。泰特很机智，是个很好的伙计。多斯·帕索斯和他的妻子明天到。

我的喉咙很疼，尽是脓；无法很好地思考写作。我希望自己没有拿信来烦你并让你着急。我只在司各特搅和我之后才写信给你。我知道他之所以这么做，是因为他以为这是作家觉得令人兴奋的那种事情。但是，这并不令人兴奋——只令人懊恼。你来基韦斯特，我保证根本不谈业务的事情。一个作家能写一本书，然后又成为商人，接着又成为作家，这念头一如我们所说［……］。这本书在英国掀起很大的一场商业买卖——V.萨克维尔·韦斯特从官方英国广播公司广播了它，B.B.C.的头抬得高，而她，沃尔珀尔等等回应——英国的评论比美国的评论要好得多。真他妈好玩。我要去基韦斯特，远离这一切。从没像提这本书这样让我感觉这么不舒服。人们写来醉人的信夸它，而我却觉得不舒服。一封粉丝信只会让你难堪、不自在并且隐约感觉不舒服。写作真艰难——写散体文是个全天候的工作，最好的东西都是在潜意识的情况下完成的。要是写作时老是有买卖、评论、观点看法之类来搅和，你就什么也写不出来了。

讲到这一切担忧，我唯一担心的是意大利采取行动禁止这书——兴许是疯狂举动呢。不过，第一期连载《永别了，武器》出版的时候，杂志上登的我的说明怎么会成为头条内容呢？那东西似乎面面俱到——我唯一不喜欢的是人们可能以为我自比莎士比亚，胡乱就谈论《维罗纳二绅士》。假如你也这么看，那就更是这么回事了。

得住笔了——正想为《财富》写一篇关于斗牛业的文章。[3]阿奇·麦克莱什让我写的——以报道的方式写，满是数据。这是商业杂志的罗曼司——文章里可没有罗曼司——也许他们不会要这文章呢——尽可能写得枯燥些。假如能写下去，我涉及的每一个方面都会成为一本书里的一个长章节。他们要的是5 000到20 000字的文章；我告诉他们价格是2 500美元。所以他们要文章超过2 500字，付1 000美元。他们杂志才出就赶上经济崩溃，运气不好。假如哪本杂志像没有用的球，这本就是。我做这个是为了阿奇——上帝知道他怎么跟他们混在一起了。

假如还有什么这封信没回答，那就是粗心大意了。谢谢你优雅的信——祝你和家人圣诞节快乐。

永远祝你好的，

欧内斯特

请从我账上划钱给沃尔多——否则我就得寄支票给你。划账比较方便！我真的要支付它。不过别让沃尔多知道。

（此信藏普林斯顿大学图书馆）

[1] 海明威在这里也许指E.F.达金的《埃迪太太：纯真心灵传记》，斯克里布纳出版（纽约，1930）。

[2] 1896年到1928年之间，韦斯特推出五卷短篇小说，包括海明威欣赏的那些。《第四哲学》（纽约，1901）是本平淡的95页长的中篇，写的是哈佛二年级生和他们导师的故事。

[3]《斗牛、运动和产业》，刊《财富》第1期（1930年3月）：83页后。

致吉尔伯特·塞尔兹

1929年12月30日，瑞士蒙塔纳-维尔玛拉

亲爱的吉尔伯特：

你都把脱离关系的声明发表了，还跟我要什么更令人信服的话啊，吉尔伯特？这都是些什么啊？你把脱离关系的声明寄给了我，而不是指控我什么。我又没有发表什么声明。[1]我在《纽约客》上读到D.帕克的文章，里面并没有指涉你的东西。[2]不幸的是我手边没有带那篇文章，但我确信里面提到的是某个办得不成功的文化杂志的编辑。为什么该是你？文化杂志现在不都不成功吗？这些东西在我眼里都是舞厅里的香蕉。

永远祝你好运，

欧内斯特

（此信藏普林斯顿大学图书馆）

[1] 关于海明威对塞尔兹的长久偏见（据说是塞尔兹退了篇海明威投给《戴尔》的小说），参阅海明威 1924 年 2 月 10 日致埃兹拉·庞德信注[5]。

[2] 多萝西·帕克在《艺术家的回报》（《纽约客》第 5 期[1929 年 11 月 30 日]第 30 页）里提到一个"年轻的绅士，这个人曾经是一本不成功文化杂志的主编"。有人曾经把海明威的稿子给他看，他拒绝刊登这稿子并且说："我听说他是个记者——跟他说接着去写报道吧，别想着当作家。"

致莫雷·卡拉汉

1930 年 1 月 4 日[1]，巴黎

亲爱的莫雷：

我回顾了一下那故事[2]，发现在巴黎和纽约四处传布的是皮埃尔·洛文。我找到了他的住处并把如下电文发往了他在纽约市威佛利公寓的地址。

——"明白你看见莫雷·卡拉汉打昏了我。回电请复巴黎'保证信托'。"——我没有收到回复。

司各特发电报给你说他正平心静气地等着读你对故事的修订呢，并告诉你那故事发表在哪儿/我要求他等待，让他别觉得自己总是判断正确。我不知道你见过那篇小说没有：3 个星期过去了，先还是在《纽约邮报》上发表的。假如你没有看见，修订故事的该是他这个当事人；并且他已然修订了这故事。他（司各特）跟我说，你肯定见到这故事了，所以一开始不想发那封电报（里面含有他对你的怀疑）。我自己 3 个星期里没有见到那登出来的故事，所以无法肯定你就见过那东西。

不过，整个事情都是我的错，引起你注意那篇故事的电报还是发了。关于发电报的人坊间有很不好听的话流传；我想让你知道：发电报的主意不是司各特的。完全是我的错。

假如你愿意，请你把安到司各特头上的绰号转给我。我几个星

期内就会回美国；届时随你在什么地方处置我，只要没有宣传报道就行。

你的永远的，

欧内斯特·海明威

（此信藏普林斯顿大学图书馆）

[1] 日期误为1929年。

[2] 这事关乎1929年6月海明威和卡拉汉之间在巴黎的一场拳击比赛。菲茨杰拉德作为掌握时间的人错让一轮拳击持续了4分钟。见卡拉汉著《那年夏天在巴黎》（纽约，1963）第241—251页；另见卡洛斯·贝克《海明威传》（纽约，1969）第201—202页，第206—207页。卡拉汉（1903年生人）后来成为加拿大领头小说家。他是1923年在多伦多与海明威初遇的。见《海明威传》第119—121页。

致F.司各特·菲茨杰拉德

约1930年1月5日，巴黎

亲爱的司各特：

你的便条我今天收到了。运气不好，可11月底西班牙就是没有斗牛啊。

圣塞巴斯蒂安［从］现在起多云潮湿，细雨霏霏。城里的人都走光了。最好的中档奢侈旅馆非常好的旅馆叫比亚瑞兹。阿拉那则更适中一些。

庞朴罗纳现在很冷，也许正下雨，雨从海上来——或者来自融化的雪水——在那儿此刻无所事事。那儿的旅馆：（1）豪华大饭店人走光了（2）昆塔那酒店（《太阳照常升起》里的蒙托亚酒店，以你的品位也许太简朴）（3）拉佩尔拉饭店——在两者之间，1/2路程之遥。

冬天的马德里明澈寒冷——冷得要命——旅馆是萨沃伊旅馆好。

冬天去西班牙，气候好的地方是塔拉戈纳——从巴塞罗那沿着海岸往南——“巴黎酒店”好——山上面海的可爱古老小镇。

再往南走是马拉加——好气候——旅馆是“热吉纳”好，还有

隆达——从直布罗陀在火车上往上看美极了。可爱的地方——没什么可做的，可就是美丽浪漫——比如这地方是我想度蜜月的所在，假如我有很多钱的话——玛利亚·克里斯蒂娜旅馆不错（也许叫“热吉纳·克里斯蒂娜”）。不对，两个都不对；叫“瑞娜·维多利亚”！皇家酒店也不错。

假如我还能为你提供些什么情报，请告诉我。不过，圣塞巴斯蒂安和庞朴罗纳在冬天会让你失望透顶的！[1]

欧内斯特

又及：我忘了跟你说，发电报的钱算在我账上。请宽恕我。我很高兴你喜欢那些书。希望这书（格瑞夫斯的作品）让你高兴，因为你没能赶上战争！这书让我对西格弗瑞德·萨逊肃然起敬。［罗伯特·］格瑞夫斯也一样让我起敬！已经读了D.H.劳伦斯的《查泰莱夫人的情人》——这书并未抓住我。

（此信藏普林斯顿大学图书馆）

[1] 菲茨杰拉德夫妇后来去的是阿尔及利亚，时间在2月。泽尔达当时处在精神崩溃的边缘。见南希·米尔福德著《泽尔达》（纽约，1970）第157—170页。

致麦克斯威尔·帕金斯

约1930年4月11日，基韦斯特

亲爱的麦克斯：

谢谢你的两封来信，还有版税说明。还没有收到礼物呢。假如跟你说的那样绚丽，能看到沐浴的美人、狮子和水牛，可就似乎不可或缺了。我就像我们小时候在圣诞节前等待礼物一样盼望它到来。我们旅行得很愉快，不是吗？

《在我们这个时代》的广告是刊登在《三个短篇和十首诗》里的。广告里宣称它于1923年出版，而实际是1924年出版的。这是“三山”[出版社]出的一个系列6本书里最后的一本。印刷设备是手动的，很老旧，所以出来的书总是比别家晚几个月。

得了肺结核的厄内斯特·沃尔什其人职业生涯多变。曾跟伊瑟尔·摩尔海德一起编辑《本季》。他死于两三年前[1926年]。

我很想要这些信。[1]你把它们寄给我好吗？他大出血不得不离开巴黎的时候，我替他把杂志的第一期给弄出来了。我帮了他许多忙——他却以真正是爱尔兰人特有的方式把我给耍了。他在《新群众》上发表文章攻击《春潮》——那是我读到的最廉价的刊物——此事发生在我不得不停止《本季》连载它的时候。无论怎样，我想要这些信。假如你不能以35英镑的价格出售《三个短篇和十首诗》，我愿意支付你买和卖的差价。我倒不觉得那些信有什么丢人，但也许有诽谤之嫌。别读了，把它们寄给我。假如我读了觉得它们能让你开心，我就寄还给你。沃尔什曾设立“《本季》奖”，奖金为2 000美元，奖给杂志刊出的最佳作品投稿人。他曾答应给乔伊斯，给庞德；日后我发现还有我——他通过这有力的许诺从我们这里得到了醉人的东西！我还保存着他许诺给我奖金的信呢。我想保存我给他的信——不过，一定不止6封——该死的——等我俩都破产了，就找个时间发表这些信和他给我的信。

谢谢你替我弄来这些信——有类似情形请写信告诉我——有些信是我写给姑娘们的；假如你听说市场上出现了这些东西，我准备付个好价钱。

你的永远的，

欧内斯特

请他们把我给沃尔什的另几封信也买来，假如市场上出现的话。我会跟你拿别的东西交换，或者另给你写几封信。

你走之后我抓了3条大海鲢——此刻另一场东北风刮来，猛烈如鬼风。拼命工作。

(此信藏普林斯顿大学图书馆)

[1] 海明威 1925—1926 年间写给沃尔什的一些信出现在拍卖场上。

致亨利·斯特拉特

1930 年 5 月 20 日，基韦斯特

亲爱的迈克：

你信写得很好，小子。我没有回信是因为写作完毕头脑一团浆糊，把食指给弄破了——击查尔斯沙袋的时候，还很厉害。现在吊着绷带绑着纱布卷裹得像个核桃。缝了六针，就在关节上。很讨人厌。

谢谢寄来冠岩和黏土。这是给阿尔奇拉［·皮尔斯］的。请告诉我多少钱买的，我把它添进我跟沃尔多的分类账。那账很可观。

查尔斯［·汤普森］听到明年秋天［去非洲的］消息非常激动。[1]我很可能也去，但得到那时再说。假如你给他施点压力，我想查尔斯会去的。我到时可能跟邦姆比去纽约。不过，也许先在怀俄明打猎，只要是在那儿的话。来纽约只是为了工作。打算写一个剧本。[2]别跟人说，否则我的债主们在我没写之前就要打探消息。

最近写作顺利。原谅我信中打字错误。现在此地热得像地狱。想象一下帕特［·摩根］跟你讲的托尔图戈斯什么样。该死的国王们一个都不复存在，只有旅行美好得很。我买了一辆 12 马力约翰斯顿［舷外发动机摩托］。我们回家的路上在苏韦斯特基抛锚了。我用这舷外发动机摩托把“商人”［波琳和多斯·帕索斯］载到基韦斯特。12 马力很适合快跑和旋转。

我的枪还没有来呢，不过随时都会来的。我俩都急切想看见枪什么样并想一试身手。

贝克[3]写信来说他跟你一起吃了午饭。他从来不是你说的那种我的亲密朋友，不过在这支枪上的确出力很多。我以为他是懂点枪

的，虽然很多知识也许是从你我也读的同一本体育杂志上获得的。他究竟懂得多少，要看我的枪如何来证明。他说装运之前要你先看一眼。

[盖伊·] 希科克写信来说演员们给他写信问我的情况；他说他向他们报告了我的不良行径，希望我能在《克鲁伯》上读到这个。我正把鼻子捋直咯。

现在看来是不会去美国了，秋天再说。邦姆比 24 日到。我得开那辆该死的车去皮戈特，猜想吉尼 [·费佛] 会直接把他带到皮戈特。赞助布拉[4]去巴哈马群岛，本来是邀请他去纽约的。另找时间吧。他说他情愿去巴哈马群岛。

最近大海鲢很多。波琳抓了 10 条，最大的有 74 磅；查尔斯抓的最大一条有 100 磅；洛林 [·汤普森] 抓的有 60 磅。

多斯放跑的一条看上去有 200 磅。它 7 次跳起，4 次让钓鱼的人鱼线走到头。我们不得不去追它。时在薄暮。我还从没见过这么大的鱼跳起。最后只好撒手扔了。凯特也放跑了几条大的。我因为手指头没好不能钓鱼。多斯最后抓了条 54 磅重的。

你走之前再见到“无表情” [帕金斯] 没有?

有人给杰克·考尔斯的狗下了毒药。真是不幸。大家都走了，除了小阿尔奇拉斯。我们也会走，不过正等待戈斯 [·费佛] 叔叔呢。

我的书又写了 74 页；目前还在写，可天太热没法工作。假如不是等待戈斯叔叔我们早就离开此地了。他有一桩四百万美元买入的生意，所以来此地耽搁了。我跟他说拿着钱怎么花都行，就是别花冤枉钱在非洲之行上。[5]他人真好。你会喜欢他的。他 6 月 7 日左右之前是不会来的。很庆幸从托尔图戈斯带来 3 000 枚蛋。他们就要离开此地前往巴哈马群岛了。布拉沃德 [布拉] 晚上睡不着觉，心里想着报道中所说每射杀一头野猪就得一美元奖金。我借给他们一支猎枪，用于伟大的“桑德斯皮金和野奥格科学探险”。

难道没有法子把我们的非洲之行也弄成科学考察? 我们可以测

量一下队员撒尿的量，1. 在喝茶的时候。 2. 从棕色的瓶子里喝schlitz，免得闻臭味的时候。 3. 在喝大象奶的时候。我们要求男子队员在沙上尿出自己的名字，然后测量他们的尿量。如此就能把旅行弄成科学探险。假如有人被河马顶伤了，那就是科学事业的烈士。

给我写信，小子。问候玛吉。我们问候你的所有人马。

海姆

（此信藏普林斯顿大学图书馆）

[1] 拖延到1933年。

[2] 可能是根据《太阳照常升起》改编的剧本。见海明威1929年11月5日致B.C.肖恩菲尔德信。

[3] 米尔福德·贝克，1918年意大利"美国红十字会"救护队老兵，属第5分队。

[4] 布拉即桑德斯船长，基韦斯特执照渔民。1928年他跟海明威和沃尔多·皮尔斯讲述"瓦尔·巴内拉"故事；1919年9月9日在一场飓风里此船桅杆尽失。见海明威短篇小说《暴风劫》。

[5] 波琳的叔叔古斯塔夫·阿多尔夫斯·费佛给拟议中的非洲之行买了25 000美元保险。

致麦克斯威尔·帕金斯

1930年5月31日，基韦斯特

亲爱的麦克斯：

随函附上短篇小说［《怀俄明葡萄酒》］一个。我想你会喜欢它的。此篇近6 000字。别让人跟你说这篇东西不好或者说里面法国味儿太重。读《斯克里布纳》［杂志］的人都懂一些法国东西或者了解懂得一点法国东西的人。在这篇小说里，法国味儿是必须的。我从没给过你不好的东西，是吗？这是我答应给你写的第一篇逃离尘嚣的小说。[1]

"达布尔代"的人来这地方的时候真该喂他们点毒药橡皮糖。6月7日以后我的信件请替我收着。

你保持了钓月鱼的世界纪录，好吧。上帝，你该把这纪录破了，让新纪录稳留 50 年——那时的纪录是 58 磅重的鱼——你和迈克头天抓的就重达 80—100 磅。明年我们 3 月份都在那里过。

你的永远的

欧内斯特

我也许去巴哈马群岛——步布拉［·桑德斯］后尘。

(此信藏普林斯顿大学图书馆)

[1] 海明威曾哄骗刘易斯·加兰蒂耶阅读这篇小说，意在让他修改里面的法语。见卡洛斯·贝克《海明威传》(纽约，1969)第 211 页。

致亨利·斯特拉特

约 1930 年 6 月 20 日，基韦斯特

亲爱的迈克：

那支“斯普林菲尔德”[1]终于来了。你该看看它，小子。端起来就如用手指一下那样自然——头一次试它的时候 100 码外 3 次击穿 6 英尺厚的纸——是我所见过的最完美、细腻、简洁、实用的枪。

那远程射视镜简直就是艺术品！查尔斯［·汤普森］说：“马上给迈克写信，告诉他远程射视镜什么样。”安装比褪弹壳还容易——一点也不复杂。我还没见过这么简单、有档次、容易射的装置。

枪尾没有凹底——不像 16 口径的那样凹—— 22 格令子弹一发打中一英尺半厚的棕榈树，能打出你头和肩膀大小的一个口子——见鬼——好吧，是我的头和你的肩膀。

这里 3 个星期来只有雨和飓风——2 个星期以来就没有湿过鱼线。此前我们每晚都捕杀鱼儿。查尔斯有 3 个晚上抓鱼（92 磅重的一条，99 磅重的一条，102 磅重的一条）。波琳一个季度都在抓，

只缺席3个晚上。

我要去纽约接邦姆比（他乘坐“老佛爷”号来——预计是6月23日）。（别跟人说我要去纽约。）你届时有机会去那儿吗？也许他到达之前几天我就去；他抵达后我肯定在那儿呆两天。

别特意赶来。我能秋天见［演员］俱乐部的国王们。别把去不去那儿当成个任务或者一件啰嗦事了。我之所以提我可能在那儿，是因为你说有可能来，我不想错过见你而已。我会在布瑞沃尔特旅馆或者戈斯叔叔家住。布拉不会来。我反正是给他钱了——他今年没有挣到什么钱——想去迈阿密潜水打捞被追私船为了加速扔进海里的酒。他跟我发誓说他们找到了100 000箱。

在巴哈马群岛的风暴里丢了船还挺高兴。后来又报告说他把沉船捞起来了。船上有我的一支20口径猎枪。“桑德斯野猪野鸽科学打猎探险”悲剧结尾。

写信请寄斯克里布纳出版社——48街第五大道——我给麦克西（“无表情”）写过信，问他是不是真的所有出版社都在S—T大楼。他回信说它们是在我提到的那幢公寓楼。我猜出版业是昔日之物了，于是主动提出给麦克西一份打扫卫生的工作，地点是托尔图戈斯要塞，假如他能把东西归置整齐的话。

阿奇［·麦克莱什］说你给我画的肖像真是醉人。[2]我跟你说，我平生从没见过这么够档次的枪，没有比格瑞芬和豪·斯普林菲尔德牌子更好的了。我要把它带到纽约去，万一你在那儿可以看看。查尔斯和我现在要去射击。问候玛吉。再见。有什么体育运动新闻？

永远祝你好的，

海姆

［后来加在页边：］看在上帝分上，别来纽约，除非你有什么理由非来不可。

（此信藏普林斯顿大学图书馆）

[1] 米尔福德·贝克为海明威安排订购的。

[2] 斯特拉特第三幅海明威肖像，用于卡洛斯·贝克《海明威传》(纽约，1969)的护封上。

致阿奇巴尔德·麦克莱什

1930 年 6 月 30 日，阿肯色州皮戈特

亲爱的阿奇：

我本来是很想来康威的，可吉尼和邦姆比比预期的早一天半到了；所以，明年秋天再说吧。在纽约，我开始剪报，剪报的内容是你的书［麦克莱什著《新发现的陆地》，1930 年］的通告。可是很多地方都登了，所写评论也尽好。于是我想，霍顿·米夫林会给你寄的（这事可不是件大好事——我的基督啊，评论家都是狗屎，爸爸希望他们都被呛死）。不过，你的书所得评论是我见过的最好的——也就是说他们能看出这是一本好书。

事情就是这样，孩子——当你烦透了他们，希望什么也不发生的时候，他们却鼓噪起来了。当你有了自己清楚绝对是佳作的时候，他们却从不提起，除了指手画脚地说你的作品是从毛里斯·德克布拉那里[1]演化来的。

你是活着的还在创作的诗人里最好的一位。好诗人还有两三位，但他们都不写了，要么就在写些废话。你活着，并且在创作。

这里很干燥——对庄稼不利，却对鹌鹑很有利。找到很多鹌鹑窝，12 月份我们就能开打了。季节从 12 月 1 日起；我正囤积当地产的酒呢，还有私酿的威士忌之类。你到时来，我们一起打个痛快。

我们两天内离开此地前往怀俄明——邦姆比、波琳姊妹和我——住在堪萨斯市我表亲家，呆个两三天。

我打算在怀俄明读你的书。

见到加兰蒂耶了，他上过前线，是《灌木丛小子》的作者——我想让他检查一下 8 月号《斯克里布纳》登的我的一个短篇小说里

的法语拼写。[2]他在字典的帮助下尽量纠正，也许你会喜欢这个短篇。他个头不大，我们俩在一个屋檐下时我总是信任他。他三次不怀好意以小人之方式推度我，我还是喜欢他——当我跟他在一起的时候。

你，迈克，我对你也有同感，跟你在一起的时候，以及不在一起的时候。

我们会打很多很多鹌鹑。还有野鸭。

阿达好吗？我希望她好。

波琳问候你们。

我们连续40天夜里热得要命。很久没有睡个好觉了。山里会好些——非常需要工作。

祝你好运安迪·马维尔[3]——记住，当你死的时候，虫子们品尝你美好的半个后背，会觉得体验独特：毕竟是档次高的潜水员兼诗人兼律师啊。变成今年秋天被打中的鹌鹑吧，迈克，给虫子们另加点餐。

Pappy

（此信藏国会图书馆）

[1] 德克布拉（1885—1973）是用法语写作的多产小说家。

[2]《怀俄明葡萄酒》刊《斯克里布纳杂志》第88期（1930年8月）第195—204页。加兰蒂耶对此事的叙述，见卡洛斯·贝克《海明威传》（纽约，1969）第211页。

[3] 指麦克莱什的诗作《你，安德鲁·马维尔》。海明威戏仿《致他的腼腆情人》里马维尔的语言。这是他最喜欢的诗作之一。

致麦克斯威尔·帕金斯

1930年8月12日，怀俄明州诺德奎斯特牧场[1]

亲爱的麦克斯：

我把《在我们这个时代》又看了一遍，也把《在密歇根州北部》看了一遍。[2]我重写了一下，尽量别让这东西惹来诽谤的指控；可这样一来，小说里的人物就得拿走了。这篇小说显然指涉某个小城里的两个人，这俩还都活着，并且仍然住在那里，很容易确认的。假如我把小说里的小城去掉，那就失去了所写东西的真实性。不过，我可以弃掉第一部分，足以抹掉引来诽谤指控的内容。然而，我知道你不会发表就剩这整个后半部分的东西；假如那部分被删掉，就没有故事可言了。

我不想卷进诽谤官司或者因为一张死马皮而被压缩作品。《永别了，武器》还值得争斗一番，我也愿意为此战斗，胜负我都认了。可是，这篇东西是旧作，是我出道时的作品之一，并且是写出来就发表了。[3]我现在正写着东西，不想让它搅和起麻烦。

我的建议是你去找埃德蒙·威尔逊，问他愿意为《在我们这个时代》写个序否。他是所有评论家里或者说所有人里最懂得我在写什么的人。你既然要出这本书，我知道他的序言就很有价值。我理解你是想把这本书当个新书来出，就是说你想要我的新材料。想这么做又不加解释，这不公平。这本书不新，而且是我早期出道时的作品。假如我来写序，就会被人诅咒；不过假如威尔逊愿意写序，他就能写个书本身需要的导读的东西。假如他不愿意做，那就最好什么也不添。艾伦·泰特也可以写，他是个好评论家；不过威尔逊懂得我的作品，并且很擅长写，假如他愿意，不让他写就太可惜了。

请告诉我你怎么看。

我知道自己不是在打退堂鼓，因为在斯克里布纳的书单上应该有我的作品。我真的认为《在我们这个时代》是本非常好的书——那些短篇故事，我现在读着，还是一如既往的好——值得任何人花两美元。不过，我不打算把它同另一个时期的东西混在一起，把这当个新书来卖。假如你要出版《在密歇根州北部》而又不会惹来麻烦，那就好。不过，让人看看，问问人家。我想让它出版，这样人们就能看出莫雷［·卡拉汉］作品的源泉在哪儿，不过这不值得惹一场麻烦。我还能写，并且也在写。这本书——《在我们这个时代》——所需的就是一篇好的导读。你在做的实际是让读过我的其他作品的人第一次读这本书。我太忙，太没有兴趣为此；也太骄傲太愚蠢，随便你怎么说都行，反正不愿写这个序。假如你能找威尔逊写，那太好了。他是非常好的散文体评论家，自己也很能写东西。我想这本书这样出就行——我的第一本书，现在带着威尔逊的导读来到读者中间。

无论怎样，我会稍作订正后把书寄还给你。原来有的《艾略特夫妇》以及同一时期的两三个篇什收不收都取决于现在和那时之间读者对这本书的感觉——至迟 9 月第一个星期寄还你。

我们最好还是想个法子在书前，就说书里写的都不是当下的真人真事。这绝对能避免诽谤指控。因为，有三个人还真可能指控诽谤，假如他们气急败坏的话。这本书足够有名望，他们可能打诽谤官司。这本书内容大抵看着真实的原因是它大抵还就是真事。我当时没有技巧（现在也不多）该换人名和环境。现在很懊悔。

新书写得很顺利［《死在午后》］。写了约 40 000 字。自打来这里，一周里有六个整天在工作。还有 6 箱啤酒够我再写 6 个章节。假如我列上这本斗牛书的开销账目，你们财务部就够研究一阵子的了。

支票收到，随支票来的信也收到。非常感谢——也非常感谢你发电报来讲 G.和 D.［格罗塞特和邓拉普出版社］书衣的事。我真不愿意拿那种事来麻烦你——你没有格罗塞特和邓拉普牌版的也就够操心的了。听到司各特不好的消息真难过。请告诉我你听见的一切；也请告诉我我能为他做什么，任何事都行。假如你觉得有必要，我去法国都行。

一如既往祝你好运。假如我信里有什么话不礼貌，请别在意，不是冲你的。我在拼命写作，一封关于某该死的问题的信或者别的什么只会该死地打扰我或者成为诅咒。别让我惹你神经。我们 3 月在托尔图戈斯会很愉快的！

你的永远的

欧内斯特

(此信藏普林斯顿大学图书馆)

[1] 劳伦斯和奥利芙·诺德奎斯特在怀俄明克拉克的福克谷拥有一个度假牧场，此地离蒙大拿的库克市有 12 英里。海明威自 7 月 13 日起在那儿逗留。

[2] 为 1930 年斯克里布纳再版本。

[3] 收录于《三个短篇和十首诗》(巴黎，1923)。

致亨利·斯特拉特

约 1930 年 9 月 10 日，诺德奎斯特牧场

亲爱的迈克：

我真希望你和查尔斯［·汤普森］能来这里打猎。先坐火车来蒙大拿加迪纳，公共马车会把你拉到库克市——我会带着马去接你们——假如你发电报说要来，我们就把一切安排妥当。

迄今为止我已经射杀了两头该死的吃牲口的大老熊——一头一枪就击中了，距离 90 码——一动不动——另一头两枪击中，距离 35 码。我起身追第一头，把它刺死。

也有很多松鸡、野鸭和野鹅。今年秋天没有别人来这里打猎。在山里打猎比干别的你能想象到的好玩多了。一周前我看见 12 只山羊。我保证你能射到驼鹿、野鹿、熊和大角羊——这里也是钓虹鳟鱼极好的地方——昨天下午 2:30—5:30 之间我钓了 29 条——都是大家伙——都是飞杆钓的。

书写得很顺利——第 174 页了——我现在打斯普林菲尔德枪跟打猎枪一样顺手。

波琳和邦姆比 13 日离开——我则要呆过 10 月。打猎季节 9 月 16 日开始，不过此后一直持续过 10 月，很醉人。查尔斯可以坐火

车去堪萨斯市，再从那儿去加迪纳。我真希望你能来。钓鲑鳟鱼的家伙我这里都有。你需要带的就是来复枪。带足旧的厚衣服——带足220格令西部牛仔用的弹药。

这里的乡野美丽异常。猎灰熊是为前往非洲做的最好训练——北非最危险的动物就是灰熊。加拿大和此地费用的差价我愿替你支付。

收到信后假如你能来，就发电报告诉我。电报发到怀俄明——画家——劳伦斯·诺德奎斯特那儿收转。写信就请寄蒙大拿——库克市劳伦斯·诺德奎斯特收转。

你钓大个儿金枪鱼的时候一定激动得要命。我真愿自己也在那儿。

我已经让阿奇［·麦克莱什］也加入我们去非洲，让他当第四个成员。

你何不来这里。北皮斯河乡野这一边打猎是最好的地方。

60块钱买个许可证，你就能打一头驼鹿、一头野鹿、熊、准许捕猎的鸟和鲑鳟鱼。山羊另交15块钱许可。无论如何你该看看西部。

希望听到你说要来——

一如既往祝你好

海姆

［边上又及：］查尔斯可以开车跟我一起回去，至少能开到皮戈特，然后再从那儿坐火车——这样就省开车的费用。

（此信藏普林斯顿大学图书馆）

致阿奇巴尔德·麦克莱什

1930年11月22日，蒙大拿比林思[1]

亲爱的阿奇：

小子，有你的消息当然好。假如这封信是你得的最糟糕的信，那是因为墨索里尼是独裁者，不是老爸。不过，假如你要在这诺贝尔奖的世界里干点好事，就请坐下，再给我写封信，因为除非邮件来，否则这里什么也不会发生。今天邮件就没来。

胳膊快好了，不过到明天为止我有三周没有改变姿势了，除了让人给我安放好位置三次，手术一次；手术进行了两个小时，很令人满意。大夫给骨头开了个槽，在一边钻了个洞，然后用袋鼠腱把它绑起来——某天打莫雷 · 卡拉汉的下颌该很有助力。

你写信说我是个好作家，让你这么说真是好。即便是马屎，也能拿去喂部队，在他们写字的胳膊受伤的时候。我当然现在什么也写不了，一段时间里恐怕都不能写，让人说你是个骗子。现在感觉有种麻木，我想慢慢会褪去的，也可能再做一次手术就好了。一两个月里我就知道我的伤结果会怎么样。同时，也会知道我们今年夏天或者明年夏天是否去非洲打猎。我真不愿看见你的夏日计划被我拖住。不过，无论怎样我们会做点什么。

关于枪支，你别听迈克 · 斯特拉特瞎掰。他写信跟我谈枪支的内容纯属胡说。事实上，除了老爸我，别让任何人跟你说枪的事情。我不能把话题转到枪上，因为波琳在打字，我现在是口授这信呢。我把枪的话题拿起，她就会扔下我不管了。换句话说，你能看出我现在是枪支的权威。我们一谈枪的话题，纸张就不够用了；并且这小妇人的手指就不好使了。我给迈克写过一封长信谈枪的话题，你可以请他寄给你读读，假如他没有把信给毁了的话。我体内留着五天的吗啡的残余，有着愉快的幻觉：自己拥有数条右胳膊，像印度教破坏女神湿婆或者随她叫什么名字的女神；这信就是这种情形下口授的。麦克，你也许知道那女神叫什么，可我知道信里写的枪支原理很扎实。你明白吗，英国人对枪有自己的态度。他们总是高调跟我们说枪如何如何，结果大多数大赛猎手都被他们吓住了。你习惯使用的枪支，只要子弹优良而有分量，打出不会成弹片，就不会有事。波琳说她看出来了，我们在谈枪。总的原则是：足球队员不是漂亮裤子塑造的；棒球队员也不是 8 美元棒球手套塑造的。枪法是射击塑造的。斯普林菲尔德枪适合你，也够分量，它不会捣乱，没错是可爱的枪。我得了一支，所以我想不能没有它；因为，我扣动扳机时，猎物总是应声倒下。我看见一只大公驼鹿，离着60码，很容易就打着，像使猎枪一样。麦克，这跟你使来复枪可不同。只有一发子弹，指哪儿打哪儿；只要你指的地方对，这是唯一需要你做的。枪的话题就到这儿吧。

我这里有台无线电，白天夜里任何时候我都能听到鲁迪·瓦里，那什么也不是的歌手的声音——记住我在口授此信——歌声轻微，唱的是《大蓝队》。无线电最喜欢播放这个，此外还有地方广播公司播放的唱片，他们称之为广板。我想那是韩德尔的作品。

对面有一个俄国人，他被射中了大腿；也是对面，还有一个墨西哥人，胃部被射中了。俄国人一开始还呻吟不止，现在则安静了。而那个墨西哥人插着三根管子，管里流出高级别的脓，质量好得很呐。今天有两个墨西哥人来看他——其中有一个丑陋不堪，从没见过这样难看的。他们也来看我，我拿瓶子装的苏格兰威士忌给他们喝。两天前我喝了三口，它差点没要了我的命。接着是两口黑麦威士忌，不坏，毒性也不大；但看着恶心，绿了吧唧的。他们答应明天来看我，给我带本城最好的啤酒——那得是从苏格兰威士忌里醒来才行。[2]

你夫人阿达好吗？你的孩子们好吗？邦姆比安全回到巴黎了。帕特里克说他父亲不爱他，因为他从来不去看他。他们学这法国思维可真快。

这里是威尔·詹姆斯[3]的属地。来看你的人，除了那两个墨西哥人（谈到收音机里有几根管子），都跟你谈威尔·詹姆斯。他们觉得你跟一个作家谈论的话题必须是另一个作家。我曾经在斯克里布纳见过威尔·詹姆斯，他衣衫不整如书页折角虫蛀，眼光躲闪，假模假样学C.W.拉塞尔，后者倒是真正的牛仔艺术家。然而，我不想讲当地小伙子的坏话，于是数小时大谈威尔·詹姆斯，并且打算做得彻底一点。下次有任何人来，我打算声称自己就是威尔·詹姆斯，并送他们一本签名本《烟雾》，那可是小子们的经典。

你自己过得怎么样，麦克？当然，埃兹拉是个蠢驴，可他写出了非常可爱的诗篇。我想他不至于跟我找嫌隙，因为他写信来跟我讲了对我上一本书是多么的看重。那口气是说只有另一个作家他有同感。除了写诗，他的任何文字 100 次有 99 次都自闹笑话。写诗时则 100 次有 40 次犯傻。不过，他的好作品句顶句比 [辛克莱·] 刘易斯博士更值诺贝尔奖。[4]在我看来，这打击不小。因为，我总认为诺贝尔奖是等你胡子长了白了才得的东西，等你把孙子哄过"魔鬼岛"后才得的东西。我现在知道除非你得了胆结石开刀，否则什么也得不到。诺贝尔奖和其他奖项之间的区别在于诺贝尔奖金更多些。所以，也许我们得不到什么奖，麦克，除了得一个坟墓。希望别在我们老到屁股都擦不动了的时候他们才给我们奖——甚或相互擦屁股都擦不动了的时候——万一到时他们隔离了所有作家呢。

《永别了，武器》开场那晚有 15 次谢幕，却只上座三周；我知道谜底了。喜欢它的人要么想跟安德斯先生睡觉，要么想跟兰蒂小姐睡觉。

我会把这信寄到康威，虽然你的信是从法明顿寄来的[5]。因为，我不知道你法明顿的地址。* 问候阿达、米米和你。

Pappy

(此信藏国会图书馆)

[1] 11 月 1 日一场车祸后海明威住进比林思圣文森特医院。

[2] 鲁迪·瓦里、俄国人和墨西哥人都出现于《赌徒、修女和收音机》(《赢家什么也吃不着》1933 年版)，最初刊于《斯克里布纳杂志》第 93 期(1933 年5 月)。

[3] 詹姆斯(1892—1942)是个多产作家，写牛仔故事；他还是个插图画家。

[4] 辛克莱·刘易斯 1930 年获诺贝尔文学奖；11 月 5 日他的出版商举行了一个记者招待会。

[5] 康涅狄格州法明顿，阿达·麦克莱什家所在地。

* 应波琳电邀，麦克莱什飞往比林思："我一生中最揪头发的一次飞行——结果发现欧内斯特躺在床上，一脸黑胡子，对我[来此]的动机满是怀疑，最后确信——或如他所说——我是来看他死去的。"(1963 年 8 月 9 日麦克莱什致卡洛斯·贝克)。

致盖伊·希科克

1930 年 12 月 5 日，比林思

亲爱的格罗斯：

啊格罗斯，读到你成功地让法国人智穷，又可怜他们自相争斗，当然是件令人满意的事情。我常想，假如是你而不是我们住在费露路 6 号，就会令“德·朱文纳伊”花费上百万法郎拿下这产业。如此，结果就会是他根本不娶那寡妇，只是把旅馆交给希科克，以这最轻松的方式摆脱这可怕的买卖。在外交政治里法国人总是被人玩弄，任何政治人物都能让他们智穷，此况一成不变。而你，格罗斯发现了这个秘密。假如你大规模操作，而不只是做点小家子交易，到目前为止你就能把所有的法国人都赶出这个国家。我们也许就能让埃兹拉·庞德回到巴黎来住。诺贝尔奖本可以颁给埃兹拉·庞德和《尤利西斯》的作者的，却给了辛克莱·刘易斯，真是让人觉得恶心。或者诺贝尔奖本该代表在美国的或者在别的任何地方的瑞典生活方式的方方面面最佳者。所以他们把奖颁给了刘易斯？啊，我想我们该谢天谢地他们没有把奖颁给亨利·范戴克或者威廉·莱昂·菲尔普斯。我肯定他俩都认为自己在排着得奖的队呢。德莱塞的威胁也消除了，尽管两个作家比较起来，德莱塞比刘易斯远更该得奖。在我看来，诺贝尔奖和其他奖项的区别似乎仅仅在于钱数。既然所有奖项都扯淡，除了数目大小，奖又有什么差别呢。虽然如此，去年他们把奖给了托马斯·曼。当他们把诺贝尔奖给了叶芝的时候，我真高兴。

假如这封信打字整洁，又假如这封信拼错字了，你希望我知道；再假如你发现这信里有女性理解人的笔触，那是因为这封信是波琳打的。我们在过去的五周里一直住在蒙大拿比林思圣文森特医院；希望下周能离开此地到皮戈特。糟糕的路况和周六夜行司机给我带来点小灾难，有六天了。大夫给我的上臂做了手术。钻了个洞把骨头绑在一起，然后用袋鼠腱抽打末端，胳膊里面看上去像驼鹿的身子组成部分，你得扔掉的那部分，你给它开膛破肚后人不能消费的那一部分。现在全好了，除了感觉沮丧，开始时疼得厉害。六个月内总会好的，要么就好不了了。骨头愈合很好，大夫把它固定直了，任何麻烦都只在神经末梢。

我们上半年从这里前往皮戈特，然后再去基韦斯特。也许春天在巴黎会见到你。我的关于斗牛的书写了四分之三了。估计我们五六月份去马德里采集插图。圣诞节前把初稿拿出来。为帕克斯［·伊斯特］或勒·特里尼特［欧内斯特跟我说怎么拼写帕克斯，因为他以为我可能把作曲家帕克斯的名字写上了。你看他多信任我，在床上还跟我争执呢。］[1]写的书就要完成了。

阿肯色平均一天倒闭 63 家银行。比林思这里因为甜菜容易挣钱，倒是很繁荣。美国别的地方的人都失业了，包括写此信的人。假如你想知道我受伤翻的是什么车——就是那辆我们在波尔多放上船的车，我们从庞朴罗纳开着出门的车。假如你在琢磨进入戏剧行当，愿意提议我得 750 美元预支稿费（《永别了，武器》），拿到这慷慨报价的［保罗·］雷诺兹得 75 美元预支，受雇审查雷诺兹先生各项活动的律师得 102.50 美元，戏剧家古尔德拿 18 左右（同时还有几项我不愿支付的评估之类）。加上点别的，我们就买下咱的贝弗利山豪宅。按照制片人、处理钱的事情的雷诺兹先生、受雇审查雷诺兹先生的律师的说法，这个剧从未付过预支稿费。另一方面，电影制作权卖了80 000 美元。其中，谈判中一点角色没扮演的雷诺兹先生很知足于 200 多美元的谦虚收入。把剧本弄得够长并把它卖给电影院的伍兹先生，以及将本子逐句写成戏剧台词的斯道林先生，各得 24 000 美元；海明威先生也得 24 000 美元。如此他的朋友、亲戚和家属以及比林思医院听到消息皆大欢喜。

万一这封信语气不甜，那是因为它是听写的产物；手持钢笔、铅笔或者玻璃杯，我脾气就再好不过了，人人不及我（海明威太太也许不愿打这个）。一口授这个，让人想起老普里·德里维埃拉，独裁的痛啊。假如你听到谁在报告说我们在支持左岸杂志，你就把报告人毙了，不管是谁；就当练靶子吧。我们什么也不支持。我们在中西部卧床淘金，结果没有发现金子。几个星期前，这里的人不再写报道了，因为他们心里有数，要不是简单而小的事情如胳膊受伤，我们早就乘船离开此地了。连《比林思报》都派了个记者来，结果发现这个叫海明威的家伙在医院里不过是有条骨折的胳膊。《比林思报》上的这篇报道说他进来的时候一定样子可怕，肝硬化，也许。啊，格罗斯，知道你对恐怖的细节感兴趣。你看见人家摘除肿瘤就产生快感，不管你认不认识人家。让我告诉你吧，肱骨断得干净，我的胳膊弯曲自如，关节摸到了肩膀，海明斯坦自己就将它归位并把它放在膝盖之间，又车行22英里到达比林思。你可以在皮肤下面看见骨头尖。不过，有创骨折是避免了。正骨之事进行了三次。两端不黏合，因为肌肉老让它们错位。手术进行了两个小时，刀口有九英寸半长。备用腱肌肉的袋鼠是心满意足的袋鼠类。受伤的胳膊是右胳膊。我相信给你写的已经够多了。也许太多了。家人不希望人送花环花圈，所以请你别告诉迈克阿尔蒙先生和卡拉汉先生。无论你写多少信，都请寄阿肯色州皮戈特，前银行业地带的核心。信准能收到。只要海明威夫人伸出援手，你的信就有机会得到回复。

问候你、玛丽，祝你全家好运。我仔细端详过阴险狡诈的前旅馆门房，他们或是饮酒过度或是别方面纵欲过度而颓唐。他们甚至小声把希科克的名字吹入几个人的耳朵，想让他们吃惊地承认他们是你的父亲。不过，迄今在这伟大的西方国家，没有人承认此。然而，我们在勤勉搜索，上半年会把开销账单寄给你。假如我能找到你老爸，你会拿他怎样？

再见，格罗斯。波琳和我都问候你。

欧内斯特

（此信藏普林斯顿大学图书馆）

[1] 波琳插入此注。

致亨利·斯特拉特

约 1930 年 12 月 15 日，比林思

亲爱的迈克：

随信附上给《队员》的支票。非常感谢支付这笔稿费。他们曾寄给我一张收据。

看样子得 1932 年了［非洲之行］，孩子。我到基韦斯特就会知道了。不过，大夫说神经功能恢复得六个月。假如它自己不恢复，可以通过手术来恢复。手术要来得快一点，当然啦。我的腕现在还完全处于瘫痪状态。一直疼得厉害，就像埃兹拉描写的那种地狱般的疼痛。可是自 11 月初以来，它就丧失了功能。技术上讲，所发生的就是骨头两端彻底断了后，胳膊自己弯回去了，神经被抻，结果就不管用了。今天，他们拿个镜子弄来弄去，把夹板去了看看，发现骨头长得很好，很直，开始结实了。二头肌和三头肌之间的刀口足有九英寸长。啊，见鬼，现在讲话、思考、写作或者口授别人打字都让我烦；有这刀口看着就更烦。

我痛恨把波琳弄这打字机上敲字。你能不能把这封信寄给查尔斯，让他看里面关于武器的一些信息。我收到布拉醉人的信，他说一定是喝了劣质酒，因为自己倒在门口；不过感谢上帝他没有伤着胳膊。他建议我们都小心点，今年死的人多，这些人从没死过。

啊将军，这里没有什么更多的消息了。我希望你看到麦克拉宁和佩特罗尔的拳击赛了；我自己是把最后一百块钱拿出来也愿意看这场拳击。

一周内我们也许离开这里到皮戈特去；年初前往基韦斯特。希望你和阿奇能有机会打猎。假如他要双筒枪，就让他去弄吧。我不在乎人用什么枪，只要他们学会用就行。我觉得用什么枪没什么区别，只要不是太轻的变态枪。枪太轻容易反作用于你自己，也不容易举。我们提供分量重的枪的携带夹具。

我当然欣赏你写的又好又长的信件，因为信件是这里唯一让人

激动的东西。你注意到了吗？胡佛现在热衷儿童福利，正让白宫充满孩子们的脚步声。他们无疑是想把他塑造成伟大的人道主义者——不只是斤斤于经济问题。他的喉舌开始把失业的人说成闲散人员，我看出来是怎么回事了。啊，你的老朋友海姆就是失业人员或者闲散人员。医院里的人都对我说，我该把这个看作是休长假。

我想象麦克西大大地欺骗了我；不过，那也许是我头脑处在死亡的状态。

问候玛吉，波琳和我也问候你。耽误了非洲之行我真是抱歉。假如我提供的情报没有让你便秘，我当然愿意成为情报虫子。我只有五天的情报。他们害怕我太喜欢玩情报，可我感觉太好了；玩情报的好感觉是传递手段的感觉好，而不是积极寻求快乐的那种感觉好。你在疯人院就只能整夜躺着无所事事，想着老麦克斯（你信任他就像信任查尔斯）欺骗你。这大概都是卧床的毛病的表现。再见，迈克。记得替我问候失业俱乐部的所有哥们。我想听听比林思无线电广播一小时，就像斯特拉特在斯特拉特鼻烟狂欢节上吸一小时鼻烟。我想我跟你说过，这是吸鼻烟的绝佳之地。[1]

海姆

[1] 斯特拉特的祖父建立了世界上最大的鼻烟工厂。他的父亲在路易斯维尔运作斯特拉特兄弟烟草公司，专业制作口嚼烟草。（见 1980 年 4 月 4 日斯特拉特致卡洛斯·贝克信）

致麦克斯威尔·帕金斯

1930 年 12 月 28 日，阿肯色州皮戈特

亲爱的麦克斯：

圣诞前夕到达这里，仍感觉无力。希望 1 月 3 日能离开此地前往基韦斯特。谢谢你的来信、电报和寄来的漂亮书籍。我写此信是跟你讲讲阿奇·麦克莱什。他因自己的缘故要离开霍顿·米夫林；

哈尔考特·布瑞思、哈泼斯等给他开了条件。在我的建议下，他愿意来斯克里布纳。我想他无疑是美国写诗写得最好的人。他有着最大的前景。目前他正写一首长诗叫《征服者》，是关于墨西哥克尔特兹人的；要写一阵子呢。等写完了你可以安排出版。你可给他写信，信寄到纽约《财富》杂志收转阿奇巴尔德·麦克莱什；可约见他。你找不到这么好的名字、这么好的作家或者这么好的人列入你的单子了，不管你怎么叫你的单子。他的未来在他前方，而不是在他后方。他不好意思谈钱，就像你不好意思开价多少一样。他对钱的安排很不屑于涉及。不过，看在上帝的分上，你付得起多少预支就尽量给他，因为这样会让他开心得要命，终究你会得许多许多倍的回报，无论你给他的是多少。他已写就的诗篇从现在起能传两三百年，一如现在被人阅读。

你知道我给你推荐人是什么情形；假如是出于“好心”或者友谊我会怎么做。我一般会说客气点，别伤了人家的感情，尽量愉快地把人甩掉。这次推荐阿奇可不一样。他是目前你能得的最好的诗人筹码，假如你选择全面出击选题的话。别让埃德蒙·威尔逊跟你说不是那么回事。我在上帝面前跟你承诺。别人在停滞不前或者倒退，他却在稳步前行。假如他去了别家出版社，那才是悲剧呢。

别因此以为我是为了上帝、为了斯克里布纳、为了耶鲁才这么做，或者受什么爱国动机驱使。是你自己对我太好，你公司卖不卖书我才不管呢。阿奇是我能为你效的最大之劳。

这信写得比便条似乎长多了。你跟威尔逊谈写序的事情了吗？我希望你及时收到了我的电报，结果你还是没有及时收到。假如我不是经常发热，一会儿这个一会儿那个，我就不会留心，无非是亲自登记一下留作他日参考。啊对了，一个叫格里高利的家伙，比林思报业里的人，给你寄了本小说，我对那里面的内容一无所知。他人不错，我看着很随和。我希望你能好好看一下。然后给他写封信。我期盼3月在基韦斯特见到你。假如江纳森·凯普来，问起我下一本书，别跟他说任何东西。就跟他说你只知道我受伤了，书快写完了。上帝啊，我的确快写完了。你来基韦斯特，我给你看部分手稿，假如你愿意看的话。同时，你是个很好的小伙子；那就别在“联邦鸟类避难所”射杀任何种类的鸟儿。

你收到此信的时候，转寄部门也许开始转寄我的邮件往基韦斯特了。希望我们在那儿收到邮件。我大部分时间还是卧床；但有赖基韦斯特把一切修复好啰。

一如既往祝你好，

欧内斯特

(此信藏普林斯顿大学图书馆)

致阿奇巴尔德·麦克莱什

1931 年 3 月 14 日，基韦斯特

亲爱的阿奇：

我们刚从托尔图戈斯回来——13 天——只有 3 天好天气，余下 10 天刮风——抓了大约 60 条大月鱼——还有许多黄尾、红鳍笛鲷、石斑鱼等。我拿钩子钩了些月鱼给了别人。胳膊好了。这封信就是好了的胳膊写的——还行，仍有点困难。能用这条胳膊抓点小鱼。

没给你往蒙大拿写信，因为我想你还没收到信就要回来的。接着是发现你从那儿寄信，真遗憾你去那儿的时候没给你往法明顿写封信。

看啊——我们在查尔斯［·汤普森］家（他坚持这么做）为你准备了一间屋子（安静）——假如你不想要帕特·摩根家的［另一间］——或者楚布[1]住的那房子——查尔斯的房子和楚布住的房子都不错——查尔斯的不收钱——楚布那地方一周 5 美元。亨利耶特（饭做得不错）。昨天天气变好了变暖了。你什么时候来，能呆多久？现在正是钓鱼的好时候——大海鲢鱼开始上来了。湾流那儿还有许多鱼。狠扔了 30 只练靶子的泥鸽，打中 27 个。左手举枪抵住

右肩，右胳膊扣扳机——每次都得抬胳膊。还用左手拿手枪打了两只燕鸥。爸爸又吹牛了。

凯若丝［·克洛斯比］把《1500年来的自然［死亡］史》拿去我高兴。[2]你来时也可一读此书。我没回信是因为我既不能写东西，也无法通读一过——我会给她写信的，很快。你传来的墨菲家的消息很好。我们昨天收到他们的电报。你来后跟我讲讲一切细节。波琳问候你。我现在健壮得像头猪。Dans la vie il faut d'abord durer.［人在生活里先得持久。］写不了法语，原谅我信写得这么烂。手还是比眼睛慢。

很高兴听见瑞德［·辛克莱］·刘易斯人不错——我们死后都会成为伟人的，都会被虫蛀光的。我希望你的那位熟知你的波德莱尔：Les morts，les pauvres morts ont de grandes douleurs.[3]我也想成为伟大的作家，但也一样感觉难。一只手射击都令你的胸腔全然变色——永远也成不了伟大的作家了，但我对基督发誓，我的射击水平很高。一只手射击跟埃德加·史当东比，一个目标能得20环，并且还赢了两次——当然也输过两次——打平手一次。打过9x10—9x10—7x10—9x10—8x10—6x10。最后肩膀酸疼。爸爸真会吹牛。爸爸爱你。我们5月离开此地前往西班牙。

（此信藏国会图书馆）

[1] 蒙大拿州瑞德劳吉的楚布·韦佛在基韦斯特度假。
[2]《在我们这个时代》是凯若丝·克洛斯比的黑太阳出版社出版的（巴黎，1932年6月）。
[3] 见《恶之花》“幻想的爱”（“L'Amour du Mensonge”）。

致F.司各特·菲茨杰拉德

1931年4月12日，基韦斯特

亲爱的司各特：

我俩都很难过泽尔达情况这么不好。我早就该写信了。我向上帝祈祷让她现在好转，你也好。我知道你也遭罪了。我们表示十分同情。

除了这只胳膊外我一直过得很愉快。11月1日事故发生前我一直写书写得很顺利——自那以后一行都没有写，直到本周。现在身体很好，会写得顺利——胳膊神经恢复了，瘫痪的日子一去不复返了。

我们5月出国。我会在西班牙写一整个夏天，把书写完［《死在午后》］。很期盼见到你。假如你还在瑞士，秋天就去那儿见你。我们可以不穿上衣骑摩托车游。我没有和阿兰［迈克尔·阿伦］或别的小伙子们保持联系。你可以给我写一份有文化含量的小伙子们的近况。我在纽约的私家侦探向我报告说你现在是个很严肃、很勇敢、很庄重的公民。这一切在我眼里都是马屎。于是相应地削减了我的私家侦探的薪水。请代我问候约翰·毕肖普，在你见到他或者给他写信的时候——我愿意给他写信，可只能写400字左右，否则胳膊就脱臼了。我把这400字左右算入削减欠麦克斯的国债——反正是要给他写信的——胳膊好得很快。

你也像邦尼［·埃德蒙］·威尔逊一样成为共产党了？1919—20—21年我们都成了被收买的共产党员时，邦尼和那些家伙认为纯属扯淡——事实证明的确扯淡——可是假如每个人迟早都要经历政治或宗教信仰呢。我个人觉得情愿早点经历，把幻想丢在身后，而不是放在面前。

啊菲茨，我们可是渊博的人啊，我们码字的孩子。

随函附上最近的护照照片。去年夏天马术不佳，盘［脸］上挂彩了。照片能显示的。

一如既往问候泽尔达。告诉她，别感觉跳舞越发不好。无论怎样，她学跳舞学得太迟。你是6岁就开始跳舞了；譬如斗牛，也得这么早才能跟得上。她也不愿自己晚学，成为芭蕾里的悉尼·弗兰克林。不是吗？你是了解我们文字贩子的，菲茨——总是给人宽心丸吃，另一方面却自顾不暇我们自己的麻烦。

基督啊，我现在唯一的麻烦是去弄笔墨（铅笔也行）纸张，另外加 3 个月晴朗的天气，让我写书其中。不过，想象一下，所有麻烦都会迎刃而解的。

再见司各特，我们俩问候你俩。

欧内斯特（发现库洛·卡利约的人）

你的“前海军陆战队队员”好写不？

我很难过你去美国办这么伤心的事情。希望读到你对此行的叙述，是写成书的东西，而不是邮件。记住我们作家只有一个父亲和一个母亲赴黄泉。别浪费了这么好的题材。

（此信藏普林斯顿大学图书馆）

致瓦尔多·皮尔斯

1931 年 5 月 4 日，海上

亲爱的老瓦尔多：

谢谢你发来电报，奇科——真希望你也在这船[1]上跟我们一起去西班牙。

旅途看样子是枯燥得很了——迄今同船的都像司铎。希望你和阿尔奇拉都好，双胞胎也好。

我们买了基韦斯特灯塔对面的带铁栅栏和阳台的旧房子。[2]阿尔奇拉知道我说的是哪一座。

我会从马德里给你写信的。巴黎的“保证信托”会转交信件给我的。我最近写作很烂，是因为该死的胳膊不行。刚摆脱瘫痪班 3 周。

现在绝对没问题。

一如既往祝你好

你的朋友

欧内斯托

（此信藏柯尔比学院图书馆）

[1] 荷兰—美国航线“S.S.沃楞丹”号。

[2] 基韦斯特怀特海街907号这所房屋是在波琳的叔叔戈斯·费佛的帮助下买的。

致约翰·多斯·帕索斯

1931年6月26日，马德里

多斯：

后天选举，此地沸沸扬扬——900多个候选人，右派不足100人——23个不同党派——共和派获大多数选民支持；他们以不同的颜色出场，有红色共和党人，有白色共和党人，有黑色共和党人。

政府振振有词地不再管科鲁纳-奥朗思铁路的事了（机动卡车和公交车把铁路给灭了）。结果，加利西亚人宣布成立加利西亚社会共和国（直到政府再管铁路的事情为止），打算在选举日施行大罢工，不去投票。

安达卢西亚开始进入沸腾状态，不过不会沸腾过头，得先看看柯尔蒂斯的情形，看看土地分割会到哪一步。工人委员会把所有收割机都给禁了。

（你看这跟俄罗斯可不太像。）纳瓦尔竭尽全力支持艾尔·克里斯托·雷——一个高级教士从公交车顶枪杀好共和党人是寻常不过的事情，卡尔摩罗修道院修士踢倒鼓动家也平常得很。两周前在庞朴罗纳斗牛场就聚集了23 000名纳瓦尔人。他们热情支持唐·雅米：他承诺一手拿剑，一手拿十字架越过比利牛斯山，胸口戴着耶稣圣心。[1]

他来西班牙时还籍籍无名；发誓要成为纳瓦尔的王和信仰的捍卫者，对唐·卡洛斯的圣树起誓。此人现在贝昂尼——一切都是在贝昂尼导演的。

加泰罗尼亚正等着做买卖。

马德里热爱共和党——一旦任何共和党人取得政权——雷诺克斯之流，他们从左变成右比法国政客还快。

国王是彻底出局了。

拉蒙 · 佛朗哥之流是一群疯子，正被人开除出党呢。他们的大野心就是“风月”革命（cuatros ventos-ism），谁在台上就反对谁。

礼拜天也许证明我的看法都是错的。我正打算寄给你一大堆报纸，供你如厕时阅读。我近来保存了一些有内容的。《自由解放报》现在成了《时代报》了——结果我的所有哥们都欣欣向荣了。一直拼命写作，直写到热得要命的 42 度—46 度，即便是遮阴下也是这温度！我密切关注着政治，看见了一些有趣的东西。

大多数牛展都很烂。目前共和国都支持养牛，可养牛的人却把该死的牛都要毁了。

你到底过得怎么样？我们在这里可过得快乐。共产党人根本没有钱——否则可好好表演一下。安达卢西亚除外——去年庄稼收获季节如在阿肯色州一般——很少有人没活干。

马克思式的革命机会等于零——尽管如此，恐怖活动或可一见。

假如最坏的事情还是变成最坏的了，第一共和国的历史可能重演。

波琳、帕特和邦姆比都好——打算带邦姆比去庞朴罗纳。哈德莱也好——我去巴黎看了她和邦姆。

给我写信，要什么跟我说。

我们俩在这里生活得很好，每天才花 3 块钱。现在是有钱的话就去买东西，时候好啊。你去过西耶拉德格雷多斯吗？巴克德阿维拉是座美妙的小城。我们在那儿时射杀了一条狼。熊掌钉在教堂的门上——鲑鳟鱼好——托尔美斯河流向萨拉曼恰——野山羊。比鲍廷斯吃得好——同样的碗碟——醉人的干净的大屋子——没有臭虫——聪明得很啊——人也好，都好——圣胡安维尔班纳第一共和国加里波第的旧旗帜——这一切 8 个比塞塔一天。

你在西班牙可是伟大的作家——假如你肯归化，凯蒂就成了大使夫人，你想前往哪个王室都行。他们都认为我在胡说，因为我跟他们说我是你的朋友。没有人读《曼哈顿［中转站］》在 4 遍以下的。尽管有描述性导读，可人还是觉你是个老头，跟乌纳木诺差不多年龄——否则你怎么会有时间如此了解基本的东西，又有那么多经验？我对上帝发誓，他们认为我是声称认识斗牛士的人里的一员，因为我说我俩是哥们。给我寄一本书，里面写上温暖的题词，否则我就因强说自己怎样怎样而受私刑——他们可爱私刑了。

写信报告消息。波琳和我问候凯蒂。你的永远的，海姆。胳膊瘸了，但还可效劳。

（此信藏弗吉尼亚大学图书馆）

［1］庞朴罗纳集会：第二共和国（1931—1939）的反教会之举促成了西班牙王室正统论复兴。王室正统派在西班牙内战中追随佛朗哥。

致艾迪·桑德斯船长

1931 年 6 月 29 日，马德里

亲爱的布拉：

我们都很好。希望你和你妻子和安妮［女儿］也都好。这里的一切现在都很有意思。所有的东西也都很便宜。好酒只有 7 分钱一夸脱。Pena 卖的那种 3 块钱一瓶的酒，这里只卖 25 美分。

天气一直很热，不过我一直很卖劲地工作。最近几天太热，什么也干不了，只有在遮阴的地方喝啤酒吃虾。

斗牛赛很多，不过都不怎么样。

我会在 9 月把钱寄给你，数日子指望着吧。你帮我把引擎外壳涂上油好吗？在管子插口也涂上油，省得长锈。查尔斯知道在哪儿。

假如你去打捞沉船的私酒，我祝你好运。我在哈瓦那赌斗鸡赢了点钱，在船上打扑克掷色子也赢了点。这次旅行没有晕船——从哈瓦那到威戈用了12天——最后6天很不好过。

在西班牙—法国边境见到波琳。去巴黎见邦姆比。他们都很好。

国王是不会回来这里了，不过他们手上自己的麻烦不少。

当然希望你在这里，下午能一起去看斗牛——再带你四处走走。

替我问候你妻子朱莉娅，问候安妮。祝你好运。

欧内斯特·海明威

波琳问候你们大家。告诉查尔斯，我之所以没写信是因为我在拼命工作，太忙。

（此信藏普林斯顿大学图书馆）

致瓦尔多·皮尔斯

约1931年11月1—12日，密苏里州堪萨斯市

我亲爱的瓦尔多：

你怎么样，爷们？不见你可真不好过，你个生双胞胎的家伙。[1]你既然知道自己有弄双胞胎的睾丸，看在上帝的分上，撇开家庭生活，今冬来基韦斯特，我们就又可以去托尔图戈斯了。波琳和宝宝一旦能旅行，我们就从这儿前往那儿。假如这孩子11月15日出生，我们就圣诞节前去。无论怎样，会呆到5月。你3月份来吧，我们去托尔图戈斯。我们发现那些该死的大月鱼后你还没有去过那儿呢。真遗憾在纽约我们没有聚一聚。

大夫们都说这又是个男孩。所以，你还是少作预测吧。我很想要个女孩，但迄今合法的、私生的都没有；所以，不知该怎么办才行。也许麦克斯能支招。

你现在体重下降到 195 磅，真不错。我那该死的鳍瘫痪 8 个月左右，无法做任何运动，拿重东西时晕得像头猪喝了啤酒。体重穿衣时曾经达 218 磅，现在是穿衣 211 磅。想象一下 200 磅左右时的身体吧，即便是不穿衣服。一旦我们生了这孩子，去了基韦斯特，我打算恢复一下体型。现在是拼死写这书［《死在午后》］呢。得住笔去接着写书了。所以我不经常写信。

我俩都问候阿尔奇拉，也问候你这不合格的一家之主。你把事情理顺后，要是不在 3 月把家里的摊子丢开，给我来这里过一段往日的生活，你就不是个东西。

无论怎样，同时要祝你们好——这破打字机跳字跳得像个打磕巴的满嘴讨好的话痨黑鬼。

西班牙革命后很好。春夏两季都不错——真遗憾把“北极雁”［点心］丢下回到这里。

给布拉寄了点钱让他把船底换一下。你在那儿时他们都喜欢你。假如跳进船里袭击我后背正中的大海鲢袭击了阿尔奇拉的大腿，你就不会有双胞胎了。好吧，再见，奇科——假如我不写信，是因为一整天写完那该死的书后人都该死的筋疲力尽了。

我们爱你们

欧内斯托

（此信藏柯尔比学院图书馆）

[1] 此信开头用西班牙语。皮尔斯的第三任妻子阿尔奇拉·伯恩刚生了对双胞胎迈克和比尔。

致保罗·罗曼

1931 年 12 月 9 日，堪萨斯市

亲爱的罗麦恩先生：

我不记得你问的那首诗了，所以无法同意。[1] 不过，假如你航

空寄我一个副本到这个地址［沃德大道 229 号］，读后我就给你答复——前提当然是要注明出处：出版的时间地点。假如太不堪，我就给你发电报说“不”，你就知道我的意思了。

祝好，

欧内斯特·海明威

（此信藏普林斯顿大学图书馆）

[1] 罗曼正准备把福克纳早期作品用《萨尔玛艮第》标题再印一次（1932 年 1 月出版）。这些作品大抵源自新奥尔良《双面人》杂志（1922—1925）。海明威的小诗题为《最终》（《双面人》第 3 期［1922 年 6 月］第 337 页）。

致亨利·斯特拉特

1931 年 12 月 10 日，堪萨斯市

亲爱的迈克：

真高兴得知你旅行这么愉快。我希望玛吉没事，如此你不久就能来基韦斯特了。假如这里一切顺利，我们就在圣诞节前去那儿呆一周或者 10 天。

我已经写完了那本书，就剩扫尾工作了。我想你会喜欢这书的。在基韦斯特把它抄出来寄给麦克斯——会给你一本读的。

格瑞格一个月时体重 10 磅半——不胖——健壮——这小混蛋严肃得很。[1]

才去了皮戈特打鹌鹑一周——打得过瘾——三次一枪三只——一次一枪四只——树林里的四只啊——跟着它们到了玉米地外——在茂密的丛林里打了两只——树上挂着藤和欧石南。第一只径直跑了——看不见它倒下——第二只我是把枪抵在肩上打的，又是转身又是摇晃——把枪晃得跟干草叉一样——枪托抵着我的肚子。我在捡拾第二只的时候，狗把第一只捡拾来了。波琳的弟弟［卡尔］亲眼看见的——树丛太密，想快速把枪弄肩上都难。很该死，但打鸟

还是很好玩呐——有时一群一窝的，让我难以下手——假如你把一群里的一只打下来，就觉得打了不止一只——把它瞄了，接着就把另外几只也瞄了。在高高的玉米地里朝一群鸟儿打一枪以上，或者别的情形的一群鸟儿被打了几枪，你就看不见它们上哪儿去了。

找个秋天我们一起去打猎。两个月里你每天可以选不同的地方打。玉米地里有许多豆类可以吃。两年干旱，鸟儿们够苦的了——缘于此，我从不过分——就打12只——一天发现7个鸟群——本可以射杀许多的。我用的是勃朗宁16ga。

听啊，你干吗要把牛拉出来？何不在杀它的地方就把它宰了——把肉挂起来，能打包的就打包——我们就是这么干的。把头、皮、肝先带回来，然后再去取其余的。干吗把整头牛带上走啊？一头好公驼鹿就重达1 200磅呢。你怎么拖到营地啊？

6月头两周到劳伦斯那儿［诺德奎斯特那儿?］春猎打熊怎么样？熊一个冬天都在长膘——然后把憋的玩意拉出来，这时我们就好打了——你可以试试你的大枪。豪尔·史密斯借了我一把毛瑟10.5，他说绝对是把好“水牛”枪——他曾用它打大象，但又说打象小了点儿。

这里野鸭的季节来了——30天——他们猜错了——天气变冷之前都有野鸭——一次打了3只——另一次8只。天一冷之后野鸭就没有了，野鸭整日整夜都能飞——还有许多野鹅。

戈斯叔叔买家具回来了，他是给新公寓买东西呢，新房在［纽约市］帕克街770号。他们搬进去了。你何不去看他们？

阿奇在萨利文街——你可以通过《时代》杂志找到他。

剖宫产子很危险，也很昂贵，并且困难。波琳每次都得经历此难，真不好受。

我最近在这里打活鸽子。从30码开外打。一条线在12码分别布了5个罗网；鸽子从罗网里飞起的时候开枪。拼命地飞啊——你得双管齐下才能打着它们；得在它们飞出射程之前打——我会把打鸽子的方法副本寄给你的。大射击入门票这里是120美元——全套票 2 500 美元——12 月 12—13 日。

我打过的最佳成绩是 21x25。都是死在围场里的——另四只我射杀的，其中一只起飞太晚，就落在我脚跟前；另三只带着枪伤飞跑了，在围场外落下。平均成绩因此是大约 20x30。

我带吉尼出去试试也打几个——有一天我们去打猎，她打中了 3 只鹌鹑，却径直放跑了 30 只活蓝原鸽——27 码开外。领头的要快 6—12 英尺，它们是往两边飞的——目前只有三个州有这东西了——宾夕法尼亚州、肯塔基州和蒙大拿州。今天下午打算出去。

好了，就到这里。希望玛吉好。希望不久见到你们！

一如既往祝你好

海姆

(此信藏普林斯顿大学图书馆)

[1] 格瑞高里，海明威第三个儿子，1931 年 11 月 12 日出生于堪萨斯市。

致麦克斯威尔·帕金斯

1931 年 12 月 26 日，基韦斯特

亲爱的麦克斯：

我们在这里一周了——在新房子里——管子工、木匠、生病的保姆都在这儿；一位公民在前屋整天地打着这手稿。本希望把它打完圣诞节寄给你的，现在明确年初能弄完。我真不希望了结这书——可以轻松地再写上一年——或者已经够好了；也许可以再写上一年慢慢处理。

我在床上给你写信——嗓子疼又回来了——房子真是不错；草坪也很可爱，无花果树上结着无花果，椰子树上挂着椰子，酸橙也不少。我们计划再种些酸橙和椰子。但愿你也能种一棵杜松子。小帕特里克昨天把驱蚊喷壶灌满了驱蚊液、牙粉、滑石粉；他本该睡午觉的，却喷了他弟弟一身——他醒来大哭，引起注意，不至于被

喷剂淹死——帕特里克喷得很勇猛；小的越哭，他喷得就越厉害。“你想害你弟弟吗？”

“是的。”帕特里克说道。他害怕了。

嗓子疼让我头脑里充满了脓，脑子不工作了；所以信就写到这里。希望你一切顺利。

你能让零售部的人寄一本关于鹌鹑的书给卡尔·费佛吗？就是那些里程碑式的关于鹌鹑的杰作里的一本。寄到新泽西州奥朗治市黑伍德大街249号；另外再寄一本给我。威尔·詹姆斯的最后两本书，我想是《太阳当空》和《够大了》，请给邦姆比寄去，地址和收件人写：法国茹伊昂若萨镇蒙特斯堡蒙特斯学校约翰·H.N.海明威。

查尔斯和洛林［·汤普森］都很好，身体也好。天气还没有转冷呢。还跟我们那次去“海角”时一样暖和。此季北风尚未吹，整日整夜都稳拂东南微风。

布拉把船底换了新的，把它翻了个花样修缮。是我给钱弄的。他身体也好。布尔基最近没喝酒，可圣诞夜却醉了，跑来跟我说我是他世上最好的朋友；说那次没能回托尔图戈斯都是约翰［·赫尔曼］的错：约翰跟我讲的可不一样。他们俩那次旅行都不怎么样。不过，我对布尔基说，假如他想保持清醒，就别喝醉，证明一下自己的决心，以后我就会再信任他了。这见面如旧的一幕重演。我当然不会再相信他，但他在船上却是个很好的人呢。

司各特怎么样？

有时间给我写信。看到这地方［怀特海街907号］你会发疯的。我最近没有欧洲的消息。2月本该是下一波大沸腾的时候。

你到底怎么看M.伊斯特曼的书？[1]讨论这些伟大的作家时别那么小心。你的“世界级天才”什么时候再发表东西啊？还是他太在乎媒体的看法，要不就是辜负了人的期望，再也写不出来了？我希望他写一本好书。阿奇的诗歌到了那些红头美洲鹫[2]手里我心里真不好受。

我有一套精致的理论能够解释梅毒在喜欢床上运动的作家那里

生产加速的原因。不是呼吸太刺激脑子，使该作家停止运动生活，给他诸多能量（尽管有旧疾），结果他推出的能量就如同［托马斯·］沃尔夫（他的性欲从来不强）的过头能量了。要么是我的理论错了。看看邦尼·威尔逊成什么样了？

多斯离开哈泼斯去哈尔考特·布瑞思了。或者说是脱离了煎锅进了厨子的围裙。因为，他们不愿出版关于老 J.P.摩根的书[3]——接着他说哈尔考特也许拒绝出版下一卷关于亨利·福特的书。说他可能最后只能在立陶宛出书了。我把他送到你那儿行吗？我第一次听说他有麻烦是在他写信告诉我换出版社的时候。他说这本新书比《北纬 42 度》好得多。

啊再见，麦克斯，祝你好运——我们有足够的箱子搬家什。现在的家比托尔图戈斯的房子扩大了许多——还有些画和其他东西会被搬进来。

欧内斯特

莫雷·［卡拉汉］下崽了吗？[4]下的是什么？替我向他道一声好运。

（此信藏普林斯顿大学图书馆）

[1] 要么是《爱的种种：诗篇》，要么就是《文学头脑》；两本书都是斯克里布纳于 1931 年出版的。
[2] 麦克莱什的《征服者》由霍顿·米夫林出版（波士顿，1932）。
[3] 多斯·帕索斯在他的小说《1919 年》里讽刺性地描绘了老 J.P.摩根的轮廓，哈泼斯对此很不屑，因为摩根家对哈泼斯有恩。
[4] 也许指莫雷·卡拉汉《中断的旅程》，此集由斯克里布纳出版（纽约，1932）。

致保罗·费佛夫人

1932 年 1 月 5 日，基韦斯特

亲爱的家人：

我很粗心，没写信给你们。不过，这不是因为我没太想到你们，也不是没想过我在皮戈特度过的美好时光。那次旅行真是美好极了，我享受了每一分钟。你们对我很好，我从未度过这么美好的时光。一回到堪萨斯市，事情就复杂了；因为那几天波琳不能出门，我们还有许多事情要办。接着是到了这里。吉尼给新房子施了奇迹，这下可以住人了。

你给我们寄了美好的圣诞礼物。非常感谢你。我也会准备点东西，让波琳的父亲用来展示给我们的小家伙们看；他来的时候就交给他。我们 3 月份能见到你，想来就高兴。到那时诸事就顺当了。目前的情形给一个男人提供了极好的机会展示真正的指挥若定的能力，看看创作如何能完成，同时还要开手动电梯把东西运上去；还要监督水暖工，重做漏水的屋顶的工人，给房子拉电线的电工，安装水管子的人，还有木匠等。要让大夫不许爬楼梯的人不爬楼梯也在此列。此人不喜欢指挥的活儿，却因这好差事而憔悴。我为此放弃写作的那一刻，其他的就轻松多了。

加布里埃尔［孩子们的保姆］看了一眼房子就一头倒在床上不起了。她没想到佛罗里达是这个样子的。自此，她上下床是常事，就是别的事情干得很少。她先是声称不知道是怎么病的，一生中从没生过病，一天也没有。“一定是房子有问题。”大夫给她做了彻底检查，发现她被开刀过多次，跟吃和睡不相干的所有器官都被移除了。她说她在干这份活之前才生的病。她说她的大夫说她有可能再生病；去一趟佛罗里达也许对她有好处。这里的大夫说她目前的麻烦也许是吃得太多造成的。

对她照顾有加——不用做家务，午睡时间有 2 个半小时；我们几乎每顿饭都在外面吃。她对大夫说，感觉很不好，起身都难，做不了什么事情；我们对她很好，可是她还是觉得最好离自己的纽约大夫近一点。

我们有一阵子面临把她抬上楼的问题。幸运的是，楼梯太窄。于是，在书房好好修养、呻吟了一阵子后，她终于能自己安全重获床位。她头两天还真病了，呕吐，消化不良。可自那以后，病得最厉害的时候也没见她吐，也不怎么发烧。沃伦大夫和盖雷大夫都给她做了检查，看是否阑尾炎，都说没有症状。她的问题可能是老毛病附带的，外加越发肥胖所致。不过，她的主要麻烦是想家。

所以啊，想象一下吧，事情不会拖太久了。

除了写作，别的一切都好。这房子非常好并且越来越好。两个黑仆人也好；一个花匠兼打扫庭院之类，很优秀；那黑女孩在做加布里埃尔的活，也很棒。

新年头一天下午跟卡罗尔［嬷嬷］外出去钓鱼，发现湾流的鱼开始进来了；告诉吉尼。今天有北风，这正是把迁徙的鱼群带进来所需要的。鱼贩子们昨天首次打到月鱼，前天还打到西班牙鲐鱼。

波琳因干活太多这两天卧床。假如我能阻止她干过多的活，或者能阻止她匆忙上下楼（这是禁忌之事）搬东西之类，她就没有事。吓唬她说这么干会导致她不曾经历的状况，这恐吓没用。所以，她自己小心很重要。你圣诞节写信跟她说这个，我很高兴。因为，你的信起了一阵子作用。

此事的反复是这样的：假如她匆忙上楼后发现自己在楼顶还全活，于是相信不让她这么做的人是个老保守。一个女人生产后八周内如果不小心有了什么事，那就彻底毁了。得等胎盘部位完全愈合。她们在学校就该看到展示。或者是在她们的年龄还处于能留下什么印象的时候，有毁了身体的女人向她们展示，这就能给她们留下深刻印象。

啊，海明威先生，你还有什么计划改变女性心理，请日后再跟我们讲吧。我没有此类计划，所以，就这样吧。

假如这本书［《死在午后》］很低劣，就不用把读者（假如有读者的话）拉到一边，跟他们说："你该看见格瑞高里是多大个的小伙子啊，看看我右胳膊的大伤疤。我该看看我们那了不起的供水系统。我每个礼拜天都去教堂，在家里尽量做个好父亲。"我从事的行当碰巧很难，又不好找托辞。书写得好写得坏，纵有千个理由说我尽力了，还是不能当借口：它不好就是不好。你得把它往好了写。假如一个人为了当作家（他唯一在乎的就是这个）而给自己增添重重障碍或者自找障碍，那他就是傻瓜。在家务事的成功里寻求躲避、对自己破产的朋友解囊相助之类都只算放弃写作追求的一种表现形式。好了，你就是个傻瓜，海明威先生。你又能怎么样呢。你并不能怎么样。

布拉和汤普森夫妇都好。大家都问候你们。格瑞高里体重 13 磅半。他的太舅爷爷本雅明·泰雷·汉考克现年 84 岁，那是我祖母的弟弟。他寄给格瑞格家里的谱系，这谱系能追溯到 1600 年，是家族《圣经》的抄件。加上戈斯叔叔的家谱研究，格瑞格就能追溯祖先了。不管怎样，格瑞格该能够追溯他的祖先了，胡利家追几代我们也能追几代。

谢谢你把孩子的账单寄给我。这里诸事缓慢。现在打鱼的人可以把鱼拿走了。汤普森刚建了一个罐头食品大厂子，政府就禁止古巴菠萝免税流通。无疑是夏威夷人因自己的利益而唆使的。

爱你们并祝你们新年快乐。

欧内斯特

(此信藏普林斯顿大学图书馆)

致麦克斯威尔·帕金斯

1932 年 1 月 5—6 日，基韦斯特

亲爱的麦克斯：

你没收到手稿的原因是打字的人玩篮球时扭了脚踝——波琳生病了——或者说过劳了，得卧床休息。保姆自打我们来这里之后就实际什么也没干地躺着——我呢，嗓子溃疡。不过，现在打字员把稿子打完了，我也校阅过半；假如没有别的意外，下周初你就能得到。

我写此信时彻夜陪伴帕特里克。他吃了我们估计有 1/2 格令的

砒霜，是蚁菇里含的，就一枚蚁菇。自 6 点以来就一直在呕吐——现在大约是夜里 11 点。我们能做的都做了。向基督祈祷希望他没事。大夫说他平安与否要 60 个小时以后才知道。

了不起的生活，麦克斯——真是了不起的生活啊。不过，你还是会拿到手稿的。从没有怀疑过这一点。假如人家给我吃了蚁菇，你照样可以出书：找人核对一下拼写，让麦克莱什校阅清样——多斯能过一遍西班牙文拼写。假如任何坏运气落到我头上，无非是出书时插图少一些。别弄彩页——把所需费用给波琳。波琳会挑选插图并写简短说明。我先寄给你手稿词汇表和附录，其他的就来。

水暖工——铺设房顶的工人——安帘子的工人——电工等等等等，简直让你发疯。自我开始写这本书，无名指就有创骨折——在那次打熊的过程中又被通身撞击一回——面部里外缝了 14 针——腿上扎了一个洞——随后是右胳膊——肌肉扭曲瘫痪——右手 3 根手指断了——左腕和左手缝了 16 针。在西班牙时眼睛弄得一团糟——现在戴眼镜。眼睛瞎掉之前干活不能超过 4 小时。波琳二度剖宫产。等等等等。

司各特则是老婆疯了，比我还糟糕——糟糕多了。《太阳照常升起》期间就够多麻烦的，《永别了，武器》期间——除了帕特里克出生外，唯一的事件是我父亲开枪自杀，我又有 4 个人要养活，又有按揭要支付。接着是某些屎脸评论家写道海明威先生退回舒适的书房去写沮丧绝望——我写的是沮丧绝望吗？我不知道。

外面的风刮得很凶——从东北方刮来。首批月鱼来了——还有鲐鱼。查尔斯［·汤普森］和我礼拜天打了 14 只沙锥。今年此地是鹤的世界。查尔斯和洛林都好。布拉也好。布尔基圣诞夜喝醉酒来我这里，说他如何如何戒酒来着——我是不是写信告诉过你这个？

那鹌鹑书真是里程碑，不过有点枯燥。细嚼慢咽里程碑式的书。最近回避史诗叙述类书籍。所有能画伟大大幅画作的画家都能画伟大的小幅画作。

再见麦克斯

欧内斯特

[又及日期为1月6日上午9点]未睡，陪伴帕特到4:30。他好多了。该没事。刚收到你的电报：安·瓦特金斯传话：米高梅接受了。请替我谢谢瓦特金斯小姐，跟她说另有人找我了，但目前我太忙；忙得不能去海边。别把她的电报当成我有义务通过她来做此交易，假如我卖身给米高梅的话。他们早就来找我了。别着急——目前我不打算去——只是想立此存照。EH

（此信藏普林斯顿大学图书馆）

致亨利·斯特拉特

1932年2月9日，基韦斯特

亲爱的迈克：

谢谢你给我有用的情报。想发报但改了许多——“列奥帕德——内罗毕——引号科学考察一个两个月最优惠价有水牛狮子也许还有大象四个年轻人10月初抵达句号需要你和一名白种猎人别玩花样克拉克。”

日期改变了，把克莱恩小册子里保证有的动物也写进去了。列了所要动物的具体名称，而不是一般有的叉角羚、斑马——那决定着他们该去哪儿——我无论打不打大象都想看看它——当然想打水牛和狮子。

发报的钱我来付——周末价——

遵嘱会想着带什么衣物——在内罗毕我可能会带上我的林中睡袋——我们可以配备衣物——外壳——还有倍速来复枪（二手的）。

我不想飞——万一坠毁就旅行不成了——所有的东西从天上看都是一样的——我想沿着尼罗河走会很醉人。看啊——迈克假如你有时间，请查一下海上邮船或者别的什么法国船，从马赛到门巴萨的价格是多少。我想看看邦姆比去——可以在勒阿弗尔登陆——再前往巴黎——在利普斯扬几次帆——从莱昂斯车站乘蓝色列车前往马赛——

这样就省去英格兰水路了——有时间还可以去看邦姆比；也让查尔斯看看巴黎——以及美丽的法兰西——我们齐聚一堂紧凑在大篷车餐厅里——

小子，这难道不是醉人的旅行吗?

不过，得弄清楚了，别上了去意大利港口的船，因为我们不想去利帕里——或者［挨］揍——

假如不去意大利，我们就能登上辛普敦——东方快车——巴黎——米兰——的里雅斯特——阿格勒布［萨格勒布?］——索菲亚——泼泼多泼里斯［菲利波波利斯?］——亚德里亚诺堡——康斯坦塔——穿过马尔默拉海，在埃及和苏伊士运河登岸——人们都说一路有火车了——穿越阿纳托利亚——那可真是醉人的旅行——我两次这么到的康斯坦丁堡——真是好极了的旅行——也许还越过阿纳托利亚呢——

我们可以在维也纳上东方快车，走布加勒斯特到康斯坦斯——不过我知道从马赛始发的法国船不错——英国船当然是以英镑计价的；即便如此也不贵——可以坐“蛙”家船到苏伊士，再从那儿上“多汁儿的酸橙”前往蒙巴萨——你说怎样，将军——我们元旦才回来。

不带子弹我们也行——“运动员之家”很著名的——

关于克莱恩，唯一要说的是他的名字——克拉克说过他是否是克莱恩家族的一员吗?——德国人真醉人——犹太人可不那么好——我们可不想他结果一如哈罗德·洛布——不过还是发个电报，让我们得一语录——

我带30.06—10.75口径毛瑟枪——12口径猎枪（连发）和6.5口径“蛮力谢尔”——还有我的柯尔特22口径“加利福尼亚林中猎

人”——

我也许带上剑和斗牛用的红布对付水牛。你带上一个风筝，我们见到大象时好往上爬——

向上帝祈祷，希望玛吉好一点——替我们问候她，向她表示同情——不久就再见到你了——海姆。

［左边：］写作从未这么顺利——身体很好——写了 3 个短篇。

［右边：］礼拜五抓了 44 磅重月鱼一条——用活黄尾鱼。我们抓鲟鱼该破世界纪录了——也许是紫鲕——

［第一页右边：］波琳今天离开此地前往纽约——去找保姆——两个黄了——她在迈阿密遍寻不着——去戈斯叔叔那儿见她吧——帕克街 770 号。她 3—4 天内必去纽约——

(此信藏普林斯顿大学图书馆)

致约翰·多斯·帕索斯

1932 年 3 月 26 日，基韦斯特

亲爱的老多斯：

你的书［《1919 年》］写得非常棒——4 倍好于《北纬 42 度》——那本书也就够好的了。你倒文思泉涌，还写得这么好；我害怕你会遇上什么事——吃水果时一定要洗要削皮。

现在小心一点。在第 3 卷里别走笔，回头把完美的人物都弄进去了——别写斯蒂芬·戴德勒斯之类——记住，是布鲁姆和布鲁姆夫人救了乔伊斯——能把这混蛋从伟大文学里毁掉的唯一因素就是斯蒂芬。假如你写高贵的共产党人，记住，这混蛋可能手淫，也会嫉妒得像只猫。动笔时保留人的本色，本色的人，人；别把他们弄成符号。记住，人类这个种群要比经济制度古老——“基督教青年会”(Y.M.C.A.) 曾经是一场崇高的运动——一如循道宗——路德

派——法国革命——公社——基督教——所有这一切都没有被人类经营好办好。

墨西哥的马克西米连派不值一提——第一西班牙共和国还行——结果却是一样。经营得好经营得坏结果都是暴君当政。

记住我们的主在十字架上苦熬，只是因为人们杀了他才“道成”。邦尼·威尔逊忘了基督教是从猛烈反资本主义犹太制度开始的。毁掉事物的正是经营管理之道。一切都是人做的，这是事实——只要一个单位比村子大，就不可能公正运作——你所要的又恰恰是正义——你很知道事情就是那么回子事——别让人把你吸进来谈什么经济 Y.M.C.A.。

我该跟你说说这个——基督啊你比我更清楚。你现在处境不易，因为你自己给自己施加了许多压力；这对一个作家来讲很不利，就像惠特尼的东西对你不利一样。我说作为一个作家——不是作为一个人——你容别人影响你的勇气太多；可是记住，写作是世上最艰难的事情。所以，一切作品都要求点什么，或者要求有人承担责任。你现在比那些混蛋作品写得好多了，已经在最好之列——你一直处于越写越好的状态。看在基督的分上，别追求完善。保持事物的本来面目并展示它。假如你能展示事物的本来面目，你就能臻善境。假如你追求善境，你就什么善也达不到，也无法展示善。这就是你的书醉人之处：因为你抓拍了许多，通过照相机的眼——新闻胶片——画像——不过，因为你有那些抓拍，如实叙述时就不能掉以轻心。写的时候要像你别无选择——别依赖惯性。

原谅我说这些废话——也许不通得很。

我要卖劲看清样，尽量删掉你所谓的狗屎——你真好，不嫌麻烦给我指出来。[1]

上次见到你和斯塔特［凯蒂·多斯·帕索斯］真开心。波琳身体感觉很不好。我们去了托尔图戈斯 18 天——3 场西北风，一场接着另一场。尽管如此，还是很愉快。

你的 200 元支票回来了——我收了。银行也许想用刀宰了你。

别再寄了。真愿用200块钱做赌注，赌你该死的优良写作方法必胜。《暴风劫》卖掉了，卖了不少钱。[2]

我们这里大家都好。我们许多邮件包括航空邮寄支票都是通过“布兰特和布兰特”走沃德航运—韦拉克鲁斯的。这封信我会走美国快递公司—墨西哥城——挂号，并附上退信地址——以及一个贴足邮票的信封。我寄出支票后发电报也是走“布兰特”——复电也走他们，原电就是他们发的。

我真高兴你喜欢那斗牛的书。埃斯特［·钱伯斯］说假如对你的计划日程有利，杰克·劳森打算离开好莱坞前往东部。假如你来这里，我们就去吃虾蟹贝类，去抓大海鲢。

坎比［·钱伯斯］家里在我看来有点阴郁。可是，何不阴郁点呢?

大家都好。我们打了条15英尺长的锯鳐——抓了条49磅的月鱼——湾里充满了旗鱼。我们真愿住在托尔图戈斯。记住把天气写进你该死的书里——天气很重要。

问候凯特。大家都问候你们。基督啊——我真愿与你们这帮杂种在一起。

我们在托尔图戈斯抓过各种高鳍笛鲷——打了一群像紫鲕一样跟在船后面的——在东基浅水处把它们打捞起来——死寂一片——有重达16磅的——能看见它们来咬钩。

贩了们都有好日子过。

好吧，再见——

你写了本很好的书——你也该有好日子过。

海姆

(此信藏弗吉尼亚大学图书馆)

[1] 多斯·帕索斯曾写一信寄给海明威，是对《死在午后》充满智慧的评论。此信是海明威的“对等交换品”。

[2] 发表于《大都会》杂志第92期(1932年5月)。海明威因此得2 700美元稿酬。

致约翰·多斯·帕索斯

约 1932 年 4 月 12 日，基韦斯特

亲爱的多斯：

我给你寄过几个邮件，都是挂号的，写的是“美国快递公司墨西哥城”收转；还寄过一封长信。假如信里写了任何文学方面的建议，你就当扯淡吧。基督知道，你比国内（或者市内）任何人都不需要建议。我在信里啰嗦说别在第 3 卷里塑造太高尚的人；看在上帝的分上，别以为我在说本·康普顿。在我看来，那是书里最好的一段叙述。非常美妙的故事。你不需要建议。

“死亡天使”干什么呢？“死亡天使”不能造访一下沃德·摩尔豪斯或者是客厅里的某些婊子吗？

埃斯特·安德鲁斯让我写信告诉你（“墨西哥城”收转）说，杰克（霍华德）·劳森离开西海岸了。不久，钱伯斯夫人又给了我相反的信息。

[坎比]·钱伯斯本人身体很好。我跟他说我的理论是：他的瘫痪纯属骗人的谎言；跟他说你是资本家付薪水的。多斯·帕索斯这条“华尔街孤独的狼”。

听着，狼，写信跟我们说说你过得怎么样。从明信片上看，你似乎旅途很愉快。

埃斯特说她怎么没有被写进你的书里。我跟她说我也没被写进去；不过，作为老橡树园的一员，我很高兴你把理查德·艾尔斯沃斯·塞维奇写成“老橙之家”来的人，属于“蓝色橄榄球队”的人。

我正拼命工作呢。每天都从清样里删除一吨垃圾，把它们撒在短吻鳄梨树周围，树将长成参天大树。第二个收获是酸橙，第三个收获是杰彼斯金酒。

正写一本关于司各特·菲茨杰拉德的书，够怪的。很有意思，很有指导意义。打算也长一副照相机的眼，查看一番马的屁股，拍

个新闻纪实短片报道你用中文唱歌、一边给每个顾客一杯热樱桃白兰地的情形。文学暂且放到它自己的脚上，或者放到该怎么说呢——孩子一屁股坐到——

我们都好。波琳有了个好保姆。12号我们去古巴海岸；假如天气好我们打算夜里奔满月——等没有月亮可赏的时候再回来。打算呆两周。

海军部长［查尔斯·弗朗西斯·］亚当斯正要完全关闭海军大院呢——连看门的都不留。快来啊，我们偷椰子去。

写信给“美国快递公司”和“墨西哥城”，看看你有多少大好的邮件吧。

这封信我会寄到布兰特布兰特和布兰特。布兰特布兰特布兰特范多伦夫妇要来了。高兴起来吧，伊萨贝尔·佩特森，你不能来，在邦尼·威尔逊像下面，我们就永远也无法在老肯塔基之家的自由空气里见面了。

格兰威·维斯克特，这不是玩笑话，正推出《号召行动》。他觉得诸事都朝坏处去了。5月份就出版［《恐惧和颤抖》］。

假如西南岛共和体立刻脱离联盟也许还好些。我已经组织了切电缆行动、炸掉巴西亚宏达高架桥的行动、焚烧桥梁的行动、毁掉所有码头和灯塔的行动，并且还掌控了足够的运输蒸汽船，给饥饿的人群送吃的。我们就建立自由港，修筑许多大仓库放酒，当世界上最繁荣的岛屿，当西南的巴黎。萨利［J.B.萨利文］在他制造开水壶的厂子里正搭断头台呢。我正制订计划一夜之间重新奴役黑人，在非洲高粱地里修设施管理中国佬。查尔斯［·汤普森］保证每个同志都有足够的绳索自己去上吊。

给我们报告消息。“政变”计划在海军和海军陆战队走了之后才实施呢。第一天夜晚我们屠杀天主教徒和犹太人。第二天夜里屠杀被第一天的事件催眠哄骗得以为有安全感了的新教徒。第三天夜里我们屠杀自由思想者、无神论者、共产党人和守灯塔的人。第四天我们在海湾钓鱼，捕获另一条船，给我们忠实的黑鬼送吃的。就在那晚上，我们打倒几个反革命分子；假如事情不顺，我们就烧了城市。第五天第六天自由活动，本党成员愿怎么玩就怎么玩。第七天我们选举巴特斯坦［·凯蒂］当“理性女神”，命令麦克莱什写一首关于此运动的史诗。那天深夜我们枪毙了麦克莱什，因为他的史诗写得太烂；派人去找伊万·薛普曼。你能看见结果会是怎样。皆大欢喜，人人忙碌开心。十二天后我们加薪去攻打地狱，屠杀波兰人。

假如你参加我们的队伍，请告诉我。

波琳问候你们。

［欧内斯特·海明威］

（此信藏弗吉尼亚大学图书馆）

致瓦尔多·皮尔斯

1932 年 4 月 15 日，基韦斯特

亲爱的老瓦尔多：

真是遗憾你破产了，孩子。因为，我们本指望在这里见你和阿尔奇拉的。这个冬天不错，2 月 27 日才刮了一场北风。往年都冷了的时节，却一直像常规夏天的天气。本该是热的时节，现在却温和凉爽。老丹迟迟不动。有时得叫醒他来给他钱：不像世界上别的一般情形。阿奇、迈克·斯特拉特和戈斯叔叔一起来过。我们去了托尔图戈斯。本打算第一个晚上住在基西南的，就是那次跟比尔·史密斯捕小鲨鱼的地方。凌晨大约 3 点，天开始刮风，见鬼的西北风。我们不得不去长滩海峡躲避一番。在那儿滞留了三天，才越过托尔图戈斯。在流沙里行走可不是件舒服的事情。我那可怕的眼睛现在坏了（倒不是硬把乔伊斯的艰难书籍强读给小子们听读的，而是根本就读不了书，也不能写作。我是口授让波琳打字写这信的）。从来就写不好信，口授就更烂了。现在就要拿到新书的清样

了。你有庞朴罗纳斗牛场牛群拥进的那张画的好复制本吗？能给我马上弄一幅吗？我想复制一张用作书里的插图。请马上告诉我有没有，行吗？多斯读过这书的手稿并声称很喜欢它。也写了几个短篇。一个发在5月号的《大都会》烂杂志上，是写本地风光的，也许你会喜欢，假如你读的时候不看插图［《暴风劫》］的话。是布拉先把这故事讲给我们听的，你也许记得。还有些好故事可写。已经写了六个，是结集用的［《赢家一无所得》1933年版］。

这房子真不错。你记得吗就在灯塔对面？就像尤特里罗家的房子那样好看。间于乌特里罗和米罗农场的房子吧。把你画的两只山鹑和猎枪放在餐厅壁炉上方，真是好画。大家都在巴黎，那是米罗、梅森和那些鸟儿，鸟儿死盯着你的两条狗鱼，啊是小狗鱼，在大浅盘子上的，还有鲑鳟鱼。你还画过这样的东西吗？有机会碰到你的画作或者买你的画作吗？查尔斯和我都后悔我们犹犹豫豫没买你在后屋画的两幅作品。我们打算推举查尔斯竞选总统，以便终止萧条，让人人都有绳子上吊。

但愿你能来此地，一起坐船去古巴海岸。他们那儿有巨大的枪鱼，条纹的黑色的都有，就是赞·格雷去塔西提抓的那种。我们下周打算去哈瓦那，去那儿钓鱼。打算坐乔·格朗特［乔·罗素］的船去，在头一个月光之夜。你收到信后，何不从你老爸那儿借点钱买一张哈瓦那往返票？我们在那儿钓它十天鱼，从12日开始。记住，一旦通货膨胀，钱无论怎样兴许也无济于事。你现在能借就借，等美元像德国马克一样再还。我们太久没有见你了，你太他妈的宅了。记住，为你好才说的：当爹只是一份兼职工作。你的朋友们很快就会死去的，只有你老爸还活着。

你何不发封电报说你要来。问候阿尔奇拉，祝你全家好运。不过，记得我们几个人的家是为了能回来才存在的地方。我们都行将老去，而那些鱼却不会变得脆弱。借你的傻福气，我们也许能抓到一条。

发电报来说你会露面的。你可以直接登船，在哈瓦那同我们见面。一个人破产的时候该做的恰是这样的事情。坐“无畏号”，就得坐“无畏号”，往返票廉价，远足的优惠价。格瑞格体重20磅半。5个月大了。

我们都爱你

你的朋友

欧内斯特

（此信藏柯尔比学院图书馆）

致约翰·多斯·帕索斯

1932年5月30日，哈瓦那

亲爱的多斯：

你没能来真是错了。该死的我真希望你能来。抓了19条狗鱼、剑鱼和3条旗鱼（其中一条8英尺9英寸）。我们把鱼分给水边所有的人吃。即便是这时候鱼也卖一毛钱一磅呢。我们都送人了——回家则把鱼剖开挂起来。不过给水边的人吃可是老鼻子了。多斯，你该看见这些鱼挣扎。比大海鲢还能跳，迅疾如光——其中有一条跳了23次。查尔斯与一条鱼奋战两小时零五分钟，随后钩子拽松了，他就拿叉子去叉。鱼3次拽鱼线跑出去500码。得把船钩住去追它们——它们不停地跳，像海里赛跑的摩托艇一样溅水。有一天奋战了17次——没有少于3次的。迄今抓到的最大一条超过9英尺——今天抓了2条——礼拜六4条——抓到一只30磅重的海豚。[1]

我们从贩私酒的乔·格朗特家弄了条船——一路沿着马利尔海岸行走——巴西亚宏达——哪儿都去。跑一整天只烧5加仑到10加仑油（一桶油120加仑）。查尔斯来过——布拉也来过——还有洛林，来度周末——波琳一直是一周来两次，或者每十天来两次。她又来了。抓了2条鱼——其中一条重达75磅；跳了19次。鱼们跑得如此之快，它们会跳到船的一边，接着鱼线会松，你以为会失去它们；而它们却又拼命跳到另一边。鱼们也会往船这儿跳——在水平面鱼线上跳 30 英尺——僵硬得如同一块板子。

这里的渔船抓到过 900 磅的鱼——黑色的狗鱼——白色的也有——还有条纹的——我们有两个逗鱼的装置（一边一个），其中一个 2 英尺半长，是布拉做的——有时会把鱼赶进去；可是还没等你弄进去它们就挣脱了。

这里一个混蛋也碰不上——现在孤独得很，只有乔举着鱼线的另一头，夜生活只有疯疯癫癫的吉格舞——一边跳一边昏昏欲睡——一到船上他倒头就睡。每晚挣的钱他都花在夜生活上了。

在这个旅馆里——阿姆博斯·芒多斯——你能得一间干净屋子，浴室正好俯瞰港湾和大教堂——整个港湾的脖子都能看见，还能看见大海；两个人只需要付 2 到 2.5 美元。把旅馆的名字记下来——帕萨耶斯关门了——破产了。

把书稿看了 7 遍。删除了你反对的所有内容（在我看来似乎是最好的部分；假如真是，上帝诅咒你）。校样里删了 4½ 哲学内容并告诉小子们——把最后一章都删掉，除了关于西班牙的那一部分——这部分说的是一本书如何不够篇幅，要不早就把这些写进去了。如此便好。

把“老太太”留下了，书里最初涉及沃尔多·弗兰克的书［《处女地西班牙》］的那一部分也留下了——删除其他关于弗兰克的文字。相信“老太太”的那一部分东西没问题——至少应季需要。

但愿你的书运气也好。别让［马尔科姆］·考莱之流的蠢蛋动摇你的自信：你那些“照相机的眼睛”产物好得很。那些混蛋就是会挑鼻子挑眼。我们可都是出去看该死的世界的人啊。记得你当初多为《1919 年》着急吗？结果这书好得出奇。

别人的评价也改变不了你作品的处境。我不能成为共产党人，因为我恨暴君；我恐怕也恨政府。不过，假如你是共产党人，我也很能接受。我恐怕不能忍受任何形式该死的政府。邦尼的书［《美国的不安》，斯克里布纳1932年版］是很好的新闻报道——希望他继续报道，用不着拯救自己的灵魂。万事当然各就其形。不过，从前都没有形吗？假如没有事情失控，比村子大的单位就不可能存在。威尔逊写道他愿派我们作家去写关于某个工厂该死的爱国主义——（他知道什么对人民有好处）——他可真愿意。他可不会愿意把我往那儿派。

假如事情是那样，我立刻就把他杀了——天啊，这么说话有什么用——在这里抓狗鱼也能生存——我真的相信。也许不能谋生。不过，才不管呢——无论怎样能看见它们欢跳。

问候凯蒂。谢谢你寄来礼物。它们也许已经到基韦斯特了。

［欧内斯特·海明威］

（此信藏弗吉尼亚大学图书馆）

［1］海明威从此开始钓狗鱼，此爱一直保持到生命的终点。

致麦克斯威尔·帕金斯

1932年6月28日，基韦斯特

亲爱的麦克斯：

昨天给你发了电报。已经校完233页清样和各章所有标题。会接着校阅并把它和西班牙、中美洲、南美洲和墨西哥斗牛史上的具体日期一览表一起寄给你。我看最好还是别叫什么“附录”。篇幅和费用的限制已经使我无法穷尽题材，书已然如此，叫“附录”有点装模作样。所以，把它们列在目录页即可，按标题排——把原设想的附录A.B.C.去掉。

在床上恢复健康呢。也许还有两三天就好了。假如大夫允许我走动，就跟卡罗尔［嬷嬷］周六早上去皮戈特——再从那儿前往蒙大拿州库克市的L－T牧场——在那儿呆到7月12日。今年不打算去非洲——不想漏掉文学茶会。有点支气管炎肺炎。一开始时并没意识到。从哈瓦那带着 102 华氏度高烧（跟大狗鱼奋战出了一身汗，又在大雨里淋了，所以生病）越海，终于生病。

我会尽量去找那合同并寄给你，以使你再碰上此类偶发事件时不至于着急。我知道你我都不担心那合同，要不早就寄给你了。

可是，听着，麦克斯，你能不能大骂大喊一下是哪个婊子养的把那些长条校样都弄上“海明威之死”字样的？你知道我这个人迷信，成千上万次盯着这玩意儿可他妈的不好受，还是用红紫墨水写的（写在这可恶的最后一批校样上）。假如我传给别人看，人会说该死的命运在诅咒我呢。

关于画儿的组合——你别开头用双页。那头种牛和另一头公牛都太好，不能合放在一起。我给你发电报就为这个——两个“维拉尔塔”合在一起要好得多。

看见本雅明·豪瑟发出来的宣传广告，估计是斯克里布纳广告词的翻版——大抵属于我删掉的夸大吹牛的东西。这么去做只会让大家失望。我把所有的东西放进去，任何买这书的人无论出于何理由买书，都物有所值。故事情节、对话等是额外插进去的。这书值任何人花 3.50 美元，买它的人拥有 3.50 美元价值的一本写斗牛的直截了当的书。假如你广告说书里有很多该死的别的什么，那你只会让人失望，因为里面并没有烹调的内容，也没有电话指南之类。

假如你把它当伟大的经典该死的谈斗牛的书来卖，而不是他妈的别的杂七杂八的东西，你兴许能卖掉几本。让评论家们去声称里面还有别的什么吧。不过，我们权当可爱的豪瑟劳什子带来的机会都随风飘走了吧。假如你想找到某个能说说这书好处的人，就去请多斯·帕索斯。

不过，这是你的事情——不关我事。

关于用词——你是看过全书的人。假如你决定删除一个字母或者两个，以符合法律规定，那也是你的事情——我把副本给你，你该知道什么字会让人进监狱，什么字不会。去他妈的这个行当——这话似乎不碍事。这话合法，不是吗？

麦克斯，我还是感觉身体很不好，不过还是能拧断把长条校样弄成那样字眼的混蛋的脖子。

啊对了——“现代文库”的稿费如何？我可没钱花了。达谢尔先生给短篇小说做的预算到底是多少？请回信告诉我这最后两条。

另，你能否给我三份校完的清样副本？我想给凯普一份，给德国方面一份，我自己一份。

一如既往祝你好——

欧内斯特

假如他们感觉失望，还是要在一本关于斗牛的书里写上我的“文学信条”，那就让他们加一句话说“去他妈的整个该死的让人恶心的营生”。海明威。

假如你需要照片，我就去照一些。不过，看在基督的分上，别再弄那些张嘴的开领的玉照了。这个请答应我。千万别放我跟小病公牛躺在一起的那张。

我会寄给你路易斯·昆塔尼拉画的画。他在卡萨德尔佩布罗画过壁画；那个你可以用。

(此信藏普林斯顿大学图书馆)

致保罗·罗曼

1932年7月6日，阿肯色州皮戈特

亲爱的罗曼先生：

谢谢你寄来15.00美元。我还没有收到书［《萨尔玛艮第》］。你确定是寄到斯克里布纳了？他们收转一般是很仔细的——不过我一直在古巴海岸，已经有65天了；也许哈瓦那方面替我保留着呢。我进门清理东西时，有个邮局包裹通知单；我填了张卡片请他们转寄过来。希望是你的书，希望它平安到达。很对不起没有回你的信，我很喜欢读那些信。我自己不怎么写信了。

至于你希望“左倾”之类对我一定有意义的说法，那纯属狗屁。我并不追政治时髦，文学、宗教方面我也不追时髦。假如有小伙子们在文学方面左倾，你可以下一个小赌注，下一步他们就会右倾的。同一拨黄种混蛋的某些人则会左右都倾。在写作里没有什么左右，只有好坏。

德莱塞不同。他是个老人；老人总是这样那样地努力拯救自己的灵魂。

多斯·帕索斯就不倾；他总是依然故我。让左倾右倾的人见鬼去吧。E.威尔逊是只严肃而诚实的鸟儿；他发现生活的真谛太晚。他自然是很震惊，想于此做点什么。

这些小朋克连街上人打架都没见过，更别说革命了。居然写东西说你怎么对伟大的政治什么什么的无动于衷。我指的是艾奥瓦州戴文波特的一群人。听啊——他们都没有听说过那些事件就形成所谓“无动于衷”的看法，或者说这看法本身就无中生有。愤怒、仇恨、屈辱、幻灭的热潮恰是那些事件掀起的。

现在他们要你吞咽共产主义。似乎这是老小子们的“基督教青年会”的集会，或者说似乎我们一起都成了爱国者。

我他妈的就不是爱国者。我也不会左右倾。

真想马上用机关枪扫射左倾右倾或者中间的政治混蛋，这些混蛋不劳动谋生——任何靠政治谋生的人或者不劳动而食的人都在此列。

假如我们有过革命，而我又没有被冲撞［?］，有时间逃命；我就最愿意看见所有限量版书的出版商都被枪毙；他们那恶心的小灵魂被人分发，来减轻卫生纸短缺的状况。在所有虚伪的人群里，他们无疑是最虚伪的。（我知道你得生活，我的工作是好工作。不过，当你扫大街的时候，你并不想给马提建议。）而你却要我左倾，说这对我一定有意义。呵呵呵。

你的永远的，

欧内斯特·海明威

（此信藏普林斯顿大学图书馆）

致麦克斯威尔·帕金斯

1932年7月27日，怀俄明州诺德奎斯特牧场

亲爱的麦克斯：

随信航空寄上昨天收到的清样。昨天下午和晚上校阅完毕的。匆忙寄上好赶上运送的车。

你把那两句诅咒的话抹掉好吗？那是骂排字工人的：他们还是排了“海明威之死”字样。在“（史上重要）斗牛日期”最后几页长条校样上——我把清样都包起来了，没法自己去抹——在最后几页长条校样中的两页的顶端。我向基督祈祷，希望你不会再给我寄乱写着“海明威之死”的清样了。毕竟，我给你写信发报都说了这事。不过，我还是要抹掉那些诅咒的话，因为骂排字工人并没什么用——他们没有责任。

希望你很快就收到这校样和信——我是送往“加德纳”去寄的——64英里——今天就能赶上寄走。

我什么时候能收到正文清样？你怎么处理那些字眼的？我为什么还没见到卷首插画和护封？——你还没问卷首插画用什么标题呢。

《斗牛士》——胡安·格瑞斯作。

你告诉惠特尼·达罗我收到他写得非常好的信了，说我会给他写信的。他写信给我，真好。

现在感觉很好，但似乎没有很充沛的精力。

你提到的信是致厄内斯特·沃尔什和伊瑟尔·摩尔海德的——这俩混蛋就是我帮他们出杂志［《本季》］的那俩。男的当时就该死于肺结核的。到底还是死了。女的把信给卖了。跟那要卖的人说，我说过的，拿去插在屁眼上吧。

内战诸战场，最后一个阶段的，似乎不错——尤其在秋天——不过不知道我将何往。我们驱车穿过柯林斯、什罗；此前已然穿越“小心那山”和别的什么——从皮戈特到佛罗里达。也想看看威克

斯堡——想跟你一起去。

可怜的老司各特。他该在五六年前，在泽尔达被诊断为疯子之前，在她最疯狂但还可被卖掉的时候，把她交换掉。他是我们这个可怕的时代里天才的伟大悲剧人物。

运信的卡车来了——得住笔了。

再见麦克斯——祝你好运

欧内斯特

（此信藏普林斯顿大学图书馆）

致保罗·罗曼

1932 年 8 月 9 日，诺德奎斯特牧场

亲爱的罗曼先生：

假如你收到我许多信，你就不会惊诧你提到的那封怎么火气恁旺。我当时很生你的气，你个寄生虫，或者说艺术领域追随阵营的人；还偷偷摸摸地建议我说，你希望（我忘了原话怎么说的）我受这个那个政治经济运动的影响，至少对这些东西有认识能力。

让我生气的不是一根暴露的神经被人碰了，一个痛处被人戳了，或者一块阿契利斯的腱子肌肉给人点了；而是你那政治-文学的祝愿有着该死的“基督教青年会”工作者的主观武断腔调。

你的看法是：我站在右边，却愿意往左走，又囿于“我俩都清楚的原因”而不得；这更是主观武断的胡说八道。

我不会给你概括我的政治信仰，因为没有必要。发表出我的信仰可能导致牢狱之灾。你的政治信仰似乎是感伤的社会主义。假如我的政治信仰不比你的左，那我就把它们往左推推。

至于我孩子气地不愿意继续通信——让我跟你说说。限量版书的出版商都是卖作家信件的人。我从个人经验得知这一点，让人感觉肮脏的经验。假如你想显示自己的真诚，别让我相信你只是在从

事你的行当，希望能得几封好卖的信；那你就会还给我那些信，假如对那些信有兴趣，就去复印下来保存着。

我很怀疑你会这样做。假如你这么做，那我就愿意继续通信，只要你受得了。

我不害怕人家说我人品怎样——也不沮丧有一天假如我停止写作“迷惘的一代和斗牛”而被人遗忘。

我在六个星期里写了一本关于几个醉鬼的书，为的是显示早期希伯来作家高明过日后被人引用的《传道书》与G.斯坦因。这是七年前的事情了。自那以后一直没有从事这所谓（不是我所谓）迷惘的一代。

关于牛——约有十年——斗牛是我的娱乐消遣，你的消遣是什么随你，假如你有消遣的话；我所谓娱乐消遣指的是除了工作外，你有必要去考虑做的事情。我曾经写过一本书来澄清斗牛的爱好并且把它们——还有我略知一二的西班牙——同我曾居住在那儿的事实剥离来写。

我且得活一阵子呢。我也还有很多东西要写。我的脑子里装的并不是迷惘的一代和牛之类。

你可别犯美籍犹太人的错，以为别人向你解释什么就意味着感觉自己不对或者低人一等。如此，算帮我一个大忙。我知道自己在干什么，也从未感觉“不公正”。我没有资本也能谋生，即便是“当下”；至少还有三种别的方式，不靠卖文。我从未感觉自己不是所生活的这个世界的一部分；我知道这个世界组织管理得有多烂。

瓦尔德和多斯·帕索斯都不是“好作家”。瓦尔德是个非常次要的作家，他知道自己的局限。是批评家们把他的价值吹过头了；也是批评家们很快又把他贬低了。

多斯·帕索斯常常写优秀的作品；他每写一本书就改进一次，并且各方面都改进。

多斯和瓦尔德来自同一阶级；他俩又都不代表那个阶级——瓦

尔德代表“图书馆”——左拉和雨果都是烂作家——不过雨果是个了不起的老头。你读过他的《见闻录》吗？福楼拜是个伟大的作家，可他只写了一本伟大的著作——《包法利夫人》——一本 1/2 伟大的作品《情感教育》，一本很烂的书《布瓦尔和佩库歇》。

司汤达是个伟大的作家，写了一本好书——《红与黑》——《巴马修道院》的某些部分（也好极了），但很多地方属于废话，其余的是垃圾。

啊我似乎很愿意给你写信——或者说是我喜欢写东西。

这里的地址是蒙大拿州库克——我从未收到福克纳早期作品一册——哈瓦那的包裹也不是这个，人家给我转寄过来了。你真的给我寄了吗？既然没有哪个婊子养的请求允许重印，答应给一本，寄过一本，那么原谅我的疑神疑鬼。

我妻子刚才说她想福克纳小册子恐怕去了基韦斯特。所以，你可能是个诚实的君子，可能是个为人文而工作的人——为此请接受必要的道歉，为寄书的事情。

你的永远的，

欧内斯特 · 海明威

（此信藏普林斯顿大学图书馆）

致 W.C.兰格尔

约 1932 年 8 月 15 日，诺德奎斯特牧场

亲爱的比尔：

随信附上短篇[1]——波琳在基韦斯特抄就的，我现在寄给你。

你那些该死的长途电话吓死我了——每次我都想是有人死了或者我被人告发了，或者没有吧；结果是老比尔 · 兰格尔。很难过你眼睛有了麻烦。希望它会明亮起来。肺炎后我的胸腔还很难受。没穿衬衣同一条鱼奋战（我俩都没穿衬衣）一小时半，一直在出汗，

又淋着雨了。本该在那儿养病几个星期的。可我要离开那里来这里工作。在哈瓦那，天气太热——在基韦斯特从来就不那么热。这里凉快得很。有很多事情要做。

这可是一篇很好的短篇小说——三个故事放在一个短篇里了。对话的量使篇幅显得长。

［边页插进文字：］实际字数只有 3 600 字左右，但占的地盘约如 5 000 字的短篇。

这是短篇的新形式。三部分开头都同一个方法，或者实际上写的一样，是故意的；本想形而上地再现瑞士；都以同样方式起头：一个小伙子不愿娶一个年轻女子，直到她让人拔了原有的牙齿，安了假牙；这笔费用终究是父亲而不是丈夫来承担。不过，兰格尔先生，你可能自己就在瑞士呆过。

等人读了《向瑞士致敬》后，就都去过了。

啊，我还蛮可以把它寄别处的。如果发表，请勿作修改删削。假如不合用，请掷还。

祝好并问候哈利·伯顿。

欧内斯特·海明威

(此信藏南伊利诺伊大学莫里斯图书馆)

[1] 短篇《向瑞士致敬》被《大都会》退稿；发表于《斯克里布纳》(1933 年 4 月)，收入《赢家一无所得》。

此信经南伊利诺伊大学莫里斯图书馆特藏部允许使用。

致《猎狗与号角》编者

1932 年 8 月 27 日，诺德奎斯特牧场

先生们：

提到劳伦斯·莱顿先生非常有趣非常启迪人（多斯·帕索斯先生、菲茨杰拉德先生和我）的《解剖》[1]一文，我能否就一个句子

表示另外的看法：

“读者感觉自己是跟在拉迪盖特、德拉法耶特夫人、本雅明·康斯坦斯、普鲁斯特甚至拉辛身后。”

这句话该这么读：“在德拉法耶特夫人身后的拉迪盖特。”句子其余也许成立，虽然把考克陶放在拉迪盖特后面、给拉辛一点不好确认的便宜显得更公正些。不过，也许莱顿先生对拉辛有感觉，不愿剥夺他的地位。

你真诚的

欧内斯特·海明威

[1] 海明威此信系回应莱顿刊于《猎狗与号角》(1932 年 7 月—9 月号第 519—539 页)的文章《解剖与药方》。莱顿的文章论及多斯·帕索斯、菲茨杰拉德和海明威的作品，说它们“令人厌恶，贫瘠，死寂”。海明威大大玩弄了此目空一切之文的最后一句，就是赞美拉迪盖特作品的那句。

此信发表于《猎狗与号角》(1932 年 10 月—12 月)第 135 页。

致罗伯特·寇兹

1932 年 10 月 5 日，诺德奎斯特牧场

亲爱的鲍勃：

我的书里并没有反福克纳的任何的话茬。[1]你读一遍就清楚了。你对我作品的解读、观点和判断自然不关我屁事；我也不予评论。只是有个事实问题。书里提到一处，很友好地提到一处而已。有一个地方讲了考克陶（他是个公众人物，满可以讲的）；有对 W. 弗兰克、艾略特和［阿尔杜斯·］赫胥黎的反驳。

这艾略特一节来回很久了。弗兰克是垃圾（手握笔杆），不管他政治上多么让人敬佩。赫胥黎是个聪明的家伙，很聪明的家伙。

我不太以为你是个评论家——这一点也不是贬低的话。我的意思是说我视你为作家——否则我就不会向你作解释了。当然，书是

要读者来评判的——不是作家自己来解释的。

不过，假如我说了任何无礼嘲笑的话针对福克纳，那我该死；你跟大家说我说过，那你就下地狱去吧。

你喜欢的针对沃尔多·弗兰克的嘲骂（或者连你自己也在内，假如你在找这些字眼），或者针对任何我不特别尊重的人的嘲骂是有的。但是，我很尊重福克纳，希望他一切都好。这并不意味着我不拿他开玩笑。假如打趣足够好玩，我愿拿任何人打趣（正如喜欢射击飞鸟。假如我母亲跟着一群鸟儿飞，飞得很强劲，我也会向她开枪的）。假如你觉得没趣，那算我运气不济，或者也许是你运气不济。

一直是

你的朋友

欧内斯特·海明威

[1] 海明威对寇兹评论《死在午后》的文章(《纽约客》第 8 期第 61—63 页，1932 年 10 月 1 日)的回复。海明威的信刊于 11 月 5 日那期第 86—87 页。

致亨利·斯特拉特

1932 年 10 月 14 日，诺德奎斯特牧场

亲爱的老迈克：

我真想跟你谈谈。我能解释非洲之行推迟的原因，这样就能让你受伤的感情平复。首先是戈斯叔叔来信问我是否延期——这就让我考虑到延期。接着是阿奇写信来说他不能去了。我写信给他说我在考虑暂且不去，直到他另有机会成行。我跟他说我会给你写信看看你感觉如何。我还没写信，他倒先给你写信了。要不是你同意，这该死的非洲之行也不会延期。假如你说想去，我也就去了，并且我也高兴去。我什么时候不愿打猎去而愿工作去啊？我知道你还是感觉受到伤害，还很生气。假如你能跟查尔斯谈谈，他就能让你明

白到底是怎么回事。除非我有秘书，否则无法同时知会所有人；与此同时，一想到你的生活多彩多姿就对你发出赞美：你是比破产的阿奇多彩，他还得为薪水工作；查尔斯身无分文，为他哥哥工作。

一个人不以艺术为谋生手段也能成为严肃的艺术家——看看福楼拜、塞尚等人。这并不意味着评论一个人工作是否严肃，想当然以为他更愿为一趟旅行而敲掉饭碗，而不是因为他不吃不喝才敲掉自己的饭碗，假如他是自敲而失去饭碗的话。

另一方面，我是坏了你的计划，自己也真的感觉很不好受，并且越发感觉不好受。

然而，我对写作一如你对绘画那样严肃认真。至少打起 1/2 精神努力工作，放弃了许多东西。你能放弃多少我就能放弃多少，所以别跟我高调吹什么两年计划。

我们想你了。此趟旅行我自己更是想你。你漏掉了一次很好的打猎机会。假如你在，我一定会觉得很好玩；因为你不在，所以我的乐趣少了一半。

查尔斯打了一只公驼鹿。我们一起共射了一只。我自己单独打了一只。他杀了 2 头优等公牛、一头熊；我射杀了一只鹰（飞着的），诱捕了一条丛林狼，杀了一头大熊，大得很呐。前天晚上——就在天黑的时候，高中它的前肩膀；（独自）追踪它，循着黑夜雪地里的血迹，在 20 英尺开外射杀了它。它像公牛一样大叫了一声。有 500 磅重。熊皮展开，从一爪到另一爪有 8 英尺，很美。我们一起射杀的驼鹿是只六角大公驼鹿，是在远距 11 000 英尺处打的。查尔斯在 150 码外正面朝它开枪，没打中，子弹打在它一侧（惊动了它）。他又猛打了一阵子。驼鹿翻山进了一侧的空地里，我边跑边打。两个前肩膀都让我打着了，稍后的身体部位也打着了，只是太低，子弹打到肺里了。我射击的时候查尔斯来了。这时公驼鹿下到沟壑里。我们跑过去。查尔斯盯着它是否起身，还差一半路的时候它起身了，查尔斯朝它开枪。我在他的火力下往回退身，在一棵树那儿找到支点，开枪打中了它。它向前趺倒，趔趄了一阵，可还在走。查尔斯打中它后腿，干净利索（真的）地打在膝盖连接处；它倒下了。这驼鹿被击中 5 次。我们给它开膛时发现它心脏的顶部被打掉了——两个肺被打掉了——查尔斯第一枪打穿了它的身体，只是打在嘴里，击中脊梁骨上方。

我在 11 000 英尺外一枪射杀一只七角大公驼鹿，跑着的。（它和我都在跑！）子弹进了腰子上方肋骨里，把肺部顶端打掉了。公驼鹿体内出血——往山下跑了 50 码，一滴血也没流到地上，一动不动死了。

该死的，迈克，在那陡峭的山里，在那纬度，接近它们可真不容易；开枪就更令人激动了。查尔斯昨天射杀了一只八角公驼鹿（伊万 · 沃勒斯要把肉拿到“红屋”去，算他的许可证里打的。明天还要出去追打一只，楚布［· 韦佛］要拿它当储冬的肉，算他的许可证打的）。

查尔斯头十天打猎用力过狠，身体一度不适。我也玩打得太狠。不过现在好了。这该死的打猎根本就是工作。四天前我在一场暴风雪里驱车 35 英里去野营——次日还打猎一整天，在山里，在厚厚的雪地里——第二天驱车 35 英里返回。次日又驱车 25 英里，杀了一头熊——晚上 10:30 才回家。次日又驱车 25 英里去剥熊皮。今天休息。我们后天离开此地。

我们还打羊来着。我追踪了 8 只羊——把它们都吓跑了。查尔斯追踪了 11 只。猎羊是让查尔斯筋疲力尽的罪魁祸首。你可真没见过这样的岩石上的活计。在一个山头我不得不把鞋子脱掉在岩石上滑行两英里。跌倒了 9 次。一只羊也没打着——假如你是攀岩能手，你就能打到羊。我不是攀岩能手啊。会给你寄些照片的。

你的鱼饵装置看上去不错，但可能会旋转。在古巴，人们拖钓鲐鱼或者别的长条鱼，如此鱼就不会旋转，鱼钩就能通过嘴进去，从鱼鳃出来——如此切开一个裂缝，让鱼钩干进入，鱼钩进入；鱼钩再从两侧进入鱼的身体，鱼钩环端在鱼的嘴里，鱼钩干藏在裂缝里，尖端突出。绑住鱼嘴，露出接钩绳——再绑住鱼身，把钩子挂在裂缝上——这一切只需要 3 分钟就能完成。我们拖钓过的整鱼从 10 英寸到 25 英寸的都有。为了保持鱼饵不旋转，你得将鱼饵做如下对待：

［海明威画了张清晰的图表，一条装好的鱼饵，还加上了标签示意。］

钓小溪里的鱼总要把鱼饵在水里拖得很直，不让它旋转——间歇要动一动——还要切割鱼饵以便放出点腥味诱鱼。那里有 3 种金枪鱼，都中这招——还有旗鱼和枪鱼。你可以 3 分钟内绑定它们。我们总是事先弄好四五条，把它们和接钩绳都放在冰盒子里。

拖钓过鲐鱼、月鱼、鲟鱼、巨大的沙丁鱼、大眼泡鱼——都是整鱼——都不是旋转钓的。不过，都必须绑住鱼头——如此就能直挂着——小溪里的鱼是艺术品。

啊迈克，真希望能见到你。我无法表达我们多想有你陪伴左右。这趟旅行真不容易——一开始就运气不好，几乎没有可玩的——现在好玩的东西云集。我拒绝了 3 头麋鹿的诱惑——其中一头真美。查尔斯现在身体恢复了，真好；他现在又能优雅地射击了。他射杀了两头雄鹿和最后一只公驼鹿；各用一发子弹——一只巨大的雄鹿，鹿角漂亮极了——另一头雄鹿角像个大白尾雄鹿的角。今天下午我本打算出去猎雄鹿，却改作写此信。希望你打野鸭和野鸡打得痛快。

一如既往祝你好

海姆

（此信藏普林斯顿大学图书馆）

致盖伊·希科克

1932 年 10 月 14 日，诺德奎斯特牧场

亲爱的格罗斯：

谁会讥笑如此方便合用的信封啊。这里的情况是：一场风暴席卷了爱达荷、犹他、蒙大拿。你家老头把某妓女从旅馆赶到大街上

去了，因为他开的旅馆是基督教圣洁之地。希科克家的人个个残酷无情。跟你不再写作一样，我也因为不能写作而停止写作。我上次写信是什么时候？你看啊，我们在“法兰西岛”下来，玛丽［·希科克］来访并送我们醉人的花——返程时喝得痛快。在纽约配了眼镜。接着去堪萨斯市。生孩子——9 磅 7 盎司还是 19 磅 17 盎司——无论怎样是个大胖小子，性设备巨大，深沉的男低音。去了基韦斯特。4 月去了古巴，本来想呆 10 天的，结果呆了 65 天——抓了 36 条剑鱼——了解了很多古巴的事情。

回家后我得了肺炎，病得不轻——坐着新型福特 V8 来到此地——在皮戈特接上波琳——（一天驱车 654 英里！记得我们的开车记录是开往意大利的那次［1927 年］）。把孩子安顿好了——就一直在这里——

我把校样寄给你了（一拿到我就寄给你了）；还有一本样书。希望你喜欢它——我写它时很卖劲——可还是不够——希望我除此书外另有运气——

啊，写到哪儿啦——啊对了——这里——啊，波琳漂亮得要命——格瑞格出生后她的身材可爱极了——从未看上去这样好，感觉也从未这样好——整个夏天都在这儿兜风——还打猎钓鱼——

本季开头 5 天，她在这里打猎；接着去了基韦斯特弄房子——在我们房间里安了一个浴室——拆了一个隔间等等等等。邦姆比前天也到那儿。

我们射杀了 3 头公驼鹿——2 头驯鹿——2 头熊——一只鹰和一条丛林狼——打松鸡就没停过手——猎杀的肉足够两个向导娶媳妇用的。

后天就要驱车回基韦斯特了——乡野被破坏了——真希望我小时候能像这样——1/2 的学校关门——200 000 人上路，就像俄罗斯的野孩子——斯克里布纳出这书只印了 10 000 册——本以为这也许只能维持到圣诞节，结果出版的头一天就都卖完了——书只要卖到 12 500 册，预支稿费就足敷了——结果第四天就达到了这个数；所以，明年夏末你也许能在游客的队伍里看见我们，假如还有游客的话——我本意是想把这书弄得不好卖的，把大家得罪光了算。可你看——又该死的运气不好——

谁赢了“法兰西之旅”——谁是第2、3、4、5名？

我们今年秋天可有得选了，是下面几个人选：

瘫痪的鼓动家
梅毒缠身的宝宝
感伤的改革家
莫斯科的应声虫——[1]

你何不回来投票？

大家都认为罗斯福会当选。所以，胡佛也许会排挤他。

你和玛丽好吗？孩子们好吗？这封信写得很烂，但我从基韦斯特会好好给你写一封的。皮戈特棉花收成很好——波琳的父亲自去年起就把所有棉花都攥在手里，因此挣了很多钱。吉尼现在也在那儿。不知道她有什么打算。啊，你要我写信，这就是我给你的信了。可怜的老格罗斯——别想着美国有趣才回来——跟以前一样，只是人们都破产了；从前人们是糟糕却有现款。场景没什么变化。只是演员的条件变了——

我卖给《大都会》杂志一个短篇，一个单词一块钱——去年5月号的——也是个好短篇小说——2 693个单词——想想吧，这可是在“大萧条”时代啊。我想一年内我该能从他们那儿吸5块钱一个词儿——啊啊啊，这大萧条可真是地狱——

另一方面，我们也并没有参与经济繁荣的时代啊。

再见盖伊——写信到基韦斯特好吗？

问候玛丽。再次感谢她送的醉人的花儿以及那奢侈的瞬间度过的时光——

欧内斯特

(此信藏普林斯顿大学图书馆)

[1] 海明威显然指罗斯福、胡佛、托马斯和福斯特。他们分别是民主党、共和党、社会党和共产党的总统候选人。

致多斯·帕索斯

1932年10月14日，诺德奎斯特牧场

亲爱的多斯：

除非你说你自己现在不需要这钱，否则我不会去兑现这100块的。还是要谢谢你寄钱给我。这本书也许能在预支稿费外另卖个一两千。真希望如此。我还有个短篇脱稿，也能挣点钱。

基督啊，收到你的信可真好。真的。我当时正在回“伐木溪”的路上——射杀了两头优质的公驼鹿——其中一头有着七个角呢——还有一头很大的熊——熊皮展开有8英尺——射杀了一只飞着的鹰——诱捕了一条丛林狼，就在我们猎驼鹿的地方——打了两只喜鹊。有一个礼拜我们天天打松鸡。这里的乡村生活一如你在的时候那般空旷而无甚游戏。我真希望你在这里。有一天看见一头公驼鹿和11只普通鹿。查尔斯［·汤普森］也射杀了一头公驼鹿和两头驯鹿，此外还有一头小熊，熊皮很好看。我们一直在给伊万［·沃勒斯］和楚布［·韦佛］结婚准备猎肉呢。在一场风暴里骑马一路到“伐木溪”——在那儿读了你那该死的信，喝一口“红屋”月光下的酒暖暖身子。

没看见其他评论，只见到《纽约时报》上一篇冗长的废话（一个人该被《纽约时报》废话一番的）。《纽约客》上有一篇鲍勃·寇兹写的一篇优越感强烈的文字，假兮兮自以为知性很高呢。

该死的，不过我还是很高兴你喜欢它。假如马尔科姆·考莱或者近期皈依他的人里的一个把它发在《新共和》或《国家》或《新群众》上，并且以他们新兴的“主”（他跟西班牙斗牛该没什么瓜葛，或者说，至少就我所知，从未写过这方面的东西）的名义，你就满可以写那信。你看我得以后才能读到那评论，也许还就永远也读不到了呢。

真是好玩啊。我以前对事情如此发展充满恐惧；那些家伙却从来对此一点兴趣都没有，甚至都不跟踪事情的进展。他们当时都在欧洲。事情发生的时候他们正为特里斯坦·扎拉激动不已呢——等你对某事如坐针毡或者怒火中烧并终于对事情（无非是聪明的政治暗杀）完全幻灭的时候，他们却出来说："难道你们看不见不公正吗？发生了这么大的事情，你们为什么不写写？"

假如你看见克莱门索（"胜利之父"兼热爱法国士兵的人）让共和国卫队骑马碾过那些伤残的人，撞翻轮椅，让大街都爬满了没胳膊没腿的混蛋，任马蹄践踏；那可是"知道""他"不会伤害士兵的一群混蛋啊——狗屁——这时某人写文章说你怎么看总统太忙没有时间接见作家代表团；"作家们"提醒你，（他们真的给我写信道：）在欧洲国家不会发生这种事情。我给他们写信说我如此震惊：这样的作家招待会！你看见共和国卫队和斯库珀的那个作品了是不是？假如他们（作家们）反对一个人，就别拿纪念活动来伺候他；直接攻击他就行。天啊，假如饶勒斯没有被杀，法国照样会有一场革命，肯定会的——一个成功的政客干吗要接受没有力量、没有钱并且没有东西可跟人交易的人民啊，干吗要代表一个手无寸铁的国体啊。啊我们都是作家。邦尼·威尔逊非常好。他的书（《极度紧张》）很醉人。有时候他也让人厌倦，因为，跟任何皈依的人一样，他缺少必要的灵活。不过，他的确很好。可是，其他小伙子呢？只要制度在运转，他们并不反对它。他们难道都像圣保罗一样看见光明了？还是这属于最新最有必要的宗教？

［边页评论：］饶勒斯、罗莎·卢森堡、卡尔·莱布内希特，接着是另一种人，不过是很好的老拉特瑙，以及斯坦布利斯基。后者一如忠诚老实的人那般迅即出现于欧洲。假如他必须被收买，事后也就没命了。也就没有人在那儿停留了。

你和邦尼·威尔逊在所有码字的人里算是前后表现始终如一的。

我想我是个无政府主义者——不过要塑造这个形象也颇费时间呢。人们糟蹋老费热和马拉泰斯塔；然而，他们的名字20年里会比斯大林的名字更显诚实。意大利正用美国格兰特政府的法子管理国家。我不相信也无法太相信政府——无论它的目的有多善良。当教会成为国家的时候就让它见鬼去吧。当国家成为教会的时候，也让它见鬼去吧。同样，很有可能捣毁比建设来得更加重要。

啊，让这揪胡子之举也见鬼去吧。楚布、伊万和诺德奎斯特牧场的人问候你，就像老查尔斯问候你一样。

问候凯特。

耶稣基督啊，我真希望你第3卷走好运。别让考莱这样的傻蛋跟你说“照相机的眼睛”写作手法不醉人。我们没有必要［字迹模糊］我们那该死的过去——我们利用过去的东西。

再见多斯……

海姆

在蒙大拿州库克镇下面的牧场呆到10月14日。后天去皮戈特，然后去基韦斯特。

(此信藏弗吉尼亚大学图书馆)

盖伊·希科克

1932年10月29日，基韦斯特

亲爱的格罗斯：

魔鬼般的风暴席卷怀俄明和内布拉斯加之后，我们来到基韦斯特——两角五分就能买一顿美妙的饭餐，整个内布拉斯加都如此——汽油9美分一加仑。

你写的信真好——

帕特和格瑞格在皮戈特都养得很好。波琳的父亲（戈斯叔叔是他的后盾。我需要加一句吗？要不早就像我父亲那样开枪自杀了）为收棉花支付给农场工的钱比他卖棉花所得还要多，卖棉花的钱也都扔在杜松子酒上了。当然，农场工也疑心很重；他们也确实有点遭人欺骗。

西部是胡佛的天下——罗斯福在佐治亚——阿拉巴马和这个州是耶稣——我知道他在东部很弱——

波琳正拆隔断呢，同时在抹灰浆，让房子好看一些——她看上去好极了（波琳）。老邦姆比在这里——结实、顽皮，好孩子——

我那该死的书居然卖得很好——你怎么看这个情况？我本以为这书能让出版商从此不来找我——我们也许夏末过去——去西班牙——9 月底或者 10 月去猎杀狮子。

你还可以去好莱坞。他们开拍牛片的时候，你去说："不好。你得多弄点牛的场景。像海明威那样。"

给我们写信——问候玛丽

欧内斯特

（此信藏普林斯顿大学图书馆）

致麦克斯威尔·帕金斯

1932 年 11 月 15 日，基韦斯特

亲爱的麦克斯：

关于 750 美元我给你发了封电报。你可以把这当 1 月份那个短篇的稿酬，或者当哪本书的预支，悉听尊便。谢谢你告诉我关于这本书的销售等情况。

波琳不得已去了皮戈特，因为格瑞格和帕特咳嗽得厉害。我一直在这里，打算把房子装修完。她走的时候室内装修正有许多活要干呢。还要照看邦姆比。我最近拼命写作。有四个短篇写好了等着

打字出来呢。会给你寄上两篇。你没有义务一定发表它们，但这可真是好短篇小说。我现在已经有了10个短篇，可以结集了。需要再写两个，可能再写三个。明年秋天也许是出书的好时机。每天工作到眼花目眩。又开始老做法：醒着的时候在床上构思，再写到近午时分。假如起床，诸事就会引起你注意；在床上，人们就无法拿事情来牵走你的注意力。

本有计划来纽约的。很需要一剂城市生活。可是，写作进展得很顺利，我不想停下来。彼时此时又都有个在纽约如何安排邦姆比的问题。他是个好孩子，也是个好伴儿；可我不想老拉他去见那些喋喋不休的人。

也谢谢你寄给我那些书。他们能给我寄一本萨默塞特·木姆［毛姆］的新书《逼仄的角落》吗？泽尔达那书我发现简直完全绝对无法阅读。我试了［《把圆舞曲留给我》］，可无法卒读。书的致谢页是司各特写的，所以我想别人也得赠书了。谢谢你寄来泽尔达的书，我愿转寄给任何觉得能读下去此书的人。

D.H.劳伦斯曾经是——可为什么写评论，你并没有要求他写啊。你一年里一定读不少文学评论；或者出版家根本不读评论。我以前总以为只有作家和评论家读书评，直到阿列克（路易莎·M.）乌尔克特在《麦考尔杂志》上写可怜的老“爸”，我才改变看法。或者是《麦考尔杂志》在此地广为阅读的缘故所致吧。

假如我得几篇很不待见的评论，你也许就要求出版社放弃我或者对我失去信心；所以，我必须敦请你期待某篇对我很不利的作品评论。

奇怪的是：我的头脑从未这样处于良好状态，很肯定会写出更好的作品，好过以前的作品。我不愿做的是重复自己写过的任何作品，所以新书可能鲜有那么畅销——人们总是想要跟上一个一样的故事。我的活力也焕发了，睡不着觉；只有在该死的眼睛疼的时候才停下手里的笔。

如下请复：你收到第二组装订前的校样了吗，我签字后交柯迪寄的？约在 10 月 15 日—17 日寄出的。我把它跟 14 封信一起寄（更确切地说是把他们放在柯迪公司的斯塔德贝克车库的邮袋里了，是早上，在邮差来取晨邮件之前，也就是我们起身的那个早上）。我迄今未收到这批邮件的任何回复。你回信复我收到与否，我好写信向柯迪询问。这些信都很重要。这是我一个夏天的通信，离开牧场前终于回了所有信件。

官方查禁了康普顿 · 麦肯齐的《希腊回忆》；这是我想看的他的回忆录之第 3 卷。我想是梅图恩出版的这书；有机会弄一本吗？他小说写得很烂，但那行当的回忆录却写得很精彩。

《死在午后》今天在英国出版。

啊，似乎我们目前去不了纽约。我们最近靠吃滨鸟度日：鹬、鸻和鸽子。查尔斯和布尔基让我向你致意。邦姆比谢谢你送他《两个小同谋》。

再见，麦克斯

欧内斯特

又及：你有海盗方面的书吗？我记得我小的时候《圣尼古拉斯》里有过连载，图文并茂的。我想是霍华德 · 派尔写的，插图也是他画的。我答应给邦姆比弄一本。

假如你要用这些照片，没问题。

(此信藏普林斯顿大学图书馆)

致阿诺德 · 金里奇

1932 年 12 月 4 日，阿肯色州皮戈特

亲爱的金里奇先生：

假如你等我们到那后（1 月、2 月、3 月都在那儿）把书寄到基韦斯特，我将很高兴为你签名。至于题目，我想象过是自己凭空捏造的，但读了科恩船长的巨著后发现却原来是从这儿来的。跟《在

我们这个时代》一样——埃兹拉·庞德发现我是从《英语祈祷书》里撬来的——票房因素的诱惑淡出之后，我相信《永别了，武器》会是个好题目。Farewell 在我看来是最好的英文单词；To Arms 之铿锵作响，远胜过此书配有的——那个标题可以应付更多更精彩的战事。

关于《服饰艺术》[1]——我只签了个名，你不欠我什么；我也不想欠你的账。不过，能得到我也高兴；尤其是你说它们好看。

高兴听你说你喜欢上一本书［《死在午后》］的最后一章——这本书的内容就在这里，可是没有人注意到那个。他们以为这只是份目录，是漏掉的清单。人们想如何安放这清单？框在相片里还是跟地图放一起？

上一本书不期给我带来名声，我正设法逃避呢，还行。希望下次能写本好书。假如你的版本价格下滑，别被吓坏啊。[2]“爸爸”感觉很好，还没开始写好东西呢。谢谢你来信。

你的永远的，

欧内斯特·海明威

（此信藏普林斯顿大学图书馆）

［1］《服饰艺术》是《老爷》杂志的前身。

［2］金里奇（1903—1972），来自中西部密歇根“大湍滩”；当时正搜集海明威著作初版本。他邀请海明威给《老爷》杂志投稿；金里奇 1933—1945 年、1949—1951 年任《老爷》杂志编辑。第一任妻子海伦 1955 年亡故后，他娶了简（此前是梅森夫人）；简死在他后面。

致麦克斯威尔·帕金斯

1932 年 12 月 7 日，皮戈特

亲爱的麦克斯：

你 12 月 15 日能来孟菲斯这里见我吗？我们一起去打野鸭一个星期，我们坐瓦尔特·亚当斯的房船出发——就停泊在阿肯色河

“瓦特金斯［·沃琛］方舟”那儿。假如你呆不了一个星期，随便你呆多久都行。你不必带任何东西，只穿得暖一点就行。别的我都备齐了，已经预订了并为你提前付了账。我们可以畅谈一切并进行一次世上最美好的猎鸭活动。我知道你曾经多喜欢打金翅鸟儿。这些鸭子多得老往圈套里钻，你会打个痛快的。

我当然知道事业和你的家庭绝对不允许你来打鸭子，可我需要见你，你也需要脱身一下。我们就像祖辈和曾祖辈那种样子打猎一番。请发电报说你会来的，因为叫别人都太晚了。假如你不来，我就输人 100 美元。我也曾试着叫迈克［·斯特拉特］来，可他不愿来啊。来吧麦克斯。假如你来了度过的不是最好的时光，我就用手推车推你回纽约。我们 15 日在孟菲斯碰头，16 日前往沃琛——当天开始打猎。我会等你电报的。从业务角度谈，你真该来。

你要决定短篇小说集的事情——安排时间——等等［《赢家一无所得》］。

你也需要听我谈谈我正在写的新书。[1]你该把合同给我带来——你需要让我确信你是如何卖力出售我的书的等等。

（假如你来我就答应你不提这些该死的话题，除非你觉得没什么可谈的把这些话题拿出来说。）

从纽约来孟菲斯很容易，从孟菲斯返回纽约也很容易——实际上从船所在之地就能乘火车回去。

请发电报来。我有 2 300 发子弹，所以你尽可以打不着 1 845 只鸭子。就这样也能比你以前打得多。

谢谢你 12 月 3 日来信。关于弃权的声明，我是说着玩的。谢谢寄来康普顿·麦肯齐的东西——收到后我会读的，读完了就寄还你。

你能把如下宣传文字广为播散一下吗？你知道我对宣传的态度，可这份声明希望你传布：

> 海明威先生请他的出版人声明：近期一部宣传电影片安给他的浪漫、虚假军队履历和个人履历不符合实际。小说作家海明威称即便是在近一场战争里去了意大利，也只是因为大家都知道：在意大利死的可能性比在法国小一点。他开过救护车或者说有过开救护车的企图；也参与了营地次要的跟队活动，可从未介入任何英雄之举。但凡正常人都知道作家是打不倒中量级的拳击运动员的，除非这作家的名字正好是吉恩·图尼。海明威先生感谢此宣传片试图把他塑造成像弗洛伊·吉本斯或汤姆·米克斯的马匹托尼那样光彩照人的人物，可是他自己不喜欢这样，请电影制作者们别干涉他的私人生活。

波琳誊抄出我上次跟你说的那几个短篇里的 3 篇。她当时要赶着去圣路易呢。我会寄给你 3 篇；你可以选择你想要的。你没有义务非发表它们不可，不过这 3 篇可都是优秀的短篇小说。[2]

一如既往祝你好——

欧内斯特

你把艾伦·泰特的地址给我好吗？我给他寄一本书。他人很好的。我在蒙大拿谁的地址也没有——所以我没有给人寄书。你给O.韦斯特寄书了吗？我当然是该寄给他的。基督啊，你该替我留心点那些——你知道一般谁该得书的。

假如你不来，我就无缘无故输掉 100 块钱（我在最低的胜算前提下吁请你来）。

来吧，麦克斯，求你了。

有人请我去牛津（英国）讲学。你想知道学院的名字吗？

(此信藏普林斯顿大学图书馆)

[1] 海明威所指不详。《赢家一无所得》之后，他的下一本书是《非洲的青山》；当时他还缺乏写作素材呢。也许他当时想的是《有钱人和没钱人》。见海明威 1933 年 2 月 27 日致麦克莱什的信。

[2] 海明威发表于《斯克里布纳杂志》的这三个短篇小说是：《一个干净明亮的地方》、《向瑞士致敬》和《大夫，给我们一个处方吧》。都发在第 93

卷上，分别是 1933 年 3 月、4 月、5 月。

致埃维瑞特·R.佩里

约 1933 年 2 月 7 日，基韦斯特

亲爱的佩里：

谢谢你来信。[1]我之所以用某些当下已不属于书面语言的词汇，根本原因是它们是我所写人物使用的词汇里的一部分；我无法避免使用它们而又能写出我要传达给读者的完整的人物情感。假如我写得很接近原话，哪怕是斗牛场里人们讲的话，那我的书就出版不了了。我不得已只好用两三个词来体现那种感觉，而不是直接使用原话。我的间接使用原话就像我利用《死亡的自然史》里的东西，是想让读者清楚我在表达什么。

我总是在向读者转达我在应付的一个题材时的整个感觉；让读者感觉这事是他们亲历的。在这个过程中，权宜之计是免不了的了。假如权宜之计没有成功，显得没必要那么惊人；那是因为这么做很难，我有时还就得失败一下。不过，我也许让一个读者感觉不成功，而让另一个读者感觉成功呢。

我利用人们写作里不再使用但还在讲话时坚持使用的词汇，跟小孩子往围墙上用粉笔涂抹新发现的词汇没有什么关系。我用这些词汇有两个原因。第一个原因如上所述。第二个原因是没有旁的词汇有同样精确的含义，讲出来也达不到同样的效果。

我用这些词汇时总是很悭吝，从不无端制造震惊——虽然有时也蓄意制造在我看来属于必要的震惊。

你的诚挚的，

欧内斯特·海明威

（此信藏诺克斯学院图书馆）

[1] 1 月 28 日，洛杉矶市立图书馆馆员佩里巧妙地写信问海明威，《死在午

后》里用了些日常语汇，有何收获。
此信经诺克斯学院西穆尔图书馆允许使用。

致阿奇巴尔德·麦克莱什

1933年2月27日，基韦斯特

亲爱的阿奇：

随信附上伊万［·薛普曼］谈快步舞者的文章。我认为这是一篇非常优秀的文章。他是在这里写成文章的，随后又重写了一遍。你可以给他写信，请基韦斯特“通递”公司收转。他在给邦姆比上早课——我跟他说了我给你写信时寄上他的文章。你离开（我也在当天离开了）后我给你办公室打了电话并且往你家发了电报。

没有写信是因为我开始动手写长篇［《有钱人和没钱人》］了——写就了三章半；此外还完成了两个短篇。进展顺利。天气好极了。

刚收到萨拉［·墨菲］的信，说杰拉尔德病得很厉害（真是叫人听了难受！）。说你打算3月20日前往欧洲，5月5日才回来。

我们的古巴之行怎么办啊？还是你五六月份回来？你任何时候回来都成。不过得告诉我时间，小子。你知道怎么回事：因为我跟戈斯［·费佛］叔叔说你也要去。我得做很多工作才能说动他出行。出门对他而言是件很重要的事情。上次我见到他时，他看上去很疲惫。假如我跟他说你去，而你又不能去，迈克［·斯特拉特］又不愿去（也许是因为我延误了非洲之行，跟我拿着劲呢）；那戈斯叔叔也许也不去了。

结果是老爸我独自在古巴钓鱼。

我准备支付你往返纽约的全部费用。所以，别想钱的事。你和你那美丽的麦克莱什夫人好吗？我们都很好——孩子和波琳身体都好——我也好——写这本书（也许是本很好的书）坐得屁股嫌沉。进展很顺利。

吉尼［·费佛］（这流氓）离开之后我们就没有她的消息。相信她正撮合［约翰·］加德纳和卡罗尔［·海明威］[1]——真是助人为乐的老姑娘。

给我写信好吗？我没有写信是因为诸事都妥——一切都就绪了。计划4月10日到15日之间过去。10日是满月。Con la luna menguante［就要月亏了］——见鬼——你不懂西班牙语，我也拼写不好。无论怎样，我们会呆到6月中旬之后。假如不去西班牙拍照，我们会整个6月和7月都呆在那里。

我们从未吃过比这火腿咸肉更好的东西——真好啊。真的不只是最好的火腿咸肉，并且是最优质的，少见的优质。告诉阿达。真好啊。

再见老迈克——往医院给杰拉尔德打个电话，告诉他我们听说他有病痛后都很难过——替我们问候一声好吗？我会写信的。不过，我完成书稿后腹笥空空，就搁笔了。你打电话算是帮我个大忙。这样我今天就算不写信也不会忧虑了。用萨拉赫帕特里克的枪打了96×100。

问候阿达。大家都问候你们。你真该看看波琳把家弄得有多漂亮。

本以为阿达和萨拉来呢。她们怎么了？当然，杰拉尔德是病了。运气真不好。等他好了，让他们来。这（整个冬天）天气好极了——像秋天回暖的天气。给我写信。

Pappy

我知道假如你自己想要，本可以跟伊万的文章（他登在《斯克里布纳》上的写快步舞的诗歌）较量一下的（尽管艰难）——那是描写快步舞的最佳最美的文字。那样多好。

你不觉得那文章好吗？我觉得好极了。

你不可能再啃到那么多肉、叫人不愿撒手的好骨头了。

（此信藏国会图书馆）

[1] 约翰·加德纳 1933 年 3 月在奥地利娶了海明威最小的妹妹。海明威反对这桩婚事。

致阿诺德·金里奇

1933 年 3 月 13 日，基韦斯特

亲爱的金里奇先生：

谢谢你的三封来信。随信附上从圣莫里茨退回来的我写的一篇东西。自这篇东西之后，我又写了 3 个短篇和一部长篇的 50 页。由于天气好，我写得很顺利。没有生病，也没有出事（呸呸）。没有什么焦虑，不过是寻常的日子。可是一直没有能写信。昨天写完了一个较长的短篇，所以今天休息，给你写这封信。

我不觉得［瓦尔特·］温切尔的戏仿之文有什么好。太多怨气太多嫉妒。作为作家，你该比你戏仿的人胜一筹，而不只是道义上端起高人一等的架势。［韦斯特布鲁克·］佩格勒是位更好的作家，但作为报人，连温切尔的百分之一都不及。温切尔是有史以来最伟大的报人。佩格勒写体育报道很有趣，但那是很容易写的专栏。我知道我自己也能写一篇。可这可怜的温切尔一周得工作六天。假如他休息，报纸显然就得歇了；他于是想在专栏里放入许多家庭情感废话。好吧，那就加吧。看看他周一都写了些什么啊。我从前就以为佩格勒的东西品位比温切尔写妻小的东西糟糕多了。

关于庞德。我相信我读过他写的每一行诗。至今仍然觉得《诗章》里的篇什最好。这是个人观点。《诗章》里也有馊笑话和许多废话，但其中的某些诗天啊好极了，没有人能写得比这更好。

现在谈谈你计划中的季刊。关于卖东西，我有两策。假如这出

版物不为商业，而为了文学事业，那我就恭送掉我的东西，或者象征性收点费用；只要这家伙支付得起，就把他的钱拿回。接着，稍后，通常是找到那卖手稿的鸟儿；我写封信请他归还，因为我手头只有这一份手稿，出小说集时不得不撕开小册子里印的东西当稿子（这是什么句子啊）。无论怎样，这心地纯洁的书信爱好者已经把手稿卖了，卖了10到100倍于他付我的短篇或文章稿费。

第二策为：让所有商业杂志支付最高费用，从未给任何人这么高的费用。这就使他们热爱并欣赏你的作品，意识到你是多么优秀的作家。

过去12个月里有几次我急需250美元。可总能通过写你所建议的东西得许多倍于那数的稿费。至于短篇小说：我唯一不能发表的篇什是能让你的杂志进监狱的东西。要么是我不希望发表的东西，如你提到的那个。因为，发表那东西不对。我也总试图保留一定数量的身后之作以支付葬礼费用。我没有任何形式的保险，除了责任义务保险。

所以，我们说到哪儿啦？啊，是的。事实上250美元放进兜里不错，但没什么可谈判的。

我4月12日越境往古巴海岸去钓鱼两个月。有可能去西班牙拍照。假如不去西班牙，就在古巴呆4个月，然后去西班牙。假如我突然钱包瘪了，需要250美元到了不顾脸面的程度，就写一篇东西；假如有的商量，我会给你发电报。不过别指望什么。万一给你发电报呢，如下情报供你知悉：我从未不递稿子就接受预支稿费。我会从西班牙前往坦噶尼喀，接着去阿比尼西亚打猎。明年1月或2月回来。

关于短篇小说集，我写完了14篇。会再写一篇的。

致敬。迟复为歉。

欧内斯特·海明威

（此信藏普林斯顿大学图书馆）

致阿诺德·金里奇

1933年4月3日，基韦斯特

亲爱的金里奇先生：

你写了封很好的信。

首先说说从广告商那儿预期得的好处。我的衣领尺寸为17½，上衣尺寸为44，但46为好或者更好；鞋子的宽为11，裤子尺寸是长34腰34。别想他们会寄许多尺寸拍照用。你如果有类似的衣服，就邮寄包裹来，我付邮费并且保证把它们穿出来。

我不崇拜乔伊斯。我作为朋友很喜欢他，认为没有人写作技巧高过他。我从他那里、从庞德那里学了不少东西。从G.斯坦因那里则主要在交谈里学到东西。她曾经是个优雅的女人，后来变得职业上缺乏判断力，不再有理智，还一口爱国强调，以为自己是上帝。老年停经，有同性恋倾向。在这之前她一直很聪明。随后太把自己当回事，而不是把自己的作品当回事。因为一直这么着，她把这么着也当回事了，而不是当自己突然变成这样的。接着她产生了一个念头：任何拥有优点长处的人都必须有点同性恋的特质，如果看上去没有，那只是在掩饰。更糟糕的是，她产生了一个念头：任何有同性恋倾向的人一定好。在她一团浆糊之前，我从她那里学到很多东西。从老福特那里什么也没有学到，除了别犯他犯过的错误；虽然他对我的作品写起评论来很慷慨。我从安德森那里学到过东西，但所学之技并不持久。年少时模仿过林·拉德纳，但没有从他那里学到东西。没什么可学的，是因为他什么也不懂。他所有的不过是一副好耳朵，还听不真；喜欢到处走走而已。这可怜的家伙除了纯洁不恨外，他痛恨一切。从D.H.劳伦斯那里学到如何表达你对乡野的感受。这都他妈的是什么啊？忏悔：benedeteme parde porque ha aprendido.[1]

非商业杂志差不多总是办来为男编辑和女编辑创造职业生涯的。唯一有点价值的是《小评论》。不过，它们结果都不错，几乎期期都是好东西，长远来看也不会错。年轻人觉得不发表不行，他们得获得作品背后的劳什子。

今天热得让人嘴歪眼斜，什么也写不了；此刻连写信都觉得热。

还得接着写，为你的季刊[2]写完这些信。我会写这四封信的。第一封从古巴邮寄，第二封从西班牙邮寄，第三、第四封从非洲邮寄。假如在非洲有什么情况，我就从别的地方给你邮寄。假如有余裕我肯定会去哪个地方。等我写信要，你先给我寄第一笔 250 美元。拿到钱后我就会去写这篇什。假如你有足够的钱，就寄给我双份预支，也就是乘 2 等于 500 美元。

一脚踩几只船不对。就［刘易斯·］麦尔斯通的情况，《名利场》差强人意。我在纽约拒绝了很多钱，没有卖上一本书的标题给电影方面的人。我有一次碰上麦尔斯通，两人谈起在西班牙拍一部电影，都由非专业演员来演。满可以拍部优秀电影的。万一今年夏天开拍，我就得 6 月赶到那里。现在晚了。麦尔斯通日前给我发电报说他正写信告诉我好莱坞的情况呢。我想拍这部电影，也想用他的技术方面的知识。假如电影成功，他就有信用了。我从未跟他合作过，不知我们会怎么样。我现在脑子里就能看见这电影的场面。我们得筹款，还得从情愿赔本的人那里筹。都得在西班牙拍。没有好莱坞，也没有电影工作室里的东西。

关于你说的幽默话题：那些混蛋不愿让你开玩笑，是因为玩笑打乱了他们的分类。大部分人都不愿读《春潮》，乔伊斯和庞德却喜欢它。知道我想干什么的每一个人也都喜欢读。

这封信成了我，我，我怎么着，可你说过你感兴趣。［路易斯·亨利·］科恩船长说 200 册之后又宣称 350 册。老“爸”给他电话，他写了封寻常可怜的信，说是如何能从 350 册里挣点小钱，多需要这钱之类。说需要 250 美元支付费用。不会违背我的意愿做任何事情的。请我发个电报，他可以印 250 册。我发电报说印 300 可以，但基督啊一开始为何不说 350，到这时才说？看在基督的分上别跟他提这个。因为，假如我希望得罪他，我自己就去做了。

昨晚收到［悉尼·］弗兰克林寄自伦敦的明信片。他一定是取道那儿前往西班牙的。

我今天本想工作，但天气太热。这封信也许能显示天热。现在琢磨一个短篇集的题目。只要时间足够，你总能得个好题目。见鬼的是你总有许多看上去不错的题目；要想甄别优劣就得费时。

祝你好运。

你的，

欧内斯特·海明威

（此信藏普林斯顿大学图书馆）

[1] 看似意大利文和西班牙文的合璧："神父，保佑我，因为我犯有罪孽。"

[2]《老爷》杂志开始是季刊，1934 年成为月刊。从 1933 年秋天到 1939 年 2 月，这本刊物共发表海明威 25 篇文章和 6 个短篇小说。

致简奈特·弗兰纳[1]

1933 年 4 月 8 日，基韦斯特

亲爱的简：

你的信来的时候，我们在皮戈特。我很受感动，给你写了封长信；当晚又把信给撕了，因为你给我写的信这么好，我却写不好一封信。随后是没回信感觉很不好。

那个希腊馆子很好。我记忆里有一段美好的时光是在那儿度过的。正因为此，我一定患上了老诺尔·墨菲式的神经质。我喜欢诺尔，可她令我紧张，就像猫令有些人紧张一样。

看啊，你何不来哈瓦那？我三天内要去那儿，坐 34 英尺的船去钓鱼，那船整修好就是为了钓鱼用的。去年我们在那海岸钓了 65 天鱼，就是从这个时节开始的。真是好啊。湾流浓得几乎黑了，直奔海岸而来。鲐鱼、剑鱼从你身边游过，像卡车在公路上随湾流涌动。你坐在船里往岸边靠，透过清澈的水看白沙里的波纹。就像是要用拳头击一下水底一样；你抛锚的时候，绳子像是永远也够不着水底。这里有绵延不尽的海滩，瓷实的白沙；二十英里内没有房屋。我们通常是早上出门，在水流里钓鱼，下水游泳，夜里才回去。有时就在船上睡觉。有时在城里睡。美丽的旅馆俯瞰港湾，旅馆的名字是阿姆博斯·芒多斯。房间干净而好，可以在里面工作，每天只要两美元。

波琳也来，一般是呆上两三周，随后回基韦斯特看看孩子们的情况，照料一下房子。再没有比这更自在的生活了。去年我们抓了32条剑鱼。

假如要去西班牙拍照的话，我们打算在那儿呆到6月中旬。假如不去西班牙，我们就呆在古巴，直到8月。无论怎样，我们到那时会去西班牙。随后，波琳兴许将呆在法国，也许回基韦斯特。我打算去汤加尼卡和阿比西尼亚。她说她不愿去那儿，但也许我还是能把她弄去。无论怎样，我们三四个月之内能见到你。

我真高兴你这么喜欢那本［斗牛］的书。我认识的人里，并没有谁我想让人家喜欢这本书的（我也不觉得谁真的喜欢这本书）。有一个短篇小说集快弄完了。这些小说写得不错。今天真热。这封信写得太烂。

我们在这里有一所不错的房子。孩子们也都好。还有4个黑鬼、一只袋貂，18条金鱼，3只孔雀；一个栽有无花果树和酸橙树的院子。波琳把房子侍弄得很好。我们一直过得很开心。我差不多一年到头都能呆在这里，看各种东西成长，看得不亦乐乎，乐不思蜀。不过，还是想念西班牙；想去［非洲］看动物，听它们晚上闹出的声音。有这么一处住所可以返家。7月初到11月，我们去了怀俄明和蒙大拿，在那里过得很愉快。打猎打得痛快。我喜欢用来复枪，我喜欢猎杀动物，非洲是干这事情的好地方。也喜欢把自己弄得筋疲力尽，脑子里什么也不想，盯着动物看，却让它们看不见你。

［江纳森·］凯普版做得太恶心。我愿他下地狱，但这也无济于事。跟一个出版商打架总比跟一群出版商打要好一些。他们是我们天然的敌人。

南希［·康拉德］我从未喜欢过。葛特鲁德·S.我曾经很喜欢，上帝知道我对她也曾经忠诚，直到她十二次推搡我的脸。最后一次见她的时候，她跟我说听到一个故事，一个男同性恋的故事，这故事结论性地证明我的确是个同性恋者。我说你认识我四五年了，你相信那样的故事？她说，或许那是在特定条件下发生的故事。的确是非常特定条件下的故事。她不愿跟我说是什么故事，只说很可信，只提到那故事的发生条件有多特定。可怜的老“爸”。我们也许会在她的自传里读到这故事。[2]你在《纽约客》杂志上读过其中一篇的。我从未关心过她在床上床下所为，并且曾经很喜欢她；她也喜欢过我。可是，自打绝经之后，她在性方面变得泾渭分明得可怕。她第一阶段的态度是：假如不是同性恋，你就不是个好人。第二阶段的态度是：是同性恋的都是好人。第三阶段的态度是：任何好人都是同性恋。“爱国主义”式的偏见可真是罪孽啊。马波尔·道奇是要命的竞争对手。美国的传奇女子可真能得彩啊。

我想唯一的法子是：先了解女人们在回忆录里想写什么，然后设法让她们怀上孩子。让人感觉见鬼的是，怎么说呢，我觉得能亲近的女人，她们一般不写回忆录。跟传奇女子在室内见面是个大错误。你但凡做什么都得误解。为儿子添加一些格言警句——别跟传奇女子在任何地方偶遇，除非是露天场地，还要带上自己的证人。

一个人最终从传奇女子那儿是任何东西也得不到的。我一生从未遇见比玛格丽特·安德森人更好、头脑更易波动的传奇女子了，也没有比她更漂亮的；可结果怎么样？[3]可怜的老“爸”曾经当过粉红眼睛的白兔子，带着粉红的兔眼，目光呆滞、痛苦地四处游荡，寻找某某；一路喃喃自语：你见到谁谁谁了吗？谁谁谁在哪儿啊？某个神秘的女人说拒绝过我，不愿把生命里最好的时光扔在我身上；我自己肯定没有要求人给我她的美好岁月。这到底他妈的是谁啊？还有人模仿我对斗牛场的热衷（不过只是踢踢自己兔子般的后腿而已）。耶稣啊，那么说我是从斗牛场模仿出一本很好的书了。

假如你没有喜欢过拳击，你写的都是模拟的东西，那书被人扔在地上几次后，你还能继续写多久啊？我第一次在拳击场上被击倒，迄今已18年了。去年花了105天在湾流。现在此人又假装对湾流感兴趣了，想遮掩他另外所求。

耶稣啊，某一天我要自己来写回忆录，在我写不出别的东西的时候。我的回忆录会很好玩并且精确，不是出书为了证明什么该死的东西。

海姆的大承诺。不，对上帝发誓，我会写的。我希望我们能见到你，简奈特。无论怎样，请原谅我等了这么久才回信。收到此信后给我写信好吗？我为了能尽快得回信都不惜在信里添加新闻。

去了一趟纽约。本奇莱有新（女）人了。可怕。多提［·帕克］很漂亮。麦克莱恩出局了。［唐纳德·奥格登·］斯蒂瓦特从海岸回来，给每一个人都买了貂皮大衣，说欧文·塔尔伯格是时代的天才。多斯·帕索斯破产了。希望跟我们一起去西班牙。我认识的人里你还认识谁呢？菲尔·巴里发胖了，也聋哑了。帕奇死了。为罗伯特工作的麦克格瑞高尔中风了。司各特成了共产党人（只是太晚了）。他去了纽约，跟多斯说他跟巴尔的摩的共产党接上了头。我希望我跟你接上了头，弗兰纳小姐。

啊，这封信内容够丰富的了，即便是质量不高。

你写信告诉我自己如何对待我的书，真谢谢你了。假如你现在不喜欢那书了，也别不好意思。那没有什么。你写信时还很喜欢这书，那就很好了。

我从未读过你写的书，夫人；不过我很喜欢你。

海姆

（此信藏普林斯顿大学图书馆）

[1] 简奈特·弗兰纳（1892—1978），出生于印第安纳波利斯；大部分时间在

巴黎度过，为《纽约客》当驻外记者近50年，用笔名吉内特。在1966年12月27日致卡洛斯·贝克的一封信中，她回忆了与海明威的长久友谊，说是始于1920年代初，在巴黎。

[2] 在《艾丽丝·B.托克拉斯自传》(1933)里，海明威被指懦夫及其他错处。

[3] 玛格丽特·安德森，《小评论》的合编者(1922—1929)，在她的自传《我三十年的战火纷飞》(1930)里讽刺挖苦了海明威。

致约翰·多斯·帕索斯

约1933年5月15日，哈瓦那

亲爱的多斯：

真高兴你打算来。你可真病得不轻，让我吓坏了——我即刻查阅了《布莱克医学词典》。假如不是听你说好点了，我就来巴尔的摩了。你还发过那106华氏度烧吗？[1]

随信附上救命钱［1 000美元］。听着，这钱是私房钱。戈斯叔叔曾经给我一些储备钱用于非洲之行的。我从那里面兑现了这些。去非洲的钱还有足够的，甚至返程的钱都有。我连康尼岛都没有去成，更别说跟你去非洲了。你个无知的葡萄牙佬得了让人烦的病，手因此颤悠，脑子因此发傻。把它兑成现金吧，省得我拿去换成分币，在公共场所疑心病似的向你投掷——这也无法使你不让出版商发疯——什么也无法让你不使出版商发疯——只是让你转身时容易些——你可以还几笔欠人的账，让人觉得可以再借给你。对基督发誓，我希望自己没闯入你的私人领地。不过，我还是为你担心了。我并没有［唐·］斯蒂瓦特给哥们貂皮大衣的意思。

抓到两条肥美的鲐鱼。它们咬起人来像小人。昨天还看见20条呢。我们周二去马利尔卡班纳斯巴西亚宏达。

真希望你和凯蒂能来——6月份来，你仍然可以去庞朴罗纳——从这里坐船前往维戈——去看桑迪亚戈·德·康伯斯泰拉——在克鲁纳坐火车——马德里——再坐火车去庞朴罗纳。在维戈买“计公里”［计里程票］。

你可以租廉价车从维戈开车到桑迪亚戈——也可以开到挪亚——在那该死的美元变成废纸前用掉它。

得停笔了，否则赶不上寄它的飞机。

你论普鲁斯特的文章很有说服力。无论怎样我们还会在这里呆一个月——我正给小说集起书名呢——很难。真希望能让你看看这些篇什。我还真写了几个好的短篇。

月亮消失后我就不再钓鲐鱼了，再去写小说。月圆的时候鲐鱼纷至沓来。月缺的时候，鱼流就断了——月亮最缺的时候鱼就生病了——像女人——它们连东西都不吃——女人则还吃东西。

学了很多东西。有些是真理。好起来吧多斯。问候斯塔特。

波琳也在写东西。她问候你们。

海姆

（此信藏弗吉尼亚大学图书馆）

［1］多斯·帕索斯因风湿热在巴尔的摩住院。

致阿诺德·金里奇

1933年5月24日，哈瓦那

亲爱的金里奇先生：

假如不用“先生”称呼对你意味着什么的话，我就不再这么称呼你了。不过，对我个人不太熟悉的人，我还是很倾向用“先生”的，也愿意别人回信这么称呼我。这也许是不同时期留下的习惯；也许是抗议赫斯特组织机构称呼“欧尼、斯柏克、雷、比尔”之类，出版社称呼“霍拉斯、汤米、麦克斯、惠特尼”之类。我记得麦克斯·帕金斯（我很喜欢他）在一封信里问我：何时才能不称呼他帕金斯先生。我很喜欢他，真的，但我写信说要想让我不称呼他先生，就得至少让我破费10 000美元。——（还真就破费了）我也不再叫他先生。在跟业务上的任何人成为哥们的时候，他们总能把业务的需要跟你自己的需要勾魂联系，而你就得做事情，因为你是哥们。

没有比麦克斯再好的人了。这则轶事没有什么针对性，只是想揭示从事某种专业的人既不愿意成为雇主的朋友，也不愿意成为观众读者的朋友。

这对你不适用。你是个很有头脑的评论家（不付稿费的）。只是你也是我的雇主，因为你买了我的两个作品。你不用跟我说那题目起得太烂——之所以如此是因为这些篇什得为题目保留点形式；所以它们只是得了个不成功的头条标题，而不是题目——书里就不这么标了。

假如你要看我跟凯普谈拳击的通信，我会寄给你的，假如我能找到秘书工作得够久把它抄出来。这信也许能让你一笑。

《老爷》的名字在我看来不好（作为杂志的名字）。或许我们因此膨胀成牛屎，感觉飞黄腾达也未可知。在繁荣时期，一个人不能太势利。现在说起这个来似乎太酸腐。

假如你问我可有更好的主意——我没有。

早就想写信了——尤其是要谢你给我寄来那一套很优雅的衣服。真好，也很酷。夜里太累，只能踉踉跄跄上床。深夜往往捡拾起政治来研究，有相当数量的东西还是很有趣的。不过不怎么写信。虽如此，我会给你写一封很好的古巴来信。

抓了 29 条鱼，有鲐鱼有剑鱼——来此地太早，早了 3 周。今年鱼汛也晚——上周六抓了 7 条（相信这是一杆钓鱼的最高纪录了），周日 3 条，周一 3 条，周二 4 条——今天卧床，嗓子疼得厉害。我们很有机会破世界钓鱼纪录的——让纪录见鬼去吧。不过，上帝啊，你该看看那鱼在空中腾跃时的大小尺寸。它们在水里游动时像歼击机。去年和今年我都有钓鱼日志。

会在这里再呆上一个月。等我看通货膨胀终止的时候，把你的支票寄到我的英镑账户上。我会在西班牙把英镑换成比塞塔花的。

我们预订了从这里前往的票，是 8 月 7 日的。多斯·帕索斯病得很厉害。他写信跟我说要退还你的支票，因为他病了不能写东西。他 5 月 25 日坐船去了安特贝斯，在我们的朋友那儿养病。

你可以写信给他，请杰拉尔德·墨菲收转，地址是安特贝斯角美国别墅（A.M.）。

我们在西班牙将在 8 月和 9 月部分时间里相聚。

我会给你弄几张好照片的。很难拍有我自己在里面的好照片，因为我拍照用的是老相机 4×5 格拉菲，谁用都糟糕。虽如此，会安排人拍一些的。

体重降到 185 磅了。假如不是这嗓子，感觉会很好的——在风里跟鱼奋斗，出汗了，又没有衣服换。

我手头没有你上两封信；我知道有要回复的东西——关于那衬衫的——假如你寄到基韦斯特了，我老婆下周末来这里时会带过来的——我会喜欢它的。你要我从古巴给你带什么吗?

[欧内斯特·海明威]

（此信藏普林斯顿大学图书馆）

致亨利·斯特拉特

1933 年 5 月 27 日，哈瓦那

亲爱的迈克：

听到你的消息感觉真不好，都无法写信。接着是来到这里。晚上太累，也不能写。真是不幸，玛吉病得那么厉害。我相信你出纽约会好一些的。没有你陪伴，打猎俱乐部真是不爽。无论你去哪儿，还是该好好打猎。我对基督发誓，真的希望你在这儿。我独自钓鱼已经有 3 周了。3 周里没有一天没钓到过鲐鱼。迄今已钓了 34 条——有一天抓了 7 条——钩住，然后独自一人与它们奋战。真是美好的运动，就是没有人分享，让人感觉很不好——连电影都无法拍——有一条鱼跳了 37 次。

我们还能抓到一条非常非常大的。

玛吉怎么样？你怎么样？我知道窦炎这玩意儿很讨厌。波琳得过，三个月里如同在地狱里，后来是服奎宁好了。服 5 格令剂量——也就能服那么多——就好了。

你的新计划会妨碍你去非洲吗？你好像是要从这个世界退隐了似的。我打算 8 月 7 日坐“太平皇后”号船（已订票）从这里前往西班牙——在西班牙呆 3—5 周；然后从马赛坐船往非洲去。你在被邀请之列，没有谁比你更受欢迎。得在美元还值点什么的时候去。希望通货膨胀快点结束。通货膨胀让我的储蓄都毁掉了。

好在基韦斯特的家还有枪、钓鱼设备，有画儿、书籍——管它呢。

你告诉我去不去非洲，好吗？我想我会给克莱恩发电报的。你不觉得他锻炼得跟别人一样棒吗？查尔斯会去。阿奇去欧洲后我就没有了他的消息。他本打算来这里的。

一天里看见 100 条鲐鱼——扑击了 18 条——邦姆比 3 条——胡西［·拉塞尔］5 条——我 10 条。我用钩子钩上岸 7 条——都超过 7 英尺——水流的速度像磨坊引水槽——一个小时约 6½ 到 7 英里。风是和稳的东信风。下个月上旬和中旬准有大鱼——该是 60—90 磅的鱼群，够厚实的。

多斯患了风湿热，病得不轻。我一直在给他写信，所以没有给你写。他刚出院，25 日坐船去安特贝斯墨菲家养病——我会在西班牙见到他的。

此前没有写信让我感觉不安——我的地址就是这里的旅馆地址。在基韦斯特我们大家都为玛吉身体欠安感到难过。真是不幸。我真希望她好一点了。

问候她——

也问候你——

海姆

（此信藏普林斯顿大学图书馆）

致阿诺德·金里奇

1933年6月7日，哈瓦那

亲爱的金里奇先生：

谢谢你来信并寄给我衬衫。我老婆比预期的来早了点；不过她下周再来的时候会把它带来的。东西该到基韦斯特了。

迄今钓了39条鲐鱼剑鱼。“古巴来信”也有眉目了。等哪天风大不能钓鱼，我就写这封信。

我们8月7日从这里坐“太平皇后”号船走——她不去纽约。

很高兴你跟多斯的事安排妥了。他病得很厉害。

我给书起的题目是《赢家一无所得》。

“不像别的形式的博弈或者争斗，眼下的情况是赢家通吃不着。他既没有轻松，也没有快乐，更没有任何荣光的概念；假如他赢了很多，自己内心也没有什么回报。”

（以上是斜体字语录）

假如你想帮我忙，请发个收电人付费的电报，告诉我你怎么看这个题目——你怎么看那语录。此书收13个短篇。书名不是故意要难为人的——至少不比《没有女人的男人》更难为人。跟内容还是匹配的。

这些个短篇——迄今为止收入——《世界之光》（一篇关于妓女的上好小说）——比［莫泊桑的］《泰利埃公馆》要好；《暴风劫》（你读过的）；《大转变》（你读过的）；《一个同性恋者的母亲》（关于斗牛士奥提茨的）。

见鬼——没有必要把它们都列出来——你很快就看见它们了。我打算把《死亡的自然史》也收进去。因为这是一个短篇小说，有些人可能没有3.50元另买一本书［《死在午后》］来读它，收在那本书里呢。

然而，我希望你能电报告诉我怎么看那书名。这里找不到别人来看。我老婆波琳喜欢，可是我们以前就弄错过。这名不廉价，好得很。

[欧内斯特 · 海明威]

(此信藏普林斯顿大学图书馆)

致麦克斯威尔·帕金斯

1933 年 6 月 13 日，哈瓦那

亲爱的麦克斯：

谢谢你来电报。抱歉没能早点把书的标题寄给你，可早了也没有啊。现在你可根据那标题来拟定了。

我是不是最好把 12 个已有的短篇寄给你——好让你排版。随后再寄我正写着的两个。昨天完成了 24 页。早上 3 点还没睡，在凉爽中写作。打算下午去泛舟。最近工作很顺利。昨天写到中午——12:45 才出门。抓了 42 条鱼——有一天破世界纪录抓了 7 条——反正我相信这是世界纪录。我正查资料呢。波琳每周都来。她正修整我在基韦斯特工作的地方——把它弄得比以前大了一倍；弄了个隔板屋顶，这样天热的时节屋里也凉爽。

就这本书你给我寄份合同好吗？请具体写明预支版税的数目（已付 1 000）6 000 美元。收到手稿即支付 3 000；出版前再付 3 000。

[麦克斯 ·] 伊斯特曼使我对纽约的所谓朋友有了新的看法。假如他找哪位有偿付能力的出版商把那诽谤之词出版成书，那出版商就得为此付很多赔偿；伊斯特曼也会去蹲监狱的。莫埃 · 斯佩瑟会搞定的。我可利用那部分材料。[1]

假如我在什么地方任何时候看见他，无论是现在还是将来，我会亲自讨回冤债的。

我不想再就此发表任何该死的东西了。这帮猪不值得我写东西。我对基督发誓他们不值得我写东西。整个事情的每一步都让人恶心，让你想吐。我写的西班牙斗牛的每一个字都绝对真实；都是长期仔细彻底的观察得出的成果。他们却支付伊斯特曼这个对此一无所知的人来说我写的是胡说八道的感伤故事。他可真了解公牛啊。它们的确如此——（他解释道）。我也的确如此——等等等等（他解释道）。我见过50头公牛做到了那个无知的傻瓜说的——没有牛能做到这一点。太恶心了，不写它了。

说我缺乏男子汉自信是再寻常不过的事情——狗屁。我该跟你那帮好朋友一起去背着我自己传播这个成见才好呢。[凯尔·]克里奇顿先生——伊斯特曼先生之流，你何不让出点篇幅，叫他们在你的杂志上写点东西？等我看完稿子，如果我什么时候在什么地方碰上他们中的任何一位，假如还敢这么说，他们的嘴巴可就要发出好玩的声音了。克里奇顿先生——这个当面跟每个人说道的勇夫——等着瞧。

他们可是一群好人啊——他年的职业男性美人——麦克斯·伊斯特曼——性生活的暗中摸索者（我意思是说用手），政治上的叛徒——见鬼，别浪费笔墨。

有朋友可真是件很好的事情啊。他们听说你出国了，于是开挖。

好啊，再带些朋友来。我出国出得远着呢，他们都会变得勇敢无比，说出所有自己希望是实情的东西——接着我会回来，等着瞧吧会发生什么。

你知道他们抹不掉的是（1）我是个男子汉（2）我能把他们中的任何一个揍出屎来（3）我有能力写作。这最后一样让他们最伤心。不过，他们呢也不喜欢我的作品。不过，“爸爸”会让他们喜欢的。

问好

海明威

（此信藏普林斯顿大学图书馆）

[1] 海明威回应伊斯特曼刊登在《新共和》第75期（1933年6月7日）第94—97页上的文章《午后的公牛》，见卡洛斯·贝克《海明威传》（纽约，1969）第241—242页，第606—607页。

致麦克斯威尔·帕金斯

1933年7月26日，基韦斯特

亲爱的麦克斯：

7月20日回到这里。一直在清理东西准备离开。我在等清样或者说是在等你的信。在做善后清理工作。现在差不多一切就绪了。今天会重写《我祖父的坟墓》。[1]

我们8月4日离开这里，8月7日乘“皇家邮政”线路的“太平皇后”号前往桑坦德尔。在西班牙的地址是：西班牙马德里维多利亚街2号比亚力兹旅馆。在欧洲的通用地址是：巴黎协和广场4号“纽约保证信托公司”收转。

8月的一半和整个9月将在西班牙度过。也许10月也在那儿。11月前往非洲。再次外出之前写作的时间就更多了些。你的清样和英国来的清样我也有时间弄的。

可怜的老葛特鲁德·斯坦因。你读了8月号的《大西洋月刊》了吗？[2]她终于找到可以爱又不嫉妒的一个作家了——真正的美国作家——布鲁姆菲尔德。多么美好的故事结局啊。她自打停经后就失去了所有品位。这行当可真异乎寻常。她突然之间就分不清画的好坏了；分不清作家的优劣了。都成了……

可怜的老海姆脆弱的人儿。99天在湾流的太阳底下。54条剑鱼。一天里就抓了7条。独自在65分钟里抓了条468磅的鱼，没有人帮忙，除了人抱住我的腰，往我头上一桶一桶地浇水。另一条直用了两小时20分钟，见鬼。一条343磅的鱼跳了44次。嘴上挂着鱼钩呢。我在一小时45分钟内弄死了它。可怜的老海姆又假装渔夫了。体重187磅。从211磅降到这里。

我打算写一本很好的回忆录。之所以要写，是因为我对谁都不嫉妒，又因为我有捕鼠器般的记忆和一些文件。下手就有很多材料可写。

我想象你对书里的某些字眼又多少不知所措了。不过，还是告诉我哪些你能定夺，哪些你不能定。我们一起来想办法。我不是为了逞能在墙上写东西的小男孩。假如不用字词就能产生效果，我情愿不用文字。可是，有时候不用文字不行。用语言文字再现生命也很好啊，生命之血从文字中流出多好啊。这一点很重要。

无论怎样，请告诉我你的想法。

啊对了。你请人给我寄上12本《死在午后》，就寄到西班牙马德里维多利亚街2号比亚力兹旅馆。寄四包，每包3本；只标明"书籍"即可。会检查吗？我得送人；在那儿买我就破产了。这些书加邮费都算我账上，从我的版税里扣，什么时候到账的版税都行。

你的永远的，

欧内斯特

（此信藏普林斯顿大学图书馆）

[1] 又重新定名为《父与子》。这篇小说成为《赢家一无所得》里的最后一篇。

[2]《艾丽丝·B.托克拉斯自传》正在《大西洋月刊》上连载。

致保罗·费佛夫人

1933年10月16日，马德里

亲爱的妈妈及全家：

这封信信头的日期真让人不好意思。谢谢你和波琳的爸爸寄来的生日礼物。我 7 月 21 日就收到了。

下面是我没有写信的理由。当时有很多事情发生。我本计划从船上写信感谢你的，可是没写。船上生活之后又太晚了，我不好意思写了。

昨天我意识到，假如再不写信，很快就到复活节了——所以现在给你写信。

非常非常感谢你和波琳的父亲送我礼金。我很感谢你们，打算把它花在非洲。

吉尼不到一周前离开此地前往巴黎，去解决穿的问题。似乎一个月里不知怎么穿合适。她计划约一个月后前往纽约，乘坐大洋航线的模范船只：伯恩斯坦航线的“伊尔申斯坦”号。你也许听她说过此船。吉尼离开的时候身体很好，精神也不错。不过，她担心自己的胃病。现在大概每十天犯一次。比从前犯的次数频繁。不过，每次时间比以前短了。她打算在巴黎看病；那大夫治愈过我的肾和肝方面的不适（很不适啊）。假如那大夫不灵，她打算写出自己所有的症状和病历，由我寄给堪萨斯市［洛根·］克兰德宁大夫，请他推荐纽约或者芝加哥好大夫，好让她回家时顺路去看病。

波琳精神头很好，身体也健康，看上去光彩照人。我希望在不到一个星期里同她在巴黎相聚。帕特里克长了 3 磅，很敦实，肤色呈棕色，声音很洪亮；这是吉尼写信告诉我的。我打算在波尔多接上他，带他去巴黎。阿达［保姆］来信说格瑞高里很好，他们很开心很惬意。邦姆比又上学了。

我想波琳和吉尼已经给你写信讲了她们的计划，所以我就不说这个了。

自打来这里后我就卖力工作。在这里找到清样了，也整理出来了。随后是编辑，删削，重写一段对话：422 页的一部西班牙小说（悉尼·弗兰克林为斯克里布纳写的）的翻译文字。这活不容易。因为，这书就是个垃圾。我得取这样的态度：我自己写了本糟糕的书，现在重看一遍，瞧是否能把它弄成本好书。与此同时，还不改变原书的风格。我弄完的那一天，垃圾的感觉让我恶心，于是决定写一个短篇漱漱口；动手之后写了100页稿子。[1]波琳觉得这篇小说很好，吉尼不相信这故事是虚构的。我们到巴黎后，我还要过一遍重写一下。这篇小说的篇幅相当于普通长篇小说的三分之一。也许这是很好的一个小说呢。几乎都是动作；故事发生在古巴，在海上。有很多的动作。这篇小说里的东西恰是眼下这本书（《赢家一无所得》）所需要的。放在另一本书也好，也许更好。你不能把一篇自己清楚会卖得像刚出炉的蛋糕一样好的故事放进一本叫《赢家一无所得》的书里。

我不指望任何人喜欢目前这个短篇小说集子。我也不觉得你有必要努力去喜欢这本书——甚至礼貌地表示喜欢这本书。我是打算在自己看完世界这幅图景之前把整个世界拍摄下来——或者拍摄我所见的那一部分，尽量拍全了。我总想煮熟一点，而不是摊大饼一样薄薄地弄一番。这些故事大抵是人们不太关心的人和事构成的故事——或者说人们实际上不喜欢这些人和事请。好吧。随着轮子的转动早晚我会弄个大家喜欢的东西。

你跟弗吉尼亚的父亲说一声，我一直在把她的支票兑成现金，因为她在这里的任何银行都没有账户。这是支票写成支付给我的原因。我试过劝她别一次都把美元都换成法郎。可是，她担心美元贬值，想挽回自己认为是损失的那一部分，这样就不再担心了。现在美元又上去了一点。

我理解欠别人钱的都很热衷通货膨胀。谁要是总还清欠债又省下本来是诚实的钱财的，就不那么热衷通货膨胀。一旦通货膨胀开始，你就能欠多少就欠多少。我十年里在三个国家经历了这种事情。我知道是怎么回子事，该采取哪些步骤，结果会怎么样。迄今我还是在这上面挣了钱的；任何听从我建议的人也会挣许多钱的。不过，我讨厌这个，因为它根本就不诚实；末了它不会带来什么好处。我讨厌它不是因为波琳有一小笔固定的收入。

我恨希特勒。因为，他只为一件事工作：战争。他嘴上说一套，手上做的是另一套。战争是国家的健身运动。任何有国家概念的人都得发动战争，或者威胁发动战争，以使国家运转。

西班牙目前处于混乱状态。所有的掌握权力的理想主义者都染指那张饼子；他们够着的又是果馅儿很少的地方。等没有饼子吃的时候，就会另发生一场革命。

别担心波琳去非洲的事。我会很好地照顾她的。帕特里克跟吉尼就要回来了。我会在纽约见到阿达和格瑞高里。然后同他们一起去基韦斯特。我的妹妹厄苏拉（我最要好的妹妹）在我们不在的时候会跟她的小女儿住在那里的。

不知道回程的准确日子。

告诉卡尔，我当然想今秋跟他一起赶头一季“曼诺豪斯鹌鹑”。替我问候他和玛蒂尔达。我和卡尔在哈瓦那当然过得很愉快。

查尔斯·汤普森给我们发来电报，说风暴之后我们家没什么事。没有损坏。不过，可怜的老布拉失去了他的船。那可真难为他，因为人家的船可是度日用的。

斗牛士悉尼·弗兰克林在这里经大手术之后终于出院了，那是三年的伤，牛角顶的。大夫们切掉了他的三寸小肠。他手术的时候我在他身边；一开始很不好了一阵；现在没问题了。

去年5月［简·］梅森夫人跟孩子们在一起遇上事故断了腰；再加上悉德尼这个，今年可没少往医院走。让人惊奇的是，应付朋友们的麻烦好像比应付自己的麻烦容易些。我想，难怪一个人能统治一个国家还晚上照睡不误。

我知道有很多东西该写信告诉你，可是现在要住笔了，以后勤写着点。

一旦我们知道非洲的地址，我就寄给你。假如你寄航空信，八天内这信能从伦敦出发。

请你告诉卡尔和玛蒂尔达，今年的圣诞礼物就没有了。也让他们别寄任何东西，因为我们还不知道圣诞节在哪儿过呢。

对不起，这信没能写得再好一点，妈妈。今天下午很阴郁，因为波琳走了；不过本周末还能见到她。我正等待清样呢，最后一校，已经往这里寄了。如此我就能给斯克里布纳发个电报说行。

问候大家，祝你们感恩节快乐。

永远的你的，

欧内斯特

(此信藏普林斯顿大学图书馆)

[1] 第一篇讲哈利·摩根故事的小说《过海记》，刊《大都会》第 96 期(1934 年4 月)。

致麦克斯威尔·帕金斯

1933 年 11 月 16 日，巴黎

亲爱的麦克斯：

谢谢你两次来电报——一周前一封，两周前一封。也谢谢你 11 月 6 日的来信，随信寄来的一些评论［关于《赢家一无所得》的］也收到了。我昨天给你发了电报，因为近日我在读《纽约时报》、《先驱论坛报》和《周六文学评论》；这些报刊满是多提·帕克的短篇小说集的广告，可就是没有我这本书的广告。《星期日时报》曾经有一则广告；我想书刚出来的时候《每日时报》也刊登过。随后就什么也没有了，根本就没有了下文。《星期日先驱论坛报》也不见提起这书，就是登评论的那期。接下来的一周在你的秋天书目里有一则广告。书出的当日我想在《先驱论坛报》上也曾有过一则广告。广告是你的事——不是我的事。假如一个出版人对一本书看似不重视，一点都不吹吹打打，那读者很快也就跟着你销声匿迹了。

我总是（在商业上）坚持与你为伍，其中一个原因是因为你不断推进《太阳照常升起》之宣传，开始时是慢慢的，但做得很棒——我没太在意的事情之一是：良好的开头之后，他们对待《死在午后》的方式绝对冷漠。你自己知道这情况。

这本书碰巧是需要你做些宣传推广的作品。时不时地出一本文学书，终了对任何人都没有害处。尤其是我总是自费旅行搜集素材的。

你在信里提到索斯金的一篇评论，但你没有寄给我。

还有，我没有收到8月版税报告——自我上次在纽约见到你以来，也没有财务报告给我（春天也许收到过一份版税报告）。请把报告寄给我好吗？

那鸟，他说我人到中年，是想那样把我除掉——别人没办成。所以广告部门抓住那一点大做文章宣传那书。假如我写了谁谁——他们就自动贴标签，说那就是我。我写不可能是我的角色时——如《暴风劫》里的人物，那个皈依经济宗教的不幸的家伙；张伯伦先生就说这极富想象力，或者说比我试过的任何作品都要有想象力。真是狗屎。

人到中年从什么时候开始算起？那篇小说——《怀俄明葡萄酒》其实什么也不是；不过直接报告了我在谢立丹和比格霍恩完成《永别了，武器》时所见到的所听到的东西。我当时多大啊？那是1928年，在那儿的时候我刚30［29］岁。那鸟却说这是中年人的故事，因为他自己是中年人了。我刚参战的时候才17［18］岁。（这个你自己知道就行了。）我写的一些故事绝对是发生过的事情，亦即《怀俄明葡萄酒》——那封信［《读者来信》］；《等了一整天》；另一篇《暴风劫》也是每一字词都是布拉的故事。《一个同性恋者的母亲》、《赌徒、修女和收音机》；《暴风劫》（张伯伦说比别的更富想象力）也属此类。另有一些篇什我全是虚构的——《杀手》、《白象似的群山》、《没有被斗败的人》、《五万元》、《大转变》、《简单的调查》。没有人能说出哪些完全是我杜撰的。

问题是我想让所有的篇什都成为看似发生过的事情。等我成功做到这一点时，那些可怜虫又说这些作品是技巧圆熟的新闻报道。

《永别了，武器》可能除了三四个事件外，每一个字眼、每一个事件都是我虚构的。最好的那一部分全是虚构的。《太阳照常升起》的95%纯属虚构。我在那本书里写真实人物，但我掌控着他们的行为。是我创造了他们的事迹。

[H.S.] 坎比之类的傻瓜认为我是个记者——我是个记者兼充满想象力的作家。我还能想象许多。只要我活着就有小说要写，因为故事发生了。我碰巧 35 [34] 岁了。我在哈瓦那写就的那两个短篇是书里最好的两篇——这 15 000 字的篇什比那两篇都好，远远好得多。所以，假如你让希望我完蛋的人愚弄你，以为我江郎才尽了——或者让业务部门把我当赢不了的牌解雇了——那你就犯了大错；因为，我还没有开始写呢（不会再这样给你写信了）。

我无法写出比以往更好的短篇小说了——法迪曼要的那种小说——因为一个人写不出任何比那好的小说——别人也写不出。不过，每隔一长阵子我能写一个一样好的——我的短篇小说一直就写得比任何人都好。可是，人们要更好的，要有史以来的好小说那样的好东西。该死的，不会有更好的了。他们把《白象似的群山》挑出来当“经典”；可它刚出来的时候，没有一个该死的评论家把它当回事。我一直就清楚这篇小说有多好。管营销的部门读了对我不利的评论后以为我过气了。为了给营销的人做广告树立信心，我不得不说自己的东西有多好；那我就该死了。

所以，我不会这么做。再说一遍。我会做点别的事情。

看在上帝的分上，下面的事情很重要。你能不能寄一份 1933 年支付给我的所有钱的清单——怎么写都行——给个人所得税监管人员报告时，寄一份跟给我的数目一样的文字报告。请在 1 月 1 日就寄，或者你知道我 1933 年挣多少之后就寄也行，随你——绝对越快越好。（我今年不会再跟你要任何东西了。）请把清单寄到巴黎协和广场 4 号“纽约保证信托公司”；用大字在信封上写明“请航空邮寄”，他们会通过“帝国空中通道”寄往汤加尼卡的。这样我就能准备我的个人所得税报告了。

我本想离开前有点主意的；从西班牙曾经给人写信讲过这个，

但迄今未听到什么回应。

这信就这些了。

人们说有三篇小说真好；可说这话的人几乎都选了另三篇。这话你听出什么没有？不明白这些的哈利·汉森先生同样在书刚出来的时候就没读懂《永别了，武器》。现在却认为这是伟大的作品。啊见鬼——怎么又接着写了。已经那样了，为什么还要写？因为我不得不。

假如《大都会》把小说（《过海记》）寄还你，请替我保存，等我的指示。

再见，麦克斯。我希望你过得好，没有太多的家务事担忧。我们下周三出航。现在是周五，有很多事情要做。

你的永远的

欧内斯特

（此信藏普林斯顿大学图书馆）

致帕特里克·海明威

1933年12月2日，海上[1]

亲爱的老墨[2]：

啊，我们快到红海的南端了。明天我们就要到印度洋了。这里的天气在晴朗的冬日里跟基韦斯特一样。昨天我们看见一大群大海豚；今天看见许多群小海豚。

往埃及的一路上天冷，多雨。接着是炎热、晴朗的天气。经过苏伊士运河我们来到这里，正好穿过沙漠。我们看见许多棕榈树和澳洲松（像我们院子里的那种），有水的地方就有这些树木。其余的只有大山小山和沙地平原。我们看见许多骆驼。一个士兵骑在一头骆驼上，让它跟着我们河道里的船走，船走多快它就跑多快。在运河里，有时你得停船把船系在岸边，给别的船只让路。你会喜欢看经过你的别的船只；会喜欢看这里的沙漠。我们看见的鸟类只有些鹂，老鹰很多，鸬鹚有几只，有一只蓝色的老仙鹤。

我想你，老墨；能再见到你就开心了。我们回去后我有很多故事讲给你听。

你去基韦斯特的时候，请代我问候布拉船长和萨利［J.B.萨利文］先生。替我问候皮戈特所有的人。

慢点喝啤酒，在我回家之前别碰烈酒。

别忘了擤你鼻子，上床前转三圈。

爱你的爸爸，

Papa

（此信藏普林斯顿大学图书馆）

[1] 乘坐海上邮船“墨琴格将军”号。
[2] 帕特里克绰号“墨西哥老鼠”，当年5岁。

致阿诺德·金里奇

1934年1月18日，肯尼亚内罗毕

亲爱的阿诺德：

那是我表示自己信任你。

抱歉这封信写晚了。病得很厉害。一天要流一夸脱血。心想一定是痔疮，因为我的肛门疼得很。直到最后才感觉不好。没有激情写信。每天都打猎，除了两天闹痔疮病痛外。四天之内就会好的。满脑子都是伊米酊［治痢疾的］，没法恰当思维。

葛特鲁德羽下的朋友之一跟她说：爸爸海明威老是打坏东西，老是生病。不过，我不知道G和她的朋友们会怎么样，假如他们去爸爸去的地方、做爸爸所做的事情。

你的信［空了一格］和第二期样刊我都收到了。在营地一有时间、脑子一旦清晰我就另给你写一封信。

假如你要，我可以一年给你写12篇［文章］。回到基韦斯特后我就写上三四篇，这样你就事先有了一些，不用着急了。届时会补偿我给你造成的困难。

第 2 期很好看。保持下去。

我推荐年轻的阿尔弗瑞德·范德比尔特给你，是因为假如他的名字和知识（他真懂赛马和马匹）出现在你的报纸上，会对你有利的。他很有雄心想干点自己的事情；是个头脑冷静的狂小子。他手很紧。我喜欢他。很多人想买他的名字或者别的东西，可他不卖。

我们要去拉木外的一个岛屿，在塔纳河口；想去那里钓鱼，钓剑鱼和大旗鱼（据说有 18 英尺）。我会有很多东西给你写的。2 月 20 日去那里。

很抱歉这些信没能写好。我一来这里就闹上痢疾了。在赛义德港又拿起笔来试写，可就是脑子不转。否则早就给你写好信让你补白了。开了四封信的头，只完成 1½。

我从基韦斯特给你写好东西吧。

用斯普林菲尔德 30－06 枪支打死了两头水牛——所有的狮子也是用这枪打的。得了些美丽的兽皮和兽头标本。你要这里产的什么东西吗？

抱歉你可能以为我失去理智或者在骗人。是那封电报让我觉得糊涂的。

用一个小标题“汤加尼卡来信”，把我附上的信里的任何内容放进去即成篇什。你如果愿意，也可用那些照片。那些狮子照片很好的。我用 4×5 格拉菲相机在 8 到 10 码外拍摄的。1/50——stop No.8。

永远的你的

欧内斯特·海明威

没有谁翻译法语比欧内斯特·博伊德更糟糕了，除了刘易斯·加兰蒂耶。让马尔科姆·考莱翻译你的法语。

何不给伊万·薛普曼写信要一个短篇或者文章？地址是：比克曼广场 19 号。

你的快手漫画家非常棒。绝对一流。

(此信藏普林斯顿大学图书馆)

致阿诺德·金里奇

1934 年 5 月 25 日，基韦斯特

亲爱的 G.先生：

真高兴你在百慕大度了愉快的假期。什么时候我也去那里钓钓鱼。现实一点的法子是先把“支柱”[1]弄下来，在汽船上装上从迈阿密出发到那儿的所有设备。不过，这事得他们安排，“爸爸”破产了——现在无力为此。不过，百慕大暂时还跑不了。

最好把这信打出来，及时挣点小钱。上礼拜天完成了 8 月篇的第一稿。今天是周五。明天再写一过，明天或礼拜天把它寄给你——也可能周一，但不会再晚了。周一是 28 日，即便是最晚邮寄的日子，你放心吧，6 月 1 日准到你那儿。这篇看似也是讲鱼的事情，恐怕有点科学意味。我会尽量把科学内容淡化，在重写过程中让鱼屎的芬芳气味散发。

有一个长一点的短篇我写了 59 页。我自己对此很有兴趣。看上去这篇东西会相当长。

这条船［“支柱”号］真是棒极了。是个有轮子的家伙，38 英尺长；按我自己的设计造的，75 马力的克莱斯勒，一个小时 40 英里的来康明。低船尾，好钓鱼。钓鱼很惬意。300 加仑油桶，100 加仑水桶。舱内能睡六个人，驾驶舱能住两个人。自身靠尾巴就能启动，平走一小时烧不到 3 加仑油，加大引擎航行烧 4 加仑。两个马达一起发动则烧 16 加仑油。小船能装五个人。

前天，我们偶然抓到一条旗鱼；我希望这是大西洋抓旗鱼的记录——早晨大忙了一阵子后 2:30 起航抓的。重达 119 磅半，9 英尺 3/4 英寸长，35 英寸围长。我以前从未听说过大西洋里有超过 100 磅的旗鱼。见鬼的是：这鱼是被某耶稣会士钓到的；他不想自己的

名字见报，因为他本该在这里办别的事情的，而不只是钓鱼。他刚与一条旗鱼奋战过，但还是丢了；14 次跳跃之后，那鱼被鲨鱼吃了。他才丢手那条，就抓到了这条。他的左胳膊有风湿病，对付第一条鱼很不得劲；所以，这条鱼刚跳一次他就交给了我。我用了 44 分钟才搞定它。我不相信任何旗鱼会拖绳，因此心想它一定被钩得狠了。这条鱼比例协调，看不出有这么重。

我不愿居功，因为不是我钓到的。所以，我想让麦克格拉斯神父认下这功劳。无论怎样，会把这鱼记录在大西洋旗鱼记录里的。这可是旗鱼啊，50 磅重的就算好鱼了。75 磅重的就算优良品种了；我还从未听说过 100 磅重的。这家伙居然 119 磅半重。抓到它四个小时后在八个证人面前用验过精确度的秤称的。

晚上是抓大旗鱼的时候。就在太阳要落下去之前。前天我们抓了一条 61 磅重的，六点以后抓的。一般情况是船队这时离开湾流，稍后大旗鱼开始咬钩。

我本想告诉你我写了篇东西的；这篇东西关乎渔，而不是关乎猎。

你也知道，我接受那些篇什的预支版税，并不意味着我就接受这个价格卖别的任何文章，并不意味着把你解放了；你还是有义务付我钱，一旦杂志挣了更多的钱你就得支付。

再见，G 先生，G 少校，G 上校。找个时间来这里，我们把你弄成海军上将。

吉米 · 麦克拉宁那个上午的拳击比赛，不管杀出什么黑马，他都会赢；假如我不对，就输给你 10 美元。

我正卖劲写作呢。五朔节我去了古巴，跟多斯一起去的。在那儿钓了一两天鱼。他们还没开跑呢。我也许 7 月份才会再去那儿——这里有太多的活儿要干——希望他们届时开始，我整个 7 月 8 月就能呆在那儿了。

你就不能从年轻人那儿约点小说稿子吗？写什么内容都成啊。整天就约本该死了的家伙的东西；这些人要么拼凑，要么换个法子拼凑东西。这样很快杂志就会变成陈词滥调了。

假如你看见 E.西蒙斯 · 坎贝尔 [漫画家]，告诉他，“爸爸”说的，他非常非常棒。不过，他这么聪明的人知道自己有多棒。

你的永远的，

欧内斯特 · 海明威

(此信藏普林斯顿大学图书馆)

[1] 带仓的游船“支柱”号，1934 年 5 月 9 日“免费登船”。花费 7 500 美元。《老爷》杂志的金里奇预支给海明威 3 000 美元买断他未来给《老爷》的文章；所以海明威能付下头款。

沃尔多 · 皮尔斯

约 1934 年 5 月 26 日，基韦斯特

亲爱的沃尔多：

《四季鲨鱼》[1]很好。非常感谢你。这些画真醉人。

你现在怎么样——全家一切都好吧？在纽约见到你的时候，你们都很好，我感到很欣慰。贝姬也让我开心。她是个可爱的孩子。

这里一切静悄悄。来访的女消防员走了。她们可真是不错的女人。接着是 A.麦克莱什到来。就你我知道，别跟人说：他很让我们感觉乏味。自以为是、大惊小怪，让人烦。精明和衰朽的奇怪混合。美国作家都见鬼，变成什么啦？他们写诗建议诗人们远离政治，接着自己却尽可能快地踏入政治。写史诗反对抠鼻子然后自己成为史上最大的抠鼻专家也比这更有人文意味。太自命不凡了。我不该写这个。所以，忘掉这段。这可是他自找的，自找的。我只喜欢我喜欢的人，而不是喜欢我的混蛋们。我并不想为了什么事情伤害他的感情。所以，撕掉这页，烧了它。[2]

天气很好。有点热，但不太热。微风拂面，爽啊。此刻有风从西南来。

有一天晚上我们抓了一条旗鱼，重 119 磅半。就在你和我抓第

一条的地方——记得吗？一定也是这个季节。大西洋里抓这种鱼的纪录是108磅。人们钓这种鱼有很长时间了，所以你能看出来这是种很好的鱼。我想我会把它送到弗瑞德·帕克那儿去的。假如我送去了，你去那儿看看，行吗？

有条船玩儿可真好。把什么都弄上船，用不着从海湾［有两个单词不可辨认］回岸。

最近在写一个稍长的短篇。写了60页。波琳正往皮戈特去探亲，要呆那儿一两周，然后再回来。邦姆比学校一放假就会来这里。帕特里克会成为一个好孩子的。他常带着啤酒坐船外出钓鱼。是个很认真的渔翁。格瑞高里个头太大，还浑浑噩噩呢，没什么可告诉你的。

这房子醉人凉爽。真希望我们能在一起喝啤酒。你雪茄抽完了就跟我说。

问候你全家。

你可怜的朋友

欧内斯托

（此信藏柯尔比学院图书馆）

［1］皮尔斯画的一张画。他常这么慷慨馈赠。

［2］海明威的话是因为才跟麦克莱什吵了一架。吵架是因为没去成托尔图戈斯。本是想跟迈克·斯特拉特和戈斯·费佛叔叔一起去的。“他够透了这世界，我则够透了他。”麦克莱什写道。“是我的错，也是他的错。可是……终不可避免：我们从未能成为亲密的朋友。”（1965年1月31日麦克莱什致卡洛斯·贝克函。）

致F.司各特·菲茨杰拉德

1934年5月28日，基韦斯特

亲爱的司各特：

我喜欢这本书，我也不喜欢这本书［《夜色温柔》］。一开始描写萨拉和杰拉尔德的部分很好（该死的，多斯把书拿去了，我没法去查了。所以，假如我说得不对——）。接着你就开始愚弄这两个人物了，把他们的出身写成本不属于他们的出身，将他们变成别人了。你不能那样做的，司各特。假如你取真人真事并且写真人真事，你就不能把别人的父母安给他们，要还他们本来面目（他们是自己的父母的产物；发生在他们身上的事情才是他们自己的故事）。你不能让他们干自己不愿干的事情。你可以取材你自己或者我或者波琳或者泽尔达或者哈德莱或者萨拉或者杰拉尔德，但你得让他们保持原样；你得让他们干他们自己愿意干的事情。你不能把一个人写成另外一个人。发明创造是世上最好不过的事情，可你不能发明创造实际没有发生过的事情。

这是我们处于最佳写作状态时该做到的——把故事编织起来——但要编织得真实可信；日后，这故事会真的那样发生。

该死的，你处理人物的历史和未来太随意了；那写出的不是人物，而是编造奇妙的个案历史。你这个能比别人写得更好的作家，太滥用天才；你得——见鬼。司各特，看在上帝的分上，真实地去写，不管谁受到伤害，或者什么事情让人不好受，别作愚蠢的妥协。你能写出一本关于杰拉尔德和萨拉的好书，假如你够了解他们的生活的话。假如当真是那么回事，他们不会有任何感情，不过是错肩而过的人而已。

有多少美妙的故事场景。没有人（那些小子也不行）能写得有你一半好；你的书没有人能比肩。可是你在这本书里欺世太过。你也没有必要这么做啊。

首先，我总认为你不会思考问题。好吧，我们承认你会思考问题。不过，暂且说你从前不会思考；那你就该去写下来，基于你所知去虚构，直接记录人类有过先例的事情。其次，很久以前你就不再听别人的了，除非是回答你的提问。你也曾把好东西写进书里，虽然书本身并不需要那些。一个作家文思干涸就是这么来的（我们都会干涸。那不是当面侮辱你的话），不听别人的忠告。万事都从这里开始：听，看。你看得还行，可就是不再听了。

这本书比我说的要好得多，但没有你本可以做得那么好。

你可以在实地研究克劳塞维茨和经济学以及心理学；可是一旦写起东西来，别的东西并不给你带来多少益处。我们就像那不愿跳的烂杂技演员。

看在上帝的分上，你但写你的，别顾虑别的小子们怎么说；也别着急它会不会成为杰作，别在意它是什么。我写一页杰作就有90页狗屎跟着。我尽量把狗屎扔进垃圾堆。你感觉得发表些废话挣钱生活，也让别人过活。好吧。不过，写得多也罢，写得好也罢，杰作总就是那么些（我们在耶鲁就是这么说的）。你无从想好了坐下刻意写一本杰作。假如你不除掉［吉尔伯特·］塞尔兹和那些几乎毁了你的家伙，尽量把他们都抖搂出来扔掉，让旁观的人叫喊，书好赖与否才不去理它呢。

忘掉你个人的悲剧。我们一开始都弄得一团糟。你尤其该被痛伤一下，如此才能认真写作。不过，当你被伤得不轻时，你就用这伤痛当材料——别拿它欺世。像科学家一样忠于事实——别因为事情发生在你身上或者属于你的人的身上，就把事情看得重要起来。

现在你就是冲我发火，我也不想责备你。耶稣啊，告诉别人如何写作、如何生活、如何去死，可真是妙事。

我愿当面跟你这个哀怨的人谈谈事情。你在纽约时可真是糟透了。我们没能谈出个什么结果。你知道吗，小子，你不是悲剧人物。我也不是。我们不过是作家；我们该做的就是去写作。你在书里对世上的人都要求严格，却娶了个嫉妒你作品的人。这人想跟你竞争，并把你毁掉。事情不那么简单啊。我第一次见到泽尔达就知道这个女人很疯狂。你却把事情弄得更复杂了，居然爱上了她。你当然是个古怪的人。不过，你还没有乔伊斯怪。大多数优秀的作家都是怪人。不过，司各特，优秀的作家总是要回归家园的，总要回来。你现在比当年声称自己很了不起的时候要加倍优秀。你知道我从未过多地想《盖茨比》如何如何。你现在能比那时写得加倍的好。你所需要做的是真诚地写，别管作品的命运如何。

继续写作吧。

无论怎样我很喜欢你。我想找个机会跟你谈谈。我们从前聊得多愉快啊。记得我们去纽伊利看快要死的那个家伙吗？今年冬天他来这里了。很不错的家伙坎比·钱伯斯。我时常见到多斯。他现在身体很好。去年这时他可病得不轻。司各提和泽尔达好吗？波琳问候你们。我们都很好。她打算带上帕特里克去皮戈特呆一两周；然后把邦姆比接来。我们有一条好船。我在写一个稍长的短篇。这篇东西很难写。

你永远的朋友

欧内斯特

《太阳照常升起》拍电影的事情怎样了？有机会吗？

我并没有插话说哪些部分好。你知道这些故事有多好。你对短篇集［《赢家一无所得》］的看法是对的。我是想抻一抻多挣一点的。我在《大都会》杂志上登的上一篇小说要是收进去就能挣得更多些。*

* 1934年6月1日菲茨杰拉德平心静气地回复此信。见安德鲁·特恩巴尔编《F.司各特·菲茨杰拉德书信集》(纽约，1963)第309—310页。

阿诺德·金里奇

1934年7月15日，基韦斯特

亲爱的阿诺德：

谢谢你发电报来给我建议。可是我认识的真擅长此事而又从未挣到过钱的人要么在战争中死了，要么是瘾君子，脾气古怪。埃兹拉和乔伊斯也能做。现在是大家都挣着了，除了埃兹拉。你的意思是让我写埃兹拉？我写信跟你谈写什么东西，几乎是同时写了一篇文章，在写信之后立刻写的；多斯和其他人都喜欢这篇东西。可是头两页我重读时并没有让我发笑。于是重写那两页，现在喜欢它了；同样随信寄给你。还有，你告诉你的秘书，别在你外出时给我写信署名阿诺德。署她自己的名字，要么别写信。

我交你这篇后还得写几篇才完成我所得稿费的义务？今年古巴鲐鱼季节、阿肯色鹌鹑季节都没有赶上。唯一值得骄傲的是欠你作品和钱。我稳扎稳打写了些该死的好东西，甚至是醉人的作品；还及时交稿，有些还提前交稿；无论在多需要钱的时候，而写点别的还容易来钱。也许我只是在吹牛。不过，现在要的钱数是足够让我安然前往非洲的钱。因为，真的，G.先生，我别的事情都去他妈，就是想再去非洲。尤其是在这样的礼拜日午后。午前时分也不次，夜晚也好。去他妈别的事情。

就我所知，我只能活一次。我努力工作了，写了很多好小说、好文章。对基督发誓，我只想在我感兴趣的领域里生活。我对美国场景没有浪漫的情怀。我还很快就会死去多时的。写作之外，我有两项开发得很好的天分：在大海里钓鱼，在有湍流的时候，在有鱼群迁徙的时候；第二个天分是用来复枪打猎。射程不确，目标却准得很。不一定打中要害，却一定击中目标。看在基督的分上，何不去我能用上这两样技能的地方，却到这里来跟鸡屎样的旗鱼玩游戏。我都一个整年没碰来复枪了，感觉都中断了似的；不抓枪的滋味不好受。还有，何不把孩子也带去，让他们死在那里，或者玩得开心，而不是呆在这 F.E.R.A.犹太人掌管的虚伪小城。假如我是说了美国不好，那是因为我忍不住。

好了，晚安，G.先生。假如你热爱美国，好，伙计。不过，这并不打动我；很久以来就没有打动我过；我仍然是能被打动的人。这就像想象萨拉 · 伯恩哈特好，因为她曾经好过。我说下地狱去吧。我去过更好的地方，见过更好的人（西班牙）。此地我们拥有花卉和最好的树木还有别的一切，但我喜欢动物群，奈何。

你的

欧内斯特

（此信藏普林斯顿大学图书馆）

致阿诺德·金里奇

1934 年 11 月 16 日，基韦斯特

亲爱 G.先生：

你的病当然很严重。我查了一下《布莱克医学词典》，从他们的解释里也得不出什么。你觉得把扁桃体割了会有治疗效果吗？我想你是精力太旺盛为自己做事，那可恶的淋巴一直在那儿你没在意。我很为你难过。你治愈后打算干什么呢？另办一本杂志？同时写两本小说？也许我们该成立一个委员会来研究一下你的事情。

谢谢你来信，刚收到。谢谢你采用贝尔蒙特那篇东西。我会给奇夫［莱斯特 · 奇夫然］发电报的。我明确跟你说这价钱可以接受。我想你对插图的看法是对的。我手里没有比《死在午后》更好的作品，否则我就用它了。

我今天上午完成了那个长篇［《非洲的青山》］，手稿有 492 页。明天开始另写个短篇。兴许也用一下“美好时代”的优势呢，既然我身处这样一个好时代。

这里刮着美妙的北风。橄榄球赛的天气，一般都是在这季节的开头举行赛事。绝对会尽量把抄好的稿子给你赶 21 那期。不知道它会成什么样子呢。我多少有点不愿意写葛特鲁德，即便写这个题材一定会火。前几天她在电台里表现得如此可怕，就像是在打人体模特或者打鬼。你不会相信我说的，现在也没有了证据可以证明我说的。不过，此人在更年期之前还是很让人愉快的。让我朝曾经的朋友开枪，可真不符合我的脾胃，无论他们最后变得有多恶心。此外，我有一杆上了子弹的枪；我也知道什么地方能致命；我还知道友谊之外，还有知道自己能随时要别人命却仍然不动手的优越感，优越的感觉很好啊。比如［吉尔伯特 · ］塞尔兹吧，我已经让他担心那封信的内容很长时间了，我还要让他接着担心。别再跟人说我提到这信了。我把它跟文件一起放在巴黎了，锁起来了。不管他的评论生涯结果怎样，这信终究会让他成为浑球。关于葛特鲁德，我

已经写了全部；假如有什么事情发生在我身上，这些东西可以随时取用。不过，老婊子来此［美国之行］风光，我不想猛烈抨击她。虽如此，你为这篇东西起的题目不错。

我的最好的哥们之一，路易斯·昆塔尼拉，要在纽约富勒大厦办个蚀刻画展，地点是皮埃尔·马蒂斯画廊，时间是11月20日。画展要办两周。这些蚀刻画真好，我所见活着的画家里干铜版雕刻没有这么好的。昆塔尼拉现在马德里蹲监狱，罪名是十月暴动时参加了革命委员会。他们想判他十六年。我为他的画展目录写了简介；多斯也另写了一份。我支付了画的装裱费用并准备支付展览费用。这最后的内容你我知道就行了。你能煽惑谁前往参观吗？或者纽约有什么人买蚀刻画你认识的，让他去看看东西？这玩意儿不是慈善，也不是帮哥们解围。只是这些画太好了。假如你有20块钱可花，你就该买一幅。这些钱都是给昆塔尼拉的，除了百分之二十给皮埃尔·马蒂斯当中介佣金。皮埃尔全力以赴，认为这些画真棒。我知道这些画真好，可因为我是哥们，可能人家以为我偏心。

这信就这些了。我希望你病好起来。你把贝尔蒙特那篇的稿费支票寄给莱斯特·奇夫然好吗？地址是马德里市第933号公寓。12月号刊登的那些大大的五彩缤纷的广告真是好啊。我们开始发财的时候，别忘了告诉我。

你的永远的，

欧内斯特·海明威

（此信藏普林斯顿大学图书馆）

致杰拉尔德和萨拉·墨菲

1935年3月19日，基韦斯特

亲爱的萨拉并亲爱的杰拉尔德：

你们知道我们也说不出什么写不出什么。假如邦姆比死了，我们知道你们会感觉如何，知道你们也说不出什么。多斯和我礼拜天从海湾回来发了封电报。昨天我试着给你写信，可就是写不下去。

对鲍斯来讲并不那么糟糕，因为他总是过得很愉快。他现在只是做了件我们大家都要做的事情。他刚过了这一关。真是可怕，这一关用了恁长时间。不过，假如能让他免受折磨，就算老天慈悲了。强似你很想活却得死，死前还累得很。

关于他不得不死得恁早［16岁］[1]——记住，他生前很愉快；一千遍地重复生命也不见得更好。他被赦免了，用不着知道这世界是个什么样的地方。

这是你们的损失：你们损失的比孩子自己损失的多。所以，从道义上讲，你们可以勇敢顽强起来。不过，我可不能勇敢顽强；我全心为你俩的损失而难过。

我说下面的话绝对经过冷静思考。我知道任何有过愉快童年的人早殇就算是赢得胜利了。你们为孩子的幸福童年所做的一切没人能及。我们都得前瞻死亡：被人击垮、躯体消亡、世界毁灭。不过，我们经历的是一样的死亡。他过了这一关，他的世界仍然完整无缺，死亡只是偶然的事件。

你们现在明白了吧：我们都到了生活的这一阶段：开始失去同龄人。鲍斯的年龄曾经是我们自己的年龄：没有几个人真正活着；那些活着的人从来就不会死。即便是走了，也不妨事。你爱的人就不曾死过。

我们在一个时间活着一天，就要小心别相互伤害。现在似乎是同在一条船上，仍然在一条好船上。这条船是我们自己造的，不过我们知道这船永远也到不了港口了。会有各种天气情况出现，好天气坏天气；尤其是因为我们知道没有陆地出现，我们得同舟共济、相互善待对方。我们很幸运，船上都是好人。

我们爱你们俩。问候泰克西德米公爵［儿子帕特里克·墨菲］，问候马儿们的昂诺丽娅［女儿］；问候老鲍斯。

欧内斯特

（此信藏普林斯顿大学图书馆）

[1] 墨菲夫妇的长子鲍斯（1919—1935）长久病痛后死于肺结核。

致阿诺德·金里奇

1935 年 4 月 11 日，基韦斯特

亲爱的阿诺德：

随信附上这篇什。假如不能说“通奸”，说“性交”行不？假如还不行，或者说“同居”可以？假如那还不行，就只能说“圆房”了，我想。你根据自己的品位和判断力来决定吧。

明天一早我们就离开此地了。迄今伤口还很干净，再有一两天就愈合了。[1]不怎么疼。

我会从比米尼给你写信的。心想现在最可靠的还是给你写篇东西，因为往比米尼路上要三天呢，离截稿日期太近，恐怕有虞。

致敬。

欧内斯特

（此信藏普林斯顿大学图书馆）

[1] 4 月 7 日星期天在前往比米尼的路上，海明威无意中走火，子弹打在两条腿的小腿肚上。见卡洛斯·贝克《海明威传》（纽约，1969）第 271—272 页；又见《老爷》杂志第 3 期（1935 年 6 月）登载的《论再次中弹》。

致阿诺德·金里奇

1935 年 6 月 4 日，基韦斯特

亲爱的阿诺德：

我寄了两本样书给你，是在古巴出版的，显然是我著作的初版本啦。此书是评论年轻的［安东尼奥·］加托尔诺［古巴画家］

的。[1]你记得他那幅醉人的画吧：两姐妹，长得都很可笑，蓝色调的，在那只林羚的头下方。他在哈瓦那穷困潦倒，赢了一场大比赛；那场革命把这事情给搅了（我们败了）；所以奖金也从未支付给他。这书只印了460册。他寄给我50本。我付10本的钱，送你两本，剩下的当送我孩子的礼物。把40本寄给《斯克里布纳》，让他们代售，每本5块钱起卖。假如科恩船长付现金，就让他拿10本。所有的钱都寄给安东尼奥·加托尔诺，地址是：哈瓦那马里亚瑙波哥约第星星镇。假如乔治亚·里连菲尔德要的话，可以从斯克里布纳“稀有书籍部”订购。顺便一提，谢谢你告诉我有人说我“虚伪”。说这话的人变态。假如不太过分的话，你能否请她写信告诉我她是哪一天见到这家伙的，他是怎么说的？能不能描述一下他？我想有些人根深蒂固相信我虚伪、讨厌，源于那小子在美国的四处活动。他从东岸跑到西岸，签名售书，大声朗读自己的新短篇小说作品；在“探险家”俱乐部呆了两个月，带年轻人去吃早饭。我想让她或者在芝加哥碰上他的人跟我说说细节。[2]

从凯特凯伊飞回来，发现波琳把房子改造一新；见到孩子们。还清理了《非洲的青山》连载［在《斯克里布纳》上］。我尽力把邮件处理干净。我们抓了两条大个金枪鱼，都没让鲨鱼碰着它们。希望在你杂志的下一期公布这世界纪录。你能往比米尼海明威的地址给我发电报告诉我你下一期处理文本和照片最迟是哪一天吗？你会吃惊地看到人们多追捧那玩意儿。假如你需要大明星大运动员的吹捧好让你的东家们满意，让他们觉得自己的铜钱没花在屎巴巴上，那我就给你去请，或者把他们的吹捧寄给你。我想这三四篇东西连着发比较好。最后一篇不得不在凌晨3点写，当时还抱歉呢。不过，来年冬天我会给你再写些文学作品的。或者今年秋天。

我还得写几篇才能再得些钱？上次支付的只是一篇稿子的费用。我不是在乞讨。我只是想知道。我寄这稿子是航空寄给你的，及时到达。加托尔诺那本书该是收藏家的好玩意儿。希望如此。假如说收藏家的玩意儿能留存的话。

最新版的《罗斯》和《米克》看了吗？没有什么可赌了。杰克·布瑞顿和特德·奇德·刘易斯也打了19局好拳击赛。每个人都在水平线上。

下面的话题你感兴趣吗？我打伤了一个叫乔·纳普的家伙，还把他揍倒在地。[3]我事后发现此人拥有或者据称拥有克里尔斯公司、麦卡尔公司……这是天黑之后的事情，在比米尼船坞，赤手空拳干的。有约60个证人，其中包括（21岁的）本·芬尼[4]、霍华德·兰斯、比尔·法根以及其他许多人。我想他是在［葛特鲁德·］斯坦因的文章里读到我是个虚伪的人，因此专门跟我挑战。我跟他说他还不清楚搅进的是什么局；说他既然在谈，就把在纽约跟我说过的话再重复一遍吧。不管怎么说，我用左勾拳勾了他三次，不知为什么他没有倒下。接着是下一拳，他向前倒下。我又抓起他来重重地打了他两下，手臂如棍棒，右手打到他耳朵后面。他退缩了，我给了他最猛烈的一拳，让他屁股和头同时都撞在地板上。我相信他本以为这场打斗是你晃荡两下即刻消失，随后某人抓住你狠揍。不过，他那帮人倒是一动不动坐着。他是次日凌晨4点离开的，坐他的游艇“风暴王”号前往迈阿密去看大夫。在迈阿密他跟法根说他后悔自己的鲁莽、咎由自取。换句话说，这叫别插手别人的一亩三分地。这婊子养的反正没碰着我一次。是他先出拳的，200磅体重呢。他穿着鞋，我光着脚。两个脚指甲没了。假如你对此事还有好奇心，很容易证实的。当时船坞有一个黑人演唱队。他们看到了全过程。假如你来比米尼，你就能听到一支美妙的歌声。我真愿你能来。我6月7日到6月25日独自在此钓鱼。我老婆得去圣路易斯接邦姆比，小子从芝加哥被“托运”到那儿。我真希望你能来。这真是个很好的地方。这种钓鱼法有两个人比一个人钓要好得多。

无论怎样，给我写信，请乔治·D.柯瑞德船长收转，地址是：佛罗里达州迈阿密市第5大街西南1437号E. 海明威收，请比米尼“皮勒”船长转。

他是开操舵船的，每周二会把船开来。我明天回去。你可以从芝加哥或者纽约飞来，用不了多少时间。泛美航空公司的飞机从迈阿密到拿骚每周一和周五上午 8 点由蒂纳基机场起飞；28 分钟就把你带到凯特凯伊了。你只需要发个电报让我去凯特凯伊接你就行。我们会在那里的。我打算把卡洛斯［·古蒂耶热］也请来。

我们抓到一条鲐鱼，个头比迈克［·斯特拉特］的那条还大三分之一。把它绑了起来搁在船上。鱼钩都拽出来了。这一仗可不轻松。它在水面上跳了 22 次。鱼线拉得有半英里长，真像该死的诺曼底阵线。我在 28 分钟内把它弄上船。这条鱼跟迈克那条鱼一样是自己蹦跶死的。然而，鱼钩是拽出来了。足够打破世界纪录的了。啊，才不管那些呢。反正鱼在那儿呢。你收到信后来这里，我们给鱼儿加点热度。也有很多小鱼儿。我们用的是 8 到 10 磅的金枪鱼拖钓鱼线。钓到两条金枪鱼：一条用了一小时十分钟，一条用了四十八分钟。那里的所有船只上的人钓了四年鱼，没有人钓到过。跟有钱的小子们打赌的话，能赢 350 块钱。有钱的小子在这里也多。可现在不是打赌的时候。

再见阿诺德。我会给你写篇好东西的。假如你有什么好建议，就说出来。

［欧内斯特·海明威］

(此信藏普林斯顿大学图书馆)

[1] 见《加托尔诺》(哈瓦那，1935 年 4 月)第 11—16 页。海明威评论这位画家作品的文章(1936 年 5 月)《老爷》杂志第 5 期重发。

[2] 此江湖骗子是美国海军一位上将的儿子，有点心理变态。他的各种动作许多年里对海明威构成侵犯。海明威 1951 年 2 月 17 日致卡洛斯·贝克的信(此卷未收)讨论了此问题。

[3] 约瑟夫·费尔柴尔德·纳普(1892—1952)与父亲约瑟夫·帕尔默·纳普(1864—1951)一起参与杂志出版。父亲是克伦威尔克利尔出版公司前理事会主席。海明威 1935 年 7 月 31 日致金里奇信(此卷未收)写道："自纳普的事情之后，这里的人都紧张，要么感觉危险；他们让我去打。当地人把这个当消遣，叫'拿他试试拳'。在过去的两周里打了四次——两次赤手空拳，两次戴手套。都把人击倒了……［比米尼］岛上还没有人在不到一分钟里这么重这么狠地击倒过人。"(此信藏普林斯顿大学)

[4] 芬尼(1900 年生),前海军陆战队员,自 1920 年代起就是海明威的朋友。见他的自传《脚先着地》(纽约,1971)。

致萨拉·墨菲

1935 年 7 月 10 日，英属西印度群岛比米尼岛

最最亲爱的萨拉：

真是罪过。我们在这里把孩子们安顿好了才收到你的信。要是我们能一起在那里该有多好。可是他们太喜欢这里了，我不知道如何能让他们离开。帕特里克长了 2 磅，现在真像棕色的墨西哥人。格瑞高里在学游泳。邦姆比成天在外面跟他的黑人朋友泡在尾挂机船上。这里的海洋真是地道，7 英里内冲浪安全得很，后门就是干净的沙滩。在海滩上我们用棕榈树当屋顶搭了个小棚。那里没有虫子；水绝对是清澈的湾流水，永远凉爽，却从不寒冷。他们的房子在一个山脊上，可以俯瞰海洋和礁湖。一个月只要 20 美元！每天微风劲吹。他们上午都在游泳，下午都在钓鱼。孩子们太喜欢这地方了，我不知道世界上还能否找到这样的海滩或者这样的水。你得来这里。我们得知你和帕特里克去了阿迪隆戴克斯之前，我和波琳想着你也许能来呢。[1]你对那里树木的描写让我想去。我们北上的时候，波琳和我会去看你、帕特里克还有昂诺丽娅的。我还不知什么日子去呢。我们结束此地的活动之后，我想找个地方写作三个月。

最近鱼儿们没来。它们去古巴了。假如今后三个星期里它们还不露面，那今年就不会来了。也许会去古巴呆两周看看。然后北上。得找个地方安放船只，这样龙卷风季节来的时候，它就安全了。

萨拉，你会喜欢这地方的。它在湾流的正中。每一阵微风都是凉爽的。水至清，龙骨下 10 英寻呢，你以为要触底了。有各种各样的鱼，尽管大个鲐鱼和金枪鱼似乎过去了。有很好的旅馆［“全

角度”：海伦·邓康比太太］。我们在那儿有个房间，因为最近夜里常有雨水侵袭，所以我无法在船顶上睡觉。那叫法不符合海洋词汇标准，但那是凉爽的好睡处。多斯和凯蒂会跟你说这个的。

告诉帕特里克，我有了一杆汤普森轻型机关枪。我们用它来打鲨鱼。两周里共打了27条，都超过10英寸。它们一伸头，我们就让它开花。我们在35分钟里抓到过一条灰鲭鲨，离世界纪录只差12磅，重达786磅。多斯会跟你说大金枪鱼和鲐鱼的事。我们曾与一条1 000磅重的金枪鱼奋战；另一个人跟我们一起奋战：他先已经奋战了9小时50分钟。我们把它绑起来之后，夜里九点的探照灯下鱼显得异常大。它被鱼钩钓着的地方在17英里外呢。鲨鱼们袭击过它。有5条鲨鱼同时袭击过它。我用曼利夏枪打了三枪，子弹像木桩杵进磨盘。光是鱼头就有249磅。真是丢人啊，库克6个半小时搞它，之后我搞定它用了3小时20分钟。

别的消息我就没有了。帕特里克会喜欢这地方的。你们可以抓笛鲷、海鲢；码头这儿就有25种小鱼。小镇上住着约400人。大抵是海龟船和海绵艇。北梭鱼更是稀松平常。

操舵船每周从迈阿密来一次。我们跟船带来饮用水、冰块和新鲜蔬菜。岛上没有疾病。墓园里的人平均寿命85岁。大约2/3的人口是黑人。这是英国属地。只有一名警察，还去了拿骚，要走2周呢。我们刚庆祝了女王的华诞、五十年节、威尔士亲王的生日、7月4日国庆。即将庆祝7月14日。所有节日都大醉。我们庆祝的时候想你们，其他时间也想你们。问候你们，希望不久能见到你们。问候帕特里克和昂诺丽娅。可怜的“老爸”爱你们。

你写信请寄佛罗里达州迈阿密第5大街西南1437号乔治·D.柯瑞德船长收转英属西印度群岛比米尼“皮勒”船长收交E.海明威。那样可节省两周。信每周随操舵船来。

欧内斯特

我们从杰拉尔德那里又得了一大堆盘子。多斯和凯蒂忘了带你的照相机。我能寄走吗？

[1] 帕特里克·墨菲得了肺结核,跟他母亲住在纽约萨拉那湖教堂街29号。

致伊万·卡什金

1935年8月19日，基韦斯特

亲爱的卡什金：

谢谢你寄给我书[1]和《国际文学》上的文章。今天收到的；是［威廉·］沙拉扬转来的。不久前，《老爷》杂志转来这篇文章，我拜读了。

有人懂得你在写什么总是件快乐的事情。我所关心的只有这个。至于我自己像个什么并不重要。此地，文学评论如同笑话。布尔乔亚评论家并不能分辨自己的屁眼和地上的一个洞有什么区别。新近改变信仰的共产党人就像改宗的新人。他们急切地希望自己正统；他们所感兴趣的只有以自己的文学批评态度来划分派系。这一切都与文学不相干：文学永远是文学。当文学是文学的时候，它并不管是谁写的文学作品，也无论作家信仰什么。埃德蒙·威尔逊是我们当代最好的批评家；不过他不再阅读新出的作品了。考莱诚实，可人们大抵的印象还是：他正接受改宗。他也慢慢什么也不读了。其他人都是职业评论家。假如为了什么事业不得不战斗的话，我不知道自己需要谁或信任谁。我忘了提迈克·戈尔德。他也诚实。

文学评论大多如此。比如，伊西多尔·施耐德会写一篇关于我的文字。我会读一读，因为我是职业作家，因此并不在乎赞美表扬。我只是看看能学到点什么。假如这篇文章很蠢，我顶多什么也学不到，并不觉得丢脸；只会觉得枯燥乏味。接着，我的某个朋友（约瑟芬·赫斯特）会写信给施耐德说：你为什么这么这么讲，《永别了，武器》呢？海明威在《死在午后》里是怎么说的？施耐德会回信给她说：《太阳照常升起》之后，他就没再读我的其他作品了。而这部书似乎是反犹太的。尽管如此，他会写一本关于你的作品的严肃评论文章；并且不读你的最后三本书。文学评论就是胡说八道。

你的文章很有意思。在我看来，唯一的麻烦是张冠李戴了。在蒙大拿州比林思弄断右胳膊、胳膊吊在肩膀后面的是我，不是弗瑞泽先生。那次伤得厉害，五个月才养好，接着是胳膊瘫痪。我尽量用左手写字，可就是不会写。肌肉神经终于康复，五个月后我能抬起手腕了。与此同时，人也懈怠了。我记得痛苦学习的情形，也记得懈怠的情形；记得医院里的人和医院里的其他东西；写了一个短篇叫《赌徒、修女和收音机》。接着我写了《死在午后》以及上一本书（《赢家一无所得》）里的另外几个短篇。我去古巴，遇上点小麻烦。我去西班牙，写了个很好的关于人的需要的短篇小说，也许你没读过，叫《过海记》。与此同时，我给《老爷》杂志写稿子混饭吃并养活我的家人。他们不知道我会写什么：出版前一天稿子才到他们那儿。有时，我的稿子比其他人的还好。我每次都是在一天内写完稿子，尽量把它写得有趣并尽量说实话。这些稿子并不做作。我们去了非洲，在非洲度过的时光是我一生中最美好的时光。现在完成了一本书［《非洲的青山》］。我会给你寄一本的。也许你认为是狗屎一堆，也许你会喜欢它的。无论怎样，这是我所能写的最好的东西了。假如你喜欢它，想翻译出来在杂志上发表，那你就用吧。也许你没有兴趣呢。不过，即便杂志不感兴趣，你自己也会感兴趣的。

人们现在都想吓唬你，要么说要么写：假如你不成为共产主义者或不持马克思主义观点，你就没有朋友，就会成为孤家寡人。他们似乎认为孤家寡人是件可怕的事情。或者说，没有朋友也很恐怖。我情愿有一个诚实的敌人，也不愿要自己认识的大多数朋友。我现在成不了共产党人，因为我只相信一件事：自由。首先我愿自己照顾自己，干我自己的事情。接下来是在乎自己的家庭。再下来是帮助我的邻居。然而，我并不关心国家。在我看来，国家就意味着不公正的税收。我从未向国家索取什么。也许你们有更好的国家，但我得看了之后才相信。看了我也不会知道，因为我不会说俄语。我绝对相信政府越小越好。

无论我出生在什么时候，我都能照料自己，只要不死。一个作家就像一个吉卜赛人，他并没有义务效忠任何政府。假如他是个好作家，他就永远也不会喜欢他归属的那个政府。他的手该是反政府的手；政府的手也永远在反对他。人一旦了解官僚体系，他就会恨之。因为一分钟过去，不公正之事就会增添幅度。

一个作家就像一个吉卜赛人一样是远离中心的人。只有天分有限，他才会培养阶级意识。假如他有足够的天分，所有阶级都在他的疆界内。他从所有阶级里取材；他奉献的作品是大家的财产。

一个作家为什么要期待某个团体或者任何国家的奖赏呢？唯一的奖品就是你把东西写好；任何人有这个奖项就足够了。一个人摆好了姿势当法兰西学院或者别的学院的候选院士，在我看来没有什么比这更淫秽的了。

假如你认为这种态度将导致人类绝后，个人将一无是处成为人类的垃圾；我相信那你就错了。衡量一个人的作品不能靠量。假如你在一个短篇里能浓缩许多意义，如一个读者在长篇里所得，那个短篇就照样持久不衰，只要它有闪光点。真正的艺术品永久有魅力。不管这艺术品的政治主张如何。

假如你信仰什么并总在为此工作，比如我相信写作的重要性；你就对所信仰的东西不会幻灭，除非你的野心太大。你所恨的只是时间太短，我们得生活，又要把工作做完。

对我而言，在生活里行动比写作容易得多。我的行动能力比写作能力强。在行动中，我不再担忧什么。一旦生活处境糟糕，你就兴高采烈，因为你除了在做的事情之外什么也干不了；你没有责任义务要尽了。然而，写作是件你永远也做不到它可臻的境界的事情。写作是永恒的挑战。写作是我做过的最难做的事情——所以我要写作。我写得好的时候，倍感幸福。

我希望这封信没有让你烦。我给你写这封信是因为你仔细精确地研究过我的作品，因此你兴许了解我的思想。即便如此，你读我的东西时，也可能认为我写得狗屎般糟糕。我才不管什么美国评论家知道不知道我所想的是什么呢，因为我并不尊重他们。可是，我敬重你并喜欢你，因为你希望我好。

你的真诚的，

欧内斯特·海明威

又及：你能见到马尔罗吗？我曾一度认为十年里所读最好的书是《人类的处境》。假如你什么时候见到他，我希望你代我告诉他这话。我本想给他写信的，可是我写法语时拼写错误太多，不好意思写。

我收到一封他、纪德和罗兰共同署名的电报，是伦敦方面邮寄给我的，请我出席某作家大会。大会结束两个星期后电报才到巴哈马群岛我的手里。他们也许认为我太无礼，连个电报都不回。

这本新书10月份出版。届时我会寄给你的。写信发报到美国佛罗里达州基韦斯特我总能收到。就是我们不在那儿，他们也会转交的。

E.H.

又又及：你喝酒吗？我注意到你行文口气有点酒瓶的味道。我15岁就开始喝酒了。很少有什么东西给我更多的快乐。一个人整天用脑子工作，知道第二天还要接着工作，有什么能像威士忌那样让你换换脑子、让思绪在另一架飞机上翱翔？在你又冷又湿的时候，又有什么能让你暖和起来？在遭遇病痛的时候，谁能像朗姆酒那样说些让你一时欣慰的话？夜里我能不吃就不吃，但红酒和水是少不了的。唯有在写作和拳击的时候，酒才成为不好的东西。写作和拳击的时候要头脑冷静。不过，酒精总是在我打猎的时候帮上忙。现代生活也往往是一种机械式的压迫。酒精于是成为唯一的机械式解脱。假如我的书挣钱了，就请告诉我；我会来莫斯科。我们找个能喝酒的人，把我的版税喝掉，结束机械式的压迫。

[1] 俄文版《死在午后》由伊万・卡什金编辑(莫斯科,1934);序言也是卡什金写的。序言还作为单独的一篇文章刊于《文学评论》第 9 期(1934 年 9 月)第 121—248 页。还有一篇文章也许是《海明威：匠人艺术的悲剧》,刊《国际文学》第 5 期(1935 年 5 月)第 72—90 页。卡什金(1899—1963),海明威真正的同代人;1924 年毕业于莫斯科大学,随后操业当评论家、翻译家和教师。海明威在苏联的声誉主要是他营造的;造势活动始于 1934 年。到 1937 年,15 个苏联作家里就有 9 个人认为海明威是他们最喜欢的非俄罗斯作家。见德明・布朗著《苏联人对美国文学的态度》(普林斯顿大学出版社,1962)。海明威总是把 Kashkin 拼写成 Kashkeen,除了在《丧钟为谁而鸣》借用此名的时候例外。有政治玩笑说卡什金是红头发,海明威听了大乐。

此信发表于《苏联文学》第 11 期(1962 年 11 月)第 160—163 页。

致麦克斯威尔・帕金斯

1935 年 9 月 7 日，基韦斯特

亲爱的麦克斯：

真高兴收到你的信。本想早回信，无奈飓风在收信当晚袭来。我们只是在风力的外围。预期是午夜来袭。我 10 点上床，我把船尽量安排妥当，保证安全；假如可能，本想睡两个小时的。我把气压表放到床头的椅子边上，还备了个手电筒以防灯灭。午夜，气压表降到 29.50。风高怒号，摧枯拉朽般把树木枝叶刮倒。小车被淹；徒步来到船上，坚持等到早上 5 点。风偏西；我们知道风暴越向北方，离我们而去了。次日整天，风高不得外出，与基城方面也失去联系。电话、电缆、电报都停止运作，船上的生活太艰难。次日来到［下马特康比礁］，发现事情不妙。我想你可能读了报纸，但什么报道也给不了你概念：毁灭有多严重。死亡人数在 700 到 1 000之间。至今有许多人未被埋葬。40 英里内的树冠绝对被刮掉，像是被火吞了；土地就像废弃的河床。各种房屋都被刮倒了。超过 30 英里的铁路被冲，被吹走。我们是第一批进老兵“五号营地”的；他们正在修公路呢。187 人，只有 8 个人活下来了。自 1918 年 6 月下皮亚韦河以来，我还第一次在一个地方看见这么多死人。

这些营地的老兵实际上是被谋杀的。佛罗里达东岸有一列火车，二十四小时随时准备好将他们运出基城。负责当地事务的人据说给华盛顿发过电报请求指示。华盛顿发电报给迈阿密气象局；据说气象局回电：没有危险，为此花钱没有用。火车还没有走，风暴却开始肆虐。两个下营地 30 英里内一直未被风暴袭击到。负责老兵事务的人和气象局可以划分责任，两个营地各摊一半。

我所了解的情况如下。我发誓如下内容属实：风暴在马特康比到高潮时，大多数人已经死了。迈阿密气象局发出警告有大风临两基；基拉戈和基韦斯特都有风，并警告基韦斯特下方佛罗里达海峡飓风强烈。但他们却没有能预报风暴袭击，连最基本的预测其进度的常识都没有运用。

长礁钓鱼营地完全被毁；上马特康比和下马特康比所有安居设施被毁。30 英里铁路完全无影无踪；兴许再也不会有火车进基韦斯特了。公路没有铁路那样毁得厉害，但修复得花半年时间。铁路方面也许虚张声势，为了把路权出售给政府修公路，他们会假装重建。无论如何，基韦斯特至少在六个月里会成为孤岛，除了有船通行，以及从迈阿密飞来的飞机。

运输头等邮件的海军陆战队的飞机把两份清样带来了。我看到了第 130 页。你需要我在另一份清样到来之前把它寄回给你吗?

回到你的来信。

不过，首先要说的是：我真希望那个废物点心跟我在一起经历风暴。他让出版商宣传广告说他呆在迈阿密，因为他需要在书里写飓风的情形。似乎他又等不到飓风，很失望的样子。

麦克斯，你无法想象：两个女人赤身裸体，被水掷到树上，身子都肿了，发臭了；乳房像气球一样大；两腿间叮满了苍蝇。接着，慢慢估摸，你才知道这地方是哪儿，认出她俩：原来是离渡船

3英里远加油站兼卖三明治的两个美女。我们找到六十九具尸体，那地方没有人能进去。基城印第安人保留地绝对被扫荡干净了，寸草不留。在那高地的中心到处是活海螺，跟海水一起来的，还有龙虾，死掉的海鳝鱼。整个海底的水泼向这块地。我真想让那文学混蛋小子来拿鼻子试试这玩意儿，他不是想要一场飓风吗？哈利·霍普金斯和罗斯福派那些追逐赏金的家伙来此就是为了除掉他们，这回可真除掉他们了。现在他们又说这些人该被埋在阿灵顿，不许就地火化或者就地埋葬。这就意味着得扛四分五裂的死尸、吹得像气球般足的尸体，尸体举起来可能爆裂、腐烂、流淌、有毒、分解；绝对不可能防腐，得扛6到8英里才能装船；等凑齐十个二十个才能放进箱子里。整个东西让你恶心想吐——一路到阿灵顿。反对火化和就地埋葬的抗议声来自迈阿密殡葬服务所，每个死去的老兵尸首处理费用是100美元。普通松木盒就叫棺材，每个50美元。本可以用生石灰就地处理的，根据薪水碟和文书确认身份，外加个十字架。日后再把尸骨挖出运走。

我的小说《过海记》里那个怪人的原型乔·洛在渡船通道处淹死了。

我刚写完一篇非常好的短篇，篇幅较长。周六晚上预警、风暴突起的时候，我正写另一篇呢。周日和周一两个整天，人们往外运老兵，怎么也运不完。假如他们像我们预先安顿船那样提前小心准备，那就一个也不会损失。

现在太烦，写不下去了。外面在下雨。我在快艇的甲板上睡觉。没有酒度过这一切，所以该记得整个过程。假如我想拿这些当小说的素材，那才该死呢。我们走了五趟，为幸存者提供补给，到不同的地方；结果发现除了死人外，没有吃这些食品的人。

希望佩格没事。我打赌她没事。无论怎样，你不用担心，她回来了。

我想假如司各特有什么东西还能爱，那这爱能帮他一把。女人并不那样可怕，他不需要太自嘲。

关于斯坦因——我只是想尽量诚实一点。我一般不指名道姓，又有什么能证明我说的就是葛特鲁德？你想让我用什么字眼替换婊子？胖婊子？烂婊子？老婊子？同性恋婊子？有什么修饰形容词能改善一下这样的字眼？我不知道用什么词来代替婊子，当然不能用妓女。假如世上有过婊子，那女人就是个婊子。我看看能改不。（刚找出来读了一过，看不出有什么不妥。）除非你认为这字眼会给评论家口实。看在基督的分上，麦克斯，你难道看不见他们为了相信自己的话不得不攻击我吗？你除非像高尔斯华绥那样操职业生涯，否则就不能一直畅销。你得生扛这不畅销。再出一本好的短篇集（只是这本动作会多些，读者易懂），一个好的长篇，你就能处于这样的境地：人们都围到你身边，再吃一遍你拉的屎。我才不在乎畅销不畅销呢。我畅销的时候，自己也不热衷。唯一让我不安的是你们发行部对我不再抱我自己所有的信念；他们不会明白我在做长远计划，而不是每天像罗斯福那样争取畅销。我也需要一定数量的钱。

好吧。我们再拾起婊子这个词儿。

你觉得“胖女人”怎么样？

这词儿还行。我会改成“胖女人”或者只用“女人”。如此好些。这样就能让她比听到婊子字眼更生气。如此也能让你高兴：不称女士为婊子。如此似乎我就不那么在乎她躺在我身边。皆大欢喜，除了我这个作者；我这个作者只在乎是否诚实。

啊，我现在就改。好了，改好了。如此更加深了我对她的看法；至于有没有必要加深看法就不重要了。好了。你不用担心了。

最好这时把信寄掉，因为没有人知道邮件什么时候走。希望你的枯草热没事。风暴的尾巴去了北方，秋天看似早来了一点，会把风暴平息掉的。我欣赏你关于写作的意见。随信附上关于斯坦因那部分文字，你现在可以重排校样了。这部分修改完好，强调了这段话原属于哪儿。我想此段修改也完善了章节结尾，避免了“婊子”这个字眼用在女士作家身上［《非洲的青山》第三章］。

你收到此信后能在我账户上存500美元吗？威廉街22号城市

银行农场主支行。我想，这样一来，预支版税就达 4 800 美元了。

我将把剩下的校样看完，但想先寄给你修改了的部分，这样不至于耽误事情。现在就去寄走。

祝你好运，麦克斯。

永远的你的，

欧内斯特

（此信藏普林斯顿大学图书馆）

致 F.司各特·菲茨杰拉德

1935 年 12 月 16 日，基韦斯特

亲爱的司各特：

真高兴听到你的消息。真遗憾你认为人家强你写书评。我只是问麦克斯是否有你收到书的信。因为你一直在换地址；一会儿这事，一会儿那事。送你书并不求你赏饭，也不向你索字。

无论怎样，你好吗？我听说你现在不喝酒了，已经戒酒几个月了。接着又听说你还酗酒；你的内脏依赖酒精。等等等等。请告诉我你到底怎么样，你在做些什么，好吗？你写的关于身体的诗行很好。可我情愿知道你现在有什么同时又缺什么。

真高兴从来信里得知你不再能分辨什么是好书，什么因素能使一本书变得前所未有的糟糕。

无论怎样，那意味着你不再有灵光一闪的见解或者智慧：那个意味着“终结”。前几天我翻读东西，发现 15 页你写给我信，讲的是《永别了，武器》结果会怎样、该写些什么。你写的这封信跟那封一样。

我什么时候错误地以为你不喜欢《死在午后》啦？为什么会这么看？怎么回子事？你知道吗？你就像个真正热爱数学的杰出的数学家，却总是解题时解错。当然，你还像别的什么，很多呢。我才

不管呢。你还不像别的什么人，除了你自己。你认为自己见老朋友的时候得喝个酩酊大醉，做出各种出洋相的事情让自己蒙羞；尽管如此，你的朋友们还是喜欢你。我就很喜欢你。在沙拉那茨萨拉［·墨菲］的家我们聊了一个下午，话题就是她如何在意你。她说你给她写了封很醉人的信。

我去年9月出发想到阿什维尔［北卡罗来纳］见你。接着是南北卡罗来纳的小儿麻痹症很厉害（我带着邦姆比和帕特呢），于是把车留在南卡的哥伦比亚，把他们弄上火车去了纽约。我很想见你，很想找机会跟你谈谈。交谈时可以扬弃写我们写文学书简时居高临下的废话，可以很好地相互谅解。你发了份电报说要来，我却两周后才收到电文：当时正在巴哈马群岛航船呢。我试过找麦克斯和金里奇，想让他们带你来。

我越往回想，越觉得《夜色温柔》是一本好书。这话可能令你愤怒，但是实话。你何不来这里呢？我打算12月26日前往哈瓦那看路易斯-戈斯坦那加拳击比赛。来吧，我们一起去。我可以弄到两个记者席位。

往这儿写信，好吗？——我们整个冬天都在这里。不知多斯会不会来。有很多东西要跟你说，在信里不好说。有一对夫妇，你可以从他们的故事里取材写小说。

祝好，

欧内斯特

（此信藏普林斯顿大学图书馆）

致约翰·多斯·帕索斯

1935年12月17日，基韦斯特

亲爱的多斯：

你好吗？凯蒂好吗？一切都好吗？我真高兴你去看望萨拉［·

墨菲］。我真不该那样安排行程。我知道那次车着火，你无法去，也不该去；那次天气也不好。我知道凯蒂也不该去。我当时想，无论如何你似乎该去（就那情况而言，该去个屁）。我的安排太糟。萨拉似乎很沮丧，因为没有人来。

刚收到［安东尼奥·］加托尔诺的信，说他想 1 月份就在"《老爷》杂志上发表那双页插图，说是我答应的"。我答应他说尽量跟金里奇商量玉成此事。他来纽约的时候，我没能见到他。我正设法让他来此地，一起去看路易斯打拳。通过迪克·阿姆斯特朗得了两个记者席位。你是不是觉得加托尔诺听人胡说以为我现在是《老爷》杂志的股东？他要我付 100 或 150 美元办他的画展。不是问我有没有钱付他，而是要我即刻寄钱；也许是问我有没有钱帮他。要命的是我没有。来年 1 月我才有钱呢。《老爷》杂志上发表单页或双页会大大促销他的画；我相信我能帮他。不过，我无法承诺。至于钱，我上哪儿给他弄啊？我挣了《老爷》三期预付稿酬，在纽约都花光了。我的书预支稿费也花光了；评论家还扼杀了这本书。我们有 300 美元度过圣诞节，直到来年 1 月就这些了。你替我跟安东尼奥说一声，我给不了他钱，1 月 1 日之后才有进项。这不是敷衍他，而是我没钱了。假如我来跟他说这个，他不会相信。元旦后我让他从我这里拿 100 美元；我也会尽量让金里奇发表他的东西。你带他去看那个了吗？12 月 31 日前我得支付 1 116.83 美元利息在那笔非洲钱上。我筹了一笔钱用于此，那也不到 300 美元。我在圣诞节总是给家里钱的，他们比安东尼奥需要或者说更需要钱；可我不能跟他掰哧这个。他以为我是爱好文学和斗牛的游艇百万富翁。

你能给我弄一份 N.R.［《新共和》］上登的邦尼·威尔逊写的文章吗？[1] 金里奇和麦克斯来信都提到这篇文章，我还没读到呢。标题似乎很令人沮丧。怎么回事呢——他就受不了有地方有人稀罕我的东西？我想，他发现走到俄罗斯都有人喜欢我的东西，这还了得。他得搞定这事，不是吗？这事让我懂得，你让我出来见人的时候，我就该出来见人。最近在这方面学了很多东西。你觉得比尔·史密斯什么时候会写一本书攻击我？我当然也等着有一天昆塔尼拉和加托尔诺对我表示不屑。显然，我现在很不把加托尔诺当人对待啊。可是，我是在哪儿遇上这些人的啊？我跟他们要什么啦？毕竟邦尼·威尔逊曾一度说过我好话，所以他有权让我砸买卖。不过，我还不知道他写了什么呢。只是读了这些混蛋说道此文。

没有你，在这里呆着真郁闷。真希望你在此。天气好极，两个月来每日每夜都有北风。太泥泞，无法钓鱼。我写了两个短篇。写完一个的时候，知道往后三个月的前景无忧；因为，那是十篇里才出一篇的东西，有信来即可出售，但不是电报催的那种稿子。金里奇的信在路上 5 天，9 号才到的；说是 12 号就要我的文章到芝加哥，而不是按约定的 18 号或 21 号交稿。我无法写短篇写了一半另写文章，而且只有一天时间，于是就把这短篇寄给了他。我那该死的资本就这么走了。混蛋们会觉得这里有问题，否则我不会就这么撒手了。真希望你也在这里肚子疼。他们怎么就不能发个电报告诉我日子提前了？

刚收到司各特非常目空一切的信，趾高气扬地跟我说我这本书有多糟。他不知在哪儿读到此书的。该死的，那是本好书。我对自己的东西并不那么怀着那么爱国的热情，只是知道好坏，知道这是一本好书。

假如一本书好，没有人知道它好，那还写它干什么？假如有人接受我要养活的人——啊，我才不管别人喜欢不喜欢呢。肯定没有人会接受我要养活的人。我真想拿起冲锋枪朝 21 号扫射，或者在《新共和》办公室或者你说是什么地方，给他妈屎国添几个烈士，包括我自己，权当［字迹不清，可能是 tapa＝cover］。

纳森尼尔等着取信呢。告诉我音讯，好吗？你把我的口信带给安东尼奥，好吗？1 月 1 日后给他 100 美元。情绪低落，无法构思西班牙语书信。

再见，多斯。祝你好运，希望你好起来。波琳很好，孩子们也好。

永远的你的，

海姆

(此信藏弗吉尼亚大学图书馆)

[1] 威尔逊《关于海明威其人其作致俄罗斯人函》刊《新共和》第85期(1935年12月11日)第135—136页。此文攻击《非洲的青山》，赞赏卡什金论海明威的文字，对海明威发在《老爷》杂志上的"垃圾"文章很不屑。

致F.司各特·菲茨杰拉德

1935年12月21日，基韦斯特

亲爱的司各特：

啊，[乔·]路易斯一定测算了你的日常需要；因为，眼下拳击比赛取消了，2月2日才举办。所以呢，届时你来吧，假如到那时泽尔达能离开人照顾的话。我很难过她又生病了。并且，你自己也有肝病、肺病和心脏病。这真是叫人受不了。你现在怎么样？我们都得过肝病。我的肝脏六七年前状况很不好；后来把它们清理了一下。你的心脏是怎么回事？肺又是怎么回事？我的意思是大夫怎么说？睡不着觉也是件很糟糕的事情。最近睡眠很不好。无论我什么时候上床，总是睡不着，听见钟声敲响一、二；接着还是醒着，听见三、四、五。我不去想过去那些该死的事情了，会好一些；只是躺着，静静的，休息，让时间流淌，如此安神如睡眠。这也许对你没有作用，可对我有用。

假如我去运动，到船上去出海，睡觉就死得像一根枕木，一夜不醒。假如在船上醒来，再睡着也容易。假如在船上睡不着，也不妨事。问题是假如你醒着的时候开始想事，把事情过一遍，穷尽一下，早上就完了，写作就不行了。假如你能静静躺着，心情放松，只是以局外人的身份思考你的生活和一切，不去理睬那些东西——这就有大益处。

在我看来，你太看重青春。你把成长和老去混为一谈。你受罚得够多，我没有必要再告诉你什么。尽管如此，我愿见你。拳击赛很有可能取消，因为路易斯的黑人东家认为他这个活资产太值钱，不能冒险，哈瓦那遥远而又可能有人开枪射杀他。那儿下一场革命正有人赞助呢。赞助的钱都是抢银行或者绑架勒索来的。暴力滋养的暴力可真是一件奇怪的事情，那些孩子都成什么了。古巴现在是个有趣的地方；过去五年里这一直是个有趣的地方。你说，也许从前也有趣。不过，我只知道我所见。无论怎样，我在写一个短篇，是关于这下一场革命的。你随时来都行，我带你坐船去那里。无论如何，你可以在那儿得到故事素材的。假如你实在郁闷，就买一注大保险；我会想办法让你死去的。你所要做的就是别很快就举手投降，某个黑鬼会开枪朝你射击，你家人就能得到保险金，你也不用再写作挣钱。我会给你写个精致的讣告，马尔科姆·考莱会把讣告最精彩的部分发表在《新共和》上。我们可以把你的肝脏取出捐给普林斯顿博物馆，心脏捐给广场饭店；一个肺捐给麦克斯·帕金斯，另一个捐给乔治·霍拉斯·洛里莫。假如我们还能找到你的睾丸，我就取道法兰西岛把它们带到巴黎，然后带到安特贝斯，让人在“伊甸岩”外把它们扔进海里。我们会请麦克莱什写一首神秘诗，在你就学的那所天主教学堂［纽曼?］朗诵。你现在要我写那首神秘诗吗？我看看啊。《司各特·菲茨杰拉德之睾丸从“伊甸岩”（安特贝斯水上阿尔卑斯）被扔进海里时朗诵的诗行》：

什么时候从这些灰色
高地解开弹力护身，一身病，他
投身
自己？
不。
某个跑堂？
是的。

啊青草的芽儿哟轻轻地推
别挠我们菲茨的鼻孔
让过
灰色移动而不友好的大海之死，这死远深过
我们欠艾略特的债
投身投掷投入他自己他的两个最后他的一个
球状的，胶质的，间质的
造反失败全暴露
吓得要命
自然
非人工
下沉沉下沉浸不起涟漪。

啊，见鬼，你得让麦克莱什写神秘诗。我只写几个他在巴黎时期的个人回忆录。伙计，现在就去弄那保险。假如他们不给你健康或人寿保险，就弄个意外保险。

再见，司各特——

给我音讯。圣诞节快乐！波琳问候你们。

你的永远的温情脉脉的，

欧内斯特

（此信藏普林斯顿大学图书馆）

致伊万·卡什金

1936年1月12日，基韦斯特

亲爱的卡什金：

很高兴收到你的信。很难过听说你生病了。我希望你现在好了。你得的是什么病啊？你忘了把地址写上，害得我在这屋里到处找你的地址，弄得乱七八糟，就为找以前的那封信；结果还是找不到。所以，我只好把这信寄到纽约。我没有回那封信的原因是：我给你的信已经在路上了。既然我已经告诉你我信仰什么、不信仰什么，我想你也许不需要我再说一遍。就像我那绝不体谅地与民主党人同坐一桌的祖父。只是我认为你不像埃德蒙·威尔逊那样像我的祖父。

我让斯克里布纳寄给你《非洲的青山》。我也写信让金里奇给你寄上五期的《老爷》杂志；那里面登着埃德蒙·威尔逊如此有效地批评过的我的"垃圾文章"，他连读都没读。也许你读过我在《新群众》上登的那篇关于飓风的文章。在《老爷》杂志上，有我三篇反战的文章、一篇论写作的文章、一篇关于巴尔-路易斯拳击的文章和一个短篇小说。

威尔逊真的好玩得很。我都不能肯定他是否真的读了《非洲的青山》那本书。我想他是读过评论的。我写的每一本书都尽量净化派别取向，把那些误读而又喜欢你和你作品的蠢蛋排除出文字。纽约评论家们现在痛恨我的作品，可又奈何不了我。假如你没有看到威尔逊的文章（我相信他写此文是针对你的），我就随此信附上多斯·帕索斯寄给我的那个副本。

我在纽约见了伊尔夫和彼得罗夫［1935 年 9 月］。[1]我们一天晚上一起喝了点酒。他们带了一个翻译，如此我们的交谈就更顺当些了。他们看上去很有智慧，很可惜我们没有共同语言。我向他们问起你，他们说不认识你。他们想去辛辛监狱，我安排他们前往，并给典狱长写了介绍信。这位典狱长在广播电台播放"死屋"回忆，推销一种制造品叫"洗嘴"，我妻子的叔叔替他销售这玩意儿。所以，你可以看到美国是个多奇妙的国家。我希望他们俩也看见这些了。我请他们到基韦斯特来，可他们的日程安排里佛罗里达的杰克森威尔是最南边的一站。我答应让他们射杀一个黑鬼；假如他们道德良心不安的话，我为他们射杀一个黑鬼让他们看也行。他们中的一员问我是否烤黑人当肉食，显然他并不真的相信我的主动提议。或者，他是食人族。他们中的一位说他喜欢我的短篇《向瑞士致敬》。我告诉他在瑞士男人把女人的牙拔掉后安上假牙才肯娶她；这是经济因素使然，因为假牙的费用由女方的父亲承担。讲这个的时候，翻译很费事，幸好那翻译比谁都聪明。我注意到伊尔夫和彼得罗夫都有假牙，就我而言，这个故事煞风景了。不过，翻译已然把内容译过去了。上帝知道他是怎么译的。

我希望你来此地。这里的天气很好，最美的那种春天；湾流美妙极了。可是，因为多斯在纽约，这里根本没人跟我聊天。

你提到的作家，我会读到肖洛霍夫。［伊萨克·］巴贝尔最初的短篇译成法语时、《红军骑兵》出来时我就知道他了；我很喜欢他的作品。他写的东西很了不起，写得也很好。高尔基的东西我觉得没有什么。可是，多斯说那些回忆录写得很好；我一定读读。在我看来，他的小说不太好。可是，我想读读那些回忆录。

我看到你提及《三个短篇和十首诗》，可我无法给你弄一本。早就绝版了。有一次我想买一本，人家跟我要 150 美元。我写这个就没有挣钱。如此买书，就像一条蛇吃自己尾巴还要付钱。里面也许只有一个短篇是你不曾读过的，题目叫《在密歇根州北部》。这是一篇无法发表的故事。否则我就再版它了。是一个铁匠引诱房东女佣的故事。女佣是个处子，疼得厉害，可未尝不感觉此事曼妙；等她疼痛渐退，想温存一番的时候，发现他竟睡着了。这是很好的故事，被莫雷·卡拉汉重写了许多遍，以可售的形式。可我却从未能将它收进集子；因为：你将她的话删除、将铁匠所为描写删除，发表出版它就没有意义了。假如你保留文字原貌，出版它的人无论是谁就得去蹲监狱。斯克里布纳想出版我所有的短篇小说，也许我能让他们出版这个作品呢。

我把你的文章拿给多斯看了，他喜欢；只是他和我都有同感，我没有那么惨。你明白吗？我们中的一些人生活很有趣。我自己 15 岁［18 岁］就开始谋生了。除了写作，我有几样手艺娴熟得足以谋生；所以，我个人并不觉得失落。当你受罪的时候，是为别人受罪，而不是为你自己。出海，抓大个的鱼；拳击；通奸；纵酒；暴风雨；冒险的快乐都能令你感觉身体爽快，给你生活增添享乐，让你觉得快乐得不好意思，当大多数人没有快乐的时候。我停止写作一个月或者两个月的那一刻，在我旅行的那一刻，我感受到的是动物般的快乐。不过，在你写作的时候，在你按自己的方式做事情的时候，也有很大的快乐——不过那很不一样。当你感觉人生苦短的时候，这件事重要，另一件事也重要。这有点像别人在晕船，你却在享受风暴；你为晕船的人遗憾难过。你为他们难过，你尽量让他们感觉舒服；你知道他们有多难受，可你自己却很快乐，除了他们沮丧你无可奈何。然而，写作的时候你用不着站在晕船的人的立场上来写风暴，虽然大多数人都晕船。人一生中最好有过晕船的经历，那样你就能知道自己在说什么了。

我不知道你多大年龄，也不知道你的阅历有多少。记住：当你在评判别人的时候，你就在赢家这一边了。现在你是有信仰的人了。假如事物的发展一如既往，你也许活着的时候就不再相信它了。我也许以前给你写过这个，但我还是要冒风险写一遍。你写东西像个爱国分子，这是你的盲点。我见过许多爱国分子，假如疼痛厉害，他们像任何人一样都会死去。一旦死了，爱国主义只合用来当传奇，当散文就很不好，当诗歌则更糟糕。假如你想成为一个伟大的爱国者，忠于任何现存的政治秩序（而不是希望摧毁现存秩序建立更好秩序的那种爱国者），那你就是想早死，你的作品将不朽。

我真希望你在这里。你就不能像伊尔夫和彼得罗夫那样也设法弄趟差事吗？还是就想让他们从未听说过你才避免来美国这种事情？你比谁都了解我的作品，可你不了解我这个人。我很有自尊，很痛恨别人用文字诋毁我，即便是在我死后。（我不那么愚蠢，我知道我的作品会传世。）虽然你也许是我信仰的敌人；我情愿跟有智慧的了解你的敌人坐在一起，也不愿跟我们这个国家一群头脑糊涂的家伙为伍；他们居然称那些玩意儿为文学评论。

这是我要说的话。我说此类话时很真诚，很谦卑，很勇敢。我的话勇敢到了可以拿它当商品卖——这是世上最好销售的商品。我总是很高兴自己明白这一点。在战争期间我很害怕。许多次机械地理解恐惧，并且认识到在生活里这有多重要。不过，你不能说自己有多么勇敢，因为大家会认为你说谎。一个人特别擅长什么，他跟人说起的时候一般很谦虚。所以，鉴于人们好强或者无知，你还是屈尊当个懦夫吧。记录是假的，一切都是误导，都是谎言。见鬼我才不管呢。不过，我所相信的不朽是一个人所写的东西不朽。假如你的作品传世，人们就会写你。假如你死了之后，人们写你一如你活着的时候，那他们所写就是狗屎，很愚蠢。无论怎样，这一切评说都很愚蠢，不过写作并不愚蠢；湾流也不愚蠢。我希望你明天能出来见见湾流。我明天去钓鱼，后天接着写作。

无论怎样，祝你好运。我会把东西寄给你的。

[欧内斯特·海明威]

(此信藏普林斯顿大学图书馆)

[1] 伊利亚斯·伊尔夫(1897—1937)和彼得罗夫(1903—1942)是俄国幽默作家兼讽刺作家。伊尔夫的《一层楼美国》(1936)是基于他的美国之行写的。
这两个作家的身份系尼娜·贝尔贝洛娃提供。

致约翰和凯特林·多斯·帕索斯

1936 年 1 月 13 日，基韦斯特

亲爱的多斯和凯蒂：

非常感谢你们送我醉人的香槟，至今余香满口。收到它的当天，伯瑞思·詹金斯及另三个人在此。我们喝了七瓶。好极了。出海六次，抓了六条旗鱼。两周来心情不错。希望你们也过得一切顺利。

假如你在你的豪宅看见那几个混球，替我踢他们几脚。金里奇发电报来说他已经为加托尔诺把事情搞定。谢谢你带他游览。

再次谢谢你馈赠香槟。我的天啊，你读了司各特在威廉·西布鲁克影响下写的关于吸毒的文章吗？[1]一旦成为作家，那他总就是你的作家同行了。我曾给司各特写信，想尽量让他开心起来。不过，收效甚微。我现在明白是怎么回事了。他现在正式成为瘾君子了。那在大峡谷吸毒会是个什么样子的想法真是不可思议，假如你也是个中人的话。麦克斯说他有许多想象出来的疾病。我也想象自己真有某种肝病。

你文件里有J.［伊万·］卡什金的地址吗？我刚收到他的长信，可是没有地址回信。

永远的你的，

E.缪勒·威美治

又及：别踢那些混球了。

(此信藏弗吉尼亚大学图书馆)

[1] 海明威指的是菲茨杰拉德三篇“吸毒”文章的第一篇，刊于《老爷》杂志第5期(1936年2月、3月、4月)。

致波琳·费佛太太

1936年1月26日，基韦斯特

亲爱的妈妈：

自圣诞节以来我每天都想着给你写信道谢，谢谢你和波琳的父亲寄支票和股票给我们。你俩总是对我们那么慷慨，给我们精致的礼物。我无法向你们表达我有多么感激。我们非常想念跟你们一起度过的圣诞节。圣诞节之后，我匆忙投入工作（在写一本新书），今天震惊地意识到圣诞节已经过去一个月，我还没有写信感谢你送我们礼物。

今天我收到你优雅的来信，急忙给你写信，不过这信恐怕潦草得很，不成个信。我们刚接待完三天客人，迄今此冬算是无事了，有许多时间干别的事情，因为进出此地都困难。老熟客来此都会住下，因为离开此地较难。载车的摆渡轮一天只能摆渡 10 辆车。飞机大的 14 乘客位，小的只有 4 乘客位。这座伟大的旅游城市当局规划为纯旅游城市，所有工业未得鼓励；所以，它无法把游客弄进来，也无法把他们弄出去，游客数量都不足以支持一个稍具规模的热狗摊子。当地犹太执政者升迁前，司法部门 [瑞克斯福德·盖伊·] 塔格维尔一班人替代了他；地方法院审理诉他的状子，说是财务问题。他的最后的招数居然是去买下两条老旧的摆渡船（艉轮桨轮）；这是开罗开到肯塔基的摆渡船，据报价格为 60 000 美元。船终于抵达，一路靠拖船拉，破烂不堪，不过无疑适合初夏当摆渡轮。基韦斯特这个被人放弃的旅游中心，带着这如画的该死的老破桨轮摆渡船，就更加风景如画了。下一次飓风来袭，保证让人感觉刺激。

与此同时，我们都很好。波琳身体一直好，也很满意自己的房子和花园，喜欢园子里的树木花草。这地方现在棒极了。帕特里克还是大家的好伙伴。我们下午在他放学之后常常一起去打猎，周六也常去。他很高兴收到你的明信片，今天还高兴地收到外公的明信片。昨天他坐船到湾流，在船上很难受，胃里很不舒服。我在开船，看见他在船的一侧呕吐。我听见他一边吐一边喊："爸爸！爸爸！"我跳过去看是怎么回事，他说："那儿有一条旗鱼在蹦跶。我吐的时候看见了！"他越来越坚强了，呕吐也不妨碍他快乐。他自己编了首歌："喝下海鲜杂烩汤，胃里转四方；嘿嘀嚯，嘿嘀嚯，结果跑这儿来了。"尽管天气不好，他还是抓了条小旗鱼，有五英尺八英寸。在大海上可真不容易。他和格瑞高里都喜欢钓鱼。不过，我发现，每次到海湾去只带他们中的一个要简单些。我从来就不是伟大的热爱孩子的人，可这些孩子可真是好伴，很有趣。我认为他们很聪明（也许是我偏爱）。

格瑞高里继承了他祖父的数字天才，喜欢在脑子里加数至百千，数数的时候都是一五一十地数——他只有4岁啊。你对他说："犹太佬，240加240等于几啊？"他会把头放到一侧说："我想大概是480。"他现在很逗人喜爱。他发现自己不用蹦就能挪动步子。有一天，帕特里克在上学呢，我们带他一起去钓鱼。我们这里有几个朋友拿鱼叉叉到一只海豚，把鱼叉放到钓竿和绕线轮上；海豚把想抓它的人弄得跟猴子一样。我们冲弯弓里的他喊叫该怎么办，格瑞高里会把话重复一遍，还加上自己的话，显示出危机当头的指挥能力：他祖父在任何人往车的后备厢装东西时就有这种指挥能力。他是个很好的孩子，很好玩儿，很甜蜜。他俩都一直过得很好，我也很愿意带他们出去并回答他们的问题，我喜欢跟他们一起四处走走。帕特里克刚进来让我跟你说缝补姑娘好着呢，算是回你的明信片。说她还是很无礼。我不知道这是什么意思。

自维吉尼亚在船上等待起航时写了一封信给我们以后，我们就再没有收到她的音讯。在那封信里，她跟我们讲了沃德的朋友杰伊在哈德纳特那儿找了份工作。沃德开始作家生涯了。我发誓沃德的作家天分不比我的拉小提琴天分高。我拉小提琴就算一天工作15小时，干2 000年，一毛钱也挣不着的（即便当盲人小提琴手）。他怎么就不能干点别的什么不成气候，偏拉进我们的旧手艺？你需要天分学写作，就像杂技演员需要天分一样。沃德干这有点浪费时间，愚蠢啊。假如他想成为大联盟球员，来到球场，连个苍蝇都抓不着，或者把球打出界了。那他就该知道自己不会踢球。吉尼的写作天分比我还高，只是她缺乏自信，不愿在那上面用心思。她可真有写作天分，去过的地方也多；所以，她是有东西可写的。我但愿她去写作。我们很想念她。

波琳一如既往精力充沛，每天充分利用八小时。夜晚就显得很疲劳，九点就熟睡，一夜孩子般熟睡。她经常去看［坎比和埃斯·］钱伯斯，也经常去看［洛林·］汤普森夫人。她说要北上跟你一起消遣一阵子，可是最近读起了詹姆斯·乔伊斯的《尤利西斯》，对乔伊斯先生大崇拜起来，也许要守着《尤利西斯》消遣呢。她身体很好。

我最近工作很卖劲。郁闷的时候就歇一歇。所以一开始没有写信。三个礼拜没有好好睡觉了。老是凌晨两点左右醒来，到外面小房子里工作，直到天亮。因为，当你写一本书的时候，你睡不着。你的脑子夜里在奔跑。你在脑子里打了腹稿，早上脑子里的东西都没有了，你筋疲力尽。我确定这是运动不够之类使然，于是出海航船一阵子，无论天气如何；现在好了。最好写作量减少一半，进行足够的运动，别疯狂写作；这样比加速工作好，加速写作令脑子不正常。以前还从未有过真正的忧郁，很高兴有了它，我因此知道人们是如何忧郁的。我于是对父亲所经历的事情更加有宽容心。我想一个人一生中如果有足够的运动量，他的身心功能就良好；人需要这个就像摩托需要汽油和润滑油。在纽约时成天不运动，然后是什么也不干只用脑子。回来后是只顾干活忽略了加润滑油。无论怎样，现在好了。

你去凤凰城［亚利桑那］之后何不来此地？你喜欢这俩孩子。他们最好的时候就是在家里的时候。这地方真的弄顺当了。我们吃得很好。再说我们也想见你。我喜欢你胜过世上任何人，除了波琳和吉尼。我希望你在我们过正常生活的时候来看我们，就像在纽约的时候一样。我直到去年才理解人们对孩子的感情，才知道孩子对他们意味着什么。假如你不来，我会明白无论你多想帕特和格瑞高里，你还是愿意他们呆在这里。我总是想只有一件事情要紧，你自己的职业生涯，就像战斗中的将军，我愿为我的工作牺牲一切。我不愿让自己喜欢上无法失去的东西。然而，现在我知道了，你活着的时候是不可能成功的，你活着的时候只有挣钱算是成功。而我从前拒绝为挣钱写作。于是，我现在打算为我身后成功而写作了，我打算细心照料我的部队，尽量不让伤病员出现；我打算享受能够享受到的快乐。啊，你自己也照料好自己——我们希望你能来。我们这里没有好莱坞餐厅，可我们可以聊个痛快，吃美食；我可以跟你在上午 11:30 一起喝啤酒。

元旦以来这里天气一直很好。春天里最好的天气不过如此吧。过去几天一直刮北风，因为偏北的地方冷。不过，这可好，能睡个好觉。今天是礼拜天，现在是下午。我误了空邮，这封信只能明天走了。跟波琳的父亲说：我们真高兴你们在凤凰城有这么好的天气。我真想看看那沙漠乡野。我们明年秋天也许开车去那儿。孩子们问候你们。

爱你们的，

欧内斯特

期待那根皮带。

（此信藏普林斯顿大学图书馆）

致麦克斯威尔·帕金斯

1936 年 2 月 7 日，基韦斯特

亲爱的麦克斯：

谢谢你寄给我版税明细。告诉兰德学校的人：他们可以把《杀手》改编成剧本并由东 15 街 7 号的兰德剧场的实验剧演员演出。不过，只限于此，不能有别的。我保留任何商业性质的改编或者演出的权利；没有我的文字许可，兰德剧场外不得有这出戏的表演。我也特别强调保留这个短篇的其他版权，只允许东 15 街 7 号兰德剧场一个地点改编上演这个短篇。

我最好找个律师陈述此声明，不过，似乎这些文字就足以概括我要说的了。写这封信的时候，我刚收到 2 月份的版税明细。里面没有提到《非洲的青山》。我前些日子写信跟你说过这个——问你卖得怎样——但没有回音。你让零售部门寄我一本德考莱古尔的《随拿破仑在俄国》，再寄一本约翰·根瑟的《欧洲内部》。也请零售部给我一份 1935 年我花在书上的钱总数明细，我报所得税时要用。

谢谢你跟我说这位弗兰德劳夫人。也许我们会碰上她。过去10天，来访者不断，很头疼。什么人都有。电影明星来来去去。他们让我一周无法工作，除了一个完整日子外。人家要来还都一起来，总是挑凉爽的时候，而我这时正要干活呢。

司各特的事情真叫人难受。我曾一度想给他写信（以前写了几封），试图让他开心起来。不过，他似乎自尊心抹不掉，不愿提自己的无耻堕落。《老爷》杂志上刊登的他那些东西在我看来简直就是悲惨世界。还有一篇要发表呢。我以前就知道他不会思索——他从来就不会思索——不过他有极好的天分。问题是怎么利用这天分——不是在公共场所哀号。上帝啊，人们一生中经历许多空虚时光；结果还是得出来干活啊。我总是在想：我是什么时候与他初遇的。假如司各特参加了那场战争（他总是很遗憾没能赶上），他会因为懦弱而被枪毙。不过，这跟他的写作没有关系。一个作家可以是胆小鬼。可是，他至少该成为一个作家。天啊，我不能写这个，说司各特坏话可不是件仁义的事情；毕竟他得经历这些。不过，我看见了他初期经历的全部。本来是满可以避免的。全属于自找，而且源头都是一个——尽管源头分成许多小渠道，有些支流你都无法相信来自一个源泉。也许教堂能帮助他。你也说不清。工作能帮助他：非商业性的诚实写作——一次只写一个段落。然而，他却按钱多少来评判段落并把他的汁儿引向那支流，因为那样做能让他立刻满意。假如你不挣那么多，某人就会说不好；他担心这个。他太热爱青春，这事很可怕：他还没经历男子汉阶段就从青春步入老年了。一旦感觉青春逝去，他又害怕起来，以为青春和衰老之间没有别的。不过，批评朋友很容易啊；我不该写这些。我希望我们能帮助他。

你见到约翰·赫尔曼的时候替我问候他。来访的人达到高峰的时候，我连续三次钓到旗鱼并抓它们上岸——4天里抓了7条。沃尔多［·皮尔斯］和家人周二来此地——老沃尔多，好人啊。

永远祝你好麦克斯

欧内斯特

(此信藏普林斯顿大学图书馆)

致萨拉·墨菲

约 1936 年 2 月 27 日，基韦斯特

亲爱的萨拉：

今天刚收到你的信，带着宿醉，醉得像喝了所有的林林牌西班牙红葡萄酒。所以，这封信是宿醉后写的，在 [纽约萨拉那湖] 雪地里写的。宿醉是造访律师 [毛瑞斯·] 斯贝瑟先生所致，不借着酒劲我不敢见他。再者，还得跟沃勒斯·斯蒂文斯那晚的裁判 [阿瑟·鲍威尔] 进行南方式的道别。记得那裁判和斯蒂文斯先生吗？可爱的斯蒂文斯先生。今年他又来了，欢快得像霍乱。我知道这消息是我可爱的妹妹厄拉 [厄苏拉] 告诉我的。她来家哭了，因为去参加鸡尾酒会，酒会上斯蒂文斯先生把她弄哭了，强跟她说我是个多么笨的笨蛋，说我根本不是男子汉。这是一个礼拜前的事情了。我于是说："好吧。这是我们第三次受够了斯蒂文斯先生。"于是过了黄昏，我们冒着雨出来，到那儿时正遇上斯蒂文斯先生推门而出。我事后才知道他刚说完："上帝，我但愿此时海明威在这儿，我一拳把他打倒。"那么，谁会出现于此呢，除了老爸我？斯蒂文斯先生挥动了那寓言里的一拳，幸运得很，没打着。我把他整个打翻在地几次，狠狠地揍了他一顿。唯一的麻烦是头三次我把他打倒时，我还戴着眼镜呢。裁判坚持让我把眼镜摘掉：他希望我们打一场干净拳，没有眼镜掺和。我摘掉眼镜之后，斯蒂文斯先生给了我下巴一拳，嘭的一声，算是他最厉害的一手了。真好玩，他的手因此断了两处，根本就没有伤着我的下巴。我于是再次打倒他，收拾了他一顿，因此在屋子里躺了五天，医生护士打理他呢。不过，你

别把这事告诉任何人。连阿达［·麦克莱什］都不要说。因为，他很担心他那可观的保险境况。我答应不告诉任何人。故事的官方说法是：斯蒂文斯先生跌下了楼梯。我同意这么说，表示可以，就说是从灯塔楼梯跌下来的吧。所以，答应我别告诉任何人。不过，讨厌我跟人拳击的波琳这次高兴极了。厄拉此前从未见过拳击，睡不着觉，担心斯蒂文斯先生会死。不管怎么说，斯蒂文斯先生昨晚来讲和；我们讲和了。不过，深思熟虑了一下，我觉得没有谁比S.先生更欠揍。昨晚很高兴得见斯蒂文斯的大个头。假如事发前我仔细端详他，也许就不敢打他了。不过，我跟你保证：没有谁像斯蒂文斯先生这样醒目地倒下，特别是当街倒在泥泞的水里，在你家老房子前让人步履蹒跚的道上。这一切就这样发生了。所以，我本不该给你写这些。只是你那里各种消息太稀有；并且我也知道你也不会告诉别人，真的，绝对别告诉人。因为，但凡别人知道，我写信给你的罪过就大了。他很体面地跟厄拉道了歉，目前去了"海盗穴"，另用一周养脸上的伤，然后再去北方。[1]我想他是真是对着镜子打拳的人里的一个，在痛恨比他强的人时，冲着浴室的镜子舞动肌肉练习致命拳。也许我猜错了。无论怎样，我想葛特鲁德·斯坦因至少该把这些找可怜的老爸我拳击的人的钱退回去。够透了这些。不过，还没有斯蒂文斯先生那样觉得够了。这好玩，一个人声称要灭掉你，在那么一刻就亮相了。人家的拳头狠狠地落在你下巴上，却没伤着你分毫，倒是把自己的手弄断了。你可以说给帕特里克听，这也许能让他开心。不过，别告诉别人。告诉帕特里克如下统计数据：斯蒂文斯身高6英尺2，体重225磅。他倒地的时候，真是一道景观。我第二天对裁判说，告诉S.先生，我认为他是很好的诗人；也请告诉他：打拳他不行。裁判说："啊，你错了。他是个很好的拳击手。啊，我见过他打人，把人打得有这间屋子长度那么远。"我说："是的，裁判。可你没听清楚那人的名字，是吗？"我想这人是个跑堂的。好乖乖斯蒂文斯先生。我希望他别多想这件事。回头拿起箭或者机关枪。你答应我，别告诉任何人。

可怜的萨拉。我真为你难过，你居然不好过。这年头就是不好过。这就像从莫斯科撤退。司各特［·菲茨杰拉德］在撤退的第一周就没影子了。不过，我们兴许在历史中扮演最佳后卫的角色。上帝知道你参加战斗了。

过去十天里天气不适合钓鱼。把船放岸边道上，刮刮，打打砂纸，再漆漆。还用了一种叫水银铜的新铜漆漆船底，里面含有水银，说是很不错的。让船看上去非常醉人。现在得写《老爷》杂志的文章了，要填个人所得税单子，然后回到那本书的写作中。上帝啊，希望人都离去了。

沃尔多［·皮尔斯］带着他的孩子们在这儿呢。孩子们像未受训练的恶狗，他则驯顺得像母牛。他现在只为孩子们活着，他投入的时间那么多，他们该举止乖觉啊，该受到良好训练啊。可是，他们从不听话。把什么都弄坏。跟他们讲话也不应答。他就像一只老母鸡，身边一群类人猿恶狗。我怀疑他在这里会不会坐船出海。离不开孩子。他们有个保姆，也有个管家。可他只有在画画的时候，一个把他胡子点着火，一个往帆布上抹炖土豆，才会开心。那代表自己当了父亲。

［其余内容遗失］

[1] 斯蒂文斯似乎是在“海盗穴”度过2月26日至3月4日那周的。3月9日周一回到康涅狄格州哈特福德自己的办公室。见霍利·斯蒂文斯编《沃勒斯·斯蒂文斯书信集》(纽约，1966)第308页。这就把拳击的日子推至2月19日了。海明威给萨拉·墨菲的信日期大约在2月17日。见卡洛斯·贝克著《海明威传》(纽约，1969)第285页、617页。

致阿诺德·金里奇

1936年4月5日，基韦斯特

亲爱的阿诺德：

随信寄上一个短篇[1]，我写信跟你说过，我想兴许得写一个短篇。我写这封信的时候，波琳在打那篇小说呢。她吃午饭的时候，我可能把她解放出来。这是个好短篇小说，我想你会喜欢它的。两个月前写完的。另有一个短篇我已经写到第 60 页了。我的那本书也写了一半了。因此，没有时间写别的文章。假如这个短篇不合用，就给我发电报，我给你写篇文章就是了。

这个小说里涉及那个女人两腿间的衬垫。假如有必要，你就删除吧。那位无政府主义兼辛迪加派跑堂说那些牧师是黑猪，假如不行，就改成乌鸦吧。或者删除。我觉得别的都不妨碍发表。你可以用妓女代替窑姐，或者用窑姐代替妓女。我有原始手稿，将来出书时可以恢复。

《大都会》杂志的哈利·伯顿来这里了。昨天离去。他是来要短篇小说的，也在竞标那部长篇。《过海记》篇幅的任何作品他答应给7 500美元。最短的作品价格滑翔到 3 000 美元。我忘了《过海记》挣得 5 500 还是 6 500 美元。他答应 40 000 美元连载长篇，但让我别跟人说。我也许给他一两个稍长的短篇，因为我需要钱。假如我不在别处发表东西，你的东家很快就会觉得那是因为别处我发表不了东西。

至于那些短篇的题目：《在斗牛场外》、《季节开头》、《幻象山》、《名字叫帕克的男孩》——太容易了、《去清空看台》、《判断距离？》、《新赛手》。我会努力起得好一点的。你也许有主意。我有副本。

你告诉我截稿日期好吗？这样我就不用再想下个月杂志封面要交的差事；万一我还在写这长的短篇小说呢，已经够长的了。我计划 24 日到古巴去。我写此长篇已经到了再去那儿找点东西的地步。现在我的写作光景较好。记住，我总是在春天工作顺利。希望你一切也好。你一拿到这小说就发报给我，好吗？

万一这期封面要出现我的名字，你可以在里面小注说我太忙，写长篇呢，小文章没工夫写。所以，你从我这里挤出个短篇。或者别的什么理由都行。今天会给你发报告诉你我正寄短篇小说的稿子呢。我数了字数就告诉你篇幅长短。

祝你好运

欧内斯特

（此信藏普林斯顿大学图书馆）

[1]《公牛角》，载《老爷》杂志第5期（1936年6月）。在《第五纵队和首辑四十九篇》（1938）中，其被易名为《世界之都》。

致麦克斯威尔·帕金斯

1936年4月9日，基韦斯特

亲爱的麦克斯：

谢谢你4月6日来信，信是昨天收到的。你一定还写过一封信，只是我没收到。因为，我还没有收到你对短篇小说集问题的答复。这封信也许跟你回复我电报的内容有交叉，但我还是要用这机会说一下。

下面是短篇小说进展的情况。

我现在有5篇——《过海记》约有12 000字。这是很好的一个短篇（我重读了一遍），会成为短篇集的重头戏。我还有一篇你在《老爷》杂志上读过的叫《买卖人的归来》，有4 275字。另有一篇我所写最佳短篇小说暂且叫《幻象山》，有4 500字，拟发表于6月号《老爷》杂志。我写眼下这个篇幅稍长的写得很顺利；刚写完，其间不愿插空写别的文章。所以，寄给他们这个短篇，我的经济损失是相当大的。不过，写完长的，挣得也就够多的了。前天写完的。有11 000字。这是讲令人激动的非洲故事的短篇。我想，《大都会》杂志会发表它的。篇幅约如一个小长篇。上周这本杂志的编者来了，说他愿意支付我7 500美元买我一个篇幅跟《过海记》相当的短篇；真的要是太短的话，价钱依次降到3 000美元。这篇小说暂且叫《正在萌发的友谊》。[1]此外，还有一个短篇讲非洲的故事，叫《幸福的结局》；[2]有 7 200 字到 7 500 字长。这也是主打短篇。这五篇里最弱的是《买卖人的归来》。你知道的，它也远不至于次。其他的如同《过海记》一样富于动感；我想，60%是对话构成的。也就是说手里约有 39 000 字的新小说了。

现在，你是想把这 5 篇加进《在我们这个时代》、《没有女人的男人》、《赢家一无所得》（不算《在我们这个时代》各章节里的短篇）的 44 篇里，出一部像《首辑四十九篇》[3]一样的大集子呢，还是另加一些短篇单出一本书呢？

我当时的构想是，拿一些十分好的出来，终结原来那本大书。那是我的处女作，我已经完成了。可以反复出那个集子，可我的新作足够另出一本集子。不过，我不想新出的书缺乏统一性。这些短篇动作够多，我需要一两个安静的篇什。在《赢家一无所得》里，那些篇什都是安静的篇什，除了第一篇。所谓的一般读者不喜欢这样的东西。新的短篇里只有一篇稍难，《幸福的结局》是也。不过，一旦读了，似乎也不太难，因为里面对话很多。不过，这些短篇都是很好的小说，因为我的目标是消灭从前的著作，让它们终结。

另一个问题就是什么时候出版——他谦虚地说：假如要出版短篇小说集，那就出一个把别的都推倒的集子。你至迟什么时候要标题和誊抄本才可能于秋天出版？我另有两个长一点的：一个已完成了约6 000 字——另一个也差不多完成了这字数，我打算在古巴写完它。古巴的早晨总是很凉爽，我的一些最好的作品都是在那里完成的。最近写作很拼命，虽不至于筋疲力尽，但也够累的。无论何时，一旦有片刻闲暇就用于给别人写推荐信申请霍顿·米夫林奖金。世上有多少这样的奖金啊？假如只有一个，我就写一封值 1 000 美元的信推荐我自己了。就记忆所及，我还没有得过奖金呢。只是在开始写作的初期，多少醉醺醺地梦想一笔好奖金。人们说，现在的情形可不同以往。

你会很高兴听见如下消息：我赌博挣了很多钱。所以，许久以来我一直没有烦你。《老爷》杂志也越发繁荣。萨利［J.B.萨利文］和我正考虑明年冬天开一家高级赌馆；我希望能指望你光顾。你也会很高兴听见下面的话：我现在不再赌博，直到我赢的钱花完，我是不会再去赌博的。届时，我要挣足够的钱去非洲。乔西［·拉塞尔］要收手了，不再跟人合干那成功得很的买卖了。因为一天到晚站着，脚都成酒吧跑堂的脚了。“消防队员大会”的告别舞会之后，他打算跟我一起去古巴。我们计划用两周时间好好恢复一下严冬给我们带来的疲劳。你何不也来？你可以坐飞机来。我让你读所有的这些短篇小说，我们可以一起讨论这部集子。哈瓦那是个美妙的地方，特别是你挣到了一点钱之后，一切都进展顺利的时候。最近我的写作光景很好——一如往昔最佳的时候。其实东西还是那东西，只是你现在能应付更广阔的局面了；你皮带下的知识更多了。眼下如一匹马般干活。那一天写作完毕，下午3点跟帕特里克一起出门，抓了两条大旗鱼。一条7英尺8，另一条7英尺11。

还要谢谢你邀请我去你家见南希·哈尔小姐。我收到请柬太晚，没能前往。我哪天有机会跟她讨教一篇小说，题目是《大转变》；戴希尔会发表它。请告诉她我没能来是多么的遗憾。

下面从另一个角度讲讲出版集子的事情：假如我把《正在萌发的友谊》卖给《宇宙》杂志，他们7月8月前发表不了。那么假如他们买下《幸福的结局》，就进入9月了；9月就9月吧。假如我还有一篇可出售的稿子，那就进入11月或者12月了。我们看看吧。也许他们一篇也没看上呢。不过《正在萌发的友谊》（上帝啊，我希望能拿它当集子的标题）真是个醉人的短篇，绝对跟《过海记》和《五万元》一样可靠。那家伙来这里要稿子了。要么他就是来聊天的。

金里奇也给我发电报说司各特好多了。我希望他能从那种失败无耻的感觉里把自己拽出来。我们都会死掉的。那么，难道收手的时间还不够多？他在干什么呢？他打算干什么？他不能采取写作生涯就此完蛋的态度，不是吗？他和麦克西·巴尔有共同之处。

我4月24日前往古巴。你来此跟我们汇合，还是跟我们过去？我的船现在弄得很好，摩托利索极了。波琳也很好。她要北上去探亲；我去古巴，她去接格瑞高里。吉尼刚从欧洲回来。她父母都老了，想念子女。孩子们也都好。邦姆比在学校表现也很好。查尔斯可日子不好过。他兄弟老是管着他，不让他惹麻烦。他有时很低落。布尔日有了孩子。一个像他这样的古怪人算过得好了，工作也刻苦。你见过跟他结婚的漂亮女孩吗？我们另一位怪人约翰尼·赫尔曼怎么样了？你看见他的新女友了吗？你最好来古巴。

再见麦克斯

欧内斯特

［边页又及：］格瑞斯沃尔德怎么样了？希望他好起来。等再出书我要是还去纽约的话，我就是个婊子养的。我过了两个月才不去想那事。要不是这事，呆在纽约还是好的。别跟［惠特尼·］达罗说我需要钱。我不希望书的销量跌到他眼中的危险线以下。《非洲的青山》4月3日在英国出版——还没有消息呢。他们把书的外观做得很好看。我主动抽掉了7个可怖的字眼，一个“婊子养的”，四五个“狗屎”，看看有什么不同的反应。让欧文·韦斯特他们高兴一下吧。看看如此一来，它是否跟缩帆一样航行得好或者不好。可惜啊，我没能移除一个“狗杂种”，作为给江纳森·凯普有限公司一个特殊的礼物。

《在密歇根州北部》篇在书里就处于二等位子了。如此，集子就由6个短篇构成。也许有必要这样异彩纷呈。即便我初秋发表《幸福的结局》，我们也能把集子弄出来。

正想起什么标题呢。

(此信藏普林斯顿大学图书馆)

[1]《正在萌发的友谊》换了标题《弗朗西斯·麦康伯短促的幸福生活》，刊《大都会》第101期(1936年9月)。

[2]《幸福的结局》换了标题《乞力马扎罗的雪》，刊《老爷》第6期(1936年8月)。

[3]《第五纵队和首辑四十九篇》(1938)。

致约翰·多斯·帕索斯

1936年4月12日，基韦斯特

亲爱的多斯：

很高兴听杰拉尔德［·墨菲］说你的书［《大钱》］写完了。我收到你在纽贝德福船上写的信后，给你写了封长信寄到你纽约最后一个地址。不过，我猜你从未收到。再就听说你在“老佛爷”广场了。

这里初冬还不错。我把许多的活计都干完了。接着是来访的狗屎人物到达，带着同伴或者艺术编辑，一拨接着一拨。3月底才结束。

沃尔多也来过。他现在跟头母牛一样顾家，只是牛奶得去某处买。他就像一只孵出一群“迪昂尼昆特普莱特”的老熊，想把它们保护好不被毁掉。他还是那么个好人。不过，这就有点像人们把他的睾丸取出放进奶瓶子里去。我想，等他们上学了他就解放了。与此同时，孩子们没有什么不对头，也没什么可担心的。他却整天整夜担心着急。口头上担心，实际上也着急，别的什么也不想，也不谈。也许这是由于我记忆中生的孩子都特别，所以对他们有偏见，觉得男人不该全职照顾孩子——老沃尔多当然是个很好的人。

你的计划如何？波琳要去探亲，让他们跟［格瑞高里］欢聚一下，早就吵嚷着要见一见。我想这对格瑞高里有好处，让他染上从未得过的疾病。去皮戈特就是去染病。要不怎么叫“美国疾病文化中心”呢。上一次是穷咳嗽，再上一次是麻疹，再上一次是水痘。防孩子得病，防不胜防；她5月初回来。我24日坐船去哈瓦那。要在那儿呆一个月左右。然后去比米尼过6月份。我们今年夏天到西部的山里过。秋天也许去墨西哥。

假如你准备好往热带挪一挪，何不跟我一起去哈瓦那？你和凯蒂都来。我赌博挣了一点钱，可以在船上逍遥一阵子。我弄完了短篇小说集。里面有一些篇什的确不错（他谦虚地说）。波琳说我只会写“优美的长信”和“棒极了的短篇”。擅长写信和短篇，比放弃这个前往爱尔兰来得愉快；即便是让朋友们更恼怒。我得给金里奇再写一个短篇。而不是中断小说去写别的文章。6月就能读到了，希望你喜欢它。我就不说这作品有多好了。

假如你不能和凯蒂一起来，何不独自来？现在我只有一个朋友可以不带家属跟我去任何地方，那就是乔西［·拉塞尔］先生。当然，他比我的其他朋友有家眷的时候长。无论怎样，这个月23日消防员大会告别舞会当晚结束后，他会跟我一起走，在外呆两周。［简·］梅森夫人几乎跟乔西先生习惯不带夫人外出一样习惯不带老公到处走。梅森夫人也是嫁人时间长了的缘故吧。不过，尽管如此，我相信乔西先生娶妻的次数比梅森夫人多，娶妻的时间也比梅森夫人嫁人的时间长。

你该去见葛特鲁德·斯坦因、帕索斯。“妻子有母牛”[1]的影响悄然爬进了这封信。

你回信的时候能把莫斯科卡什金的地址给我吗？如果你那儿没有，到邦［尼·］威尔逊那里去要。告诉你老婆凯瑟琳，我很悲哀地报告：跟踪威尔逊最近几篇东西，经“海因斯糖”检验，我被迫注意到作者的衰老沉积。我不知道早衰是不是普林斯顿人常抱怨的事情；我也不知道早衰是否与我们常有的呼吸道罗音老化相呼应。不过，就普林斯顿出身的人而言，检验试管是不会撒谎的。我又一想，别跟伊莲诺·威利或者凯蒂提这个了；因为，我的评论家哥们够多的了，再说这廉价的分析也不会赢得威尔逊不尽的感激。

你记得拜访过你的［沃勒斯·］斯蒂文斯先生吗？等我见到你后跟你说说关于他的趣事。我答应过S.先生不告诉人的，所以不得不当面跟你说。假如你在普罗温斯顿，又想听这故事（跟我一样出于崇拜斯蒂文斯先生），那你就去找哈利·希尔维斯特（一个穿着耶稣会士朴素衣着，却昂首挺胸的年轻人）；当时他在此地度蜜月。[2]

我一向是个可以托付闲话的人，完全可靠，一个耳朵进，然后从我嘴巴里说出去。

波琳和孩子们都好。你还记得那个女里女气的德·阿尔科思公爵吗，第26代公爵，跟前总有个醉人姑娘的那位？他在一场摩托车事故里死了，就在迈阿密北边，撞上一群愣头青；当时坐的是一辆老福特，跟着他的还有一位西班牙爵爷。我本想发电报给你的，万一你上一本书里需要这种素材呢。不过，你可以写进另一本书的，伙计。

坎比和伊瑟［·钱伯斯］一整个冬天相处不错。杰克·克尔斯来此地了，带着他的新老婆；那女人的样子像新花样摔跤手里的一员。是英雄，不是恶棍。你总能看出谁是英雄，因为英雄都有小脓包。恶棍则是长大胡子。克尔斯夫妇是人们理想中的幸福人儿，是可大声朗诵的黑夫洛克·埃利斯新出版的著作集里的人儿。

你还想知道什么，帕索斯？大家都叫我吉姆，“全世界人的小朋友”。内心里是个感伤主义者，什么心啊，大家都叫他甜心。

帕索斯，你要是敢来加勒比，我就给你灌输点纯净点的八卦，跟那一比，这都算什么啊。给我们报信，浮皮潦草的信也成。

问候凯蒂

你的永远的，

海姆

我们一个冬天都在思念你们。亲人啊，我厌倦说四字母的不雅之辞了。

(此信藏弗吉尼亚大学图书馆)

[1] 这里指葛特鲁德·斯坦因的《以“因为妻子有母牛”结尾的书》(巴黎，1926)。

[2] 见海明威 1936 年 2 月 27 日致萨拉·墨菲的信。

致麦克斯威尔·帕金斯

1936 年 7 月 11 日，巴哈马群岛凯特凯伊

亲爱的麦克斯：

金里奇来这里了。我把完成了 30 000 字的基韦斯特-哈瓦那小

说拿给他看，《过海记》和《买卖人的归来》是其中一部分。[1]我本是拿这些当短篇小说集材料的，他似乎觉得那样做太蠢。自打我中断写作以完成短篇小说集来，还没有再看一眼这 30 000 字呢——无论怎样，我决定接着写下去，在我们往西部去之前完成那书——只取走了两个短篇里的故事——等你要短篇集的时候你有的是篇什。可以在这本书之后出。这本书拿两个地方相对照——揭示两者的相互关系——还包含我对革命机制的理解以及革命对参与者造成的后果。书里有两个主题——对个人的否决——哈利这个人物——《过海记》里就初次亮相了——他周围的基韦斯特的一切沉沦时他又出现——运输毒品的故事以及由此发生的后果。还有许多，我就不在这里强加给你了。不过，幸运的是：这是一本好书。金里奇读了之后很起劲，要我先别出短篇集子，等完成这个再说——我上次过海就得了写这本书所需的最后材料——龙卷风以及受灾时的实情也有了。

我欠你短篇集子的预支 1 100 美元。我记得是这个数。我有足够的篇什凑短篇集子。可是，如果我抽掉《过海记》和《买卖人的归来》就不够了。假如你要的话，我可以还给你 1 100 美元——或者你将这笔钱算到下一本短篇集子的账上——或者算到眼下的新书上。请告诉我，你觉得怎么好？我跟金里奇商定的是一年只写 6 篇而不是我实际写着的篇数；如此就不至于有干扰——我写 6 篇所得跟以前 12 篇所得的钱数是一样的——所以不需要强写。假如我让他事先知道也不妨事，大不了偿还预支，用不着赶稿子，假如我在忙别的作品的话。你读了《乞力马扎罗的雪》和《弗朗西斯·麦康伯短促的幸福生活》了吗？我以前就想跟你说这个，可是得等这些事情都搞定喽。我很惹纽约评论家们讨厌。假如今年秋天我出一个短篇小说集，不管有多好，他们一定会尽量把它灭杀。好吧，你想这么玩，我明年春秋两季出一本书以及一个短篇小说集，给他们提供许多东西当靶子。与此同时，我出版的东西不会伤到我的声誉。我所想做的，只是去西部，找一个小房子安顿下来写作。我们抓到一条514磅的金枪鱼，还抓到一条610磅的。迄今枪鱼捕捉运气不佳——丢了一条700多磅的，还丢了一条1 000多磅的。它把一个鱼钩拉直得像铅笔。管它呢，我除了钓枪鱼还有别的营生，很渴望再去干这营生。我们会在西部呆着，直到10月前后；然后回到基韦斯特卖力干活，在冬天来访的人到来之前：这帮婊子养的。

我希望你别因为小说集子的事情情绪低落。

请寄信到基韦斯特。假如天气争气，我们周二离开此地。刮大风三天了。尽量把此信让今天的飞机带走。别以为我在拖延短篇集子，我有《在密歇根州北部》、《过海记》、《牛［公牛］角》、《买卖人的归来》、《弗朗西斯·麦康伯短促的幸福生活》、《乞力马扎罗的雪》呢；还有新写的以及未起名的篇什。假如我能拿出那两篇来完成这另一部，再有一两个篇什，我就能有两本书了，而不是一本；其中还有一个大家都喜欢的玩意儿——长篇小说。

祝你好

欧内斯特

(此信藏普林斯顿大学图书馆)

[1]《有钱人和没钱人》(1937)。

致玛约丽·奇南·罗林斯[1]

1936年8月16日，怀俄明州诺德奎斯特牧场

亲爱的罗林斯太太：

谢谢你写信来并谢谢你请我们去你那儿（要不是在这里收到信，我们就去了）。也谢谢你写信说喜欢《雪》里的故事。我对这篇作品没有更多的可说。去秋马特康比龙卷风之前才写的；然后就丢在一边没有再读，直到今年春天在古巴重写一过。我很高兴你喜欢这个作品。我也喜欢它。我总是喜欢自己写的东西，否则就烧了它们；所以，说自己喜欢并没有什么特别的意义。

也许我能什么时候拉上麦克斯去你那儿。我知道他想去。但是，据所有人的叙述：他害怕女人。你在比米尼岛上的时候，我在你身上没大看出的恰恰是女人的东西。你问他害怕什么，鬼才知道。我想他认为女人会令人生许多女儿。此外，我就不知道女人怎么就令麦克斯害怕了。女人的危险似乎一向是：她们能让你伤透心、能嫁给你，要不就是能给你性病。我是个很简单的人。也许世上真有危险的女人，像印度支那的野牛。我从未去过那儿。不过，假如去了，也许发现她们并不那么危险呢。

至于运动员艺术家之说。我自从能拿钓竿和单管猎枪始就一直钓鱼打猎；不是为了炫耀，而是为了内心的快乐，为了内心的满足，这满足感几乎是全身心的。我写作虽没有那么长时间，却也有同样的快乐。你独自写作，只是看上去写作要艰难些。假如我不干点别的（不钓鱼、不打猎、不喝酒），写作就举步维艰了，人也成傻子了。你在写不出来的时候，在写作的间歇，总想干点什么而又没的可干，剩下的无非是你去过什么地方，活了多少年而已。我最近有种感觉：我很快就会死去（希望这是胡思乱想，最好还是活到老当个智者，一脸白胡子，口里嚼着烟草）；所以尽量找些乐子。也许不配这么乐。可我想我多少已经做了力所能及的工作，这么些年都过去了。

我不太想猎熊。熊有点被惯坏了。我只喜欢猎杀朝路的两边跑的动物。也喜欢打到处飞的鸟儿，或者是随处跑的火鸡。你们那儿有火鸡吗？你 11 月或者 12 月初肯定在那儿吗？

假如回基韦斯特，我就会穿过整个佛罗里达；当然愿意到你那边逗留。不知道哪几个能去呢，也不知道带不带孩子们。你不必为我们张罗。我们可以喝一杯酒，接着前往奥卡拉。

再次感谢你写信来。你离开此地一个半小时之后，我们又抓了一条金枪鱼，有 610 磅重呢。不过，它比击打我的那条短了一英尺半。

没错，那些人都很笨。我喜欢他们，与他们相处不错。不过，

[本·] 芬尼是我在那儿的唯一要好朋友。就是格瑞奈尔夫人觉得像伍利·多纳休的保镖的那位。芬尼是条汉子。女人要是认真钓鱼那就太叫人高看了；但是，女人钓鱼让人觉得活着太枯燥乏味。90%的男人对此看法相同，就像看待老姑娘倾向。直到最近，钓鱼大抵是男子运动。这些人在学校的时候兴许就不能把球踢出场外，又想在别的方面胜人一筹。现在人们发明了机械法子，有那么多的骗鱼手段，什么人都能钓。尽管如此，我还是得很多乐子，觉得钓鱼很刺激。可是，人就枯燥无趣得多。我老婆希望我戒了钓鱼，回到打猎的运动上去，特别是打活鸽子；因为，人们现在比以前好多了。她喜欢钓鱼，但不能忍受钓鱼的人事后整夜地谈论钓鱼的事情。我们今年不打算去比米尼，因为那儿会有很多人。不过，我要是不回个什么地方就日子难过。假如明年没有钱去非洲，也许我会去那儿。

结束一封信跟开头写一封信一样难。祝你好运。我尽量拉上麦克斯一同去。我现正写一本书，很卖力气。去年秋天，这里适合打猎的乡野被火烧了。钓鱼的地方被让车进来的路给毁了。现在我们得看看我是否还能写作；或者说我是否还能写啊。没有选择。

你的永远的，

欧内斯特·海明威

(此信藏佛罗里达大学图书馆)

[1] 玛约丽·奇南·罗林斯(1896—1954)是《下面那南边的月》(1933)、《金苹果》(1935)、《一岁崽子》(1938)的作者。这些书都是斯克里布纳出版的。她在佛罗里达州豪桑镇十字溪有一大片橘子林。

此信经佛罗里达大学(盖恩斯威尔)图书馆允许使用。

致阿诺德·金里奇

1936年9月16日，诺德奎斯特牧场

亲爱的阿诺德：

森林电话局把你的电报转来了。电文译得乱七八糟，但我还能猜出是什么意思。非常感谢。你是个好人，是个好朋友。

就少点美德吧，这样生活容易一些。我 12 月起就想出门。

自我们来这里，我写了 30 000 多字。大部分时候写得很顺畅。只在去猎羚羊的 3 天里中断写作。还去花岗岩石那儿钓鱼 3 天。那是 36 天写作里的 3 天加 3 天。在花岗岩石那儿抓了 6 条虹鳟鱼，都超过 16 英寸，还有 4 条超过 18 英寸。书几乎完成了 3/4，结尾在望。前天把［汤姆·］谢夫林夫妇送到我们这儿最好的驼鹿野地。(灰) 熊饵都放了 6 天了，打猎的季节开始了（头三天胜过下三周）。我自己呆在家里写作。我今天完成了一个部分，明天骑马打猎去，去 3 天。也许 5 天。回来后就又会有饱满的精神了。不过，我带上了黄页和铅笔，万一下雪呢，或者碰上别的事情，时不我待。

这一时期给你写过一次信，你回了电报。给吉尼写了两封信，没有回音。给麦克莱什回信应急，没有回信。

猎羚羊猎着两只公鹿，一只在 600 码开外打着的，另一只在 306 码开外打着的。两只当时都在跑着。“大力”枪一枪就打死了。波琳也打了一只公鹿。汤米打了一只母鹿；坐看七只跑掉。他老婆现在还想着那些公鹿呢。你知道啊，他是个好孩子，就是不会打猎。他认识太多纸上谈兵的猎人，自己也成为纸上谈兵的猎人，结果连必要的走火都没经历——这就像我声称自己是马球运动员。别以为我是在说我一枪一只就打死了俩公鹿。第一只我开了五枪，在 300 码开外。鹿们在那儿吓得逃窜。然后是鹿们跑到 600 码开外，在山脊顶上，我最后一枪才打着的。到那儿一看，发现没有血迹；于是匍匐前行，看见几只母鹿；一只公鹿跟着它们。我于是站起来朝公鹿开枪；没打着。公鹿跑的时候比野兔还快，周围岩石草丛遍野，斜坡下去就是参天大树。第三枪打断了它的脖子。趋前一看究竟，发现头一只大公鹿死了，就在山脊那一边视线不及处。几乎跟非洲大羚羊一样。我当时并没有足够自负到肯定在 600 码开外杀死了山脊那一边的头一只公鹿，虽然我看见它摔倒了。假如我喝了酒，就肯定敢跟人打赌百万（战时马克），说我打着它了。

新闻就这些了。你们（杂志）10 月号现在看上去很肥很繁荣。我能看出现在你们不需要我了。喧哗骚动在强调这个声音。我喜欢那个用《杜朗蒂和西布鲁克》来证实我的话的家伙。真好。我得办一个喧哗与骚动派对，支付给愿意与你为伍的家伙们交通费。我常收到他们的信，总是答应支付路费让他们来基韦斯特，还答应支付医药费，共计 50 块钱，假如他们真愿意来的话。我现在体重下到 198 磅，自比米尼岛以来就没有超过 205 磅。不过，一个人写小说不是靠体重，虽然希望体重减掉 10 磅时，脑子也能减掉一磅。

假如你有时间，给我写封信。这里收到的邮件很乏味。诺德奎斯特今天骑马回去了，说是找到了几只灰熊。我想朝灰熊的肚子开一枪，看是否冲我来。我的意思是说：假如足够近，我想朝它那儿开枪；假如它跑错了方向，我还能补一枪。

波琳问候你。谢夫林夫妇也问候你。汤米觉得你是个醉人的家伙。尽管如此，我很高兴他们 10 天内都要离去。他们自 9 月 1 日起就在这里了。我有 6 天没在，两次外出也没参加，工作。不过，我自己也过得很愉快，精力充沛。

邦姆比刚回芝加哥拉丁学校。他离你只有三个街区，同一条街的 1320 号。这里的生活和马背上的运动使他很结实。“老鼠”［帕特里克］会跟我们一起去打猎，小布兜里放着他的小猫。我担心他将来会成罗圈腿。不过，即便如此，也比膝盖外翻症好。

再见阿诺德。我很抱歉没能抽空给你写文章。可你见过的混蛋多了，我这样也不算什么惊人的事情。

大家问候你。

欧内斯特

很快就没钱花了——不过长篇的预支稿费不少，我已经收尾在望了。好吧。所以，不用着急。

（此信藏普林斯顿大学图书馆）

致阿奇巴尔德·麦克莱什

1936 年 9 月 26 日，诺德奎斯特牧场

亲爱的阿奇：

我很遗憾你出不来，孩子。也很遗憾你写作写得这么苦。虽如此，你若想让人喜欢你写的东西，就得弄点了不起的东西。我认识的人里已经没有人再喜欢我的作品了。不过，至少这些作品影响过他们的写作路数。所以，我希望他们无论自己写了多少，还都能喜欢那劳什子。

我写这本书写得很卖力。快写完了。剩下的就是结尾处上演不可表演的奇迹，反正总得去做。有时候我也觉得写作很难。不过，管他呢，干别的也很难。

我跟小汤姆·谢夫林外出去打猎。他的手脚长得像他老爸，外表也不错，可就是内心脆弱纤细。如此，生活也就几样东西可玩儿、视野也就几码远了。虽然他走路走得很好，对乡村也有很好的感觉；可就是不会射击，像所有缘于侥幸富裕起来的人家的孩子一样，从不动手实践。不过，他是个好孩子，你会喜欢的。我们打了三只灰熊，还有一两只上好的驼鹿。我在林子里遇上三只灰熊，射杀了其中两只。这是某种让我有所收获的东西。它们在林子里很美，不期而遇。我听见倒下的声音时，以为是驼鹿。其中最大的那只站起身直冲我们看。两天后，汤姆也在诱捕坑里打死一只非常大的。林区也有一只大个儿的。我打算哪天去寻它的踪迹，用十天时间找到它。今后这十天得卖劲干活。昨天在暴风雪中我们骑马回到牧场。马儿奔驰最后四英里。先是我在前面，接着是谢夫林在前面。路滑，狼狈不堪。眼前马蹄翻出泥浆，脸上也沾满泥浆；下马的时候，我们都成泥塑了。我非常热爱生活，爱得如此深切，一想

到要开枪自杀就会让我感觉厌恶。我猜也许很快我会为了不给孩子们留下糟糕的影响，安排枪杀自己。打算写完这本书。现在得去工作了。灰熊皮很漂亮，像银狐的皮毛，只是更厚更长；在风里吹着很漂亮。我还从未见过这么精致的皮毛呢。牧场的人说侍弄这皮毛的家伙没弄对，毛都弄掉了。所以，灰熊皮不再有了。我们的灰熊皮毛老是掉，这总令人失望。

得回去干活了，阿奇。问候米米，好吗？跟她说就当我寄给她世上最美妙的银针灰熊皮了；她能踩在熊皮上，无论跟谁睡在一张床上，她的脚都不会挨冻——可它就是掉毛。

我们送邦姆比回了学校。波琳和帕特里克都好。问候你养活的人们，特别问候麦克莱什夫人。

Pappy

（此信藏国会图书馆）

致麦克斯威尔·帕金斯

1936 年 9 月 26 日，诺德奎斯特牧场

亲爱的麦克斯：

我很高兴你加拿大之行如此美好。你在那儿见到帕特·摩根和他妻子了吗？他们在莫瑞湾。我一直就喜欢那魁北克乡野。我们去年秋天本计划去那儿的，而不是纽约；结果却像该死的傻瓜一样去了纽约。

自来此地就一直卖力写那本小说。其间有两天停笔去猎尖角羚羊。得了两个非常优美的兽头。过去六天里，我还猎了灰熊。我们共猎了三只。此外还有两只驼鹿。三只灰熊里，有一只是汤姆·谢夫林打的；另两只是我打的。当时正在林木线猎驼鹿，在最后一根林木那儿撞上灰熊。真叫人激动。那样子在林木里看灰熊真是美丽。汤米那只是第二天在诱捕坑里打的。我想我本可以三只都杀

的，可是它们太英俊了。我很后悔当时多杀了一只，没有时间做决定。有一只巨大的灰熊在猎杀牲口呢。大得很，政府的猎手与它相遇都不敢开枪。我十天内去试试追捕。现在回到工作上了。枪法从未那么好过。希望我写作也这么棒。

完成了55 000字。最近写作很顺利。一直也很卖力于此书，竟然没给你写信告诉你巴尔的书[1]的事情，真不好意思。我当然很高兴能给他写序。我有机会先看排版吗?

等写完了这本书，我希望能去西班牙，假如那里什么也没发生的话。[2]我会把完成的手稿都放在银行保管库里，你也是受益人。我回来之后再过一遍稿子。万一有什么事情发生，你也是我财产的受益人之一；即便是没有这本长篇，也还有短篇集呢。

我也许不久得先预支些这部长篇的稿费。因为，我又拒绝给《老爷》写第五个月的稿子了。还是第六个月？在那期间，我给了他们手头现有的两个短篇。没有旁的义务了，直到来年1月那期。我不想写别的什么，以免打断眼下这本书的写作。

我体重下降到198磅了，身体很舒服。现在得住笔去写作了。假如我给你发电报要钱，你把钱替我存进威廉街22号城市银行农场主支行好吗? 一个月内也许还不需要。最近没花钱，但也很久没有看见银行账单了。不久得把波琳和帕特送回家。这里越来越冷了。

希望这个月完成初稿，亦即10月。假如我去西班牙，会顺道到纽约去看你。我真遗憾没能去西班牙，别的什么也没这个令人遗憾。可是，我得先完成这小说。

再见，麦克斯。祝你好运。谢谢你和路易斯邀请我参加奇皮[3]的婚礼。我真希望当时能在场。我希望她得到应有的幸福。她是可爱美丽的姑娘。

欧内斯特

很抱歉，写信不勤。可是，我眼睛都在书上呢。

我真高兴你喜欢《大都会》里的那个短篇。我想我手头已经有了短篇集的好篇什。你喜欢《乞力马扎罗的雪》吗?

(此信藏普林斯顿大学图书馆)

[1] 海明威为沃尔多·皮尔斯的妹夫杰罗姆·巴尔的书《都是善良的美国人》写了篇前言。

[2] 西班牙内战7月3日爆发。

[3] 伊丽莎白(奇皮)是麦克斯威尔和路易斯·帕金斯的二女儿。见A.司各特·伯格著《麦克斯·帕金斯:天才的编辑》(纽约,1978)第310页。

致麦克斯威尔·帕金斯

1936年12月15日,基韦斯特

亲爱的麦克斯:

谢谢你往银行里给我存钱。我在古巴所需之款有了。现在回到这里,书写完之前哪儿也不会去。

假如你要我读那两本钓鱼的书,让我提意见看它们是否有价值;我很高兴为你效劳。似乎我可以做任何事情,就是无法写序。我很遗憾耽误了那本书的序言。我会尽快给你写的。黑伊是不列颠那本书的作者吗?假如是,那他是个优秀的作家。假如不是,那他是谁?

真难过听见汤姆·沃尔夫惹诽谤官司。[1]我这本书前面我们得密不透风地声明一下,绝对不让人对号入座。汤姆被缠得有多深?

我得去西班牙。不过,不太着急。他们且得打一阵子呢。马德里现在也太寒冷!我已经付钱给两个人去那儿打仗(到西班牙边境的交通费现金)。假如我能再送七个人过去,也许能成立一个小分队。不过,我不打算去那儿当海明斯坦军团的司令。佛朗哥是个好将军,不过他是个头等婊子养的。他丢掉了白拿马德里的战机,就因为太谨慎。昆塔尼拉当了将军,你知道吗?我敢打赌他一定很好玩。我有好玩的古巴故事讲给你听,信里写不了那么些。

我有先见之明：别跟马博·道奇见面。现在很知道不能见任何有文化的女人。有时候我想：最好也别认识有文化的男人。可是，认识了又怎样？

永远祝你好运

欧内斯特

(此信藏普林斯顿大学图书馆)

[1] 沃尔夫 1935—1936 年卷进几场官司。这一场是诽谤起诉，起诉地点是布鲁克林。见 J.S.特里编《托马斯·沃尔夫致母亲书信》第 318 页。

致哈利·希尔维斯特[1]

1937 年 2 月 5 日，基韦斯特

亲爱的哈利：

西班牙战争是一场糟糕的战争，哈利。交战双方都缺乏正义。我所关心的只有人，让他们少遭罪；所以又回到救护车队和医院。造反派有的是优质的意大利救护车。不过，用手榴弹炸死托雷多医院里的伤病员很不符合天主教精神和基督教精神；不因军事的缘故轰炸马德里工人区也不符合教义。那样做只会杀了穷人。穷人的政治只是气急败坏的政治。我知道他们射杀了牧师和主教。可为什么教会在政治方面站在压迫者的一边而不站在穷人的一边——或者根本干脆不站队伍？这不关我的事，我也不想找事。不过，我的同情心总在受剥削的劳动人民一方，反对漠然的地主，即便是我和地主一起喝酒、跟他们一起打鸽子。我很快就会像打鸽子一样朝他们开枪。

多斯［·帕索斯］不了解你，也不理解你。他对你的信仰也不像我那样尊重。那是无知。没有什么势利比激进派的势利更甚了。多斯内心的这种势利泛起的时候，在他也不属自然，也不有趣。不过，他是个好人，就像你是个好人一样。不过，你不能指望自己的朋友都相互喜欢。我可以喜欢你，喜欢多斯，再比如喜欢吉姆·法热尔。不过，我不能指望你们三人相互喜欢。我想，你们也不会总喜欢我。

我很高兴你的孩子、你和丽塔都好。这里65天刮风不止，天气恶劣，无法钓鱼。地上泥泞如碱液桶。刮的都是东风东南风。今天是头一场北风。计划本月底离开此地往西班牙。

我的眼睛太糟糕，不能拳击了。现在只能在酒吧里和街上打架。不过，假如由我来挑地方，可以持续打一阵子。把身上脂肪都减掉了；现在约两百磅。一旦知道自己得干什么，感觉就很好，也像是很幸福。祝你好运，哈利。希望不久能见到你们。照顾好自己，别操心政治和宗教。假如你能忍住，千万别跟政治宗教搅和。我觉得俄国那一班人很肮脏。不过，任何形式的政府我都不喜欢。谈这些没有什么用。

再见

欧内斯特

(此信藏普林斯顿大学图书馆)

[1] 希尔维斯特(1908年生)，纽约布鲁克林人，圣母大学1930年毕业生；小说家，兼擅长篇和短篇。30年代他在基韦斯特与海明威相遇。海明威的《你的信仰》指的就是希尔维斯特的天主教信仰。他日后脱离了教会。见《二十世纪作家》第一卷增补(纽约，1955)。

致费佛全家

1937年2月9日，基韦斯特

亲爱的家人：

这封信是西班牙战争穷鬼一方的“忘恩负义”营营长写的。我意识到的时候，已经是进入2月了：还没写信道谢呢；谢谢你们送我圣诞大礼包。支票我花在船顶甲板的新操控设备（术语太专，就不描述来烦你们了；不过这正是我们抓大鱼的时候用得着的）上了。股票给了我赢钱的一注筹码，拜你们和总统的良好表现所赐。红利都放进别的股票里了。都是及时雨，让我们开心。我圣诞后的那天就要写信表示我多么感激；结果却去写小说了。终于把小说写完了；拿着它去了纽约。卷入西班牙这事，得到合同为“北美报业联盟”写此行的稿子。每次发电报稿得 500 美元支票一张。支票寄给波琳。每寄一篇报道（不少于 1 200 字）得 1 000 美元支票。稿子数量不限。

我们过得很开心。这地方很好，孩子们也很好。我不愿走开，但你又不能通过侍弄这房子并将它放进樟脑丸里来保存这幸福。很久以来我和自己的良知就知道我该去西班牙了。一般情况下可以粗暴对待自己的良知，甚至可以让良知喜欢这粗暴；可每隔一段时间，良知就赶来和你平起平坐。我想，现在这里人很多，波琳这时候在这里跟在欧洲一样，会过得很好的。我有点担心她，但又得努力去工作。无论怎样，我不会让她去西班牙。假如我呆得比预期的时间长，我就会把她接来，想法出来看她。悉尼·弗兰克林打算跟我一起去。他能让我们摆脱最麻烦的事情。至少多年来他成功地让自己摆脱了许多麻烦。

在纽约看见吉尼了。看上去她气色很好，过得很愉快。我当时忙，没有顾上多看她；我是想多看她去的。加菲尔德也在那儿，但我没有见到他。沃德似乎真成功做到了什么也不干。我相信他大有前途。

我希望 5 月能回去。你要是想写写不受审查的文字，就得出国。假如人们不喜欢你的作品，有时就无法回到写作状态里。我们本月底离开。支持了政府办救护队。红十字会有可能像人们说的那么坏，但他们还是本国的人民，比漠然的地主强，比摩尔人强，比意大利人强，比德国人强。我知道“白衣天使”很腐败，因为我了解他们。可我想看看其他人在人道面前表现又怎样。这是不可避免的欧洲战争的彩排表演。我想试着写一下反战报道，等欧洲战争来临时，能让我们免于战祸。我不相信能从别人的苦难里挣到钱。救护队之事于是就有了。啊，就写到这里吧。

祝你们好运。爱你们。

欧内斯特

［右边页：］感谢你们为我提供了波琳。她让我有了从前没有过的幸福。

（此信藏普林斯顿大学图书馆）

致沃尔多·皮尔斯

1937年7月27日，巴哈马群岛凯特凯伊

亲爱的沃尔多：

从东海岸回到这里，收到你的信。麦克斯的办公室转来的第二张护封素描也刚刚收到。你真好，主动为这本书[1]做护封。我非常感谢。真希望能当面谈谈这个，因为写信根本无法细述。一直忙着重写此书，同时在准备图片。我想你会喜欢西班牙那张。假如那张出现，你去看看，好吗？图片标题是伟大的原创者麦克莱什起的：《西班牙大地》。我坐飞机往纽约多次。目前正忙着图片设计，随后飞往东海岸，然后再回来为救护车筹款。筹到20辆车的款子。下周先把第一批车运走。两周后再去马德里。[2]所以，原谅我信写得如此潦草。

顺便一说，这是在凯特凯伊写的信，不是在巴克雷［旅馆］。外面狂风大作。

关于护封：第一个很漂亮。不过，坐在旧船舵柄上的是布拉。

［此信其余亡佚］

（此信藏柯尔比学院图书馆）

[1] 此书即《有钱人和没钱人》，1937年10月出版。

[2] 海明威在此期间的活动更完整的叙述，见卡洛斯·贝克《海明威传》（纽约，1969）第312—316页。

致保罗·费佛夫人

1937 年 8 月 2 日，凯特凯伊

亲爱的妈妈：

谢谢你和波琳的父亲寄给我们支票当生日礼物。洪水之后寄 50 美元的和平鸽子给各地流浪的孩子们一定也是难为人的事情。支票兑现了，才知道孩子们在哪儿，别无他法。希望我这话你能听懂。生日礼物太可人了。非常感谢你们二老。

我们自 5 月底就来这里了。三四趟旅行：纽约、东海岸、返回，中间加一趟华盛顿。今天下午阿达、帕特和格瑞高里要飞迈阿密；明天午夜，波琳、邦姆比和我开船去迈阿密。然后把船存放在迈阿密河，躲避飓风。接着去基韦斯特。再过几天，顶多两个星期，我就回到西班牙。假如你直接或者间接染指政治的话，你就知道我是站在穷人一方的，该跟其他“红”字号一起被毁灭。之后，希特勒和墨索里尼就可以进来拿他们所需的矿物去打一场欧洲大战。啊，让我们祝愿他们好运，因为他们需要运气。我听这些废话都听烦了，并且碰上一群顽固不化的人，这些人都不愿听关于这场战争的真话。所以我情愿一声不吭回到那里，因为没有必要吱声。我没有过多谈论这场战争。我又一次为“北美报业联盟”工作。假如它由于某种原因垮掉，我还有别的差事可做。我们在东海岸筹了 20 辆救护车的款子。电影会再筹得 50—100 辆的款子。反正会解决那问题的。

波琳和孩子们都好。她看上去可爱得很，比以前真的漂亮多了。孩子们也很欢快。你知道，天气热对孩子们来讲很难熬。格瑞高里要在阿达离开基韦斯特时跟她去叙拉古斯。波琳要带那两个小子去一个牧场。这次是墨西哥的一个养牛场。悉尼·弗兰克林会在那儿照顾他们的。他在西班牙把我照料得很好。现在他要在“预备队”里呆上一阵子。在度假牧场调剂一下很好。

维吉尼亚在这儿呆了好一阵子。随后跟［简·］梅森夫人去了哈瓦那。她俩都想从那儿前往墨西哥阿卡普尔科。她们似乎过得很愉快。

我喜欢皮戈特的家远超过喜欢白宫。罗斯福夫人高大极了；很有魅力，就是什么也听不见。她实际上是个聋子，充耳不闻。可是魅力十足，大多数人没有注意到她听不见。总统也很有哈佛的魅力，很少性别特征，像个女人，像伟大的工党女书记。他腰以下完全瘫痪。上轮椅技术很娴熟，一间一间地出入房间也很自如。我们在那儿的时候，白宫很热。除了总统的书房，别的屋子没有空调。饭菜是我吃过的最糟糕饭菜。(这个不要对外人讲，因为客人不能批评人家的饭菜。）我们先吃了一道橡皮一样的乳鸽，然后喝了一道雨水汤，接着是凋谢的沙拉和一位仰慕者送的蛋糕。仰慕者热情而缺乏烤蛋糕的技术。我真希望卡尔［·费佛］在那儿吃这顿饭。他们都被“西班牙大地”图片感动，都说我们该多做宣传工作于此。[1]

很高兴见到他们，也高兴参观这地方，就像我很高兴参观了好莱坞一样。可是，我可不愿意住在那儿。哈利·霍普金斯白宫晚宴时在场。我对他印象深刻，很喜欢他。

罗斯福夫妇真是太好了，请我们去白宫，并且看见了展出的图片，我很感谢。给你写这个不是为了当个不领情的客人，只是想给你报告一下局内人的印象。别向外传播。安排我和约瑞斯·伊文思去那儿的那个叫玛萨·盖尔荷恩[2]的姑娘在我们飞往华盛顿前在纽瓦克机场吃了三个三明治。我们当时以为她疯了，可她说那儿的饭菜总是叫人难以下咽；大家在去赴宴前总是先吃点东西。她在那儿经常逗留。而我，我可不愿再在那儿逗留。

亲爱的妈妈，我很抱歉还是回了西班牙。你写信让我呆在这里照顾孩子，我想这话很在理。可我在那儿的时候，我答应他们会回来的。我们要是无法兑现所有承诺，至少要兑现这一承诺。假如我从前能教育孩子，现在则没有这个能力。反正是教不了多少。不过，他们的开头都不错，各自有所不同。不再有人知道目标在哪儿了。我们追求的目标当然不再是安全；我从前被训练来获取的就只有安全。

你的生活总是这样优雅，总是恰当地把自己按比例分配给这个世界和下一个世界。而我们这代人得自己决定事情，自己来犯错误；我们看上去一定是常常显得很愚蠢，不足为怪。我希望自己对下一个世界已然失去信心。似乎这下一个世界一点也不重要。另一方面，这最后一场战争完全消除了人们对死亡的恐惧，也消除了对别的事物的恐惧。这世界看似如此糟糕，人们有必要做点什么（来改变一下）。个人未来的考虑简直就很属于自我意识了。在马德里度过头两周之后，我有不食人间烟火的感觉：没有老婆孩子，没有房子，没有船，什么也没有。只有这样才能发挥作用。现在居家时间够久，不再有那种感觉。又开始珍视一切。现在我要回马德里，知道自己又要把这一切放下了。所以，别跟我说他们有多难，因为我也有一点想象力的。所以，这烂话题够了。也许下次回来会去皮戈特打鹌鹑，会把所有的心里话跟你说说。

再见，祝你好运。我很难过听到水灾的事情。这就是孩子们老在谈论的善良的大自然老母亲。假如世上有大自然母亲这个东西，我敢打赌她是个疯子，脾气像迈克·斯特拉特的老婆一样坏。我希望你来扮演大自然母亲这个角色一阵子，让天气增添点诚实、现实、温和的理性的东西。你可以隔一阵子刮刮风，给我们点祥和的云开雾散，别像现在这老疯婆动不动发怒。

没纸了，该停笔了。飞机要起飞了，得驱船送出此信。

问候皮戈特全家人。谢谢你送我们生日支票。

欧内斯特

我的长篇小说写完了（重写一过）。9 月或 10 月初即出。

（此信藏普林斯顿大学图书馆）

[1] 见卡洛斯·贝克著《海明威传》(纽约,1969)第 312—316 页。那场白宫晚宴是在 1937 年 7 月 8 日。

[2] 玛萨·艾丽丝·盖尔荷恩(1908 年生于密苏里州圣路易斯),小说家兼记者。受教育于圣路易斯约翰巴勒斯学校和宾夕法尼亚州布莱恩·毛尔学院。先是嫁给了法国记者贝尔特朗·德·尤文纳尔伯爵。1934 年她出版了自己的第一本小说。1936 年 12 月,她与海明威在基韦斯特见面。

…tween, ~~the steel dusk~~ … are and branche…
…yond a tent from under whi…
…ars. The moon you step out to see too many
… urinate gone down, the breeze not risen
… Southern Cross Up looking at the uncross-like bl…
…ofundity of initial and thus each morning in the
…blicity of urination reflect upon ~~the~~ ~~…~~
…sten to constellations, and not awake you
…n walk to where Pop sits the night move highly past you.
…pe comforted, his creatures perched, before the fire,
…me before daylight and the windless burning …
…ad branches he says, "How are you, governor
" No worse than you."

The sky is very high there and branche…

…me between, ~~the steel dusk~~ from under whi…
…yond a tent, you step out to see too many
…ars. The moon gone down, the breeze not risen
… urinate Up looking at the uncross-like
… Southern Cross
…ofundity initial and th…